shiji
wenxue
jingdian

世纪文学经典

苏童 著

苏童精选集

北京燕山出版社
BEIJING YANSHAN PRESS

"世纪文学60家"书系总策划：
白烨、陈骏涛、倪培耕、贺绍俊、张红梅

"世纪文学60家"评选专家名单：
（以姓氏笔画为序）

丁　帆　南京大学中文系教授
王中忱　清华大学中文系教授
王晓明　华东师范大学中文系教授
王富仁　汕头大学中文系教授
白　烨　中国社会科学院文学研究所研究员
孙　郁　鲁迅博物馆研究员
吴思敬　首都师范大学文学院教授
陈思和　复旦大学中文系教授
陈晓明　北京大学中文系教授
陈骏涛　中国社会科学院文学研究所研究员
陈子善　华东师范大学中文系教授
孟繁华　沈阳师范大学教授
於可训　武汉大学文学院教授
杨匡汉　中国社会科学院文学研究所研究员
杨　义　中国社会科学院文学研究所研究员
张　炯　中国社会科学院文学研究所研究员
张　健　北京师范大学文学院教授
张中良　中国社会科学院文学研究所研究员
赵　园　中国社会科学院文学研究所研究员
洪子诚　北京大学中文系教授
贺绍俊　沈阳师范大学教授
谢　冕　北京大学中文系教授
程光炜　中国人民大学中文系教授
雷　达　中国作家协会创研部研究员
黎湘萍　中国社会科学院文学研究所研究员

出版前言

"世纪文学60家"书系的创编与推出,旨在以名家联袂名作的方式,检阅和展示20世纪中国文学所取得的丰硕成果与长足进步,进一步促进先进文化的积累与经典作品的传播,满足新一代文学爱好者的阅读需求。

为使"世纪文学60家"书系的评选、出版活动,既体现文学专家的学术见识,又吸纳文学读者的有益意见,我们采取了专家评选与读者投票相结合的方式。我们依据20世纪华文作家在中国现当代文学史上的地位与影响,经过反复推敲和斟酌,确定了100位作家及其代表作作为候选名单。其后,又约请25位中国现当代文学专家组成"世纪文学60家"评选委员会,在100位候选人名单的基础上进行书面记名投票,以得票多少为顺序,产生了"世纪文学60家"的专家评选结果。为了吸纳广大读者对20世纪华文作家及作品的相关看法和阅读意向,我们与"新浪网·读书频道"全力合作,展开了为期两个月的"华文'世纪文学60家'全民网络大评选"活动。2005年12月16日,读者评选结果在"新浪网·读书频道"正式公布。为了使"世纪文学60家"的评选与编选,能够比较客观地反映专家和读者两方面的意见,经过反复协商,最终以各占50%的权重,得出了"世纪文学60家"书系入选名单。

"世纪文学60家"书系入选作家,均以"精选集"的方式收入其代表性的作品。在作品之外,我们还约请有关专家、学者撰写了研究性序言,编制了作家的创作要目,为读者了解作家作品、创作特点和其在文学史上的地位,提供必要的导读和更多的资讯。

"世纪文学60家"评选结果

排名	作家	专家评分	读者评分	评选结果	排名	作家	专家评分	读者评分	评选结果
1	鲁迅	100	100	100	31	赵树理	85	55	70
2	张爱玲	100	97	98.5	32	梁实秋	67	71	69
3	沈从文	100	96	98	33	郭沫若	70	65	67.5
4	老舍	94	94	94	33	陈忠实	67	68	67.5
4	茅盾	100	88	94	35	张恨水	64	70	67
6	贾平凹	94	92	93	36	苏童	58	75	66.5
7	巴金	94	90	92	36	冰心	51	82	66.5
7	曹禺	100	84	92	38	穆旦	78	52	65
9	钱钟书	80	99	89.5	39	丁玲	78	47	62.5
10	余华	85	92	88.5	40	顾城	29	95	62
11	汪曾祺	100	76	88	41	舒婷	51	69	60
12	徐志摩	85	89	87	42	张承志	67	51	59
12	莫言	94	80	87	43	王朔	45	72	58.5
14	王安忆	94	77	85.5	44	刘震云	58	58	58
15	金庸	70	98	84	45	韩少功	54	57	55.5
15	周作人	94	74	84	46	阿城	54	56	55
17	朱自清	70	93	81.5	47	张洁	64	44	54
18	郁达夫	78	83	80.5	48	三毛	22	85	53.5
19	戴望舒	94	66	80	49	铁凝	51	53	52
20	史铁生	80	79	79.5	50	张炜	60	40	50
20	北岛	78	81	79.5	50	李劼人	78	22	50
22	孙犁	94	62	78	52	宗璞	64	33	48.5
22	王蒙	78	78	78	53	郭小川	58	36	47
24	艾青	94	60	77	53	柳青	58	36	47
25	余光中	78	73	75.5	55	施蛰存	51	42	46.5
26	白先勇	85	64	74.5	56	张贤亮	42	49	45.5
27	萧红	85	61	73	56	刘恒	64	27	45.5
27	路遥	60	86	73	56	高晓声	45	46	45.5
29	闻一多	78	67	72.5	56	李锐	51	40	45.5
30	林语堂	54	87	70.5	60	徐訏	45	43	44

目 录

一个人与几组词 ·················· 汪政 001

中短篇小说

罂粟之家 ·················· 003
妻妾成群 ·················· 050
红粉 ·················· 093
妇女生活 ·················· 131
另一种妇女生活 ·················· 169
三盏灯 ·················· 205

长篇小说

米 ·················· 245

创作要目 ·················· 411

一个人与几组词

汪 政

苏童是中国新时期文学的重要作家,他自上世纪80年代开始创作以来发表了大量的长、中、短篇小说,中国新时期的许多小说思潮均与这位年轻的老作家有关。比如先锋小说。苏童走上文坛的80年代中前期,正是中国新时期先锋文学的发轫期。苏童是"文革"后成长起来的小说家,他受过严格的学院训练,他的文学资源与影响大部分来自改革开放后的中国思想解放运动,来自西方蜂拥而至的各种现代派文学,来自不满"文革"后大一统的以政治为中心的文学话语的叛逆倾向。他不像一部分"文革"期间的地下写作者,背负着沉重的历史与伦理包袱,也不像一部分知青作家,需要思想与表达形式的更新和衔接,当然,更不像大多数重放的鲜花式的50年代作家群基本囿于传统现实主义的创作范式。苏童不用转型,他是新时代文学知识谱系所产生的作家,一下子就进入了先锋的话语体系。与他一起成长的还有余华、格非、孙甘露等作家,他们都有大致相似的知识与文化背景,属于一个同期群作家,在经过了短暂的手稿探索阶段之后,其创作如涌泉,如岩浆,一发而不可收。苏童这时期的创作以"少年血"为代表。

再比如,小说的电影化。苏童的成名一方面得之于先锋实验文学,另一方面就是他的《妻妾成群》与张艺谋的代表作之一《大红灯笼高高挂》。文学与电影的关系是相当紧密的,早期的电影如同杂耍或戏剧小品,其审美层次并不高,电影真正地成熟与壮大起来得益于对名著的改编,好莱坞的成功崛起就是对欧美文学名著的影像转述,它不但从名著这儿得到经典的名声,争取到精英知识阶层的认可与支持,更重要的是文学因素使电影的戏剧冲突、人物形象的塑造和电影对白具有了更丰富的审美含量,因此,从历史上讲,文学曾经成就了电影。但到了上世纪八九十年代,文学实际上已露出疲相,而电影也在寻找新的叙事资源以求新的突破与生机。张艺谋是国内少有的将眼光盯在先锋叙事上的导演,他对文学的广泛征集一下子拉近了电影与文学的关系,它不但一改中国电影的传统面目,而且因为在信息与影像时代,借助于娱乐与时尚的大众文化传播的力量,使得文学出现了少有的反弹,许多作家因加入电影而声名鹊起。心平气和地讲,苏童就从中获益良多。

又比如,新历史小说。对于苏童来讲,从事新历史小说创作与他和电影的邂逅几乎是同时期的,《妻妾成群》就是一篇历史小说。这一时期的代表作还有他的"枫杨树系列"、"妇女系列",《我的帝王生涯》《米》,包括应张艺谋之约而撰写的长篇小说《武则天》。苏童的这部分写作成为"新历史小说"的典范之一,它们不但改变了传统历史小说的形态,更为关键的是改变了人们对历史的看法与态度,标志着一种新的历史哲学意识的生成。

还比如,写实的回归。上世纪90年代初,先锋小说进入了滑坡状态。历史地看,先锋小说对当代中国文学观念的改变,对外国文学技术的引进,有力地促成了中国文学表达形态的转型,可以说起到了革命性的作用。但是,无论从创作的支撑力,还是从接受的承载力,抑或是从一个社会对文学功能的要求与期望方面讲,文学都不可能永远处于高度紧张、亢奋、决绝的状态,它迟早要回到大地。但是,如同辩证法的否定之否定规律所揭示的那样,当文学告别夸饰、内向、自恋、形式而走向日常与写实时,这时的日常与写实也不复是原先的了,它已包含了前次裂变所积累的成果。因此,无论是新写实,还是其后的现实主义冲击波,中国文学的新的对写实的回归都已从它的"敌人"先锋实验文学中获得了全新的观念与技术的支持而呈现出与传统迥然有别的面貌。先锋作家,除极少数依然荷戟彷徨勉力支撑以外,大多数都出人意料而又理所当然地加入了这一潮流。苏童,以及余华、格非因为他们在先锋作家群中的特殊地位使得这一回归连同他们本人的写作显得格外引人瞩目。苏童的标志性作品是一批以日常生活为题材的中短篇小说,如《已婚男人杨泊》,特别是长篇小说《蛇为什么会飞》,这一颇受争议的作品是一个新的写作的开始,关注当下,回到日常,摆脱形而上的图式,选择经验化的叙事。苏童的这一转变一直延续到今天。

这样简单的回顾已足以让人吃惊,一个人的写作几乎可以构成一个较长时段的小说史。潮流的更替可以涌出一些人,但更容易吞噬一些人,苏童之所以保持这么长久而旺盛的写作生命力,至今仍处于中国当代小说写作的中心,其根本原因就在于他与时代、社会的默契和双向选择,所以,他能不断地调整自己的写作策略,而这样的调整又是对自己生命与对文学大势的双重整合,是真正的合规律与合目的性的统一。因此,它固然是变,但不突兀,无硬伤,凡变处皆有迹可寻,从容超迈,游刃有余,在岁月流逝中积攒下自己的小说美学宝藏。我们不妨通过一组词语进行一些更具体的梳理,来透析苏童小说的主题学与风格学特征。

童年/回忆/虚构。童年生活对一个作家的影响在理论与经验的证明上都已经不成为问题,弗洛伊德说,对艺术家而言,"无论童年记忆在当时便很重要,还是受后来事件的影响才变得重要,留在记忆中的童年生活都是最有意义的因素"。[1] 同样的意思,苏童是这样来表述的:"作家应该很好地利用童年的记忆,这记忆对作家的价值是不可估量的。""我回顾从小到大的生活经历,发现自己对世界感触最强烈、最文学化的时期就是青少年时期。"[2]大概是从《桑园留念》开始,苏童以他的童年生活为主体,营构了一个类似福克纳笔下的约克纳

---

[1] 弗洛伊德《论文学与艺术》第255页,国际文化出版公司2001年版。
[2] 《苏童王宏图对话录》第21、19页,苏州大学出版社2003年版。

帕塔法的邮票大小的一块地方——"香椿树街"。从2005年发表的《西瓜船》看,这一块地方仍然吸引着苏童的兴趣。不仅是短篇,中篇《南方的堕落》、长篇《城北地带》都是这样的作品。这是个色彩变幻、焦距有时清晰有时模糊的地方,更是一个底色稍稍泛黄的年代,我们可以感受到或者用自己的经验去复活彼时的政治背景,但苏童并不刻意去触摸它,这使他的这个系列与早先的伤痕小说区别开来,这里有童趣与欢乐,也有过早降临的忧伤与悲凉,甚至有不期而至的阴谋与恐惧。泥泞的街道、浮在满是油污的运河中的驳船、冒着黑烟的化工厂,充斥着各种气味的商店与菜场、永远也看不透的成人间的争斗与吵闹,一切都搅和在南方黏稠湿漉的雾气中……"一群处于青春发育期的南方少年不安定的情感因素,突然降临于黑暗街头的血腥气味,一些在潮湿的空气中发芽溃烂的年轻生命,一些徘徊在青石板路上的扭曲的灵魂……"[①]苏童的童年写作在他这一代作家中是代表性的,现在看来,起码有三重意义。首先是经验的复现与自我的确证,作为"文革"后成长起来的这一代人在具有了自我意识、寻找身份认同的时候便是对"文革"的否定,于是,这代人成了无根的一代,什么是他们的过去?他们的历史?这成了一个令人尴尬的事情,如果按主流话语去叙述将成为一桩不可能的事,于是童年叙述成了一个通道,一种规避、剥离与提取。因此,第二,童年不仅仅是一个经验与记忆的问题,毋宁说它首先是一个视角,这种有限的非社会化的视角余华和莫言都用过,在这种视角中,政治远远高于它的知识限阈而被视而不见,即使是成人的充满血腥的事件在童年视角里也成为一种游戏的、有趣的、虽不可近观却可能远视的现象,而客观的效果可能因为这种对比和反讽而显得更加乖张、暴戾与残忍。因了这种视角,一些被遗忘的无意义的生活得到了叙述,神秘,懵懂,少年的心事,不被关注的友谊,背叛,珍藏与放弃,都一下子变得刻骨铭心,这是苏童对特定年代的抢救性的挖掘,那个年代因为这样的挖掘变得

[①] 《苏童文集·少年血·自序》第2页,江苏文艺出版社1993年版。

丰富多彩起来。童年的经验始终关乎人的成长,所以,第三,苏童的这部分写作始终暗含着一个成长的主题,许多作品如《桑园留念》《回力牌球鞋》《我的棉花,我的家园》《乘滑轮车远去》等都带有仪式与祭奠的意味,为逝去的生活唱着不同旋律的挽歌。为什么苏童的这些作品都有着或深或浅的忧伤,也正因为随着书写的延续,童年早成往事,自己慢慢长大,而对世相的理解也不可避免地走向冷峻与清晰,这样的逻辑与情感模式对以后70年代作家群乃至80后写作群的影响都非常大,成长式写作几乎成了每一个年轻作家的必修课。

所以,不能将苏童对童年的书写看成是日常心理上的回忆,它更多的可能是文学形态上的考虑,除了上述主题学分析以外,还应从审美上去看待它对苏童早期或这一类叙事风格建构上的影响。对这一点的讨论,我们可以将"香椿树街系列"与"枫杨树系列"联系起来。特别在对苏童作为一个作家有了一定的了解之后,我们发现,比如,"我"的故乡究竟在哪儿?是白羊湖,还是枫杨树村?是桑园小镇,还是桂花飘香的山北?如果从姓氏上看,苏童也根本不是在追寻一个家族的历史,他的家族可以姓陈,也可以姓童……总而言之,苏童的回忆不是严格的回忆和真实的回忆,它只能属于虚构。既然不是严格意义上的回忆,或者根本就不打算让读者承认这个虚构回忆的逼真,那又为什么要摆出一副煞有介事的回忆架势呢?可能是苏童对他的作品是否属于回忆没有多大的兴趣,关键的是他喜欢回忆这种方式,他有很多的故事,本来完全可以用呈现的方式讲述出来,以现在时态的方式讲述出来,可他不,他宁可以转述的方式,以过去的方式讲述这一切,给他们染上回忆的浓重色彩。因此,可以这么认为,苏童偏爱回忆这种心智活动,喜欢回忆的情调和风格。他把历史的、虚构的一切包容在"我"的思想意绪里,然后,再如抽丝般缕缕扯出。这种方式可能给予苏童以莫大的享受,不管这个视角是成年的,还是童稚的,都可以使苏童富有起来,通过叙事人的中介进入纷飞的历史表象中进而滋生出世纪般的感觉,在讲古中神情绵邈日趋老成。可以以第一人称叙事为突破口来进一步谈一谈。显然,第一人称视角肯定比其他视角更容易使作者进入作品,因为它起码拥有两个条件,首先,"我"的语辞形式即第一人称代词和第一人称的话语方式极容易使作家产生叙事人与自己的混淆,从而不自觉地进入叙事人的叙事活动甚至会取代叙事人。其次,第一人称视角的特点是客观视域的局限与内心视域的开放,作家必须花大量的精力去拟想叙事人的心智活动,在拟想中不可避免地要发生视点的位移,发生以作家的心理活动侵入或代替叙事人活动的现象。语词形式和表述方式对人类的表达活动从符号学的角度讲具备着很强的能动作用。苏童喜欢采取第一人称的视角是不是为了更方便地进入作品呢,更自由地表达自己的意绪和感觉呢?对第一人称的偏爱使苏童毫不犹豫地选择了回忆。回忆总是对过去的追缅和提取,它需要一个表象的拥有者和拥有者的内心活动,从回忆的权威及回忆的心理展示来讲,第一人称都是极方便的。苏童喜欢回忆的方式,与他追求作品的诗意也有关系,当苏童采用回忆的方式时,作品便呈现出一种深情的凄艳之风。这里,回忆因对象的久远而天然地具有了审美观照的色彩。回忆是一种沉思,充满感情的沉思,是寻觅,是发现,是呼唤,它弘扬历史,把握永恒,因此,在人类思维积淀中,回忆无疑是富于诗的品格的一种心智活动。海德格尔说:"回忆,这位天地的娇女,宙斯的新娘,九夜之中便成了众缪斯之母亲",它"回过头来思必须思的东西,这是诗的根和源","诗仅从回过头来思,即回忆之思这样一种专一之思中涌出"。① 苏童作品的诗意大约是谁都能感觉到的。

　　历史/现实。因为"香椿树街系列"的作品大都是关于上世纪六七十年代的,所以,我们似乎更倾向于将其视为当代叙事而非历史。其实,应该承认这种跨时代的叙述已然具有了历史的成分,并且因为童年视角对这一段生活独特的取舍,实际上已暗含了一种对历史的新的态度。而到了"枫杨树系列",历史的意味显然增加了,从《1934年的逃亡》《罂粟之家》,到《米》《我的帝王生涯》《武则天》,相当完

---

① 海德格尔《讲演与论文集》136—137页,社会科学出版社1989年版。

整地构成了苏童历史叙事的写作模块。从上述对回忆与虚构的关系的理解,我们可以对苏童的历史观进行推测与想象,他不可能完全遵循实录历史的定律,而更多的是解构历史、重叙历史,想象与虚构历史。苏童的历史小说,绝大部分并不纠缠于一个固定的历史对象、事件或人物,他写历史,看重的是历史的时空因素与氛围,历史是一种材料,在其中,苏童发现了足够创造的叙事元素。我们可以将苏童的历史小说分成两类,同时与历史和文学中的史传叙事与阶级(革命)叙事进行比较。前一类作品以《我的帝王生涯》为代表,这部苏童颇为看重的长篇从主题、人物到细节、语言都曾受到许多诟病,其主要原因据称都因其与历史相差甚远。主人公端白14岁登基,一开始他是以童稚的"好奇"面对这一切的,与其说他享受了一个帝王的尊严,倒不如说他对这个充满了许多仪式的游戏更感到有趣,但是不久他就感到了束缚,感到了自我的迷失,最后,终于宿命般地走上了昏庸、专制、荒淫的公式一样的帝王之路。苏童在竭力渲染这一极的同时又最大限度地探索人物内心残存的人性的微光,他的自暴自弃,他对往昔生活的缅怀,他对自然、友爱与爱情徒劳无果的争取与向往等等。小说通过端白被赶下台将这一极翻转上来,通过人物对自身的一次次灵魂拷问,探寻自己的救赎之路:"虔诚的香火救不了我,能救我的只有我自己了。"于是,端白拾起早年的梦想,成了一个盖世无双的民间艺人走索王。与其说苏童是在进行一次历史的叙事,倒不如说他看重的是历史与帝王文化这种极端的形式对人性的追问与逼视,探讨在这种特定情境中,角色如何发生变化,人性又是如何丧失、救赎与失败的。所以,对苏童的这类作品,当然不能以一般历史小说论之,倘要谈到历史,也应从其对历史文化的反思入手,而不能纠缠于具体的人物与事件。"我随意搭建的宫廷,是按自己的方式勾兑的历史故事,年代总是处于不详状态,人物似真似幻。"[①]"勾兑"确实是一种十分准确而又有趣的说法,它十分突出地说明了苏童历史

---

① 《苏童王宏图对话录》第57页,苏州大学出版社2003年版。

小说的虚构性与主体性,这也许就是历史学家与文学家在对待历史时重要的区别之一,这种强烈的主体性使作家能置历史于股掌。相对苏童对人性的勘探,对人的可能性的追问来说,真的很难说历史与现实有什么本质的不同。

　　这种将人物置于特别而又极端的情境之中的做法在苏童的现代历史小说中同样存在,这就是他的"枫杨树系列"、"妇女系列"(《红粉》《妇女乐园》等)以及《米》等作品。在这批以近现代史为题材的作品中,我们同样看不到苏童对历史真相再现与阐释的兴趣,这样的题材曾经在主流意识形态的主导下产生过模式化的"阶级叙事"或"革命叙事",这些模式被苏童颠覆了。在《罂粟之家》中,人们早已熟谙的地主与农民简单对立的关系被更复杂的多重关系所取代,角色也时时发生转化,利益、伦理、道德、性、血缘,在这些复杂的关系中,阶级、革命成了可以随时易主的符号与工具,小说还原的是比阶级冲突更深层的人性世界的角力。因此,进一步的认识是不是这样,与许多所谓新历史小说家的创作旨趣不同,苏童在其本来的创作意图上并不想去解构与重建什么。在解释长篇小说《米》时,苏童这样说:"它的指向有时候是人性恶,有时候是伦理。"①《米》给人们带来难以承受的残酷,因为好像唯有极端的残酷才能将人的全部底牌给逼出来,用苏童的话说,就是求得"最大值":"我从来没有碰到过像五龙这样坏的人,《米》当中所涉及的人的处境、人与人之间的关系,带有亲情的组合的关系,却是一种噩梦般的关系,是我生活中真的没有遇到过的。写《米》这部小说,我感觉像是在做数学,在做函数。……我在推断一种最大值。所以我觉得《米》的写作是非常极端的。……因为这是我对于人性在用小说的方式做出某一种推测,我把所有的东西都做到最极致,是负方向的,反方向的。""这正如我把人物拉到了黑暗的死水中游泳。五龙也好,织云、绮云姐妹也好,让他们在我这里淹死,我在这里面只是做一种函数的最大值。我实际

---

① 《苏童王宏图对话录》第61页,苏州大学出版社2003年版。

上是在写不存在于我生活印象当中的人性世界。从某种意义上来说,是人性幻想主义小说……它是很晦暗的非理性的写作方向。"①

这一段话不但说明了《米》的主题方向,而且将这种叙述得以实施的方式也讲得明明白白,当然,其中更有意味的便是苏童对《米》的世界与人物的指称完全是当下的,他似乎并不认为《米》所叙述的是历史,这再次说明,在苏童的小说美学中,历史与现实没有什么区别,或者说历史根本上就不存在。

南方/女性/唯美/意象。苏童有一部中篇《南方的堕落》,这个标题相当准确地提示了苏童小说的基调与氛围。凡是读过苏童小说的人都会对其作品中的伤感、怀旧、精雅、女性化的方式留下深刻的印象,在许多作品中,苏童毫不避讳地表现出自己对臆想中的旧日生活场景的感性兴趣。《妻妾成群》的惊人之处便是对这种旧式生活的精细刻画,这种感性主义轻而易举地酝酿出诗情画意,使它们无言地透出一种近于颓废的抒情心态。

苏童被认为是新时期文学中描写女性的高手。他试图再现女性如何面对自身,如何面对她们所处的困境。因此,不言而喻的便是苏童的妇女故事几乎都是悲剧性的,她们的个性各有差异,但有一点似乎是根本的,她们无法使自己成为一个天然存在的女人,她们几乎都有着饱满的生命情欲,但是她们又总是面临着生命力不能自由张扬的苦恼,而更要命的是她们又都无法摆脱自身情欲的困扰。确实,"对女性的伤害已经不仅仅是社会体制的问题,而且是人本身、女性自身的问题。这里深藏着人性深处的许多奥秘"。②

苏童小说大都呈现出优雅、阴柔而又凄清、冷艳的风格,这种风格甚至迁移到小说形式上。南方加上女性似乎就是天然的精雅,它们构成了苏童小说偏于艺术和形式上精致的内在基因。苏童的作品首先在人文地理上展示出江南湿润中的古雅境界,这古雅来自曲水

---

① 苏童、张学昕《回忆·想象·叙述·写作的发生》,《当代作家评论》2005年第6期。
② 《苏童王宏图对话录》第63页,苏州大学出版社2003年版。

深巷、绿树红花,来自布满青苔的石板桥和斑驳的砖木结构的粉墙楼宇,来自在微风中无声飘动的丝绸旗袍……而女性的意象便在这种背景中显现出来,她们仿佛真丝绢布上勾勒出的淡影。苏童用南宋长调一样典雅、绮丽、流转、意象纷呈的语言,来响应和共同制造这种效果。有时,对这种语言风格的迷恋替代了对作品所指世界的兴趣,在一段时候,制造一座精致的虚幻如七宝楼台的语言成了苏童醉心的工作。

　　行文至此,应当指出苏童的创作属于北方主义文学传统以外的另一个知识谱系,这就是南方的文人文化或江南士风。从文化承传上讲,从六朝到明清,到近现代,绵绵不绝,世世相袭,江南文人文化可谓代有传人,文化世族以其血缘关系的亲和力,稳固地灌输、传导着士阶层文人的精神价值系统,从而保证江南文人在世代相传的过程中,保持他们凝固的精神基因,这种精神上的"家族"相似性,使江南文人文化的传递往往不是后天学习而成,而是心智本源的水流暗通勾连,因此,完全可以说,江南的地理、地貌对南方写作构成了格调上的影响,而由长期的历史人文变迁形成的辐射力对江南文人的心智构成影响可能更为巨大和深刻。我们可以轻松地指出,像南方、江南、南京、金陵、建康、苏州、吴越、广陵、扬州……早已不是地理沿革上的称谓,而已积淀了特定的人文内容,形成了特定的情绪指称的意象。连同精致的园林、昆曲、苏绣、评弹、二泉映月和自六朝以来迤逦而下的"丽辞"传统,氤氲集成为迥异于北方的审美风尚。这样的风尚在苏童的小说中是随处可见的:

　　　　后花园的墙角那里有一架紫藤,从夏天到秋天,紫藤花一直沉沉地开着。颂莲从她的窗口看见那些紫色的絮状花朵在秋风中摇曳,一天天地清淡。她注意到紫藤架下有一口井,而且还有石桌和石凳,一个挺闲适的去处却见不到人,通往那里的甬道上长满了杂草。蝴蝶飞过去,蝉也在紫藤枝叶上唱,颂莲想起去年这个时候,她是坐在学校的紫藤

架下读书的,一切都恍若惊梦。(《妻妾成群》)

河滩那里空空荡荡的,我们每天每夜听着河水一遍遍拍击结满冰碴的滩地,那声音寂寞而又悲壮,在我们小街周围彻夜回响。有时候我在深夜被突然惊醒,带着梦的情绪从老虎天窗里眺望那片河滩,河滩在朦胧的月光下黑漆漆的,边缘处泛出一层银色的光亮。北风吹过时积在滩地上的小水潭一齐波动起来,就像陨星发光,又神秘又迷人,使我浮想联翩。(《飞鱼》)

谁都可以从这些流丽伤感的意象文字中感受到迎面扑来的来自遥远的南方的气息。当然,南方显然不仅仅是这样的格调,但记忆与表达总是一种选择,用苏童的话说就是南方精神,只不过在苏童的写作中,这种南方精神更多地呈现为主观与客观的复杂关系,南方在苏童的笔下是美丽的,抒情的,但又是阴郁的,残忍的,充满了暴力、乱伦、颓败与神经质。对南方,苏童难抵诱惑;对南方,苏童又憎慨有加。他用南方美丽的形式来展示南方的无可救药,"我从来不认为我对南方的记忆是愉快的、充满阳光与幸福的。我对南方抱有的情绪很奇怪,可能是对立的。所有的人与故乡之间都是有亲和力的,而我感到的则是我与故乡之间一种对立的情绪,很尖锐。在我的笔下,所谓的南方并不是多么美好,我对它则怀有敌意"。[①] 所以,可能不是上面征引的段落,而是下面的文字更典型地体现了苏童与南方的对立情绪:

多少次我在梦中飞越遥远的枫杨树故乡。我看见自己每天在迫近一条横贯东西的浊黄色的河流。我涉过河流到左岸去。左岸红波浩荡的罂粟花地卷起龙首大风,挟起我

[①] 《苏童王宏图对话录》第107页,苏州大学出版社2003年版。

闯入模糊的枫杨树故乡。有一天枫杨树村里白幡招摇,家家屋顶上腾起一片灰蒙蒙的烟霭。有许多人影在烟霭里东跑西窜,哭哭啼啼,空气中笼罩着惶惶不可终日的气氛,仿佛重现了多年前河水淹没村庄的景象。我是否隔着千重山万壑水目睹了那场灾难呢?(《飞越我的枫杨树故乡》)

美丽的意象下面是死亡的气息与令人不安的阴谋。它可以视作苏童所有小说的样本。这是苏童作品的秘密,如女巫般带来厄运的美丽舞蹈。

中短篇小说

罂粟之家

仓房里堆放着犁耙锄头一类的农具，齐齐整整倚在土墙上，就像一排人的形状。那股铁锈味就是从它们身上散出来的。这是我家的仓房，一个幽暗的深不可测的空间。老奶奶的纺车依旧吊在半空中，轱辘与叶片四周结起了细细的蛛网。演义把那架纺车看成一只巨大的蜘蛛，蜘蛛永恒地俯瞰着人的头顶。随着窗户纸上的阳光渐渐淡薄，一切杂物农具都黯淡下去，只剩下模糊的轮廓，你看上去就像一排人的形状。天快黑了。演义的饥饿感再次袭来，他朝门边跑去，拼命把木扉门推推推，他听见两把大锁撞击了一下，门被爹锁得死死的，推不开。

"放我出去。我不偷馍馍吃了！"

演义尖声大叫。演义蹲下去凑着门缝朝外望。大宅里站着一群长工和女佣。他们似乎有一件好事高兴得跟狗一样东嗅西窜的。演义想他们高兴什么呢，演义用拳头砸着门，门疯狂地响着。他看见天空里暮色像铁块一样落下来，落下来。演义害怕天黑，天一黑他就饥肠辘辘，那种饥饿感使演义变成暴躁的幼兽，你听见他的喊声震撼着一九三〇年的刘家大宅。演义摇撼着门喊：

"放我出去。我要吃馍。"

有人朝仓房这边看。演义想他们听见了为什么不来开锁？演义从他们的嘴形上判断他们在骂饿鬼。饿鬼饿鬼早晚要把你们杀了。演义用脑袋撞着门。有个女佣腰上挂了一串钥匙走过来了。两把铁锁落下来了，绛紫色的晚光迎面扑来，演义捂着眼睛摇晃了一下，那是因为光的逆差，你看见演义抓起一根杂木树棍顶在女佣的肚子上。

这是他对付他们的习惯(这个动作以后将重复出现)。

"我杀了你。"演义说。

"别闹,大少爷。"女佣边退边说,"快去看你娘生孩子。"

"什么?"

"生孩子。往后你更没用了。"女佣摇着钥匙叮叮当当地逃去,回头对演义笑,"那是陈茂的种呀!"

这一年演义八岁。演义把杂木树棍插在泥地上,然后站在上面,他的核桃般的身体随着树棍摇晃。暮色沉沉压在一顶小葫芦帽上。头顶很疼,饥饿从头顶上缠下来缠满他的身体。演义的耳朵突然颤了一下,他听见娘的屋里传来一声婴儿的啼哭。演义以为是一只猫在娘的屋里叫。

坐在红木方桌前喝酒的两个男人,一个已经老了,一个还很年轻。老的穿白绸子衣裤,脸越喝越红,嘴角挂满腌毛豆的青汁。年轻的坐立不安,腰间挂着的铜唢呐不时撞到桌上。那是长工陈茂,你可以从那把铜唢呐上把他从长工堆里分辨出来。他的一只手抓着酒盅,另一只手始终抚摸在裆部,那是一个极其微妙的动作,内涵丰富却常被人忽略。

"是个男孩,叫沉草。"刘老侠说。

"男孩。恭喜老爷了。"

"你想去看看吗?"

"不知道。"长工陈茂站起身,他朝前走了两步又往后退一步,他突然意识到问题:老地主是笑着的。老地主的笑对他来说吉凶难卜。陈茂转过脸探询地望着刘老侠。他说,"去不去?"你听不出来他是问刘老侠还是问自己。

"狗!"刘老侠果然大喝一声。他手里的酒盅以迅雷不及掩耳之势砸向陈茂。陈茂看见自己的胸口爬上一块圆形酒渍,仿佛一只油虫在爬。他觉得胸口又热又疼。

"滚回来!"刘老侠说。

陈茂回到桌前时被刘老侠咥了一巴掌。陈茂没躲,只是感觉到那只油虫爬到他脸上来了。陈茂站着浑身发黏。他看见刘老侠踢翻了桌子椅子,哐啷啷一阵响。刘老侠扼住了陈茂的喉咙,他说,"陈茂,一条狗。你说你是我的一条狗。"陈茂的光脚踩在一碗毛豆上,喉咙被卡住含糊地重复,"我说你是我的一条狗。""笨蛋,重说。"喉咙被扼得更紧了。陈茂英俊的脸憋得红里发紫。他拼命挣脱开那双虬枝般苍劲的手,他喘着粗气说,"我说,陈茂是你的一条狗。"

长工陈茂穿过堂屋往外走,经过翠花花的屋子,他闻见翠花花的屋里散发出一种血的腥香混杂女人下体的气味。那些气味使他头晕。陈茂站在大宅的门槛上朝外面的长工女佣们做了个鬼脸。他用三根手指配合做了一个猥亵动作。那些人在墙角边嘻嘻地笑。陈茂自己也笑,他脱下酒渍斑斑的布衫,放到鼻子下嗅。酒气消失了。他看见自己的铜唢呐在腰上熠熠闪光。他抓起来猛地一吹,他听见自己的铜唢呐发出一种茫然的声音,呜呜呜地响。

陈茂吹着唢呐去下地。那天跟平日一样,陈茂在刘家的罂粟地里锄草,锄完草又睡了一觉。在熹微的晨光中他梦见一个男婴压在头顶上,石头似的撞碎了他的天灵盖。

枫杨树乡村绵延五十里,五十里黑土路上遍布你祖先的足迹。几千年了,土地被人一遍遍垦殖着从贫瘠走向丰厚。你祖先饿殍仙游的景象到三十年代不再出现。三十年代初枫杨树的一半土地种上了奇怪的植物罂粟,于是水稻与罂粟在不同的季节里成为乡村的标志。外乡人从各方迁徙而来,枫杨树成了你的乡土。

你总会看见地主刘老侠的黑色大宅。你总会听说黑色大宅里的衰荣历史,那是乡村的灵魂使你无法回避,这么多年了人们还在一遍遍地诉说那段历史。

祖父把农舍盖在河左岸的岸坡上,窗户朝向河水,烟囱耸出屋顶,象征着男人和女人组合的家庭。父亲晨出晚归在水稻与罂粟地里劳作,母亲把鸡鸭猪羊养在屋后的栏厩里,而儿子们吃着稀粥和咸菜,站在河边凝望地主刘老侠的黑色大宅。枫杨树人体格瘦小而灵巧,脸上有一种相似的满足慵懒的神情。一九四九年前大约有一千名枫杨树人给地主刘老侠种植水稻与罂粟,佃农租地缴粮,刘老侠赁地而沽,成为一种生活定式。在我看来那是一个典型的南方乡村。

祖父告诉孙子,枫杨树富庶是因为那里的人有勤俭持家节衣缩食的乡风。你看见米囤在屋里堆得满满的,米就是发霉长蛆了也是粮食,不要随便吃掉它。我们都就着咸菜喝稀粥,每个枫杨树人都这样。地主刘老侠家也这样。祖父强调说,刘老侠家也天天喝稀粥,你看见他的崽子演义了吗?他饿得面黄肌瘦,整天哇哇乱叫,跟你一样。

家谱上记载着演义是刘老侠第五个孩子了。前面四个弃于河中顺水漂去了,他们像鱼似的没有腿与手臂,却有剑形摆尾,他们只能从水上顺流漂去了。演义是荒乱年月中唯一生存下来的孩子。乡间对刘老侠的生殖能力有一种说法,说血气旺极而乱,血乱没有好子孙。这里还含有另一层隐秘的意义。演义是他爹他娘野地媾和的收获,那时候刘家老太爷尚未暴毙,翠花花是他的姨太太,那时候刘老侠的前妻猫眼女人还没有溺死在洗澡的大铁锅里,演义却出世了。

家谱记载演义是个白痴。你看见他像一只刺猬滚来滚去,他用杂木树棍攻击对他永远陌生的人群。他习惯于一边吞食一边说:我饿我杀了你。

你可以发现演义身上因袭着刘家三代前的血液因子。历史上的刘家祖父因为常常处于饥饿状态而练就一副惊人的胃口,一人能吃一头猪。演义的返祖现象让刘家人警醒,他们几乎怀着一种恐惧的心理去夺下演义手里的馍。很长一段时间里演义迷恋着一只黑陶瓮,陶瓮有半人高,放在他娘翠花花的床后,床后还有一只红漆便桶,那两种容器放在一起,强烈地刺激他的食欲,演义看见瓮盖上洒着一层细细的炉灶灰,他揭开瓮盖把里面的馍藏在胸口跑出去,一直跑到仓房外的木栅子山上。有人站在那里劈栅子。劈栅子的人是演义的叔叔刘老信。你看见刘家叔侄俩坐在木栅子山上狼吞虎咽的模样总是百思不得其解。

演义总是把指印留在瓮盖上。演义看见爹拎着鞋追过来,爹抓住他的头发问,"今天偷了几块?"演义使劲咽着馍说,"没偷,我饿。"演义听见爹的鞋掌响亮地敲击他的头顶。头顶很疼。"今天偷了几块?""不知道。我饿。""你还给谁吃了?""给叔,他也饿。"演义抱住他的头顶,他看见爹从木栅子山上走下去,木栅子散了倒下去一地。爹拎着鞋说,"饿鬼,全是饿鬼。刘家迟早败在你们的嘴上。"

坐在木栅子山上的两个人,一个是白痴演义,另一个是他叔叔刘老信。在刘家大宅中叔侄俩的亲密关系显得奇特而孤独。人们记得刘老信从不与人说话,他只跟木栅子和白痴演义说话,而演义唯有坐在他叔身旁,才表现出正常的智力和语言习惯,那是一种异秉诱发的结果。那时候刘老信已不年轻,脸上长满紫色癣疤,他坐在木栅子山上显得悲凉而宁静,他对白痴演义叙说着,许多叔侄对话有助你进入刘家历史的多层空间。

"你爹是个强盗。他从小就抢别人的东西。"

"强盗抢人的东西。爹也抢我的馍。"

"你爹害死了我爹,抢了翠花花做你娘。"

"我从娘的胳肢窝里掉下来的。"

"你们一家没个好东西,迟早我要放火,大家都别过。"

"放火能把家烧光吗?"

"能。只要狠,一把火把你们都烧光。"

"把我也烧光吗?"

"对,杂种。我不烧死你他们也迟早会杀了你。"

"杀了我我就不饿了。"

在这段历史中刘老信不是主要人物。我只知道他是早年间闻名枫杨树乡村的浪荡子,他到陌生的都市,妄想踩出土地以外的发财之路,结果一事无成只染上满身的梅毒大疮。归乡时刘老信一贫如洗,搭乘的是一只贩盐船。据说左岸的所有土地在十年内像鸽子回窠般地汇入刘老侠的手心,最后刘老侠花十块大洋买下了他弟弟的坟地,那是一块向阳的坡地,刘老侠手持单锹将它夷平,于是所有的地都在河两岸连成一片了。

刘家弟兄间的土地买卖让后人瞠目结舌,后人无法判断功过是非,你要注意的是人间沧桑的歧异之处。刘家兄弟最后一笔买卖是在城里妓院办完的。贩盐船路过枫杨树给刘老侠捎话,"刘老信快烂光了,刘老信还有一亩坟茔地可以典卖。"刘老侠赶到城里妓院的时候他弟弟浑身腐烂,躺在一堆垃圾旁。弟弟说,"把我的坟地给你,送我回家吧。"哥哥接过地契说,"画个押我们就走。"刘老侠把弟弟溃烂的手指抓过来摁到地契上,没用红泥用的是脓血。刘老侠背着他弟弟找到那只贩盐船后把他扔上船,一切就结束了,刘家的血系脉络由两支并拢成一支,枫杨树人这样说。他们还说刘老信其实是毁在自己的鸡巴上了,那是刘家人的通病,但是什么东西也毁不了刘老侠,你不知道什么时候就会把檐上的一片瓦、地里的一棵草都卖给刘老侠。

白痴演义记得木梐子山上的叔叔很快就消失了。

第二年刘老信死于火堆中,上下竟无人知晓。火在木梐子山上燃烧的时候只有演义是目击者。演义满脸黑烟拖着一个麻袋从仓房那里出来,演义把麻袋放在台阶上对着麻袋呜呜大哭。佃户和女佣们头一次听见演义哭。他们把麻袋上的绳结打开,看见刘老信已经被火烧得焦糊了,僵硬的身体发出木材的清香。他的嘴被半只馍塞住,面目很古怪。演义一边哭一边说,"他饿,我给他吃半只馍,他怎么不咽进去呢?"

他们跑到后院看见木梐子山已经燃烧掉了一半,谁也不知道火是什么时候烧起来的。没有人看见火就烧起来了。

家谱记载,刘老信死于一九三三年十月初五。

木匠们钉好了一口薄皮棺材,四个长工把刘老信抬到右岸大坟场埋葬。听见风吹动白幡,听见丧号戛然而止,死者入土了。那是一种简陋的丧葬,也是发生在刘家大宅的旷世奇事。所有枫杨树人都知道刘老信纵火未成反被烧死的故事。祖父对孙子说起刘老信的奇死时最后总是说:

"别去惹刘老侠。你要放火自己先把自己烧了。"

诞生于故事开首的婴儿一旦长大将成为核心人物,这在家族史中是不言而喻的。

许多年以后沉草身穿黑呢制服手提一口麂皮箱子从县立中学的台阶上向我们走来。阳光呈丝网状在他英俊白皙的脸上跳跃,那是四十年前的春天,刘沉草风华正茂告别他的学生生涯,心中却忧郁如铁。他走过一片绿草坪,穿过两个打网球的女学生中间,看见一辆旧式马车停在草坪尽头。家里来人了。沉草的脚步滞重起来,他的另一只手在口袋里掏着,掏出一只网球。网球是灰色的,它在草地上滚动着,很快在草丛中消失不见了。有一种挥手自兹去的苍茫感情压在沉草瘦削的双肩上,他缩起肩膀朝那辆马车走。他觉得什么东西在这个下午遁走了,就像那只灰色的网球。沉草一步三回头。他听见爹在喊,"沉草你看什么?回家啦。"沉草说,"那只球不见了。"

爹来接他回家。赶车人是长工陈茂。沉草看见马车上残存着许多干草条子,他知道爹进城时一定捎卖了一车干草。沉草坐在干草上抱住膝盖,他听见爹喊,"陈茂,上路了。"县中的红房子咯咚咯咚地往后退。后来沉草回忆起那天的归途充满了命运的暗示。马车赶上了一条岔路,归家的路途变得多么漫长,爹让他饱览了五百亩田地繁忙的春耕景色。一路上猩红的罂粟花盛开着,黑衣佃户们和稻草人一起朝马车呆望。沉草心烦意乱,听见胶木轮子辘辘地滚过黄土大道。长工陈茂的大草帽把椭圆形阴影投射在车板上。我不知道是什么东西贴着胶木轮子发出神秘的回声。

马车赶上岔路必须经过火牛岭。沉草记得他就是这样头一次见到了姜龙的土匪。在火牛岭半山腰的榉树林子里,有一队骑马的人从树影中驰过。沉草听见那些人粗哑的嗓音像父亲一样呼唤他的名字:

"刘沉草,上山来吧。"

第二天起了雾,丘陵地带被一片白蒙蒙的水汽所湿润,植物庄稼的茎叶散发着温熏的气息。这是枫杨树乡村特有的湿润的早晨,五十里乡土美丽而悲伤。沿河居住的祖孙三代在鸡啼声中同时醒来,他们从村庄出来朝河两岸的罂粟地里走。雾气久久不散,他们凭借耳朵听见地主刘老侠的白绸衣衫在风中飒飒地响,刘老侠和他儿子沉草站在蓑草亭子里。

佃户们说,"老爷老了,二少爷回来了。"

沉草面对红色罂粟地和佃户时的表情是迷惘的。沉草缩着肩膀,一只手插在学生装口袋里。那就是我家的罂粟,那就是游离于植物课教程之外的罂粟,它来自父亲的土地却使你脸色苍白就仿佛在噩梦中浮游。田野四处翻腾着罂粟强烈的熏香,沉草发现他站在一块孤岛上,他觉得头晕,罂粟之浪哗然作响着把你推到一块孤岛上,一切都远离你了,唯有那种致人死地的熏香钻入肺腑深处,就这样沉草看见自己瘦弱的身体从孤岛上浮起来了。沉草脸色苍白,抓住他爹的手。沉草说,爹,我浮起来了。

罂粟地里的佃户们亲眼目睹了沉草第一次晕厥的场面。后来他们对我描述二少爷的身体是多么单薄,二少爷的行为是多么古怪,而我知道那次晕厥是一个悲剧萌芽,它奠定刘家历史的走向。他们告诉我刘老侠把儿子驮在背上,经过河边的罂粟地。他的口袋里响着一种仙乐般琅琅动听的声音,传说那是一串白金钥匙,只要有了其中任何一把白金钥匙,你就可以打开一座米仓的门,你一辈子都能把肚子吃得饱饱的。

你没有见过枫杨树的蓑草亭子。

蓑草亭子在白雾中显出它的特殊的造型轮廓。男人们把蓑草亭子看成一种男性象征。祖父对孙子说,那是刘老侠年轻时搭建的,风吹不倒雨淋不倒,看见它就想起世间沧桑事。祖父回忆起刘老侠年轻时的多少次风流,地点几乎都在蓑草亭子里。刘老侠狗日的干坏了多少枫杨树女人!他们在月黑风高的夜晚交媾,从不忌讳你的目光。有人在罂粟地埋伏着谛听声音,事后说,你知道刘老侠为什么留不下一颗好种吗?都是那个蓑草亭子。蓑草亭子是自然的虎口,它把什么都吞咽掉了,你走进去走出来浑身就空空荡荡了。

好多年以后枫杨树的老人仍然对蓑草亭子念念不忘,他们告诉我刘家祖祖辈辈的男人都长了一条骚鸡巴。

"那么沉草呢?"我说。

"沉草不。"他们想了想说。

沉草在刘氏家族中确实与众不同,这也是必然的。

沉草归家后的头几天在昏睡中度过,当风偶尔停息的时候罂粟的气味突然消失了,沉草觉得清醒了许多。他从前院走到后院,看见一个蓬头垢面破衣烂衫的人坐在仓房门口,啃咬一块发黑的硬馍。

沉草站住看着演义啃馍。沉草从来不相信演义是他的哥哥,但他知道演义是家中另一个孤独的人。沉草害怕看见他,他从那张粗蛮贪婪的脸上发现某种低贱的痛苦,它为整整一代枫杨树人所共有,包括他的祖先亲人。但沉草知道那种痛苦与他格格不入,一脉相承的血气到我们这一代就迸裂了。沉草想,他是哥哥,这太奇怪了。

罂粟花的气味突然消失了,阳光就强烈起来,沉草看见演义从台阶上蹦起来,像一个肮脏的球体。沉草看见演义手持杂木树棍朝他扑过来,他想躲闪却力不从心,那根树棍顶在他的小腹上。

"演义你干什么?"

"你在笑话我。"

"没有。我根本不想惹你。"

"你有馍吗?"

"我没有馍。馍在爹那儿你问他要。"

"我饿。给我馍。"

"你不是饿,你是贱。"

"你骂我我就杀了你。"

沉草看见演义扔掉了杂木树棍,又从腰间掏出一把柴刀。演义挥舞着柴刀。你从他的怒狮般的目光中可以感受到真正的杀人欲望。沉草一边后退一边凝视着那把柴刀。他不知道演义怎么找到的柴刀。刘家人都知道演义从小就想杀人,爹吩咐大家把刀和利器放在保险的地方,但是你不明白演义手里为什么总有刀或者斧子。刀在演义的手里使你感受到真正的杀人欲望。沉草一边后退一边猛喝一声:"谁给你的柴刀?"他看见演义愣了愣,演义回头朝仓房那里指,"他们!"

仓房那里有一群长工在舂米。沉草朝那边望,但阳光刺花了眼睛。沉草不想看清他们的脸,一切都使我厌恶。木杵捣米的声音在大宅里响着,你只要细心倾听就可以分辨出那种仇恨的音色。沉草把手插在衣服口袋里离开后院,他相信种种阴谋正在发生或者将要发生。他们恨这个家里的人,因为你统治了他们。你统治了别人别人就恨你,要消除这种仇恨就要把你的给他,每个人都一样了恨才可能消除。沉草从前在县中的朋友庐方就是这样说的。庐方说马克思的共产主义思想就是基于这个观点产生的。沉草想那不可能,你到枫杨树去看看就知道了。沉草缩着肩膀往前院走,他听见长工在无始无终地舂米,听见演义在后院喊"娘,给我吃馍"。所有的思想和主义离枫杨树都很遥远,沉草迷惘的是他自己。他自己是怎么回事?沉草走过爹的堂屋,隔着门帘,看见爹正站在凳子上打开一叠红木箱子,白金钥匙的碰撞声在沉草的耳膜上摩擦。沉草的手指伸进耳孔掏着,他记起来那天是月末了,爹照常在堂屋独自清理钱财。沉草想起日后他也会扮演爹的角色,爹将庄严地把那串白金钥匙交给他,那会怎样?他也会像爹一样统治这个家统治所有的枫杨树人吗?他能把爹肩上那座山搬起来吗?

沉草归家后被一种虚弱的感觉攫住,他忘了那是第几天,他开始用麻线和竹爿编网球拍子,拍子做好以后又开始做球,他在女佣的布笸箩里抓了一把布条,让她们缝成球形。女佣问二少爷你玩布娃娃?他说别多嘴我让你们缝一个网球。球缝好了,像梨子一样大。沉草苦笑着接过那只布球,心里宽慰自己只要能弹起来就行。沉草带着自制的球拍和球走到后院。那里有一块谷场,他看见四月的阳光投射在泥地上,他的影子像一只迷途之鸟。后院无人,只有白痴演义坐在仓房门口的台阶上。沉草朝演义走过去,他把一只拍子伸到演义面前。他想他只能把拍子伸到演义面前,"演义,我们打球。"

他看见演义扔掉手里的馍,一把抓住了那只拍子,他高兴的是演义对网球感兴趣。演义专注地看着他手中的布球。沉草往后跑了几步,摇动手臂在空中抡了几个圆,他听见布球打在麻线上咚的一声飞出去了。

"演义,看那球。"

演义双目圆睁盯着那只布球。演义扔下拍子,矮胖的身子凌空跳起来去抓那只布球。球弹在仓房的墙上又弹到地上,演义嗷嗷叫着去扑球。沉草不明白他想干什么。

"演义,用拍子打别用手抓。"

"馍,给我馍。"

"那不是馍,不能吃。"

沉草喊着看见演义已经把布球塞到嘴里,演义把他的网球当成馍。他想演义怎么把网球当成馍了?演义嚼不动布球,又把它从嘴里掏出来端详着。演义愤怒地骂了一声,一扬手把布球扔出了院墙。沉草看见那只球在半空中划出一条炽热的白弧,倏地消失不见了。

在枫杨树的家里你打不成网球,永远打不成。沉草蒙住自己的脸蹲下去,他看见谷场被阳光照成了一块白布,白布上沾着一些干草和罂粟叶子。没有风吹,但他又闻见了田野里铺天盖地的罂粟奇香。沉草的拍子几下就折断了,另一只拍子在演义脚下,他走过去抓那只拍子,看见演义穿胶鞋的脚踩在上面,他拍拍演义的脚说,"挪一挪,让我折了它。"演义不动。沉草听见他叽咕了一声,"我杀了你。"他觉得什么沉重的东西在朝他头顶上落,他看见演义手中的柴刀在朝他头顶上落。"白痴!"沉草第一次这样对演义叫,他拼命抓住演义的手腕,但他觉得自己虚弱无力,他抬起腿朝演义的裆下踹了一脚,他觉得那一脚也虚弱无力,但演义却怪叫一声倒下了。柴刀哐啷落地,演义在地上滚着口齿不清地叫着,我杀了你我杀了你。沉草记得那是漫长的一瞬间,他站在白花花的柴刀前发呆,后来他抓起那把柴刀朝演义脸上连砍五刀。他听见自己数数了,连砍五刀。演义的黑血在阳光下喷溅出来时他砍完了五刀。

时隔好久沉草还在想那是归家第几天发生的事,但无论如何想不起来。他只记得一群长工和女佣先拥进后院,随后爹娘和姐姐也赶来了。他们看见仓房前躺着演义的尸体。不是演义杀我,是我杀了演义。沉草紧握另一只球拍一动不动。他茫然地瞪着演义开花的头颅干呕着。他呕不出来。脚下流满一汪黑红的血。后来沉草呜咽起来,"我想跟他打球我怎么把他杀了?"沉草记得爹把他抱住了,爹对他说沉草别怕演义要杀你你才把他杀了,这是命。沉草说不是我不知这是怎么回事我怎么把他杀了?沉草记得他被爹紧紧抱着透不过气来,大宅内外一片混乱,他闻见田野里罂粟的熏香无风而来,他看见那种气味集结着穿透他虚弱的身体。

给演义出殡的那天沉草躺在屋里,一直躺到天黑。爹把门反锁上了。月亮渐渐升高,他听见窗外起风了。风拍打枫杨树乡村的声音充满忧郁和恐惧。沉草把头蒙在被子里仍然隔不断那夜的风声。他在等待着什么在风声中出现,他真的看见演义血肉模糊站在仓房台阶上,演义一边啃着馍一边对他喊,我杀了你我杀了你。

演义睡了棺材。枫杨树老人告诉我,演义的棺材里堆满了雪白雪白的馍,那是一种实实在在的殉葬,他们说白痴演义应该瞑目了,他的馍再也吃不光了。

猫眼女人已经不复存在,有一天她在大铁锅中洗澡的时候溺水而死,怀里抱着女婴刘素子,刘素子不怕水,她从水上复活了——那个猫眼女人的后代,她有着春雪般洁白冰冷的皮肤,惊世骇俗,被乡间广为称颂。

人们记得刘素子十八岁被一顶红轿抬出枫杨树,三天后回门,没有再去她的夫家。我们看见她终年蜗居在二院的厢房里,怀抱一只黄猫在打盹,她是个嗜睡的女人,她是爱猫如命的女人。许多个早晨和傍晚,窥视者可以看见刘素子睡在一张陈年竹榻上,而黄猫伏在她髋部的峰线上守卫。窥视者还会发现刘素子奇异的秉性,她一年四季不睡床铺,只睡竹榻。

刘素子每年只回夫家三天,除夕红轿去,初三红轿回。年复一年刘素子的年龄成为一个谜,她的眼睛渐渐地像猫一样发蓝,而皮肤上的雪光越来越寒冷,一颦一笑都是她故世的母亲的翻版。有一个传闻无法证实,说刘素子婚后这么多年还恪守贞洁,依然黄花,说县城布店的驼背老板是个假男人。到底怎么样?要去问刘老侠,但刘老侠不会告诉你。

刘素子一直不剪那条棕黑色长辫,刘素子坐在竹榻上,一旦她爹走进来,她就把黄猫在手里抉着,说:"别管我,三百亩地。"只有父女俩互相知道三百亩地的含义。刘老侠把女儿嫁给驼背老板得了三百亩地。刘老侠说闺女你要是不愿出门就住家里,可三百亩地不是耻辱是咱们的光荣,爹没白养你一场。刘素子就笑起来把长辫一圈一圈盘到脖子上,她说,爹,那三百亩地会让水淹没让雷打散三百亩地会在你手上沉下去的,你等着吧那也是命。

几十年后我偶然在枫杨树乡间看到刘素子的一帧照片。照片的边角是被烧焦的。我看见旧日的枫杨树美人身着黑白格子旗袍怀抱黄猫坐在一张竹榻上,她的眉宇间有一种洞穿人世的散淡之情,其眼神和微笑略含死亡气息。那是一位不知名的乡间摄影师的遗作,朴拙而智慧,它使你直接感受了刘素子的真实形象。

刘素子的黄猫有一天死在竹榻上。刘素子熟睡中听见猫叫得很急,她以为压着它了,她把猫推到一边,猫就安静了。刘素子醒来发现猫死了,猫是被毒死的。

刘素子悲极而泣,她披头散发把死猫抱到她爹屋里,刘素子边哭边在屋里环视着,"翠花花呢?"

"你找她干吗?你们又吵架了?"

"她毒死了我的猫。"

"你怎么知道她毒死了你的猫?"

"我知道。我就是睡死了也知道。"

"别闹,爹再给你抱一只回来。"

"不要你发慈悲,你让她再来吧,别毒猫,毒死我,我知道你们还想毒死我。"

刘素子把死猫抱着坐在院子里等翠花花。翠花花却躲着不敢出来。翠花花坐在床后的便桶上,她也在哭。长工们后来透露翠花花把罂粟芯子拌在鱼汤里喂猫,他们亲眼看见的。长工们说刘老侠镇翻了多少枫杨树人,就是管不了家里的两个女人。刘素子和翠花花。

那天夜里刘素子把死猫葬在翠花花的房前。

第二天死猫却被从土中掘起来重归刘素子的竹榻。

你一眼能识破两个女人间的仇恨。那种仇恨浅陋单薄但又无法泯灭。大宅上下的人知道她们一见面就互相吐唾沫。刘老侠用皮带抽打翠花花裸背时跺着脚说,"让你再吐唾沫让你再吐!"翠花花尖声大喊,"你让我怎么办,她一见我就骂骚货!"

在刘氏家族中女人就是女人,女人不是揣在男人口袋里就是挂到男人脖子上。枫杨树人对我说,翠花花是个骚货,又说翠花花实际上更可怜,她像皮球一样被刘家的男人传来递去拍来打去。

翠花花的女性形象使我疑惑。她几乎是这段历史的经脉,而所有的男人像拴蚂蚱一样串联起来在翠花花的经脉上搭起一座座桥,桥总有一侧落在翠花花那头。

我曾经依据这段历史画了一张人物图表,我惊异于图表与女性生殖器的神似之处。

图示:

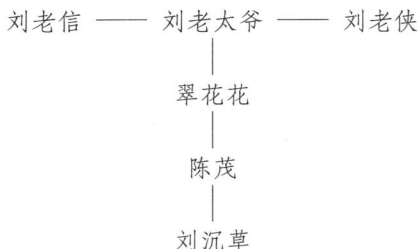

枫杨树人告诉我翠花花早先是城里的小妓女,那一年刘老信牵着她的手从枫杨树村子经过时翠花花还是个浓妆粉黛蹦蹦跳跳的女

孩儿。那一年刘老太爷在大宅里大庆六十诞辰,刘老信掏遍口袋凑不够一份礼钱,就把翠花花送给老子做了份厚礼。他们说翠花花其实是在枫杨树成人的,她一成人刘家的猫眼女人就溺死在洗澡锅里了。

院子里有人拉着驴子转磨。天没亮的时候转磨声就吱嘎嘎响起来了。拉驴子的人突然吼一声,"走,操你个懒驴!"沉草已经熟悉了宅院里杂乱的声音,但拉驴子的人非同寻常,他又浑身发痒了。这是一个奇怪的毛病。他听见那人的声音就浑身发痒。沉草起床拉开窗子,看见一个打赤膊的汉子在晨霭里冒热气。那是陈茂,那是我们家地位特殊的长工,爹说陈茂是坏种,可爹总是留他在家里惹是生非,沉草想那是爹的奇怪的毛病。

"陈茂,把驴牵走。"

"不行,这是条懒驴,赶不动它。"

"天天拉磨你在磨什么?"

"粉啊。少爷你不懂。吃你家饭就得给你家干活。"

"别磨粉留着吃米吧。"

"米太多了,你家米仓堆不下了。"

沉草拉下窗子。隔着窗纸他感觉到他还在看自己。有一首民谣唱道:陈二毛,翻窗王,昨夜会了三姑娘,今儿又跳大嫂墙。沉草知道他是个乡间采花盗。他不厌恶翻窗跳墙的勾当,他厌恶陈茂注视自己的浑浊痴迷的目光。沉草想起陈茂的目光已经追逐了他多年。他想起小时候走向后院的时候总是看见陈茂坐在梨树下。小时候后院长着五棵梨树。爹对儿女们说嘴别馋梨子不是我们吃的,秋后让长工挑到集市上能换五包谷米。沉草记得看守梨树的就是陈茂。陈茂和一条狗一起躺在梨树下,他喜欢用双掌托着我的脸上下摩擦,像铁一样摩擦,"狼崽子,小杂种。"他的嘴里喷出一股粪臭味。沉草奇痒难忍。陈茂说你想吃梨子吗?想,你喊我一声我就上树摘给你吃。喊什么?爹。不,你不是爹你是我家的长工。沉草看见陈茂的眼睛迸发出褐色的光芒。他的有粪臭味的双手差点把我的脸夹碎了。你不懂什么是爹,我就是爹。陈茂轻捷如猿爬上梨树,朝他头顶上扔下七只梨子。沉草记得他先啃了一口梨子,梨子是生涩的,他把七只梨子抱在胸前朝爹屋里跑。他其实是想吃梨子的可不知怎么就跑到了爹屋里,他把梨子全部交给了爹就跑了,一边跑步一边说:

"爹,陈茂给我七只梨。"

沉草记得那天夜里的小小风波。到夜里陈茂跪在爹的腿下。七只梨子已经发黑了像七个小骷髅横陈在地上。陈茂石板般锋利的脊背在闪闪发亮。那么多汗珠,那是长工们特有的硕大晶莹的汗珠。爹说沉草你过来骑到狗的背上。沉草说狗呢狗在哪里?爹指着陈茂那就是狗你骑到他背上去。沉草看着地上的梨子发呆。爹说骑呀儿子!沉草骑到陈茂背上他胯下的肉体颤动了一下。他喊起来,爹,我浑身发痒。爹说沉草你让他叫让他爬。沉草拍拍陈茂说你叫呀你爬呀。陈茂驮着我往门边爬但是他没有叫。爹大吼陈二毛你这狗你怎么不叫?陈茂跪在门边不动了,他背上的汗珠烫得沉草浑身发痒。沉草喊,爹啊我浑身发痒。爹喊陈二毛你不叫不准吃饭,陈茂的光头垂下去重重地磕在地上。我听见他叫了。"汪汪汪。"真的像狗叫。紧接着沉草被掀到地上。陈茂直起腰站在门槛上,他用双掌遮着眼睛。陈茂的嗓子被什么割破了发出碎裂声。他说,"去你娘的,我不干了,不再当你家的狗了。"陈茂仰起脸,沉草看见那张脸在愤怒的时候依然英俊而痴呆。他摇摇晃晃往外走,他看看天空,转过脸对沉草说,"天真黑啊,我要走了。"

沉草奇怪的是陈茂既然走了为什么还要回来?他有力气有女人总能混饱肚子,他为什么还要回来?多少次沉草听见陈茂的铜唢呐声消失了复又出现,看见陈茂满面尘土肩横破席倚在大宅门边,他不知廉耻地抓着肚皮,说,"东家,我回来了。"

在早晨的转磨声中沉草忽然被某个奇怪的画面惊醒了,隔着窗纸他看见拉驴的陈茂呈现出一条黑狗的虚影,沉草的手指敲打着窗棂,他想也许就是那狗的虚影使我奇痒难忍。沉草再次拉开窗子重新发现陈茂,太阳升起来了,石磨微微发红,他发现陈茂困顿的表情也仿佛太阳地里的狗。

在枫杨树乡村,没有一个男人的性史会比陈茂更加纷繁复杂,更加让人迷惑。陈茂走在村子里人们都注意他的两样东西,一是他家祖传的铜唢呐,二是他那隐物。

旧日的枫杨树男人都相信陈茂金枪不倒,女人们则在屋檐下议论一个永恒的话题:夜里陈茂又翻了翠花花的窗子。

夜里陈茂又翻了翠花花的窗子。他的心进入黑夜深处像船一样颠簸。在镜子的反光中他看见自己真实的形象。他的手臂茫然地伸展,撑在翠花花的床上,它们像两只被拔了羽毛的鸡翅膀一样耷拉着,他觉得自己在沉默中一次次亢奋,又一次次萎缩。陈茂蹲在冰凉的踏板上,嘴里充塞着又甜又腥的气味,翠花花像白蛇一样盘曲着吐出淡红的蛇舌,翠花花的手指揪住他的两只耳朵,他的耳朵快掉下来了。

"我要上来。"

"狗。"

陈茂推开女人雪白的肚皮,他站起来,他觉得自己快要吐了。他往地上一口一口吐着唾沫,腹中空空什么也吐不出来。翠花花突然咯咯笑起来,翠花花抬脚一下子把他踹下了踏板。她说,"滚吧,大公狗。"

地上更凉。陈茂看见翠花花已经裹上了被子,她从枕头下面摸出一只馍吃起来。每次都是这样,陈茂看着翠花花吃馍,他听见自己的肚子里发出响亮的鸣叫。

"给我半只馍。"陈茂说。

"给你。"翠花花掰下半只馍抛给他,"滚吧。"

陈茂嚼着馍,他把裤子挽在腰上跳出窗子,心中充满悲凉和愤怒。他光着脚摸向下房,听见宅院外面有巡夜人经过,竹梆声近了又远了。夜露中饲料堆发出如泣如诉的气味。陈茂想起他的所有日子叠起来就是饲料堆,一些丢在女人们身上,一些丢在刘家的大田里了,这也是生活,他必须照此活下去。

等到成熟的罂粟连花带叶搬进刘家大院,枫杨树的白面作坊就开始生产。如今你走遍南方也见不到这样独特的乡村作坊,从晾晒到磨粉我们的身边充满紧张而忙碌的收获气息。枫杨树罂粟将被佃户们晒十八次太阳,被花工焙十八次温火,然后筛成灰白的粉面装上贩盐船,你知道贩盐船将把枫杨树罂粟带到许多遥远陌生的地方。

收罂粟的人快要来了。沉草在日记里写道,贩盐船年年来到这里,而我将头一次看见那只船。谁知道枫杨树种植罂粟的历史是从哪一年开始的?那时候你还没出生。爹说这条财路说起来还得谢谢你的鬼叔叔。那时候河东的地是他的。爹说有一天我看见老信的地里长出了猩红夺目的花。我说老信你不好好种庄稼摆弄什么花草。老信说那不是花草那可是最好的庄稼,吃了它不想吃别的庄稼。到底是什么?鸦片。鸦片就是从这花上取出来的。我说你种鸦片干什么?老信说自己抽呀,城里人不吃庄稼就吃这个。"沉草你听着,"爹当时眼睛就亮了,"我走到罂粟地里摸摸那些大花骨朵,我听见那些鬼花花对着我唱歌,真的,我听见它们唱歌就迷窍了。"

聪明和呆傻的区别就在罂粟地边,你能否听见罂粟的歌唱?沉草在日记里写道。鬼叔叔只精通嘴巴快活鸡巴快活,所以他早夭黄泉。爹的聪明就在于他能听见罂粟的歌唱。爹天生就知道什么东西是金子什么东西是土地的命脉,要不然祖上的八十亩地不会扩展到整个枫杨树乡村,这是爹半辈子的功绩。

你说不清一个人对某种植物与生俱来的恐惧。在收获罂粟的季节里沉草把门窗关严,一个人坐着在日记上胡涂乱抹。爹每天都来敲他的窗子:沉草,给我出来!爹敲着窗子说,别躲着罂粟,别以为你怕罂粟。沉草对着爹的影子说我怕晕。爹更猛烈地敲着窗子,出来你就不晕了,你明白你已经习惯罂粟了。

沉草打开门靠在门框上,他闻见罂粟的熏香弥漫在大宅里,后院传来铡刀切割花茎花叶的声音。沉草摸摸额角微笑了一下。我没晕,真的不晕了。他不知道这种深刻的变化始于哪一瞬间。他想,我不晕了也许是件好事。

爹手掬一把花粉走出罂粟作坊,他把花粉举高迎着阳光辨别成色,其严峻坦荡的面容一如手捧圣火的天父。沉草想也许爹手里的花粉真的是我们赖以生存的天火。它养育了百年饥饿的枫杨树乡村,养育了我可我依然迷惘。

收罂粟的人快来了。枫杨树人对另一个枫杨树人说。

地主刘老侠站在四十年前罂粟作坊的门口,背景一片幽暗。四十年前刘老侠不知道自己成了南方最大的罂粟种植主。作为土地的主人他热衷于有效耕种和收成,他不知道手里的罂粟在枫杨树以外的世界里疯狂地燃烧,几乎熏黑了半壁江山。这是身外的事情。几十年后枫杨树的后代们知道故乡原来是声名遐迩的鸦片王国,一切已经不复存在了,无边无际的罂粟地已经像梦幻般地消失了,你沿着河两岸的田陌寻找不到任何痕迹,有人说这只是土地的历史与人没有太大的关系。

祖父告诉孙子,刘老侠三十七岁种了第一亩罂粟,夏天收到十斤花面(那一年也是白痴演义的诞辰)。刘老侠背一捆粗竹筒上了路。路上的人看见那些粗竹筒都奇怪,刘老侠一路走一路呵斥围观者,他敲着竹筒说,"滚开滚开,别让竹筒炸了你们的狗眼!"刘老侠是一个人去城里碰运气的,连伙计也没带上。他背着那些粗竹筒又坐火车又坐船往北面去,人们问他你背着什么怎么那么香?他说是粮食,粮食都很香。后来他真的感觉到肩上背的是粮食了。祖父告诉孙子,刘老侠走进都市的时候鞋已经烂光,他像我们一样光着脚丫子遭人白眼。城里的男人像女人,城里的女人像妖精,女人们皮肤都像翠花花一样白里透红满身药水味从他身边经过,可没人朝狗日的刘老侠多看一眼。刘老侠摸着他的脚想是我养活了你们这群狗男女,你们却不认识我。他就挤在百货公司的人堆里乱拱,他一出枫杨树就不想吃饭,肠胃饿得岔气,他就在人堆里拼命放屁。祖父拍着孙子的脸哈哈大笑,刘老侠也放屁的!刘老侠后来在人家门厅里睡了一觉,睡得正香,突然觉得头下的竹筒在滚动,他睁眼一看是个老叫花子在抽他的宝贝竹筒,老叫花子说给我几个竹筒装剩饭。刘老侠就跳起来啌他一个巴掌。后来刘老侠就走僻静的巷子,有人告诉他妓院都收购白面。他走到一条曲里拐弯的巷子里,看见一间大房子门口挂着一红一绿两盏灯笼。他就走进去把竹筒放在地板上,前厅灯光昏暗照着许多七叉八仰的狗男女,刘老侠拍拍手说,"我是送白面的。"他看见狗男女们都挺起来,青青白白的脸一窝蜂凑过来看着他。刘老侠说我操你们这些懒虫,我给你们送好东西可你们这样痴痴呆呆地看我干什么?他先劈开一只竹筒,掏出一把花面让花面从指缝间漏泄下来。他听见一个声音尖叫着鸦片鸦片,所有的人都扑向地上的竹筒,刘老侠被挤到了一边。他跺着脚喊,"别抢,给我钱。"谁也不理他,城里的狗男女像一群猪抢吃扒空了竹筒子。刘老侠跺着脚喊,"给我钱,给我钱!"他喊破了嗓子,人却溜光了,一下子不知溜到哪里去了。刘老侠后来说他没再追那些钱。他说他们真的像一群猪,我往食槽里填饲料它们就来了,食槽一空它们就全跑走撒欢去了。

祖父们都对刘老侠三十七岁的城市之行津津乐道,一半出自崇拜心理。而孙子们猜想刘家的罂粟从黑道上来到黑道上去。收罂粟的人一年一度来到枫杨树乡村,贩盐船把收获的罂粟和稻米一起从河上运走,久而久之枫杨树人将两种植物同等看待。祖父指着左岸的稻地和右岸的罂粟对孙子说,"两岸都是粮食,我们就靠这些粮食活下去。"

沉草归家后半年,家中遇到了土匪姜龙的劫难。

半夜里响起马蹄声。马蹄声杂沓地在刘家宅院四周响着。女佣在下房那边惊喊,"姜龙来啦。"

沉草披衣冲到院子里,他看见墙内墙外灯影幢幢一片动乱,唯独爹的屋子黑漆漆没有动静。沉草跑步过去敲窗子,"爹醒醒,姜龙的土匪来啦。"爹在屋里咳嗽了一声,说,"别慌,他进不了门,你让长工扛两袋米从墙上扔出去他们就走了。"沉草就站在门廊上喊陈茂的名字,又喊别的长工,没有人答应。下房那里的人像无头苍蝇一样东奔西窜,什么东西被踩翻了,轰隆隆地响。沉草往前院跑的时候听见两扇柏木大门吱嘎嘎地打开了。"谁开门?"沉草喊时已经晚了,马蹄声在前院炸响,九匹马鱼贯冲进来,马灯的火苗扑闪一下又亮了。沉草头一次看见姜龙的土匪。他们手持长枪骑在马上,头蒙黑布罩,脚蹬红麻鞋。他们英气逼人使沉草很惊讶,沉草的手插到裤袋里捻着,他对中间骑白马的人说,"你是姜龙吗?"他听见骑白马的人笑了一声,他扯下黑布罩,露出一张瘦削年轻的脸,英气逼人。"姜天洪!"沉草叫起来,姜龙就是私塾同学姜天洪他无论如何想不到。沉草低下头,面对那匹白马那个骑马的人,他想起从前有很多日子,姜天洪背他去私塾上学,每背一次沉草赏给他半只馍。

爹出来的时候腰带还没缠好。爹好像并不慌张,他一边缠腰带一边说,"你们怎么进来了?把米扔过墙不行吗?"

"有人给我们开门,当然进来看看刘家。"

"你们到底想要多少米?"

"十袋就行。"

"今年粮荒,没收成,八袋行吗?"

"不行。一袋不能少,还要一个人?"

"要人?要谁?"

"你儿子刘沉草。"

"别开玩笑,我给你十袋米了。"

"米要人也要。我想拉一个财主的儿子上山,我想让他去杀人!去抢劫!去放火!"

爹愣住不动,沉草看见爹在马灯的照射下脸色青紫,嘴唇直颤,身体却像树桩一样沉稳地站着。沉草想起归家时路过火牛岭听见的那声呼唤,他觉得这事很奇怪,走到那匹白马跟前,拉拉马缰说,"姜天洪,你还记着以前的事吗?"

"记一辈子。要不然不会来你家。"

"可我也给你吃馍了。"

"馍早化成粪了,可是心里的恨化不掉。"姜龙的马鞭在空中抢了一响,"刘沉草,你不明白我的道理。"

"如果我不想跟你上山呢?"

"烧了这大宅,杀你全家。"

沉草听见爹仰天长啸一声,爹扑过来抱住白马的腿。他的膝盖慢慢下沉,终于跪在地上。沉草蒙住眼睛听见爹说,"把米仓都给你,要多少给多少。"

"米够吃了。我要你家的人,不给儿子给闺女也行。"

"什么?"

"你闺女,刘素子。我要跟你闺女睡,三天三夜,完了就放她下山。"

沉草记得他想搬地上的石碾,他弯下了腰却抱不动。他的疲软的手臂被爹紧紧抓住了。爹轻轻说,"孩子你别动,这是爹的事。"他看见爹已经老泪纵横,他跌跌撞撞朝后院走,走了两步又回头,说,"三天三夜,说话算数吗?"

九匹马又撞开了一道门冲向后院,狂躁的马蹄声粉碎了大宅的这个夜晚。九匹马回头时驮着一个酣睡乍醒的女人。沉草记得姐姐散发披垂满目蓝光的样子,她真的像猫被姜龙挟在臂弯里,白色绸袍在挣扎中撕得丝丝缕缕。姐姐绞着她的长辫,脸色苍白如纸。沉草听见她在喊,"爹救我。"可是爹枯立着紧闭眼睛,像睡着了似的。沉草看见姐姐的长辫突然从马上散落,像树枝擦地而过。她把手伸向沉草喊,"沉草救我。"沉草去抓姐姐的手时看见姜龙的枪口冒出一团红火,那只右手像被什么咬了一口,随即无力地垂落下来。断了,沉草想我的右手断了,这一切仿佛半个噩梦。

大概是午夜时分姜龙的土匪从刘家风卷残云而过。长工女佣们沿墙根站着观望刘家父子。沉草坐在一只箩筐上,玩味着血洇全身的感觉,起初脑子里一片空白然后倏地跳出了演义血肉模糊的脸。曾几何时,血也是这样洇透演义的全身。沉草感觉到冷,他拨开呆若木鸡的下人去穿衣服,他听见爹在一片黑暗中终于哭出声,爹举起双拳捶打自己的脑袋。

"去买枪,去买一百条枪。"

沉草穿了棉袄也没暖和过来,他咬着牙再次走到院子里,人已散尽,爹一个人在月光下枯立,爹把手掌摊开,好像要接住什么东西。他对沉草说,"灾祸临头了吗?"沉草挽住爹僵直的手,他看见爹的手里只有一片罂粟叶子。沉草摇摇头,沉草说我不知道爹我真的不知道姜天洪会来。

第三天刘家人守在村口等待刘素子回来。你看见沉草的手中抓着一支驳壳枪。围观的人都说刘老侠用十担米换了那支驳壳枪,枪很贵但你有了枪就不怕土匪了。第三天一匹白马从山上下来,看不见骑手,刘素子像一只昏睡的猫伏在马背上。看不见她的脸,只见那条著名的长辫散成枯柳纷纷飘扬。围观的人发现小姐的白袍换成了一条男人的大裤子,有人说那是姜龙的裤子。

劫后的刘素子回家后泡在大铁锅里洗澡,她一边洗一边哭,洗了三天三夜。两个女佣守着锅下的火,发现小姐在水中与她故世的母亲如出一辙,眼睛绿得让你生出寒意。

沉草你过来,跟我走。

爹牵着沉草的手穿越一段难忘的时光。走出大宅的时候有一只钟在离枫杨树很远的地方敲响。沉草记得这一天爹七十寿辰,他二十岁。他们穿越一段难忘的时光往刘家祠堂走。祖先的白金钥匙在前面衰弱地鸣叫,听起来就像爹的脉息。那真是一种衰弱的声音,它预示结局将要出现。歇响的枫杨树人从路边阴暗的草屋里跳出来,他们像一群鸡一样跳出来观望刘家父子。沉草直视着不去看两边的佃户,他厌恶那些灰黄呆滞的面孔,他想那些人为什么终年像一群扒食的鸡观望你的手?为什么像一群牛蝇麋集在你的周围赶也赶不走?沉草低下头走过长长的村巷。枫杨树这么狭小,它就像一块黑色疮疤长在世界的表面上,走着走着就到头了。沉草感觉到走了很长的路,阳光突然变灰,祠堂老瓦飞檐的阴影蛰伏在头顶上,刘家祠堂虎踞龙盘,一股潮湿古老的气味蔓延在他身边,沉草看着自己的脚尖驻足了。

沉草,你跟我来。

爹的声音一直在前面呼唤,每一颗空气也都这样呼唤,爹幽灵般扑进祠堂大门,白衫的后背闪着荧光。神龛上点着八支红烛,香烟缭绕。他看见爹跪在祖宗的牌位前,身体绷紧像一块石碑。这是我们的祠堂,这就是我们祖先藏身的地方,他们给予土地和生命,在冥冥中统治着我们的思想。沉草抱紧自己的身体跪在爹的身边,听见某种灾难的声音吱吱叫着往他头顶上坠落。在悸冷中沉草的手摸遍先祖之地,地上冰凉,他又摸到了爹的手,爹的手也冰凉。他看见白金钥匙在神龛上有一圈月晕似的光泽,白金钥匙发出了田野植物的各种气息。它马上要落到你的手里了。

沉草,向祖先起誓。

我起誓。

你接过刘家的土地和财产,你要用这把钥匙打开土地的大门。你要用这把钥匙打开金仓银库,你起誓刘家产业在你这一代更加兴旺发达。

我起誓。

白金钥匙天外陨星般落到沉草手心。他奇怪那把钥匙这么沉重,你简直掂不动它。沉草啊你的祖先在哪里?到底是谁给了我这把白金钥匙?黑暗中历史与人混沌一片,沉草依稀看见一些面呈菜色啃咬黑馍的人,看见鬼叔叔在火中噼噗燃烧,而最清晰的是演义血肉模糊的头颅,它好像就放在青花瓷盘里,放在神龛之上。"我冷。"走出祠堂的时候沉草又缩起了肩膀。风快吹来了。他听见爹说,"挺起肩来。"但是我冷。爹变得空空荡荡跟在后面走,他离开了白金钥匙才真正的苍老不堪。

沉草记得那个正午漫长而阴暗,枫杨树乡村从寂寥中惊醒了一点,狗猖猖地吠叫,猪羊在沟边乱跑。那些佃户站在地里屋边观望,他不知道他们观望什么,听见路边一个放羊的女人冲他喊,"老爷。"

"老爷。"沉草自言自语,他猛地怒视放羊的女人,"喊谁?"

那个正午祖父与孙子站在河边,祖父对孙子说,"别指望他们重换门庭,人跟庄稼一样,谁种的谁收,种什么收什么。你不知道沉草,别指望好日子从天上掉下来。"祖父说下地去吧,太阳那么高了。就这样你看见一九四八年像流星一样闪过去了,你看地主家庭的历史起了某种变化。

我发现枫杨树刘家的历史发展到一九四八年起了诸多变化,家国兴亡世事风云有时发生在人生一瞬间。你说刘沉草在这段历史中是斑驳的一点,你还可以说刘沉草是四十年代最后的地主。你听见古老的金钥匙在他的牛皮裤带下响着,渐渐往地上掉,那是一种神秘的难以分辨的声音。金钥匙快要掉下来啦。枫杨树乡村在千年沉寂中蹦跳了一下,死湖般的历史随之有了新的起伏。

那是一九四八年,短暂的刘沉草时代,祖父们对那个特殊的历史时代有着深刻的印象。他们说刘沉草让我们都种上了地。他把长工和女佣赶出家门,把水稻地都租给外来的迁徙户,许多人从北面南面涉河而来,在沉草手上租到了十亩地,他们说河右岸的外乡人就是这样聚居起来的。人们记得刘沉草铁青着脸把他的土地交给别人,他说我不要这么多地,可你们却想要,想要就拿去吧,秋后我只要一半收成,各得其所,听明白了吗? 有人跪在刘沉草面前说少爷这是真的吗? 刘沉草喊起来别跪别给我下跪,他说我恨死你们这些人了,就像恨我自己一样。

枫杨树人始终没有懂得刘沉草时代。祖父们对他的评价往往很模糊,譬如小善人,譬如怪物,譬如黑面白心。而孙子对祖父说,"刘沉草给了你什么? 给你的不是土地而是魔咒,你被它套住再也无法挣脱,直到血汗耗尽老死在地里。你应该恨他,你为什么直到现在还念念不忘一九四八年?"

这一年收罂粟的人没有来。

贩盐船没有来,而河边的人还在守望。

收割后的罂粟地里枯枝横陈,沟壑涸辙仿佛斑马纹路刻在那里了。原野在风中无比枯寂,风像千人之手从四面出击摇撼我的枫杨树乡村。你走出黑泥房子来到河边,看见两岸秋色依旧,但是风真的像千人之手从四面出击摇撼你,风要把你卷起来抛入河心,你像一片落叶沿着河的方向归去。这一年的秋风多么浩荡,只要走到河边,你将看见这段历史在这阵风中掉下的册页,那更是一堆落叶沿着河的方向归去。

南方解放好久了,枫杨树乡村不知道。

人们记得陈茂头一个从马桥镇带回了解放的消息。

被赶出刘家的长工陈茂挥舞着一只黄色帽子,远远地你就看见帽子上一颗五角星红光闪闪。那是一九四九年历史的一个物证在向你逼近。陈茂向一九四九年历史深处跑来,他的光脚丫子经过村巷逼近刘家大宅,他喊快去马桥镇快去马桥镇,快去马桥镇共产党来革命啦!

陈茂把嵌五角星的黄帽子戴在头上,然后闯进刘家大宅。他站在院子中央愣了会儿,看见翠花花正吆喝着一群鸡吃食,刘素子抱着一只猫坐在屋檐下晒太阳。两个女人的眼神木然。翠花花骂,"蠢货,你满嘴嚷什么?快回来干活吧。"陈茂摸着头上的帽子咧嘴一笑,"我再也不回来了,我跟共产党了!"陈茂又跑出大宅朝村里跑,他听见翠花花追到门口骂,"蠢货,回来干活吧。"陈茂掉头朝她做了个鬼脸。骚货色我再也不给你们干活了。风吹响连绵的黑土地,陈茂跑着从裤腰带上摘下铜唢呐,唢呐声也响起来直冲云霄,他听见了大地气动岩浆奔突的声音。他狂奔着觉得自己像一只金蝇子一样飞了起来。路边的佃户们有的跟着他瞎跑,他们问,"陈二毛怎么啦?""快去马桥镇共产党来革命啦!"陈茂边吹边跑,跟着的人越来越多,他们像一队鸵鸟饥饿地奔跑。他们沿着河岸跑过光秃秃的水稻地罂粟地,最后看见了蓑草亭子,饥饿队伍就是这时戛然而止的。

蓑草亭子状如祭台浑然耸立,青烟缭绕在你的头顶。他们看见烟霭中两个白衣人守护着红香炉。有人说重阳九九,祭祀土地了,那是刘氏家族延续百年的圣事。可是谁知道为什么在圣火前他们相遇了呢?

饥饿队伍散开了,他们站在地里凝望刘氏父子。父子俩面目苍茫,在一片寂静中走出蓑草亭子。刘老侠已经很老了,目光却依然像巨兽俯视他们弱小的灵魂。这是一九四九年他们头一次看见刘老

侠。他们听见刘老侠咳嗽着吐出一口痰,又吐出一个熟悉的音节:

狗

"你们要干什么?"

"去马桥镇,共产党来革命了!"陈茂在人群里踮起脚尖。

"狗。他说什么?"刘老侠问沉草。

"他说革命。"沉草说。

"我们再也不给你卖命了。"陈茂说。

"刘三旺刘喜子你们把陈茂捆起来。"刘老侠说。

人们都站着观察,那些呆滞木然的脸组成的是饥饿队伍。

"捆啊,捆了他给你们每人一袋米!"

"一袋米?不骗人?"

"不骗你们,饿死鬼!"

"一袋米,我来捆!"饥饿队伍都跳了起来,他们动了起来,陈茂返身想跑已经来不及了。佃户们一拥而上抱住了陈茂。"一袋米!"他们大叫着把陈茂抬起来。有人喊没东西捆接着又有人喊把他的裤腰带抽下来,陈茂被高高地抬起来他的裤腰带被抽掉了。陈茂用手去护住羞处但双手很快地被缚紧。"放开我刘老侠!"陈茂怒吼着但没有人听见。"把陈二毛的裤子扒下来!"愉快的佃户们一边疯笑一边把他抬到蓑草亭子里,抬到刘氏父子身边。

沉草往后退。他看见陈茂的生殖器露出来在人们的头顶上晃荡着,陈茂的黑裤子被扒下扔到空中飞来飞去。他觉得恶心,浑身奇痒,那种突如其来的奇痒使他抱紧身体,恨不能死。这是怎么啦?他弯下腰朝地上吐口水,他看见无数双光脚丫踩碎了圣火,香炷折成了两截躺在地上。沉草拾起一截,半截香炷仍然很烫手,他把它扔掉了,沉草抓挠着脸和脖子,他喊,"别闹了,你们都快滚蛋!"但他的声音也被快乐的潮声淹没了。佃户们喊,"老爷,把陈二毛捆在哪里?"爹说,"吊起来,吊到梁上。"沉草看见陈茂从人们头顶上升起来,很快地升到蓑草亭子的横梁上。陈茂的嘴张开着,像一只死鸟被挂在横梁上摇摇晃晃。谁把铜唢呐挂到了他的脖子上,铜唢呐也跟随主人在风中摇摇晃晃。沉草觉得陈茂的模样很滑稽,他却笑不出来,只是奇痒加剧。他想这个人与他之间存在某种生物效应,他看见这个人就奇痒难忍,心中充满灾难的阴影。沉草摸出了他的枪,他把枪举起来瞄准,准星线上陈茂的生殖器在空中愈发强壮硕大。狗,沉草想那真的是一条狗让我恶心。沉草想不知道这是第几回了他举枪瞄准陈茂。你想杀了他吗?为什么你面对他总是虚弱不堪?沉草想也许这是害怕的缘故。你害怕一个人经常就是这样。沉草持枪的手垂下来,他发现佃户们瞪大眼睛看着他的手。他用枪管摩挲着脸部,他看见自己的形象映在枪身上那么小那么苍白,疲惫和厌恶是从心里映现在枪身烤蓝上的。除了白痴演义,我谁也杀不了了。我只能将子弹留到最后一天。

"让他吊在那儿,谁也别去管他。"爹指着陈茂对众人说。

沉草扶住爹离开蓑草亭子,背脊上似乎爬满了温热的虫子。他猛然回头发现陈茂的目光是猩红的罂粟追逐着他们父子。对视间陈茂朝他咧嘴笑了一下,紧接着他朝父子俩撒了一泡尿。沉草看见那泡尿也是猩红的一条弧线,他不知道那个人是人还是狗,他又一次在虚空中发现了人面狗身的幻影。

被缚的长工陈茂在野地里摇荡着,度过了难忘的昼夜。夜里他把挂在脖子上的铜唢呐用嘴衔起来,我们听见从蓑草亭子那边传来的唢呐声在枫杨树乡村回荡,响亮而悲壮。那是一九四九年的深秋,你听到的其实就是历史册页迅速翻动的声响。

第二天庐方的工作队从马桥镇开到枫杨树。他们首先听见的就是那阵唢呐声。他们在河边就看见一个光屁股的男人被吊在蓑草亭子里吹唢呐,那情景非常奇特。工作队长庐方告诉我,把陈茂从梁上解下来时他们差点流出眼泪。陈茂的嘴唇肿胀着,光裸的身上爬满了黑色的飞蚤。庐方从挎包里找出一条裤子让他穿,他没接,却先抢过了别人手上的干粮。他一边嚼咽一边说,"先吃馍馍再穿裤子。"庐方还说从陈茂的脸部轮廓上一眼就能分辨出老同学刘沉草的影子,沉草确实长得像陈茂。这一点谁都认为奇怪。他说枫杨树是个什么鬼地方啊,初到那里你就陷入了迷宫般的气氛中。庐方比喻四十年前的工作队生活就像在海底捞沉船,你看见一只船沉在海底却无法打捞,它生长在那里。而每一个枫杨树人像鱼像海藻像暗礁阻拦你下沉,你处在复杂多变的水流里,不知怎样把沉船打捞上来。

庐方回忆起一九四九年秋天老地主坐在门槛上眺望南方的时刻。他每天都在等待收罂粟的人到来,等待贩盐船从河下游驶来,泊靠在他的岸边。

解放了。收罂粟的人不会来了。庐方说。

老地主默然不语。庐方跨过刘宅门槛,看见大院里到处是大大小小的竹匾,竹匾里晾晒着白色与棕色的罂粟粉,他第一次看见那种神奇的植物花朵,罂粟的气味使他神经紧张,他抓住枪套朝大宅深处走,觉得阳光在这里有了深刻的变化,有人站在屋角的黑暗里修农具或者纳鞋底,神情木然愚蠢,庐方知道那是枫杨树人亘古不变的神情。庐方走到中院的时候看见了刘家的两个女人。翠花花丰腴的手臂上点洒着唯一的阳光,她的佩戴六个金银手镯的手臂环抱在胸前,她的乳房丰满超人。翠花花伏在窗台上向庐方点头微笑,"来啦,长官。"而刘素子当时在给一只猫喂食,刘素子不知为什么女扮男装,但庐方一眼就看出她的实质。庐方后来对我说他忍不住对刘素子笑了,他说他的绑腿布松了,他蹲下去系的时候看见刘素子砰地打碎破瓷碗逃进了东厢房。在门边她回头张望,她的猫一样的眼睛突然变得恐慌而愤怒,事隔好多年庐方仍然忘不了刘素子的一双眼睛,"她真像猫!"

庐方走过黑暗的仓房时听见一阵咳嗽声。透过窗缝他看见一个人端坐在屋角大缸上。他看不清那个人的脸,就掏出手电筒照过去。手电筒照亮一张熟悉的苍白的脸,那个人昏昏欲睡但嘴里含着什么东西。"谁在那儿?"那人说。庐方撞开木扉门。就这样他见到了阔别多年的老同学刘沉草,就这样庐方见到了蜗居在家的所有刘氏家族的成员。他说中国的地主家庭基本上都是一览无余的。你只要见到他们心里就有数了,一般来说,我们的工作队足够制服他们。

沉草坐在仓房的大缸上。那也是白痴演义从前啃馍吃的地方。你如果有过吞面的经验会发现沉草在干什么。沉草在吞面。你发现这个细节不符合沉草的性格，你记得沉草归乡时在罂粟地里的昏厥，但沉草现在坐在大缸上，沉草确确实实在吞面。

他听见整个枫杨树在下雨。他走在雨中。一条路在茫茫雨雾中逶迤向北。北面的沙坡上有一座红色楼房。他看见自己已变成一只蜗牛在雨中爬行。他看见红色楼顶上有一只网球在滚动，那只球掉下来了在雨地里消失不见了。他听见整个枫杨树在下雨。蜗牛的背上很沉重，它在水洼里睡着了，而那条路上有人在雨中狂奔，他们从后面狂奔而来，蜗牛听见了疯狂的脚步声，它想躲一下却无法挪动身子。他看见水洼被踩碎了，美丽的水花飞溅起来。他听见蜗牛的身子被踩出清脆的巨响，砰然回荡。

院子里打翻了一只竹匾。沉草走出仓房，嘴里还留有罂粟面的余香。他站在台阶上抱住头，他觉得从那场雨中活过来很累。爹咒骂着谁，把地上的花面拾进竹匾。那些罂粟如今像冬日太阳一样对他发光。沉草站着回忆他感官上的神秘变化。他模模糊糊地记起来很久以前他是厌恶那些花的，那么什么时候变的呢？沉草想不起来，他觉得困倦极了脑袋不由自主地靠在墙上，他仍然半睁着眼睛，看见爹的手在竹匾里上下翻动着罂粟花面。

"别晒了，收罂粟的人不会来了。"沉草说。

"罂粟会烂掉的，你白忙了一年。"沉草不断舔着下嘴唇，他说，"自己吃吧，爹，那滋味真好，你尝尝就知道了。"

沉草听见自己在说话，他看见爹扔下花面惊惶地看着自己。"沉草你吞面啦？"爹猛然叫起来抓住他摇晃着。沉草觉得他像一棵草灰那样轻盈，灵魂疲惫而松弛。他说爹我想睡。可爹在用手掰开他紧闭的牙床，爹嗅到了他嘴里残存的罂粟味。"沉草你吞面啦？"爹抓住他头发打了他一巴掌。他不疼。他仍然想睡着等待雨中幻景重新降临。他把头靠在爹的肩膀上说，"爹，我看见那只球，那只球掉下去不见了。"

庐方记得沉草的形象在五年后已不再清俊不再忧郁,他肤色蜡黄,背脊像虾米一样弓起来,远看和他的地主父亲一样苍老。沉草想方设法逃避着庐方。但庐方总能在仓房的黑暗里找到沉草。沉草绕着大缸走一圈,跳进缸里,他像条蛇一样盘在缸里,一动不动,只是不时打着喷嚏,庐方怀疑沉草已经丧失记忆,沉草不认识他,他猜想沉草是装的,一时不知道说什么好。他后来精心设计了谈话的内容,因为他不想把第一场谈话弄得庸俗或者生硬了。

"沉草。周末了,我们去打网球。"

"草坪呢,草坪在哪里?"

"就在你家院子里打。"

"没有球,球掉下去不见了。"

"我带着一只球。"

"我已经忘了怎么打网球。"

"沉草,你知道你家有多少土地吗?"

"不知道,枫杨树的土地好像都是我家的。"

"你知道你家有多少财产吗?"

"不知道。"

"别装傻,你拿着你家的白金钥匙。"

"真的不知道,那都是我爹的东西,我没打开过。"

"沉草,你明白我们来干什么吗?"

"不明白,也不想明白,你们愿意干什么就干什么。"

"要土改了,要把你们家的土地和财产分给穷人。"

"我无所谓,我爹他不会同意的。"

庐方看见沉草从大缸里站起来,他的目光涣散游移不定。沉草仰面看着房顶上的一架纺车,半晌打出一个喷嚏。庐方突然听见沉草轻声喊了他的名字,"庐方,拉我一把。"他把手伸出去抓住了沉草冰凉的汗津津的手掌。庐方回忆他们手臂相缠时勾起了往昔的友情。在仓房的蛛网幽影中他们同时看见一块浅绿色的大草坪,阳光在某个傍晚洒下无数金色斑点,他们挥拍击球,那只球在草坪上滚动着。庐方说,"沉草,打球去。"沉草浑身一颤,他的眼睛闪亮了一瞬复又黯淡。沉草抬起手臂擦着眼睛,他的身上散发出罂粟枯干后的气味。"那只球掉下去不见了。"沉草叹了口气。庐方很快甩开了沉草软绵绵的手臂,他也说,"掉下去不见了,不见了我也没办法。"

　　我听见嘹亮的唢呐声在黎明的乡村吹响,那是一九四九年末风暴来临的日子。唢呐声召唤着枫杨树的土地和人,召唤所有幽闭的心灵在风中敞开。

　　风暴来临,所有的人将被卷离古老的居所,集结在新的历史高地上。

　　"跟我来,乡亲们！跟我来吧,斗倒财主刘老侠！"

　　我看见长工陈茂在枫杨树乡村奔走呼号。他的腰间挂着一把古老的铜唢呐(后来唢呐在枫杨树成了革命的象征,农会的男人腰间都挂上了唢呐)。庐方回忆说陈茂是他开展农村工作以后遇见的最为自觉的农民革命者。他的翻身意识尤其强烈就像干柴烈火,你一点他就整个燃烧了。那是个难得的农村干部,可惜后来犯了错误。庐方说南方的农民们的生存状态是一潭死水,苦大仇深并不构成翻身意识,你剥夺他的劳动力他心甘情愿,那是一种物化的惰性。在枫杨树佃户和长工们都把自己看成一种农具,而农具的主人是刘老侠。当庐方的工作队访贫问苦的时候从他们嘴里听到的是刘老侠创业的丰功伟绩。他们说,"枫杨树千年出了个刘老侠,他的手指缝里能敛进金元宝。"庐方说只有一种农民才能革地主老财的命,他自己一无所有,他的劳动力乃至全部精神都被剥夺,譬如长工陈茂,他是以一个完整的革命者出现的,你必须信任他。那一年陈茂自然地成为枫杨树的农会主任。陈茂从工作队领到一杆三八式步枪。陈茂腰挂唢呐肩佩步枪风风火火来往于枫杨树乡村,一时成为真正的风云人物。乡村的孩子看见陈茂就躲在草垛后唱起另一首民谣:

　　　　陈二毛,变了样
　　　　一把唢呐一杆枪

走到东啊奔到西
地主老财遭大殃

陈茂走到刘家大宅前突然站住,他抓着腰间的唢呐吹了悠悠一声。他不明白自己这么做的道理。也许是提醒地主一家:我来了是我来了。他踢开门喊我来了,院子里一片死寂,几只鸡在地上的青苔间找谷子吃,厢房的门都关着,陈茂抓起唢呐又吹了一声,他踢飞一只鸡又大喊一声,"人都死光了吗?"

东厢房的窗打开了。陈茂看见刘素子睡眼惺忪地出现在窗口,她的眼圈发黑,脸却苍白如纸,又一只猫伏在她瘦削的肩上。陈茂看见刘素子的淡绿色瞳仁里映着他的长枪,凝眸不动。她又被枪吓坏了。陈茂朝她眨眨眼睛,他总是从那张冰清玉洁的脸上发现受惊的神色。"别怕。"陈茂的手抠着枪带走过去,"我可不是土匪姜龙,我不会把你怎么样的。"

刘素子默然,那只猫叫了一声。陈茂歪着身子倚在窗前,端详着那个闭门不出的女人,他看见她雪白的长颈露在旗袍领子外面,一个梅花形的猫爪印清晰可见。那只猫又叫了一声。刘素子猛地抽搐了一下,砰地关窗,陈茂的脸被木窗重重地撞了一下。

"快滚,别这样看我。"

陈茂一手捂脸一手把窗往里推,他说:

"别关窗,我不是来睡你的。"

"我跟狗睡也不跟你睡。"

"女人嘴凶,可没有一个女人敢这样对我说,你是让姜龙给弄傻了。"

"你来干什么?翠花花不在家,天还没黑,你来干什么?"

"我不找那骚货。我找你爹你弟弟干革命。"

"我不管,我就是不愿见公狗,恶心。"

"你会明白我是人是狗的,告诉我他们上哪儿了?"

"山上大庙,烧香。"

"烧香?"陈茂笑起来,他用枪托打着木窗,"你家劫数到了,谁也救不了你们,现在我是你们的菩萨,明白吗?"

"你要是菩萨,该上茅房去找供品。"

"小婊子,你明白拿什么供我,你是最好的供品。"

"狗,不要脸的大公狗。"刘素子终于把陈茂关在窗外了,陈茂被关在窗外发愣。他想女人脖颈上的梅花形猫印是怎么回事?它像个小太阳一样照得他熏热难耐,撩动他的情欲。"小婊子,我干了你。"他的额际上沁满了汗,女人的太阳真是熏热难耐。陈茂想这是怎么回事?我跟这家人到底是怎么回事?他想不透,想不透就只有吹唢呐了。

陈茂一边吹唢呐一边坐在门槛上。暮色点点滴滴潜入凄冷宅院,槐树叶子在层层青苔上凋零发烂,他听见一头驴子在磨房里咴咴地叫,那是他长工生涯的老伙计,陈茂忽然想去摸摸那只驴子,他起身朝磨房走去,他看见驴子皮包瘦骨半卧在食槽边,食槽是空的。可怜的驴子跟着他们会饿死的。陈茂把墙角堆着的糠全倒在食槽里,看驴子狼吞虎咽地吃食。他的手从上而下抚摸着驴子肮脏干枯的皮毛,思绪纷乱缅怀他的大半辈子长工生涯。不知过了多久,陈茂觉得身后有动静,他猛地回头看见刘家三人站在院子里,他们脸上灰尘蒙蒙,每人手里抓着一把罂粟叶子。陈茂端起枪拉上枪栓,眯缝着眼睛观察地主一家,他觉得他们手持罂粟行色匆匆很奇怪。

"你们带着罂粟干什么去了?"

"上山求神保佑罂粟。山神说收罂粟的人快来了。"老地主的脸上没有任何表情,目光省略了持枪的陈茂显得空灵悲伤。陈茂看着地主一家在他的枪下鱼贯而入,翠花花走在最后面,她的金手镯响着伸手把枪往上一挑,无所顾忌地在陈茂裤裆里拧了一把。陈茂往后跳了一下,但没来得及躲开人的手,那里碎裂般地疼。他骂了一声臭婊子货忽然想起工作队交给的任务,便又跑过去横枪堵住了他们,他猛吼一嗓:

"站住,明天开会!"

地主一家疑惑地瞪着陈茂,然后是面面相觑。

"你说什么?"老地主摇着头,"我听不懂你的话。"

"听不懂?明天开会!"陈茂说,"开会你懂吗?"

"开什么会?"

"批斗会,斗你们地主一家。"

"干吗斗?怎么斗?"

"到蓑草亭子去!用绳子把你们捆起来斗,跟你们那回捆我一样。"

"这是谁定的王法,狗斗人吗?"

"农会。工作队。庐同志说只有斗倒你们枫杨树人才能翻身解放。"

陈茂看见老地主手中的罂粟掉到地上。陈茂想天也掉到地上了,狗为什么不能斗人?风水轮回还有什么不可改变的呢?陈茂朝老地主啐了一口。陈茂一高兴就把唢呐吹起来了,他吹着唢呐退出刘家大宅,他听见自己的唢呐像惊雷一样炸响,把刘家几百年的风光炸飞了。

没有人知道刘家三人上火牛岭去干什么。沉草知道这将成为一个秘密,永远不能启齿。爹带着老婆孩子去找土匪姜龙。沉草想爹是糊涂了,刘家人怎么能上山找土匪姜龙?他问爹到底要干什么。爹说花钱请他们下山。沉草说姜龙坑害了姐姐呀,他们无恶不作你不能在他们面前折腰。爹说我记得你姐的冤,那不是一回事,姜龙再坏也没要我的地,我不能让谁把我的地抢去。沉草跺着脚说你让姜龙下山干什么呀?他看见爹的眼睛里爆出幽蓝火花,爹咬着牙,嗓音哽在喉咙里像在哭泣。

杀了他们。杀了庐方。杀了陈茂那条狗。

谁也不能把我的地抢去。

沉草跟着爹娘往山上走。他想起那次从县城归家的途中,看见姜龙的马队从火牛岭一闪而过。有个声音穿过年轮时光仍然在树林间回荡,"刘沉草,上山来吧。"沉草至今还奇怪,那声呼唤来自何处来自谁的思想中?谁要我上山?也许是我自己?沉草这样想着觉得他始终在某个神秘的圈套中行路,他走不出圈套而茫茫然不知所归。

他们跟着秘密向导寻找姜龙的踪迹,在火牛岭的纵深处他们闻到山霭中浮荡着一股血的腥味,他们朝血腥味浓处走,看见山背上躺着三匹死马和几双红麻草鞋。岩石和干草上淤着紫色的干血。秘密向导说他听见过火牛岭的枪声,他猜姜龙的土匪是往山南去了。

沉草在草丛中发现一颗球状晶体,他以为那是一只小球,走过去拾起了它,它一下子就像磁铁一样粘在他手心上,他把手翻过来端详着,突然尖厉地喊起来,"眼睛,谁的眼睛!"他想摔掉它却无论如何摔不掉,他不知道这是怎么回事,他拾起了一颗人眼珠子!

沉草像在梦里,手上一直黏糊糊的抓着那颗人眼珠子。爹和娘来掰他的手时已经掰不开了,沉草紧握着那颗人眼珠子,就像紧握从前的网球。他看见爹绝望地蹲在一匹死马身边。山风吹过来山风现在把我们都卷起来抛到天边,这就是你走入绝境的感觉。沉草听见爹对着死马说,"死了,再也没指望了。"

沉草觉得火牛岭真像一个圈套,在荒凉无人的山顶上你会体会到跋涉后的空虚。你去找土匪姜龙,但土匪姜龙也走了。沉草忘不了爹面对山南时悲哀而自嘲的笑容。爹从来不笑,爹一笑灾难就已经临头了。这一天像是梦游火牛岭,爹抓着一把罂粟叶子去上山找姜龙!沉草想爹真是糊涂了,在山上你听见喊声你找不到那个人,这就是圈套。沉草疲惫得要命,只是跟在爹娘身后走。回想起来,他是一直抓着那颗人眼珠子的,他想那只网球可能一直滚到这里,网球不见了人眼珠子出现了,他想这也是圈套把我牢牢套住了,我必须抓着这颗人眼珠子。

枫杨树的祖父对孙子说,"传宗接代跟种田打粮不一样。你把心血全花在那上面,不一定有好收成。就像地主老刘家,种花得果,种瓜得草,谁知道里面的奥妙?人的血气不会天长地久,就像地主老刘家,世代单传的好血气到沉草一代就杂了,杂了就败了,这是遗传的规律。"

我明白枫杨树乡亲的观点趋向原始的人本思维。你不能要求枫杨树人对刘家变迁作出更高明的诠释。工作队长庐方对我说,揪斗地主刘老侠时曾经问他有什么交代的,他的回答让工作队的同志们窃笑不已,刘老侠说,"我对不起祖宗,我没操出个好儿子来。"刘老侠又说,"怪我心慈手软,我早就该把那条狗干掉了。"那时候庐方已经知道刘老侠说的狗是农会主席陈茂。

一九五〇年春天三千名枫杨树人参加了地主刘老侠的斗争会。那个场面至今让人记忆犹新。刘老侠站在蓑草亭子里,从前的佃户和长工们坐在四周荒弃的罂粟地里。庐方说当时的气氛就像马桥镇赶会一样,孩子哭大人闹,好多男子在偷吃罂粟叶子,会场湮没在干罂粟的气味中,让工作队难以忍耐。庐方说枫杨树人就是这种散漫的脾气无法改变,他让农会主席朝空中鸣枪三声,蓑草亭子四周才静下来。

"刘老侠,把头低下来!"庐方说。

老地主不肯低头,他仰着脸目光在黑压压的人群中逡巡,神情桀骜不驯,他的鹰眼发出一种惊人的亮度,仍然威慑着枫杨树人。人们发现刘老侠的脸上与其说是哭泣不如说是微笑。

"刘老侠,不准笑!"庐方说。

"我没笑,我想哭的时候就像笑。"

"老实点,把头低下来!"

"分我的地怎么还要我低头呢?"

庐方当时朝陈茂示意了一下,他想让陈茂把他的头摁下去,但陈茂理解错了,他冲上去举起枪托朝刘老侠头上砸去。一记沉闷的响声,刘老侠踉跄了一下又站住了。老地主的眼睛依然放光,他轻轻说了一句,"狗。"庐方说这下会场真正乱了,那些枫杨树人全站了起来,他看见翠花花戴满了金手镯从人群里奔过来,她一路哭号直奔老地主身边,她从一个男人手中抢过一片罂粟叶子给老地主糊伤口,老地主推开她说,"没你的事,给我滚回家。"翠花花就直奔陈茂去夺他的枪。翠花花一边跟陈茂撕扯一边哭骂不迭,"你怎么敢打东家你这条掏不空的狗鸡巴夹不断的狗鸡巴。"枫杨树人哗地笑开了。庐方对陈茂喊,"把她拽下去!"但陈茂在翠花花的撕扯下只是躲闪。庐方听见台下有人喊:"陈二毛,翠花花,×××!"下面的话他听不清,他忍无可忍地吼,"别跟她拉扯,把她拽下去。"陈茂的脸又红又白,他骂了一声臭婊子,然后抬脚踢在翠花花的乳房上,然后陈茂也对女人说,"没你的事,给我滚回家。"

庐方说刘老侠的斗争会就开得那样乌烟瘴气让你啼笑皆非。那天天气也怪,早晨日头很好,没有野风,但正午时分天突然暗下来,好多人在看天。在准备当众焚烧刘家的大堆地契账本的时候风突然来了,风突然从火牛岭吹来,吹熄了庐方手里的汽油打火机。风突然把那些枯黄的地契账单卷到半空中,卷到人的头顶上。三千名枫杨树人起初屏息凝望,那些地契账单像蝴蝶一样低飞着发出一种温柔的嗡鸣,从人群深处猛地爆出一声吼,"抢啊!"人群一下子骚乱了,三千名枫杨树人互相碰撞着推搡着,黑压压的手臂全向空中张开。庐方的工作队员扯着嗓子喊,"乡亲们别抢,地契账单没用了。"但没有人听。庐方说他没办法了只能再次鸣枪三声。他说枫杨树人什么都不怕,就怕你的枪声。三声枪响过后枫杨树人再次平静,所有的地契账本都被他们掖在怀里了。他们掖着那些纸片就像掖着土地一样心满意足,你能对他们再说什么?庐方说他最后就让他们全带回家了。

"沉草,你过来。"

爹在喊他。沉草走到爹的床边,他凝视着爹伸向虚空的那只手,那只手如同地里挨雨淋过的罂粟有一种霉烂的气味。

爹病了。

我知道。

爹头一回生病。

我知道。

爹过不下去才会生病,要靠你了。

什么?

你老是听不懂爹的话。当初我应该把你溺在粪桶里。

当初不如让姜龙带你走,当土匪也比当狗强,现在轮到我们当狗了。

沉草看见爹的手里仍然紧抓着一把罂粟叶子。沉草说你把它放下吧,收罂粟的人再也不来了。爹点点头,他的手从空中垂下来在沉草腰间摸索着。沉草说,爹,你在摸什么?枪,我给你的枪呢。

在这儿。

你放一枪给我听。

只有两颗子弹,放完了就没了。

那就留着吧,路上要用枪。

沉草走到床后,娘已经给他收拾好了行装,一大堆包裹堆放在地上。娘坐在便桶上哭,她总是坐在便桶上哭。沉草觉得饿,别过脸找那只装满干粮的黑陶瓮,陶瓮的木盖已经很久没有开过了,上面蒙着一层灰。他把手伸进去,里面空了,只掏出一块硬邦邦的馍,馍被咬过一口了,月牙形的齿印已经发黑。沉草抓起馍往嘴边送时听见娘叫了起来,"别吃它,那是演义吃剩下的!"他对那只隔年老馍端详着,看见演义血肉模糊的脸刻在馍上,但他放不下馍,"我饿。"他一边干呕一边啃咬,那只馍像蛊药在肚腹中翻江倒海,他一边呕着一边朝外面跑,听见爹愤怒地拍着床板,"别吃了,快滚吧快给我滚吧!"

沉草出逃的那天夜里下着大雨,狗没有叫,雨声掩蔽了刘沉草仓皇迷惘的脚步。第二天清晨刘宅门前留下了一大片像蜂窝一样杂乱的脚印。去稻田排水的枫杨树人围着那些脚印喊逃啦,地主逃啦。

现在看起来逃了就逃了,你没有必要再去追打丧家之犬,庐方说,但是一九五〇年我沉浸在某种亢奋心态中刹不住胯下的红鬃烈马。我带着陈茂和工作队沿着沉草的脚印追,一直追到火牛岭上,我看见沉草在慢悠悠地爬坡他真的是慢悠悠的一点不像逃亡。他的身上捆绑着五六个包裹,像披铠甲执长矛的武士出征远方。沉草听见了马蹄声回过头,他像个木偶一样站着朝我看。陈茂要拍马上去被我拦住了,我看见他正站在一块石崖上,我怕他跳下去。我对他喊:"别逃啦,你逃到哪里都是一样,逃不出我的掌心。"他仍然像个木偶站着不动。后来他开始解身上那些包裹,他将包裹迅速地往石崖下推,我听见了金属撞击山石的清脆的响声,我猜他把刘家的金银财宝都推到深涧里去了。

只留下一个最大的包裹,沉草就抱着它坐在石崖上等我们上去。我踢踢那只包是软的,我看见一些灰白色的粉状物从破缝间流出来,发出奇异醉人的香味。

"这是什么?"我问沉草。

"罂粟。"沉草说。

"谁让你逃的?"我又问。我看见沉草神情困顿地歪倒在我的腿上,疲倦地说,"我爹。"

"你想逃到哪里去?"

"找姜龙。"

"你想当土匪了?"

"不知道。一点不知道。"

被堵获的沉草像一片风中树叶一样让人可怜,但你看不到他的枪。庐方说我没想到沉草的腰间藏了一支枪。

知道内情的人谈起刘家的历史都着重强调沉草和长工陈茂的血亲问题。他们说沉草的诞生就是造成地主家庭崩溃消亡的一种自动契机,你要学会从一滴水中看见大海。他们说沉草的诞生预示着刘老侠的衰亡,这里有多种因果辩证关系,我无法阐述清楚,我只能向你们如实描绘刘家历史的发展曲线。

我知道你们感兴趣的还有旧日的长工后来的农会主席陈茂。陈茂其实是个不同凡响的形象。他的出现与消失必将同地主家庭形成一种参照系。庐方说过枫杨树的土地革命因其有了骨干陈茂才得以向前发展。他至今缅怀着那个腰挂唢呐肩佩长枪的农会主席陈茂。我问陈茂后来怎么样了?庐方面露难色不愿提这个话题,他说了一句讳莫如深的话:你能更换一个人的命运却换不了他的血液。他还说,有的男人注定是死在女人裤带上的,你无法把他解下来。

一九五〇年也是陈茂性史上复杂动荡的一年。那年陈茂与翠花花割断了多年的蛛网情丝,被他的唢呐迷过的人们希望他的生活步入正轨。你注意到他的英俊而猥亵的脸上起了一种变化,这种变化使他重返青春,浑身散发出新颖的男人的魅力。女人们给陈茂提亲络绎不绝,陈茂总是笑而不语。女人们说,"陈二毛你让地主婆掏空了吗?"陈茂就端起枪对她们吼,"滚,别管我的鸡巴事,我要谁我自己知道!"

你可以猜到陈茂要的是谁。

陈茂是半夜潜进刘家大宅去的。那天月光很明净,夜空中听不见春天情欲的回流声,他的身体很平静。他挎着枪站在刘素子的窗前,回头看见一个熟悉的影子在青苔地上拉得很长很长,那是他自己的影子。他回想起从前多少个深夜他这样摸到翠花花的窗前,陈茂的心情很古怪,既不兴奋也不紧张,仿佛是依循某个宿愿去完成一件大事。他看见刘素子养的猫伏在窗台上,翡翠色的猫眼在月光下闪闪烁烁。你他妈的鬼猫。陈茂嘀咕了一句,他拉出枪上的刺刀对准猫眼刺进去,刺准了,猫眼喷出暗血猫呜咽了一声。陈茂用刺刀轻轻撬开了木窗,跳进了东厢房。他看见刘素子睡在大竹榻上,她仍然睡着,陈茂知道她是个嗜睡的女人。刘素子半裸在棉被外面。这是他头一次看见刘素子真实的乳房,硕大而饱满,他想刘家的女人吃得好才有这么撩人的乳房。陈茂从脖子上拉下汗巾轻轻蒙在女人的眼睛上,然后他把她从被子里抱起来,那个绵软的身体像竹叶一样清凉清凉的。他奇怪她怎么还不醒,也许在做梦。他抱着她走到院子里时听见那只猫又呜咽了一声。陈茂的手一抖,他想不到死猫又呜咽了一声。被劫的女人终于醒了,她在陈茂的怀里挣扎,张不开的睡眼像猫一样放出惊恐的绿光。

"姜龙,姜龙的土匪来了!"

陈茂抱紧女人往门外跑,他看见翠花花屋里的灯光亮了,翠花花走出来,蓬头垢面地跟着他们。他倚在廊柱上猛地回头,"你跟着我们干什么?骚货。"翠花花不吱声地抓他的枪,他闪开了继续跑,他听见翠花花被什么绊倒了,翠花花终于喊起来,"狗,快把她放下!"

"你再喊我一枪崩了你。"陈茂把刘素子举了举说。他抱紧那个冰凉的女人朝野地里跑。月光清亮亮的,夜风却是潮红的掠耳而过,他觉得怀里的女人越来越凉,他冻得受不了。他必须把那个冰凉的身体带到他的体内去。陈茂飞跑着,他听见自己跑出了一种飞翔的声音,他知道这不是梦却比梦境更具飞翔的感觉,他朝着蓑草亭子那里飞跑,他看见蓑草亭子耸立在月光地里,它以圣殿的姿态呼唤他,他必须飞进去,飞进去!

"狗,放下我,你不能碰我。"女人在他怀里喊。

"非碰不可。"陈茂咬着牙说,"我早晚都要把你干了。"

"你是谁?"女人睁大眼睛,女人怎么也看不清他的脸。

"陈茂。"陈茂想了想回答,"我不是姜龙,我让姜龙先走一步了。"

陈茂把刘素子放到蓑草亭子下,他抬头看见锥形草顶下飞走了一对夜鸟。这真是一个做爱的好地方,陈茂无声地笑着坐到女人的肚子上,月光下那个雪白清凉的胴体微微泛着寒光,他闭上眼睛,手在那圈寒光里摸索蛇行,最后停留在高耸的乳房上。他感觉到女人已经瘫软了,但他的身体也像打摆子一样控制不住颤个不停,他嘴里咝咝地换着气,感觉到自己前所未有的虚弱,"我早晚要把你干了。"他咬着女人的乳晕,听见铜唢呐从身边滚出去,当当地响。

庐方说他曾经感觉到陈茂和地主一家之间存在的神秘的场。但他理不清他们之间千丝万缕的联系。他问陈茂,陈茂自己也说不清,他只知道他恨地主一家。陈茂说,"要么我是狗,要么他们是狗,就这样,我跟他们一家就这么回事。"

庐方不知道陈茂对刘素子实施过暴力,直到有一天翠花花从刘宅门洞里跳出来,拉住他告陈茂的状,说刘素子怀孕了,怀的是陈茂的种。庐方说你别诬陷我们的干部,翠花花指着天发誓,她说长官你可别相信陈茂,那是一条又贱又下流的狗,他干遍了枫杨树女人最后把刘素子也干了,你去看刘素子的肚子吧,那是他的罪孽!庐方后来去找陈茂核证,陈茂坦然承认,他说我是把刘素子干了,他问庐方干革命是不是就不让干刘素子,庐方答不出来。他考虑了好久,决定撤掉陈茂的农会主席,下掉他手里的枪。他记得下枪的时候陈茂把步枪死抱住不放。他脸涨得通红吼,"为什么不让我干了?我恨他们,我能革命!"庐方说他心里也怅然,但事情到这一步已经不可收拾,他知道工作队能把陈茂从蓑草亭子梁上解下来,却不能阻止他作为枫杨树男人的生活。庐方想在枫杨树找到更理想的农会主席。

那天凌晨下着雨,也许不是雨,只是风吹树叶声。沉草记得他在一片心造的雨声中蜷缩着,他看见自己幻变成一只黄蜂躲在罂粟的花苞里吸吮着,嘴里一股熏香,他的睡眠总是似醒非醒。鸡啼叫了第一遍以后,雨中传来了脚步声。他听见窗户被什么硬物敲击了一下,一个影子雪白冰凉地映在窗纸上。你是谁?影子不说话。沉草想披衣下床的时候听见姐姐说,"沉草,你如果是刘家的男人就去杀了陈茂。"

"你说什么?"

"我去摘罂粟,你去杀了陈茂。"

沉草点亮灯,窗外的姐姐已经消失了。他觉得她很异样,他想也许是梦游,姐姐经常梦游。那阵脚步声消失在雨中,她去哪里摘罂粟?沉草仿佛又睡去,他蜷缩着不知过了多久,听见东厢房那儿闹起来,有人呼号大哭。他迷迷糊糊地往东厢房跑,看见爹蹲在姐姐身边,姐姐躺在地上,白丝绒旗袍闪烁着寒光,他看见姐姐的脖颈上有几颗暗红的齿痕,还有一道项圈般的绳迹。梁上那根绳子还在微微晃动。她把自己缢死了,她为什么要把自己缢死?沉草看见爹在掩面哭泣,爹说,"好闺女,男人都不如你。"

"她说她去摘罂粟。"沉草漫无目的地绕着姐姐尸体转,他闻见一股霉烂的罂粟气味从她张开的嘴里吐出来,她脸上表情轻松自如。沉草想要是我把那股气味吐出来,我也会变得轻松自如的。

"她说她去摘罂粟,我去把陈茂杀了。"沉草说。他看见爹猛然抬起头,嘴角痛苦地咧开笑着。他想这回灾难真的临头了。爹站起来抱紧他的脖子,爹的双手搓着他的脸,"她去了,沉草你怎么办?"

"怎么办?"沉草僵立着任凭爹的手在他脸上搓压,他回忆起小时候陈茂也这样搓压他的脸,以前很疼现在却没有知觉了。你怎么办?沉草摸摸腰间的枪,枪还在,已经好久没使用过它了。沉草想了想说,"那好吧,我就去把陈茂杀了。"

沉草抬臂打了下垂在面前的那根绳子,朝外面走。娘从后面扑上来抱住他,喊道,"沉草你不能去,千万不能去。"爹也扑上来抱住了娘,爹说,"去吧,把陈茂杀了再回家。"娘说,"去了还能回家吗？刘家就你一条根了。"爹说,"管不了那些了,快去吧。"娘又喊了一声,"沉草别去,你杀别人吧不能杀陈茂。"爹这时候一脚踢开了娘,爹吼着:"骚货你到现在还恋着那条狗!"沉草回头看着三人相互缠拉的场面觉得很好笑,他说,"你们到底让不让我去?"他看见娘卧在地上哭,爹的脸乌黑发青,爹推了他一把,说,"沉草,去吧。"

那时枫杨树人还不知道刘家大宅发生的事。地里的人们看见刘沉草从家里出来,怕冷似的缩着肩膀。他朝人多的地方走,看见熟识的人就问,"陈茂在哪里?"人们都好奇地看着他恍恍惚惚的模样,他们说你找陈茂干什么？沉草说他们让我杀陈茂。人们都一笑之,以为沉草犯魔怔了,谁也不相信他的话。有人头一次当沉草的面开了恶毒的玩笑,"儿子不能杀老子。"沉草对此毫无反应。他经过地里一堆又一堆的人群,最后听见蓑草亭子那里飘来一阵悠扬的唢呐声,他就朝蓑草亭子那里走。

你要相信这一天命运在蓑草亭子布置了一次约会。陈茂这天早晨坐在那里吹唢呐,吹得响亮惊人,整个枫杨树都听到了那阵焦躁不安的唢呐声。陈茂看见沉草走过来了,怕冷似的缩着肩膀,他扔下唢呐说少爷你怎么大清早的出来逛了？他忽然觉得沉草的神情不对劲,沉草皱着眉头把手伸向腰间摸索着,他看见一支缠着红布的驳壳枪对准了自己。陈茂以为沉草在开玩笑,但他又知道沉草从来不跟任何人开玩笑。陈茂抓挠着脸问:

"沉草你想干什么?"

"他们让我把你杀了。"

"你说什么?"

"他们让我把你杀了。"

"别听他们的。沉草你没听说过我是你亲爹?"

"听说了,我不相信。"

"要想杀我让刘老侠来,你不行。"

"我行,我早就会杀人了。"

在最后的时刻陈茂想找枪,但马上意识到他的枪已经被下掉了。"我操你姥姥的!"陈茂骂了一声,然后他把铜唢呐朝沉草头上砸过去。沉草没有躲,他僵立着扣响扳机。枪声就这样响了。沉草打了两枪,一枪朝陈茂的裤裆打,一枪打在陈茂的眼睛上。他低头看见驳壳枪在冒烟,他把枪在手中掂了一下然后扔在地上。地上滚动着一只晶莹的小小的球体,他拾起来发现那是陈茂的眼珠子,它黏糊糊地卡在两个指缝间。血已经在蓑草亭子漫开了,沉草又找陈茂的生殖器,却找不到。他摸摸陈茂的裤裆,生殖器仍然挺立在他身上。"打不下来。"沉草咕哝着,他觉得这很奇怪。在这个过程中沉草的嗅觉始终警醒,他闻见原野上永恒飘浮的罂粟气味倏而浓郁倏而消失殆尽。沉草吐出一口浊气,心里有一种蓝天般透明的感觉。他看见陈茂的身体也像一棵老罂粟一样倾倒在地。他想我现在终于把那股霉烂的气味吐出来了,现在我也像姐姐一样轻松自如了。

庐方说事发后你看不见凶手沉草,谁也没看见他往哪里跑。人们赶到刘家大宅,在院子里见到了刘素子的尸体,刘素子死后躺在大竹榻上,容颜不变仿佛午夜的安睡。刘素子的黑发里插着一朵鲜红的罂粟。罂粟盛开的季节早已过去,你不知道地主一家是怎样把那朵罂粟保存下来的。

"刘沉草呢?"庐方问。

"死了,该死的都会死的。"老地主说。

"你们上火牛岭吧,沉草去投奔姜龙了。"翠花花说。

庐方带着人马上火牛岭搜寻凶手沉草。在一个山洞里他们看见了沉草的黑制服和陈茂的铜唢呐,那两件东西靠在一起让你不可思议,但找不到人影沉草不知跑到哪里去了。庐方的人马回到枫杨树已是天黑时分,远远的就听见整个乡村处在前所未有的骚乱声中。男人女人拉着孩子在村巷里狂奔。他们看见了火,火在蓑草亭子里燃烧成一个巨大的火炬。庐方拍马过去,他目睹了枫杨树乡村生活中惊心动魄的一幕。他首先发现死者陈茂被人从村公所搬迁了,死者陈茂被重新吊到了蓑草亭子的木梁上,被捆绑的死者陈茂在半空里燃烧,身体呈现焦黑的颜色弯曲着,而蓑草亭子燃烧着哔剥有声,你觉得它应该倾颓了但它仍然竖立在那里。走近了你发现地上还躺着三具交缠的尸体,刘老侠、翠花花还有刘素子,他们还没烧着,惊异于那四人最后还是聚到一起来了。

"刘老侠——刘老侠——刘老侠——"

庐方听见围观的人群里有人在高亢地喊着老地主的名字。你真的无法体会刘老侠临死前奇怪的欲望。庐方说你怎么想得到他连死人也不放过,他把陈茂的尸体吊到蓑草亭子上,临死前还把陈茂做了殉葬品。庐方说他从此原宥了死者陈茂的种种错误,从此他真正痛恨了自焚的地主刘老侠,痛恨那一代业已灭亡的地主阶级。

一九五○年冬天工作队长庐方奉命镇压地主的儿子刘沉草,至此,枫杨树刘家最后一个成员灭亡。

庐方走进关押沉草的刘家仓房,他看见被抓获的逃亡者坐在一只大缸里。庐方想起他到枫杨树与刘沉草重逢也就是在这只大缸边。幽暗的空空的仓房里再次响起一种撕裂的声音,你听出来一部历史已经翻完掉到地上了。庐方走过去敲了敲缸说,"刘沉草,给我爬出来。"

沉草好像睡着了。庐方把头探到缸里,看见沉草闭着眼睛嚼咽着什么东西。"你在嚼什么?"沉草梦呓般地说,"罂粟。"庐方不知道沉草被绑着怎么找到了罂粟,他把沉草从缸里拉起来时才发现那是一只罂粟缸,里面盛满了陈年的粉状罂粟花面。庐方把沉草抱起来,沉草逃亡后身体像婴儿一样轻盈。沉草勾住庐方的肩膀轻轻说,"请把我放回缸里。"庐方迟疑着把他又扔进大缸。沉草闭着眼睛等待着。庐方拔枪的时候听见沉草最后说,"我要重新出世了。"

庐方就在罂粟缸里击毙了刘沉草。他说枪响时他感觉到罂粟在缸里爆炸了,那真是世界上最强劲的植物气味,它像猛兽疯狂地向你扑来,那气味附在你头上身上手上,你无处躲避,直到如今,庐方还会在自己身上闻见罂粟的气味,怎么洗也洗不掉。

作家在刘氏家谱中记了最后一笔。

枫杨树最大的地主家庭在工作队长庐方的枪声中灭亡,时为公元一九五〇年十二月二十六日。

妻妾成群

四太太颂莲被抬进陈家花园时候是十九岁,她是傍晚时分由四个乡下轿夫抬进花园西侧后门的。仆人们正在井边洗旧毛线,看见那顶轿子悄悄地从月亮门里挤进来,下来一个白衣黑裙的女学生。仆人们以为是在北平读书的大小姐回家了,迎上去一看不是,是一个满脸尘土疲惫不堪的女学生。那一年颂莲留着齐耳的短发,用一条天蓝色的缎带箍住,她的脸是圆圆的,不施脂粉,但显得有点苍白。颂莲钻出轿子,站在草地上茫然环顾,黑裙下面横着一只藤条箱子。在秋日的阳光下颂莲的身影单薄纤细,散发出纸人一样呆板的气息。她抬起胳膊擦着脸上的汗,仆人们注意到她擦汗不是用手帕而是用衣袖,这一点给他们留下了深刻的印象。

颂莲走到水井边,她对洗毛线的雁儿说,"让我洗把脸吧,我三天没洗脸了。"雁儿给她吊上一桶水,看着她把脸埋进水里,颂莲的弓着的身体像腰鼓一样被什么击打着,簌簌地抖动。雁儿说,"你要肥皂吗?"颂莲没说话,雁儿又说,"水太凉是吗?"颂莲还是没说话。雁儿朝井边的其他女佣使了个眼色,捂住嘴笑。女佣们猜测来客是陈家的哪个穷亲戚。他们对陈家的所有来客几乎都能判断出各自的身份。大概就是这时候颂莲猛地回过头,她的脸在洗濯之后泛出一种更加醒目的寒意,眉毛很细很黑,渐渐地拧起来。颂莲瞟了雁儿一眼,她说,"你傻笑什么,还不去把水泼掉?"雁儿仍然笑着,"你是谁呀,这么厉害?"颂莲搡了雁儿一把,拎起藤条箱子离开井边,走了几步她回过头,说,"我是谁?你们迟早要知道的。"

第二天陈府的人都知道陈佐千老爷娶了四太太颂莲。颂莲住在后花园的南厢房里,紧挨着三太太梅珊的住处。陈佐千把原先下房里的雁儿给四太太做了使唤丫环。

第二天雁儿去见颂莲的时候心里胆怯,低着头喊了声四太太,但颂莲已经忘了雁儿对她的冲撞,或者颂莲根本就没记住雁儿是谁。颂莲这天换了套粉绸旗袍,脚上趿双绣花拖鞋,她脸上的气色一夜间就恢复过来,看上去和气许多,她把雁儿拉到身边,端详一番,对旁边的陈佐千说,她长得还不算讨厌。然后她对雁儿说,你蹲下,我看看你的头发。雁儿蹲下来感觉到颂莲的手在挑她的头发,仔细地察看什么,然后她听见颂莲说,"你没有虱子吧,我最怕虱子。"雁儿咬住嘴唇没说话,她觉得颂莲的手像冰凉的刀锋切割她的头发,有一点疼痛。颂莲说,"你头上什么味?真难闻,快拿块香皂洗头去。"雁儿站起来,她垂着手站在那儿不动。陈佐千瞪了她一眼,"没听见四太太说话?"雁儿说,"昨天才洗过头。"陈佐千拉高嗓门喊,"别废话,让你去洗就得去洗,小心揍你。"

雁儿端了一盆水在海棠树下洗头,洗得委屈,心里的气恨像一块铁坠在那里。午后阳光照射着两棵海棠树,一根晾衣绳拴在两棵树上,四太太颂莲的白衣黑裙在微风中摇曳。雁儿朝四处环顾一圈,后花园阒寂无人,她走到晾衣绳那儿,朝颂莲的白衫上吐了一口唾沫,朝黑裙上又吐了一口。

陈佐千这年刚好五十挂零。陈佐千五十岁时纳颂莲为妾,事情是在半秘密状态下进行的。直到颂莲进门的前一天,元配太太毓如还浑然不知。陈佐千带着颂莲去见毓如,毓如在佛堂里捻着佛珠诵经。陈佐千说,这是大太太。颂莲刚要上去行礼,毓如手里的佛珠突然断了线,滚了一地。毓如推开红木靠椅下地捡佛珠,口中念念有词,罪过,罪过。颂莲相帮去捡,被毓如轻轻地推开,她说,罪过,罪过,始终没抬眼看颂莲一眼。颂莲看着毓如肥胖的身体伏在潮湿的地板上捡佛珠,捂着嘴无声地笑了一笑,她看看陈佐千,陈佐千说,好吧,我们走了。颂莲跨出佛堂门槛,就挽住陈佐千的手臂,说,"她有一百岁了吧,这么老?"陈佐千没说话。颂莲又说,"她信佛?怎么在家里念经?"陈佐千说,"什么信佛,闲着没事干,滥竽充数罢了。"

颂莲在二太太卓云那里受到了热情的礼遇。卓云让丫环拿了西瓜子、葵花子、南瓜子还有各种蜜饯招待颂莲。他们坐下后卓云的头一句话就是说瓜子,这儿没有好瓜子,我嗑的瓜子都是托人从苏州买来的。颂莲在卓云那里嗑了半天瓜子,嗑得有点厌烦,她不喜欢这些零嘴,又不好表露出来。颂莲偷偷地瞟陈佐千,示意离开,但陈佐千似乎有意要在卓云这里多待一会,对颂莲的眼神视若无睹。颂莲由此判断陈佐千是宠爱卓云的,眼睛就不由得停留在卓云的脸上、身上。卓云的容貌有一种温婉的清秀,即使是细微的皱纹和略显松弛的皮肤也遮掩不了,举手投足之间,更有一种大家闺秀的风范。颂莲想,卓云这样的女人容易讨男人喜欢,女人也不会太讨厌她。颂莲很快地就喊卓云姐姐了。

陈家前三房太太中,梅珊离颂莲最近,但却是颂莲最后一个见到的。颂莲早就听说梅珊的倾国倾城之貌,一心想见她,陈佐千不肯带她去。他说,这么近,你自己去吧。颂莲说,我去过了,丫环说她病了,拦住门不让我进。陈佐千鼻孔里哼了一声,她一不高兴就称病。又说,她想爬到我头上来。颂莲说,你让她爬吗?陈佐千挥挥手说,休想,女人永远爬不到男人的头上来。

颂莲走过北厢房,看见梅珊的窗上挂着粉色的抽纱窗帘,屋里透出一股什么草花的香气。颂莲站在窗前停留了一会儿,忽然忍不住心里偷窥的欲望,她屏住气轻轻掀开窗帘,这一掀差点把颂莲吓得灵魂出窍,窗帘后面的梅珊也在看她,目光相撞,只是刹那间的事情,颂莲便仓皇地逃走了。

到了夜里,陈佐千来颂莲房里过夜,颂莲替他把衣服脱了,换上睡衣,陈佐千说,我不穿睡衣,我喜欢光着睡。颂莲就把目光掉开去,说,随便你,不过最好穿上睡衣,会着凉。陈佐千笑起来,你不是怕我着凉,你是怕看我光着屁股。颂莲说,我才不怕呢。她转过脸时颊上已经绯红。这是她头一次清晰地面对陈佐千的身体,陈佐千形同仙鹤,干瘦细长,生殖器像弓一样绷紧着。颂莲有点透不过气来,她说,你怎么这样瘦？陈佐千爬到床上，钻进丝棉被窝里说，让她们掏的。

颂莲侧身去关灯，被陈佐千拦住了，陈佐千说，别关，我要看你，关上灯就什么也看不见了。颂莲摸了摸他的脸说，随便你，反正我什么也不懂，听你的。

颂莲仿佛从高处往一个黑暗深谷坠落，疼痛、晕眩伴随着轻松的感觉。奇怪的是意识中不断浮现梅珊的脸，那张美丽绝伦的脸也隐没在黑暗中间。颂莲说，她真怪。你说谁？三太太，她在窗帘背后看我。陈佐千的手从颂莲的乳房上移到嘴唇上，别说话，现在别说话。就是这时候房门被轻轻敲了两记。两个人都惊了一下，陈佐千朝颂莲摇摇头，拉灭了灯。隔了不大一会，敲门声又响起来。陈佐千跳起来，恼怒地吼起来，谁敲门？门外响起一个怯生生的女孩声音，三太太病了，喊老爷去。陈佐千说，撒谎，又撒谎，回去对她说我睡下了。门外的女孩说，三太太得的急病，非要你去呢。她说她快死了。陈佐千坐在床上想了会儿，自言自语说她又耍什么花招。颂莲看着他左右为难的样子，推了他一把，你就去吧，真死了可不好说。

这一夜陈佐千没有回来。颂莲留神听北厢房的动静，好像什么事也没有。唯有知更鸟在石榴树上啼啭几声，留下凄清悠远的余音。颂莲睡不着了，人浮在怅然之上，悲哀之下，第二天早早起来梳妆，她看见自己的脸发生了某种深刻的变化，眼圈是青黑色的。颂莲已经知道梅珊是怎么回事，但第二天看见陈佐千从北厢房出来时，颂莲还是迎上去问梅珊的病情，给三太太请医生了吗？陈佐千尴尬地摇摇头，他满面倦容，话也懒得说，只是抓住颂莲的手软绵绵地捏了一下。

颂莲上了一年大学后嫁给陈佐千，原因很简单，颂莲父亲经营的茶厂倒闭了，没有钱负担她的费用。颂莲辍学回家的第三天，听见家人在厨房里乱喊乱叫，她跑过去一看，父亲斜靠在水池边，池子里是满满一池血水，泛着气泡。父亲把手上的静脉割破了，很轻松地上了黄泉路。颂莲记得她当时绝望的感觉，她架着父亲冰凉的身体，她自己整个比尸体更加冰凉。灾难临头她一点也哭不出来。那个水池后来好几天没人用，颂莲仍然在水池里洗头。颂莲没有一般女孩无谓的怯懦和恐惧。她很实际。父亲一死,她必须自己负责自己了。在那个水池边,颂莲一遍遍地梳洗头发,借此冷静地预想以后的生活。所以当继母后来摊牌,让她在做工和嫁人两条路上选择时,她淡然地回答说,当然嫁人。继母又问,你想嫁个一般人家还是有钱人家?颂莲说,当然有钱人家,这还用问?继母说,那不一样,去有钱人家是做小。颂莲说,什么叫做小?继母考虑了一下,说,就是做妾,名分是委屈了点。颂莲冷笑了一声,名分是什么?名分是我这样的人考虑的吗?反正我交给你卖了,你要是顾及父亲的情义,就把我卖个好主吧。

陈佐千第一次去看颂莲,颂莲闭门不见,从门里扔出一句话,去西餐社见面。陈佐千想毕竟是女学生,总有不同凡俗之处,他在西餐社订了两个位置,等着颂莲来。那天外面下着雨,陈佐千隔窗守望外面细雨蒙蒙的街道,心情又新奇又温馨,这是他前三次婚姻中从所未有的。颂莲打着一顶细花绸伞姗姗而来,陈佐千就开心地笑了。颂莲果然是他想象中漂亮洁净的样子,而且那样年轻。陈佐千记得颂莲在他对面坐下,从提袋里掏出一大把小蜡烛。她轻声对陈佐千说,给我要一盒蛋糕好吧。陈佐千让侍者端来了蛋糕,然后他看见颂莲把小蜡烛一根一根地插上去,一共插了十九根,剩下一根她收回包里。陈佐千说,这是干什么,你今天过生日?颂莲只是笑笑,她把蜡烛点上,看着蜡烛亮起小小的火苗。颂莲的脸在烛光里变得玲珑剔透,她说,你看这火苗多可爱。陈佐千说,是可爱。说完颂莲就长长地吁了口气,噗地把蜡烛吹灭。陈佐千听见她说,提前过生日吧,十九岁过完了。

陈佐千觉得颂莲的话里有回味之处,直到后来他也经常想起那天颂莲吹蜡烛的情景,这使他感到颂莲身上某种微妙而迷人的力量。作为一个富有性经验的男人,陈佐千更迷恋的是颂莲在床上的热情和机敏。他似乎在初遇颂莲的时候就看见了销魂种种,以后果然被证实。难以判断颂莲是天性如此还是曲意奉承,但陈佐千很满足,他对颂莲的宠爱,陈府上下的人都看在眼里。

后花园的墙角那里有一架紫藤,从夏天到秋天,紫藤花一直沉沉地开着。颂莲从她的窗口看见那些紫色的絮状花朵在秋风中摇曳,一天天地清淡。她注意到紫藤架下有一口井,而且还有石桌和石凳,一个挺闲适的去处却见不到人,通往那里的甬道上长满了杂草。蝴蝶飞过去,蝉也在紫藤枝叶上唱,颂莲想起去年这个时候,她是坐在学校的紫藤架下读书的,一切都恍若惊梦,颂莲慢慢地走过去,她提起裙子,小心不让杂草和昆虫碰蹭,慢慢地撩开几枝藤叶,看见那些石桌石凳上积了一层灰尘。走到井边,井台石壁上长满了青苔,颂莲弯腰朝井中看,井水是蓝黑色的,水面上也浮着陈年的落叶,颂莲看见自己的脸在水中闪烁不定,听见自己的喘息声被吸入井中放大了,沉闷而微弱。有一阵风吹过来,把颂莲的裙子吹得如同飞鸟,颂莲这时感到一种坚硬的凉意,像石头一样慢慢敲她的身体,颂莲开始往回走,往回走的速度很快,回到南厢房的廊下,她吐出一口气,回头又看那个紫藤架,架上倏地落下两三串花,很突然地落下来,颂莲觉得这也很奇怪。

　　卓云在房里坐着,等着颂莲。她乍地发觉颂莲的脸色很难看,卓云起来扶着颂莲的腰,你怎么啦?颂莲说,我怎么啦?我上外面走了走。卓云说,你脸色不好。颂莲笑了笑说身上来了。卓云也笑,我说老爷怎么又上我那儿去了呢。她打开一个纸包,拉出一卷丝绸来,说,苏州的真丝,送你裁件衣服。颂莲推开卓云的手,不行,你给我东西,怎么好意思,应该我给你才对。卓云嘘了一声,这是什么道理?我见你特别可心,就想起来这块绸子,要是隔壁那女人,她掏钱我也不给,我就是这脾气。颂莲就接过绸子放在膝上摩挲着,说,三太太是有点怪。不过,她长得真好看。卓云说,好看什么?脸上的粉霜一刮掉半斤。颂莲又笑,转了话题,我刚才在紫藤架那儿待了会,我挺喜欢那儿的。卓云就叫起来,你去死人井了?别去那儿,那儿晦气。颂莲吃惊道,怎么叫死人井?卓云说,怪不得你进屋脸色不好,那井里死过三个人。颂莲站起身伏在窗口朝紫藤架张望,都是什么人死在井里了。卓云说,都是上代的家眷,都是女的。颂莲还要打听,卓云就说不上来了。卓云只知道这些,她说陈家上下忌讳这些事,大家都守口如瓶。颂莲愣了一会,说,这些事情,不知道就不知道罢。

陈家的少爷小姐都住在中院里。颂莲曾经看见忆容和忆云姐妹俩在泥沟边挖蚯蚓,喜眉喜眼天真烂漫的样子,颂莲一眼就能判断她们是卓云的骨血。她站在一边悄悄地看她们,姐妹俩发觉了颂莲,仍然旁若无人,把蚯蚓灌到小竹筒里。颂莲说,你们挖蚯蚓做什么?忆容说,钓鱼呀;忆云却不客气地白了颂莲一眼,不要你管。颂莲有点没趣,走出几步,听见姐妹俩在嘀咕,她也是小老婆,跟妈一样。颂莲一下懵了,她回头愤怒地盯着她们看,忆容哧哧地笑着,忆云却丝毫不让地朝她撇嘴,又嘀咕了一句什么。颂莲心想这叫什么事儿,小小年纪就会说难听话。天知道卓云是怎么管这姐妹俩的。

颂莲再碰到卓云时,忍不住就把忆云的话告诉她。卓云说,那孩子就是嘴上没拦的,看我回去拧她的嘴。卓云赔礼后又说,其实我那两个孩子还算省事的,你没见隔壁小少爷,跟狗一样的,见人就咬,吐唾沫。你有没有挨他咬过?颂莲摇摇头,她想起隔壁的小男孩飞澜,站在门廊下,一边啃面包,一边朝她张望,头发梳得油光光的,脚上穿着小皮鞋,颂莲有时候从飞澜脸上能见到类似陈佐千的表情,她从心理上能接受飞澜,也许因为她内心希望给陈佐千再生一个儿子。男孩比女孩好,颂莲想,管他咬不咬人呢。

只有毓如的一双儿女,颂莲很久都没见到。显而易见的是他们在陈府的地位。颂莲经常听到关于对飞浦和忆惠的谈论。飞浦一直在外面收账,还做房地产生意,而忆惠在北平的女子大学读书。颂莲不经意地向雁儿打听飞浦,雁儿说,我们大少爷是有本事的人。颂莲问,怎么个有本事法?雁儿说,反正有本事,陈家现在都靠他。颂莲又问雁儿,大小姐怎么样?雁儿说,我们大小姐又漂亮又文静,以后要嫁贵人的。颂莲心里暗笑,雁儿褒此贬彼的话音让她很厌恶,她就把气发到裙裾下那只波斯猫身上,颂莲抬脚把猫踢开,骂道,贱货,跑这儿舔什么骚?

颂莲对雁儿越来越厌恶,至关重要的一点是她没事就往梅珊屋里跑,而且雁儿每次接过颂莲的内衣内裤去洗时,总是一脸不高兴的样子。颂莲有时候就训她,你挂着脸给谁看,你要不愿跟我就回下房去,去隔壁也行。雁儿申辩说,没有呀,我怎么敢挂脸,天生就没有脸。颂莲抓过一把梳子朝她砸过去,雁儿就不再吱声了。颂莲猜测雁儿在外面没少说她的坏话。但她也不能对她太狠,因为她曾经看见陈佐千有一次进门来顺势在雁儿的乳房上摸了一把,虽然是瞬间的很自然的事,颂莲也不得不节制一点,要不然雁儿不会那么张狂。颂莲想,连个小丫环也知道靠那一把壮自己的胆,女人就是这种东西。

到了重阳节的前一天,大少爷飞浦回来了。

颂莲正在中院里欣赏菊花,看见毓如和管家都围拢着几个男人,其中一个穿白西服的很年轻,远看背影很魁梧的,颂莲猜他就是飞浦。她看着下人走马灯似的把一车行李包裹运到后院去,渐渐地人都进了屋,颂莲也不好意思进去,她摘了枝菊花,慢慢地踱向后花园,路上看见卓云和梅珊,带着孩子往这里走。卓云拉住颂莲说,大少爷回家了,你不去见个面?颂莲说,我去见他?应该他来见我吧。卓云说,说的也是,应该他先来见你。一边的梅珊则不耐烦地拍拍飞澜的头颈,快走快走。

颂莲真正见到飞浦是在饭桌上。那天陈佐千让厨子开了宴席给飞浦接风,桌上摆满了精致丰盛的菜肴,颂莲睃巡着桌子,不由得想起初进陈府那天,桌上的气派远不如飞浦的接风宴,心里有点犯酸,但是很快她的注意力就转移到飞浦身上了。飞浦坐在毓如身边,毓如对他说了句什么,然后飞浦就欠起身子朝颂莲微笑着点了点头。颂莲也颔首微笑。她对飞浦的第一个感觉是出乎意料地英俊年轻,第二个感觉是他很有心计。颂莲往往是喜欢见面识人的。

第二天就是重阳节了,花匠把花园里的菊花盆全搬到一起去,五颜六色地搭成福、禄、寿、禧四个字。颂莲早早地起来,一个人绕着那些菊花边走边看,早晨有凉风,颂莲只穿了一件毛背心,她就抱着双肩边走边看。远远地她看见飞浦从中院过来,朝这里走。颂莲正犹豫着是否先跟他打招呼,飞浦就喊起来,颂莲你早。颂莲对他直呼其名有点吃惊,她点点头,说,按辈分你不该喊我名字。飞浦站在花圃的另一边,笑着系上衬衫的领扣,说,应该叫你四太太,但你肯定比我小几岁呢,你多大?颂莲显出不高兴的样子侧过脸去看花。飞浦说,你也喜欢菊花?我原以为大清早的可以先抢风水,没想你比我还早。颂莲说,我从小就喜欢菊花,可不是今天才喜欢的。飞浦说,最喜欢哪种?颂莲说,都喜欢,就讨厌蟹爪。飞浦说,那是为什么?颂莲说,蟹爪开得太张狂。飞浦又笑起来说,有意思了,我偏偏最喜欢蟹爪。颂莲睃了飞浦一眼,我猜到你会喜欢它。飞浦又说,那又为什么?颂莲朝前走了几步,说,花非花,人非人,花就是人,人就是花,这个道理你不明白?颂莲猛地抬起头,她察觉出飞浦的眼神里有一种异彩水草般地掠过,她看见了,她能够捕捉它。飞浦叉腰站在菊花那一侧,突然说,我把蟹爪换掉吧。颂莲没有说话。她看着飞浦把蟹爪换掉,端上几盆墨菊摆上。过了一会儿,颂莲又说,花都是好的,摆的字不好,太俗气。飞浦拍拍手上的泥,朝颂莲挤挤眼睛,那就没办法了,福禄寿禧是老爷让摆的,每年都这样,老祖宗传下来的规矩。

颂莲后来想起重阳赏菊的情景,心情就愉快。好像从那天起,她与飞浦之间有了某种默契。颂莲想着飞浦如何把蟹爪搬走,有时会笑出声来。只有颂莲自己知道,她并不是特别讨厌那种叫蟹爪的菊花。

你最喜欢谁?颂莲经常在枕边这样问陈佐千,我们四个人,你最喜欢谁?陈佐千说那当然是你了。毓如呢?她早就是只老母鸡了。卓云呢?卓云还凑合着但她有点松松垮垮的了。那么梅珊呢?颂莲总是克制不住对梅珊的好奇心。梅珊是哪里人?陈佐千说,她是哪里人我也不知道,连她自己也不知道。颂莲说那梅珊是孤儿出身?陈佐千说,她是戏子,京剧草台班里唱旦角的。我是票友,有时候去后台看她,请她吃饭,一来二去的她就跟我了。颂莲拍拍陈佐千的脸说,是女人都想跟你。陈佐千说,你这话对了一半,应该说是女人都想跟有钱人。颂莲笑起来,你这话也才对了一半,应该说有钱人有了钱还要女人，要也要不够。

颂莲从来没有听见梅珊唱过京戏，这天早晨窗外飘过来几声悠长清亮的唱腔，把颂莲从梦中惊醒，她推推身边的陈佐千问是不是梅珊在唱？陈佐千迷迷糊糊地说，她高兴了就唱，不高兴了就哭，狗娘养的。颂莲推开窗子，看见花园里夜来降了雪白的秋霜，在紫藤架下，一个穿黑衣黑裙的女人且舞且唱着。果然就是梅珊。

颂莲披衣出来，站在门廊上远远地看着那里的梅珊。梅珊已沉浸其中，颂莲觉得她唱得凄凉婉转，听得心也浮了起来。这样过了好久，梅珊戛然而止，她似乎看见了颂莲的眼睛里充满了泪影。梅珊把长长的水袖搭在肩上往回走，在早晨的天光里，梅珊的脸上、衣服上跳跃着一些水晶色的光点，她的绾成圆髻的头发被霜露打湿，这样走着她整个显得湿润而忧伤，仿佛风中之草。

你哭了？你活得不是很高兴吗，为什么哭？梅珊在颂莲面前站住，淡淡地说。颂莲掏出手绢擦了擦眼角，她说也不知是怎么了，你唱的戏叫什么？叫《女吊》，梅珊说，你喜欢听吗？我对京戏一窍不通，主要是你唱得实在动情，听得我也伤心起来。颂莲说着她看见梅珊的脸上第一次露出和善的神情，梅珊低下头看看自己的戏装，她说，本来就是做戏嘛，伤心可不值得。做戏做得好能骗别人，做得不好只能骗骗自己。

陈佐千在颂莲屋里咳嗽起来，颂莲有些尴尬地看看梅珊。梅珊说，你不去伺候他穿衣服？颂莲摇摇头说他自己穿，他又不是小孩子。梅珊便有点悻悻的，她笑了笑说他怎么要我给他穿衣穿鞋，看来人是有贵贱之分。这时候陈佐千又在屋里喊起来，梅珊，进屋来给我唱一段！梅珊的细柳眉立刻挑起来，她冷笑一声，跑到窗前冲里面说，老娘不愿意！

颂莲见识了梅珊的脾气。当她拐弯抹角地说起这个话题时，陈佐千说，都怪我前些年把她娇宠坏了。她不顺心起来敢骂我家祖宗八代。陈佐千说这狗娘养的小婊子，我迟早得狠狠收拾她一回。颂莲说，你也别太狠心了，她其实挺可怜的，没亲没故的，怕你不疼她，脾气就坏了。

以后颂莲和梅珊有了些不冷不热的交往。梅珊迷麻将,经常招呼人去她那里搓麻将,从晚饭过后一直搓到深更半夜。颂莲隔着墙能听见隔壁洗牌的哗啦哗啦的声音,吵得她睡不好觉。她跟陈佐千发牢骚,陈佐千说,你就忍一忍吧,她搓上麻将还算正常一点,反正她把钱输光了我不会给她的,让她去搓,让她去作死。但是有一回梅珊差丫环来叫颂莲上牌桌了,颂莲一句话把丫环挡了回去,她说,我去搓麻将?亏你们想得出来。丫环回去后梅珊自己来了,她说,三缺一,赏个脸吧。颂莲说我不会呀,不是找输吗?梅珊来拽她的胳膊,走吧,输了不收你钱,要不赢了归你,输了我付。颂莲说,那倒不至于,主要是我不喜欢。她说着就看见梅珊的脸挂下来了,梅珊哼了一声说,你这里有什么呀?好像守着个大金库不肯挪一步,不过就是个干瘪老头罢了。颂莲被呛得恶火攻心,刚想发作,难听话溜到嘴边又咽回去了,她咬着嘴唇考虑了几秒钟说,好吧,我跟你去。

另外两个人已经坐在桌前等候了,一个是管家陈佐文,另一个不认识,梅珊介绍说是医生。那人戴着金丝边眼镜,皮肤黑黑的,嘴唇却像女性一样红润而柔情。颂莲以前见他出入过梅珊的屋子,她不知怎么就不相信他是医生。

颂莲坐在牌桌上心不在焉,她是真的不太会打,糊里糊涂就听见他们喊和了,自摸了。她只是掏钱,慢慢地她就心疼起来,她说,我头疼,想歇一歇了。梅珊说,上桌就得打八圈,这是规矩。你恐怕是输得心疼吧。陈佐文在一边说,没关系的,破点小财消灾灭祸。梅珊又说,你今天就算给卓云做好事吧,这一阵她闷死了,把老头儿借她一夜,你输的钱让她掏给你。桌上的两个男人都笑起来。颂莲也笑,梅珊你可真能逗乐,心里却像吞了只苍蝇。

颂莲冷眼观察着梅珊和医生间的眉目传情,她想什么事情都是逃不过她的直觉的。当洗牌时掉下一张牌以后,颂莲弯腰去捡,一下就发现了他们的四条腿的形状,藏在桌下的那四条腿原来紧缠在一起,分开时很快很自然,但颂莲是确确实实看见了。

颂莲不动声色。她再也不去看梅珊和医生的脸了。颂莲这时的心情很复杂,有点惶惑,有点紧张,还有一点幸灾乐祸。她心里说梅珊你活得也太自在了也太张狂了。

秋天里有很多这样的时候,窗外天色阴晦,细雨绵延不绝地落在花园里,从紫荆、石榴树的枝叶上溅起碎玉般的声音。这样的时候颂莲枯坐窗边,睇视外面晾衣绳上一块被雨淋湿的丝绢,她的心绪烦躁复杂,有的念头甚至是秘不可示的。

颂莲就不明白为什么每逢阴雨就会想念床笫之事。陈佐千是不会注意到天气对颂莲生理上的影响的。陈佐千只是有点招架不住的窘态。他说,年龄不饶人,我又最烦什么三鞭神油的。陈佐千抚摸颂莲粉红的微微发烫的肌肤,摸到无数欲望的小兔在她皮肤下面跳跃。陈佐千的手渐渐地就狂乱起来,嘴也俯到颂莲的身上。颂莲面色绯红地侧身躺在长沙发上,听见窗外雨珠迸裂的声音,颂莲双目微闭,呻吟道,主要是下雨了。陈佐千没听清,你说什么?项链?颂莲说,对,项链,我想要一串最好的项链。陈佐千说,你要什么我不给你?只是千万别告诉她们。颂莲一下子就翻身坐起来,她们?她们算什么东西?我才不在乎她们呢。陈佐千说,那当然,她们谁也比不上你。他看见颂莲的眼神迅速地发生了变化,颂莲把他推开,很快地穿好内衣走到窗前去了。陈佐千说你怎么了,颂莲回过头,幽怨地说,没情绪了,谁让你提起她们的?

陈佐千怏怏地和颂莲一起看着窗外的雨景。这样的时候整个世界都潮湿难耐起来。花园里空无一人,树叶绿得透出凉意,远远地那边的紫藤架被风掠过,摇晃有如人形。颂莲想起那口井,关于井的一些传闻。颂莲说,这园子里的东西有点鬼气。陈佐千说,哪来的鬼气?颂莲朝紫藤架努努嘴,喏,那口井。陈佐千说,不过就死了两个投井的,自寻短见的。颂莲说,死的谁?陈佐千说,反正你也不认识的,是上一辈的两个女眷。颂莲说,是姨太太吧。陈佐千脸色立刻有点难看了,谁告诉你的?颂莲笑笑说谁也没告诉我,我自己看见的,我走到那口井边,一眼就看见两个女人浮在井底里,一个像我,另一个还是像我。陈佐千说,你别胡说了,以后别上那儿去。颂莲拍拍手说,那不行,我还没去问问那两个鬼魂呢,她们为什么投井?陈佐千说,那还用问,免不了是些污秽事情吧。颂莲沉吟良久,后来她突然说了一句,怪不得这园子里修这么多井。原来是为寻死的人挖的。陈佐千一把搂过颂莲,你越说越离谱,别去胡思乱想。说着陈佐千抓住颂莲的手,让她摸自己的那地方,他说,现在倒又行了,来吧。我就是死在你床上也心甘情愿。

花园里秋雨萧瑟,窗内的房事因此有一种垂死的气息,颂莲的眼前是一片深深幽暗,唯有梳妆台上的几朵紫色雏菊闪烁着稀薄的红影。颂莲听见房门外有什么动静,她随手抓过一只香水瓶子朝房门上砸去。陈佐千说你又怎么了,颂莲说,她在偷看。陈佐千说,谁偷看?颂莲说是雁儿。陈佐千笑起来,这有什么可偷看的?再说她也看不见。颂莲厉声说,你别护她,我隔多远也闻得出她的骚味。

黄昏的时候,有一群人围坐在花园里听飞浦吹箫。飞浦换上丝绸衫裤,更显出他的倜傥风流。飞浦持箫坐在中间,四面听箫的多是飞浦做生意的朋友。这时候这群人成为陈府上下关注的中心,仆人们站在门廊上远远地观察他们,窃窃私语。其他在室内的人会听见飞浦的箫声像水一样幽幽地漫进窗口,谁也无法忽略飞浦的箫声。

颂莲往往被飞浦的箫声所打动,有时甚至泪涟涟的。她很想坐到那群男人中间去,离飞浦近一点,持箫的飞浦令她回想起大学里一个独坐空室拉琴的男生,她已经记不清那个男生的脸,对他也不曾有深藏的暗恋,但颂莲易于被这种优美的情景感化,心里是一片秋水涟漪。颂莲踟蹰半天,搬了一张藤椅坐在门廊上,静听着飞浦的箫声。没多久箫声沉寂了,那边的男人们开始说话。颂莲顿时就觉得没趣了,她想,说话多无聊,还不是你诓我我骗你的,人一说起话来就变得虚情假意的了。于是颂莲起身回到房里,她突然想起箱子里也有一管长箫,那是她父亲的遗物。颂莲打开那只藤条箱子,箱子好久没晒,已有一点霉味,那些弃之不穿的学生时代的衣裙整整齐齐地摞着,好像从前的日子尘封了,散出星星点点的怅然和梦幻。颂莲把那些衣服腾空了,也没有见那管长箫。她明明记得离家时把箫放进箱底的,怎么会没有了呢?雁儿,雁儿你来。颂莲就朝门廊上喊。雁儿来了,说,四太太怎么不听少爷吹箫了?颂莲说,你有没有动过我的箱子?雁儿说,前一阵你让我收拾箱子的,我把衣服都叠好了呀?颂莲说,你有没有见一管箫?箫?雁儿说,我没见,男人才玩箫呢!颂莲盯住雁儿的眼睛看,冷笑了一声,那么说是你把我的箫偷去了?雁儿说,四太太你也别随便糟践人,我偷你的箫干什么呀?颂莲说,你自然有你的鬼念头,从早到晚心怀鬼胎,还装得没事人似的。雁儿说,四太太你别太冤枉人了,你去问问老爷少爷大太太二太太三太太,我什么时候偷过主子一个铜板的?颂莲不再理睬她,她轻蔑地瞄着雁儿,然后跑到雁儿住的小偏房去,用脚踩着雁儿的杂木箱子说,嘴硬就给我打开。雁儿去拖颂莲的脚,一边哀求说,四太太你别踩我的箱子,我真的没拿你的箫。颂莲看雁儿的神色心中越来越有底,她从屋角抓过一把斧子说,劈碎了看一看,要是没有明天给你个新的箱子。她咬着牙一斧劈下去,雁儿的箱子就散了架,衣物铜板小玩意滚了一地。颂莲把衣物都抖开来看,没有那管箫,但她忽然抓住一个鼓鼓的小白布包,打开一看,里面是个小布人,小布人的胸口刺着三枚细针。颂莲起初觉得好笑,但很快地她就发觉小布人很像她自己,再细细地看,上面有依稀的两个墨迹:颂莲。颂莲的心好像真的被三枚细针刺着,一种尖锐的刺痛感。她的脸一下变得煞白。旁边的雁儿靠着墙,惊惶地看着她。颂莲突然尖叫了一声,她跳起来一把抓住雁儿的头发,把雁儿的头一次一次地往墙上撞。颂莲噙着泪大叫,让你咒我死!让你咒我死!雁儿无力挣脱,她只是软瘫在那里,发出断断续续的呜咽。颂莲累了,喘着气倏而想到雁儿是不识字的,那么谁在小布人上写的字呢?这个疑问使她更觉揪心,颂莲后来就蹲下身子来,给雁儿擦泪,她换了种温和的声调,别哭了,事儿过了就过了,以后别这样,我不记你仇。不过你得告诉我是谁给你写的字。雁儿还在抽噎着,她摇着头说,我不说,不能说。颂莲说,你不用怕,我也不会闹出去的,你只要告诉我我绝对不会连累你的。雁儿还是摇头。

颂莲于是开始提示。是毓如？雁儿摇头。那么肯定是梅珊了？雁儿依然摇头。颂莲倒吸了一口凉气，她的声音有些颤抖了。是卓云吧？雁儿不再摇头了，她的神情显得悲伤而愚蠢。颂莲站起来，仰天说了一句，知人知面不知心哪，我早料到了。

陈佐千看见颂莲眼圈红肿着，一个人呆坐在沙发上，手里捻着一枝枯萎的雏菊。陈佐千说，你刚才哭过？颂莲说，没有呀，你对我这么好，我干什么要哭？陈佐千想了想说，你要是嫌闷，我陪你去花园走走，到外面吃夜宵也行。颂莲把手中的菊枝又捻了几下，随手扔出窗外，淡淡地问，你把我的箫弄到哪里去了？陈佐千迟疑了一会儿，说，我怕你分心，收起来了。颂莲的嘴角浮出一丝冷笑，我的心全在这里，能分到哪里去？陈佐千也正色道，那么你说那箫是谁送你的？颂莲懒懒地说，不是信物，是遗物，我父亲的遗物。陈佐千就有点发窘说是我多心了，我以为是哪个男学生送你的。颂莲把手摊开来，说，快取来还我，我的东西我自己来保管。陈佐千更加窘迫起来，他搓着手来回地走，这下坏了，他说，我已经让人把它烧了。陈佐千没听见颂莲再说话，房间里一点一点黑下来。他打开电灯，看见颂莲的脸苍白如雪，眼泪无声地挂在双颊上。

这一夜对于他们两个人来说都是特殊的一夜，颂莲像羊羔一样把自己抱紧了，远离陈佐千的身体，陈佐千用手去抚摸她，仍然得不到一点回应。他一会儿关灯一会儿开灯，看颂莲的脸像一张纸一样漠然无情。陈佐千说，你太过分了，我就差一点给你下跪求饶了。颂莲沉默了一会儿，说，我不舒服。陈佐千说，我最恨别人给我看脸色。颂莲翻了个身说，你去卓云那里吧，反正她总是对人笑的。陈佐千就跳下床来穿衣服，说，去就去，幸亏我还有三房太太。

第二天卓云到颂莲房里来时，颂莲还躺在床上。颂莲看见她掀开门帘的时候打了个莫名的冷战。她佯睡着闭上眼睛，卓云坐到床头伸手摸摸颂莲的额头说，不烫呀，大概不是生病是生气吧。颂莲眼睛觑着朝她笑了笑，你来啦。卓云就去拉颂莲的手，快起来吧，这样躺没病也孵出毛病来。颂莲说，起来又能干什么？卓云说，给我剪头发,我也剪个你这样的学生头,精神精神。

卓云坐在圆凳上,等着颂莲给她剪头发。颂莲抓起一件旧衣服给她围上,然后用梳子慢慢梳着卓云的头发。颂莲说,剪不好可别怪我,你这样好看的头发,剪起来实在是心慌。卓云说,剪不好也没关系的,这把年纪了还要什么好看。颂莲仍然一下一下地把卓云的头发梳上去又梳下来,那我就剪了。卓云说,剪呀,你怎么那样胆小?颂莲说,主要是手生,怕剪着了你。说完颂莲就剪起来。卓云的乌黑松软的头发一绺绺地掉下来,伴随着剪刀双刃的撞击声。卓云说,你不是挺麻利的吗?颂莲说,你可别夸我,一夸我的手就抖了。说着就听见卓云发出了一声尖厉刺耳的叫声,卓云的耳朵被颂莲的剪刀实实在在地剪了一下。甚至花园里的人也听见了卓云那声可怕的尖叫,梅珊房里的人都跑过来看个究竟。她们看见卓云捂住右耳疼得直冒虚汗,颂莲拿着把剪刀站在一边,她的脸也发白了,唯有地板上是几绺黑色的头发。你怎么啦?卓云的泪已夺眶而出,她的话没说完就捂住耳朵跑到花园里去了。颂莲愣愣地站在那堆头发边上,手中的剪刀当地掉在地上。她自言自语地说了一声,我的手发抖,我病着呢。然后她把看热闹的佣人都推出门去,你们在这儿干什么?还不快给二太太请医生去。

梅珊牵着飞澜的手,仍然留在房里。她微笑着对颂莲看,颂莲避开她的目光,她操起芦苇帚扫着地上的头发,听见梅珊忽然咯咯笑出了声音。颂莲说,你笑什么?梅珊睒了睒眼睛,我要是恨谁也会把她的耳朵剪掉,全部剪掉,一点不剩,颂莲沉下了脸,你这是什么意思?难道我是有意的吗?梅珊又嬉笑了一声说那只有天知道啦。

颂莲没再理睬梅珊,她兀自躺到床上去,用被子把头蒙住,她听见自己的心怦然狂跳。她不知道自己的心对那一剪刀负不负责任,反正谁都应该相信,她是无意的。这时候她听见梅珊隔着被子对她说话,梅珊说,卓云是慈善面孔蝎子心,她的心眼点子比谁都多。梅珊又说,我自知不是她对手,没准你能跟她斗一斗,这一点我头一次看见你就猜到了。颂莲在被子里动弹了一下,听见梅珊出乎意料地打开了话匣子。梅珊说你想知道我和她生孩子的事情吗？梅珊说我跟卓云差不多一起怀孕的我三个月的时候她差人在我的煎药里放了泻胎药结果我命大胎儿没掉下来后来我们差不多同时临盆她又想先生孩子就花很多钱打外国催产针把阴道都撑破了结果还是我命大我先生了飞澜是个男的她竹篮打水一场空生了忆容不过是个小贱货还比飞澜晚了三个钟头呢。

　　天已寒秋，女人们都纷纷换上了秋衣，树叶也纷纷在清晨和深夜飘落在地，枯黄的一片覆盖了花园。几个女佣蹲在一起烧树叶，一股焦烟味弥漫开来，颂莲的窗口砰地打开，女佣们看见颂莲的脸因愤怒而涨得绯红。她抓着一把木梳在窗台上敲着，谁让你们烧树叶的？好好的树叶烧得那么难闻。女佣们便收起了笤帚箩筐，一个胆大的女佣说，这么多的树叶，不烧怎么弄？颂莲就把木梳从窗里砸到她的身上，颂莲喊，不准烧就是不准烧！然后她砰地关上了窗子。

　　四太太的脾气越来越大了。女佣们这么告诉毓如。她不让我们烧树叶，她的脾气怎么越来越大了？毓如把女佣呵斥了一通，不准嚼舌头，轮不到你们来搬弄是非。毓如心里却很气，以往花园里的树叶每年都要烧几次的，难道来了个颂莲就要破这个规矩不成？女佣在一边垂手而立，说，那么树叶不烧了？毓如说，谁说不烧的？你们给我去烧，别理她好了。

　　女佣再去烧树叶，颂莲就没有露面，只是人去灰烬的时候见颂莲走出南厢房。她还穿着夏天的裙子，女佣说她怎么不冷，外面的风这么大，颂莲站在一堆黑灰那里，呆呆地看了会，然后她就去中院吃饭了。颂莲的裙摆在冷风中飘来飘去，就像一只白色蝴蝶。

　　颂莲坐在饭桌上，看他们吃。颂莲始终不动筷子。她的脸色冷静而沉郁，抱紧双臂，一副不可侵犯的样子。那天恰逢陈佐千外出，也是府中闹事的时机。飞浦说，咦，你怎么不吃？颂莲说，我已经饱了。飞浦说，你吃过了？颂莲鼻孔里哼了一声，我闻焦烟味已经闻饱了。飞浦摸不着头脑，朝他母亲看。毓如的脸就变了，她对飞浦说，你吃你的饭，管那么多呢。然后她放高嗓门，注视着颂莲，四太太，我倒是听你说说,你说那么多树叶堆在地上怎么弄？颂莲说,我不知道,我有什么资格料理家事？毓如说,年年秋天要烧树叶,从来没什么别扭,怎么你就比别人娇贵？那点烟味就受不了。颂莲说,树叶自己会烂掉的,用得着去烧吗？树叶又不是人。毓如说,你这是什么意思,莫名其妙的。颂莲说,我没什么意思,我还有一点不明白的,为什么要把树叶扫到后院来烧,谁喜欢闻那烟味就在谁那儿烧好了。毓如便听不下去了,她把筷子往桌上一拍,你也不拿个镜子照照,你颂莲在陈家算什么东西？好像谁亏待了你似的。颂莲站起来,目光矜持地停留在毓如蜡黄有点浮肿的脸上。说对了,我算个什么东西？颂莲轻轻地像在自言自语,她微笑着转过身离开,再回头时已经泪光盈盈,她说,天知道你们又算个什么东西？

整整一个下午,颂莲把自己关在室内,连雁儿端茶时也不给开门。颂莲独坐窗前,看见梳妆台上的那瓶大丽菊已枯萎得发黑,她把那束菊花拿出来想扔掉,但她不知道往哪里扔,窗户紧闭着不再打开。颂莲抱着花在房间里踱着,她想来想去结果打开衣橱,把花放了进去。外面秋风又起,是很冷的风,把黑暗一点点往花园里吹。她听见有人敲门。她以为是雁儿又端茶来,就敲了一下门背,烦死了,我不要喝茶。外面的人说,是我,我是飞浦。

颂莲想不到飞浦会来。她把门打开,倚门而立。你来干什么？飞浦的头发让风吹得很凌乱,他捋着头发,有点局促地笑了笑说,他们说你病了,来看看你。颂莲嘘了一声,谁生病啊,要死就死了,生病多磨人。飞浦径直坐到沙发上去,他环顾着房间,突然说,我以为你房间里有好多书。颂莲摊开双手,一本也没有,书现在对我没用了。颂莲仍然站着,她说,你也是来教训我的吗？飞浦摇着头,说,怎么会？我见这些事头疼。颂莲说,那么你是来打圆场的？我看不需要,我这样的人让谁骂一顿也是应该的。飞浦沉默了一会儿说,我母亲其实也没什么坏心,她天性就是固执呆板,你别跟她斗气,不值得。颂莲在房间里来回走着,走着突然笑起来,其实我也没想跟大太太斗气,真的,我也不知道自己是怎么回事,你觉得我可笑吗？飞浦又摇头,他咳嗽了一声,慢吞吞地说,人都一样,不知道自己的喜怒哀乐是怎么回事。

　　他们的谈话很自然地引到那支箫上去。我原来也有一支箫,颂莲说,可惜,可惜弄丢了。那么你也会吹箫啦?飞浦高兴地问。颂莲说,我不会,还没来得及学就丢了。飞浦说,我介绍个朋友教你怎么样?我就是跟他学的。颂莲笑着,不置可否的样子。这时候雁儿端着两碗红枣银耳羹进来,先送到飞浦手上。颂莲在一边说,你看这丫头对你多忠心,不用关照自己就做好点心了。雁儿的脸羞得通红,把另外一碗往桌上一放就逃出去了。颂莲说,雁儿别走呀,大少爷有话跟你说。说着颂莲捂着嘴扑哧一笑。飞浦也笑,他用银勺搅着碗里的点心,说,你对她也太厉害了。颂莲说,你以为她是盏省油灯?这丫头心贱,我这儿来了人,她哪回不在门外偷听?也不知道她害的什么糊涂心思。飞浦察觉到颂莲的不快,赶紧换了话题,他说,我从小就好吃甜食,像这红枣银耳羹什么的,真是不好意思,朋友们都说,女人才喜欢吃甜食。颂莲的神色却依旧是黯然,她开始摩挲自己的指甲玩,那指甲留得细长,涂了凤仙花汁,看上去像一些粉红的鳞片。喂,你在听我讲吗?飞浦说。颂莲说,听着呢,你说女人喜欢吃甜食,男人喜欢吃咸的。飞浦笑着摇摇头,站起身告辞。临走他对颂莲说,你这人有意思,我猜不透你的心。颂莲说,你也一样,我也猜不透你的心。

　　十二月初七陈府门口挂起了灯笼,这天陈佐千过五十大寿。从早晨起前来祝寿的亲朋好友在陈家花园穿梭不息。陈佐千穿着飞浦赠送的一套黑色礼服在客厅里接待客人,毓如、卓云、梅珊、颂莲和孩子们则簇拥着陈佐千,与来去宾客寒暄。正热闹的时候,猛听见一声脆响,人们都朝一个地方看,看见一只半人高的花瓶已经碎伏在地。

　　原来是飞澜和忆容在那儿追闹,把花瓶从长几上碰翻了。两个孩子站在那儿面面相觑,知道闯了祸。飞澜先从骇怕中惊醒,指着忆容说,是她撞翻的,不关我的事。忆容也连忙把手指到飞澜鼻子上,你追我,是你撞翻的。这时候陈佐千的脸已经幡然变色,但碍于宾客在场的缘故,没有发作。毓如走过来,轻声地然而又是浊重地嘀咕着,孽种,孽种。她把飞澜和忆容拽到外面,一人捆了一巴掌,晦气,晦气。毓如又推了飞澜一把,给我滚远点。飞澜便滚到地上哭叫起来,飞澜的嗓门又尖又亮,传到客厅里。梅珊先就奔了出来,她把飞澜抱住,睖了毓如一眼,说,打得好,打得好,反正早就看不顺眼,能打一下是一下。毓如说,你这算什么话?孩子闯了祸,你不教训一句倒还护着他?梅珊把飞澜往毓如面前推,说,那好,就交给你教训吧,你打呀,往死里打,打死了你心里会舒坦一些。这时卓云和颂莲也跑了出来。卓云拉过忆容,在她头上拍了一下,我的小祖奶奶,你怎么尽给我添乱呢?你说,到底谁打破的花瓶?忆容哭起来,不是我,我说了不是我,是飞澜撞翻了桌子。卓云说,不准哭,既然不是你你哭什么?老爷的喜日都给你们冲乱了。梅珊在一边冷笑了一声,说,三小姐小小年纪怎么撒谎不打楞?我在一边看得清清楚楚,是你的胳膊把花瓶带翻的。四个女人一时无话可说,唯有飞澜仍然一声声哭号着。颂莲在一边看了一会儿,说,犯不着这样,不就是一只花瓶吗?碎了就碎了,能有什么事?毓如白了颂莲一眼,你说得轻巧,这是一只瓶子的事吗?老爷凡事喜欢图吉利,碰上你们这些人没心没肝的,好端端的陈家迟早要败在你们手里。颂莲说,咄,怎么又是我的错了?算我胡说好了,其实谁想管你们的事?颂莲一扭身离开了是非之地,她往后花园去,路上碰到飞浦和他的一班朋友,飞浦问,你怎么走了?颂莲摸摸自己的额头,说,我头疼,我见了热闹场面头就疼。

颂莲真的头疼起来,她想喝水,但水瓶全是空的,雁儿在客厅帮忙,趁势就把这里的事情撂下了。颂莲骂了一声小贱货,自己开了炉门烧水,她进了陈家还是头一次干这种家务活,有点笨手拙脚的。在厨房里站了一会儿,她又走到门廊上,看见后花园此时寂静无比,人都热闹去了,留下一些孤寂,它们在枯枝残叶上一点点滴落,浸入颂莲的心。她又看见那架凋零的紫藤,在风中发出凄迷的絮语,而那口井仍然向她隐晦地呼唤着。颂莲捂住胸口,她觉得她在虚无中听见了某种启迪的声音。

颂莲朝井边走去,她的身体无比轻盈,好像在梦中行路一般。有一股植物腐烂的气息弥漫井台四周,颂莲从地上拣起一片紫藤叶子细看了看,把它扔进井里。她看见叶子像一片饰物浮在幽蓝的死水之上,把她的浮影遮盖了一块,她竟然看不见自己的眼睛。颂莲绕着井台转了一圈,始终找不到一个角度看见自己,她觉得这很奇怪,一片紫藤叶子,她想,怎么会? 正午的阳光在枯井中慢慢地跳跃,幻变成一点点白光,颂莲突然被一个可怕的想象攫住,一只手,有一只手托住紫藤叶遮盖了她的眼睛,这样想着她似乎就真切地看见一只苍白的湿漉漉的手,它从深不可测的井底升起来,遮盖她的眼睛。颂莲惊恐地喊出了声音,手。手。她想返身逃走,但整个身体好像被牢牢地吸附在井台上,欲罢不能。颂莲觉得她像一株被风折断的花,无力地俯下身子,凝视井中。在又一阵的晕眩中她看见井水倏然翻腾喧响,一个模糊的声音自遥远的地方切入耳膜:颂莲,你下来。颂莲,你下来。

卓云来找颂莲的时候,颂莲一个人坐在门廊上,手里抱着梅珊养的波斯猫。卓云说,你怎么在这儿? 开午宴了。颂莲说,我头晕得厉害,不想去。卓云说,那怎么行? 有病也得去呀,场面上的事情,老爷再三吩咐你回去。颂莲说,我真的不想去,难受得快死了,你们就让我清静一会吧。卓云笑了笑,说,是不是跟毓如生气呀? 没有,我没精神跟谁生气,颂莲露出了不耐烦的神情,她把怀里的猫往地上一扔,说,我想睡一会儿。卓云仍然赔着笑脸,那你就去睡吧,我回去告诉老爷就是了。

这一天颂莲昏昏沉沉地睡着,睡着也看见那口井,井中那片紫藤叶,她浑身沁出一身冷汗。谁知道那口井是什么? 那片紫藤叶是什么? 她颂莲又是什么? 后来她懒懒地起来,对着镜子梳洗了一番。她看见自己的面容就像那片枯叶一样憔悴毫无生气。她对镜子里的女人很陌生。她不喜欢那样的女人。颂莲深深地叹了一口气,这时候她想起了陈佐千和生日这些概念,心里对自己的行为不免后悔起来。她自责地想我怎么一味地耍起小性子来了,她深知这对她的生活是有害无益的,于是她连忙打开了衣橱门,从里取出一条水灰色的羊毛围巾,这是她早就为陈佐千的生日准备的礼物。

晚宴上全部是陈家自己人了。颂莲进饭厅的时候看见他们都已落座。他们不等我就开桌了。颂莲这样想着走到自己的座位前,飞浦在对面招呼说,你好了?颂莲点点头,她偷窥陈佐千的脸色,陈佐千脸色铁板阴沉,颂莲的心就莫名地跳了一下,她拿着那条羊毛围巾送到他面前,老爷,这是我的微薄之礼。陈佐千嗯了一声,手往边上的圆桌一指,放那边吧。颂莲抓着围巾走过去,看见桌上堆满了家人送的寿礼。一只金戒指,一件狐皮大衣,一只瑞士手表,都用红缎带扎着。颂莲的心又一次咯噔了一下,她觉得脸上一阵燥热。重新落座,她听见毓如在一边说,既是寿礼,怎么也不知道扎条红缎带?颂莲装作没听见,她觉得毓如的挑剔实在可恶,但是整整一天她确实神思恍惚,心不在焉。她知道自己已经惹恼了陈佐千,这是她唯一不想干的事情。颂莲竭力想着补救的办法,她应该让他们看到她在老爷面前的特殊地位,她不能做出卑贱的样子。于是颂莲突然对着陈佐千莞尔一笑,她说,老爷,今天是你的吉辰良日,我积蓄不多,送不出金戒指皮大衣,我再补送老爷一份礼吧。说着颂莲站起身走到陈佐千跟前,抱住他的脖子,在他脸上亲了一下,又亲了一下。桌上的人都呆住了,望着陈佐千。陈佐千的脸涨得通红,他似乎想说什么,又说不出什么,终于把颂莲一把推开,厉声道,众人面前你放尊重一点。

陈佐千这一手其实自然,但颂莲却始料不及,她站在那里,睁着茫然而惊惶的眼睛盯着陈佐千,好一会儿她意识到发生了什么,她捂住了脸,不让他们看见扑簌簌涌出来的眼泪。她一边往外走一边低低地碎帛似的哭泣,桌上的人听见颂莲在说,我做错了什么,我又做错了什么?

即使站在一边的女仆也目睹了发生在寿宴上的风波,她们敏感地意识到这将是颂莲在陈府生活的一大转折。到了夜里,两个女仆去门口摘走寿日灯笼,一个说,你猜老爷今天夜里去谁那儿?另一个想了会儿说,猜不出来,这种事还不是凭他的兴致来,谁能猜得到?

两个女人面对面坐着,梅珊和颂莲。梅珊是精心打扮过的,画了眉毛,涂了嫣丽的美人牌口红,一件华贵的裘皮大衣搭在膝上;而颂莲是懒懒的刚刚起床的样子,手指上夹着一支烟,觑着眼睛慢慢地吸。奇怪的是两个人都不说话,听墙上的挂钟嘀答嘀答响,颂莲和梅珊各怀心事,好像两棵树面对面地各怀心事,这在历史上也是常见的。

梅珊说我发现你这两天脾气坏了,是不是身上来了?

颂莲说这跟那个有什么联系,我那个不准,也不知道什么时候来,什么时候又去了。

梅珊说聪明女人这事却糊涂,这个月还没来?别是怀上了吧?

颂莲说没有没有哪有这事?

梅珊说你照理应该有了,陈佐千这方面挺有能耐的,晚上你把小腰儿垫高一点,真的,不诳你。

颂莲说梅珊你嘴上真是没栅栏的亏你说得出口。

梅珊说不就这么回事有什么可瞒瞒藏藏的,你要是不给陈家添个人丁,苦日子就在后面了。我们这样的人都一回事。

颂莲说陈佐千这一阵子根本就没上我这里来,随便吧,我无所谓的。

梅珊说你是没到那个火候,我就不,我跟他直说了,他只要超过五天不上我那里,我就找个伴。我没法过活寡日子。他在我那儿最辛苦,他对我又怕又恨又想要,我可不怕他。

颂莲说这事多无聊,反正我都无所谓的,我就是不明白女人到底是个什么东西,女人到底算个什么东西,就像狗、像猫、像金鱼、像老鼠,什么都像,就是不像人。

梅珊说你别尽自己糟践自己,别担心陈佐千把你冷落了,他还会来你这儿的,你比我们都年轻,又水灵,又有文化,他要是抛下你去找毓如和卓云才是傻瓜呢,她们的腰快赶上水桶那样粗啦。再说当众亲他一下又怎么样呢?

颂莲说你这人真讨厌,我不是这个意思,我是说我自己。

梅珊说别去想那事了,没什么,他就是有点假正经,要是在床上,别说亲一下脸,就是亲他那儿他也乐意。

颂莲说你别说了真让人恶心。

梅珊说那么你跟我上玫瑰戏院去吧,程砚秋来了,演《荒山泪》,怎么样,去散散心吧?

颂莲说我不去,我不想出门,这心就那么一块,怎么样都是那么一块,散散心又能怎么样?

梅珊说你就不能陪陪我,我可是陪你说了这么多话。

颂莲说让我陪你有什么趣呢,你去找陈佐千陪你,他要是没工夫你就找那个医生嘛。

梅珊愣了一下,她的脸立刻挂下来了。梅珊抓起裘皮大衣和围脖起身,她逼近颂莲朝她盯了一眼,一扬手把颂莲嘴里衔着的香烟打在地上,又用脚碾了一下。梅珊厉声说,这可不是玩笑话,你要是跟别人胡说我就把你的嘴撕烂了。我不怕你们,我谁也不怕,谁想害我都是痴心妄想!

飞浦果然领了一个朋友来见颂莲,说是给她请的吹箫老师。颂莲反而手足无措起来,她原先并没把学箫的事情当真。定睛看那个老师,一个皮肤白皙留平头的年轻男子,像学生又不像学生,举手投足有点腼腆拘谨。通报了名字,原来是此地丝绸大王顾家的三公子。颂莲从窗子里看见他们过来,手拉手的。颂莲觉得两个男子手拉手地走路,有一种新鲜而古怪的感觉。

看你们两个多要好,颂莲抿着嘴笑道我还没见过两个大男人手拉手走路呢。飞浦的样子有点窘,他说,我们从小就认识,在一个学堂念书的。再看顾家少爷,更是脸红红的。颂莲想这位老师有意思,动辄脸红的男人不知是什么样的男人。颂莲说,我长这么大,就没交上一个好朋友。飞浦说,这也不奇怪,你看上去孤傲,不太容易接近吧。颂莲说,冤枉了,我其实是孤而不傲,要傲总得有点资本吧。我有什么资本傲呢?

飞浦从一个黑绸箫袋里抽出那支箫,说,这支送你吧,本来也是顾少爷给我的,借花献佛啦。颂莲接过箫来看了看顾少爷,顾少爷颔首而笑。颂莲把箫横在唇边,胡乱吹了一个音,说,就怕我笨,学不会。顾少爷说,吹箫很简单的,只要用心,没有学不会的道理。颂莲说,就怕我用不上那份心,我这人的心像沙子一样散的,收不起来。顾少爷又笑了,那就困难了,我只管你的箫,管不了你的心。飞浦坐下来,看看颂莲,又看看顾少爷,目光中闪烁着他特有的温情。

箫有七孔,一个孔是一份情调,缀起来就特别优美,也特别感伤,吹箫人就需要这两种感情。顾少爷很含蓄地看着颂莲说,这两种感情你都有吗?颂莲想了想说,恐怕只有后一种。顾少爷说有也就不错了,感伤也是一份情调,就怕空,就怕你心里什么也没有,那就吹不好箫。颂莲说,顾少爷先吹一曲吧,让我听听箫里有什么。顾少爷也不推辞,横箫便吹。颂莲听见一丝轻婉柔美的箫声流出来,如泣如诉的。飞浦坐在沙发上闭起了眼睛,说,这是《秋怨曲》。

毓如的丫环福子就是这时候来敲窗的,福子尖声喊着飞浦,大少爷,太太让你去客厅见客呢。飞浦说,谁来了?福子说,我不知道,太太让你快去。飞浦皱了皱眉头说,叫客人上这儿来找我。福子仍然敲着窗,喊,太太一定要你去,你不去她要骂死我的。飞浦轻轻骂了一声,讨厌。他无可奈何地站起来,又骂,什么客人?见鬼。顾少爷持箫看着飞浦,疑疑惑惑地问,那这箫还教不教?飞浦挥挥手说,教呀,你在这儿,我去看看就是了。

剩下颂莲和顾少爷坐在房里,一时不知说什么好。颂莲突然微笑了一声说,撒谎。顾少爷一惊,你说谁撒谎?颂莲也醒过神来,不是说你,说她,你不懂的。顾少爷有点坐立不安,颂莲发现他的脸又开始红了,她心里又好笑,大户人家的少爷也有这样薄脸皮的,爱脸红无论如何也算是条优点。颂莲就带有怜悯地看着顾少爷,颂莲说,你接着吹呀,还没完呢。顾少爷低头看看手里的箫,把它塞回黑绸箫袋里,低声说,完了,这下没情调了,曲子也就吹完了。好曲就怕败兴,你懂吗?飞浦一走箫就吹不好了。

顾少爷很快就起身告辞了。颂莲送他到花园里,心里忽然对他充满感激之情,又不宜表露,她就停步按了按胸口,屈膝道了个万福。顾少爷说,什么时候再学箫?颂莲摇了摇头,不知道。顾少爷想了想说,看飞浦安排吧,又说,飞浦对你很好,他常在朋友面前夸你。颂莲叹了口气,他对我好有什么用?这世界上根本就没人可以依靠。

颂莲刚回到屋里,卓云就风风火火闯进来,说飞浦和大太太吵起来了。颂莲先是愣了一下,接着就冷笑道,我就猜到是这么回事。卓云说,你去劝劝吧。颂莲说,我去劝算什么?人家是母子,随便怎么吵,我去劝算什么呢?卓云说,你难道不知道他们吵架是为你?颂莲说,咄,这就更奇怪了,我跟他们井水不犯河水,干吗要把我缠进去?卓云斜睨着颂莲,你也别装糊涂了,你知道他们为什么吵。颂莲的声音不禁尖厉起来,我知道什么?我就知道她容不得谁对我好,她把我看成什么人了?难道我还能跟她儿子有什么吗?颂莲说着眼里又沁出泪花,真无聊,真可恶。她说,怎么这样无聊?卓云的嘴里正嗑着瓜子,这会儿她把手里的瓜子壳塞给一边站着的雁儿,卓云笑着推颂莲一把,你也别发火,身正不怕影子斜,无事不怕鬼敲门,怕什么呀?颂莲说,让你这么一说,我倒好像真有什么怕的了。你爱劝架你去劝好了,我懒得去。卓云说,颂莲你这人心够狠的,我是真见识了。颂莲说,你太抬举我了,谁的心也不能掏出来看,谁心狠谁自己最清楚。

第二天颂莲在花园里遇到飞浦。飞浦无精打采地走着,一路走一路玩着一只打火机。飞浦装作没有看见颂莲,但颂莲故意高声地喊住了他。颂莲一如既往地跟他站着说话。她问,昨天来的什么客人,害得我箫也没学成。飞浦苦笑了一声,别装糊涂了,今天满园子都在传我跟太太吵架的事。颂莲又问,你们吵什么呢?飞浦摇摇头,一下一下地把打火机打出火来,又吹熄了,他朝四周潦草地看了看,说,待在家里时间一长就令人生厌,我想出去跑了,还是在外面好,又自由,又快活。颂莲说,我懂了,闹了半天,你还是怕她。飞浦说,不是怕她,是怕烦,怕女人,女人真是让人可怕。颂莲说,你怕女人?那你怎么不怕我?飞浦说,对你也有点怕,不过好多了,你跟她们不一样,所以我喜欢去你那儿。

后来颂莲老想起飞浦漫不经心说的那句话,你跟她们不一样。颂莲觉得飞浦给了她一种起码的安慰,就像若有若无的冬日阳光,带着些许暖意。

以后飞浦就极少到颂莲房里来了,他在生意上好像也做得不顺当,总是闷闷不乐的样子。颂莲只有在饭桌上才能看他,有时候眼前就浮现出梅珊和医生的腿在麻将桌下做的动作,她忍不住地偷偷朝桌下看,看她自己的腿,会不会朝那面伸过去。想到这件事她心里又害怕又激动。

这天飞浦突然来了,站在那儿搓着手,眼睛看着自己的脚。颂莲见他半天不开口,扑哧笑了,你葫芦里卖的什么药,怎么不说话?飞浦说,我要出远门了。颂莲说,你不是经常出远门的吗?飞浦说,这回是去云南,做一笔烟草生意。颂莲说,那有什么,只要不是鸦片生意就行。飞浦说,昨天有个高僧给我算卦,说我此行凶多吉少。本来我从不相信这一套,但这回我好像有点相信了。颂莲说,既然相信就别去,听说那里土匪特别多,割人肉吃。飞浦说,不去不行,一是我想出门,二是为了进账,陈家老这样下去会坐吃山空。老爷现在有点糊涂,我不管谁管?颂莲说,你说得在理,那就去吧,大男人整天窝在家里也不成体统。飞浦搔着头沉默了一会,突然说,我要是去了回不来,你会不会哭?颂莲就连忙去捂他的嘴,别自己咒自己。飞浦抓住颂莲的手,翻过来,又翻过去研究,说,我怎么不会看手纹呢?什么名堂也看不出来。也许你命硬,把什么都藏起来了。颂莲抽出了手,说,别闹,让雁儿看见了会乱嚼舌头。飞浦说,她敢我把她的舌头割了熬汤喝。

颂莲在门廊上跟飞浦说拜拜,看见顾少爷在花园里转悠。颂莲问飞浦,他怎么在外面?飞浦笑笑说,他也怕女人,跟我一样的。又说,他跟我一起去云南。颂莲做了个鬼脸,你们两个倒像夫妻了,形影不离的。飞浦说,你好像有点嫉妒了,你要想去云南我就把你也带上,你去不去?颂莲说,我倒是想去,就是行不通。飞浦说,怎么行不通?颂莲搡了他一把,别装傻,你知道为什么行不通。快走吧,走吧。

她看见飞浦跟顾少爷从月牙门里走出去，消失了。她说不清自己对这次告别的感觉是什么，无所谓或者怅怅然的，但有一点她心里明白，飞浦一走她在陈家就更加孤独了。

陈佐千来的时候颂莲正在抽烟。她回头看见他时的第一个反应就是把烟掐灭。她记得陈佐千说过讨厌女人抽烟。陈佐千脱下帽子和外套，等着颂莲过去把它们挂到衣架上去。颂莲迟迟疑疑地走过去，说，老爷好久没来了。陈佐千说你怎么抽起烟来了？女人一抽烟就没有女人味了。颂莲把他的外套挂好，把帽子往自己头上一扣，嬉笑着说，这样就更没有女人味了，是吗？陈佐千就把帽子从她头上捞过来，自己挂到衣架上，他说，颂莲你太调皮了。你调皮起来太过分，也不怪人家说你。颂莲立刻说，说什么？谁说我？到底是人家还是你自己，人家乱嚼舌头我才不在乎，要是老爷你也容不下我，那我只有一死干净了。陈佐千皱了下眉头说，好了好了，你们怎么都一样，说着说着就是死，好像日子过得多凄惨似的，我最不喜欢这一套。颂莲就去摇陈佐千的肩膀，既不喜欢，以后不说死就是了，其实好端端的谁说这些，都是伤心话。陈佐千把她搂过来坐到他腿上，那天的事你伤心了？主要是我情绪不好，那天从早到晚我心里乱极了，也不知道为什么，男人过五十岁生日大概都高兴不起来。颂莲说，哪天的事呀？我都忘了。陈佐千笑起来，在她腰上掐了一把，说，哪天的事？我也忘了，

隔了几天不在一起，颂莲突然觉得陈佐千的身体很陌生，而且有一股薄荷油的味道，她猜到陈佐千这几天是在毓如那里的，只有毓如喜欢擦薄荷油。颂莲从床边摸出一瓶香水，朝陈佐千身上细细地洒过了，然后又往自己身上洒了一些。陈佐千说，从哪儿学来的这一套。颂莲说，我不让你身上有她们的气味。陈佐千踢了踢被子，说，你还挺霸道。颂莲说了一声，想霸道也霸道不起呀，忽然又问，飞浦怎么去云南了？陈佐千说，说是去做一笔烟草生意，我随他去。颂莲又说，他跟那个顾少爷怎么那样好？陈佐千笑了一声，说，那有什么奇怪的，男人与男人之间的有些事你不懂的。颂莲无声地叹了一口

气,她摸着陈佐千精瘦的身体,脑子里倏而浮现出一个秘不告人的念头。她想飞浦躺在被子里会是什么样子?

作为一个具有了性经验的女人,颂莲是忘不了这特殊的一次的。陈佐千已经汗流浃背了,却还是徒劳。她敏锐地发现了陈佐千眼睛里深深的恐惧和迷乱。这是怎么啦?她听见他的声音变得软弱胆怯起来。颂莲的手指像水一样地在他身上流着,她感觉到手下的那个身体像经过了爆裂终于松弛下去,离她越来越远。她明白在陈佐千身上发生了某种悲剧,心里有一种奇怪的感情,不知是喜是悲,她觉得自己很茫然。她摸了下陈佐千的脸说,你是太累了,先睡一会儿吧。陈佐千摇着头说,不是不是,我不相信。颂莲说,那怎么办呢?陈佐千犹豫了一会,说,有个办法可能行,就是不知道你肯不肯?颂莲说,只要你高兴,我没有不肯的道理。陈佐千的脸贴过去,咬着颂莲的耳朵,他先说了一句话,颂莲没听懂,他又说一遍,颂莲这回听懂了,她无言以对,脸羞得极红。她翻了个身,看着黑暗中的某个地方,忽然说了一句,那我不成了一条狗了吗?陈佐千说,我不强迫你,你要是不愿意就算了。颂莲还是不语,她的身体像猫一样蜷起来,然后陈佐千就听见了一阵低低的啜泣,陈佐千说,不愿意就不愿意,也用不到哭呀。没想到颂莲的啜泣越来越响,她蒙住脸放声哭起来。陈佐千听了一会,说,你再哭我走了。颂莲依然哭泣,陈佐千就掀了被子跳下床,他一边穿衣服一边说,没见过你这种女人,做了婊子还立什么贞节牌坊?

陈佐千拂袖而去。颂莲从床上坐起来,面对黑暗哭了很长时间,她看见月光从窗帘缝隙间投到地上,冷冷的一片,很白很淡的月光。她听见自己的哭声还萦绕着她的耳边,没有消逝,而外面的花园里一片死寂。这时候她想起陈佐千临走说的那句话,浑身便颤得很厉害,她猛地拍了一下被子,对着黑暗的房间喊,谁是婊子,你们才是婊子。

这年冬天在陈府是不寻常的,种种迹象印证了这一点。陈家的四房太太偶尔在一起说起陈佐千脸上不免流露暧昧的神色,她们心照不宣,各怀鬼胎。陈佐千总是在卓云房里过夜,卓云平日的状态就很好,另外的三位太太观察卓云的时候,毫不掩饰眼睛里的疑点,那么卓云你是怎么伺候老爷过夜的呢?

有些早晨,梅珊在紫藤架下披上戏装重温舞台旧梦,一招一式唱念做得很认真,花园里的人们看见梅珊的水袖在风中飘扬,梅珊舞动的身影也像一个俏丽的鬼魅。

> 四更鼓哇
> 满江中啊人声寂静
> 形吊影影吊形我加倍伤情
> 细思量啊
> 真是个红颜薄命
> 可怜我数年来含羞忍泪
> 枉落个娼妓之名
> 到如今退难退我进又难进
> 倒不如葬鱼腹了此残生
> 杜十娘啊拼一个香消玉殒
> 纵要死也死一个朗朗清清

颂莲听得入迷,她朝梅珊走过去,抓住她的裙裾,说,别唱了,再唱我的魂要飞了,你唱的什么?梅珊撩起袖子擦掉脸上的红粉,坐到石桌上,只是喘气。颂莲递给她一块丝帕,说,看你脸上擦得红一块白一块的,活脱脱像个鬼魂。梅珊说,人跟鬼就差一口气,人就是鬼,鬼就是人。颂莲说,你刚才唱的什么?听得人心酸。梅珊说,《杜十娘》,我离开戏班子前演的最后一出戏就是这。杜十娘要寻死了,唱得当然心酸。颂莲说,什么时候教我唱唱这一段?梅珊瞄了颂莲一眼,说得轻巧,你也想寻死吗?你什么时候想寻死我就教你。颂莲被饬得说不出话,她呆呆地看着梅珊被油彩弄脏的脸,她发现她现在不恨梅珊,至少是现在不恨,即使她出语伤人。她深知梅珊和毓如再加上她自己,现在有一个共同的仇敌,就是卓云。颂莲只是不屑于表露这种意思。她走到废井边,弯下腰朝井里看了看,忽然笑了一声,鬼,这里才有鬼呢,你知道是谁死在这井里吗?梅珊依然坐在石桌上不动,她说,还能是谁?一个是你,一个是我。颂莲说,梅珊你老开这种玩笑,让人头皮发冷。梅珊笑起来说,你怕了?你又没偷男人,怕什么,偷男人的都死在这井里,陈家好几代了都是这样。颂莲朝后退了一步,说,多可怕,是推下去的吗?梅珊甩了甩水袖,站起来说,你问我我问谁,你自己去问那些鬼魂好了。梅珊走到废井边,她也朝井里看了会,然后她一字一句念了个道白:屈、死、鬼、哪——

她们在井边断断续续说了一会话,不知怎么就说到了陈佐千的暗病上去。梅珊说,油灯再好也有个耗尽的时候,就怕续不上那一壶油哪。又说,这园子里阴气太旺,损了阳气也是命该如此,这下可好,他陈佐千陈老爷占着茅坑不拉屎,苦的是我们,夜夜守空房。说着就又说到了卓云,梅珊咬牙切齿地骂,她那一身贱肉反正是跟着老爷抖你看她抖得多欢恨不得去舔他的屁眼说又甜又香她以为她能兴风作浪看我什么时候狠狠治她一下叫她又哭爹又喊娘。

颂莲却走神了,她每次到废井边总是摆脱不了梦魇般的幻觉。她听见井水在很深的地层翻腾,送上来一些亡灵的语言,她真的听见了,而且感觉到井里泛出冰冷的瘴气,湮没了她的灵魂和肌肤。我怕。颂莲这样喊了一声转身就跑,她听见梅珊在后面喊,喂你怎么啦你要是去告密我可不怕我什么也没说过。

这天忆云放学回家是一个人回来的,卓云马上就意识到什么,她问,忆容呢?忆云把书包朝地上一扔说,她让人打伤了,在医院呢。卓云也来不及细问,就带了两个男仆往医院赶。他们回家已是晚饭时分,忆容头上缠着绷带,被卓云抱到饭桌上。吃饭的人都放下筷子,过来看忆容头上的伤。陈佐千平日最宠爱的就是忆容,他把忆容又抱到自己腿上,问,告诉我是谁打的,明天我扒了他的皮。忆容哭丧着脸,说了一个男孩的名字。陈佐千怒不可遏,说他是谁家的孩子?竟敢打我的女儿。卓云在一边抹着眼泪说,你问她能问出什么名堂来?明天找到那孩子,才能问个仔细,哪个丧尽天良的禽兽不如的东西,对孩子下这样的毒手?毓如微微皱了下眉头,说,吃你们的饭吧,孩子在学堂里打架也是常有的事,也没伤着要害,养几天就好了。卓云说,大太太你也说得太轻巧了,差一点就把眼睛弄瞎了,孩子细皮嫩肉的受得了吗?再说,我倒不怎么怪罪孩子,气的是指使他的那个人,要不然,没冤没仇的,那孩子怎么就会从树后面蹿出来,抡起棍子就朝忆容打?梅珊只顾往碗里舀鸡汤,一边说,二太太的心眼也太多,孩子间闹别扭,有什么道理好讲?不要疑神疑鬼的,搞得谁也不愉快。卓云冷冷地说,不愉快的事在后面呢,这口气怎么咽得下去?我倒是非要搞个水落石出不可。

谁也想不到的是,第二天吃午饭的时候,卓云领了一个男孩进了吃饭间,男孩胖胖的,拖着鼻涕。卓云跟他低声说了句什么,男孩就绕着饭桌转了一圈,挨个看着每个人的脸,突然他就指着梅珊说,是她,她给了我一块钱。梅珊朝天翻了翻眼睛,然后推开椅子,抓住男孩的衣领,你说什么?我凭什么给你一块钱?男孩死命挣脱着,一边嚷嚷,是你给我一块钱,让我去揍陈忆容和陈忆云。梅珊啪地打了男孩一个耳光,骂,放屁,我根本就不认识你个小兔崽,谁让你来诬陷我的?这时候卓云上去把他们拉开,佯笑着说,行了,就算他认错了人,我心中有个数就行了。说着就把男孩推出了吃饭间。

梅珊的脸色很难看,她把勺子朝桌上一扔,说,不要脸。卓云就在这边说,谁不要脸谁心里清楚,还要我把丑事抖个干净啊。陈佐千终于听不下去了,一声怒喝,不想吃饭给我滚,都给我滚!

这事的前后过程颂莲是个局外人,她冷眼观察,不置一词。事实上从一开始她就猜到了梅珊,她懂得梅珊这种品格的女人,爱起来恨起来都疯狂得可怕。她觉得这事残忍而又可笑,完全不加理智,但奇怪的是,她内心同情的一面是梅珊,而不是无辜的忆容,更不是卓云。她想女人是多么奇怪啊,女人能把别人琢磨透了,就是琢磨不透她自己。

颂莲的身上又来了,没有哪次比这回更让颂莲焦虑和烦躁了。那摊紫红色的污血对于颂莲是一种无情的打击。她心里清楚,她怀孕的可能随着陈佐千的冷淡和无能变得可望而不可即。如果这成了事实,那么她将孤零零地像一叶浮萍在陈家花园漂流下去吗?

颂莲发现自己愈来愈容易伤感,苦泪常沾衣襟。颂莲流着泪走到马桶间去,想把污物扔掉。当她看见马桶浮着一张被浸烂的草纸时,就骂了一声,懒货。雁儿好像永远不会用新式的抽水马桶,她方便过后总是忘了冲水。颂莲刚要放水冲,一种超常的敏感和多疑使她萌生一念,她找到一柄刷子,皱紧了鼻子去拨那团草纸,草纸摊开后原形毕露,上面有一个模糊的女人,虽然被水沤烂了,但草纸上的女人却一眼就能分辨,而且是用黑红色的不知什么血画的。颂莲明白,画的又是她,雁儿又换了个法子偷偷对她进行恶咒。她巴望我死,她把我扔在马桶里。颂莲浑身颤抖着把那张草纸捞起来,她一点也不嫌脏了,浑身的血液都被雁儿的恶行点得火烧火燎。她夹着草纸撞开小偏室的门,雁儿靠着床在打盹。雁儿说,太太你要干什么?颂莲把草纸往她脸上摔过去,雁儿说,什么东西?等到她看清楚了,脸就灰了,嗫嚅着说不是我用的。颂莲气得说不出话,盯视的目光因愤怒而变得绝望。雁儿缩在床上不敢看她,说,画着玩的。不是你。颂莲说,你跟谁学的这套阴毒活儿?你想害死我你来当太太是吗?雁儿不敢吱声,抓了那张草纸要往窗外扔。颂莲尖声大喊,不准扔!雁儿回头申辩,这是脏东西,留着干吗?颂莲抱着双臂在屋里走着,留着自然有用。有两条路随你走。一条路是明了,把这脏东西给老爷看,给大家看,我不要你来伺候了,你哪是伺候我?你是来杀我来了。还有一条路是私了。雁儿就怯怯地说,怎么私了?你让我干什么都行,就是别撵我走。颂莲莞尔一笑,私了简单,你把它吃下去。雁儿一惊,太太你说什么?颂莲侧过脸去看着窗外,一字一顿地说,你把它吃下去。雁儿浑身发软,就势蹲了下去,蒙住脸哭起来,那还不如把我打死好。颂莲说,我没劲打你,打你脏了我的手。你也别怨我狠,这叫做以其人之道还治其人之身,书上说的,不会有错。雁儿只是蹲在墙角哭,颂莲说,你这会儿又要干净了,不吃就滚蛋,卷铺盖去吧。雁儿哭了很长时间,突然抹了下眼泪,一边哽咽一边说,我吃,吃就吃。然后她抓住那张草纸就往嘴里塞,发出一阵撕心裂肺的干呕声。颂莲冷冷地看着,并没有什么快感,她不知怎么感到寒心,而且反胃得厉害。贱货。她厌恶地看了一眼雁儿,离开了小偏房。

雁儿第二天就病了,病得很厉害,医生来看了,说雁儿得了伤寒。颂莲听了心里像被什么钝器割了一下,隐隐作痛。消息不知怎么透露了出去,佣人们都在谈论颂莲让雁儿吞草纸的事情,说四太太看不出来比谁都阴损,说雁儿的命大概也保不住了。

陈佐千让人把雁儿抬进了医院。他对管家说,尽量给她治,花费全由我来,不要让人骂我们不管下人死活。抬雁儿的时候,颂莲躲在房间里,她从窗帘缝里看见雁儿奄奄一息地躺在担架上,她的头皮因为大量掉发而裸露着,模样很怕人。她感觉到雁儿枯黄的目光透过窗帘,很沉重地刺透了她的心。后来陈佐千到颂莲房里来,看见颂莲站在窗前发呆。陈佐千说,你也太阴损了,让别人说尽了闲话,坏了陈家名声。颂莲说,是她先阴损我的,她天天咒我死。陈佐千就恼了,你是主子,她是奴才,你就跟她一般见识?颂莲一时语塞,过了会儿又无力地说,我也没想把她弄病,她是自己害了自己,能全怪我吗?陈佐千挥挥手,不耐烦地说,别说了,你们谁也不好惹,我现在见了你们头就疼。你们最好别再给我添乱了。说完陈佐千就跨出了房门,他听见颂莲在后面幽幽地说,老天,这日子让我怎么过?陈佐千回过头回敬她说,随你怎么过,你喜欢怎么过就怎么过,就是别再让佣人吃草纸了。

一个被唤做宋妈的老女佣,来颂莲这儿伺候。据宋妈自己说,她在陈府里从十五岁干到现在,差不多大半辈子了,飞浦就是她抱大的,还有在外面读大学的大小姐,也是她抱大的,颂莲见她倚老卖老,有心开个玩笑,那么陈老爷也是你抱大的啰。宋妈也听不出来话里的味道,笑起来说,那可没有,不过我是亲眼见他娶了四房太太,娶毓如大太太的时候他才十九岁,胸前佩了一个大金片儿,大太太也佩了一个,足有半斤重啊。到娶卓云二太太,就换了个小金片儿,到娶梅珊三太太,就只是手上各戴几个戒指,到了娶你,就什么也没见着了,这陈家可见是一天不如一天了。颂莲说,既然陈家一天不如一天,你还在这儿干什么?宋妈叹口气说,在这里伺候惯了,回老家过清闲日子反而过不惯了。颂莲捂嘴一笑,她说,宋妈要是说的真心话,那这世上当真就有奴才命了。宋妈说,那还有假?人一生下来就有富贵命奴才命,你不信也得信呀,你看我天天伺候你,有一天即使天塌下来地陷下去,只要我们活着,就是我伺候你,不会是你伺候我的。

宋妈是个愚蠢而唠叨的女佣。颂莲对她不无厌恶,但是在许多穷极无聊的夜晚,她一个人枯坐灯下,时间长了就想找个人说话。颂莲把宋妈喊到房间里陪着她说话,一仆一主的谈话琐碎而缺乏意义,颂莲一会儿就又厌烦,她听着宋妈的唠叨,思想会跑到很远很奇怪的角落去,她其实不听宋妈说话,光是觉得老女佣黄白的嘴唇像虫卵似的蠕动,她觉得这样打发夜晚实在可笑,但又问自己,不这样又能怎么样呢?

有一回就说起了从前死在废井里的女人。宋妈说那最后一个是四十年前死的,是老太爷的小姨太太,说她还伺候过那个小姨太大半年的光景。颂莲说,怎么死的?宋妈神秘地眨眨眼睛,还不是男男女女的事情?家丑不可外扬,否则老爷要怪罪的。颂莲说,那么说我是外人了?好吧,别说了,你去睡吧。宋妈看看颂莲的脸色,又赔笑脸说,太太你真想听这些脏事?颂莲说,你说我就听,这有什么了不得的?宋妈就压低嗓门说,一个卖豆腐的!她跟一个卖豆腐的私通。颂莲淡淡地说,怎么会跟卖豆腐的呢?宋妈说,那男人豆腐做得很出名,厨子让他送豆腐来,两个人就撞上了。都是年轻血旺的,眉来眼去的就勾搭上了。颂莲说,谁先勾搭谁呀?宋妈嘻地一笑说,那只有鬼知道了,这先后的事说不清,都是男的咬女的,女的咬男的。颂莲又问,怎么知道他们私通的?宋妈说,探子!陈老太爷养了探子呀。那姨太太说是头疼去看医生,老太爷要喊医生上门来,她不肯。老太爷就疑心了,派了探子去跟踪。也怪她谎撒得不圆。到了那卖豆腐的家里,挨到天黑也不出来。探子开始还不敢惊动,后来饿得难受,就上去把门一脚踹开了,说,你们不饿我还饿呢。宋妈说到这里就咯咯笑起来。颂莲看着宋妈笑得前仰后合的,她不笑,端坐着说了声,恶心。颂莲点了一支烟,猛吸了几口,忽然说,那么她是偷了男人才跳井的?宋妈的脸上又有了讳莫如深的表情,她轻声说,鬼知道呢,反正是死在井里了。

夜里颂莲因此就添了无名的恐惧,她不敢关灯睡觉。关上灯周围就黑得可怕,她似乎看见那口废井跳跃着从紫藤架下跳到她的窗前,看见那些苍白的泛着水光的手在窗户上向她张开,湿漉漉地摇晃着。

没人知道颂莲对废井传说的恐惧,但她晚上亮灯睡觉的事却让毓如知道了。毓如说了好几次,夜里不关灯,再厚的家底都会败光的。颂莲对此充耳不闻,她发现自己已经倦怠于女人间的嘴仗,她不想申辩,不想占上风,不想对鸡毛蒜皮的小事表示任何兴趣。她想的东西不着边际,漫无目的,连她自己也理不出头绪。她想没什么可说的干脆不说,陈家人后来都发现颂莲变得沉默寡言,他们推测那是因为她失宠于陈老爷的缘故。

眼看就要过年了,陈府上上下下一片忙碌,杀猪宰牛搬运年货。窗外天天是嘈杂混乱。颂莲独坐室内,忽然想起了自己的生日,自己的生日和陈佐千只相差五天,十二月十二,生日早已过去了,她才想起来,不由得心酸酸的,她掏钱让宋妈上街去买点卤菜,还要买一瓶四川烧酒。宋妈说,太太今天是怎么啦?颂莲说,你别管我,我想尝尝醉酒的滋味。然后她就找了一个小酒盅,放在桌上,人坐下来盯着那酒盅看,好像就看见了二十年前那个小女婴的样子,被陌生的母亲抱在怀里。其后的二十年时光却想不清晰,只有父亲浸泡在血水里的那只手,仍然想抬起来抚摸她的头发。颂莲闭上眼睛,然后脑子里又是一片空白,唯一清楚的就是生日这个概念。生日。她抓起酒盅看着杯底,杯底上有一点褐色的污迹,她自言自语,十二月十二,这么好记的日子怎么会忘掉的?除了她自己,世界上就没人知道十二月十二是颂莲的生日了。除了她自己,也不会有人来操办她的生日宴会了。

宋妈去了好久才回来,把一大包卤肺、卤肠放到桌上。颂莲说,你怎么买这些东西,脏兮兮的谁吃?宋妈很古怪地打量着颂莲,突然说,雁儿死了,死在医院里了。颂莲的心立刻哆嗦了一下,她镇定着自己,问,什么时候死的?宋妈说,不知道,光听说雁儿临死喊你的名字。颂莲的脸有些白,喊我的名字干什么?难道是我害死她的?宋妈说,你别生气呀,我是听人说了才告诉你。生死是天命,怪不着太太。颂莲又问,现在尸体呢?宋妈说,让她家里人抬回乡下去了,一家人哭哭啼啼的,好可怜。颂莲打开酒瓶,闻了闻酒气,淡淡地说了一句,也没什么好哭的,活着受苦,死了干净。死了比活着好。

颂莲一个人呷着烧酒,朦朦胧胧听见一阵熟悉的脚步声,门帘被哗地一掀,闯进来一个黑黝黝的男人。颂莲转过脸朝他望了半天,才认出来,竟然是大少爷飞浦。她急忙用台布把桌上的酒菜一股脑地全部盖上,不让飞浦看到,但飞浦还是看见了,他大叫,好啊,你居然在喝酒。颂莲说,你怎么就回来了?飞浦说不死总要回家来的。飞浦多日不见变化很大,脸发黑了,人也粗壮了些,神色却显得很疲惫的样子,颂莲发现他的眼圈下青青的一轮,角膜上可见几缕血丝,这同他的父亲陈佐千如出一辙。

你怎么喝起酒来了,借酒浇愁吗?

愁是酒能消得掉的吗?我是自己在给自己祝寿。

你过生日?你多大了?

管它多大呢,活一天算一天。你要不要喝一杯?给我祝祝寿。

我喝一杯,祝你活到九十九。

胡诌。我才不想活那么长,这恭维话你对老爷说去。

那你想活多久呢?

看情况吧,什么时候不想活就不活了,这也简单。

那我再喝一杯,我让你活得长一点,你要死了那我在家里就找不到说话的人了。

两个人慢慢地呷着酒,又说起那笔烟草生意。飞浦自嘲地说,鸡飞蛋打,我哪里是做生意的料子,不光没赚到,还赔了好几千,不过这一圈玩得够开心的。颂莲说,你的日子已经够开心的了,哪有不开心的事?飞浦又说,你可别去告诉老爷,否则他又训人。颂莲说,我才懒得掺和你们家的事,再说,他现在见我就像见一块破抹布,看都不看一眼。我怎么会去向他说你的不是?

颂莲酒后说话时不再平静了,她话里的明显的感情倾向对着飞浦来的。飞浦当然有所察觉。飞浦的内心开放了许多柔软的花朵,他的脸现在又红又热,他从皮带扣上解下一个鲜艳的绘有龙凤图案的小荷包,递给颂莲。这是我从云南带回来的,给你做个生日礼物吧。颂莲瞥了一眼小荷包,诡谲地一笑说,只有女的送荷包给情郎,哪有反过来的道理呀?飞浦有点窘迫,突然从她手里夺回荷包说,你不要就还给我,本来也是别人送我的。颂莲说,好啊,虚情假意的,拿别人的信物来糊弄我,我要是拿了不脏了我的手?飞浦重新把荷包挂在皮带上,讪讪说,本来就没打算给你,骗骗你的。颂莲的脸就有点沉下来了,我是被骗惯了,谁都来骗我,你也来骗我玩儿。飞浦低下头,偶尔偷窥一下颂莲的表情,沉默不语了。颂莲突然又问,谁送的荷包?飞浦的膝盖上下抖了几下,说,那你就别问了。

两个人坐着很虚无地呷酒。颂莲把酒盅在手指间转着玩,她看见飞浦现在就坐在对面,他低着头,年轻的头发茂密乌黑,脖子刚劲傲慢地挺直,而一些暗蓝的血管在她的目光里微妙地颤动着。颂莲的心里很潮湿,一种陌生的欲望像风一样灌进身体,她觉得喘不过气来,意识中又出现了梅珊和医生的腿在麻将桌下交缠的画面。颂莲看见了自己修长姣好的双腿,它们像一道漫坡而下的细沙向下塌陷,它们温情而热烈地靠近目标。这是飞浦的脚、膝盖,还有腿,现在她准确地感受了它们的存在。颂莲的眼神迷离起来,她的嘴唇无力地启开,嚅动着。她听见空气中有一种物质碎裂的声音,或者这声音仅仅来自她的身体深处。飞浦抬起了头,他凝视颂莲的眼睛里有一种激情汹涌澎湃着,身体尤其是双脚却僵硬地维持原状。飞浦一动不动。颂莲闭上眼睛,她听见一粗一细两种呼吸紊乱不堪,她把双腿完全靠紧了飞浦,等待着什么发生。好像是许多年一下子过去了,飞浦缩回了膝盖,他像被击垮似的歪在椅背上,沙哑地说,这样不好。颂莲如梦初醒,她嗫嚅着,什么不好?飞浦把双手慢慢地举起来,作了一个揖,不行,我还是怕。他说话时脸痛苦地扭曲了。我还是怕女人。女人太可怕。颂莲说,我听不懂你的话。飞浦就用手搓着脸说,颂莲我喜欢你,我不骗你。颂莲说,你喜欢我却这样待我。飞浦几乎是哽咽了,他摇着头,眼睛始终躲避着颂莲,我没法改变了,老天惩罚我,陈家世代男人都好女色,轮到我不行了,我从小就觉得女人可怕,我怕女人。特别是家里的女人都让我害怕。只有你我不怕,可是我还是不行,你懂吗?颂莲早已潸然泪下,她背过脸去,低低地说,我懂了,你也别解释了,现在我一点也不怪你,真的,一点也不怪你。

颂莲醉酒是在飞浦走了以后,她面色酡红,在房间里手舞足蹈、摔摔打打的。宋妈进来按她不住,只好去喊陈老爷陈佐千来。陈佐千一进屋就被颂莲抱住了,颂莲满嘴酒气,嘴里胡言乱语。陈佐千问宋妈,她怎么喝起酒来了?宋妈说我怎么会知道,她有心事能告诉我吗?陈佐千差宋妈去毓如那里取醒酒药,颂莲就叫起来,不准去,不准告诉那老巫婆。陈佐千很厌恶地把颂莲推到床上,看你这副疯样,不怕让人笑话。颂莲又跳起来,勾住陈佐千的脖子,老爷今晚陪陪我,我没人疼,老爷疼疼我吧。陈佐千无可奈何地说,你这样我怎么敢疼你?疼你还不如疼条狗。

毓如听说颂莲醉酒就赶来了。毓如在门口念了几句阿弥陀佛,然后上来把颂莲和陈佐千拉开。她问陈佐千,给她灌药?陈佐千点点头。毓如想摁着颂莲往她嘴里塞药,被颂莲推了个趔趄。毓如就喊,你们都动手呀,给这个疯货点厉害。陈佐千和宋妈也上来架着颂莲,毓如刚把药灌下去,颂莲就啐出来,啐了毓如一脸。毓如说,老爷你怎么不管她?这疯货要翻天了。陈佐千拦腰抱住颂莲,颂莲却一下软瘫在他身上,嘴里说,老爷别走,今天你想干什么都行,舔也行,摸也行,干什么都依你,只要你别走。陈佐千气恼得说不出话,毓如听不下去,冲过来打了颂莲一记耳光,无耻的东西,老爷你把她宠成什么样子了!

南厢房闹成一锅粥,花园里有人跑过来看热闹。陈佐千让宋妈堵住门,不让人进来看热闹。毓如说,出了丑就出个够,还怕让人看?看她以后怎么见人?陈佐千说,你少插嘴,我看你也该灌点醒酒药。宋妈捂着嘴强忍住笑,走到门廊上去把门。看见好多人在窗外探头探脑的。宋妈看见大少爷飞浦把手插在裤袋里,慢慢地朝这里走。她正想让不让飞浦进去呢,飞浦转了个身,又往回走了。

下了头一场大雪,萧瑟荒凉的冬日花园被覆盖了兔绒般的积雪,树枝和屋檐都变得玲珑剔透、晶莹透明起来。陈家几个年幼的孩子早早跑到雪地上堆了雪人,然后就在颂莲的窗外跑来跑去追逐,打雪仗玩。颂莲还听见飞澜在雪地上摔倒后尖声啼哭的声音。还有刺眼的雪光泛在窗户上的色彩。还有吊钟永不衰弱的嘀答声。一切都是真切可感,但颂莲仿佛去了趟天国,她不相信自己活着,又将一如既往地度过一天的时光了。

夜里她看见了死者雁儿,死者雁儿是一个秃了头的女人,她看见雁儿在外面站着推她的窗户,一次一次地推。她一点不怕。她等着雁儿残忍的报复。她平静地躺着。她想窗户很快会被推开的。雁儿无声地走进来了,带着一种头发套子,绾成有钱太太的圆髻。颂莲说,你上哪儿买的头发套子?雁儿说,在阎王爷那儿什么都有。然后颂莲就看见雁儿从髻后抽出一根长簪,朝她胸口刺过来。她感觉到一阵刺痛,人就飞速往黑暗深处坠落。她肯定自己死了,千真万确地死了,而且死了那么长时间,好像有几十年了。

颂莲披衣坐在床上,她不相信死是个梦。她看见锦缎被子上真的插了一根长簪,她把它摊在手心上,冰凉冰凉。这也是千真万确的,不是梦。那么,我怎么又活了呢,雁儿又跑到哪里去了呢?

颂莲发现窗子也一如梦中半掩着,从室外传来的空气新鲜清冽,但颂莲辨别了窗户上雁儿残存的死亡气息。下雪了,世界就剩下一半了。另外一半看不见了,它被静静地抹去,也许这就是一场不彻底的死亡。颂莲想我为什么死到一半又停止了呢,真让人奇怪。另外的一半在哪里?

梅珊从北厢房出来,她穿了件黑貂皮大衣走过雪地,仪态万千容光焕发的美貌,改变了空气的颜色。梅珊走过颂莲的窗前,说,女酒鬼,酒醒了?颂莲说,你出门?这么大的雪。梅珊拍了拍窗子,雪大怕什么?只要能快活,下刀子我也要出门。梅珊扭着腰肢走过去,颂莲不知怎么就朝她喊了一句,你要小心。梅珊回头对颂莲嫣然一笑,颂莲对此印象极深。事实上这也是颂莲最后一次看见梅珊迷人的笑靥。

梅珊是下午被两个家丁带回来的。卓云跟在后面,一边走一边嗑着瓜子。事情说到结果是最简单了,梅珊和医生在一家旅馆里被卓云堵在被窝里,卓云把梅珊的衣服全部扔到外面去,卓云说,你这臭婊子,你怎么跑得出我的手心?

这天颂莲看着梅珊出去又回来,一前一后却不是同一个梅珊。梅珊是被人拖回北厢房去的,梅珊披头散发,双目怒睁,骂着拖拽她的每一个人。她骂卓云说我活着要把你一刀一刀削了死了也要挖你的心喂狗吃。卓云一声不吭,只顾嗑着瓜子。飞澜手里抓着梅珊掉落的一只皮鞋,一路跑一路喊,鞋掉啰,鞋掉啰。颂莲没有看见陈佐千,陈佐千后来是一个人进北厢房去的,那时候北厢房已经被反锁上了。

颂莲无心去隔壁张望,她怀着异样沉重的心情谛听着梅珊的动静。她很想知道陈佐千会怎么处置梅珊。但是隔壁没有丝毫的动静。一个家丁守在门口,摇着一串钥匙,开锁,关锁。陈佐千又出来了,他站在那里朝花园雪景张望了一番,然后甩了甩手,朝南厢房里走过来。

好大的雪,瑞雪兆丰年呐。陈佐千说。陈佐千的脸比预想的要平静得多。颂莲甚至感觉到他的表现里有一种真实的轻松。颂莲倚在床上,直盯着陈佐千的眼睛,她从中另外看到了一丝寒光,这使她恐惧不安。颂莲说,你们会把梅珊怎么样?陈佐千掏出一支象牙牙签剔着牙,他说,我们能把她怎么样?她自己知道应该怎么样。颂莲说,你们放她一马吧。陈佐千笑了一声,说,该怎么样就怎么样。

颂莲彻夜未眠,心如乱麻。她时刻谛听着隔壁的动静,心里想的都是自己的事情。每每想到自己,一切却又是一片空白,正好像窗外的雪,似有似无,有一半真实,另外一半却是融化的虚幻。到了午夜时分,颂莲忽然又听见了梅珊唱她的京戏,有点不相信自己的耳朵,屏息再听,真的是梅珊在受难夜里唱她的京戏。

叹红颜薄命前生就
美满姻缘付东流
薄幸冤家音信无有
啼花泣月在暗里添愁
枕边泪呀共那阶前雨
隔着窗儿点滴不休
山上复有山
何日里大刀环
那欲化望夫石一片
要寄回文只字难
总有这角枕锦衾明似绮
只怕那孤眠不抵半床寒

整个夜里后花园的气氛很奇特,颂莲辗转难眠,后来又听见飞澜的哭叫声,似乎有人把他从北厢房抱走了。颂莲突然再也想不出梅珊的容貌,只是看见梅珊和医生在麻将桌下交缠着的四条腿,不断地在眼前晃动,又依稀觉得它们像纸片一样单薄,被风吹起来了。好可怜,颂莲自言自语着,听见院墙外响起了第一声鸡啼,鸡啼过后世界又是一片死寂。颂莲想我又要死了,雁儿又要来推窗户了。

颂莲迷迷糊糊半睡半醒着。这是凌晨时分,窗外一阵杂沓的脚步声惊动了颂莲,脚步声从北厢房朝紫藤架那里去。颂莲把窗帘掀开一条缝,看见黑暗中晃动着几个人影,有个人被他们抬着朝紫藤架那里去。凭感觉颂莲知道那是梅珊,梅珊无声地挣扎着被抬着朝紫藤架那里去。梅珊的嘴被堵住了,喊不出声音。颂莲想他们要干什么,他们把梅珊抬到那里去想干什么。黑暗中的一群人走到了废井边,他们围在井边忙碌了一会儿,颂莲就听见一声沉闷的响声,好像井里溅出了很高很白的水珠。是一个人被扔到井里去了。是梅珊被扔到井里去了。

大概静默了两分钟,颂莲发出了那声惊心动魄的狂叫。陈佐千闯进屋子的时候看见她光着脚站在地上,拼命揪着自己的头发。颂莲一声声狂叫着,眼神黯淡无光,面容更是像一张白纸。陈佐千把她架到床上,他清楚地意识到这是颂莲的末日,她已经不是昔日那个女学生颂莲了。陈佐千把被子往她身上压,说,你看见了什么?你到底看见了什么?颂莲说,杀人。杀人。陈佐千说,胡说八道,你看见了什么?你什么也没有看见。你已经疯了。

第二天早晨,陈家花园爆出了两条惊人的新闻。从第二天早晨起,本地的人们,上至绅士淑女阶层,下至普通百姓,都在谈论陈家的事情,三太太梅珊含羞投井,四太太颂莲精神失常。人们普遍认为梅珊之死合情合理,奸夫淫妇从来没有好下场。但是好端端的年轻文静的四太太颂莲怎么就疯了呢,熟知陈家内情的人说,那也很简单,兔死狐悲罢了。

第二年春天,陈佐千陈老爷娶了第五位太太文竹。文竹初进陈府,经常看见一个女人在紫藤架下枯坐,有时候绕着废井一圈一圈地转,对着井中说话。文竹看她长得清秀脱俗,干干净净,不太像疯子,问边上的人说,她是谁?人家就告诉她,那是原先的四太太,脑子有毛病了。文竹说,她好奇怪,她跟井说什么话?人家就复述颂莲的话说,我不跳,我不跳,她说她不跳井。

颂莲说她不跳井。

红　粉

　　五月的一个早晨，从营队里开来的一辆越野卡车停在翠云坊的巷口，浓妆艳抹的妓女们陆续走出来，爬上卡车的后车厢去。旁观的人包括在巷口摆烧饼摊的、卖香烟和卖白兰花的几个小贩。除此之外，有一个班的年轻士兵荷枪站在巷子两侧，他们像树一样保持直立的姿态。

　　最后出来的是喜红楼的秋仪和小萼。秋仪穿着花缎旗袍和高跟鞋，她倚着门，弯腰把长筒袜子从小腿上往上捋。后面的是小萼，她明显是刚刚睡醒，披头散发的，眼圈下有一道黑圈。秋仪拉着小萼的手走到烧饼摊前，摊主说，秋小姐，今天还吃不吃烧饼了？秋仪说，吃，怎么不吃？她随手拿了两块，递了一块给小萼。小萼朝卡车上的人望着，她说，我不想吃，我们得上去了。秋仪仍然站着，慢慢地从钱包里找零钱，最后她把烧饼咬在嘴里，一边吃一边朝卡车前走，秋仪说，怎么不想吃？死犯杀头前还要吃顿好饭呢。

　　等到她们爬上车时，卡车已经嗡嗡地发动了。车上一共载了十五六个妓女，零落地站着或者坐着。在一个角落里堆着几只皮箱和包裹。秋仪和小萼站在栏杆边上，朝喜红楼的窗口望去，一条水绿色的内裤在竹竿上随风飘动。小萼说，刚才忘收了，不知道会不会下雨。秋仪说，别管那么多了，去了那儿让不让回来还不知道呢。小萼黯然地低下头，她说，把我们拉去到底干什么？秋仪说，说是检查性病，随便吧，反正我也活腻了，就是杀头我也不怕。

　　卡车驶过了城市狭窄的坑坑洼洼的路面，一些熟悉的饭店、舞厅和烟馆赌场呼喇喇地闪过去。妓女们心事重重，没有人想对她们的未来发表一点见解。红旗和标语在几天之内覆盖了所有街道以及墙上的美人广告,从妓女们衣裙上散发的脂粉香味在卡车的油烟中很快地稀释。街道对面的一所小学操场上,许多孩子在练习欢庆锣鼓,而大隆机器厂的游行队伍正好迎面过来,工人们挥舞纸旗唱着从北方流传过来的新歌,有人指着翠云坊过来的卡车嬉笑,还有一个人从队伍里蹦起来,朝卡车上的人吐了一口唾沫。

猪猡!妓女们朝车下骂。直到这时气氛才松弛下来,她们都挤到车挡板边上,齐声斥骂那个吐唾沫的人。但是卡车也突然加速了,拉开了妓女们与街上人群的距离,她们发现卡车正在朝城北开。秋仪看见老浦从一家茶叶店出来,上了黄包车。她就朝老浦挥手,老浦没有发现什么,秋仪又喊起来,老浦,我走啦。老浦没有听见,他的瘦长的身形越缩越小,秋仪只记得老浦那天穿着银灰色西服,戴着一顶礼帽。

临时医院设在城北的一座天主教堂里,圆形拱门和窗玻璃上仍然可见不规则的弹洞,穿着白褂的军医和护士们在台阶上出出进进。有个军官站在楼梯上大声喊,翠云坊来的人都上楼去!

翠云坊的妓女们列队在布帘外等候,里面有个女声在叫着妓女们的名字,她说,一个一个来,别着急。秋仪扑哧一笑,她说,谁着急了?又不是排队买猪蹄髈。妓女们都笑起来,有人说,真恶心,好像劁猪一样的。押队的军官立刻把枪朝说话的人晃了晃,他说,不准胡说八道,这是为你们好。他的神态很威严,妓女们一下就噤声不语了。

很快叫到了小萼。小萼站着不动,她的神情始终恍恍惚惚的。秋仪揉了她一把,叫你进去呢。小萼就势抓住秋仪的手不放,她说,我怕,要不我俩一起进去。秋仪说,你怕什么?你又没染上什么脏病,让他们检查好了,不就是脱一下吗?小萼的嘴唇哆嗦着,好像快哭出来了。秋仪跺了跺脚说,没出息的货,那我就陪你进去吧。

小萼蜷缩在床上,她从小就害怕医生和酒精的气味。女军医的脸捂在口罩后面,只露出一双淡漠的细长的眼睛。她等着小萼自己动手,但小萼紧紧捂着内裤,她说,我没病,我不要检查。女军医说,都要检查,不管你有病没病。小萼又说,我身上正来着呢,多不方便。女军医不耐烦地皱了皱眉头,你这人怎么这样麻烦?那只戴着橡皮手套的手就毫不留情地伸过来。这时候小萼听见那边的秋仪很响地放了一个屁。她朝那边看看,秋仪朝她挤了挤眼睛。那边的女军医尖声叫了句讨厌。秋仪翻了个身说,难道屁也不让放了吗?胀死了谁负责?小萼不由得捂住嘴笑了。布帘外面的人也一齐笑起来,紧接着响起那个年轻军官的声音,不准嘻嘻哈哈,你们以为这是窑子吗?

其他楼里有几个女孩被扣留了,她们坐在一张条椅上,等候处理。有人在嘤嘤哭泣,一个叫瑞凤的女孩专心致志地啃着指甲,然后把指甲屑吐在地上。她们被查明染上了病,而另外的妓女们开始陆续走下教堂的台阶。

秋仪和小萼挽着手走。小萼的脸苍白无比,她环顾着教堂的破败建筑,掏出手绢擦拭着额角,然后又擦脖颈、手臂和腿。小萼说,我觉得我身上脏透了。秋仪说,你知道吗?我那个屁是有意放的,我心里憋足了气。小萼说,以后怎么办?你知道他们会把我们弄到哪里去?秋仪叹了口气说,谁知道?听说要让我们去做工。我倒是不怕,我担心你吃不了那个苦。小萼摇了摇头,我也不怕,我就是不知道以后的日子该怎么过,心里发慌。

那辆黄绿色的大卡车仍然停在临时医院门口,女孩们已经坐满了车厢。秋仪走到门口脸色大变,她说,这下完了,他们不让回翠云坊了。小萼说,那怎么办?我还没收拾东西呢。秋仪轻声说,我们躲一躲再说。秋仪拉着小萼悄悄转到了小木房的后面。小木房后面也许是士兵们解决大小便的地方,一股强烈的尿臊味呛得她们捂住了鼻子。她们没有注意到茅草丛里蹲着一个士兵,士兵只有十八九岁,长着红润的圆脸,他一手拉裤子,一手用步枪指着秋仪和小萼,小萼吓得尖叫了一声。她们只好走出去,押车的军官高声喊着,快点快点,你们两个快点上车。

秋仪和小萼重新站到了卡车上。秋仪开始咒骂不迭，她对押车的军官喊，要杀人吗，要杀人也该打个招呼，不明不白地把我们弄到哪里去？军官不动声色地说，你喊什么，我们不过是奉命把你们送到劳动训练营去。秋仪跺着脚说，可是我什么也没带，一文钱也没有，三角裤也没有换的，你让我怎么办？军官说，你什么也不用带，到了那里每人都配给一套生活必需品。秋仪说，谁要你们的东西，我要带上我自己的，金银首饰，旗袍丝袜，还有月经带，你们会给我吗？这时候军官沉下了脸，他说，我看你最不老实，再胡说八道就一枪崩了你。

小萼紧紧捏住秋仪的手，她说，你别说了，我求求你别再说了。秋仪说我不信他敢开枪。小萼呜咽起来，她说都到这步田地了，还要那些东西干什么？横竖是一刀，随它去吧。远远地可以看见北门的城墙了，城墙上插着的红旗在午风中款款飘动。车上的女孩们突然意识到卡车将把她们抛出熟稔而繁华的城市，有人开始号啕大哭。长官，让我们回去！这样的央求声此起彼伏。而年轻的军官挺直腰板站在一侧，面孔铁板，丝毫不为所动。靠近他的女孩能感觉到他的呼吸非常急促，并且夹杂着一种浓重的蒜臭味。

卡车经过北门的时候放慢了速度。秋仪当时的手心沁出了许多冷汗，她用力握了握小萼的手指，纵身一跃，跳出了卡车，小萼看见秋仪的身体在城门砖墙上蹭了一下，又弹回到地上。事情发生得猝不及防，车上响起一片尖叫声。小萼惊呆了，紧接着的反应就是去抓年轻军官的手，别开枪，放了她吧。小萼这样喊着，看见秋仪很快从地上爬起来，她把高跟鞋踢掉了，光着双脚，一手撩起旗袍角飞跑，秋仪跑得很快，眨眼工夫就跑出城门洞消失不见了。年轻军官朝天放了一次空枪，小萼听见他用山东话骂了一句不堪入耳的脏话：操不死的臭婊子。

一九五〇年暮春，小萼来到了位于山洼里的劳动训练营。这也是小萼离开家乡横山镇后涉足的第二个地方。训练营是几排红瓦白墙的平房，周围有几株桃树。当他们抵达的时候，粉红色的桃花开得正好，也就是这些桃花使小萼感到了一丝温暖的气息，在桃树前她终于止住了啜泣。

四面都是平缓逶迤的山坡,有一条土路通往山外,开阔地上没有铁丝网,但是路口矗立着一座高高的哨楼,士兵就站在哨楼上瞭望营房的动静。瑞凤一来就告诉别人,她以前来过这里,那会儿是日本兵的营房。小萼说,你来这里来什么?瑞凤咬着指甲说,陪他们睡觉呀,我能干啥?

宿舍里没有床,只有一条用砖砌成的大通铺。军官命令妓女们自由选择,六个人睡一条铺。瑞凤对小萼说,我们挨着睡吧。小萼坐在铺上,看着土墙上斑驳的水渍和蜘蛛网,半晌说不出话。她想起秋仪,秋仪不知逃到哪里去了,如果她在身边,小萼的心情也许会好得多。这些年来秋仪在感情上已经成为小萼的主心骨,什么事情她都依赖秋仪,秋仪不在她就更加心慌。

在训练营的第一夜,妓女们夜不成寐。铺上有许多跳蚤和虱子,墙洞里的老鼠不时地跳上妓女们的脸,宿舍里的尖叫和咒骂声响成一片。瑞凤说,这他妈哪是人待的地方?有人接茬说,本来就没把你当人看,没有一枪崩了就算便宜你了。瑞凤又说,让我们来干什么,陪人睡觉吗?妓女们笑起来,都说瑞凤糊涂透顶。半夜里有人对巡夜的哨兵喊,睡不着呀,给一片安眠药吧!哨兵离得远远地站着,他恶声恶气地说,让你们闹,明天就让你们干活去。你们以为上这儿来享福吗,让你们来是劳动改造脱胎换骨的。睡不着?睡不着就别睡!

改造是什么意思?瑞凤问小萼。

我不懂。小萼摇了摇头,我也不想弄懂。

什么意思?就是不让你卖了。有个妓女嘻嘻地笑着说。让你做工,让你忘掉男人,以后再也不敢去拉客。

到了凌晨时候,小萼迷迷糊糊地睡了一会儿,这期间她连续做了好几个噩梦。直到后来妓女们一个个地坐到尿桶上去,那些声音把她惊醒了。小萼的身体非常疲乏,好像散了架。她靠在墙上,侧脸看着窗外。一株桃花的枝条斜陈窗前,枝上的桃花蕊里还凝结着露珠。小萼就伸出手去摘那些桃花,这时候她听见从哨楼那里传来了一阵号声。小萼打了个冷战,她清醒地意识到一种新的陌生的生活已经开始了。

秋仪回到喜红楼时天已经黑透了。门口的灯笼摘掉了,秋仪站在黑暗中拢了拢零乱的头发。楼门紧闭着,里面隐约传来搓麻将牌的声音。秋仪敲了很久,鸨母才出来开门,她很吃惊地说,怎么放你回来了?秋仪也不答话,径直朝里走,鸨母跟在后面说,你是逃回来的?你要是逃回来的可不行,他们明天肯定还要上门,现在外面风声很紧。秋仪冷笑了一声说,我都不怕,你怕什么?我不过是回来取我的东西。鸨母说,取什么东西?你的首饰还有细软刚才都被当兵的没收了。秋仪噔噔地爬上楼梯,她说,别跟我来这一套,你吞了我的东西就不怕天打雷劈?

房间里凌乱不堪,秋仪找她的首饰盒果然找不到了,她就冲到客厅里,对打麻将的四个人说,怎么,现在就开始把我的首饰当筹码了?鸨母仍然在摸牌,她说,秋仪你说话也太过分了,这么多年我待你像亲生女,我会吞你的血汗钱吗?秋仪不屑地一笑,她说,那会儿你指望我赚钱,现在树倒猢狲散,谁还不知道谁呀?鸨母沉下脸说,你不相信可以去找,我没精神跟你吵架。秋仪说,我也没精神,不过我这人不是好欺的主,什么事我都敢干。鸨母厉声说,你想怎么样?秋仪抱着臂绕着麻将桌走了一圈,突然说,点一把火最简单了,省得我再看见这个臭烘烘的破窑子。鸨母也冷笑了一声,她说,谅你也没这个胆子,你就不怕我喊人挖了你的小×喂狗吃。秋仪说,我怕什么,我十六岁进窑子就没怕过什么,挖×算什么?挖心也不怕!

秋仪奔下楼去,她从墙上撕下一张画就到炉膛里去引火,打麻将的人全跑过来拉扯秋仪的手,秋仪拼命地挥着那卷火苗喊,烧了,烧了,干脆把这窑子烧光,大家都别过了。拉她的人说,秋仪你疯了吗?秋仪说,我是疯了,我十六岁进窑子就疯了。楼下正乱作一团时,鸨母从楼梯上扔下一个小包裹,鸨母气急败坏地说,都在里面了,拿着滚蛋吧,滚吧。

后来秋仪夹着小包裹走出了翠云坊。夜已经深了,街上静寂无人。秋仪走到街口,一种前所未有的悲怆之情袭上心头。回头看看喜红楼,小萼的内裤仍然在夜空中飘动。她很为小萼的境况担忧,但是秋仪无疑顾不上许多了。短短几日内物是人非,女孩都被永远地逐出了翠云坊。在一盏昏黄的路灯下,秋仪辨认了一下方向。她决定去城北寻找老浦,不管怎么样,老浦应该是她投靠的第一个人选。

老浦住在电力公司的单身公寓里。秋仪到那里时守门人刚刚打开铁门。守门人告诉秋仪说,老浦不在,老浦经常夜不归宿。秋仪说,没关系,我上楼去等他。秋仪想她其实比守门人更了解老浦。

秋仪站在老浦的房间前,耐心地等候。公寓里的单身职员们陆续拿着毛巾和茶杯走进盥洗间。有人站在水池前回头仔细地看秋仪的脸,然后说,好像是翠云坊来的。秋仪只当没听见,她掏出一支香烟慢慢地吸着,心里猜测着老浦的去向。老浦也许去茶楼喝早茶了,也许搭上了别的楼里的姑娘,他属于那种最会吃喝玩乐的男人。

你怎么上这儿来了?正等得心焦时,老浦回来了,老浦掏出钥匙打开门,一只手就把秋仪拉了进来。

没地方去了。秋仪坐到沙发上,说,解放军把翠云坊整个封了,一卡车人全部拖到山沟里,我是跳车逃走的。

我听说了。老浦皱了皱眉头,他盯着秋仪说,那么你以后准备怎么办?

天知道该怎么办。现在外面风声还紧,他们在抓人,抓去做苦工,我才不去做工。这一阵我就在你这儿躲一躲了,老浦,我跟你这点情分总归有吧?

这点忙我肯定要帮。老浦把秋仪抱到他的腿上,又说,不过这儿人多眼杂,我还是把你接到我家里去吧,对外人就说是新请的保姆。

为什么要这样作践人,就不能说是新婚的太太吗?秋仪搂住老浦的脖子亲了一下,又在他背上捶了一拳。

好吧,你愿意怎样就怎样。老浦的手轻柔地拎起秋仪的旗袍朝内看看,嘴里嘘了一口气,他说,秋仪,我见了你就没命,你把我的魂给抢走啦。

秋仪朝地上啐了一口,她说,甜言蜜语我不稀罕,我真想拿个刀子把你们男人的心挖出来看看,看看是什么样子,什么颜色。说不定挖出来的是一摊烂泥,那样我也就死了心了。

两个人在无锡馄饨馆吃了点三鲜馄饨和小笼包,在路上拦了一辆黄包车。老浦说,现在我就带你回家。秋仪用一块丝巾蒙住半个脸,挽着老浦的手经过萧条而紊乱的街市。电影院仍然在放映好莱坞的片子,广告画上的英雄和美女一如既往地情意绵绵。秋仪指着广告说,你看那对男女,假的。老浦不解地问,什么假的?秋仪说什么都是假的,你对我好是假的,我讨你欢心也是假的,他们封闭翠云坊也是假的,我就不相信男人会不喜欢逛窑子,把我们撵散了这世界就干净了吗?

黄包车颠簸着来到一条幽静的街道上,老浦指着一座黄色的小楼说,那是我家,是我父亲去世前买的房产,现在就我母亲带一个佣人住,空了很多房间。秋仪跳下车,她问老浦,我该怎么称呼你母亲?老浦说,你就叫她浦太太好了。秋仪说,咳,我就不会跟女人打交道。她知道我的身份吗?最好她也干过我这行,那就好相处了。老浦的脸马上就有点难看,他说,你别胡说八道。我母亲是很有身份的人,见了她千万收敛点,你就说是我的同事,千万别露出马脚。秋仪笑了笑,这可难说,我这人不会装假。

浦太太坐在藤椅上打毛线。秋仪一见她的又大又亮的眼睛心里就虚了三分。长着这种马眼的女人大凡都是很厉害的。见面的仪式简单而局促,秋仪心不在焉地左顾右盼,她始终感觉到浦太太尖锐的目光在她的全身上下敲敲打打的,浦太太的南腔北调的口音在秋仪听来也很刺耳。

女佣把秋仪领到楼上的房间,房间显然空关已久了,到处积满了灰尘。女佣说,小姐先到会客间坐坐,我马上来打扫。秋仪挥挥手,你下去吧,等会儿我自己来打扫。秋仪把窗户拉开朝花园里俯视,老浦和浦太太还站在花园里说话,秋仪听见浦太太突然提高嗓门说,你别说谎了,我一眼就看得出她是什么货色,你把这种女人带回家,就不怕别人笑话！秋仪知道这是有意说给她听的。她不在乎,她从小就是这样,不在乎别人怎么说她,说了也是白说。

从早晨到傍晚,小萼每天要缝三十条麻袋。其他人也一样,这是规定的任务,缝不完的不能擅自下工。这群年轻女人挤在一间昔日的军械库里缝麻袋,日子变得冗长而艰辛。那些麻袋是军用物资,每天都有卡车来把麻袋运出劳动营去。

小萼看见自己的纤纤十指结满了血泡,她最后连针也抓不住了。小萼面对着一堆麻袋片黯然垂泪,她说,我缝不完了,我的手指快掉下来了。边上的人劝慰说,再熬几天,等到血泡破了就结老茧了,结了老茧就好了。最后人都走空了,只留下小萼一个人陷在麻袋堆里。暮色渐浓,小萼听见士兵在门外来回踱步,他焦躁地喊,八号,你还没缝完哪,每天都是你落后。小萼保持僵直的姿势坐在麻袋上,她想我反正不想缝了,随便他们怎样处理我了。昔日的军械库弥漫着麻草苦涩的气味,夜色也越来越浓,值班的士兵啪地开了灯,他冲着小萼喊,八号,你怎么坐着不动？小心关你的禁闭。小萼慢慢地举起她的手指给士兵看,她想解释什么,却又懒得开口说话。那个士兵嘟哝着就走开了。小萼后来听见他在唱歌：解放区的天是晴朗的天,解放区的人民好喜欢。

大约半个小时以后,值班的士兵走进工场,看见小萼正在往房梁上拴绳套,小萼倦怠地把头伸到绳套里,一只手拉紧了绳子。士兵大惊失色,他叫了一声,八号,不许动！急急地开了一记朝天空枪。小萼回头看着士兵,她用手护着脖子上的绳套说,你开枪干什么？我又不逃跑。士兵冲过来拉绳子,你说你想死吗？小萼漠然地点点头,我想死,我缝不完三十条麻袋,你让我怎么办呢？

营房里的人听到枪声都往这边跑。妓女们扒着窗户朝里面张望。瑞凤说,小萼,他开枪打你吗？年轻的军官带着几个士兵,把小萼推出了工场。小萼捂着脸跟跄着朝外走,她边哭边说,我缝不完三十条麻袋了,除了死我没有办法。她听见妓女们一起大声恸哭起来。军官大吼,不准哭,谁再哭就毙了谁。马上有人叫起来,死也不让死,哭又不让哭,这种日子怎么过?不如把我们都毙了吧。不知是谁领头,一群妓女冲上来抱住了军官和士兵的腿,撕扯衣服,抓捏他们的裤裆,营房在霎时间混乱起来。远处哨楼上的探照灯打过来,枪声噼啪地在空中爆响。小萼跳到一堵墙后,她被自己点燃的这场战火吓呆了,这结果她没有想到。

妓女劳动营发生的骚乱后来曾经见诸报端,这是一九五〇年暮春的事。新闻总是简洁笼统的,没有提小萼的名字,当然更没有人了解小萼是这场骚乱的根源。

第二天早晨小萼被叫到劳动营的营部。来了几个女干部,一式地留着齐耳短发,她们用古怪的目光打量了小萼一番,互相窃窃私语,后来就开始了漫长的谈话。

夜里小萼没有睡好,当她意识到自己惹了一场风波以后一直提心吊胆。如果他们一枪杀了她结果倒不算坏,但是如果他们存心收拾她要她缝四十条甚至五十条麻袋呢?她就只好另寻死路了。如果秋仪在,秋仪会帮她的,可是秋仪抛下她一个人逃了。整个谈话持续了一个上午,小萼始终恍恍惚惚的,她垂头盯着脚尖,她看见从翠云坊穿来的丝袜已经破了一个洞,露出一颗苍白而浮肿的脚趾。

小萼,请你说说你的经历吧。一个女干部对小萼微笑着说,别害怕,我们都是阶级姐妹。

小萼无力地摇了摇头,她说,我不想说,我缝不完三十条麻袋,就这些,我没什么可说的。

你这个态度是不利于重新做人的。女干部温和地说,我们想听听你为什么想到去死,你有什么苦就对我们诉,我们都是阶级姐妹,都是在苦水里泡大的。

我说过了,我的手上起血泡,缝不完三十条麻袋。我只好去死。

这不是主要原因。你被妓院剥削压迫了好多年,你苦大仇深,又无力反抗,你害怕重新落到敌人的手里,所以你想到了死,我说得对吗?

我不知道。小萼依然低着头看丝袜上的洞眼,她说,我害怕极了。

千万别害怕。现在没有人来伤害你了。让你们来劳动训练营是改造你们,争取早日回到社会重新做人。妓院是旧中国的产物,它已经被消灭了。你以后想干什么?想当工人,还是想到商店当售货员?

我不知道。干什么都行,只要不太累人。

好吧,小萼,现在说说你是怎么落到鸨母手中的。我们想帮助你,我们想请你参加下个月的妇女集会,控诉鸨母和妓院对你的欺凌和压迫。

我不想说。小萼说,这种事怎么好对众人说,我怎么说得出口?

没让你说那些脏事。女干部微红着脸解释说,是控诉,你懂吗?比如你可以控诉妓院怎样把你骗进去的,你想逃跑时他们又怎样毒打你的。稍微夸张点没关系,主要是向敌人讨还血债,最后你再喊几句口号就行了。

我不会控诉,真的不会。小萼淡漠地说,你们可能不知道,我到喜红楼是画过押立了卖身契的,再说他们从来没有打过我,我规规矩矩地接客挣钱,他们凭什么打我呢?

这么说,你是自愿到喜红楼的?

是的。小萼又垂下头,她说,我十六岁时爹死了,娘改嫁了,我只好离开家乡到这儿找事干。没人养我,我自己挣钱养自己。

那么你为什么不到缫丝厂去做工呢?我们也是苦出身,我们都进了缫丝厂,一样可以挣钱呀。

你们不怕吃苦,可我怕吃苦。小萼的目光变得无限哀伤,她突然捂着脸呜咽起来,她说,你们是良家妇女,可我天生是个贱货。我没有办法,谁让我天生就是个贱货。

妇女干部们一时都无言以对,她们又对小萼说了些什么就退出去了。然后进来的是那些穿军服的管教员。有一个管教员把一只小包裹扔到小萼的脚下,说,八号,你姐姐送来的东西。小萼看见外面的那条丝巾就知道是秋仪托人送来的。她打开包裹,里面塞着丝袜、肥皂、草纸和许多零食,小萼想秋仪果真没有忘记她,茫茫世界变幻无常,而秋仪和小萼的姐妹情谊是难以改变的。小萼剥了一块太妃夹心糖含在嘴里,这块糖在某种程度上恢复了小萼对生活的信心。后来小萼嚼着糖走过营房时自然又扭起了腰肢,小萼是个细高挑的女孩,她的腰像柳枝一样细柔无力,在麻袋工场的门口,小萼又剥了一块糖,她看见一个士兵站在桃树下站岗,小萼对他妩媚地笑了笑,说,长官你吃糖吗?士兵皱着眉扭转脸去,他说,谁吃你的糖?也不嫌恶心。

去劳动营给小萼送东西的是老浦。老浦起初不肯去,无奈秋仪死磨硬缠,秋仪说,老浦你有没有人味就看这一回了。老浦说,哪个小萼?就是那个瘦骨伶仃的黄毛丫头?秋仪说,你喜欢丰满,自然也有喜欢瘦的,也用不着这样损人家,人家小萼还经常夸你有风度呢,你说你多浑。

秋仪不敢随便出门。无所事事的生活中最主要的内容是睡觉。白天一个人睡,夜里陪老浦睡。在喜红楼的岁岁月月很飘逸地一闪而过,如今秋仪身份不明,她想以后依托的也许还是男人,也许只是她多年积攒下来的那包金银细软。秋仪坐在床上,把那些戒指和镯子之类的东西摆满了一床,她估量着它们各自的价值,这些金器就足够养她五六年了,秋仪对此感到满意。有一只镯子上镌着龙凤图案,秋仪最喜欢,她把它套上腕子,这时候她突然想到小萼,小萼也有这样一只龙凤镯,但是小萼临去时一无所有,秋仪无法想象小萼将来的生活,女人一旦没有钱财就只能依赖男人,但是男人却不是可靠的。

一晃半个月过去了,秋仪察觉到浦太太对她的态度越来越恶劣。有一天在饭桌上浦太太开门见山地问她,秋小姐,你准备什么时候离开我家呢?秋仪说,怎么,下逐客令吗?浦太太冷笑了一声说,你不是什么客人,我从来没请你到我家来,我让你在这儿住半个月就够给面子了。秋仪不急不恼地说,你别给我摆这副脸,老娘不怕,有什么对你儿子说去,他让我走我就走。浦太太摔下筷子说,没见过你这种下贱女人,你以为我不敢对他说?

这天老浦回家后就被浦太太拦在花园里了。秋仪听见浦太太对他又哭又闹的,缠了好半天,秋仪觉得好笑,她想浦太太也可怜,这是何苦呢?她本来就没打算赖在浦家,她只是不喜欢被驱逐的结果,太伤面子了。

老浦上楼后脸上很尴尬。秋仪含笑注视着他的眼睛,等着他说话。秋仪想她倒要看看老浦怎么办。老浦跑到盥洗间洗淋浴。秋仪说,要我给你擦背吗?老浦说,不要了,我自己来。秋仪听见里面的水溅得哗哗地响,后来就传来老浦闷声闷气的一句话,秋仪,明天我另外给你找个住处吧。秋仪愣了一会儿。秋仪很快就把盥洗间的门踢开了,她指着老浦说,果然是个没出息的男人,我算看错你了。老浦的嘴凑在水龙头上,吐了一口水说,我也没办法,换个地方也好,我们一起不是更方便吗?秋仪不再说话,她飞速地收拾好自己的东西,全部塞到刚买的皮箱里,然后她站到穿衣镜前,梳好头发,淡淡地化了妆。老浦在腰间围了条浴巾出来,他说,你这就要走?你想去哪里?秋仪说,你别管,把钱掏出来。老浦疑惑地说,什么钱?秋仪啪地把木梳砸过去,你说什么钱?我陪你这么多天,你想白嫖吗?老浦捡起木梳放到桌上,他说,这多没意思,不过是换个住处,你何必生这么大的气?秋仪仍然柳眉倒竖,她又踢了老浦一脚。你倒是给我掏呀,只当我最后一次接客,只当我接了一条狗。老浦咕哝着从钱包里掏钱,他说,你要多少,你要多少我都给你。这时候秋仪终于哇地哭出声来,她抓过那把钞票拦腰撕断,又摔到老浦的脸上。秋仪说,谁要你的钱,老浦,我要过你的钱吗?你这个没良心的东西。老浦躲闪着秋仪的攻击,他坐到沙发上喘着气说,那么你到底要怎么样呢?你既然不想走就再留几天吧。秋仪已经拎起了皮箱,她尖叫了一声,我不稀罕!然后就奔下楼去,在花园里她撞见了浦太太,浦太太以一种幸灾乐祸的表情看着秋仪的皮箱,秋仪呸地对她吐了一口唾沫,她说,你这个假正经的女人,我咒你不得好死。

秋仪起初是想回家的。她坐的黄包车已经到了她从小长大的棚户区,许多孩子在煤渣路上追逐嬉闹,空中挂满了滴着水的衣服和尿布,她又闻到了熟悉的贫穷肮脏的酸臭味。秋仪看见她的瞎子老父亲坐在门口剥蚕豆,她的姑妈挽着袖子从一只缸里捞咸菜,在他们的头顶是那块破烂的油毡屋顶,一只猫正蹲伏在那里。车夫说,小姐下车吗? 秋仪摇了摇头,往前走吧,一直往前走。在经过父亲身边时,秋仪从手指上摘下一只大方戒,扔到盛蚕豆的碗里。父亲竟然不知道,他仍然专心地剥着蚕豆,这让秋仪感到一种揪心的痛苦。她用手绢捂住脸,对车夫说,走吧,再往前走。车夫说,小姐你到底要去哪里? 秋仪说,让你走你就走,你怕我不付车钱吗?

路边出现了金黄色的油菜花地,已经到了郊外的乡村了。秋仪环顾四周的乡野春景,在一大片竹林的簇拥中,露出了玩月庵的黑瓦白墙。秋仪站起来,她指着玩月庵问车夫,那是什么庙? 车夫说,是个尼姑庵。秋仪突然自顾笑起来,她说,就去那儿,干脆剃头当尼姑了。

秋仪拎着皮箱穿过竹林,有两个烧香的农妇从玩月庵出来,狐疑地盯着秋仪看,其中一个说,这个香客是有钱人。秋仪对农妇们笑了笑,她站在玩月庵的朱漆大门前,回头看了看泥地上她的人影,在暮色和夕光里那个影子显得单薄而柔软。秋仪对自己说,就在这儿,干脆剃头当尼姑了。

庵堂里香烟缭绕,供桌上的松油灯散着唯一的一点亮光。秋仪看见佛龛后两个尼姑青白色的脸,一个仍然年轻,一个非常苍老。她们漠然地注视着秋仪,这位施主要烧香吗? 秋仪沉没在某种无边的黑暗中,多日来紧张疲乏的身体在庵堂里猛然松弛下来,她跪在蒲团上对两个尼姑磕了一记响头,她说,两位师傅收下我吧,我已经无处可去。两个尼姑并不言语,秋仪说,让我留在这里吧,我有很多钱,我可以养活你们。那个苍老的尼姑这时候捻了捻佛珠,飞快地吟诵了几句佛经,年轻的则掩住嘴偷偷地笑了。秋仪猛地抬起头,她的眼睛里流露出极度的焦躁和绝望,秋仪的手拼命敲着膝下的蒲团,厉声喊道,你们聋了吗? 你们听不见我在求你们? 让我当尼姑,让我留在这里,你们再不说话我就放一把火,烧了这个尼姑庵,我们大家谁也活不成。

秋仪怎么也忘不了在玩月庵度过的第一个夜晚。她独自睡在堆满木柴和农具的耳房里,窗台上点着一支蜡烛。夜风把外面的竹林吹得飒飒地响,后来又淅淅沥沥地下起了雨。秋仪在雨声中辗转反侧,想想昨夜的枕边还睡着老浦,仅仅一夜之间脂粉红尘就隔绝于墙外。秋仪想这个世界确实是诡谲多变的,一个人活过了今天不知道明天会发生什么事,谁会想到喜红楼的秋仪现在进了尼姑庵呢?

很久以后小萼听说了秋仪削发为尼的事情。老浦有一天到劳动营见了小萼,他说的头一句话就是秋仪进尼姑庵了。小萼很吃惊,她以为老浦在说笑话。老浦说,是真的,我也才知道这事。我去找她,她不肯见我。小萼沉默了一会儿,眼圈就红了。小萼说,这么说你肯定亏待了秋仪,要不然她绝不会走这条路。老浦愁眉苦脸地说,一言难尽,我也有我的难处。小萼说,秋仪对你有多好,翠云坊的女孩有这份痴心不容易,老浦你明白吗?老浦说我明白,现在只有你小萼去劝她了,秋仪听你的话。小萼苦笑起来,她说老浦你又糊涂了,我怎么出得去呢?我要出去起码还有半年,而且要劳动表现特别好,我又干不好,每天只能缝二十条麻袋,我自己也恨不能死。

两人相对无言,他们坐在哨楼下的两块石头上。探视时间是半个钟头。小萼仰脸望了望哨楼上的哨兵说,时间快到了,老浦你再跟我说点儿别的吧。老浦问,你想听点什么?小萼低下头去看着地上的石块,随便说点儿什么,我都想听。老浦呆呆地看着小萼削尖的下颏,伸过手去轻轻地摸了一下,他说,小萼,你瘦得真可怜。小萼的肩膀猛地缩了起来,她侧过脸去,轻声说,我不可怜,我是自作自受,谁也怨不得。

老浦给小萼带来了另外一个坏消息,喜红楼的鸨母已经离开了本地,小萼留在那里的东西也被席卷而空。小萼哀怨地看了老浦一眼,说,一点没留下吗?老浦想了想说,我在门口捡到一只胭脂盒,好像是你用过的,我把它带回家了。小萼点点头,她说,一只胭脂盒,那么你就替我留着它吧。

事实上小萼很快就适应了劳动营内的生活,她是个适应性很强的女孩。缝麻袋的工作恢复了良好的睡眠,小萼昔日的神经衰弱症状不治而愈。夜里睡觉的时候,瑞凤的手经常伸进她的被窝,在小萼的胸脯和大腿上摸摸捏捏的,小萼也不恼,她把瑞凤的手推开,自顾睡了。有一天她梦见一只巨大的长满黑色汗毛的手,从上至下慢慢地掠过她的身体,小萼惊出了一身汗。原来还是瑞凤的手在作怪,这回小萼生气了,她狠狠地在瑞凤的手背上掐了一记,不准碰我,谁也别来碰我!

在麻袋工场里,小萼的眼前也经常浮现出那只男人的手,有时候它停在空中保持静止,有时候它在虚幻中游过来,像一条鱼轻轻地啄着小萼的敏感部位。小萼面红耳赤地缝着麻袋,她不知道那是谁的手,她不知道那只手意味着什么内容,只模糊感觉到它是昔日生活留下的一种阴影。

到了一九五二年的春天,小萼被告知劳动改造期满,她可以离开劳动营回到城市去了。小萼听到这个消息时手足无措,她的瘦削的脸一下子又无比苍白。妇女干部问,难道你不想出去?小萼说,不,我只是不知道出去后该怎么办,我有点害怕。妇女干部说,你现在可以自食其力重新做人了,我们会介绍你参加工作的,你也可以为祖国建设贡献力量了。妇女干部拿出一沓表格,她说,这里有许多工厂在招收女工,你想选择哪一家呢?小萼翻看了一下表格,她说,我不懂,哪家工厂的活最轻我就去哪家。妇女干部叹了口气说,看来你们这些人的思想是改造不好的,那么你就去玻璃瓶加工厂吧,你这人好吃懒做,就去拣拣玻璃瓶吧。

在玩月庵的开始那些日子,秋仪仍然习惯于对镜梳妆。她看见镜子里的脸日益泛出青白色来,嘴唇上长了一个火疱。她摸摸自己最为钟爱的头发,她想这些头发很快就要从她身上去除,而她作为女人的妩媚也将随之消失。秋仪对此充满了惶恐。

老尼姑选择了一个吉日良辰给秋仪剃发赐名。刀剪用红布包着放在供台上,小尼姑端着一盆清水立于侧旁。秋仪看着供台上的刀剪,双手紧紧捧住自己的头发。秋仪突然尖叫起来,我不剃,我喜欢我的头发。老尼姑说，你尘缘未断，本来就不该来这里，你现在就走吧。秋仪说，我不剃发，我也不走。老尼姑说，这不行，留发无佛，皈佛无发，你必须作出抉择。秋仪怒睁双眼，她跺跺脚说，好，用不着你来逼我，我自己来绞了它。秋仪抓起剪刀，另一只手朝上拎起头发，刷地一剪下去，满头的黑发轻飘飘地纷纷坠落在庵堂里，秋仪就哭着在空中抓那些发丝。

  秋仪剃度后的第三天，老浦闻讯找到了玩月庵。那天没有香火，庵门是关着的。老浦敲了半天门，出来开门的就是秋仪。秋仪看看是老浦，迅速地把门又顶上了，她冲着老浦说了一个字，滚。老浦乍地没认出是秋仪，等他反应过来已经晚了，秋仪在院子里对谁说，别开门，外面是个小偷。老浦继续敲门，里面就没有动静了。老浦想想不甘心，他绕到庵堂后面，想从院墙上爬过去，但是那堵墙对老浦来说太高了，老浦从来没干过翻墙越窗这类事。老浦只好继续敲门，同时他开始拼命地推。慢慢地听见里面的门闩活动了，门掩开了一点，老浦试着将头探了进去，他的肩膀和身体卡在门外。秋仪正站在门后，冷冷地盯着老浦伸进来的脑袋。老浦说，秋仪，我总算又见到你了，你跟我回去吧。秋仪用双手捂住了她的头顶，这几乎是一个下意识的动作。老浦竭力在门缝里活动，他想把肩膀也挤进去。老浦说，秋仪，你开开门呀，我有好多话对你说，你干什么把头发剃掉呢？现在外面没事了，你用不着东躲西藏了，可你为什么要把头发剃掉呢？老浦的一只手从门缝里伸进来，一把抓住了秋仪的黑袍。秋仪像挨了烫一样跳起来，她说，你别碰我！老浦抬起眼睛哀伤地凝视着秋仪，秋仪仍然抱住她的头，她尖声叫起来，你别看我！老浦的手拼命地在空中划动，想抓住秋仪的手，门板被挤压得嘎嘎地响。这时候秋仪突然从门后操起了一根木棍，她把木棍举在半空中对老浦喊，出去，给我滚出去，你再不滚我就一棍打死你。

  老浦沮丧地站在玩月庵的门外，听见秋仪在里面呜呜地哭了一会儿。老浦说，秋仪你别犟了，跟我回去吧，你想结婚我们就结婚，你想怎样我都依你，但是秋仪已经踢踢跶跶地走掉了。老浦面对着一片死寂,只有茂密的竹林在风中飒飒地响,远远的村舍里一只狗在断断续续地吠。玩月庵距城市十里之遥,其风光毕竟不同于繁华城市。这一天老浦暗暗下决心跟秋仪断了情丝,他想起自己的脑袋夹在玩月庵的门缝里哀求秋仪,这情景令他斯文扫地。老浦想世界上有许多丰满的如花似玉的女人,他又何苦天天想着秋仪呢,秋仪不过是翠云坊的一个妓女罢了。

一九五二年老浦的阔少爷的奢侈生活遭到粉碎性的打击,浦家的房产被政府没收,从祖上传下来的巨额存款也被银行冻结,老浦的情绪极其消沉,他天天伏在电力公司的写字桌上打瞌睡,有一天老浦接到一个电话,是小萼打来的。小萼告诉老浦她出来了,她想让老浦领她去见秋仪。老浦说,找她干什么?她死掉一半了,你还是来找我,我老浦好歹还算活着。

在电力公司的门口,老浦看见小萼从大街上姗姗而来,小萼穿着蓝卡其列宁装,黑圆口布鞋,除了走路姿势和左顾右盼的眼神,小萼的样子与街上的普通女性并无二致。小萼站在阳光里对老浦嫣然一笑,老浦的第一个感觉就是她比原先漂亮多了,他的心为之怦然一动。

正巧是吃午饭的时间,老浦领着小萼朝繁华的饭店街走,老浦说,小萼,你想吃西餐还是中餐?小萼说,西餐吧,我特别想吃猪排、牛排,还有罐焖鸡,我已经两年没吃过好饭了。老浦笑着连声允诺,手却在西装口袋里紧张地东掏西挖,今非昔比,老浦现在经常是囊中羞涩的。老浦估量了一下口袋里的钱,心想自己只好饿肚子了。后来两个人进了著名的企鹅西餐社,老浦点菜都只点一份,自己要了一杯荷兰水。小萼快活地将餐巾铺在膝上,说,我的口水都要掉下来了。老浦说,只要你高兴就行,我已经在公司吃过了,我陪你喝点酒水吧。

后来就谈到了秋仪。小萼说,我真不相信,秋仪那样的人怎么当了姑子?她是个喜欢热闹的人。老浦说,鬼知道,这世道乱了套,什么都乱了。小萼用刀叉指了指老浦的鼻子,她说,你薄情寡义,秋仪恨透了你才走这条路。老浦摊开两只手说,她恨我我恨谁去?我现在也很苦,顾不上她了。小萼沉默了一会儿,叹口气说,秋仪好可怜,不过老浦你说得也对,如今大家只好自顾自了。

  侍者过来结账,幸好还没有出洋相。老浦不失风度地给了小费。离开西餐社时小萼是挽着老浦的手走的。老浦想想自己的窘境,不由得百感交集。看来是好梦不再了,在女人面前一个穷酸的男人将寸步难行。两人各怀心事地走,老浦一直把小萼送到玻璃瓶加工厂。小萼指了指竹篱笆围成的厂区说,你看我待的这个破厂,无聊死了。老浦说,过两天我们去舞厅跳舞吧。小萼说,现在还有舞厅吗?老浦说,找找看,说不定还有营业的。小萼在原地划了一个狐步,她说,该死,我都快忘了。小萼抬起头看看老浦,突然又想起秋仪,那么秋仪呢?小萼说,我们还是先别跳舞了,你带我去看秋仪吧。老浦怨恨地摇摇头,我不去了,她把我夹在门缝里不让进去,要去你自己去吧。小萼说,我一个人怎么去?我又不认识路,再说我现在也没有钱给她买礼物。不去也行,那么我们就去跳舞吧。

  三天后小萼与老浦再次见面。老浦这次向同事借了钱装在口袋里,他们租了一辆车沿着商业街道一路寻找热闹的去处。舞厅酒吧已经像枯叶一样消失了,入夜的城市冷冷清清,店铺稀疏残缺的霓虹灯下,有一些身份不明者蜷缩在被窝里露宿街头。他们路过了翠云坊口的牌楼,牌楼上挂着横幅和标语,集结在这里做夜市的点心摊子正在纷纷撤离。小萼指着一处摊子叫老浦,快,快下去买一客水晶包,再迟就赶不上了。老浦匆匆地跳下去,买了一客水晶包。老浦扶着车子望了望昔日的喜红楼,喜红楼黑灯瞎火的,就像一块被废弃的电影布景。老浦说,小萼,你想回去看看吗?小萼咬了一口水晶包,嘴里含糊地说,不看不看,看了反而伤心。老浦想了想说,是的,看了反而伤心。他们绕着城寻找舞厅,最后终于失望了。有一个与老浦相熟的老板从他家窗口探出头,像赶鸡似的朝他们挥手,他说,去,去,回家去,都什么年代了,还想跳舞?要跳回床上跳去,八家舞厅都取缔啦。老浦怅然地回到黄包车上,他对小萼说,怎么办?剩下的时间怎么打发呢？小萼说，我也不知道，我随便你。老浦想了想说，到我那里去跳吧。我现在的房子很破，家具也没有，不过我还留着一罐德国咖啡，还有一台留声机，可以跳舞，跳什么都行。小萼笑了笑，抿着嘴说，那就走吧，只要别撞上旁的女人就行。

这一年老浦几易其居，最后搬到电力公司从前的车库里。小萼站在门口，先探头朝内张望了一番，她说，想不到老浦也落到了这步田地。老浦说，世事难测，没有杀身之祸就是幸运了。小萼走进去往床上一坐，两只脚噗地一敲，皮鞋就踢掉了。小萼说，老浦，真的就你一个人？老浦拉上窗帘，回头说，我从来都是一个人呀，我母亲到我姐姐家住了，我现在更是一个人啦。

小萼坐在床上翻着一本电影画报，她抬头看看老浦，老浦也呆呆地朝她看。小萼笑起来说，你傻站着干什么？放音乐跳舞呀。老浦说，我的留声机坏了。小萼说，那就煮咖啡呀。老浦说，炉子也熄掉了。小萼就用画报蒙住脸咯咯地笑起来，她说，老浦你搞什么鬼？你就这样招待我吗？老浦一个箭步冲到床上，揽住小萼的腰，老浦说我要在床上招待你，说着就拉灭了电灯。小萼在黑暗中用画报拍打着老浦，小萼喘着气说，老浦你别撩我，我欠着秋仪的情。老浦说这有什么关系，现在谁也顾不上谁了。小萼的身体渐渐后仰，她的手指习惯性地掐着老浦的后背。小萼说，老浦呀老浦，你让我怎么去见秋仪？老浦立刻就用干燥毛糙的舌头控制了小萼的嘴唇，于是两个人漂浮在黑暗中，不再说话了。

玻璃瓶加工厂总共有二十来名女工，其中起码有一半是旧日翠云坊的女孩，她们习惯于围成一圈，远离另外那些来自普通家庭的女工。工作是非常简单的，她们从堆成小山的玻璃瓶中挑出好的，清洗干净，然后这些玻璃瓶被运送出去重新投入使用。当时人们还不习惯于这种手工业的存在，许多人把玻璃瓶加工厂称作妓女作坊。

小萼的工作是清洗玻璃瓶，她手持一柄小刷子伸进瓶口，沿着瓶壁旋转一圈，然后把里面的水倒掉，再来一遍，一只绿色的或者深棕色的玻璃瓶就变得光亮干净了。小萼总是懒懒地重复她的劳动，一方面她觉得非常无聊,另一方面她也清醒地知道世界上不会有比这更轻松省力的工作了。小萼每个月领十四元工资,勉强可以维持生计。头一次领工资的时候小萼很惊诧,她说,这点钱够干什么用?女厂长就抢白她说,你想干什么用?这当然比不上你从前的收入,可是这钱来得干净,用得踏实。小萼的脸有点挂不住,她说,什么干净呀脏的,钱是钱,人是人,再干净的人也要用钱,再脏的人也要用钱,谁不喜欢钱呢?女厂长很厌恶地瞟了小萼一眼,然后指着另外那些女工说,她们也领这点儿工资,她们怎么就能过?小萼也不再跟她斗嘴,抓了那把钱在手上抖着走到外面去,一出门小萼就骂,白花花,一脸麻,真恶心人。原来女厂长是个麻脸,小萼一向认为麻脸的人是最刁钻可恶的。她经常在背后挖苦女厂长的麻脸,不知怎么就传到了女厂长的耳朵里,女厂长气得把玻璃瓶朝小萼身上砸。她是个身宽体壮的山东女人,扑上来把小萼从女工堆里拉出来,然后就揪住小萼的头发往竹篱笆上撞,女厂长说,我是麻脸,是旧社会害的,得了天花没钱治,你的脸漂亮,可你是个小婊子货,你下面脏得出蛆,你有什么脸对别人说三道四的?小萼知道自己惹了祸,她任凭暴怒的女厂长把她的脸往竹篱笆上撞。眼泪却簌簌地掉下来。女工们纷纷过来拉架,小萼说,你们别管,让她把我打死算了,我反正也不想活了。

  这天夜里小萼又去了老浦的汽车库。小萼一见老浦就扑到他怀里哭起来。老浦说小萼你怎么啦?小萼呜咽着说,麻脸打我。老浦说。她为什么打你?小萼说,我背后骂了她麻脸。老浦禁不住哧地笑出声来,那你为什么要在背后骂她呢?你也太不懂事了,你现在不比在喜红楼,凡事不能太任性,否则吃亏还在后面呢。小萼仍然止不住她的眼泪,她说,鸨母没有打过我,嫖客也没有打过我,就是劳动营的人也没有打过我,我倒被这个麻脸给打了,你让我怎么咽得了这口气?老浦说,那你想怎么样呢?小萼用手抓着老浦的衣领,小萼说,老浦,我全靠你了,你要替我出这口气,你去把麻脸揍一顿!老浦苦笑道,我从来没打过人,更不用说去打一个女人了。小萼的声音就变了,她用一种悲哀的目光盯着老浦说,好你个老浦,你就忍心看我受气受苦,老浦你算不算个男人?你要还算是男人就别给我装蒜,明天就去揍她!老浦说,好吧,我去找人揍她一顿吧。小萼又叫起来,不行,我要你去揍她,你去揍了她我才解气。老浦说,小萼你真能缠人,我缠不过你。

老浦觉得小萼的想法简直莫名其妙,但他第二天还是埋伏在玻璃瓶加工厂外面攻击了麻脸女人。老浦穿着风衣,戴着口罩站在那里等了很久,看见一个脸上长满麻子的女人从里面出来,她转过身锁门的时候老浦迎了上去,老浦说,对不起。女人回过头,老浦就朝她脸上打了一拳,女人尖叫起来,你干什么?老浦说,你别瞎叫,这就完了。老浦的手又在她的臀部上拧了一把,然后他就跑了。女人在后面突然喊起来,流氓,抓流氓呀!老浦吓了一跳,拼命地朝一条弄堂里跑。幸好街上没有人,要是有人追上了他就狼狈了。老浦后来停下来喘着粗气,他想想一切显得很荒唐,也许他不该拧麻脸女人的臀部,这样容易造成错觉,好像他老浦守在门口就是为了吃麻脸女人的豆腐。老浦有点自怜地想,为了女人他这大半辈子可没少吃苦。

老浦回到他的汽车库,门是虚掩着的。小萼正躺在床上剪脚指甲,看见老浦立刻把身子一弓,钻进了被窝。小萼说,你跑哪里去风流了?老浦说,耶,不是你让我替你去出气吗?我去打了麻脸女人一顿,打得她鼻青脸肿,趴在地上了。小萼咯咯地笑起来,她说,老浦你也真实在,我其实是试试你对我疼不疼,谁要你真打她呀?老浦愣在那里听小萼疯笑着,笑得喘不过气来。老浦想他怎么活活地被耍了一回,差点出了洋相。老浦就骂了一句,你他妈的神经病。小萼笑够了就拍了拍被子,招呼老浦说,来吧,现在轮到我来给你消气了。老浦沉着脸走过去掀被子,看见小萼早已光着了,老浦狠狠地揉了她一下,咬着牙说,看我怎么收拾你,我今天非要把你弄个半死不活。小萼勾起手指刮刮老浦的鼻子,她说,就怕你没那个本事嘛。

汽车库里的光线由淡黄渐渐转至虚无,最后是一片幽暗。空气中有一种言语不清的甜腥的气味。两个人都不肯起床,突然砰的一声,窗玻璃被什么打了一下,老浦腾地跳起来,掀开窗帘一看原来是两个小男孩在掷石子玩。老浦捂着胸口骂了一声,把我吓了一跳,我以为是谁来捉奸呢。小萼在床上问,是谁,不是秋仪吧?老浦说,两个孩子。小萼跳下床,朝一只脸盆里解手。老浦叫了起来,那是我的脸盆!小萼蹲着说,那有什么关系?我马上泼掉就是了,随手就朝修车用的地沟里一泼。老浦又叫起来,哎呀,泼我的皮鞋上了!原来老浦的鞋子都是扔在地沟里的。老浦赶紧去捞他的皮鞋,一摸已经湿了。老浦气得把鞋朝墙角一摔,怎么搞的,你让我明天怎么穿?小萼说,买双新皮鞋好了。老浦苦笑了一声,你说得轻巧,老子现在吃了上顿没下顿,哪儿有钱买皮鞋?小萼见老浦真的生气,自己也很不高兴,小萼撅着嘴说,老浦你还算不算个男人,为双破皮鞋对我发这么大的火。就坐在那里不动了。

　　老浦沮丧地打开灯,穿好了衣服。看看小萼披着条枕巾背对着他,好像要哭的样子,老浦想他真是拿这些女人没有办法。老浦走过去替小萼把衣裙穿好,小萼才破涕而笑。我肚子饿了。小萼说。肚子饿了就出去吃饭。老浦。去哪里吃?去四川酒家好吗?出去了再说吧,老浦从枕头下摸出他的金表,叹口气说,不知道它能换多少钱?小萼说,你要把金表当掉吗?老浦说,只能这样,我手上已经一文不名了,这事你别对人说,说出去丢我的脸。小萼皱着眉头说,这多不好,我们就饿上一顿吧。老浦挽住小萼的手说,走,走,你别管那么多,我老浦从来都是今朝有酒今朝醉,管他明天是死是活呢。

　　两个人拉扯着走出汽车库。外面的泥地上浮起了一些水洼,原来外面下过雨了,他们在室内浑然不知。风吹过来已经添了很深的秋意。小萼抱着肩膀走了几步,突然停住了。老浦说,又怎么了?小萼抬头看看路边的树,看看树枝上暗蓝色的夜空,她说,天凉了,又要过冬天了。老浦说,那有什么办法?秋天过去总归是冬天。小萼说,我怕,我一个人待在宿舍里怎么熬过这个冬天?没有火烤了,也没有丝棉棉袍,这个冬天怎么过?老浦说,你怕冷,没关系,我会把你捂得很暖和的。小萼看了眼老浦,低下头说,现在是新社会了,我们老在一起没有名分不行,老浦你干脆娶了我吧。老浦愣了一会儿,说,结婚好是好,可是我怕养不活你。我该结婚的时候不想结婚,到想结婚时又不该结婚了,你不知道我现在是个穷光蛋吗?小萼莞尔一笑,走过来勾住了老浦的手,我这样的人也只能嫁个穷光蛋了,你说是不是?

在剩余的秋天里,老浦为他和小萼的婚事奔波于亲朋好友之间,目标只是借钱。老浦答应了小萼要举行一个像样的婚礼,要租用一套单门独院,另外小萼婚后不想去玻璃瓶工厂上班了,一切都需要钱。最重要的一点是小萼已经怀孕了。老浦依稀记得有人告诉过他,只有最强壮的男人才会使翠云坊的女孩怀孕,老浦为此感到自豪。

没有多少人肯借钱给老浦。亲戚们或者是冷脸相待,或者是一副爱莫能助的样子。老浦知道这些人的潜台词,你是个著名的败家浪荡子,借钱给你等于拿银子打水漂玩。我们玩不起。老浦于是讪讪地告辞,把点心盒随手放在桌上。老浦从不死缠硬磨,即使是穷困潦倒,也维护一贯的风度和气派,只是心里暗叹人情淡薄,想想浦家发达的时候,这些人恨不得来舔屁眼,现在却像见瘟神一样躲着他。老浦只好走最后一步棋,去求母亲帮忙。他本来不想惊动她,浦太太是决计不会让他娶小萼的。但事已至此,他只能向她摊牌了,于是老浦又提了礼盒去他姐姐家。

浦太太果然气得要死要活,她指着老浦的鼻子说,你是非要把我气死不可了,好端端一个上流弟子,怎么就死死沾着两个婊子货?我不会给你钱,你干脆把我的老命拿走吧。老浦耐心地劝说着,他说,小萼是个很好的姑娘,我们结了婚会好好过的。浦太太说,再好也是个婊子货,你以为这种女人她会跟你好好过吗?老浦说,妈,我这是在求你,小萼已经怀孕了。浦太太鼻孔里哼了一声,怀孕了?她倒是挺有手段,浦家的香火难道要靠一个婊子来续吗?老浦已经急得满脸通红,他嗓音嘶哑着说,我已经走投无路了,你要我跪下来求您吗?浦太太最后瘫坐在一张藤椅上号啕大哭。老浦有点厌恶地看着母亲伤心欲绝的样子,他想,这是何必呢?我老浦没杀人没放火,不过是要和翠云坊的小萼结婚。为什么不能和妓女结婚？老浦想他偏偏就喜欢上了小萼，别人是没有办法的。

浦太太最后递给老浦一个铁皮烟盒。烟盒里装着五根金条。浦太太冷冷地看着老浦，浦家只有这点儿东西了，你拿去由着性子败吧，败光了别来找我，我没你这个儿子了。老浦把烟盒往兜里一塞，对母亲笑了笑说，您不要我来我就不来，反正我也不要吃您的奶了。

一九五三年冬天，老浦和小萼的婚礼在一家闻名南方的大饭店里举行。虽然两家亲友都没有到场，宾客仍然坐满了酒席。老浦遍请电力公司的所有员工，而小萼也把旧日翠云坊的姐妹们都请来了。婚礼极其讲究奢华，与其说是习惯使之，不如说是刻意安排，老浦深知这是他一生的最后一次欢乐了。电力公司的同事发现老浦在豪饮阔论之际，眉宇间凝结着牢固的忧伤。而婚礼上的小萼身披白色婚纱，容光焕发地游弋于宾客之间，其美貌和风骚令人倾倒。人们知道小萼的底细，但是在经过客观的分析和臆测之后，一切都显得顺理成章了。婚礼永远是欢乐的，它掩盖了男人的污言秽语和女人的阴暗心理。昔日翠云坊的妓女早已看出小萼体态的变化，她们对小萼一语双关地说，小萼，你好福气哪。小萼从容而妩媚地应酬着男女宾客，这时有个侍者托着一个红包布突然走到小萼面前，说，有个尼姑送给你的东西，说是你的嫁妆。小萼接过红布包打开一看，里面是一个紫贡缎面的首饰盒，再打开来，里面是一只龙凤镯，镯上秋仪的名字赫然在目。小萼的脸煞地白了，她颤声问侍者，她人呢？侍者说，走了，她说她没受到邀请。小萼提起婚纱就朝外面跑，嘴里一迭声喊着好秋仪好姐姐。宾客们不知所以然，都站起来看。老浦摆摆手说，没什么，是她姐姐从乡下来了。旁边有知情的女宾捂嘴一笑，对老浦喊，是秋仪吧？老浦微微红了脸说，是秋仪，你们也知道，秋仪进了尼姑庵。

小萼追出饭店，看见秋仪身着黑袍站在街对面的路灯下。小萼急步穿越马路时看见秋仪也跑了起来，秋仪的黑袍在风中飒飒有声。小萼就站在路上叫起来，秋仪，你别跑，你听我说呀。秋仪仍然头也不回,秋仪说,你回去结你的婚,什么也别说。小萼又追了几步就蹲下来了,小萼捂着脸呜呜哭起来,她说,秋仪,你怎么不骂我?原本应该是你跟老浦结婚的,你怎么不骂我呢?秋仪现在站在一家雨伞店前,她远远地看着哭泣的小萼,表情非常淡漠。等到小萼哭够了抬起头,秋仪说,这有什么可哭的?世上男人多的是,又不是只有一个老浦。我现在头发还没长好,也不好出来嫁人,我只要你答应跟老浦好好过,他对得起你了,你也要对得起他。小萼含泪点着头,她看见秋仪在雨伞店里买了把伞,秋仪站在那里将伞撑开又合拢,嘴里说,我买伞干什么?天又不下雨,我买伞干什么?说着就把伞朝小萼扔过来,你接着,这把伞也送给你们吧,要是天下雨了,你们就撑我这把伞。小萼抱住伞说,秋仪,好姐姐,你回来吧,我有好多话对你说。秋仪的眼睛里闪烁着冷静的光芒,很快地那种光芒变得犀利而残酷,秋仪直视着小萼的腹部冷笑了一声,怀上老浦的种了?你的动作真够快的。小萼又啜泣起来,我没办法,他缠上我了。秋仪呸地吐了一口唾沫,他缠你还是你缠他?别把我当傻瓜,我还不知道你小萼?天生一个小婊子,打死你也改不了的。

　　秋仪的黑袍很快消融在街头的夜色中。小萼觉得一切如在梦中,她和老浦都快忘了秋仪了,也许这是有意的,也许本来就该这样,男人有时候像驿车一样,女人都要去搭车,搭上车的就要先赶路了。小萼想秋仪不该怪她,就是怪她也没用,他们现在已经是夫妻了。小萼拿着那把伞走回饭店去,看见老浦和几个客人守在门口,小萼整理了一下头饰和婚纱,对他们笑了笑,她说,我们继续吧,我把她送走了。

　　小萼走到门口,突然想到手里的伞有问题。伞就是散,在婚礼上送伞是什么意思呢?咒我们早日散伙吗?小萼这样想着就把手里的伞扔到了街道上。她看见一辆货车驶过,车轮把伞架辗得支离破碎,发出一种异常清脆的声响,噼,啪。

　　房子是租来的,老浦和小萼住楼下两间,楼上住着房东夫妇,那对夫妇是唱评弹的,每天早晨都练嗓,男的弹月琴,女的弹琵琶,两个人经常唱的是《林冲夜奔》里的弹词开篇。老浦和小萼都是喜睡懒觉的人,天天被吵得厌烦,又不好发作,于是就听着。后来两个人就评论起来了,小萼说,张先生唱得不错,你听他嗓子多亮。老浦说,张太太唱得好,唱得有味道。小萼就用肘朝老浦一捅,说,她唱得好,你就光听她吧。老浦说,那你就光听他的吧。两个人突然都笑起来,觉得双方都是心怀鬼胎。

住长了老浦就觉得张先生的眼睛不老实,他总是朝小萼身上不该看的地方看,小萼到外面去倒痰盂的时候张先生也就跟出去拿报纸,有一次老浦看见张先生的手在小萼臀部上停留了起码五秒钟,不知说些什么,小萼咯咯地笑起来。老浦的心里像落了一堆苍蝇般地难受。等到小萼回来,老浦就铁青着脸追问她,你跟张先生搞什么名堂,以为我看不见?小萼说,你别乱吃醋呀,他跟我说了一个笑话,张先生就喜欢说笑话。老浦鼻孔里哼了一声,笑话?他会说什么笑话。小萼扑哧一笑说,挺下流的,差点没把我笑死,你要听吗?老浦说,我不听,谁要听他的笑话,我告诉你别跟他太那个了,否则我不客气。小萼委屈地看着老浦说,你想到哪里去了?我早就是你的人了。再说我拖着身子,我能跟他上床吗?老浦说,幸亏你大肚子了,否则你早就跟他上床了,反正我白天在公司,你们偷鸡摸狗方便得很。小萼愣愣地站了一会儿,突然就哭起来,跑到床背后去找绳子,小萼跺着脚说,老浦你冤枉我,我就死给你看。吓得老浦不轻,扑过去抢了绳子朝窗外扔。

小萼闹了一天,老浦只好请了假在家里陪她。老浦看小萼哭得可怜,就把她抱到床上,偎着她说些甜蜜的言语。说着说着老浦动了真情,眼圈也红了。老浦的手温柔而忧伤地经过小萼的脸、脖颈、乳房,最后停留在她隆起的小腹上,老浦说,别哭,你哭坏了我怎么办?小宝宝怎么办?我现在什么都没有了,我现在只有你了。小萼终于缓过气来,她把老浦的手抓住贴在自己脸上摩挲着,小萼说,我也是只有你了,我从小爹不疼娘不爱,只有靠男人了,你要是对我不好,我只有死给你看。

整个冬天漫长而寂寞,小萼坐在火炉边半睡半醒,想着一些漫无边际的事。透过玻璃窗可以看见院子里的唯一一棵梧桐树,树叶早已落尽,剩下许多混乱的枝丫在风中抖动。窗外没有风景,小萼就长时间地照镜子,因为辞掉了玻璃瓶加工厂的工作,天天闲居在家,小萼明显地发胖了,加上怀孕后粗壮的腰肢,小萼对自己的容貌非常失望。事实上这也是她不愿外出的原因。楼上张家夫妇的家里似乎总是热闹的,隔三差五的有客人来,每次听到楼梯上的说笑和杂沓的脚步声,小萼就有一种莫名的妒忌和怨恨。她不喜欢这种冷清的生活,她希望有人到家里来。

有一天张先生把小萼喊上去搓麻将。小萼很高兴地上楼了,看见一群陌生的男女很诡秘地打量着她,小萼镇定自若地坐到牌桌上,听见张先生把二饼喊成胸罩,小萼就捂着嘴笑。有人给小萼递烟,她接过就抽,并且吐出很圆的圈儿。这次小萼玩得特别快活,下楼时已经是凌晨时分,她摸黑走到床边,看见老浦把被窝卷紧了不让她进去,老浦在黑暗中说,天还没亮呢,再去玩。小萼说,这有什么,我成天闷在家里,难得玩一回,你又生什么气?老浦说,我天天在公司拼命挣钱养家,回来连杯热茶也喝不上,你倒好,麻将搓了个通宵。小萼就去掀被子,朝老浦的那个地方揉了揉,好啦别生气啦,以后再也不玩了。我要靠你养活,我可不敢惹你生气。老浦转过身去叹了一口气。小萼说,你叹什么气呀?你是我男人,你当然要养我。现在又没有妓院了,否则我倒可以养你,用不着看你的脸色了。老浦伸手敲了敲床板,怒声说,别说了,越说越不像话。看来你到现在还忘不了老本行。

结婚以后老浦的脾气变得非常坏,小萼揣测了众多的原因,结果又一一排除,又想会不会是自己怀孕了,在房事上限制了老浦所致呢?小萼想这全要怪肚子里的孩子,想到怀孕破坏了她的许多乐趣,小萼又有点迁怒于未出世的孩子。什么事情都是有得必有失,这一点完全背离了小萼从前对婚姻的幻想。

在玩月庵修行的二年中,秋仪回去过两次。一次是听说小萼和老浦结婚,第二次是得到姑妈的报丧信,说是她父亲坐在门口晒太阳时,让一辆汽车撞飞了起来,再也醒不了了。秋仪回家奔丧,守灵的时候秋仪从早到晚地哭,嗓子哭破了,几天说不出话来。她知道一半在哭灵,一半则是在哭她自己。料理完丧事后秋仪昏睡了两天两夜,做了一个梦,梦见小萼和老浦在一块巨大的房顶上跳舞,而她在黑暗中悲伤地哭泣,她的死去的父亲也从棺椁中坐起来,与她一起哭泣。秋仪就这样哭醒了。醒来长久地回味这个梦,她相信它是一种脆弱和宣泄,并没有多少意义。

秋仪的姑妈拿了一只方戒给秋仪说,这是你的东西吧,我炒蚕豆的时候在锅里发现的。秋仪点了点头,想到那次路过家门不入的情景,眼圈又有点红。姑妈说,你什么时候回庵里呢?我给你准备了一坛子咸菜,你喜欢吃的。秋仪瞥了眼姑妈的脸,那么我是非回庵里去啦?我要是不想当姑子了呢?姑妈有点窘迫地说,我也不是赶你回去,这毕竟是你的家,回不回去随你的便。秋仪扭过脸去说,我就是要听你说真话,到底想不想留我?姑妈犹豫了一会儿,轻声说,回去也好,你做了姑子,街坊邻居都没有闲话可说了。秋仪的眼睛漠然地望着窗外破败的街道,一动不动,泪珠却无声地滴落在面颊上。过了一会儿,秋仪咬着嘴唇说,是啊,回去也好,外面的人心都让狗吃了。

第二天秋仪披麻戴孝地回到玩月庵。开门的是小尼姑,她把门打开,一看是秋仪就又关上了。秋仪骂起来,快开门呀,是我回来了。她听见小尼姑在院子里喊老尼姑,秋仪回来了,你来对她说。秋仪不知道发生了什么事,拼命地撞着门。等了一会儿,老尼姑来了,老尼姑在门里说,你还回来干什么?你骗了我们,玷污了佛门,像你这样的女人,竟然有脸进庵门,你从哪里来回哪里去吧。秋仪尖叫起来,用拳头擂着门,我听不懂你的鬼话,我要进去,快给我开门。老尼姑在里面咔嗒上了一条门闩,她说,我们已经用水清洗了庵堂,你不能再回来了,你已经把玩月庵弄得够脏的了,秋仪突然明白眼前的现实是被命运设计过的深渊绝境,一种最深的悲怆打进她的内心深处,秋仪的身体渐渐像沙子一样下陷,她伏在门上用前额叩击庵堂大门时已是泣不成声,秋仪说,让我进去吧,我想躲一躲。我不愿意回去,外面的人心都让狗吃了。我本来是不想回来,可是外面的人心都让狗吃了,我没有办法只好回来了,你们就再收留我一次吧。玩月庵的大门被秋仪撞得摇摇欲坠,狗在院子里狂吠起来。老尼姑说,你走吧,你回来也没有饭吃了,施主少了,庵里的口粮也少了,多一张嘴吃饭我们就要挨饿。秋仪立刻喊起来,我有钱,我可以养活你们,你不要担心我分口粮,我的钱买口粮吃到老死也吃不完呐。老尼姑说了一句,那脏钱你留着自己用吧。秋仪听见她的迟滞的脚步声渐渐远去,庵里的狗也停止了吠叫。秋仪重新面临一片死寂的虚无,反而是欲哭无泪。

附近的竹林里有几个农民在拔冬笋。他们目睹了秋仪在玩月庵前吃闭门羹的场景。秋仪面如土灰,黑白相杂的衣袍在风中伤心地飘拂。后来她开始满地寻找树枝杂木,收拢了一齐码在玩月庵的门前,农民们猜到她想引柴纵火,他们紧张地注视着事态的发展,议论她会不会带着火种。然而秋仪没带火种,也许她最后缺乏火烧玩月庵的勇气。秋仪后来坐在柴火堆上扶腮沉思了很长时间,其容颜憔悴而不乏美丽。竹林里的农民的目光一直追随着秋仪,有一个说,听说她从前是一个妓女。然后他们看见秋仪从柴火堆上站了起来,她脱下了身上的黑袍,用力撕成几条,挂在庵门的门环上。秋仪里面穿的是一件蓝底红花的织锦缎紧身夹袄,色彩非常鲜艳,她站在玩月庵前环顾四周,在很短的时间内复归原状。农民们后来看见秋仪提着个小包裹,扭着腰肢,悄悄地经过了竹林,她的脸上并没有悲伤。

到了一九五四年,政府对旧社会遗留下来的妓女不再心存芥蒂,专门为妓女开设的劳动训练营几乎全撤销了。秋仪知道了这个消息,心中反而怅然,她想她何苦这样东躲西藏的,祸福不可测,如果当初不从那辆卡车上跳下来,她就跟着小萼一起去了。也许还不会弄到现在走投无路的局面。

秋仪回到她的家里时姑妈很吃惊,她说,你真的回来了?再也不去庵里了?秋仪把小包裹朝床上一扔,说,不去了,做尼姑做腻了,想想还是回来过好日子吧。姑妈的脸色很难看,她说,哪儿会有你的好日子过呢?你是浪荡惯了的女孩,以后怎么办?秋仪说,不用你操心,我迟早要嫁人的,只要是个男的,只要他愿意娶我,不管是阿猫阿狗,我都嫁。姑妈说,嫁了以后又怎么办呢?你能跟人家好好过日子吗?秋仪笑了笑说,当然能,俗话说嫁鸡随鸡嫁狗随狗,别人能我为什么不能?

　　姑妈一家对秋仪明显是冷淡的。秋仪也就不给他们好脸色看,做什么事都摔摔打打的。秋仪什么都不在乎,因此无所畏惧,只是有一次她扫地时看见了半张照片埋在垃圾里,捡照片的时候秋仪哭了。那是从一张全家福上撕下来的,光把秋仪一个人撕下来了,拍照时秋仪才八九岁的样子,梳着两条细细的小辫,对着照相机睁大了惊恐的眼睛。秋仪抓着半张照片,身体剧烈地颤动起来,她一脚踢开姑妈的房门,摇着照片喊,谁干的,谁这么恨我?姑妈不在,秋仪的表弟在推着刨子干木工活,表弟不屑地瞟了秋仪一眼,是我干的,我恨你。秋仪说,你凭什么恨我?我碍你什么事了?表弟说,你回来干什么?弄得我结婚没房子。你既然在外面鬼混惯了,就别回来假正经了,搅得家里鸡犬不宁。秋仪站在那儿愣了会儿,突然佯笑着说,你倒是实在,可是你不摸老娘的脾气,有什么事尽管好好说,惹急了我跟你们白刀子进红刀子出。表弟的脸也转得快,马上嬉笑着说,好表姐,那么我就跟你商量了,求求你早点儿嫁个人吧,你要是没有主我来当媒人,东街那个冯老五对你就很有意思。秋仪怒喝了一声,闭上你的臭嘴,我卖×卖惯了,用得着你来教?说着用力把门一撞,人就踉跄着走出了家门。

　　冬天的街道上人迹稀少,秋仪靠着墙走,一只手神经质地敲着墙和关闭的店铺门板,不仅是冬天的街道,整个世界也已经空空荡荡。秋仪走过凤凰巷,她忘不了这条小巷,十七岁进喜红楼之前她曾经在这里走来走去,企盼一个又英俊又有钱的男人把她的贞操买走,她拒绝了许多男人,最后等来了老浦。如果说十七岁的秋仪过了一条河,老浦就是唯一的桥。在这个意义上秋仪无法忘记老浦给她的烙印和影响。那时候凤凰巷里的人都认识秋仪,几年过去了,社会已经起了深刻的变化,现在没有人朝秋仪多看一眼,没有人认识喜红楼的秋仪了。秋仪走过一家羊肉店,听见店里有人喊她的名字,一看是瑞凤,瑞凤从店里跑出来,一把拉住她的手说,真的是你?你不是进尼姑庵了吗?秋仪说,不想待那儿了,就跑出来了。瑞凤拍拍手说,我说你迟早会出来,翠云坊的女孩在尼姑庵怎么过呢?瑞凤嘻嘻地笑了一气,又说,你去哪里?秋仪说,哪里也不去,满街找男人呢。瑞凤会意地大笑起来,硬把秋仪拉进羊肉店喝羊汤。

原来瑞凤就嫁了这家羊肉店的老板,秋仪扫了一眼切羊羔的那个男人,虽然肥胖了一些,面目倒也老实和善。秋仪对瑞凤说,好了,都从良了。就剩下我这块槽头肉,不知会落到哪块案板上。瑞凤说,看你说得多凄惨,你从前那么红,男人一大把,还不是随你挑。秋仪说,从前是从前呀,说完就闷着头喝羊汤。瑞凤突然想起什么,说对了,忘了告诉你小萼生了个儿子,八斤重呢。你吃到红蛋了吗?秋仪淡然一笑,默默地摇摇头,过了一会儿又问,他们两个过得好吗?瑞凤说,好什么,听说老是吵架,小萼那人你最了解,爱使小性子,动不动寻死觅活的。我看小萼是死不了的,倒是老浦非让她缠死不可。秋仪低着头说,这是没办法的,一切都是天意。瑞凤说,你要去看他们吗?秋仪又摇头,她说,结婚时去看过一次就够了,再也不想见他们。

秋仪起身告辞时瑞凤向她打听婚期,秋仪想了想说,快了,凑合一下就快了。瑞凤说,你别忘了通知我们,姐妹一场,喜酒都要来喝的。秋仪说,到时再说吧,要看嫁给什么人了。

半个月后秋仪嫁给了东街的冯老五,秋仪结婚没请任何人。过了好久有人在东街的公厕看见秋仪在倒马桶,身后跟着一个鸡胸驼背的小男人。昔日翠云坊的姐妹们听到这个消息都惊诧不已,她们不相信秋仪把下半辈托付给冯老五,最后只能说秋仪是伤透了心,破罐子破摔了。她们普遍认为秋仪的心里其实只有老浦,老浦却被小萼抢走了。

老浦给儿子取名悲夫。小萼说,这名字不好,听着刺耳,不能叫乐夫或者其他名字吗?老浦挥挥手说,就叫悲夫,有纪念意义。小萼皱起眉问,你到底是什么意思?老浦抱起儿子,凝视着婴儿的脸,他说,就这个意思,悲夫,老大徒伤悲,想哭都哭不出来啦。

小萼坐月子的时候老浦雇了一个乡下保姆来,伺候产妇和洗尿布。老浦干不来这些零碎杂事,也不想干。咬着牙请了保姆,借了钱付保姆的工钱。这样过了一个月,老浦眼看着手头的钱无法应付四口之家,硬着头皮就把保姆辞掉了。小萼事先不知道此事,她仍然等着保姆送水泡蛋来,等等不来,小萼就拍着床说,想饿死我吗,怎么还不送吃的来?老浦手里握着两只鸡蛋走进来,他说你自己起来烧吧,保姆辞掉了。小萼说,你怎么回事?辞保姆也不跟我商量,我坐月子,你倒让我自己起来烧。老浦说,再不辞就要喝西北风了,家里见底了你又不是不知道。小萼白了老浦一眼,五根金条,鬼知道是怎么折腾光的。老浦的眼睛也瞪圆了,梗着脖子喊,我现在不赌不嫖,一分钱也不花,不都是你在要吃好的要穿好的?你倒怪起我来了。小萼自知理亏,又不甘认输,躺到被窝里,不怪你怪谁,谁让你没本事挣大钱?老浦说,你还以为在旧社会,现在人人靠工资吃饭,上哪儿挣大钱去?除非我去抢银行,除非我去贪污公款,否则你别想过阔太太的日子了!

小萼仍然不肯起床做家务,老浦无奈只好胡乱做些吃的送到床边,不是咸了就是淡了,小萼皱着眉头吃,有时干脆推到一边不吃。老浦终于按捺不住,砰地把碗摔在地上,老浦说,不吃拉倒,我自己还愁没人伺候呢。你这月子坐到什么时候才完?小萼和怀里的婴儿几乎同时哭了起来,小萼一哭起来就无休无止,后来惊动了楼上的张家夫妇,张太太下楼敲着门说,小萼你不能哭了,月子里哭会把眼睛哭瞎的。小萼说,哭瞎了拉倒,省得看他的脸。但张太太的话还是有用,小萼果然不再哭了,又过了一会儿,小萼窸窸窣窣地起了床,披了件斗篷到厨房里去,煎煎炸炸,弄了好多碗吃食,一齐堆在碗橱里,大概是想留着慢慢吃。

这个时期老浦回家总是愁眉紧锁,唉声叹气的,儿子夜里闹得他睡不好觉,老浦猛然一个翻身,朝儿子的屁股上打了一巴掌。小萼叫起来,你疯啦,他才多大,你也下得了这毒手。老浦竖起自己的手掌看了看,说,我心烦,我烦透了。小萼往老浦身边凑过去,抓住他的手说,你再打,连我一起打,打死我们娘俩你就不烦了。老浦抽出自己的手,冷不丁地打了自己一记耳光,老浦哑着嗓子说,我该死,我该打自己的耳光。

第二天老浦从公司回来,表情很异常。他从西装口袋里摸出一叠钱,朝小萼面前一摔,你不是嫌我没本事挣钱吗,现在有钱了,你拿去痛痛快快地花吧。小萼看着那叠钱疑惑地问,上哪儿弄来这么多钱?老浦不耐烦地说,那你就别管了,我自然有我的办法。

靠着这笔钱小萼和老浦又度过了奢华惬意的一星期。小萼抱着悲夫上街尽情地购物,并且在恒孚银楼订了一套黄金饰物。小萼的心情也变得顺畅,对老浦恢复了从前的温柔妩媚。直到有一天,天已黑透了,老浦仍不见回来。来敲门的是电力公司老浦的两个同事。他们对小萼说,老浦出了点事,劳驾你跟我们去一趟吧。小萼惊惶地看着来人,终于意识到什么。她把悲夫托给楼上的张太太,匆匆披上件大衣就跟着来人去了。

在路上电力公司的人直言不讳地告诉小萼,老浦贪污了公款,数目之大令人不敢相信。小萼说不出话,只是拼命拉紧大衣领子,借以遮挡街上凛冽的寒风,电力公司的人说,老浦过惯了公子少爷的生活,花钱花惯了,一下子适应不了新社会的变化,这时小萼开始呜咽起来,她喃喃地说,是我把老浦坑了,我把老浦坑了。

老浦坐在拘留所的一间斗室里,看见小萼进来他的嘴唇动了动,但是没有说话。老浦的脸色呈现出病态的青白色,未经梳理的头发凌乱地披垂在额上,小萼走过去抱住他的头,一边哭着一边用手替他梳理头发。

没想到我老浦落到这一步。老浦说。

没想到我们的夫妻缘分这么短,看来我是再也回不了家了。你一个人带着悲夫怎么过呢？老浦说。

等悲夫长大了别让他在女人堆里混，像我这样的男人没有好下场。老浦最后说。

老浦站起来，揽住小萼的腰用力亲她的头发、眼睛和嘴唇，老浦的嘴唇冰凉冰凉的，眼睛里闪烁着一种茫然而空洞的白光。小萼无法忘记老浦给她的最后一吻。它漫长而充满激情，几乎令人窒息。直到很久以后，小萼想起与老浦的最后一面，仍然会浑身颤抖，这场急风暴雨的婚姻，到头来只是一夜惊梦，小萼经常在夜半发出梦魇的尖叫。

昔日翠云坊的妓女大多与老浦相熟，一九五四年三月的一天，她们相约到旧坟场去送老浦最后一程，看见老浦跪在那里，嘴里塞着一团棉花，老浦没穿囚服，身上仍然是灰色的毛料西装。当枪声响起，老浦的脑袋被打出了血浆，妓女们狂叫起来，随即爆发出一片凄厉的恸哭，有人尖叫，都是小萼，都是小萼害了他。

小萼没有去旧坟场。老浦行刑的这一天，小萼又回到玻璃瓶加工厂上班，她的背上背着儿子悲夫。小萼坐在女工群里，面无表情地洗刷着无穷无尽的玻璃瓶，到了中午十点钟光景，悲夫突然大声啼哭起来，小萼打了个冷战，腾出一只手去拍儿子。边上有个女工说，孩子是饿了吧？你该喂奶了。小萼摇了摇头，说，不是，是老浦去了，可怜的老浦，他是个好人，是我把他坑了。

秋仪也没有去送老浦。从坟场回来的那群女人后来聚集到秋仪的家里，向秋仪描述老浦的惨相。秋仪只是听着，一言不发。秋仪的丈夫冯老五忙着给女客人殷勤地倒茶，秋仪对他说，你出去吧，让我们在这里叙叙。冯老五出去了，秋仪仍然没有说话，等到女人们喝完了一壶茶，秋仪站起来说，你们也出去吧。人都死了，说这说那的还有什么用？我想一个人在这里待着，我心里乱透了。

这天晚上下雨，雨泼打着窗外那株梧桐树的枝叶，张家的小楼在哗哗雨声中像一座孤立无援的小岛。小萼抱着悲夫在室内坐立不安。后来她看见窗玻璃上映出秋仪湿漉漉的模糊的脸。秋仪打着一把伞,用手指轻轻地弹着窗玻璃。

小萼开门的时候眼泪止不住淌了下来。秋仪站在门口,直直地注视着小萼,她说,小萼,你怎么不戴孝?小萼低着头回避秋仪的目光,嗫嚅着说,我忘了,我不懂这些,心里乱极了。秋仪就从自己头上摘下一朵小白花,走过来插在小萼的头发上,秋仪说,知道你会忘,给你带来了。就是雨太大,弄湿了。小萼就势抱住了秋仪,哇地哭出声来,嘴里喊着,我好悔,我好怕呀,是我把老浦逼上绝路的。秋仪说,这是没有办法的事,男女之事本来就是天意,生死存亡就更是天意了。你要是对老浦有情义,就好好地养悲夫吧,做女人的也只能这样了。

秋仪抱过悲夫后就一直不放手,直到婴儿酣然入睡,秋仪看着小萼给婴儿换尿布脱小衣裳,突然说,你还是有福气,好歹有了个胖儿子。小萼说,我都烦死了,你要是喜欢就抱走吧。秋仪说,当真吗?当真我就抱回家了,我做梦都想有个儿子。小萼愣了一下,抬头看秋仪的表情,秋仪背过身去看着窗外。我上个月去看医生了,医生说我没有生育能力,这辈子不会怀孩子了。小萼想了想说,没孩子也好,少吃好多苦。秋仪说,你是饱汉子不知饿汉子饥。吃点苦算什么?我是不甘心呀,说来说去都是以前自己造的孽,谁也怨不得。

两个人坐着说话,看着窗外雨依然下着,说话声全部湮没在淅淅沥沥的夜雨中了。小萼说,雨停不了,你就陪我一夜吧,我本来心里就害怕,有你在我就不怕了。秋仪说,你不留我我也不走,我就是来陪你的,毕竟姐妹一场。

午夜时分小萼和秋仪铺床睡下,两个人头挨着头,互相搂抱着睡。秋仪说,这被头上还有老浦的头油味。小萼没有说话。过了一会儿,秋仪在黑暗中叹了口气说,这日子过得可真奇怪呀。

只听见雨拍打着屋顶和梧桐,夜雨声幽幽不绝。

小萼做了一年寡妇。起初她仍然带着悲夫住在张先生的房子里,以她的收入明显是交不起房租和水电费的。玻璃瓶加工厂的女工向小萼询问这些时,小萼支支吾吾地不肯回答,后来就传出了小萼和说评弹的张先生私通的消息。再后来小萼就带着悲夫搬到女工宿舍来了,据说是被张太太赶出来的,小萼额上的那块血痂,据说是张太太用惊堂木砸出来的,血痂以后变成了疤,一直留在小萼清秀姣好的脸上。

第二年小萼就跟个北方人走了。那个北方男人长得又黑又壮,看上去四十岁左右的年纪。玻璃瓶厂的女工都认识他。她们说他是来收购一种墨绿色的小玻璃瓶的,没想到把小萼也一起收购走了。

离乡的前夜,小萼一手操着包裹一手抱着悲夫来到秋仪的家。秋仪和冯老五正在吃晚饭,看见小萼抱着孩子无声地站在门洞里。秋仪放下筷子迎上去,小萼已经慢慢地跪了下来。我要走了,我把孩子留给你。秋仪慌忙去扶,小萼你说什么?小萼说,我本来下决心不嫁人,只想把悲夫抚养成人,可是我不行,我还是想嫁男人。秋仪把小萼从地上拉起来,看小萼的神色很恍惚,像梦游人一样。

秋仪抱过悲夫狠狠地亲了一下,然后她又望了望小萼,小萼坐在椅子上发呆。秋仪说,我料到会有这一天的。我想要这个孩子。小萼哇的一声哭了,竹椅也在她身下咯吱咯吱地哀鸣。秋仪说,别哭了,悲夫交给我你可以放心,我对他会比你更好,你明白这个道理吗?小萼抽泣着说,我什么都明白,就是不明白我自己是怎么回事。

去火车站给小萼送行的只有秋仪一个人。秋仪原来准备带上悲夫去的,结果临出门又改变了主意,光是拎了一兜水果话梅之类的食物。在月台上秋仪和小萼说着最后的悄悄话,小萼的眼睛始终茫然地望着远处的什么地方。秋仪说,你在望什么?小萼苍白的嘴唇动了动,我在找翠云坊的牌楼,怎么望不见呢?秋仪说,哪儿望得见牌楼呢,隔这么远的路。

后来火车就呜呜地开走了,小萼跟着又一个男人去了北方。这是一九五四年的事。起初秋仪收到过小萼托人代笔的几封信,后来渐渐地断了音讯。秋仪不知道小萼移居北方的生活会是什么样子。到了悲夫能认字写字的年龄,秋仪从箱底找出小萼写来的四封信,用红线扎好塞进炉膛烧了。悲夫的学名叫冯新华,是小学校的老师取的名字。冯新华在冯家长大,从来没听说过自己的身世,从来没有人告诉他那些复杂的陈年旧事。

冯新华八岁那年在床底下发现一只薄薄的小圆铁盒,是红绿相间的,盒盖上有女人和花朵的图案。他费了很大的劲把盖子拧开,里面是空的,但是跑出一股醇厚的香味,这股香味挥之不去。冯新华对这只小铁盒很感兴趣,他把它在地上滚来滚去地玩,直到被秋仪看到。秋仪收起那只盒子,锁到柜子里。冯新华跟在后面问,妈,那是什么东西?秋仪回过头,神情很凄恻。她说,这是一只胭脂盒,小男孩不能玩的。

妇女生活

娴的故事

　　汇隆照相馆坐落在街角上,漆成橘红色的楼壁和两扇窄小的玻璃门充分显示了三十年代那些小照相馆的风格。橱窗里陈列的是几个二流电影明星的照片和精心摆设的纸花。那些女明星的美艳和欢乐对于外面凄清萧条的街道显得不合时宜莫名其妙。从远一点的高处看汇隆照相馆,它就像一只打开的火柴盒子,被周围密集的高大房屋挤压得近乎开裂。有时候可以看见一只燕子从那里飞起来,照相馆的屋檐下曾经有过燕巢。如果再注意后窗,还可以发现晾衣竿上挂着的女人的小物件和旗袍,没有男人的东西。

　　那是娴的家。娴的父亲去世后,汇隆照相馆由娴和她的母亲经营。娴那年只有十八岁,刚从女子高中毕业。她不懂照相业的经营之道,并且对此也不感兴趣。娴眼睁睁地看着家里这份产业破败下去而一筹莫展。有一天她梳妆打扮好准备去电影院看好莱坞片子时,母亲把她堵在楼梯上说,记住,这是最后一场电影,明天你要坐柜台开票了。我已经把开票的辞退了。娴说,为什么?她母亲说,什么为什么?你难道不明白家里的底细,没人上这儿来拍照,拿什么付人家工资?只有靠你和我自己了。

　　一九三八年,娴在照相馆里开票。生意每天都很清淡,娴聊以打发时间的是各种电影画报。她喜欢看电影,但现在看得很少了,因为白天离不开柜台,而晚上出门又受母亲的种种限制,娴只能在画报里寻求一种缥缈的慰藉。她最喜欢的电影明星是胡蝶和高占非,还有袁美云。在女中曾有人说娴长得很像袁美云,娴淡淡地说,袁美云去我家照过相,她也这样说的。她喜欢披斗篷,很高级的英国货,上面有金线和珍珠。那时候娴被认为是见过世面的人,深受女生们的信赖和羡慕。现在当娴手握《明星》画报,枯想往事时心情不由烦躁忧郁起来。娴是个不安分的女孩。

外面刮着风,透过玻璃门,可以看见穿着臃肿的行人和漫空飞舞的梧桐树叶,街角上的美丽牌香皂和花旗洋参的广告画被风吹得噼啪作响。有一个人推开了玻璃门,摘下头上的礼帽,他手中的银质司的克的光泽异常强烈。正是这种光亮让娴猛地从画报上抬起头来,她看见那个男人站在柜台前约五尺远的地方,手执礼帽向她颔首微笑。娴后来回忆当时的情景总说她有一种晕眩的感觉,她似乎预知孟老板的出现会改变她以后一生的命运。

先生,拍照吗?

不,我不拍照。

那么你取照片?把收据给我吧。

不。我不拍照。但我想给你拍一张。那人说。

娴看见孟老板把礼帽和司的克放在长沙发上,慢慢地从大衣口袋里掏出一只小型相机。他往后退了一步,对娴说,就坐在那儿,手放到柜台上,托着下巴。娴下意识地按照要求摆出了当时最流行的拍照姿势。镁光咔嚓一闪,她听见孟老板说,好了,多么自然的表情,太好了。

后来当娴的那张照片登在《明星》画报上时,她已经成为孟老板的电影公司的合同演员。娴放下了照相馆的工作,投身于梦寐以求的电影业。一九三八年冬天,娴与孟老板的关系飞速发展,她与孟老板双双出入于舞厅和跑马场,引起了圈内人的注意。也就是这年冬天,娴拍了她一生最初的两部也是最后的两部片子。一部是清代宫廷片,娴在里面扮演一个聪明伶俐的小宫女,是配角。而另外一部是很重要的角色,娴扮演一个卷入三角恋爱的摩登女性,最后悲惨地投河自尽。

娴很快搬离了她家的照相馆。孟老板为她准备了一套公寓房子。那是配有电梯的八层楼房,楼下有弹子房、舞厅和咖啡馆,孟老板经常在那里玩至深夜,然后乘电梯到八楼娴的房间来度过一个甜蜜的夜晚。娴知道孟老板是有妻室的人,知道她自己处于什么地位,但她无法顾及这些。那时候她想得最多的是角色问题,怎样与头牌明星争夺主角,怎么疏通摄影师,使自己略嫌瘦长的脸在银幕上光彩照人。

母亲经常打电话到公寓来,向娴叹述照相馆生意的苦经。娴对此感到厌烦,她对母亲本来就没什么感情,更难以忍受她的絮叨。后来她抓过电话,只要听到是母亲的声音,就啪地挂上电话。

一九三八年春天的一次出游,给娴留下难以磨灭的印象。娴和公司的女明星们一起到苏州春游,其中包括陈云裳和袁美云等大明星。她们坐在一条大木船上,一边啃甘蔗,一边欣赏河两岸初春的田园景色。船快到虎丘塔时,大批的记者蜂拥而至,照相机的快门咔哒咔哒响成一片,娴在那个时刻充分体会了荣耀和快乐。她后来一直保存着那次春游的照片。照片上娴和一群女明星坐在船头上,她们都在啃甘蔗。背景是虎丘塔和大片盛开的油菜花地。

娴在年老色衰以后经常从箱底找出那张照片,细细地端详。昔日的美貌和荣华随时光流逝一去不返,它们如此短暂脆弱,她甚至无法回忆一九三八年命运沉浮的具体过程。多少年来她已习惯于把悲剧的起因归结为那次意外的怀孕。另外,她也不能原谅孟老板的错误,有一次他坚持不肯用那种美国产的保险套,酿成了她以后一生的悲剧。

在娴的妊娠反应日趋强烈后,孟老板驾车把娴送到一家僻静的私人医院。娴坐在一张长凳上,等着医生给她进行堕胎手术。恐惧使娴浑身颤抖,她脸色苍白,无望地看了看孟老板。孟老板坐在旁边读当日出版的《申报》。他对娴说,别怕,一会儿就好了。当女演员的都上这儿来,朱医生的医术相当高明。娴摇了摇头,她说,我怕,我真的怕极了。

手术室内传来一种清脆的刀剪碰撞声,里面好像正在进行手术。娴听见一个女人凄厉地尖叫着诅咒着。她瞪大眼睛倾听着,整个身体颤抖得更加厉害,突然娴从长凳上跳起来,双手掩面冲出门外。孟老板追出去,拉住她的手说,你怎么啦？你跑什么？娴哭泣着说,我怕,我不做这个手术了。孟老板的脸沉了下来,他说,别耍小孩脾气,这手术非做不可。娴抓住汽车车门上的把手,头靠在车窗上哭泣,她说,送我回去,求求你送我回去吧。孟老板站着不动,他说,你到底怕什么？娴说我怕疼,我实在怕极了。孟老板沉默了一会儿,后来他拉开车门,将娴粗暴地推上车,娴听见他恶狠狠地骂了一句脏话,臭婊子。

娴就是从这一天失宠于孟老板的。当时她十八岁,在应付男人方面缺乏经验。她错误地幻想等腹中孩子降生后孟老板对她的态度会重新好转。娴后来闭门思过,她想如果那天做了手术,一切都会好起来。悲剧的另一个起因是她太年轻,她怕疼。就因为怕疼断送了以后的锦绣前程。

这年春天,日本人开进了城市。混乱的时局和混乱的秩序下人心浮躁。街道上人迹稀少,偶尔能听见远处传来的枪声。娴蛰居在公寓里,每天凭窗眺望灰蒙蒙的天空、街道和行人,心乱如麻。宽松的裙裾再也不能掩饰她孕妇的姿态,她的脸上长出了一些褐色的蝴蝶斑。她不能也没有片子可演,终日无所事事,唯一盼望的事情是孟老板来。但孟老板几乎不来了。她打电话到公司到孟宅,甚至跑到楼下弹子房去找他,结果每次都失望而归。

有一天娴接到电影公司的电话,让她务必去公司一趟。娴不知道是什么事,她精心打扮一番叫了一辆出租车。在车里她用小镜子不时地评判自己的容颜,担心会引起其他女演员的攻击。当她到达公司时,才发现气氛异样,到处乱糟糟的,服装、道具和损坏的灯架扔得满地都是。一个摄影师站在布景棚高高的横架上对她喊,散伙啦,散伙啦,赶紧去领最后一笔工资,去晚了就领不到啦！娴慌慌张张地挤进抢领工资的人群中,她问一个女演员,孟老板呢？那个女演员没好气地瞪了她一眼,还提你那个孟老板,他卷走全部股金逃到香港去了。娴当时如蒙巨石击顶,感到一阵强烈的眩晕,随即昏倒在嘈杂的人群里。

　　灾难不期而至地降临了。娴在公寓的床上度过了难挨的三天。她天天瞪着天花板,用所有肮脏的字眼咒骂着孟老板。她把孟老板的丝绸睡衣剪成一条一条,从窗口扔出去。第四天邮递员送来了一张汇款单,是孟老板从香港寄来的。娴瞥了一眼汇单上的数目,轻蔑地冷笑了一声,她对邮递员喊,谁要这几个臭钱,给我退回。当邮递员疑惑地离开后,娴又后悔起来,她已经没多少钱了。她似乎看见黑暗的未来就埋伏在明天、后天,她以后该怎么办?这时候娴再次清醒起来,她突然想起在医院的事情。她想如果我不从医院里逃走,如果那天顺从孟老板而不是惹恼孟老板,情况就不会变得这样糟,也许这时候她跟着孟老板一起去香港了。娴揪着自己的头发,这时她深深地体会了一失足成千古恨的感觉。

　　公寓管理员登门的时候,娴从他尴尬的脸色中预感到了什么。她坐在床上一动不动,听见管理员絮絮叨叨地诉说他的苦衷。娴打断说,你对我说这些干什么。这房子不是付过款了吗?管理员说,是付过了,但付的是一年的租金。娴说,那就对了,不是说一年吗?我住进来才半年呀。管理员面露难言之色,他搓着手想了想说,反正孟老板已经远走高飞了,我就向你抖个实情吧:你住进来之前孟老板已经租过半年了,那会儿是另外一个女演员住这儿。娴不再说话,她把枕巾抻了一下,捡起上面一根细细的发丝凝视着,她说,我明白了,你放心,我不会赖在这儿的。

　　一个初夏的早晨,娴离开了那座豪华公寓。天空高而清澈,微风吹动公寓门口的夹竹桃的红色花朵。娴跟着脚夫走到黄包车前,她回头仰望着八层的那个窗口,天鹅绒的窗帘依然半掩,她听见窗内有人在哭泣,那个女人就是她自己。娴用手捂住耳朵,哭泣声仍然持续。娴真的听见自己在八层公寓里大声哭泣,那不是幻觉而是另一种现实。

去哪儿？车夫回头问。

随便。娴说。

你想逛商店还是游乐场？车夫又问。

哪儿也不去。送我去汇隆照相馆。娴说。

小姐原来想去拍照。车夫疑惑地说，那小姐干吗要带两只箱子？

别废话了。娴突然尖叫起来，送我回家！回家！

娴提着两只箱子推开了汇隆照相馆的门。外面玻璃橱窗里的明星照片已经更换成花圈和寿衣，她没有注意，直到她走进店堂，看见一排各式花圈悬在半空中，娴才发出了惊叫声。寿衣店的老板认识娴，他说，你回来了？回来了就好。娴把箱子放下来，惊魂未定地说，这是怎么回事？寿衣店老板说，你母亲上个月就把店面盘给我了。她还在楼上住，你去问问她吧。

楼上原来放摄像架的地方现在放着一只煤炉。炉子上炖着一只砂锅。娴闻到了鸡汤的香味，她这才想起已经几顿没吃饭了。她揭开锅盖，不顾烫手就掰下了鸡腿送进嘴里。房门轻轻地打开了，娴不用回头就知道她母亲站在身后，娴仍然吃着鸡腿。

你怎么回来了？母亲说，不当电影明星了？

公司解散了。娴说。

你那个大老板呢？他不要你了？

死了。娴说。他死了，心脏病发作。

撒谎。把你的身子转过来，让我看看你的肚子。

有什么可看的？娴吐出一根鸡骨，她说，你不是也大过肚子吗？

贱货。母亲怒喝一声，让人把肚子搞大了回家下种吗？谁让你回来的？

这是我的家。娴走到原来她住的房门口推门，门推不开，里面上了插销。娴拼命推着门说，谁在里面？是一个男人吧？

门开了。果然是一个男人。娴认识他，是国光美发厅的老王，经常替她母亲做头发的老王。娴对老王笑了笑，然后又回头对母亲说，谁是贱货？你也是贱货。卖了家业在楼上藏男人，你才是个不要脸的贱货。她看见母亲的脸紫涨着说不出话,心中有一种复仇和得胜的快乐。她已经好多天没尝到快乐的滋味了。

娴从前的闺房现在弥漫着一股气味。她知道这是为什么。她现在非常痛恨这种气味。她走到窗前拉开了窗帘,猛然看见离家前随手放于窗台的那盆三色堇依然鲜活,小巧玲珑的花朵和纤细碧绿的叶子在阳光里静若处子。娴面对着三色堇潸然泪下,这是她的第一次哭泣。

在寿衣店楼上的小房间里,挂钟嘀答嘀答地走动,娴临窗而坐,计算着时间怎样慢慢地消失。她无事不出门,害怕别人看见她怀孕的模样。娴无望地等待着产期的来临,这是她一生中最灰暗沉闷的时期。

娴看见楼下那些披麻戴孝的人从店里搬走一个又一个花圈,寿衣店的生意比照相馆红火多了,因为每天都会有人死去。娴不无辛酸地想,也许她也应该买一个花圈祭奠她这一段绝望的生活。

整个夏季炎热多雨,雨点枯燥地拍打照相馆的铁皮屋顶。娴注视着雨中的街道,心如死水。有一天她看见一个小报童在雨中奔跑,狂热地向行人挥动手中的报纸。特大新闻,特大新闻,电影明星阮玲玉自杀身死。娴想看那份报纸,她喊住那个报童,从窗口吊下去一只小竹篮和零钱,买了报纸。她看见了阮玲玉最后的仪容,她的微笑因死亡变得异常美丽动人。娴把报纸细细读了一遍,叹了一口气,她想如果她也一样地吞药自杀,舆论是不会这样强烈轰动的,没有几个人知道她的名字,她死去抑或活着对这个世界都无足轻重。

娴的产期将至,她母亲对她说,你准备在哪儿生这杂种?娴说随便。母亲说就在家里喊个接生婆吧,别出去丢人现眼的。娴说随便,现在我连死都不怕,还怕疼吗?

一九三八年十月,娴在照相馆楼上生下了一个女婴。女婴只有四斤重,抱在手上好像一只可怜的小猫。

那个女婴就是芝。

娴曾经给孟老板去过好几封信,索要芝的赡养费,结果都是石沉大海。有一封破破烂烂地退回了,封皮上有查无此人的字样。娴恨透了孟老板,这种仇恨也影响了她对芝的感情。她很少哺乳,也很少给女婴换尿布,她想婴孩也许活不长,她也可能活不长,没有必要去履行母亲的义务。很多时候娴在芝嘶哑的哭声中安然入睡,产后的娴更加慵懒了。

芝却以正常的速度增长着,她从早晨啼哭到深夜,但她活着。娴有一天细细地打量了芝,发现女儿的眉眼更多的像自己,而不像孟老板,这使娴动了恻隐之心,她把乳头塞进芝的小嘴里,拍着芝说,你为什么要像我?像了我以后没有好下场的。我是世界上最苦命的女人。

产后的娴不事修饰,终日蓬头垢面,她很长时间不照镜子。再次站在镜子前时她几乎认不出自己,身材变得肥胖不堪,而那双曾备受摄影师称赞的凤眼也因嗜睡失去了光彩。她想以她这种模样是再也无法上银幕了。

理发师老王频繁地进出于娴的家中,娴看不起这个瘦小的女人腔的男人。她从来不跟老王说话,而老王总是有话无话地搭讪。在饭桌上老王一边赞美菜肴的味道,一边用膝盖轻轻地碰撞娴的腿。娴把腿缩回来,说,恶心。娴的母亲自然不知道其中的前因后果,她对娴说,嫌恶心你别吃,谁让你吃了?娴觉得这种情景很有趣,像电影中的场面,但却真实地出现在她的家庭生活中。另外,她也觉得母亲很可怜,活了半辈子后把自己托付给这么个没出息的男人。娴还担心母亲会不会把积蓄倒贴给老王。如果是这样,娴不会听之任之,她会做主把老王赶走。

预料不到的是事情后来发生了奇怪的变化。

有一天老王对娴说,你的头发该做一做了,跟我去美发厅吧,我给做个长波浪,包你满意。娴没有说话。老王又说,你放心,不收一文钱,跟你收钱不是见外了吗?娴摸了摸她的乱发,她想是该做做头发了。但是她不想出门。所以她还是没说话。老王最后说,你要走不开,我可以把工具带回来,凭我的手艺在家里也能做出长波浪。娴说了一句,随便。娴后来习惯于对人说这随便两字。

下午老王果真带了一包美发工具回来。娴洗好了头发以后就端坐在凳子上,起初她怀里抱着芝,老王让她把孩子放下,她就顺从地把芝放到了床上。娴端坐着恍惚想起上次做头发还是孟老板陪她去的,是一家最有名的美发厅。好像还看见了胡蝶,她也在那里做头发。现在想起来一切已经恍若隔世了。

你的头发很好,我就喜欢这种又软又松的头发。老王的手轻轻抚弄着娴的头发。

别奉承我了,没意思。娴回头说,你快点做吧。

做头发不能急。老王在后面笑了笑,好事都不能着急。

娴感到老王的手柔软地梳弄着她的头发,电吹风嗡嗡地响了起来。热风不停地吹向娴的头部,她觉得脑子里一片空白,昏昏欲睡,不知什么时候她警觉起来,老王的一只手开始顺着她的脖颈下滑,它已经停留在她的肩背处了。

老王,规矩点。娴说。

做头发都是这样的,尤其是在家里做头发。

胡说八道。我就知道你没安好心。娴在老王的那只手上狠狠地打了一记,她喊道,我可不是她,让你白吃了豆腐。你也不看看自己,配不配在我身上瞎摸?

这话说哪儿去了?我可是一片好心。老王不羞不恼地嬉笑着说,亏你还拍过电影,这么不开化?

娴受到了伤心的一击,她的眼圈有点红了。同时娴的紧张戒备的身体开始松弛下来,她突然觉得老王的攻击无需抵抗。也许她已经没有资格对老王做这种抵抗。娴回头看了看老王的那只手,那只手与孟老板的具有惊人的相似之处,一样的硕大苍白,充满了情欲,娴心想男人与男人并无二致,随它去吧。

电吹风嗡嗡地响着,老王的手温柔地游弋于娴的敏感部位,娴渐渐呼吸急促起来,她觉得脸上很热,而身体像风中杨柳无力地战栗,奶汁被挤压后沤湿了内衣。她有一种快速坠落的感觉。当娴和老王倒在地上时,她听见电吹风仍然嗡嗡地响着,床上的芝哑声啼哭,她还听见楼下寿衣店里有人在大声争吵,好像是为了一只花圈的价格问题。

对于娴来说,这个午后不可思议,但是已成定局,娴后来总是回忆起一只苍蝇,那只苍蝇从窗外飞来,叮在老王白皙而瘦削的臀部上。

娴视一切如流水。当娴的母亲把老王揪出被窝时,娴只是把被子卷紧,没有任何表情。她看见母亲尖叫着追逐赤条条的老王,用扫帚抽打他的背部。娴笑了笑说,打吧,狠狠地打,这种男人该打。当时的场面不忍卒看,娴的母亲涕泪交加大发雷霆,理发师老王东躲西藏,而摇篮里的芝因受惊吓拼命地啼哭,只有娴静静地躺着,漠然注视他们。娴的目光与母亲相遇。母亲的眼神里有一种冰凉的绝望的东西,这使娴心有所动,她翻了个身,把脸对着墙壁。墙上的白纸已经破裂,阳光透过窗子在纸缝里闪闪烁烁。这是一九三九年的秋季。

隔了几天,娴正在午睡,她听见母亲喊她的名字。娴觉得母亲的声音非常模糊,她好像隔着门跟娴说话。而娴始终没睁眼睛。

老王拿了我两只大戒指,你什么时候去要回来。

娴没有回答,她恨别人打扰她的睡眠。

老王还偷了你父亲的金表,你什么时候也去要回来。

你给他的,你不会自己去要吗?娴说,真让人恶心。

我要出门了。我顾不上这些了。母亲最后幽幽地说。

娴听见了母亲走下楼梯的迟缓滞重的脚步声,她当时无法预知母亲从此一去不返,只是根据脚步声判断母亲离家时穿了一双高跟皮鞋。

母亲失踪的最初几天,娴没有往坏处想,她猜她也许去苏杭一带旅游散心了,甚至还猜测母亲会不会有另外一个男人,也许他们私奔去了什么地方。半个月后,娴被告知,她母亲的尸体在近郊的湖中被渔民的渔网捕捞起来,尸体已经发臭了。警察局的人对娴说,你去收尸吧。娴如梦初醒,她脸色苍白,摇着头说,不,我不去,随便你们处理吧。我最怕见死人了。警察说,可她是你亲生母亲呀。娴沉默不语,她掰弄着手指甲想着什么,最后她自言自语说,真不值得,为这个臭男人寻死,太不值得了。

娴记住了母亲最后的遗言。后来她抱着芝去了国光美发厅。在美发厅里娴充分地显露了她性格中泼辣的一面。她看见老王后扬手就扇了他一巴掌,美发厅里秩序大乱。众多的理发师和顾客围了上来,娴当众勒下了老王手上的那只金表,然后索要另外两只戒指。理发师老王窘迫至极,矢口否认两只戒指的存在。娴想它们肯定已经戴在哪个女人手上了,而且母亲一死死无对证,对此她早已有所预料。在一番互相羞辱以后,娴打了老王第二记耳光。她说,两记耳光换两只戒指,老王你又讨大便宜了。在众目睽睽之下,娴把那只金表往衣服上擦擦,戴在自己的左手腕上,然后她抱着芝从容不迫地离开了国光美发厅。

娴大闹国光美发厅的逸事被目击者谈论了好几天,过后也就被渐渐遗忘了,因为两个当事人都缺乏名望。

故去的照相馆老板娘给娴留下了五百块大洋和一小盒金器,娴翻箱倒柜搜寻了家中的每个角落,最后确认她不会找到其他东西了。她冷静地盘算了一下,这些钱财最多能维持三五年的生活。娴对未来第一次感到深深的迷惘和忧虑。她站在窗前凝望外面繁华的街道,一家商店的留声机播放着金嗓子周璇的歌。一个她认识的女演员从皮货店拎着貂皮大衣出来,上了一辆小汽车。一阵鞭炮声从广东饭店传来,那肯定是婚宴的场景。娴想她已经被外面的世界彻底抛弃了,现在她只有五百块大洋和一小盒金器。追本溯源,她不得不想到芝,某种程度上是芝酿成了她的悲剧。有时候娴听着芝在摇篮里饥饿的哭声,她让芝长时间地哭着,似乎这样使她的怨恨冲淡了一些。

到了秋末风凉的季节,娴结束了半年多的幽居生活。在一个阳光明媚的午后,她抱着芝从楼梯下来,倚着寿衣店的柜台和店员聊天。人们对她短暂的银幕生涯表现了强烈的好奇心。娴说电影都是假的骗人的东西,又说演电影没意思,哪儿有坐在家里舒服。不难发现娴的话是言不由衷的,她拿着那张和陈云裳袁美云一起春游苏州的照片,脸上是无可奈何花落去的表情。这一点娴无法掩饰,有时候她抱着芝坐在一只破藤椅上,母女俩散淡地观望街市的风景,一九三九年就这样从他们身边无声地消失了。

这是娴一生中最为缠绵凄恻的年代。

芝的故事

芝的容貌酷肖她的母亲娴。芝看上去要比实际年龄老一些,而娴正好相反,偶尔地芝和母亲一起出门,有人会误以为她们是姐妹俩。这使芝产生一种极不舒服的感觉,她不太愿意和母亲一起出门。另外,芝也不喜欢母亲的鲜艳别致的衣裙,她认为这与她的年龄不相称。

一九五八年芝从一所中等专业学校毕业。她学的是一种枯燥冷僻的专业,水泥制造。她的同学中多为男性,他们终日围着芝转,但芝总是恰如其分地表现出沉静冷淡的仪态,不为所动。其实那时候她已经看上了邹杰。芝和所有的男生都说话,唯独不跟邹杰说话。邹杰一直为此苦恼。直到两年的学校生活结束,临近毕业分配的时候,芝在食堂里问邹杰,你想去哪儿工作?邹杰说了一家水泥厂的名字,芝说,那我也去那里吧。芝又对邹杰说,你去那边窗口排队买菜,我在这儿买饭,我们一起吃吧。邹杰欣喜若狂。从这天起芝和邹杰的关系就明朗化了。

芝把她和邹杰的事瞒着母亲,但娴似乎对一切都了如指掌,每次芝和邹杰看电影或者溜冰回家,娴就用一种异样犀利的目光审视芝,芝感到一种莫名的惶恐。

你交男朋友了?

没有。芝摇了摇头。

别想骗我,我是过来人。这种事怎么逃得过我的眼睛?

你说有就有吧。芝觉得她的脸红了。

是什么人？干什么的？

同学。芝淡淡地说。

我是问你他家里是干什么的？

不知道。我没问过他。芝说,他家里跟我有什么关系？

不知道？你连他的家境都不知道就跟他好了？

我知道他是党员,他是我们学生中唯一一个党员。

就因为他是党员你就跟他好了？党员值多少钱一斤？

他思想觉悟高,他是篮球队长,他还会吹笛子。芝说。

这算什么本事？跟他赶紧断掉,世界上男人多的是,要慢慢地筛选,千万别随随便便去和男人好。

不。芝说。

你不懂男人好坏,以后我会给你找个称心的。你明天就去跟那个党员断掉。

不。芝咬着嘴,她的声音放高了。

娴当时正在剥花生仁。当芝说出第二声"不"时,娴突然大发雷霆,她把筐里的花生壳抓起来朝芝的脸上扔,芝仍然说,不。娴就把那只筐一起砸到芝的身上,她喊道,不听我的话就给我滚,贱货。芝躲闪到一边,她扶着门站了一会儿,忍着眼里的泪水。后来她说,滚就滚,我本来就不想在这个家里待。你以为我稀罕这个家吗？

芝走出家门,暗暗发誓以后不再回家。但是她一时不知道该住到哪里去,她在学校宿舍的床位已经撤掉了,铺盖也拿回了家。她也没有特别要好的女友可以借宿。芝想她只有找邹杰了。邹杰是她唯一依赖的人了。

邹杰的家很远,而且芝从来没去过,她只是凭着他抄给她的地址找到了邹家。天已经黑了,她站在一条很深很破败的弄堂里敲邹家的门,敲得很怯懦。芝希望开门的是邹杰而不是他家里的人,否则她会很尴尬的。当邹杰开门的时候,芝的眼泪一下奔涌而出,扑向邹杰的怀抱。

邹杰拉着芝的手让她进去，芝坚决不肯。芝在这种状况下仍然保持了她的矜持。她就站在弄堂里和邹杰说话，说着说着抽泣起来。邹杰说，这有什么可哭的？你离开那样的家庭也是好事，干脆住到我家来吧。芝又摇头，她说那怎么行，不明不白的让人说闲话。邹杰想了想说，那你住到我姐姐家去吧，那样就没人说闲话了，我们还可以经常在一起。芝说，可以是可以，只怕时间不能住长，在别人家总归是拘束的。邹杰说，干脆我们结婚吧，下个月我们就结婚。这时芝在黑暗中笑了一笑，她没有再说话。

一九五八年芝所在的学校也开展了大炼钢铁的运动，操场上升起了一只简易高炉。芝偷偷地跑回家中寻找破铁锅和其他废铜烂铁。她是趁娴午睡时回家的，她不想被娴看见自己回家。但她在翻找那只破铁锅时惊醒了娴。娴穿着背心和睡裤站在她身后看着她。娴说，你拿破铁锅去卖钱吗？能卖几个钱？芝头也不回地说，你一天到晚光知道钱，破铁锅能炼钢铁，你不懂。娴轻声地叹了一口气，她伸出手摸了摸芝的辫子，说，我是让你气死了，这两天饭也吃不下。明天回家吧，带上你那位党员同志，我做点好菜给你们吃。芝这时朝母亲看了一眼，她说，怎么又变了？你不是让我们断吗？娴做了个无可奈何的表情，娴说，随便你了，反正是你想跟他结婚，又不是我结婚，你要找谁就找谁吧，谁让我养了你这个宝贝女儿呢？

第二天芝带了邹杰回家。桌上摆了四只小菜，量虽少但非常精美。邹杰夹了一筷子红肠往嘴里塞，被芝打了一下，芝轻声说，到我家不能胡来，我母亲很重规矩。邹杰说，怎么香肠还有红颜色的？我从来没吃过。这时候娴走出了房间，一眼就可以看出娴精心打扮过了，她穿着蓝底黄花的丝质旗袍，腰部以上绷得很紧。娴的嘴唇上也浅浅地涂了口红。

娴打量着邹杰，她的直露而奇怪的目光使邹杰很不自在，芝也一样。她忍不住对娴说，你别这样看人家，他又不是小偷。娴莞尔一笑，她说，看看有什么要紧？我看小邹长得不错，很像高占非。

高占非是什么人？邹杰有点局促地问。

你连高占非都不知道？娴想了想说,也难怪,他演电影出名的时候,你们还不知道有没有呢。

原来是演电影的。我不喜欢演电影的,他们都好吃懒做,他们都是资产阶级寄生虫。邹杰严肃地说。

芝捅了捅邹杰。邹杰说漏嘴了。芝以为母亲会变脸,没想到娴没有生气,娴点着头说,对了,他们都是寄生虫,你说得一点不错。不过,能过上寄生虫日子也要靠本事,这点你就不懂了。

娴后来婉转地问到邹杰的家庭状况,邹杰自豪地说,我们家三代工人,我是第一个有文化的人。娴听后脸上的表情莫测高深。后来她说,工人家庭也好,现在是新社会了,工人吃香,有钱有势的人反而不吃香了。

当芝把结婚的事告诉娴时,娴先是惊愕,过后她就哭起来,哭声持续了很长时间。芝茫然地看着母亲扭曲痛苦的脸,不知所措。娴对此的反应超出了芝的预计,芝猜不透她的心。娴进了厕所间,她插上门在里面一边哭泣一边摔打着什么东西。娴说,滚吧,就当我养了条狗。反正我也不要靠你,你别指望我会给你一分钱。芝觉得很滑稽,她说,我本来就没有跟你要东西。芝的心一下就冷了,她说完就走进了自己的房间,砰地撞上房门。

夏日的一天芝嫁到了邹家。芝没有嫁妆,带到邹家的只有一只磨损了的皮箱。箱子里是她的衣服,还有那些关于水泥制造的专业书籍。芝不想声张她的婚事,但邹家坚持要办两桌酒席。邹杰的母亲对她说,虽然你家没什么人,但我们的亲戚多,礼钱都收了,总归要热闹一下的。

在婚礼上芝穿着一件素色连衣裙,其神情落落寡合、满腹心事。来客都问邹杰,新娘为什么不高兴？邹杰说,她天生这样,她从来不笑。来客说,哪有这种道理？我们要听新娘唱歌。邹杰对芝说,你就唱一支歌吧。芝端坐不动说我不会唱歌。来客不依不饶,要新娘跳舞。芝又说,我不会跳舞。婚礼的气氛立刻沉闷起来,除了芝自己,所有的人都觉无趣。邹杰只好拿了笛子来,给大家胡乱吹了几支曲子。

邹家的房子很拥挤。邹杰的妹妹和父母合并到一起,才给邹杰和芝腾出了一个房间。房间很小,没有窗户,灯从早到晚是开着的,一盏十五瓦的电灯昏黄地照着简陋的几件家具,照着芝的新婚生活。

最初几天,芝经常坐在床上垂泪不止。邹杰怎么哄也没用。他有点生气地说,我家是无产阶级,就这个条件,你应该有思想准备的。

不。芝擦着泪说,我不是为这个,我是害怕。

怕什么?有我在你怕什么?

我说不清。芝低下头看着地上的两双拖鞋,她说,也许我们太草率了,我对以后的生活心里没有底。我就是害怕以后,以后我们不好了该怎么办呢?

你这人小资情调太严重。邹杰叹了口气说,团支部没有批准你入团,就是这个原因。

芝当时已经和邹杰一起分到了水泥厂工作。工厂离家很远,他们几乎每天都是早出晚归,回家后疲惫至极。芝每天都是匆匆吃几口晚饭就上床休息了。芝把她的脏衣服塞到盆里用水泡着,但她总是忘了去洗。芝与邹家人的矛盾最初就是从洗衣服上产生的。芝有一天听见小姑在门外摔摔打打地说,耍什么小姐脾气?自己的衣服让别人洗。芝知道这是针对她的。她走出去,看见邹家人的脸色都很难看。邹杰的母亲把芝的衣服从盆里拎出来,她对芝说,你看,浸了两天都发臭了,还是我给你洗吧。芝的脸涨得通红,她夺过那堆衣服,又把它们扔回盆里,一言不发地洗起来。那次芝又落泪了,她从中感觉到邹家人对她怀有某种敌意,也许直接原因就是他们的家庭出身问题。

后来又出现了洗碗的问题。芝虽然洗了自己的衣服,但她每次吃完饭把碗一推就走了,邹家人看不惯。邹杰的母亲在饭桌上诉说她做新媳妇时种种艰辛,芝并没有领会她的暗示,直到邹杰有一次对她说,你也该洗洗碗了,别老让人伺候你。芝这时深深意识到她与邹家的人格格不入。芝冷冷地说,不洗,我情愿不去吃饭也不洗碗。

芝果然两天没在桌上吃饭,她在街上吃点馄饨包子权作晚餐。到第三天,邹杰的母亲对芝说,你要是跟着我们吃不惯,就另吃吧,家里还有一只煤炉。芝说,我随便,我吃不吃无所谓的。邹杰的母亲说,邹杰就跟你吃了,邹杰最喜欢吃红烧肉。芝说,我不会做红烧肉,他想吃让他自己做。

芝的婚姻生活从一开始就有不愉快的插曲。她知道一部分原因来自于她自身。另外一方面,她对邹家充满了鄙视情绪,她认为这个家庭庸俗琐碎,并不优于她和母亲组成的两人家庭。再其次,芝怎么也不习惯使用马桶,她每次出门倒马桶时都从内心感到厌恶透顶。

芝让邹杰打报告向工厂申请房子,遭到了拒绝。邹杰说,我是党员,怎么能带头向组织上伸手要房呢。再说,我们现在有房子住。芝说,这也叫房子? 连扇窗子也没有,整天透不过气。反正这儿我住不下去了。邹杰说,这点困难你就克服不了? 我早就知道你有娇骄二气,吃不了苦,你还不承认。芝说,随你怎么说吧,我不想住这儿了。明天我回娘家去,我情愿受我母亲的气,也不在这儿受你们一家人的气。邹杰的脸挂下来了,他愤怒地盯着芝看了好久,最后带着决绝的意味说,好吧,你走,你嫌弃这儿,我不嫌弃。芝这时候意识到争斗的结果将造成她和邹杰的分离,这并不是她的初衷。她疑惑地说,你不跟我走? 邹杰背转身说,我不走。我不愿去你家,我讨厌你母亲。芝咬着嘴唇说不出话,她对邹杰感到深深的失望和忌恨。

一九五八年,昔日的汇隆照相馆经改建重修后重营旧业,只是性质有了根本改变,现在它是国营红旗照相馆。红旗照相馆在楼下,楼上单独另开了一扇门,那扇门里住着芝和她的母亲娴,一层楼板把公共事业和私人生活严格地分开了。

芝回到娘家,娴的反应非常平淡,她说,我知道你会回家的,你毕竟是我的女儿。又问芝,是不是邹杰欺负你了? 芝一声不吭,她显得倦怠憔悴,不愿意说一句话。娴很冷峻地打量着芝,突然说,你从来不把我当母亲看,早知道这样,当初我咬咬牙也就挺过来了。芝没听懂母亲的意思,她朝房间里走,说,求求你让我清静一会儿吧。她关门的时候又听见母亲说,我真后悔,我为什么会逃走?

芝也后悔。她后悔不该这么匆忙地嫁给邹杰,至少她要对邹杰的一切考察一段时间。终身大事是不允许任何感情冲动的。芝卧在原先睡的铁床上,看见白床单上那一小块发黄的痕迹,从前的未婚少女的气息梦一样地围绕着她。芝感到怅然若失,整个世界都变得黯然神伤了。

在分居的那几天里,芝躲避着邹杰。在水泥厂的简陋的办公室里,隔着一堵木板墙,她能看见邹杰的乱蓬蓬的头发。邹杰的脑袋一会儿从墙上升起来,一会儿沉下去,芝装作没看见。有一天下班后邹杰骑着车跟在她身后,从工厂一直跟到红旗照相馆门口。芝仍然装作没看见。她进了家门,站在楼梯口等邹杰跟进来。芝以为邹杰会跟进来的,但他在照相馆的玻璃橱窗前站了会儿,又骑上自行车走了。芝一下觉得非常失望,心里像浇了一瓢凉水。

事实上芝等着邹杰去她家,但芝对此没有把握。在焦躁和无聊中过了九天。第九天芝怨恨交加,她想她只能再等一天了,如果邹杰明天再不来,她永远也不会和他继续过婚姻生活。芝其实是一个外柔内刚的女人。

第十天下雨。窗外的瓢泼大雨使芝心灰意冷。芝伏在临街的窗前扫视雨中的街道,看见一辆自行车犹犹豫豫地停在楼下,邹杰穿着雨衣跳下车,轻轻地敲门。芝的心中涌起一股暖流,她对着楼下喊起来,门没关,门是开着的!

邹杰带了条被子来,被子外面虽然用牛皮纸包了一层,还是被雨淋湿了。芝把被子晾到竹竿上,她说,你带被子来干什么?邹杰说,我睡自己的被子。我不睡你们家的被子。芝说,这是为什么?邹杰有点不好意思,脚臭,怕弄脏了你家的被子。芝捂着嘴扑哧笑了,你还挺自觉。

夜里雨仍然下着。芝难以成眠,她看着枕边的邹杰,邹杰已在梦里,他的嘴唇翕动着,下唇上长了一个水泡。芝摸了摸邹杰的脸,心中突然有些后怕。如果今天邹杰不来,他们之间将会发生什么样的事情?

邹杰的迁入使照相馆楼上这家人的生活改变了格局。娴把买米拖煤之类的家务交给了邹杰。这很自然,邹杰轻松地干掉了许多力气活,他不怕累。邹杰身强力壮,有着超人的充沛的精力。娴后来经常当着芝和邹杰的面夸奖邹杰能干。娴又说,我年轻的时候怎么就碰不到这样的男人?芝有点反感娴说这类话,芝反感娴在所有男人面前的轻佻言行和举止。

有时候芝感觉到他们夫妻与娴同住一处的微妙细节,芝知道她的母亲是什么样的女人,她总是赶不走一个难以言传的幻觉,芝怀疑娴窥视他们的性生活,所以夜里芝每每要求邹杰的动作保持轻捷,不能发出任何声音。芝怀疑娴躲在门外偷听他们的动静。这种怀疑令芝感到羞愧,她没办法向邹杰解释。

一天早晨芝被门外的响声惊醒,她睁开眼睛看见气窗上娴的脸一闪而逝,芝叫出了声。她的幻觉竟然被证实了。邹杰被芝的叫声惊醒,醒来看见芝脸色惨白地坐着发愣。邹杰问,你怎么啦?芝捂住脸重新睡下来,她说,没什么,我看见了一只老鼠。

第二天芝就将气窗玻璃用报纸蒙上了。第二天芝看见母亲时心里有一种厌恶的感觉。娴显得若无其事,她说,你们窗玻璃上有只苍蝇,我把它打死了。芝没说什么,她想,但愿真的是一只苍蝇。

芝的敏感多疑的性格导致她对这件事情耿耿于怀。好几天闷闷不乐。邹杰不知其中缘故。他说,你这人怎么情绪无常,前两天不还是挺高兴的吗?芝烦躁地说,你别管我。我们没有自己的家,我是高兴不起来。邹杰说,是你自己要住过来的,你要不想跟你母亲过我们就回家。芝摇了摇头说,那也不是我的家,不想去。就在这儿住吧,她迟早要死,死了就安心了。

以后的夜里芝做了许多类似的梦。其中有个梦是娴站在邹杰的背后替他整衣领。这也是芝唯一敢回想的梦境。这些梦折磨着芝,芝知道一切应了日有所思夜里所梦的民谚,她怨恨自己为什么老想这种无聊肮脏的事,况且那是不可能发生的事。即使她不相信母亲,她也应该相信邹杰。邹杰与母亲是格格不入的两种人。

后来芝想起那段时间自己古怪的心态,觉得很可笑。她只能把一切归咎于她内心根深蒂固的不安全感。它由来已久,芝记得她很小的时候经常被母亲反锁在屋子里,她害怕极了。她很小的时候,有个牙科医生经常到家里来,他一来母亲就让芝到另外的房间睡觉。芝一个人在黑暗中害怕极了,她光着脚跑去母亲那儿敲门,门始终不开。芝只能哭泣着回到黑暗中,她真的害怕极了。后来芝想起这些往事,她又把一切归咎于对母亲的忌恨与恐惧。芝如果有办法,她是决计要离开母亲的,可惜她没有办法。芝同时又是个孤僻而脆弱的女人。

一九五八年,芝作为水泥厂的年轻女技术员投身于火热的大跃进运动。芝的纤瘦的穿着蓝布工装的身影在水泥厂工地非常引人注目。她参与了白水泥的试制生产,因之得到了一枚劳动奖章。芝很珍惜这枚奖章,她把奖章放在她的绿丝绒首饰盒里。盒子里还装着一条赤金项链和一只翡翠戒指,那是她结婚后娴给她的全部嫁妆。

有一天芝正想出门被母亲娴喊住了。娴刚拔了一颗牙,她从嘴里掏出一个沾血的棉花团,对芝说,你还记得黄叔叔吗?他是个牙科医生,你小时候他经常给你吃巧克力的。

芝说,怎么不记得?他一来你就让我一个人睡。

我前天去口腔医院碰见他了,他还在当医生,就是他给我拔的牙,一点也不疼。

芝说,你到底想说什么?

黄医生还是那样风流倜傥的,头发一丝也不白,腰板直直的,他妻子去年得败血症死了。

芝明白了母亲的潜台词,她不耐烦地说,你想嫁给他就嫁好了,我不管,我要去上班了。

等等,让我把话说明白了。娴又拉住了芝,她说,黄医生现在住宿舍,他要是来的话,你和邹杰就要出去了。

芝恍然大悟,愤怒和仇恨噬咬着她的心。芝咬着牙对娴说,他什么时候进来,我们什么时候出去,你别以为我们想赖在这儿。

以后的几天里芝和娴没有说过一句话。芝把这事瞒着邹杰,否则邹杰立刻就要回他的那间黑屋子去了。芝只有在厕所间里暗自啜泣。她痛恨自己生在这个阴冷的家庭里,她想也许她是世界上最不幸的女人了。

正当芝为今后的落脚点犯愁时,事情有了变化。娴有一天从外面回来,一进门就大骂黄医生是个色鬼,又骂世界上的男人都是色鬼,没有一个好东西。芝冷冷地说,到底怎么了?娴控制不住她的激愤情绪,尖声说,他跟一个护士勾勾搭搭。芝忍不住刺了一句,那你跟他不也是勾勾搭搭吗?娴把手里的草编提包猛地砸到芝的身上,你幸灾乐祸,你们存心把我气死,气死我你们就有好日子过了。男人不是好东西,女人也不是好东西。世界上就没有一个好东西。芝把母亲的提包挂到墙上,回过头看看她那种歇斯底里的样子,心里充满厌恶,另一方面,她又庆幸母亲这场恋爱的结局,这样芝就不需要另起炉灶生活了。

芝又以全部精力投入了白水泥的试制生产。到了一九五八年,跃进牌白水泥投产了。投产那天市里和中央的领导来剪了彩,最后和技术人员合影留念。后来那张照片登在《解放日报》的头版头条。芝也在照片上,她站在人群的左侧,手捧一束鲜花。芝拍照时不喜欢笑,即使是这样的欢庆场面,芝看上去仍然是心事重重的样子。

芝和邹杰婚后一直没有怀孕。芝不解其中的原因,他们的性生活是正常的。芝对这种事没有太多的激情,但她也不想采用任何避孕手段,她的潜意识里是希望有个小孩的。她发现邹杰很喜欢孩子。在某次平淡的房事之后,芝问邹杰,你想要男孩还是女孩?邹杰说,女孩。你呢?芝郑重其事地说,我不要女孩,我想要个男孩。邹杰说,想不到你还有这种封建意识,新社会男女平等了,男女都一样。芝摇摇头说,不是这个意思,我的想法一时也说不清楚。好多事情女人有感受,男人没有。你懂吗?

芝有一天绝望地把邹杰推开,她望着天花板说,算了,也许我们中间谁有问题,我们应该去医院检查一下。邹杰说,不会的,再说我们又不光是为了生孩子。芝哑着嗓子说,我只对孩子感兴趣。邹杰看着芝倦怠灰心的神情,感到很沮丧,他突然意识到芝是应付他的,芝的目的只是为了孩子。如果这样,我不成了一匹种马吗?邹杰想着,他觉得受到了某种伤害和污辱,他的旺盛的性欲因之被抑制了,以后的几夜邹杰一上床就自顾呼呼大睡。

一九五九年的一个休息日,邹杰陪着芝去了医院。他在外面等了很长时间,突然听见芝在诊疗室里哭起来。邹杰猜到了什么,他一下感到体内变得空空荡荡,伴随着一种深深的凉意。芝从里面出来时泣不成声,她目光呆滞地看着邹杰,什么叫输卵管阻塞?我为什么这样苦,谁都能生育,我为什么就没有这个权利?邹杰扶着芝朝医院外面走,芝的步子摇摇晃晃的,芝继续哭泣着说,如果我有孩子,我会对他好,我不会让他受一点苦,老天为什么就不肯给我一个孩子?

从医院回来后芝的情绪低落到极点。几天沉闷伤心的日子过去,芝开始镇定下来。她站在镜子前端详着自己憔悴的脸,她的脸由于过多的哭泣变得浮肿起来。芝抓过一把梳子梳着头发,对邹杰说,你看我们该怎么办?

什么怎么办?邹杰说。

你考虑过离婚吗?芝沙沙地梳着头发,她说,你要是想离婚,我同意。我不愿意担上绝后的恶名。

别胡说了。邹杰很厌烦地说,我早就对你说过,事业第一,家庭第二,有没有孩子都一样。

现在这样想,时间一长就不同了。芝说,你总不能一辈子跟一个不会生育的女人在一起。

我拿你真是没办法。邹杰叹了口气,你老是自己折磨自己。难道你不相信我对你的感情?

一切都会变的,只有人的命运不会改变。芝把梳子扔到桌上,掠了掠头发,她说,我母亲把我生下来,就是为了让我承担她的悲剧命运,我恨透了她。我是一个私生女,本来就不该来到这个世界。所以我注定享受不到别人的幸福和权利。谁都能生育,我却不会生育,这是我的错吗?

芝那天说了很多。邹杰不耐烦地听着,他觉得芝流露了不健康的思想倾向,但他忽视了另外一种更为可怕的倾向。芝对生活感到了某种彻底的绝望,情绪低落到了极点。

一九五九年秋天的一个夜晚,芝躲到厕所间吞下了半瓶安眠药,然后她安然地回到床上躺在邹杰身边。芝准备就此告别世界。在厕所间的墙上她用圆珠笔写了给邹杰的遗书:邹杰,别忘了付给母亲这月生活费五十元。我是爱你的。

早晨邹杰醒来时发现芝还在安睡,他推了推她,芝一动不动。邹杰想等一会儿再叫醒她。他去上厕所,看见了墙上那行字后猛地醒悟到了什么。邹杰去敲娴的房门,他失声大叫,快起床,芝寻短见了。娴在里面生气地说,大清早的你胡说什么,好好的怎么会寻死?要寻死的是我,不会是她。邹杰知道娴不相信,他就把芝从床上抱起来往楼下跑。在清晨的大街上,邹杰抱着芝挡住了一辆送豆制品的三轮车。车主说,这女的怎么啦?邹杰又急又恨地说,她活腻了。车主又说,那这车豆制品怎么办?邹杰愤怒地说,人比豆制品值钱!他把芝往那堆油豆腐素鸡百叶上一放,推开车主就骑上车往医院去了。

芝在灌肠后仍然睡了二天二夜。邹杰和娴轮流看护她。芝在第三天的薄暮时分醒来,看见邹杰伏在她的腿边睡着了。她伸出一只手抚弄着他的头发,眼睛看着病室的窗外。窗外的石榴树上有一只小鸟跳上跳下的,芝依稀觉得她的灵魂和小鸟一样在外面流浪着,跳上跳下的。

你先别跟我说什么。芝对邹杰说,你到街上去给我买一束康乃馨。如果买来了,我就不会死,如果街上没有康乃馨,证明我没有权利生活下去,我还会走这条路的。

邹杰跑遍了半个城市,买回了一束红色的康乃馨。他推开病室的门,看见芝的眼睛亮了一下,随之又恢复了原先的淡漠。

你把花插在药瓶里吧。芝轻声地说。

芝,你到底为什么?邹杰一边插花一边生气地说。

不为什么。我就是有点害怕。

你到底怕什么?你怎么能把生命当作儿戏呢?

我怕失去你。日子一天天过去,你对我的爱一天天淡下去。最后没有爱了,说不定会恨我。我害怕的就是这些。芝侧过脸看着窗外,泪水盈满了她的眼眶。

一九五九年,邹杰发现妻子芝的行为越来越古怪病态。芝终日精神涣散,唯一的精力都用在对邹杰的严密控制上。芝不允许邹杰和年轻女性说话,她对邹杰的任何单独活动都表示忧虑和紧张。有一次他发现芝在检视他换下来的内裤,这种卑琐的举动使邹杰难以相信自己的眼睛。

医生认为芝患了忧郁症。邹杰不理解这种疾病的含义,他问医生,如果我们领养个孩子,她的病会不会好起来?医生对此不置可否,但他认为这个办法可以试一试。

到了年底,邹杰去儿童福利院抱领了一个弃婴。他想遵从芝一贯的意愿抱个男孩,但福利院中所有的弃婴都是女孩,没有男孩。邹杰觉得这种情况很不正常,他没有办法,最后抱回家的还是一个女婴。

邹杰给女婴取名为箫。他认为箫是一种有苦难言的乐器。就这样邹杰做了父亲,其实是箫的养父。

芝做了箫的母亲。她对箫的性别始终怀有不满的情绪。

娴做了箫的外祖母。娴说,就当养只波斯猫玩吧。

箫被抱回家的第二天,他们来到楼下的红旗照相馆,请熟识的摄影师照了一张全家福。摄影师让他们都要笑,邹杰和娴很自然地笑了,而病中的芝怀抱婴儿笑得略显茫然。后来这张合家欢就陈列在红旗照相馆的橱窗里,过路的行人都会朝它多看一眼,这是一九五九年冬季的事。

箫的故事

箫记得她小时候经常看见燕子。燕子在她家的门檐上筑了一个草巢。许多个早晨箫在燕声啁啾中醒来,她抱着一只破旧的布娃娃坐在铁床上,闻到一股熟悉的煎药气味弥漫了空间。楼梯上有人轻轻地走动。娴每天早晨把箫喊醒,娴的发髻散乱地披垂着,胸前挂着两朵白色的茉莉花。箫记得她起床后总是看见芝在水池边刷牙,芝的嘴角上凝结着牙膏的白沫。一柄塑料牙刷在芝的嘴里来回抽动,发出机械的沙沙的声音。

水池的左侧是煤炉。煎药在煤炉上噗噗地冒着热气,药味浓郁而古怪。箫知道再过一会儿,那罐药将被端下来,娴把药用纱布滤成一碗黑水,端到芝的手中,芝每天都要喝这种黑水。娴又把一锅泡饭端到炉子上去。箫在上学前必须吃掉一碗泡饭,外加半块腐乳或者一条酱瓜。

箫有许多日记本。在历史最早的一本日记里箫这样写道:我生长在一个资产阶级家庭里。我的童年是不幸福的。我母亲患有精神病。她从来不关心我。我的外婆一把年纪还要打扮得妖里妖气。她每天让我吃泡饭,我没有办法,我只好天天吃泡饭。

箫回避了她的养父邹杰的存在。对于邹杰,箫从来不提。从十四岁那年开始,箫就害怕回忆养父邹杰的脸。在她的整个成长过程中,邹杰一直是她心灵上无法抹去的一块阴影。

一九七二年,箫十四岁。箫对十四岁前的记忆都是模模糊糊的,到了这一年,箫的经历就变得如泣如诉了。

箫那天玩得很累,晚上一上床就睡着了。大概是半夜时分,箫被突然惊醒。她看见一个黑影站在她的床头。箫想叫,一只手迅捷地捂住了她的嘴。箫认出了邹杰。她听见邹杰压低声音说,别叫,你把被子蹬掉了,我在给你盖被子。邹杰说完朝门外走去。箫发现邹杰是光着脚的,他的光脚在幽暗中泛出寒光。箫害怕起来,她跳下床去关门。门被邹杰抵住了。邹杰又闪了进来,他穿着短裤和棉毛衫,身上有一种伤膏药的气味。邹杰说,箫,你千万别叫,你是我抱回家的,我喜欢你,我不会欺负你。箫推着邹杰,你出去吧,我要睡觉。邹杰说,她有精神病,我不能和她离婚,可我也是个男人,箫,你懂男人和女人吗?箫快哭出来了,她摇着头说,我不懂,我要你出去,我要睡觉。她看见邹杰颤抖着,眼睛里有一点火光在跳动。她的手在空中挥舞着,碰翻了箱子上的一只水杯。

水杯清脆的碎裂声唤来了芝和娴。她们在外面敲门。箫听见了芝的尖厉的声音,邹杰,你这回总算让我抓住了。箫听见邹杰开门的声音非常沉闷,然后电灯亮了,灯光很刺眼。箫终于尖叫了一声,随后她捂住了自己的眼睛。她不知道死气沉沉的家里为什么突然发生了这场变故。

箫记得出事的第二天她仍然去上学了。那天有体育课,跳小山羊。箫怎么也跳不过去,脑子里总想着夜里发生的事。她看见娴出现在操场那一端,娴提着草编挎包朝箫招手。箫意识到有什么重大的事情在等着她。

跟我去铁路道口。他卧轨了。娴说。

箫的脸色发白。她僵立着说不出话。

他装得像个正人君子,干这种下流事。他这是自食其果。娴说。

箫跟着娴赶到铁路道口,邹杰的尸体已经被拖走了。铁轨上有一大摊血,在阳光下呈现出奇怪的紫色。风吹动路坡上的灌木丛和杂草,箫凝视着那摊血。浑身颤抖。她感到一切都如在梦里。

芝坐在枕木堆上,她双手捧着一只被血溅红的解放鞋。邹杰的丧生使芝的精神有所缓和。芝对着鞋子说了许多话。

邹杰,你不该和我结婚。芝说。

邹杰,我不该吓你。我说要去告你,我其实是吓你的,你是个大男人,为什么就害怕了?芝说。

箫站在风中。一列黑色的货车从她的身边轰隆隆地疾驰而过。箫注视着那列货车远去,最后消失在天边,什么也看不见了。只有三个女人站在铁路上面对那摊紫色的血。这是一九七二年的一天,箫十四岁,箫十四岁的时候开始成熟了。

箫十六岁那年自愿报名去了农场插队。箫本来可以留在城里,但她一心想离开芝和娴,还有红旗照相馆楼上的阴暗潮湿的家。这是她早就酝酿过的。箫的选择充满了时代意识,因而受到了普遍的赞誉。箫自愿下乡接受再教育的通讯报道发表在一九七四年的《解放日报》上,与当年芝在水泥工地上的照片刊登时间相隔十六年。

箫去了农场以后才发现她陷于困境之中。在苏北荒凉的盐碱地上,生活的艰苦和劳动的强度远远超出了箫的想象范围。箫在水田里插秧时觉得自己像一只迷途的小狗,她的纤弱的身体无法承受农场生活。箫想回家,但家已经变得模糊而遥不可及了。许多个夜晚,箫在茅棚里听见大风吹过苏北贫困的原野,她想着红旗照相馆楼上的家,想着芝和娴的脸,竟然什么也想不起来。箫感到一种真正的孤单和恐惧。

箫下定决心回城。她采用了一个女友传授给她的病退方法,用冰块在膝盖上长期摩擦。女友说,咬咬牙,坚持一个月你去医院,医生就会诊断你有关节炎了。一九七六年冬天,箫抱着一块冰躲进农场简易漏顶的厕所,她仰望芦席棚顶上露出的灰暗天空,用冰摩擦着双膝。箫忍不住失声痛哭起来,她对自己说,既有今日,何必当初呢?

箫后来拖着两条僵硬的腿返回城市。她真的患上了可怕的风湿性关节炎。在肮脏拥挤的乡村公共汽车上,箫坐在她的简单的被包上想象回城后的生活。她感到一片茫然。当车窗外的田野农舍最后消逝时,她意识到自己的青春时光已经提前耗费光了。

箫的经历与她的同时代人基本相似。后来她一直在一家综合菜场的猪肉柜台上卖肉。对于这门职业箫没有嫌弃之心,她有思想准备。与箫前后病退回城的知青觅得的工作五花八门,有剃头的,炸油条的,烧锅炉的,还有一个女孩去殡仪馆当了化妆师。他们对箫说,你算是有福气的了,卖肉这行当不错。箫说,我知足,你们以后买肉都来找我吧。

初上猪肉柜台的那几天里,箫老是从自己的衣服上闻到生猪肉的气味。这种气味就像植物一样在她的指甲、头发和鼻孔里生长,挥之不去。箫每天都去对面的公共浴室洗澡,但也无济于事。她没有办法了。随它去吧。箫想猪肉味总比农场生活易于忍受一些。箫后来就不去洗澡了,不去洗澡也就过来了。箫从中总结了对付生活的无为而治的新经验。

箫回城后发现芝的忧郁症病状日趋严重。芝终日坐在背光的窗前,手捧亡夫留下的一只解放鞋喃喃自语。每逢星期三的上午她离家出门,去铁路道口祭奠邹杰的亡灵。箫知道星期三是邹杰的忌日。想起邹杰她的心中就有一种浮冰的凉意。箫不希望留存邹杰的任何记忆,但她始终无法忘记十四岁那年的重大事件。邹杰留在铁轨上的那摊紫色污血在十年以后仍然散发着悲怆的气息。

箫的男朋友小杜有一天在铁路道口看见了芝,芝对亡夫的刻骨铭心的眷恋使他颇为感动,同时他也担心芝的安全,第二天小杜与箫在公园约会时提及此事,他发现箫的反应极为平淡。

你别让她去铁路道口了。那里很危险。小杜说。

她有病。她要去,我有什么办法?箫说。我不管她。

你应该管管。虽然她不是你亲生母亲,但也是养母。你不管谁管她?

我不记得她是怎么养我的,我不知道自己是怎么长大的,所以我不领谁的情。箫低下头咬着嘴唇说。

小杜看见箫的眼圈有点发红,他知道箫对她家的事是讳莫如深的。但是好奇感促使小杜紧追不舍,他谈了一会儿闲话,突然又问,箫,你的养父是怎么死的?

箫沉默不语。她转过脸看看别处,过了好一会儿说,你为什么要打听这些?这跟我们的事有什么关系?

小杜说我只是随便问问,你要不想说就不说。

那天箫借口上厕所不辞而别离开了公园。箫和小杜的约会经常出现这种尴尬局面。许多次不欢而散,然后又再次见面。他们的恋爱不冷不热地持续着,其中一个重要的原因是双方都不想轻易地放弃对方。小杜三十一岁了,是同济大学毕业生,想结婚但没有房子,而箫也二十八岁了,箫是个卖猪肉的营业员,她在红旗照相馆的楼上有永远的房产继承权。他们都逾越了浪漫年龄,一切要从实际出发。

箫和小杜准备登记结婚的前夕开始着手处理养母芝的问题。箫为此调休一天,专程去芝以前工作的水泥厂商量。她直截了当地提出了送芝去精神病院的要求。水泥厂方面很吃惊,他们说,为什么要去那里?芝的病很轻,完全可以在家里调养。箫说,你们不了解情况,她经常去铁路道口,出了事怎么办?谁负这个责任?水泥厂方面说,你是她女儿,你当然有责任照顾她。再说她病休二十几年,厂里付的医药费已经够多了,住院的费用是付不出了。箫说,你们不肯付难道让我付吗?我一个月八十元工资,还要准备结婚,我拿什么付?箫说着说着就哭起来了,许多伤心事一齐袭上心头,箫最后已是泣不成声。水泥厂方面因而动了恻隐之心,同意将芝送到郊外的精神病疗养院去。

一个春光明媚的周末上午,箫提着网兜和一口皮箱把芝送上了吉普车。芝一手抱着她最钟爱的红色康乃馨花束,一手抱着亡夫留下的解放鞋走上汽车。她没有作任何反抗,箫看了看芝的宁静木然的脸,轻声劝慰说,去吧,养好了病我再接你回家。

箫结婚的时候,娴已经瘫痪在床上了。箫和小杜的新婚之夜,娴不停地用棍子敲打墙壁,这让小杜感到非常扫兴,他说,她想干什么?箫说,可能又想吃东西了,别理她。她一天到晚躺着,光想吃。小杜说,老这样敲不是办法,你去看看她吧。箫说,不去,让她敲,她存心不让人安静,我恨死她了。小杜无奈地听着墙壁上的反弹声,他说,这样敲我们什么时候才能睡?你不肯去我去吧。

小杜披上毛衣推开娴的房门。娴躺在昏暗的荧光灯的光圈里,她的脸色微微发青,酷似一只苍老的苹果。

你想喝水吗?小杜站在门口问。

娴没有回答,她在翻看一本发黄的影集。

你想吃点什么？小杜又问。

娴抬起头看了眼小杜，然后指了指影集说，你知道吧？我从前是个电影明星。

箫结婚后的第二个月物价就上涨了。她事先得到消息后首先想到的是贮备食品，她买了许多猪肉、鱼、鸡蛋之类的东西，腌在坛坛罐罐里。厨房里放不下，箫让小杜把腌鱼腌肉放到桌子底下、阁楼上面。箫在家里走出走进，到处闻到从腌鱼缸里散发的腥臭，她厌恶所有不良气味，但她没有办法。箫当家，她必须精打细算，她必须每个月往银行里存一百块钱，才有可能在两年内置备电视机、冰箱和洗衣机。别人有的东西箫也想拥有，而这个目标的实现必须靠箫的努力。

箫裁减了所有不必要的开支。她首先减免了娴的牛奶。娴喝了几十年的牛奶，第一天喝速溶豆浆晶时她把碗摔在地上。娴说，我的钱呢，钱都到哪里去了？连一瓶牛奶也不给我喝了。箫说，坐吃山空，你的钱都让你吃光了。我反正一分钱没拿到你的，给你豆浆喝算我孝顺了。娴躺在床上又哭又闹。箫不为所动，后来她把豆浆碗拿走，说，不喝也行，你就跟我们吃泡饭吧，我已经吃了三十年泡饭了，我连速溶豆浆也没喝过。

箫的第二步计划是逼小杜戒烟。小杜起初坚决不同意，小杜说，我活在世上就好个烟，你不能剥夺我抽烟的权利。箫说，什么权利不权利？你烧掉的不是烟，是钱。我们现在不需要权利，需要钱。我们需要电视机和冰箱，一切都需要钱，等有了钱置齐了东西，你抽不抽烟我就不管了，到那时候你再要回抽烟的权利吧。小杜惊异于箫思维的直接和轻灵。他顺从了箫。他深知箫限制的实际上是他买烟的费用，所以小杜后来就成了个专门蹭烟抽的人。研究所的同事讥笑小杜怕老婆。小杜不承认，他说，我不是怕她，我其实是可怜她。她要钱我满足她，男人就应该满足女人的各种愿望，否则世界和人类就不会延续下去了。

后来的一次食物中毒使小杜对腌肉产生了深深的恐惧。小杜吃了家里最后那坛腌肉后腹泻不止，他知道是肉没腌透，时间一长就变质了。小杜硬撑着跑到医院去挂了一瓶盐水,他一个人躺在观察室里想到婚前婚后许多事,忽然感到婚姻的某些前景是黯淡的。后来箫急匆匆地来了。她坐到床边对小杜的病情百思不得其解。

食物中毒?箫不相信,她说,我也吃了腌肉,我怎么没中毒呢?

可能你吃惯了变质的东西,肠胃功能好。

别胡说。箫沉下脸说,如果你不想吃腌肉可以直说,也不用拿中毒来吓我。

小杜再也按捺不住,他说,从来没见过你这样庸俗无知的女人。

箫瞪大眼睛看着小杜,她回味着小杜的话,过了一会她低声哭泣起来。箫说,好吧,我庸俗,我无知,我害得你食物中毒,这个家我不当了,你愿意吃什么就买什么。

小杜说,这跟谁当家没有关系。

箫继续哭泣着,她突然从皮包里掏出一叠钱摔到床上,箫说,这个月的工资给你,你来当家吧。我本来就不想当这个穷家。箫说完就站起身走了。走到门边,箫回头看看床头挂着的盐水瓶,意识到小杜是在输液。箫又慢慢地走回来,坐到床上。但她是用背对着小杜的,所以小杜看不见箫是否还在哭。小杜面对的是箫的后背。箫的后背浑圆有力,显示着女性柔韧的意志。小杜认为这种意志缺乏依据但却是难以抗拒的。

箫,我有一种奇怪的想法,好像是我嫁给了你,而不是你嫁给了我。小杜平静下来后对箫这样说。

箫没有听见,或者是听见了不想回答。她仰望着透明的输液管里慢慢流动的液体若有所思。箫在二十八岁上结了婚,箫有着所有已婚女人对生活的忧虑和幻想。后来她低头从指甲缝里抠出一块油污,弹在地上。

我有一种更奇怪的想法。箫突然说,我为什么不是个男人?我不喜欢女人的生活。你们做男人的不知道做女人有多苦,有多难。女人不一定非要结婚,可她们离不开男人,最后都会结婚。我不知道为什么,所以我瞧不起女人,我也瞧不起自己。小杜,你瞧得起我吗?

小杜躲避着箫的视线,他不愿意回答这个问题。箫怀着一种绝望的心情拧她丈夫的手臂,她说,你说呀,说实话,你瞧得起我吗?

瞧得起怎样?瞧不起又怎么样?小杜歪过头去闭上眼睛,说,婚都结了,你都怀孕了,还能怎么样?

箫怀孕四个月的时候听说了小杜在外面的风流韵事。有个女友告诉她,看见小杜和一个女的在咖啡馆里喝咖啡。箫起初不相信,她说,小杜每月只留五块钱零花,他哪儿有钱请女人喝咖啡?女友说,你真傻,哪个男人没有私房钱?你就相信他只留五块钱?箫想了想说,我无所谓。他要是在外面胡来,我也可以,一报还一报,可惜我现在怀孕了,这副样子太难看了,没有男人会看上我。

有一天小杜穿了一套西服出门,说是去参加朋友的家宴。箫从丈夫的神色中一眼看出了问题。她坐着织毛衣,淡淡地说,你去吧,早点回来。小杜刚下楼梯,箫就放下了手里的活计。她尾随其后,跟着小杜来到暮色渐浓的街道上。箫穿着睡裙和拖鞋,满腹狐疑地走在繁华拥挤的街道上。她看见小杜站在一块公共汽车路牌下,好像在等车。箫正在犹豫是否要跟他上汽车时,一辆汽车靠站了,小杜没有上车,他只是急切地扫视着从车上下来的人。他是在等人。箫这样想着就到路边小摊上买了一袋瓜子。她倚在广告牌后面,一边嗑着瓜子,一边注视着街道对面的小杜。小杜在暮色中的脸苍白而模糊,他的焦灼期盼的目光像剑一样刺着箫的心。箫觉得她的心正一点点慢慢地下坠,一种深深的凉意在她脆弱的体内荡漾开来。箫看了看天空,天空也正在一点点慢慢地黑下来,整个世界空空荡荡。

从车上下来的是一个穿杏黄色裙子的女人。箫看见了她的脸和身材。那是个和箫年龄相仿相貌平平的女人。箫很快对她作出了这个判断。她并不比我漂亮。箫想。她朝前走了几步,又往后退了几步。她犹豫是否要走过去对他们说点什么。小杜和那个女人相拥着朝这面走过来了。箫听见了那个女人清脆快活的笑声。正是她的笑声最后激怒了箫。箫决定不再回避,她突然站在他们面前,不动声色地嗑完了最后几颗瓜子。最后箫响亮地清了清嗓子,朝他们脚下吐了一口痰,然后她把手里的瓜子壳全部扔到小杜的脸上。箫对小杜冷笑了一声,你的酒宴吃完了吧?吃完了就跟我回家,外面流行性病,你可别染上了。

箫始终不去正眼注视那个女人,这是表明她鄙视她的最佳手段。她扭着腰肢朝前走了一段路,回头再看他们,小杜僵立在路上,一动不动,而那个女人已经汇入大街上的人群,匆匆离去。箫站住等小杜过来,但小杜仍然不动。箫低声咒骂了一句,骚货。她自己也不清楚咒骂的对象是小杜还是那个女人。

那天小杜在外面待了很长时间才回家。箫不知道那段时间小杜在什么地方,她闻到了小杜身上有股强烈的酒味。小杜昏昏沉沉地爬到床上来,嘴里发出酒嗝的声音,身体散发出浑浊的热气,使箫感到厌恶透顶。她踢了小杜一脚,给我去洗个澡,你怎么这样臭?你要让我吐了。小杜没有吱声,他仰面躺着,呼呼地喘气。箫又踢了他一脚,快给我滚下床去,你这个下流男人,你有什么脸躺在我的床上?箫的脸上猛地挨了沉重的一击,她恍然意识到那是小杜的拳头,她不相信。箫头晕目眩地跳下床,她想找台灯的开关,却怎么也找不到了。她抓过一本书朝小杜身上砸去,她尖声叫起来,小杜,你敢打我,你有什么脸,竟然敢打我?小杜在黑暗中躺着,他说,打的就是你,你让我丢尽了面子。箫说,你还要面子?你要面子就别干下流事。小杜这时候冷笑了一声,我干下流事?我再下流也没跟自己的养父睡觉。你这种女人,你有什么资格来干涉我的自由?箫站在黑暗中颤抖着,她不知道是谁把这个致命的隐私告诉了小杜。箫的眼泪无声地淌过脸颊,绝望和悲愤使箫咬破了嘴唇,她站在冰凉的水泥地上无言以对。事到如今,什么都不用说了。箫想,不要解释了,事到如今,什么都不要解释了,她需要的只是报复伤害了她的男人。

箫婚后一年,小杜提出了离婚要求。箫对此有足够的思想准备。当小杜阴沉着脸说出离婚这个不祥的字眼时,箫粲然一笑,她用讥嘲的口吻说,你是个大学生,怎么连婚姻法都不懂?女方怀孕期间,男方不能提出离婚要求。小杜说,那好吧,就等孩子出生后再离吧,反正我决心已定,你我无法再共同生活了。箫说,这事可不是全由你定,离不离婚还要看我高兴不高兴呢。小杜说,你到底什么意思,你不是也想离吗?箫看着小杜的脸凝神思考着什么,最后她说,离是要离,但我不会让你太便宜了。

此后就是长达三个月的分居。小杜住在单位的集体宿舍里,他重新回到了从前单身汉的快乐时光中,日子过得轻盈而充实。有一次他和女友一起骑车路过红旗照相馆,看见箫在路边菜摊上买莴苣。箫没有看见他们,她和菜贩耐心地讨价还价,最后拎着一篮莴苣满意地离去。小杜看见了箫的腹部沉重万分,想到那里孕育着他的骨血,小杜感到惘然若失。他对女友说,你知道吗?婚姻其实是一只巨大的圈套,只要你钻进去,生活就变得莫名其妙。

一九八二年的夏天异常燠热。这年夏天有许多老人死于酷热的气候。娴就是其中的一员。当七月将近的时候,昔日汇隆照相馆的楼上已经热如蒸笼,娴在病榻上辗转反侧,她预感到死神正在渐渐逼近,但她除了大量吞食雪糕和冰水,没有其他办法反抗。娴得了褥疮,她时常哀求箫给她做全面的清洗,但箫只是敷衍了事地给擦洗一番。箫捂着鼻子,她对娴说,我这样也对得起你了,你看我挺着大肚子,我也很累,我也想让人给我洗一下呢,可我没这个福气,我在这个家里从来就没得到一点好处。娴后来又要求箫去买冰放到房间里,箫终于忍不住叫起来,够了,你别再烦我了,电扇一天到晚吹着,天天一度电,你还要冰。既然这么怕热,你当初怎么不跟那个老板去香港,香港有冷气,再热也不怕,还有佣人伺候,你为什么不跟他去?

娴老泪纵横。娴在弥留之际经常沉湎于往事的辛酸回忆中。一本发黄的影集就放在枕边,但她已经无力去搬来欣赏,影集里有她年轻时留下的美丽倩影,这是她一生中唯一为之骄傲的事情。娴觉得她的一生像纸片一样被渐渐风化,变成碎片。她想起一九三八年与孟老板短暂的欢情,想起对那次堕胎手术的逃避,又一次心如刀绞。

我怕痛。娴说,就因为怕痛,断送了我的一生。我要是做了手术,不会有芝,也不会有你,我就会过上好日子了。我要是跟他走了,现在也用不着看你脸色挨你骂了。

那不一定。女人永远没有好日子,这跟男人没有关系。箫一针见血地回答了娴的臆想。

娴在弥留之际好像被一种可怕的意象折磨着。她让箫给她拿一把刀来。箫说,你要干什么?娴的脸色潮红,双眼炯炯发光。箫走到厨房里,拿刀回来,正好看见娴微笑着溘然而逝。箫听见窗外飘来一阵如泣如诉的歌声。这是送娴去黄泉之路的唯一仪式了。箫想她为娴做了解脱,而女人与女人的心其实是相通的。女人的共同敌人是男人,但女人却是为男人而死,箫想这不是一件公平的事。

一九八二年的夏天箫独自居住在照相馆楼上。她每天中午从菜场回家,一半时间倚窗冥想,另一半时间用在拖地板楼梯这类家务事上。箫拖着沉重的身子,拎着水桶拖把来往于楼上楼下,重复于同一种单调的擦洗动作。从窗户门缝里挤进了一九八二年热闹的街市声,但是箫对外面的世界无动于衷。

箫现在是一个人生活了。她竭力把小杜留下的所有痕迹都抹去,其做法酷似当年被抛弃后的娴的做法。最后她站到椅子上,摘下墙上的结婚照。她取出照片细细端详了一番,用剪刀把照片剪成两半,一半是她自己,另一半是小杜。箫把小杜的那一半剪成许多碎片,捧着它们扔进抽水马桶,然后她很利索地放水冲掉了那些碎片。想到小杜的照片已经混迹于粪便和污水之中,箫憔悴的脸上第一次出现了稚气的笑容。

箫怀孕八个月的时候去医院做最后一次围产期检查。医生认为箫有早产的迹象。箫的神色立刻变得忧心忡忡。医生说,你别着急,不管是否早产,婴儿都能活下来。箫说,我不是这个意思,我是担心没有时间,我还有一件更重要的事情没办好呢。医生说,还有什么事情比分娩更重要呢?箫轻声地笑了笑,她说,当然有,不过这事我不能告诉你。

第二天箫像往常一样去菜场工作。她卖掉了很多肉,很快肉案上就空了。箫用抹布擦了擦刀,跑到别的肉摊上割了一块五花肉。

她对同事说,晚上小杜回家,我要招待他吃红烧肉。箫后来就把那块肉连同刀一起塞进包里,有同事好奇地问,这么重的刀你带回家去?箫说,这刀快,好用,我带回家派用场。

箫在公用电话亭里给小杜打了电话。小杜很吃惊,因为箫从来没给他挂过电话。箫在电话里的声音柔弱而自然,她说,等会儿你回家吧。我请你吃饭,谈谈我们离婚的事情,这事不能再拖下去了。

傍晚时分小杜如约而至。他带来了一筐橘子和一袋话梅,那都是箫最爱吃的东西。箫的表现很平常,她在炉边忙着炒菜煨汤,她对小杜说,你别客气,现在还没离婚,我们还是夫妻,夫妻之间没什么客气的。

小杜的心情忐忑不安。他认为箫的邀请有所企图,所以一直等着箫的实质性话题。但箫始终不提,她只是殷勤地给小杜夹菜盛饭。小杜终于忍不住了,他说,箫,你想提条件尽管说吧,我会尽量满足你。说吧,你想要多少钱?箫从容不迫地盯了小杜一眼,她说,为什么提钱的事?我如果要十万元你拿得出吗?你拿不出,我也不想要你的钱。小杜说,那么孩子由我来付抚养费吧,每月八十元够吗?箫摇了摇头说我生的孩子我自己养,跟你没关系,孩子也用不着你抚养。小杜感到疑惑不解,他看着箫平静从容的脸,突然觉得她是一个完全陌生的女人,小杜说,我真的没想到你对我这么宽容,那么你到底还希望我做些什么?箫这时候妩媚地笑了一笑,她凝视着小杜的脸,过了很长时间,最后她用一种轻松自如的语调说,你今天睡家里吧,我跟你情义未断,今天夜里做最后一次夫妻吧。最后一次,一了百了,以后我们各走各的路,谁也别管谁。

夜里十点钟左右,小杜茫然地爬上了床。小杜与箫大约保持着一拳之隔的距离躺着。他再次温习了箫的身体所散发的女性气息,想起他的这段短暂的婚姻经历,小杜痛切地感受到生活的种种矛盾。有许多话想与箫谈,但箫对空泛抽象的话题从来是不感兴趣的。小杜偷偷地观察箫的睡姿,箫侧卧着,脸朝向他这一边。借着月光可以看见箫的眼睛是闭着的,刚刚烫过的头发无力地卷成一团,遮盖了她的一半脸部表情。小杜想她也许很累了,而他也很累了,他们都需要睡觉了。因为该说的话都已经说完,该做的事也都已做完。

凌晨两点,当窗外第一辆送牛奶的三轮车哐当当地驶过时,箫轻轻地下了床。她走到镜子前,借着那一点幽暗的反光整理了一下凌乱的头发。箫看见自己的眼睛在黑暗的房间里闪着灼热的光亮,她在房间里来回踱了一圈,最后从书架上抽出那把割肉刀。也就是这时候,箫感觉到了分娩前最厉害的阵痛,她的整个身体都在这种异常的痛楚中下坠,箫挣扎着朝床边走过去。她一直想在分娩前完成这件重要的事情。但现在不行了,分娩前的阵痛使箫脆弱乏力,她的意志也在这一瞬间迅速崩溃,箫举着她用惯了的割肉刀,她知道她已经无法下手了,也许她本来就缺乏这种力量。绝望、恐惧和疼痛交织在一起噬咬着箫的心,箫猛地爆发出一声凄厉的哭声,她看见自己的一直持刀的手颓然垂下,当地一声,那把刀沉沉地掉落在地。

小杜惊醒时看见箫哭泣着朝门外挪。小杜说,你怎么啦?箫听见小杜的声音放声大哭,她断断续续地说,送我去医院,我的羊水破了,我要生了。

箫在市妇产医院产下了一个女婴。箫在分娩时不停地哭泣,助产士们以为她是怕疼,他们当然无法分辨产妇们哭泣的内容,其实每一种哭泣的内容都是不尽相同的。

小杜作为家属在产科病房里照顾箫和婴孩。箫从产床上下来后没有同小杜说过话。到了第三天,护士们把婴儿车从里推出来,箫一眼就认出了她的女儿,她指着婴儿车对小杜说,左边第三个,去抱来吧,那是你的女儿。

箫的奶水很足,她给婴孩喂奶的动作协调而熟练,这让小杜很吃惊。小杜坐在一边,看箫给婴孩喂奶。阳光从病房的百叶窗折射进来,箫的憔悴而苍白的脸上浮现出一种隐隐约约的金黄色,箫凝视着她的孩子,目光柔情似水,旁若无人。小杜倏然发现箫原来也有着一种美丽,小杜又想,哺乳的女人也许都是美丽的。

后来箫终于说话了。箫一边轻轻拍着熟睡的婴儿,一边淡淡地问小杜,你看见地上那把刀了吗?

看见了。小杜狡黠地一笑,他说,其实那天夜里我根本没睡熟,我知道你有阴谋。

你知道我想干什么吗?

知道。我还知道你下不了手,所以我一点也不害怕。

如果不是这孩子,说不定我就下手了。我豁出去了。

如果这样就会发生格斗了。你怎么打得过我呢?一般来说,女人都敌不过男人。

我不相信。走着瞧吧,小杜,我不会轻易地放过你。

这是一九八二年的深秋。这一年许多青年妇女在打离婚,箫只是其中的一个。

另一种妇女生活

作为老字号店铺的简家酱园已经不复存在，昔日的后院作坊现在是一个普通的居家院落，长满了低矮的杂草和沿墙攀援的藤蔓，晾衣绳上挂着一些浅色的女人的衣裳，唯一让人想起往事的是五六只赭红色的古老的酱缸，它们或者摞在一起，或者孤单而残破地倚在墙角，缸里盛着陈年的污水和枯枝败叶。两扇被钉死的木门将院子和店堂严格地隔离，也将简氏姐妹清净枯寂的生活和嘈杂尘世划了一道界线。

店堂里仍然卖着酱油，是用黄鱼车从酿造厂拖来的统货，按照成色分甲乙两等价格出售，除此之外还有菜油、食盐、米醋、白酒和各种酱菜，店堂里终日洋溢着酱制品的酸甜而醇厚的气味。三个女店员卖酱油都有很长一段历史了，她们的头发、手指和皮肤上也沾满了酱油的气味，她们对此已经习以为常。正午以及午后时分这里经常是空寂而索然的，三个女店员头顶上的楼板便吱吱嘎嘎地响起来，那是简氏姐妹在楼上走动和打扫发出的声音。它们往往是轻轻的小心翼翼的。即使这样，女店员们也能从中判断简氏姐妹离群索居的每一个生活细节。尤其是顾雅仙，她能准确地分辨楼上的姐妹在马桶里解手的声音，甚至听得见针线从绣花绷架上坠落到地板上的声音。

但是女店员们很少看见简氏姐妹。简氏姐妹进出走一扇旁门，那扇门异常地低而狭小，恰恰是为纤细小巧的主人特意设计的，男人进门必须低头弯腰，但是从来没有哪个男人走进那扇门里去。整条香椿树街的居民都知道简少贞和简少芬从未婚嫁，多少年来姐妹俩一直离群索居在酱园的楼上。只有卖酒酿的人经常看见她们，他知道她们喜欢酒酿,每次在酱园前敲打竹梆时,他会看见姐姐或者妹妹的苍白模糊的脸在楼窗上一闪而过,然后是一只同样苍白模糊的手,从窗内放下绳子和吊篮,吊篮里放着一角钱和一只蓝花细瓷的小碗。

天气时阴时晴,又是南方的梅雨季节了,从街角垃圾堆滋生的苍蝇一路追逐着空气中酱制品和咸鱼的气味,嗡嗡地飞入酱园来。趁午后店堂清闲了,三个女店员拿起了苍蝇拍到处追打讨厌的苍蝇,经常有被拍死的苍蝇掉进酱油缸里,她们就用手把它们从里面捞出来。这些行为是不符合墙上张贴的食品卫生条例的,但是眼不见为净,买酱油的人从来不计较酱油里是否含有细菌。

三个女店员中粟美仙是资历最老的。她从十七岁来酱园后一直就守着这片曲尺形的白木柜台,她看着店门上方的恒福酱园的牌匾雨打风蚀,最后颓然断裂,差点砸到酱园前摆摊修鞋的老皮匠头上。有时候粟美仙以一种饱经风霜的语调向顾雅仙和杭素玉发牢骚,说现在的酱油和乳黄瓜在从前都是上不了恒福酱园的柜台的。顾和杭都不屑于接粟的话茬,并且觉得这种牢骚发得莫名其妙。顾说管那些干什么,又不是你一个人在吃酱油,好坏大家一个样就没什么可埋怨的了。杭则刻薄地说,你嫌它不好就别吃,还省得天天把个酱油瓶带出带进的。杭素玉的话锋直指粟美仙顺手牵羊的陋习。粟美仙难堪地沉默了一会儿,突然就用苍蝇拍在柜台上猛拍一记,对着虚拟的苍蝇说,你跑店里来拉屎吗?你以为你很干净吗?

她们之间的关系是微妙而多变的,三个女人互相不睦,但爆发嘴仗的往往是在粟和杭之间,一旦发生口角粟和杭都习惯于争取顾的支持。顾雅仙通常是袒护杭素玉的,但也有例外的时候,因为顾雅仙不想真正地得罪粟美仙,粟美仙的嘴惹人憎厌,手却巧得令人羡慕,她的针线活在香椿树街的妇女群中是数一数二的,顾雅仙有时候要托她给儿女缝衣裳做棉鞋。

酱园也有个店主任,叫孙汉周。孙汉周主要是街西糖果店的主任,兼职领导酱园的三个女人。每逢星期日他就到酱园来站柜台。孙汉周是个不太严肃的男人,喜欢和顾雅仙动手动脚地打闹,前来买油盐的居民在夏天曾经看见一个滑稽的场面,顾雅仙追着孙汉周要扒他的短裤,而孙汉周在黄酒酒坛和酱油缸之间绕来绕去,他的短裤不时地被顾雅仙扒下一部分,露出一块雪白的皮肉,然后又在尖叫和哄笑中掩上了。他们的游戏不愠不恼,而粟美仙和杭素玉在一边观望,脸上没有什么明显的表情。这种事情自然会在香椿树街上张扬出去,有妇女在街上拦住匆匆路过的粟美仙,向她刺探顾雅仙与孙汉周的关系,粟美仙微笑着站住,她的神情是洞察一切的。会咬人的狗不叫,粟美仙说,说完意味深长地一笑。好事的妇女干脆把粟美仙拉到自己的家里,她也不推辞,拎着只人造革的蓝包坐下来,一边嗑葵花籽一边娓娓道来。

其实顾雅仙跟孙汉周倒是清白的。粟美仙说到这儿就把话头打住,边上的人急于知道下文,但她把那只人造革包的两根襻手打了个结,站起来又要走了。她说,还要回家做晚饭呢,不在这儿嚼舌头了。

那么孙汉周到底跟谁呢?妇女们追着粟美仙到门口问。

你们自己猜吧,酱园里就三个女的,你们猜是谁?粟美仙边走边说。总不是我吧?我都老得像根酱瓜了。

结论是不言而喻的,有关杭素玉和孙汉周的风流韵事就这样在香椿树街不胫而走。几天后杭素玉的丈夫老宋操着把菜刀闯进酱园,直冲孙汉周而去。杭素玉和顾雅仙两个人合力抱住了暴怒的老宋。孙汉周脸色煞白,摊着两只沾满酱汁的手说,这是怎么啦?好端端的怎么要砍我?老宋从柜台上抓起几块玫瑰乳腐朝孙汉周脸上掷去。我砍不死你就要去告你,告你利用职权玩弄女人,老宋放开嗓门怒声大喊,看你还敢不敢碰我的女人。孙汉周苦笑着抹掉脸上的污渍,他看了眼杭素玉说,杭素玉,你当着大家的面说,我什么时候碰过你?我什么时候玩弄过你的?杭素玉的眼睛里一半是泪水,一半是怒火,她夺过丈夫手里的菜刀,在柜台里烦躁地走了一圈,最后她站在粟美仙身边不动了。杭素玉朝粟美仙耳边嘀咕了一句脏话,猛地就将手里的菜刀砍定在白木柜台上。杭素玉厉声说,大家都听着,谁要再敢造我的谣,我就用这把刀把她的舌头割下来,割下来塞她的

×缝。

这类事情闹大了也就收场了,并没有彻底澄清的必要。说到底香椿树街也非恪守礼仪之地。后来顾雅仙在谈论此事时采取了一种豁达宽容的态度,她对粟美仙悄悄地说,他们其实也就是掐掐摸摸那一套,你别大惊小怪的,比起肉联加工厂的那些骚货,我们酱园真该竖块贞节牌坊了。

孙汉周后来离开香椿树街,在城北的一家煤店当店主任,那里的人都知道孙汉周是因为生活作风问题调动工作的。他自己也不忌讳这个话题,口口声声说,跟女人在一起有苦说不出,被杀了头都不知道脑袋是什么时候落地的,并发誓说他的煤店再也不要女工了。奇怪的是后来孙汉周的煤店里也是清一色的女工,而且又闹出了类似的风波。这当然是另外的故事了。

酱园的柜台里仍然站着三个女店员,在店主任空缺的情况下由顾雅仙负责。有一天顾雅仙给顾客打完一斤酱油,突然想到什么,扑哧一声笑了起来。旁边的杭素玉问她笑什么,顾雅仙说,我想起了孙汉周那倒霉蛋,他是酱园的第几个店主任了?杭素玉白了她一眼,没有说话。而粟美仙很认真地扳着手指算了算,最后说,从公私合营到现在,有十六七个了,我记得很清楚。顾雅仙收敛起笑容,若有所思地说,也奇怪,男人到我们这里都待不长。她说着扫视着两个女同事,又抬头看了看顶上铺着报纸的楼板,楼上有简家姐妹轻缓的脚步声。顾雅仙说,大概这酱园的阴气太盛,是男人就不该来酱园吧?

透过窗外的霏霏雨线,可以俯视香椿树街的雨中风景。简少芬看见有一辆嫁妆车披红挂彩地经过泥泞的街道,两边有人打着伞遮蔽雨点。简少芬站了起来,她想看看那个在雨天出嫁的新娘,但新娘乘坐的车子也许已经过去了,她只看见一群孩子淋得湿漉漉的,追着那辆嫁妆车疯跑。

你在看什么?简少贞说。

结婚。有一辆嫁妆车过去了,六条被子,好像都是真丝和软缎。简少芬听见街东的方向有鞭炮声稀稀落落地响起,她说,好像是学校隔壁那家,那家有五个儿子。

这种阴雨天,结了婚也要倒霉的。简少贞的手在绣花绷架上拍了拍,语气很厌烦地说,把窗子关上吧。

简少芬应声关上了窗子,这样房间里的光线一下子就变得黯淡了,淅沥的雨声也被隔绝在外面。她重新坐到绣花架旁,分理着绞成一团的彩色丝线。她看见姐姐苍白的有点浮肿的脸上残存着一丝愠色。

开灯吧。简少贞又说,逢上阴雨天我就看不清丝线的颜色,听见下雨声我的心里特别烦。

简少芬就拉了拉身边的灯绳。楼上的这间大房间被昏黄的灯光映照着,显现出一种古典的繁琐的轮廓。笨重的红木家具环绕四壁排列,镜台上的座钟嘀答嘀答地响着,北墙上挂着已故的简老板夫妻的发黄的遗照,照片下面就是那张庞大的红木雕花大床,灯光乍亮时简少芬看见一只老鼠从床底下窜出来,最后消失在墙角不见了。

这样幽暗沉闷的生活年复一年,日复一日,简少芬这一年四十六岁,她记得姐姐比自己大八岁,那么姐姐已经是五十四岁了。有时候她静静地注视姐姐佝偻的瘦小的背影,心里就有一种对垂暮之年的惶恐。简少芬在发现自己提前绝经时,坐在马桶上哭了整整一个黄昏。这是一个衰老和灭亡的信号,预示她作为女人的某种权利已经丧失。她觉得自己对此是有心理准备的,但她无法抑制从心里喷发出来的哀愁。泪眼蒙眬中她看见姐姐站在布帘旁边,无言而关切地注视着她。后来简少贞以一种淡淡的语气说,你怕什么?还有我呢。

你怕什么?还有我呢。简少芬记得幼年时姐姐经常这样劝慰她。她记得从前总是被姐姐搂着睡觉,尤其是在父母双双亡故后,姐妹俩总是相依相偎度过每一个漆黑阴沉的夜晚。这种亲昵的习惯一直持续到简少芬十六岁那年,有一天夜里简少芬梦见一块巨石压在她胸前,使她喘不过气来,等她大汗淋漓地醒来,发现巨石原来就是姐姐的手,那只手正沉重而无知无觉地按在她双乳之间。简少芬搬开了姐姐的手,她的初隆不久的乳房有胀疼的感觉,这使她又惊又羞,从此她不愿意再和姐姐睡一个被窝了。她记得她搬了床棉被睡到小床上去,但是黑暗的空间和噩梦加深了恐惧的感觉,她当时十六岁了,却无法离开姐姐单独睡眠。几天后她又回到了那张红木雕花大床上,她采取了一个折中的办法,她睡大床的内侧,让姐姐睡在外侧,每人盖自己的被子。姐姐没有反对,她只是略含幽怨地望着妹妹说,随你怎么睡。简少芬知道姐姐对她是宠爱有加的,特别是在从前。于是姐妹俩分而不离的睡眠习惯就这样延续至今。

简少芬记得从前经常有一些亲戚和邻居来敲门,他们大都是来提亲的。起初是给姐姐提,姐姐总是以各种理由拒绝,其中最重要的一条是有关自己的。简少贞说,我不嫁人,我嫁了人让少芬怎么办?少芬离不开我。他们又提出几个愿意入赘的人选,简少贞还是摇头,她说,我们家不要外人进门。等到客人离去后,简少芬看见姐姐在厨房间摔摔打打的,脸色很难看。你别以为这些人是好心,他们都盯着爹娘留下的财产呢。简少贞冷笑着对妹妹说,我这辈子就没打算嫁男人。我这清清白白的身子为什么要去送给那些臭男人?及至后来,简少芬长成了一个小巧玲珑如花似玉的大姑娘,每次去刺绣厂送加工的绣品时,香椿树街上有几个男人的目光灼热地追逐她的背影,她走路时习惯低着头,习惯沿着路边房檐下走,但她还是感觉到了那种目光。她有点惶惑,有点惊喜,更多的则是犹如芒刺在背的不适应。简少芬背着装满绣品的包袱走在香椿树街上,脸忽红忽白,当她走过石码头空地时,她的眼神是一只惊慌的小鹿,阳光一无遮拦地直泻在简少芬身上,人们注意到她的皮肤在阳光下泛出雪白的光泽,就像又薄又脆的蜡纸。酱园简家的小女儿因此给人留下了美丽而又脆弱的印象。

后来上门提亲的几乎都是为简少芬而来的,他们耐心地劝说简少贞让妹妹出嫁,而简少芬就躲在房里,她用手指塞住耳朵,塞了一会儿又松开,她想听听外面的谈话,却又害怕听见任何实质性的内容。

你到底想不想嫁?简少贞曾经这样逼问过妹妹,她的表情是严肃而深思熟虑的,你要是想嫁我也不拦你。我会给你置办一份像样的嫁妆。

不。简少芬摇着头说,我害怕,我不嫁。

主要是没有合适的,没有合适的还不如不嫁。简少贞凝视着妹妹的脸,深深地叹了口气,她说,他们就是容不下我们简家,非要把我们姐妹拆散了才罢休。你别看他们脸上热心,把那些男人吹得天花乱坠,其实都在骗人,我才不相信他们的嘴,我只相信自己的眼睛。

我也不相信。我只相信姐姐。简少芬说。

简少芬处处依附姐姐,这在姐妹俩多年的幽居生活里成为一种坚固的定势,而她们有别于常人的生活方式也渐渐消解了岁月和香椿树街上的流言蜚语,一直到红颜消逝,不再有人频繁地踏响酱园残破的楼梯。

一个雨后的早晨,简家姐妹打开了朝西的窗户。西窗是用油毡封钉的,平时从来不开。简少芬擦拭着窗户上的灰尘和毛茸茸的霉斑,忽然发现院子里的那棵桃树上结了果子,两只淡黄色的镶有红彩的桃子就悬挂在窗外,伸出手就可以摘到。她很惊奇,那棵桃树从来是只开花不结果的。你来看,两只桃子。简少芬又让姐姐来看,她发现姐姐站在窗前的眼神是疑惧不安的。简少贞对着桃树凝视了片刻,最后果断地抓起剪刀,探出窗外剪断了两只桃子。她们听见两只桃子坠落在院子里,正好落在一口老酱缸的积水中,扑通一声,声音显得空洞而绵长。

怎么剪掉了?简少芬不满地看着姐姐手里的剪刀,她说,好端端的两只红桃,为什么要剪掉呢?

你不懂,这是恶兆。简少贞俯视着酱缸里的那两只桃子,然后她关上了擦到一半的西窗,我记得爹娘死的那一年,院子里的桃树也结了两只桃子。

可是我喜欢那两只红桃,你不剪它们最后也会掉枝的,为什么不留在枝上让我看几天呢?简少芬的手指拨弄着榉形的窗闩,她申辩的声音很低沉,因为她突然有一种哭泣的欲望,那是睹物伤情的悲哀。她忍着从胸腔慢慢上涨的呜咽声,以背部抵御姐姐敏锐的目光,幸好房间里的幽暗掩盖了颊上的泪水。

简少芬从小就容易哭泣,到了后来,她的哭泣会由各种契机引发,无法止住更无法控制。简少芬的脸因此也像她姐姐一样,经常是浮肿的,皮肤的褶皱里布满了晶莹的水光,那其实是眼泪留下的痕迹。

月末酱园关门盘点,顾雅仙发现了店里钱账上的问题。她怀疑两个同事中必有一个贪污了柜台上的钱。这种事情不宜多声张,以免打草惊蛇。顾雅仙在账目上做了点手脚,把钱账交上去了,但从此就多了个心眼。她开始暗中盯紧两个同事的手脚,她觉得她必须抓到证据才能说话。

顾雅仙起初怀疑粟美仙,怀疑她的那只人造革的蓝包。她偷偷地摸捏那只包,结果里面除了酱油瓶,连一个硬币也没有。粟美仙收钱找钱的动作也是明快而一目了然的,从来不在钱箱那里多作停留。在多日的冷眼观察中,顾雅仙不得不佩服粟美仙几十年养成的职业习惯。剩下来的目标是杭素玉。杭素玉从来不往店里带酱油瓶,她说她讨厌在菜里放酱油,那种味道熏都熏怕了。顾雅仙想也许这就是一个聪明的骗局,也许她带回家的不是零拷酱油,而是钱柜里的钱呢?顾雅仙相信知人知面不知心的道理。

顾雅仙又开始盯紧杭素玉,盯了几天后就心灰意懒了,杭素玉住得近,上班连包也不带,而且她站柜台从来是懒洋洋的,只要柜台边有别人,她甚至不愿意去接顾客的醋瓶和酱油瓶。顾雅仙没有从她身上发现任何蛛丝马迹,她想这到底是怎么回事,明明有贼,但这个贼却怎么也抓不到,

时断时续的黄梅雨落在外面的青石板路面上,空气潮湿而凝重,酱园的地板上每天都是湿漉漉的,洇满了顾客的泥脚印和水渍。顾雅仙的心情很烦躁,有一天轮到杭素玉休息,顾雅仙不知出于什么心理,竟然把她的发现告诉了素日隔膜的粟美仙。她没有指名道姓,但在这种状况下谈及此事,目标无疑就是杭素玉了。

我早就猜到她手脚不干净。粟美仙的反应是平淡无奇的,她望了望门外雨中的街道和路人,挨近顾雅仙的身边说,你想想,她哪来这么多钱,买这么多皮鞋?买这么多的衣料?你没听说她家还要翻盖楼房吗?她要不偷哪来这么多的钱?

偷钱盖楼房倒也不会,少了不过十几块钱。顾雅仙打断了粟美仙的联想,她突然有点后悔把事情告诉粟美仙,于是又收口了。没有抓到证据,也不好随便冤枉人家。顾雅仙板下脸告诫说,美仙,你可别出去瞎说,说出去你自己负责,反正我没跟你说什么。

你怕她,我又不怕她。粟美仙自得地冷笑了一声,她说,她仗着和孙汉周那一手,以为自己是×王,连公家的钱也敢朝家里拿了,我还就看不下去。

没有证据,你别再说她了。就算我轧账轧错了吧。顾雅仙说。

我不信抓不到她的贼手。粟美仙最后恨恨地说,她的眼睛闪烁着某种热切的光亮。

几天后酱园里爆发了一场罕见的殴斗,殴斗是在粟美仙和杭素玉之间发生的。那时候天已黄昏,香椿树街上的店铺正在纷纷打烊。人们听见酱园店堂里响起女人尖厉的叫骂声,他们透过虚掩的铺板朝里张望,看见粟美仙和杭素玉扭打在一起,让人惊奇的是粟美仙的手,它固执地伸到杭素玉的裤腰下,掏着什么。杭素玉尖声咒骂着拉扯粟美仙的头发,用指甲掐她的手。而顾雅仙在一边劝架,但是谁都可以看出她的劝架是不得力的,或者像一种做出来的姿态。

我让你掏!我让你来捉赃!杭素玉突然大叫一声,从裤腰下抽出一条紫红色的卫生带,抡高了朝粟美仙脸上打去,粟美仙猝不及防,脸上溅了几点脏血,一时愣在那里。杭素玉这时咯咯笑起来,她说,这回你找到我偷的钱了吧?

旁观者起初目瞪口呆,紧接着都掩嘴笑起来。在香椿树街女人之间的干戈之争是常见的,但这种场面人们还是头一回目睹。后来是顾雅仙跑出来赶走他们,并把门关上了。他们隔着门板,听见三个女人的声音在店堂里吵成一片,渐渐地就难以分辨吵架的内容了。

以后数日余波在扩大,杭素玉用卫生带抽粟美仙成为香椿树街一时的新闻。

顾雅仙向中心店的主任汇报了酱园店员不团结的状况,她认为这种状况是多年来形成的,粟美仙和杭素玉积怨已深,双方都负有一定责任。她还向领导倾诉了自己的难处。她说她夹在粟美仙和杭素玉之间,很难开展工作。

你觉得应该怎么解决酱园的不团结问题呢?中心店主任这样征求顾雅仙的意见。

调走一个人。顾雅仙慎重地考虑了一会儿,她说,不是菜场和肉店都缺人吗?酱园有两个人其实也够了,只要组织上需要,我可以不轮休,可以天天连轴转的。

那么该把谁调离酱园呢?中心店主任又问顾雅仙。

这我就不好说了,要得罪人的。顾雅仙显得满腹疑虑,试探地说,要是组织上为我保密,我就谈谈我的意见。

你别怕,我们会保密的,再说调人都是由组织上决定,你用不着怕得罪谁。

那就调杭素玉吧,她工作一贯吊儿郎当的。顾雅仙最后说。

杭素玉从酱园调去肉店的事就这样初步决定了。中心店主任直接找她谈了话,谈着谈着杭素玉号啕大哭起来,她觉得这是顾雅仙和粟美仙联合整她的阴谋。杭素玉指责中心店主任听信一面之词,而且以死威胁说,你们要是让我去肉店,我就死给你们看。

连续几天,杭素玉在柜台里对新的仇敌顾雅仙恶语相加,她总结了顾雅仙整她的原因,不外乎是嫉妒自己和前店主任孙汉周的亲密关系。杭素玉好几次把醋瓶往顾雅仙面前送,你爱吃醋,你给人家打醋吧。杭素玉看看对方佯笑的脸,愈发觉得她心里有鬼,干脆把一坛子米醋抱到顾雅仙面前,她说,我买下这坛醋,送给你回家慢慢喝吧。顾雅仙终于无法保持宽宏大度的姿态,她猛地扬起手,狠狠地掴了杭素玉一记耳光。你以为我怕你?顾雅仙说着用抹布擦了擦手,扇你的臭嘴我还嫌脏了自己的手。

现在杭素玉恨透了顾雅仙,回到家洗菜烧饭时也在不断咒骂顾雅仙,她觉得顾雅仙可笑之至,只不过代理几天店主任就摆开了主任的架子。她决定让丈夫去报一箭之仇。

杭素玉的做建筑工的丈夫老宋这次故伎重演,他再次操起菜刀闯进酱园,当着顾雅仙和粟美仙的面把刀砍定在白木柜台上。老宋瞪着两个神色紧张的女人,用手掌拍击着刀背说,我反正从山上三进三出了,你们要是敢欺负素玉,我饶不了你们,最多再过一次山门。

从某种意义上说,是杭素玉的刁蛮泼辣阻遏了这次调动,事情就这样耽搁下来,最后不了了之。酱园里依然是人们熟悉的三个女店员,只是她们的阵营有了明显的变化,现在顾雅仙和粟美仙经常是结盟的,而杭素玉则是相对孤立的,杭素玉对别人说,我才不在乎她们,我就是不离开酱园,我为什么要让她们称心?对于顾雅仙和粟美仙的关系,杭素玉也作出了判断,她说,你别看她们现在合穿一只鞋子,说不好哪天也会翻脸的,两个人都不是好东西。

简少芬拎着一只竹篮下楼,竹篮里装了好几只瓶子。虽然楼上楼下一板之隔,但她习惯于一次性地把油盐酱醋买齐了,这样可以尽量少地和酱园的女店员们搭讪说话。简少芬不喜欢和这些叽叽喳喳的女人说话,也不知道该怎样跟她们说话。

听楼板的响声,我就知道是你下楼了。顾雅仙笑容可掬地接过那些瓶子,她说,刚到了一盆甜面酱,味道很鲜,你买半斤吧,先尝尝吗?说着就舀了半勺送过来。

那就买半斤吧,简少芬说。简少芬的眼睛看着甜面酱。

好久没见你姐姐了,她怎么就不下楼散散心?换了我成天闷在楼上,肯定要闷出病来的。

她是有病。简少芬淡淡地说,心脏不好,最近关节炎又犯了,天天在炖中药喝呢。

怪不得我闻到一股药味呢。顾雅仙恍然大悟,关切地望着简少芬说,服中药管用吗?要不要我介绍一位医生,专门治关节炎和心脏病的,我女儿的心脏病就是他开刀治好的。

不用麻烦了。我姐姐只相信中医,只相信城东胡老先生的药方。简少芬温婉地谢绝了顾雅仙的建议,她从一只黑丝绒钱包里掐出钱,轻轻放在柜台上。买货不需要找钱,这也是简家姐妹购物共有的习惯,她们从来不去触碰别人的手,不管营业员是男的还是女的。

她们看着简少芬无声地闪出门外,她衬衫上的那股樟脑味也随之淡去了。少顷,酱园的楼梯就发出了轻柔的响动,简少芬已经回到楼上,她正从三名女店员头顶上经过。女店员的头顶上就是那个幽闭的不为人知的世界了。

她走路怎么这样小心?好像怕踩死蚂蚁似的。顾雅仙突然笑起来,她说,她们姐妹从来就没正眼看过别人。

那是家教。粟美仙以一种知情者的语气说,你不知道简家的规矩有多少,简老头活着的时候就不准两个女儿出门。少贞上学都是由女佣人接送,上的是教会办的女子学堂。到少芬长大,女子学堂没有了,简老头就没让少芬上过学。当初大概是让她们守妇道的,没想到简老头死了几十年,两个女儿还守在这爿破酱园里,像守着个金库一样。

可怜死了。顾雅仙感叹着,突然想到什么,凑到粟美仙耳朵边说了一句悄悄话,那姐妹俩活了大半辈子,大概连男人的东西都没见过吧?

粟美仙咯咯地笑起来,她拍了拍顾雅仙的肩膀,说,那也不一定,只有天知道啦。

粟美仙和顾雅仙的仪态引起了柜台另一端杭素玉的注意,杭素玉正在绞指甲,她怀疑两个同事正在说自己的坏话,就朝地上响亮地啐了一口,谁在放闷屁?杭素玉使劲抽着鼻子,一边把柜台上的指甲屑掸下来,她说,屁放得不响,倒是挺臭的。

楼上锅铲碰撞的声音穿过楼板的缝隙懒懒地传下来,简家姐妹在准备她们的午餐了,不用抬头去看店堂墙上的挂钟,现在肯定是中午十二点钟。女店员们熟谙简家姐妹的生活规律,十二点的钟声把楼上枯寂的一天分成两半,一半是沉闷的早晨,另一半是更加沉闷更加漫长的午后。简家姐妹的岁月就在绣花绷架下一成不变地流逝着,作为同样的女性,酱园的女店员们觉得简家姐妹的生活是不可思议的,也是无法捉摸的,她们对此充满了猎奇的心理。

简少芬看见姐姐无声地站在她身后,姐姐的手里端着一碗发黑的药汁,凑到唇边。简少芬下意识地转过头,看着锅里的冬瓜汤。她不知道自己是怎么回事,特别害怕看见姐姐喝草药的动作,她害怕看见姐姐紧皱的眉头和药汁从唇边淌溢的痕迹,害怕听见那种痛苦的吞咽的声音,她也不知道姐姐为什么总是捧着药碗走到自己身边来,似乎这样能减弱草药的苦味。

你刚才下楼碰到谁了?简少贞把药碗合扣在桌上,突然问妹妹。

没碰到谁,我能碰到谁呀?

你怎么去了那么长时间呢?就是去酱园,怎么去了那么长时间呢?简少贞用水清漱完嘴里残留的药汁后又问。

时间长吗?简少芬诧异地望着姐姐,她疾步走到房里看了眼座钟,钟表证实姐姐的话是荒谬的,她从下楼到回来只不过花了三到五分钟。简少芬说,姐,你怎么啦?我去了不过三分钟呀。

我觉得有老半天工夫了。简少贞轻轻摇了摇头,她说,大概一个人待在屋子里面是会有错觉的,你每次下楼,我一个人在家就觉得时间特别长,心里特别空,绣针也捏不住,我也不知道这是怎么了,好像是怕,又说不清怕什么。

你的身体太弱了。姐,以后你别拼命绣了,那些加工活我一个人绣得完。简少芬沉默了几秒钟,有点胆怯地瞟了姐姐一眼,她说,再说我们也不靠加工活过日子,我们不刺绣,靠爹娘留下来的家产也能活下去了。

这些鬼话是谁告诉你的?简少贞的脸上立刻有了愠怒之色,她摊开双掌逼问道,家产呢?家产在哪里?酱园早就是公家的了,娘留下的金器也抄家抄走了,你说说那些家产在哪里呢?难道是我偷藏了?我偷藏了又有什么用?

我不知道。我只是听表姐她们说的,街上的老人也这么说过。

简少芬嗫嚅着避开了姐姐的咄咄逼人的目光。

你总是相信别人。简少贞轻蔑地哼了一声,她说,我一直在对你说,不要去相信别人,可是你总是不听我的,你情愿听那些长舌妇的,也不听我的。

简少芬起初没有辩解,她把冬瓜汤盛到碗里,然后端到桌上。她听见姐姐仍然在絮絮叨叨地埋怨自己。你情愿听别人的也不听我的,你总有一天会上当的。简少贞说。简少芬突然失去了一贯的耐心和逆来顺受的性情,她猛地把一只碗摔在地板上,尖声叫道,我听谁的?我听谁的?我听了你一辈子的废话,你却还在嫌我不听你的。你到底要我怎么样呢?难道我的日子就过得舒心吗?

瓷碗破碎的声音同样传到了楼下的酱园。三个女店员惊讶地抬起头望着楼板。以前她们从未在头顶上听见过类似的破坏性的声音。

你听,楼上好像吵起来了?真的吵起来了。顾雅仙说。

不会吧?哎呀,真的吵起来了。粟美仙说。

狗拿耗子多管闲事。杭素玉说。

梅雨骤歇的日子里,简家姐妹来到酱园的后天井,乘午后的太阳晾晒她们的衣物和布料。那些色彩淡雅的丝绸和棉布在阳光下闪烁着平静的光泽,使院子里的杂草和酱缸产生了新的意味。简少芬戴着一顶老式的式样古怪的遮阳帽端坐在一旁,一边刺绣一边看守着天井里的东西。这是姐姐关照的,她害怕酱园里的人从窗栅栏里伸进手,轻易地偷走绳子上的丝绸。

简少芬觉得初夏直射的阳光有点晃眼,刺绣的速度明显地放慢了,尽管这样,户外的劳作还是带来了某种新鲜而舒畅的感觉。她甚至想以后如果天气适宜,她就可以经常在天井里绣,绣所有的花鸟和流水,绣所有的荷叶和鸳鸯。简少芬把彩色的丝线挂在绳子上,那些丝线就随风轻轻拂动起来,她发现丝线的颜色在户外的太阳下也显得分外美丽动人。简少芬换了个方向坐下,这样可以避免刺眼的阳光,她看见酱园的窗后有人在注意自己和晾晒的东西,她就朝那扇窗子微笑了一下。

窗后的女人是顾雅仙。她对简少芬已经观察了好久。顾雅仙思忖着怎样和她搭第一句话,猛然看见了简少芬手里的那幅绣品,她的眼睛就亮了。

多巧的手呀!顾雅仙赞叹地说,两只鸳鸯绣得活灵活现的,就像在水上游。我还从来没见过这么好的绣品呢。

简少芬又朝她微笑了一下,她的微笑是友善的,但是她什么也没说。

绣这么一件活能挣几块钱?顾雅仙问。

挣不了多少钱。简少芬含糊地回答。

我儿子快结婚了,到哪儿都买不到像样的枕套。顾雅仙叹了口气,少顷她又说,要是福生的喜床上铺了你的绣品,那就有福气了。不知道你能不能帮我绣一对枕套?就绣一对戏水鸳鸯好了。

行啊。简少芬随口应允了。

这个午后简少芬的心情很好,与顾雅仙的隔窗谈话随着阳光渐渐淡去而遗忘了。简少芬万万没有想到一句随意的承诺导致了未来生活的巨大动荡。

第二天一早简家的临街小门被咚咚地敲响了。简少芬以为是抄电表的人来了,打开门发现来者是顾雅仙。顾雅仙的腋下夹着一对天蓝色的确良枕套,手里攥着一绞彩色丝线。顾雅仙没有在意简少芬尴尬的脸色,她说,东西都带来了,你替我绣一对鸳鸯好了,你的手艺我是绝对称心的。简少芬掩饰了内心嫌厌的情绪,收下了东西。她站在门边和顾雅仙说了会话而没有请她上楼,心里很是懊恼。

在为顾雅仙绣枕套时简少芬受到了姐姐的多次责备。简少贞厌恶地看着那对蓝的确良枕套,她说,你揽下她们的活计?以后等着吧,什么人都会来找你绣这绣那的。简少芬愁眉苦脸地说,我也没办法,我不过是随口答应一声,没想到她就当真了。简少贞说,什么真的假的,她们是存心来搅事的。我让你别去搭理这种女人,你偏不信,你迟早会害在她们手上的。

简少芬避人耳目地把绣好的枕套交还了顾雅仙,顾雅仙察觉到她的用意,她说,你放心好了,我不跟她们说这事,这些人脸皮厚着呢,要是让她们知道了,说不定会拿什么东西麻烦你呢。简少芬无言地点点头,很快就从酱园拥挤的店堂里挤了出去。她发现柜台里的杭素玉用一种戒备的目光盯着她,她觉得有点莫名其妙。从酱园回到家,简少芬的心情轻松了一些,一个恼人的负担毕竟卸掉了。她没想到黄昏时顾雅仙再次敲响了临街的小门。

顾雅仙提着一只呢布包,笑嘻嘻地站在门口,从包里拎出一盒糕点和几只苹果。简少芬知道对方是来登门酬谢的,她推挡着那些礼物,脸一下子就红了。简少芬缺乏这种应酬的经验,她觉得非常为难。你要是嫌礼轻了,等我走了你再扔。顾雅仙佯装生气地说,然后她提着礼物兀自朝楼梯上走去,简少芬跟在她身后,简少芬突然意识到自己成了一个木偶,被顾雅仙绕的线团牵住了,一切都身不由己。

简家姐妹就这样迎来了客人的来访。顾雅仙端坐在一张旧式太师椅上,在矜持而冷淡的气氛中并无局促之感,眼望简氏姐妹和幽暗的房间顾盼生辉。简少芬倒了一杯茶,顾雅仙从杯口上嗅到了一股刺鼻的霉味,但她还是喝了一口。茶叶不知道放了多少年了,她想,这对可怜的姐妹就这样招待客人,也许她们并不知道茶叶已经发霉了。

现在的酱油臭烘烘的。简少贞突然对顾雅仙说了这句话,说完她就离开了客厅,在走进卧室时随手拉上了门帘。

她说什么臭烘烘的?顾雅仙回味着简少贞的话,她无法判断这句话的确切含义。

她说酱油呢。简少芬小声地解释道,我姐姐脾气怪,看什么东西都不顺眼,你千万别见怪。

我怎么会呢?顾雅仙朗声笑起来,她说,我猜她是在楼上闷坏了。说实在的,我真为你们姐妹俩担心,就这样闷着过下去,到老了可怎么办呢?

现在已经老了,过惯了清净日子,也就没什么可怕的,简少芬低着头,同样的话她已经对人说过许多遍,现在不得不再说一遍。回答别人的这些问题几乎已成为简少芬的一种义务,简少芬忌恨这些问题和同情的目光,奇怪的是她经常在等待它们,等待那种语言的钝器带来的痛楚,这时候她总是无法把握脸上的表情和舌齿间慢慢滑出的声音。

花布门帘后的咳嗽声无疑是含有逐客意味的。顾雅仙终于站了起来,她微笑着抓住简少芬摊在膝上的手,翻过来看那只苍白小巧的手掌。我会看相。顾雅仙长长的指甲在那只手掌上划来划去,她说,吉人天相,少芬你快要交好运了。简少芬还没来得及说什么,就被顾雅仙拉到了楼梯口,顾雅仙说,我差点把正事忘了。我家福生礼拜天结婚,酒席是我请厨师在家里办的,你可一定要来喝喜酒。简少芬连连摇头说,不行,我们从来不到外面吃饭的。再说我手上活计忙,也没有空。顾雅仙仍然握着简少芬的手,焦急地拍打着。你就再赏我一次脸吧,顾雅仙恳切地望着简少芬,她说,我又不是谁都乱请的,我是真心请你来喝这杯喜酒,难道要老姐姐跪下请你吗?顾雅仙想到了什么,又补充说,少贞要是肯赏脸,让她也一起来吧。简少芬仍然摇头,苦笑着说,我姐姐就更不会去了,她也不会让我去。顾雅仙朝屋里瞟了一眼,神色有些不快,她撇了撇嘴,你连这也要听她的?活了大半辈子,你就不能给自己做一回主吗?

简少芬把顾雅仙送下楼,打开门发现外面的天色又晦暗下来,雨丝已经斜挂在狭窄的街道上,那些未带雨具的行人从酱园门口匆匆而过。顾雅仙啪地打开黑绸布雨伞,她朝简少芬的胯部轻轻拍了一下,连嗔带怨地说,你怎么就不肯爽快地答应一声呢?记住,礼拜天来我家喝喜酒,你要是体恤老姐姐,到时就别让我再上门三请四请的了。

那就去吧。简少芬望着街上湿漉漉的石板路面和低陷处的水洼,眼睛里有一种茫然而顺从的幽光,她的手将那扇小门的手柄拉了一下、两下,门轴就发出了吱吱嘎嘎的响声。她说,那就去吧。

礼拜天的早晨简少芬在燕声啁啾中醒来,看看桌上的钟才五点钟,但她还是起床了。她从姐姐的被窝上越过去,听见姐姐在问,起这么早干什么?今天别去菜场了。

简少芬走到窗边打开了西面的窗子,她看见一只紫黑色的燕子从屋檐的泥巢中飞起来,在院子里盘旋飞行。她想是她把燕子吓着了,于是她轻轻离开窗边,到厨房去打开煤炉的炉门,然后把一锅草药端到炉子上熬着。简少芬在干这些事时脑子里仍然想着那只燕子,燕子笨拙而慌张的飞行姿势使她联想到自己。她经常觉得巢中的燕子是她整个生活的一种写照。

你真的要去顾雅仙家喝喜酒吗?简少贞在床上大声问。

她是一片真心。简少芬说,看来不去是不行的。

你以为那喜酒是随便喝的吗?你要去就要送礼的,我生来就讨厌这种拉拉扯扯的应酬。什么喜酒丧酒的?都是想从别人口袋里捞钱。

她说不收我的礼。如果一定要送就送吧,我去时带上十元钱好了。简少芬怏怏不乐地说。

不兴那样送礼的。要送就要赶在婚宴前送,否则人家拿了你钱背后还要骂你。简少贞在床上窸窸窣窣地穿衣服,语调中带有明显的愠怒,她说,你非要喝那喜酒就去喝吧,不过你趁早把钱送给人家,人家等着呢。

简少芬没再说什么,她对姐姐的话半信半疑,但一种受骗的感觉还是像阴云一样浮上心头。简少芬看着药锅里的黑色药汁渐渐翻滚起来,用筷子在药锅里猛烈地搅了一下。不去了,不去了。简少芬听见愤怒而尖厉的声音从嘴里滑出来,连自己都吃了一惊,她不相信那是自己的声音。

不去了?简少贞已经站在水缸边刷牙了,她的嘴角沾满了牙膏泡沫,不时地因牙刷的深入而发出干呕的声音。不去就行了吗?简少贞又说,顾雅仙能放过你?你不去她会上门来请的,不信你就试试我的嘴吧。

烦死人了,你到底要不要我去?简少芬紧锁双眉地打开桌上的梳妆盒,盒子里是两把细齿木梳,一瓶三花牌头油和一只白银扁簪。简少芬准备给姐姐梳头了,这也是姐妹俩每天早晨要干的头一件大事。多年来简少贞始终如一地留着旧式的圆髻,每次都是简少芬替她梳的。

简少芬手里的梳子嵌满了姐姐灰白色的长发,它们纷乱无序地缠在梳齿间,就像一堆枯草。她看着那些落发,突然觉得一阵心酸,手就迟滞地按在姐姐的头顶上不动了。她说,可怜,都要掉光了。

你说什么?简少贞回过头看了看妹妹,我没说不让你去,你想去就去好了,我何苦要拦着你呢?

我是说头发,你的头发快掉光了,我的手快抓不住了。

掉光了才好。简少贞冷笑了一声说,掉光了你就用不着天天替我梳头了。

我不是这意思,我有点害怕。简少芬说。

你怕什么?我都不怕。就是真掉光了也不怕,反正我不出门。简少贞又回过头看了看妹妹的齐耳短发,很快收回了视线,她说,你的头发还黑着呢,你怕什么?

不知道。我说不清楚。简少芬茫然失神,手中的梳子停留在半空中,她突然觉得梳子很重,而自己的手臂更加沉重,习惯和理智迫使梳齿靠拢姐姐灰白的长发,但她的心在抗拒那些难看的失去了弹性的白发,不管是缠在梳齿间的,还是依然残存在姐姐头上的,她差点发出呕吐的声音,这些复杂的心情她永远说不清楚,简少芬对此感到非常惶惑。

从中午开始简少芬有点心神不定。她倚窗观望外面的香椿树街,等着那辆披红戴绿的嫁妆车经过,但嫁妆车迟迟没有出现,她猜想它是从另外一个街口通过驶到顾雅仙家去了,后来她隐隐地听到远处有鞭炮声炸响,禁不住舒了一口气。她突然意识到这一天的牵挂就是这阵热烈持久的鞭炮声。

顾雅仙果然上门来请简少贞了。顾雅仙先是在简家的小门上敲了一阵,没人下楼开门,她就从酱园里绕进去,打开了素日封死的那扇门,直接站在天井里对着楼上喊。简少芬苍白的脸后来出现在窗口,一半是茫然一半是感激地望着天井里的女人。顾雅仙向她挥着一只油腻的袖套喊,六点钟开席,你可一定要来,我忙得脚都抬起来用了,别让我跑第二趟了。简少芬对她笑了笑。顾雅仙又说,你在忙什么?今天就别绣了,打扮打扮来喝喜酒吧。简少芬的身子朝窗外探了探,欲言又止的样子,最后她只是轻轻地说了一句,那就来吧。

这天顾雅仙家门口挤满了前来赴宴和看热闹的人,所有过路的人和车辆都必须小心翼翼地穿过这些欢乐而无所事事的人群,他们看见了酱园楼上的简少芬跟在顾家运酒水的黄鱼车后面。简少芬穿着一件颜色和式样都显得奇怪的丝绸衬衫,低着头走进拥挤的新婚人家。他们对简少芬的到来感到意外,目光都追逐着那个矮小的背影,后来有一个女人以知情者的口吻解开了人们的疑团,她说,她跟雅仙是很要好的。

简少芬一进去就后悔了。顾雅仙家里蚂蚁般的人群和乱哄哄的气氛都使她害怕。她不知道该坐在哪里,也不知道该跟谁说话。她看见顾雅仙在天井的临时搭就的厨房里搬着碗碟,就走过去了。来啦?去喝杯喜茶吧,顾雅仙嘴里招呼着,手却不停地在忙着什么。简少芬涨红着脸从提包里掂出一个红纸包,放到一只碟子上。你看你,这么客气干什么?顾雅仙佯嗔道,我让你别送礼,你还是送来了,反倒让我难办了。简少芬摇了摇头,她看了四周围一眼说,真热闹。顾雅仙朗声笑起来,结婚喜日就要这份热闹,少芬,你去福生的新房玩玩吧,新郎新娘都在里面呢。简少芬走到新房的门口,看见里面人更多,喧哗的声音也更加热烈,她又折身离开了。她的内心再次充满了受骗的感觉,整个顾家没有一个适宜于她的地方,她不知道她为什么要来这儿。

开席时顾雅仙找简少芬入座,竟然不见她的人影了,有人说看见她已经走了。顾雅仙跺了跺脚,骂道,这个神经病女人。骂完就追了出去。顾雅仙在药店门口追到了简少芬,她把她往回拉拽着说,少芬,你这是干什么?我要是怠慢了你你可以骂我,你怎么能走呢?简少芬窘迫地低下头,任凭顾雅仙拽着她走,她嗫嚅着说,我只是有点害怕,人太多了。这样的场面我不懂该做什么该说什么。顾雅仙拍了拍大腿说,咳,你这个人呀,我是请你喝喜酒的,你什么也不说还不行吗?你走了可不行,今天我还要介绍你认识一个人呢。

简少芬回到顾家,那里的客人都用揣测的目光望着她。顾雅仙拉着简少芬的手从六张桌子间穿梭而过,最后把她按在一张空凳子上。好了,你就坐在章老师旁边吧。顾雅仙在简少芬肩上用力一按,章老师也是个老实人,你们互相照顾,随便聊聊吧。谁也别客气。简少芬从眼角余光中判断那是个四十来岁的男人,戴了副眼镜,她低下头,从提包里掏出一小团酒精棉花,将杯碗筷碟都擦了一遍,她的目光触及了章老师的两只脚,那两只脚上套着一双硕大的橡胶雨鞋,这种不合时宜的穿戴使简少芬无声地笑了笑。简少芬没有再朝章老师的雨鞋看,后来她看见章老师的手小心翼翼地伸过来,往她的碟子里夹了一块咸肉,听见他用同样小心翼翼的声调说,你吃。简少芬讨厌吃咸肉,但她还是很有礼貌地说,你吃。我吃不下。简少芬始终没有正眼看章老师,她想起顾雅仙刚才丢下的话风,脸上一阵一阵地发热,她悄悄地把用过的酒精棉花扔到地上时,听见章老师又说了一句话:讲卫生是很有好处的。

这句话给简少芬留下了深刻的印象。后来简少芬回忆她与章老师接触交往的过程,她对他产生的好感也就是从那句话开始的。

杭素玉上班时路过绸布店,看见架子上新到了几种丝绸,她绕进去看了一会儿,后来就迟到了。她走到酱园门口,看见店堂里已经有人在打酱油了。柜台里顾雅仙和粟美仙都在,杭素玉想她干脆去铁匠铺看看,她托老铁匠打磨的剪刀是否已经弄好,反正已经迟到了,反正她们已经在考勤卡上做下记号了。杭素玉后来提着一把新磨的剪刀再回来,正好听见粟美仙嘴里蹦出一个敏感的名字:孙汉周。杭素玉的心往上拎了一下,站在门外偷听,但粟美仙的声音突然低下去了,怎么也听不清楚。虽然听不清楚,从店堂里传出的窃笑声中,杭素玉判定粟美仙又在背后说她的坏话。

杭素玉走进去,店堂里的人一下子噤声不语了,神态各异地望着她。杭素玉乒乒乓乓地撞进柜台里面,佩上围裙,戴上袖套,然后她突然把那把剪刀往柜台上一拍。谁再在背后嚼蛆,老娘就用这把剪刀剪了她的舌头。说剪就剪,老娘不怕吃官司。杭素玉的嘴唇颤抖着,她的目光充满了暴怒的挑衅,逼视着粟美仙。粟美仙却不看杭素玉,若无其事地把一包萝卜干塞进一个女人的菜篮里,她说,今天天气不对头,又闷又热,我看见公厕里的蛆虫爬得到处都是,恶心死了。

整整一天杭素玉就靠在货架上一动不动,偶尔地视线落在粟美仙身上,她的眼睛里有一点明亮的光焰。杭素玉的情绪有些异常,顾雅仙和粟美仙都注意到了这点,但谁也没有更多的戒备。酱园女店员之间的口角是经常发生的。下午四点多钟,香椿树街又热闹起来,工厂下班的人从酱园门口成群地经过,有的就拐进了酱园。杭素玉这时候离开了柜台,她在门口拉住一个男人问,我家老宋回来没有。那个男人说,回来了,在家门口跟人下棋呢。杭素玉笑了笑,回过头对顾雅仙说,我先走了,今天又迟到又早退,你都给我记上吧。

顾雅仙打开考勤卡,在杭素玉的名字后面又重重地打了一个×,她说,没见过这样厚脸皮的人,调她走不肯,留下来又不干活。顾雅仙气咻咻地抱怨着,突然发现柜台上的那把剪刀,她顺手把剪刀收了起来。这个泼货,她把剪刀带来干什么?顾雅仙说,怪吓人的,她什么事都做得出来。粟美仙在一边说,你别动剪刀,就放那儿,让大家看看这个泼货。我就不相信她敢对我动剪刀。粟美仙话音未落,就看见酱园的门被踢开了,杭素玉和她丈夫老宋一前一后冲了进来。

粟美仙,我剪了你的舌头就去吃官司。杭素玉高叫着去抓柜台上的剪刀,顾雅仙想夺已经来不及了,她把粟美仙朝里面的仓库推,美仙,你快躲一躲。粟美仙跟跄着退到仓库,下意识地想拉住顾雅仙的手,但杭素玉已经冲了过来,整个身体抵住了仓库的门。杭素玉对她丈夫喊,你这个笨蛋,你快来揪住她,我要剪了她的烂舌头。老宋就过来捉住了粟美仙的双臂。杭素玉又喊,掰开她的嘴,我剪了她的烂舌头。老宋去掰粟美仙的嘴时手上被狠狠地咬了一口,几乎是同时他的下身也被粟美仙捏了一把,老宋疼得跳了起来。粟美仙腾出了身子,和杭素玉扭打在一起,这时候她听见了顾雅仙尖厉的喊声,杀人啦!杀人啦!

人们从街上涌进酱园,阻挡了老宋夫妇对粟美仙的袭击。有人从杭素玉手中抢下那把锋利的剪刀,从仓库的窗户扔进了简家姐妹的天井里。当事人被一个个地架开了,除了老宋没有明显的外伤,杭素玉和粟美仙的脸上都留下了形状不同的抓痕和血印。酱园里挤满了人,他们望着三个当事人,对事态的发展议论纷纷。

顾雅仙严厉地指责了哭丧着脸的老宋,她指着老宋的鼻子说,你看你多没出息,女人间的臭事要你个大男人来瞎搅,你们杀了人难道不要偿命吗?

没想杀她。素玉只说要割她的舌头,她拖着我来我只好来。老宋捂着裤裆,有气无力地回答说。

割舌头就是要杀人。什么事情不好解决,非要动刀杀人吗?

杀人,杀人,你才在瞎搅。老宋对顾雅仙很不耐烦,他的手在裤裆处摸了一下,突然苦笑着说,她也够狠的,连汗毛也没碰到她一根,倒把我的卵蛋给捏碎了,不信脱下来给你看看?

店堂里的人都笑起来,顾雅仙也忍俊不禁捂住了嘴,想想又不该笑,于是正色道,素玉和美仙这样闹下去不行,我要向领导反映的。我是酱园的负责人,万一出了人命我可负责不了。

这天酱园到很晚才打烊,等人去店空了,顾雅仙发现货架上的瓶装酱菜和味精、盐袋少了许多,明显是被人趁乱卷走的。顾雅仙不由得大骂起来,少了这么多东西,月底盘点时又是麻烦。顾雅仙想想就迁怒于杭素玉和粟美仙身上了,这些损失应该让她们两个人一起赔偿。

简少芬到天井晒衣服,发现地上有把剪刀,她把它捡起来放到一只倒卧的酱缸上,并没有把丢弃的剪刀和前几天酱园的那场殴斗联系起来,她从来没有观望邻里斗嘴打架的习惯,这也是简家古老的家规之一。那天黄昏楼下的喧闹她是听见的,她想下楼看被姐姐阻止了。

不知谁在天井里丢了剪刀。简少芬上楼时顺便把剪刀带回来了,她试了试刀锋说,还是把新剪刀呢。

放厨房里吧,剖鱼剪菜能用得着。简少贞说。

简少芬就把剪刀挂在了墙钉上,她不知道这把剪刀是怎么落到她家的天井来的,想想这件事情似有蹊跷之处。

几天来简少贞一直埋怨她的热伤风。伤风诱发了她的头痛病,也使她的脾性变得更加阴郁和易怒。简少芬建议姐姐脱掉那件蓝布罩衫和玄色裤子,她说,这么闷热的天,又不出门,你捂那么严干什么呢?在家穿什么都没有人看见的。简少贞对她的建议置若罔闻,她躺在大床上懒懒地摇着蒲扇,枕边放着一台老式的木壳收音机。收音机里传出越剧《碧玉簪》流丽哀怨的唱腔,正好是"三盖衣"那个著名的片断。

什么三盖衣?简少贞突然关掉了收音机,鼻孔里哼了一声说,严小姐是个蜡烛货,自轻自贱的蜡烛货。

那是戏文,不能当真的。

说来说去男人更可恶。简少贞叹了口气,在额角上擦了一点薄荷油,然后她说,我头疼得厉害,好像是热火发不出来的样子,少芬,你来给我刮刮痧吧。

简少芬应声走出去端了一碗凉水,她走到床边替姐姐把衣服脱了。姐姐的雪白的松垂的上身就这样袒露在她的目光中,手指触摸之处是微凉而柔软的,鼓出的脊椎两侧还留有上次刮痧的红印。简少芬噙了一口水喷到姐姐的后背上,姐姐端坐着一动不动,简少芬自己反而战栗了一下,她的手在空中犹豫了好久才落下去,用指关节扯动着姐姐后背上绵软的肌肤,看见红色的淤痕一点点地显露出来,简少芬的手指也莫名地战栗起来,她觉得心里有一种重压下的疼痛的感觉。

你重一点,刮轻了起不出痧,没有用的。简少贞的嘴里发出轻轻的呻吟声,她用扇柄在床上敲了敲,你今天是怎么啦?干什么都心不在焉的。

我也不知道,我觉得有点累。简少芬嗫嚅着侧过脸去,她望了望窗外,又看了看自己的手指,它们仍然微微地战栗着,简少芬摇了摇头,把她的失去主张的手继续放到姐姐的背上,她说,天又暗下来了,衣服晾在天井里,我怕会下雨。

窗户半掩半合,从外面挤进来潮湿和闷热的南风,一只苍蝇也从窗外飞进了简家姐妹的房间,后来就是这只讨厌的苍蝇点燃了简少芬心底潜伏的无名怒火。

简少芬看见那只苍蝇嗡嗡地飞来,它就在简少芬的头顶上耐心地盘旋着,她用手去赶,苍蝇飞高了一些,仍然不肯离去,简少芬又挥手驱赶,如此重复了几次,那只苍蝇仍然固执地在她头顶半尺的空中嘤嘤嗡嗡,简少芬忍无可忍,她朝着苍蝇怒声叫了一句,讨厌的东西,快滚。

一只苍蝇,随它去。简少贞对妹妹的小题大做觉得不耐烦,她说,别管苍蝇了,继续刮吧。

不,我要拍死它。简少芬突然从姐姐手里夺过蒲扇,她咬着牙将扇子朝苍蝇挥去,苍蝇在屋内低低地盘旋着,最后终于飞向了窗外。简少芬扔下扇子追了过去,她对着窗外那个远去的黑点骂了一句刺耳的脏话,×不死的烂×。

简少贞惊诧万分,她猛地回过头注视着妹妹苍白失血的脸,目光里掠过一道疑虑和恐惧的光。简少贞说,少芬,你在骂脏话,你怎么骂起脏话来了?

我骂什么了?我骂脏话了?简少芬恍惚地反问。她缓缓地走回来坐在床上,她想把姐姐的身体扳过来继续刮痧,但简少贞把她的手推开了。

真丢人,你骂这种脏话。简少贞的嘴角浮出一丝讥讽的微笑,她说,你现在跟酱园的那帮女人一模一样,这种脏话你怎么说得出口?

我也不知道怎么回事,我恨死了那只苍蝇。

恨苍蝇?简少贞冷笑了一声,开始拾起衣服往身上穿,她说,我知道你跟顾雅仙那种女人搅到一起去了,顾雅仙一向喜欢指桑骂槐,你现在也学会了。我哪儿害了你,让你这么恨我?

我骂的是苍蝇,我没有骂你。简少芬沉默了一会,突然跳起来对姐姐尖声大喊,我没有骂你,我怎么敢骂你?然后简少芬呜呜地哭起来,她的哭声听上去喑哑而又空洞,伴随着贫乏重复的哭诉,我怎么敢骂你?她说,我怎么敢骂你。我骂的是苍蝇,我骂我自己。

简少芬哭得像个泪人似的,情绪才渐渐稳定下来。她走进厨房去洗脸,看见姐姐倚着墙用毛巾擦眼睛,她明显也是刚哭过的,眼睛还红肿着,简少芬摘下自己的毛巾就退了出来,顺手把门重重地关上了。她对着墙上的圆镜审视着自己的面容,镜子里的自己总是愁眉苦脸的,也许这样的表情经年不变地滞留在脸上,只是她自己不知道而已。而双颊的湿润的泪光使简少芬产生了深深的自怜,她抬手抚摸着脸部,疏淡而纤细的眉毛,浮肿的略显松弛的眼睑,精巧挺拔的鼻梁以及柔软的失血的双唇。这是何苦呢?简少芬突然又哽咽了一声,她伸出食指在镜子上划了一个叉,不知什么时候开始,她对镜子里的脸有了一种怨恨的情绪。

下午顾雅仙又来敲门。简少芬犹豫了一会儿,终于在姐姐的侧目而视下去开了门,听敲门声就知道是她来了。

我腿都站酸了。顾雅仙总是这种容光焕发的高兴样子,她朝简少芬挤了挤眼睛说,你们姐妹俩待在楼上,难道也有什么好事做?

不知道是你。简少芬听那话刺耳,脸色就有点难看。

好了,我这张臭嘴该打。顾雅仙伸手在简少芬脸上捏了一下,她说,别生气,我闹着玩呢。我是给你送戏票来的。

什么戏票?简少芬蒙在鼓里。

新丰戏院的越剧票。都是名角。我好不容易弄了两张票,晚上我在戏院等你。顾雅仙说着就把一张戏票往简少芬手里塞,是我请你看,晚上七点钟,我们不见不散。

我不怎么爱看越剧,你还是请别人吧。简少芬推诿着,她捏住戏票觉得有点手足无措,你知道我晚上是不出门的。

别客气了,我成天听见你们楼上收音机响,尽是才子佳人的绍兴戏。顾雅仙脸上露出某种暧昧的笑容,她抓住简少芬的手摇了摇说,就是要请你去看。本来我们可以结伴的,但我还要到女儿家绕一趟,你就自己去吧,反正你这么大个人,也不怕谁把你拐跑。

简少芬不再做无益的申辩,她想了想什么就把戏票收进了丝绒钱包里。演的是哪出戏?她突然轻声问,是《碧玉簪》还是《楼台会》?

反正是出好戏。去了就知道了。顾雅仙抿嘴一笑。

晚上简少芬往拎包里塞卫生纸和手帕时注意到姐姐冷冷的目光,但简少贞没有开口探问。姐妹俩每次争执后都有这么一段僵持阶段,少则一两天,多则一个礼拜。这次是简少芬首先打破了沉闷的气氛,她拎起布包对姐姐说,顾雅仙约我去看戏,我去了,药在炉子上煎着。姐姐拧着脸没有搭腔。简少芬走到楼梯上,听见背后传来姐姐咬牙切齿的声音,你的魂让顾雅仙勾跑了,还管我的煎药?

简少芬提前一刻钟到了新丰戏院,她依稀记得还是小时候跟母亲来这儿看过戏,一晃几十年过去了。她站在戏院的门厅里等顾雅仙,直到开场的铃声响了,仍然不见顾雅仙的人影。简少芬疑疑惑惑地走进去,找到座位刚坐下来,突然看见那个章老师也正朝这边挤,章老师的手里抓着两瓶汽水。

这时候戏院的灯光恰巧暗下来,黑暗掩饰了简少芬尴尬的表情,她看见章老师在旁边笨拙地坐下,章老师穿着件洗旧了的白衬衫,简少芬闻到一股男人的淡淡的汗味,她悄悄地朝下看了看,章老师的脚上仍然穿着那双橡胶雨鞋。

我以为是雅仙呢。简少芬的脸有点发烫,身体下意识地往边上挪了挪。

喝汽水,天够热的。章老师递过来一瓶汽水。

不渴,才在家里喝过水的。简少芬推了推汽水瓶子说,你自己喝吧。

我也不渴。汽水是为你买的,既然你不喝就放一边吧。章老师自嘲地笑了笑,把两只汽水瓶子往座位下一塞。

事情已经很清楚,是顾雅仙擅自安排了这次约会。简少芬看着紫红色的帷幕渐渐拉开,舞台上红男绿女地渐渐热闹起来,她的思绪却是乱纷纷的。有一个模糊而尖锐的声音来自看不见的地方,它在命令她离开此地,但简少芬发现她的身体不能履行这道命令,她无法起身离去。她努力地去关注戏台上的男女卿卿我我的剧情,看见那个小姐用一块绿丝帕半掩红唇,悲悲切切诉说衷情,简少芬的眼圈莫名其妙地红起来,眼泪也就挂到了面颊上。

这种戏就是骗女同志眼泪的。女同志一般都心软。章老师在一边轻声说,我到现在也没看出个名堂来,不知道台上到底是怎么啦。

我也不知道是怎么了,我一看这种戏就要哭。简少芬从布包里掏出手绢擦着眼睛。突然想起什么,她说,不知道会演到几点,我怕到时赶不上末班公共汽车。

没关系。我用自行车驮你回去。章老师说。

那不行,到时再说吧。简少芬说着又把视线转向舞台,她听见自己的心跳声很响很急。整个夜晚这种六神无主的感觉伴随着她。幕间休息的时候灯光又亮起来,简少芬看见前排有人回头朝这里望,心里突然有点害怕,她在膝上卷弄着那只布包说,不早了,我想回家了。

才演了一半呀,章老师诧异地望了望简少芬的脸,他说,我知道你出来一趟不容易,既然来了就看完吧。不管多晚我都要送你回家,这也是顾大姐吩咐的。

那就看完吧。简少芬犹犹豫豫地说,我就是有点担心我姐姐,她一个人在家。

这有什么可担心的?章老师笑起来说,她也不是什么小孩子了。再说,你也应该有你的自由,你姐姐不应该限制你的自由。

我们家的事别人是不懂的。简少芬沉默了一会儿说。后来直到散戏没再说一句话。章老师对此很惶惑,他不知道是哪句话刺伤了她。

散戏后果然没有公共汽车了。简少芬不肯坐章老师的自行车。

章老师只好推着车跟在她后面走。两个人在夜晚空寂的大街上忽快忽慢地走，只听见两只未开封的汽水瓶子叮叮咚咚地碰撞着，两瓶汽水现在挂到了章老师的自行车龙头上。快到香椿树街口时，简少芬问了章老师几个问题，都是实质性的问题，章老师反而舒了一口气。

你妻子哪年过世的？简少芬问。

前年。是出的车祸。章老师说。

你孩子今年几岁了？简少芬又问。

都上高中了，孩子平时跟着他外公外婆过。

可怜。简少芬叹了一口气，然后在一盏路灯下站住了，她用手指抠着木质电杆说，看来你也是个可怜的人。

不出所料，顾雅仙隔天就来探问简少芬对章老师的看法，她们就在楼梯下面谈话，为的是避开简少贞警觉的耳朵。简少芬的眼神是躲躲闪闪的，说话也总是绕开正题。这使顾雅仙有点气恼，顾雅仙拍着大腿说，我拿你这样人真是没办法，你既然不表态就算了吧，就当我这一片热心肠是狗屎，就当我是狗捉老鼠多管闲事吧。

简少芬被顾雅仙激将了一番，终于吐出了实话。简少芬低下头慢吞吞地说，他人挺好，也挺老实的。

那不就行了？顾雅仙笑起来，压低了嗓音说，那就选日子再见一次面？

不要见了。简少芬的表情倏尔变得很痛苦，她说，我已经这样过了大半辈子了，就这样凑合过下去吧。

不行。你能过下去我还看不下去。顾雅仙激愤地摇着头，她朝楼梯上瞟了一眼，少芬，你怎么这样傻？你就甘心一辈子做她的使唤丫头？她愿意受苦不说她了，可她凭什么拽着你一起受这份苦？

你们都误会了。简少芬的眼睛里已经沁出泪影，她扭过身子朝楼梯上迈了一步，仍然是低声地说，我也不光为了我姐姐，主要是我自己害怕。我从小就害怕男人。

少芬你错了。顾雅仙又暧昧地笑起来，她说，我还就觉得男人最好弄，男人一点不用怕，男人都觉得女人可怕呢。

简少芬往楼梯上跨第二步的时候衣角被顾雅仙抓住了,顾雅仙朝她专注地看了一会儿说,礼拜天在群众公园再见次面,好不好?简少芬站在楼梯上发怔,一只手下意识地护住被拽的衣角,最后她给顾雅仙丢下至关重要的一句话,那就再见一次面吧。而顾雅仙当时就预感到这回的媒人又做成功了,她很惊喜,尽管她已经无数次地充当这个角色。

梅雨季节好像快要过去了,雨水一天天地稀落,阳光则一天天地强硬起来。窗外的蝉声从早晨聒噪到夜晚,使凝滞的空气陡增了一份炎热,也使窗内的人陡增了一份烦闷的心情。到太阳落山的时候打开临街的楼窗,可以看见香椿树街头已经出现了乘凉的人群和形形色色的卧具。

酱园的楼上闷热无比,从天井的那些旧酱缸里滋生的蚊子穿过残破的窗纱,绕着白炽灯泡混乱地飞旋着。简少芬只好早早地就点燃起蚊香,就在点燃蚊香的一刹那间,简少芬鼓起了非凡的勇气,将一个艰难的话题向姐姐和盘托出。

简少贞起初没有说话,她的眼睛像细针一样盯紧了妹妹的脸,忽而闪亮,忽而又黯淡下去。她一直在听,等到妹妹终于说不下去了,她拧过身子,对着窗外发出了一声冷笑。

这么说是二婚头,你要做他的填房?

他人好,又老实又有文化。我就图这些。

这么个人你也要嫁?

他人好。简少芬几乎要哭出来,她喏嚅着说,再说我也没有资格去挑挑拣拣了。

你就这么着急要嫁人?

什么叫着急?你说这话就昧了良心了。简少芬突然呜呜地哭起来,她跪在地板上,用手拍打着地板,边哭边说,我四十几岁的人了,你还说我着急,你怎么还说我着急?我要着急早就嫁了,何苦陪着你过这种没滋没味的日子?

那你就去嫁吧,我不要你陪,我从来没让你陪。简少贞从藤椅上站起来,她的嘴唇哆嗦着,双手径直伸过来抓住简少芬的手臂。现在就去嫁,现在就从简家滚出去吧。简少贞架住妹妹把她朝外面推,她说,现在就滚出去,去跟你的男人过吧。

简家姐妹就这样扭在一起,两个人的脸同样地苍白失血,同样地充满绝望和悲怆之情。酱园陈旧开裂的楼板因此颤抖不止,板壁上简老板夫妇的遗照砰地坠落在地。简少芬这时候用力推了姐姐一把,看着她跌坐在床上。然后她掠了掠被汗水湿透的短发,走过去捡起了相框,相框玻璃上出现了一道裂缝,简少芬把相框重新挂好,这时候她又哽咽了一声,她说,你这样反而让我铁了心了。

简少贞坐在床上浊重地喘着气,眼睛里也噙满了泪。她从枕边摸出一个药瓶,连续吞咽下三颗药片。简少贞一边干呕着一边开始咒骂顾雅仙。简少贞说,这个搅家精,我让她不得好死。

你用不着赶我走,到时候我自己会走的。简少芬又说。她用丝帕蒙住脸走到窗前,看着下面黑黝黝的天井,那棵石榴树在夏季枝繁叶茂,像一把巨大的黑伞罩住了酱缸、草蔓和其他杂物。从酱缸里飞出的萤火虫在天井里萦回低旋,简少芬看见了那道微弱的蓝光在夜色中掠过,一切都应和了她此时此刻凄清的心境。

这天已经调离酱园的孙汉周又回到了旧地,他还是那副油头粉面轻轻松松的样子,倚着柜台和女店员们瞎聊了半个上午,惹得她们时而哄笑时而叱骂。孙汉周走的时候把黑包忘在了柜台上,是杭素玉追出去把黑包给他的。粟美仙因此发现了孙与杭重续旧情的蛛丝马迹。她觉得这样的小诡计是根本瞒不过她眼睛的。在杭素玉离柜的短短一分钟内,粟美仙与顾雅仙迅速地交换了狡黠的眼神,她将耳朵贴着临街的窗上尽量偷听,希望能听清一点实质性的内容。

在约地方鬼混呢,这个骚货。粟美仙朝顾雅仙眨眼睛。

你想捉奸吗?顾雅仙哂笑着说,真要约地方,你怎么听得见呢?

肯定是在仓库里。以前我在仓库里发现好多卫生纸,都是用过的脏纸。粟美仙说这句话时表情很暧昧。

仓库倒是个偷鸡摸狗的好地方。顾雅仙仍然嘻嘻地笑着,她抬头朝楼板顶棚瞥了一眼说,你要是从楼上简家绕到天井里,捉起奸来就方便了。

我今天倒要试试,我就不信抓不到那骚货的把柄。粟美仙咬牙切齿地说。

杭素玉很快就回到柜台里,她朝柜台半倚半坐地一靠,说,老孙这家伙真糊涂,东西到处乱丢。顾雅仙满面笑容,一语双关地说,可不是吗,他的东西到处乱丢。而粟美仙在柜台那边发出了轻微的冷笑,她觉得杭素玉这句话完全是欲盖弥彰越描越黑的。她在心里说,等着吧,我就不信抓不到你的把柄。

这天夜里很闷热,简少芬刚洗完澡,正在洗衣服的时候听见了那阵轻轻的敲门声,她以为是顾雅仙又来了,下楼开门一看却是粟美仙。

少芬,我有样东西掉在你家天井里了,让我进去拿一下。粟美仙说着就径直走了进来,她的手里捏了支手电筒。

简少芬觉得粟美仙的神色很怪,她就跟在后面往夹弄走。通往天井的门开在夹弄里,平时是锁着的。简少芬打开了锁,疑惑地问,是什么东西?怎么会掉天井里呢?粟美仙这时候抿嘴一笑,她压低嗓门说,跟我来,有好戏看了。简少芬还是疑惑不解,她说,到底怎么回事?你把我弄糊涂了。粟美仙嘘了一声,示意她不要说话,然后她拉着简少芬的手,蹑足往天井里走。粟美仙很轻易地推开了平日封死的那道门,进入酱园黑漆漆的店堂。小心,千万别出声。粟美仙附在简少芬耳边轻声叮嘱,她拉紧了简少芬的手走到仓库的门前,自己先蹲下来,扒在锁眼上朝仓库里望。简少芬听见了粟美仙喉咙里压抑的笑声,紧接着她的头部也被粟美仙朝锁眼上按。你来看看里面有什么好戏?

起初简少芬只看见仓库里发黄的灯光和一些装满瓶罐的木条箱,当她终于看清楚地上的两个人时不由得发出了一声惊叫。简少芬从来没有见到这样的场景,她的第一个反应就是逃离现场。她跌跌撞撞地奔出酱园的店堂,一路踢翻了地上的几只玻璃瓶子,发出乒乒乒乓的巨响。

少芬,你别走,你是证人哪!粟美仙在后面喊了一声。

简少芬满脸燥热,她跑到院子里,听见酱园里已经响起最初的嘈杂声。好像是粟美仙和杭素玉隔着门在互相谩骂,其中还夹杂着一个男人沙哑的嗓音。简少芬看见姐姐也下了楼,姐姐站在天井里听了一会儿,走过去把通往酱园店堂的大门砰地关上,然后在门上别好了插销。

恶心。简少贞朝地上啐了一口,她说,通奸的捉奸的都不是好货。

第二天粟美仙捉奸成功的消息就在香椿树街不胫而走。到酱园来买东西的妇女特别多。她们在柜台上没有看见杭素玉的人影,有人问顾雅仙,杭素玉呢?顾雅仙含笑答道,休病假啦。粟美仙在柜台里显得神采奕奕,当有人询问捉奸过程时,她便不厌其烦地重复一句话,从锁孔里看见的,楼上简少芬也看见的。

谁也没有预料到这件事情后来导致了闻名一时的香椿树街凶杀案的发生。几天后香椿树街的居民听到了一个耸人听闻的消息,街西的老宋用一把菜刀砍死了妻子杭素玉,然后就把血淋淋的菜刀夹在自行车的后架上,骑车去了城东的煤球店,在那里老宋当着好多人的面砍了孙汉周五刀,最后他把菜刀扔到煤堆上,对旁边惊呆了的目击者说,我马上去公安局自首。如果你们谁家的女人也偷汉子,赶快告诉我,我顺便也砍了他们。

杭素玉死后顾雅仙去吊了唁,原来粟美仙也跟着去的,但她刚刚走进灵堂就被人推了出去,死者的姐姐跺着脚对她喊,都是你搅出来的事,你还有脸来吊唁?粟美仙脸上很难堪,她在门口站了一会儿,后来就夹着一条线绦被面离开了。留下的顾雅仙在灵堂里哭了很久,她掀开死者脸上的白布,发现杭素玉的遗容经过化妆后更显风韵,只是眉宇之间仍然留存着怨恨的神色。

那种事情谁都会沾点边,有什么大不了的?顾雅仙诚恳地对死者亲属说,怪只怪素玉苦命,嫁了这个禽兽不如的男人。顾雅仙后来又回忆了多年前的往事,她说,当初素玉要嫁老宋时我就劝过她,她不肯听我的话,现在想想真可怜,素玉这条命也送在他手上了。

这个夏天香椿树街的居民在街头纳凉时经常谈起杭素玉之死的话题。他们普遍认为粟美仙是一个间接凶手,当粟美仙下班时总是有人在背后指指戳戳,而杭素玉娘家的亲戚对粟美仙都是横眉竖目的,他们骂她是个害人精。

在对凶杀案进行常规性调查时,酱园楼上的简少芬曾被传到居民委员会质询。简少芬面色惨白,坐在椅子上不停地打战,她只是一味地说,我不知道,我没看见,我什么也没看见。

到了秋风初起的九月,简少芬终于和小学校的鳏夫章老师结婚了。事情是在相对保密的状态下进行的,因为简少芬不想让更多的人知道。顾雅仙自然而然成为新娘的女傧相,在喜庆日子里陪伴左右。婚宴上多为章老师的亲戚,他们对婚礼冷淡拘谨的气氛有思想准备,所以当新娘后来躲在饭店卫生间长时间哭泣时,并没有人进去劝阻她。

第二天顾雅仙在酱园向某些人散发了喜糖。据顾雅仙描述,简少芬那天化了淡妆,穿了红色的呢裙,看上去并不显得太老,只是眼泡因为长久哭泣而浮肿着。顾雅仙又说起章老师的那个上了中学的儿子,她说,那孩子犟头犟脑的,大家都让他喊妈,偏偏他就不肯喊,最后拗不过了,就板着脸喊了声阿姨。

楼上的足不出户的简少贞就是这时候走进酱园的,简少贞穿着黑衣黑裤,脑后的发髻上插着一朵白绒线,是一副守丧的打扮,她手里抓着一把剪刀悄悄地站在门口,以一种睥睨的目光盯着顾雅仙不停翻动的嘴唇,顾雅仙猛然刹住了话闸,她抬起头吃惊地望着简少贞。那个老女人苍白的扭曲的脸使她感到心悸。

搅家精,烂舌头。简少贞扶着柜台慢慢挪过来,她朝顾雅仙挥舞着那把剪刀,我要剪了你的烂舌头。

边上的人把顾雅仙推进了里面的仓库,顾雅仙躲在仓库里尖声叫骂,这个神经病的老×,我看她真是发疯了,她妹妹要嫁男人怪我什么事？我是好心,好心真是没好报。

围观者都看见了简少贞手里的那把剪刀,但谁也没有想到它就是死去的杭素玉用过的那把剪刀。他们听见简少贞又恶狠狠地嘟囔了几句,然后她深深地叹了口气,蹒跚走出了酱园的店堂。围观者目送那个苍老的背影离去,不由得议论纷纷,他们觉得简少贞的神经真的是出了毛病,也许是她老糊涂了,也许是被气出来的。

从此后简少贞几乎天天重复她的古怪乖张的行动,她总是在正午时分悄悄地来到酱园,身上穿戴着黑白两色的丧服,手里抓着那把半新半旧的剪刀。她盯着顾雅仙的两片嘴唇,只要顾雅仙开口说话,简少贞就会嘟嘟囔囔:搅家精,烂舌头,我要剪了你的烂舌头。顾雅仙后来对此习惯了,也就视若无睹。有时候她对人说,她有神经病,我理她干什么？有时候想想又很怨恨,说,我真是倒大霉了,好心撮合了一门婚事,十八只蹄髈没有吃到,反而结下了这个倒霉的冤家。

简少芬婚后回来过几趟,每次都被姐姐骂出了家门,她带来的水果被姐姐一只一只地扔到大街上。有一次她和章老师一起回来,刚走上楼梯,简少贞就开始往楼梯上砸东西,先是脸盆凳子之类的,后来是垃圾,最后是一只马桶滚了下来,粪水溅了夫妻俩一身。简少芬站在门口哭起来,她抽泣着对章老师说,这下我死心了,我再也不回来了,除非哪天来给她收尸。

简少芬没有想到她一谶成真,冬天她重回香椿树街果然是来给姐姐收尸的。说起来及时发现简少贞死讯的还是顾雅仙,冬至那天简少贞没有下楼对顾雅仙履行常规的威胁性行为。简少贞没有来酱园,顾雅仙竟然有点心神不定,她对粟美仙开玩笑说,老东西今天怎么不来？会不会翘辫子了,那样我就省心了。顾雅仙说完朝头顶上的楼板扫了一眼,楼上好像是一片死寂,她看见楼板上糊的旧报纸颜色有些怪,有一块是红色的,椭圆形的,而且它在隐隐地放大,颜色也越变越深。不好了,楼上真的出事了。顾雅仙突然尖叫了一声,率先跑出去撞开了简家临街的小门,一群人闯进陌生的简家,他们在楼梯上就闻到了一股酸酸的血腥味。

简少贞作为闻名于香椿树街的怪人,她选择的死亡方式也是奇怪的出人意料的。简少贞用无数绣花针扎破了她的动脉血管,她就这样坐在绣花绷架边,坐在一张已被磨出白光的红木椅子上等待血液流光,直至安静地死去。

匆匆赶来的简少芬把姐姐冰凉的身体搬到了床上,从她的眼睛里已经看不到昔日的泪光。简少芬后来用手绢蘸上水,一遍一遍擦拭衣服上的血迹,顾雅仙也在旁边帮她的忙。顾雅仙猛然听见简少芬说了一句不堪入耳的话,她说,这个神经病的老×,死也不肯好好的死去,死了还要拖累别人。这句话听起来非常熟悉,但顾雅仙不相信它出自简少芬之口,顾雅仙不相信短短半年之内,简少芬竟然起了如此惊人的变化。

酱园楼上的简氏姐妹其实都是颇有名气的刺绣艺人,现在姐姐简少贞已经故世了。妹妹简少芬仍然活着。简少贞的最后一幅绣品没有完成,而且当时就已经被损坏。那是绣品中比较罕见的人像,绣的是一个女人的脸部,模样酷似楼下酱园的店主任顾雅仙。被损坏的部位主要在女人的两片粉红色嘴唇上,据简少芬回忆,她最初见到那幅人像绣品时,有一把剪刀插在女人的嘴上,丝绢上因此出现了一个无可挽回的伤口。

三 盏 灯

一

平原上的战争像一只巨大的火球,它的赤色烈焰吞掠过大片的田野、房屋、牲畜和人群,现在它终于朝椒河一带滚过来了。

雀庄的村民们已经陆陆续续地疏散离村。几天来偌大的村庄鸡犬不宁,到处充斥着惶乱和嘈杂的声音,主要是那些女人和孩子,女人们抱着盐罐爬上牛车,突然又想起来要带上腌菜坛子,她们就是这样丢三落四的令人烦躁。而孩子们对这次迁徙的实质漠然不知,他们在牛车离村的前夕仍然玩了一次游戏。娄宽家套车的牛被几个孩子拴住了前腿,娄宽赶车,车不动,路边的老枣树却哗啦啦地摇晃起来,娄宽以为是老牛偷懒,大骂道,你个畜生也敢来闹事呀? 啪的一鞭下去,牛就尥了蹶子,娄宽一家人全从牛车上栽了下来。

村长娄祥没说什么,娄祥蹲在地上喝粥,眼睛不时地瞟一下几米开外的茅厕,娄祥最小的儿子还蹲在那儿,娄祥一边喝粥一边说,也没什么给他吃,哪来这么多屎尿? 娄祥的女人却性急,在旁边跺着脚喊,你好没好,好没好呢? 都什么时候了,你还粘在那缸上!

娄祥一边喝粥一边推了女人一把,让孩子蹲吧,拉光了上路才痛快。娄祥毕竟是个闯过码头见过世面的人,牛车套好了,粮食和箱子都搬上了车,娄祥还慢吞吞地喝完了一大碗粥,吃饱了肚子娄祥才有力气维持村里混乱的秩序。

慌什么? 你们慌什么? 娄祥突然跳起来直奔娄福家的牛车,耳朵里长猪屎啦？告诉你们多少遍了，带上粮食就行了，牵那么多牲口干什么，就你们家有羊有猪？人家是来打仗，脑袋都拴在裤腰带上，谁稀罕你的猪你的羊？

娄福仍然将他的大黑猪往车上赶，谁稀罕？娄福气咻咻地说，就是不打仗，我家还少了好几头羊好几只鸡呢。

娄祥刚想骂什么，一转眼看见娄守义一家正喊着号子把他家的衣柜往牛车上搬，不怕把牛压坏啦？这帮人，耳朵都让猪屎堵住了！娄祥这回真着急了，他挥舞着手里的碗冲过来冲过去，手里拿着筷子朝这人捅一下，朝那人捅一下，都给我上车，马上走，再不走路上就碰到十三旅，十三旅见人就杀，你们要是不怕就别走啦！娄祥把手里的碗狠狠地砸碎，你们把房子也背上走吧，你们这帮猪脑子的东西！

正午之前最后一批村民离开了雀庄。村长娄祥坐在牛车上隐隐地听见县城方向的枪炮声，别慌，军队离我们还有三十里地呢，娄祥对他一家人说，我们去河西躲一躲，躲个十天半月的就回来了。怕什么呢？打仗可不像种田，稻子一季一季的都得插秧，打仗总有打完的一天。人可不像稻子，割下来还能打谷留种，不管是十三旅还是三十旅，打仗就得死人，人死光了怎么办？仗就不打了，我们就回家啦。

牛车走得很慢，村长娄祥回头望了望雀庄的几十间房屋和几十棵杂树，突然觉得自己丢下了一件什么东西。没丢下什么东西？他问身旁的女人。女人说，把一筐白菜丢下了，你偏不让带。娄祥说，我不是说白菜。娄祥皱着眉头数了数他的一堆儿女，大大小小男男女女的，一共六个，一个也不少。这时候牛车经过村外的河滩地，娄祥看见河滩上的一群鸭子和一间草棚，倏地就想起了养鸭子的扁金。扁金呢，怎么没有捎上扁金？娄祥打了一下自己的额头，我让他们气晕了，怎么没有捎上扁金走？

娄祥要回去找扁金，被他女人拉住了。女人说，你以为扁金是傻子？人家早跑了，你没见他把鸭子都丢下啦？就是傻子也知道躲打仗，没准他跑得比你快呢。

娄祥说，扁金满脑子全是猪屎，也差不多是个傻子，扁金没爹没娘的,他要是有个三长两短的,别人还不是说我这个村长么?娄祥说着就从屁股底下拿出铜锣,当当地用力敲了几下,一边敲一边朝前后左右喊着,扁金,扁金,谁看见扁金了?

娄福的儿子在前面说,前天还看见他爬在树上掏鸟窝呢,他不是掏鸟,掏鸟粪,扁金给他的鸭子喂鸟粪呢。

屁话,说了等于没说。娄祥又扯高嗓门喊了一遍,你们谁看见扁金了?

娄守义的女人在后面说,早晨看见他往河边去了,说是去找鸭子。

这种日子还在找鸭子?他是傻子你也是傻子,你就没告诉他打仗的事?

怎么没告诉他?他说他不怕打仗嘛,他说他后脑勺上也长眼睛嘛,他一定要找他的鸭子。

村长娄祥收起铜锣骂了一声,这个傻子,死了活该。娄祥放眼瞭望冬天的河滩地,视线所及尽是枯黄的芦苇杂草,椒河两岸一片死寂,远远地从河下游又传来了零星的枪声。这种日子谁还会满地里找鸭子呢?娄祥想扁金看来真的是个傻子,扁金若是为了只鸭子挨了子弹,死了也是白死,那也怪不到他的头上啦。

原野上的风渐渐大了,风把淡黄色的阳光一点点地吹走,天空终于变成了铅色。快要下雪了。疏散的人们途经马桥镇时最初的雪珠泻落下来。不知从哪儿飘来布幔似的雾气,很快弥漫在马桥镇人家的青瓦白墙上。石子路上空无一人,只有一两只野狗在学校里狂吠着,很明显镇上的居民已经疏散走了。来自雀庄的牛车第一次畅通无阻地穿过这个小镇,这种情形也使雀庄人散漫的逃难变得紧迫了一些,村长娄祥不断地催促着他的村民,甩鞭呀,让你们的牛走快点,不想挨子弹就走快点吧!

牛车队路过昌记药铺的门口,许多人看见了一个扎着绿头巾的女孩。女孩大约有十二三岁的样子,绿头巾蒙住了大半个脸蛋,只露出一双漆黑的圆圆的眼睛,那双眼睛直视着雀庄疏散的人群,大胆而泼辣,她的寻寻觅觅的目光让人疑惑,她手里提着的两件东西更加让人摸不着头脑,许多人都看见了,女孩的一只手提着一只铁皮油桶,另一只手提着一条鱼。

你是谁家的孩子?跟家里人走散啦?娄祥勒住了牛车招呼药铺门口的女孩,都什么时候了,你还傻站在这儿?上车来吧,你要是不想挨流弹就上车来吧。

女孩摇了摇头,她仍然倚在药铺的杉木门板上,但她的一只脚突然抬起来,脚掌反蹬着药铺的门板,开门,怎么不开门?女孩的声音听上去焦急而尖利,我要抓药,我娘的药呀!

镇上人早都走光了,你不知道要打仗吗?娄祥在牛车上喊,这种时候谁还到药铺来抓药,你脑子里长的是猪屎吗?没人在怎么开门?

你脑子里才长猪屎。女孩瞪了娄祥一眼,猛地转过身,用手里的铁皮油桶继续撞着药铺的门板,开门,快开门,女孩的哭声突然惊雷似的钻进雀庄人的耳朵,女孩一边哭一边对着药铺门上的锁孔大声叫喊着,朱先生你不是人,你怎么不把药挂在门上?你吃了我家多少鱼呀,吃了鱼不给药,你就不是个人。

牛车上的人们一时都惊呆了,他们现在看清了女孩手里的那条鱼,娄祥的儿子大叫起来,是条大黑鱼。但娄祥转身就给了儿子一个巴掌,你管它是黑鱼白鱼?娄祥悻悻地说,从来没见过这么傻的女孩子,比扁金还傻,她要抓药就让她去抓药吧,我才不管这份闲事。

娄祥带着雀庄的牛车队继续赶路,空中的雪花已经像棉絮般的飘落下来,雪花其实不是花,它们湿湿地挂在人的棉帽和眉毛上,凝成冰凉的水滴,抹掉了又长出来。娄祥摘下头上的棉帽掸去上面的雪花,一转脸看见那个扎绿头巾的女孩追上来了。女孩追着娄守义家的牛车跑,女孩跟娄守义的女人说着什么,娄祥听不清,后来他看见她站住了。她站住了,左手提着铁皮油桶,右手拎着那条鱼,娄祥看见漫天的雪花把那个小小的身影与雀庄的牛车隔绝开来,后来铁皮油桶和鱼都看不见了,只看见女孩的绿头巾在风雪中映出一点点绿色。

那女孩跟你说什么？娄祥问娄守义的女人。

她要用鱼跟我换灯油。娄守义的女人说，哪来的灯油呢，这种日子谁还顾上带灯油呢？

她要灯油干什么？娄祥哧地笑了一声说，从来没见过这么傻的女孩子，灯油？要是挨了子弹白天黑夜还不是一样亮，要灯油干什么？你们说要了灯油干什么？

雀庄的人们在疏散途中愁眉苦脸，没有人乐于说那个陌生女孩的事情。现在他们的耳朵里灌满了风雪的沙沙之声，还有令人心焦的牛铃和车轴的鸣响，除此之外就是东南方向那种零乱的没有节奏的枪炮声了。

谁都知道，战争中的人们想得最多的还是有关战争的事。

二

鹅毛大雪一朵一朵地落下来，椒河两岸已经是白茫茫的一片了。无论扁金怎么诅咒，大雪还是在扩张它刺眼的白色，大雪纷纷扬扬地落下来，扁金就更加找不到他的鸭子了，这种天气鸭子不肯下河，鸭子要是躲进芦苇丛里，那扁金就休想在天黑以前找到它们了。

丢了三只鸭子，不是丢了，是它们自己离群跑了。扁金手持鸭哨在河滩地上搜寻他的鸭子，手里的鸭哨扫遍了芦苇，干枯的苇絮飞扬起来，混在漫天飞雪里，落满扁金的肩头，但他却看不见三只走失的鸭子。该死的天公，让你下雪你不下，不让你下雪你偏偏下了。扁金诅咒着天公，忽然想起村里人说天公骂不得，谁骂天公谁就会让雷电劈掉半边脸，扁金有点后悔，就拧了把自己的嘴。扁金这么生气，不骂几声心里堵得发慌，后来他就开始骂他的三只走失的鸭子，贱货，不要脸的畜生，就你们长了两只脚，就你们会跑？扁金说，我不信抓不到你们，抓到你们谁也饶不了，一、二、三，全扔开水锅里，烫你们的毛，吃你们的肉，谁也饶不了！

扁金沿着河滩地走出去大约半里地，没有看见一只鸭子的踪影，却看见漫天的雪越下越大,椒河在前面拐了个弯,河汊被折成一个弓形,扁金发现河汊边多长了半亩沙地,有一条捕鱼船泊靠在那里。扁金不是傻子,他知道每年冬天椒河水会瘦下去,瘦到河底就露出这片荒沙地了,但那只捕鱼船却来得奇怪,很少有人到这里来捕鱼的,椒河流到雀庄水里就只剩下些小鱼小虾了,只够喂扁金的鸭群。扁金不喜欢在雀庄的地盘上看见捕鱼船,扁金觉得这条又破又旧的捕鱼船来得真是奇怪。

喂,看见鸭子了吗?扁金一边喊着一边朝捕鱼船走去,他用鸭哨捅了捅船篷,没听见任何回应。人上哪儿去了?让鱼虾吞到肚子里去了?扁金嘀咕着跳到船上去,船剧烈地摇晃起来,扁金就一把抱住了大橹。这是什么鬼船?晃得这么厉害。扁金好不容易站稳了,一转眼看见篷顶上站着两只鱼鹰,两只鱼鹰扑扇着翅膀,抖落了羽毛上的雪花,它们红色的明亮的眼睛充满威胁的意味,这让扁金有点惊慌,扁金说,你们盯着我干什么?想咬我呀?你们是什么鬼东西?这么黑这么难看。两只鱼鹰像人一样转了个身,扁金就拿着鸭哨在一只鱼鹰的脚上撩了一下,这是一次试探,那只鱼鹰却猛地张开双翅跳进了河水,紧接着另一只鱼鹰也跳下去了。扁金松了口气,他说,什么鬼东西,还想来咬我?

从船舱里突然传来了一种微弱的声音,好像是一个女人。扁金掀开草帘,舱内暗沉沉的,一股大蒜和鱼腥混合的气味扑鼻而来。扁金只能看见那个女人苍白的脸和蓬乱的头发,它们几乎埋在一堆破棉絮里。

别去惹我的鱼鹰,它们会咬人。女人说。

你说什么呢?我听不清,扁金蹲在那里,但他的脑袋好奇地探进了舱内,扁金说,你快死了吗,你说话怎么像死人一样有气无力的?

别去惹鱼鹰,会咬人。女人说。

我没惹它们,是它们想惹我。扁金说,我才不会惹那两个鬼东西,我是来找鸭子的,喂,你看见我的鸭子了吗?

看不见了,我的眼睛坏了,什么也看不见。女人的声音听上去仍然很微弱。

你是个瞎子？咄,瞎子怎么还在河上捕鱼？扁金说,你是瞎子怎么把船摇到这里来的？这里要打仗啦,人都跑光了,你来干什么？告诉你,人都长着眼睛子弹可不长眼睛,告诉你吧,我前几天去马桥镇卖鸭蛋,看着肉铺掌柜的女儿给流弹打死了,那女孩还在吃棒棒糖呢,一蹦一跳的,砰的一声就扑在地上了,那女孩嘴里还咬着棒棒糖呢。

船舱里的女人不再说话,女人不说话的时候喉咙里仍然发出一种声音,很浑浊的,像是在喘气也像呜咽。

他们都跑光啦,吓得都尿了裤子。扁金说,告诉你吧,子弹不长眼睛,可我扁金后脑勺上也长眼睛,我才不会让子弹打到我头上。

船舱里的女人不再说话,她似乎是没有力气说话了。她没有力气说话,但扁金觉得她的喉咙像一架纺车纺出一种单调而固执的声音,碗儿……小……碗……碗儿。

你要一只碗？扁金说,你不要碗？我猜你也不要碗,没有吃的要碗干什么？不过人要是没有吃的迟早会饿死,我扁金却饿不死,没有米吃我就吃鸭蛋,扁金说到鸭蛋人便突然跳了起来,鸭子！我得去找鸭子了,我哪有闲工夫跟你说话呀？扁金说着急急忙忙地下了船,下了船回头一望,恰巧看见两只黑鱼鹰从水中钻出来,它们的嘴里各自咬住了一条小鱼。扁金顿时有一种愠意,他觉得它们抢走了鸭子的食物。你们是什么鬼东西？扁金挥起鸭哨朝它们打去,嘴里高声叫道,放下,放下,不准你们吃这里的鱼。

就在这时雪地里响起了一串细碎急促的脚步声,扁金看见一个扎绿头巾的女孩朝自己疯狂地奔来,女孩眼睛里的愤怒之光使扁金感到一丝紧张。你要干什么？扁金横过鸭哨杆挡住自己的身体,他说,我没干什么,你要干什么？

女孩像一头小母牛似的朝扁金撞过来,她挥起左手那条鱼打了扁金一下,又将右手的铁皮油桶砸向扁金。扁金慌忙之中用他的鸭哨杆挡了几下,听见极其清脆的噼啪一声,他的鸭哨被拦腰截断了。

你疯啦？你是个傻子吗？扁金大叫起来,他说,你把我的鸭哨杆子弄断了,要你赔！

女孩拉住扁金的鸭哨不放,扁金以为她会骂人,但女孩只是用她的黑眼睛瞪着他。

你瞪着我干什么,想吃了我？扁金说。

女孩松开了手,但那只小手不依不饶,几乎是在眨眼之间,扁金脸上被她重重地掐了一把。

你掐我干什么？扁金说,你把我的鸭哨杆子弄断了,你要赔,赔不出来给我一条鱼也行。

女孩已经跳到了捕鱼船上,女孩一上船就呜呜的大哭起来,那种凄厉的突如其来的哭声同样让扁金觉得茫然。扁金凑近了船舱听那女孩的哭声,掐了我你还哭？你还占理啦？扁金嘀咕着,但女孩渐渐把扁金的心哭乱了,扁金摸不着头脑了,他说,哭什么呢？我不要你赔鸭哨了,我不要你的鱼了,你还哭什么呢？扁金又想会不会是舱里那个女人咽气了,他透过草帘子朝里面张望,看见那母女俩抱在一起,女人并没有死,她的脸色虽然比雪还要白,但她的嘴唇还在动呢。扁金摇着头说,人还活着嘛,又没死人,你哭什么呢？哭得人心里难受。

人与船都在雪中,大雪未有停歇的迹象,椒河上空的天色其实已经被大雪染得灰白不清了,扁金又想起了那三只走失的鸭子,于是对着捕鱼船喊,喂,那女孩,我说你别哭了,你看见我的鸭子了吗？

那女孩——扁金后来才知道那女孩就是小碗,原来碗儿是那女孩的名字。

三

大雪封门。大雪封住了一座空荡荡的村庄。从河滩通往娄氏祠堂的土路已经被积雪所覆盖,村里人抛下的几只鸡几只兔子都在圈栏里与柴草为伴,雪地上唯一的人迹是养鸭人扁金的脚印。

扁金的脚印杂乱地铺在许多人家的门前窗后,更多是嵌在人家的鸡窝或猪厩门口。两天来扁金一直在找那三只走失的鸭子,他想鸭子又不是麻雀,鸭子不会飞走的,它们能跑到哪里去呢?扁金的脚印有时一直踩到别人家的房顶上,偌大的村庄看不见一个人影,也就没有人来阻止扁金越轨的行为,假如现在娄福看见了扁金,他的鼻子一定会被气歪的,现在扁金就站在娄福家新盖的大瓦房顶上。

扁金手搭前额朝四周瞭望,到处都是白茫茫的,村里村外一片死寂。扁金知道一村人都跑光了,就剩下他一个。扁金想剩下他一个人才好,要不他怎么敢爬上娄福家的房顶呢?扁金听见娄福的新瓦在他脚底下咯吱咯吱的响,那是娄福家的新瓦,扁金一点也不心疼。他想起娄福平日挂着一只怀表在村里走来走去的模样,心里就很生气,娄福从来不搭理他,娄福的女人也总是乜斜着眼睛看他。娄福家有钱有地还有新瓦房,可他们就不如村长娄祥,村长还常常从自家地里挖几只红薯给他呢,娄福是未出五服的血亲,可他连一根针也舍不得送他。扁金突然压抑不住一股怒火,他走近烟囱,朝里面塞进去一片瓦,那片瓦卡在烟囱里了,扁金想象着娄福家浓烟倒灌的景象,想象着娄福吹胡子瞪眼睛的样子,嘴里便咯咯地笑出了声。

椒河上游的那座岗楼是扁金无意中发现的,扁金并不知道那是战争的特殊建筑,他以为是砖窑,他想花村什么时候有了砖窑呢,他竟然一点也不知道。雪晴后的阳光非常刺眼,扁金的脑袋转了一圈,后来他就看见了河滩边的那只捕鱼船,白雪盖住了船篷,船远远地望去更显单薄破败了,但扁金看见了女孩小小的身影,她的绿头巾像一片树叶在他视线里飘来飘去的,他不知道女孩在干什么,过了一会儿他看见了船头上的那堆红火,也许捕鱼船上的母女俩在生火煮饭了。别人家的饭锅总是让扁金饥肠辘辘,他从不喜欢看别人煮饭,但现在不同了,捕鱼船上的那堆红火使扁金感到某种莫名的安慰。不知为什么,他看见那堆红火心里就不再那么冷清了。

空寂的村庄没有人迹。没有人才好呢,扁金告诉自己这是他从小到大最自由的时光。扁金的嘴里发出一串快乐的呼啸声,他支开双脚像鸭子一样走了一程,又伸出双臂像水鸟一样飞了一程,扁金发现他的脚已经踩在王寡妇的菜园里。他想起去年他的鸭子跑进王寡妇的菜园,王寡妇横眉竖目骂得多么难听,她还放狗咬他的鸭子,那条恶狗竟然咬下了一嘴鸭毛!那女人不是东西,她心疼自己的菜园,那我就不心疼自己的鸭子吗?扁金抓过一根树棍砍击着菜园里的萝卜秧子,但砍了几下就把树棍扔掉了,他想起王寡妇是个寡妇,村里人都说她可怜,再说他扁金堂堂男子汉,不该跟妇道人家一般见识的。

　　扁金翻过菜园的篱笆跳进了娄守义家的院子,娄守义家的院子堆满了柴草和坛坛罐罐,扁金几乎一眼就看见了柴堆上一摊干结的鸭屎,扁金的目光发直,脸却慢慢地白了。他知道娄守义家不养鸭子只养鸡,而鸭屎与鸡屎就是变成灰他也能区分出来。扁金呼呼地喘着粗气,在院子里转了一圈,这个杂乱的院子里塞满了破烂,扁金就把所有的破烂挪了窝,没有看见鸭子,但他看见一只破篮子从柴堆中滚落下来,一大堆棕黑相间的鸭毛从篮子里滚到扁金的脚边,一大堆松软而温暖的鸭毛洒着许多猩红的血珠。扁金的脑袋嗡地响了一下,扁金的肺砰的爆炸了。娄守义家吃了我的鸭子!吃了我的鸭子,我的鸭子,三只鸭子!扁金捧起那堆鸭毛,他看见那堆鸭毛抖个不停,他知道鸭毛是不会发抖的,是他的手在发抖。扁金捧着那堆鸭毛不知拿它们怎么办,娄守义偷吃了我的鸭子!过了好一会儿扁金突然狂叫了一声,他听见自己凄厉的声音在村庄上空回荡,村里人都跑光了,没有人会听见他的叫声。

　　扁金坐在娄守义家的院子里,他知道自己的屁股埋在一堆积雪中,但他站不起来,他想弄明白娄守义家什么时候偷走了他的三只鸭子,为什么要偷走他的三只鸭子。昨天还在村外看见娄守义的女人呢,昨天那女人还笑眯眯地跟他说话呢,她还说,鸭子丢不了的,你别找啦,它们明天自己就回棚了。这个不要脸的馋嘴女人!扁金的牙齿咬得咯咯响,这不要脸的馋嘴的一家人,他们舍不得宰自己的鸡杀自己的羊,却把我扁金的鸭子偷吃啦!

报复的念头来得突然而猛烈,扁金把手里的鸭毛一点点地撒在地上,身子像一个爆竹从地上蹿了起来。还我的鸭子!扁金大叫着抓起一只鸡食盆,用力摔在地上。还我的鸭子!扁金又抱起一只水坛砸成了碎片。这么砸掉了所有的坛坛罐罐,扁金的怒火未见一丝的消退,他突然意识到砸坏的东西本来就是破烂,它们不能补偿三只活蹦乱跳的鸭子,要是娄守义家的猪羊还在就好了,但他们大概带走了所有的牲畜。扁金抬起头绝望地瞪着天空,天空其实没什么可看的,昨天下雪时阴沉着脸,今天雪停了天也就蓝了,蓝得刺人眼睛,就像娄守义女人身上穿的蓝棉袄,刺人眼睛。扁金的视线绝望地下沉,掠过娄守义家的屋顶,屋顶下的一条绳子在风中晃来荡去的,有一只干辣椒还孤单地挂在绳上。扁金跳起来摘下那唯一的干辣椒,放在嘴里狠狠地咬了一口,然后他看见了娄守义家门上的春联,春联的红纸黑字都完好无损,扁金不认识字,但他猜出那是什么五谷丰登六畜兴旺的意思,让你丰登让你兴旺,扁金这么叫喊着就去撞娄守义家的门。

娄守义家的门和门上的铁锁都很结实,怎么撞还是结结实实的,如此结实的门和锁让扁金添了一丝新的愤怒,让你的门结实去,让你的锁结实去!扁金灵机一动,他绕到房后跳上了猪厩的顶棚,然后便异常轻松地爬上了娄守义家的房顶。

你知道娄守义家也是瓦房,雀庄的人们所谈论的六间大瓦房之一,娄守义家房顶的两个檐头还雕着龙凤图案呢,你知道娄福就是为了和娄守义赌一口气,才盖起了雀庄最高最大的新瓦房。但是现在扁金跳上去了,扁金怒发冲冠,现在就是让娄守义一家九口人跪在地上哭,就是赔给扁金三百只鸭子也没用了,扁金才不管盖一座瓦房是多么不易,他要毁掉娄守义家的大瓦房了。

扁金用房顶上的磨盘做了帮手,他推着磨盘在房顶上滚了几遍,那些青瓦就发出一串清脆的碎裂声。扁金怒发冲冠,就是那些青瓦都像女人一样哭闹起来也没用了。扁金干脆就坐在房顶上乒乒乓乓地敲打起来,直到把娄守义家的房顶敲出一个大窟窿,一个很大的大窟窿。

　　是一颗呼啸而过的子弹惊醒了扁金,子弹不知从何处飞来,但它似乎是冲着他射来的。扁金吓了一跳,扔下磨盘就跑,扁金扒住屋檐朝四周环视了一圈,他看见北面的官道上有一列军队通过,大约有三百多号人,带着枪炮辎重过来了,扁金看见几个士兵半跪在河沟边,他们手里的枪管明白无误地指向他,指向娄守义家的这间房子。

　　扁金吓坏了,他从娄守义家的房顶摔到猪厩棚上,又从猪厩棚上滚到地上。子弹,子弹,扁金尖叫了两声就跑到了村巷里,兵来了,打仗啦!扁金沿途拍打着各家各户的门窗,手都拍疼了才想起村里人都跑光了,就剩下他一个人了。这时候扁金真正感到了恐惧,而且他的裤带不知怎么断了,扁金提着裤子在村里狂奔,他想去鸭棚圈好他的那群鸭子,他朝河滩地跑了一段路又折回来了,他想现在我不能去管鸭子了,现在我还去赶鸭子我不成了傻子吗?他想他得躲起来,找一个好地方躲起来,不能让子弹飞到他身上来。

　　扁金拾起王寡妇家窗台上的一口破铁锅,他把破铁锅顶在头上,一直跑进了村长娄祥家,扁金选择村长家作为藏身之处最自然不过了,扁金想不出还有什么地方比村长家更安全了。

　　起初扁金钻在灶边的草堆里,扁金不知道那支军队会不会进村,也不知道刚才他们为什么瞄准他放了那一枪。上人家的房顶揭人家的瓦当然不好,可这碍着他们了吗?再说他们怎么会知道娄守义家偷吃了他三只鸭子?扁金侧耳倾听着村里的动静,村巷里一片死寂,他们好像还没有进村,从河滩那边却隐隐地传来了鸭群的叫声,扁金的心一下就提起来了,鸭子,我的可怜的鸭子,他们一定有人闯进鸭棚了,他们会抓走我的鸭子吗?鸭群的叫声像刀子一样割着扁金的心,扁金的心很疼,眼泪便一滴一滴地流了出来。你们打你们的仗,我才不管,可你们怎么能打我的鸭子,你们要是打我那些鸭子我就饶不了你们。扁金一生气就从草堆里钻了出来,扁金刚从草堆里钻出来就听见了村巷里的那串杂沓的脚步声。

　　左邻右舍的门都被撞开了,村长家的木窗被什么东西哐的敲掉了半扇,窗口伸进来两根黑漆漆的枪管,枪管上还带着锃亮的刺刀。扁金目瞪口呆,他想钻回草堆里,但身体突然不能动弹,他想这回他要死了,子弹就要朝他脑门上飞过来了,但奇怪的是那两根枪管突然缩回去了,然后他听见了士兵们的一番莫名其妙的谈话。

别搜了,赶紧撤出雀庄。一个士兵的声音说。

那人不是十三旅的探子?另一个士兵说。

我说过那人不会是探子,大概是个傻子,雀庄这一带有很多傻子。第三个声音说。

外面士兵们的这番谈话后来一直让扁金纳闷,扁金猜不出十三旅的探子是什么意思,但不管怎么他要感激那第一个士兵。士兵们的子弹不长眼睛,但扁金还是躲过了那颗子弹。扁金唯一痛恨的是那第三个声音,傻子,傻子,谁是傻子?难道我是傻子吗?扁金蹑足走到门后偷听,他听见士兵们朝村口去了,傻子?你才是傻子呢。扁金就冲着门外低声骂了一句。扁金惊魂稍定,十三旅的探子是什么意思?他怎么也捉摸不透,但扁金隐隐地觉得自己闯下了大祸,他相信那群士兵是在搜寻自己。他们要是搜到了我会怎么样?扁金的眼前倏地浮现出县城城门口悬挂的一颗人头,他们会割下我的头示众吗?扁金这样想着脖子上觉得又痒又冷,伸手一摸,是几根干草粘在脖子上。扁金抱住自己的脑袋摇晃了几下,脑袋还长在脖子上,但是一种劫后余生的虚弱使他两腿发软,跌坐在墙边的棺材上。

那是村长娄祥为他母亲准备的寿材,是整个雀庄最好最大的一口棺材。就像娄福家的大瓦房名冠雀庄一样,村长家的这口棺材让所有的老人歆羡不已。假如你看见那被无数老人的手摸得油光锃亮的棺盖,你就会知道了,那是一口多么好的棺材。现在扁金的手就在棺盖上一遍遍地滑过,扁金突然发现了一个最安全最舒适的藏身之处,在开启棺盖以前他想起了村长娄祥的两只大手,他的两只手真是大如铁耙,它们要是拧住你的耳朵,你的耳朵就会疼上三天。村长娄祥是扁金最敬畏的人,但扁金现在顾不上许多了,他决定把自己藏在棺材里。

四

　　棺材里很暖和,扁金从来没有想到棺材里会这么暖和,更让他喜出望外的是棺材里竟然贮存了半棺稻米和红薯,当扁金合上棺盖时一股粮食与木材的清香包围了他,饥肠辘辘的扁金几乎产生了醉酒的感觉,为了防止自己闷死在棺材里,扁金很机智地用一块柴火架在棺盖下,这样扁金仍然能看见一条狭窄而笔直的光带,那其实是冬日午后的阳光,它从村长家的木窗里透过来,虽然很淡很薄,但扁金在棺材里因此格外地安心了。

　　扁金一口气吃了六块红薯,吃红薯的时候他想起了自己的鸭子,心里充满了愧意,我在这里吃得肚子发胀,那些鸭子却不知怎么样了。他想鸭子们现在要是活着,肯定是在等他去喂食,可他却不敢回去,鸭子怎么会知道他的危险呢? 士兵,子弹,打仗,鸭子怎么会知道这些呢? 它们有事没事只会嘎嘎地叫。扁金想着他的鸭子,眼皮却沉沉地耷拉下来,他用双手扒住自己的眼皮不让它们耷拉下来,他提醒自己现在不是睡觉的时候,但或许是肚子吃得太饱了,或许粮食和木材的清香催人入眠,扁金还是睡着了。

　　扁金在雀庄战役的前夕睡了一个好觉。他睡着的时候有一只老鼠从棺盖下的空缝里钻进来,异常大胆地舔掉了他嘴角上的几星红薯渣子,扁金一点也不知道。

　　扁金后来是被窗上的声音惊醒的,他听见有人在村长家外面推那扇北窗,起初扁金以为是那群士兵又回来抓他了,他听见自己的心跳得像大槌击鼓。他脑子里闪过他的鸭群,假如他难逃一死还不如回到河滩去,回去与他的鸭子死在一起。窗子吱吱地响着,那个推窗子的人似乎显得很胆怯,那个人不像是荷枪实弹的士兵,扁金想假如是士兵不会像小偷一样慢慢地推窗子的。小偷,肯定是个偷贼。扁金轻轻地掀开棺盖,然后他就看见了一张贴在窗格上的脸,准确地说是被绿头巾蒙去一半的脸,是一双惊惶而明亮的眼睛。

是捕鱼船上的那个女孩。扁金不知道她推村长家的窗子干什么,他张大了嘴看见那扇木窗的边榫终于裂开,女孩的绿头巾先钻进来,钻进来又缩回去了,一件什么东西扔进室内,扁金认出来是一条大鱼,就是那条大黑鱼,接着是哐啷一声,那只铁皮油桶被女孩扔进来了,铁皮油桶恰巧落在棺材的旁边。

扁金不知道女孩为什么爬村长家的窗子,扁金想村长家没有人,村里没有人,他理应把那些偷贼撵出雀庄。于是他突然从棺材里站了起来,他知道从棺材里站起来很吓人,但他不管这些,女孩刚从窗口爬进来,女孩被扁金吓得跳了起来。

女孩倚在墙上,一只手抖索着去抓一根树棍,你是鬼吗?女孩乌黑的眼睛直直地盯住扁金,她尖叫道,你别过来,你过来我就打你。

扁金嘻地笑了,他张开嘴斜着眼睛扮了个鬼脸,他说,我就是一个鬼,你是个贼,你原来是个小女贼呀?

你不是鬼,你是那个傻子。女孩突然看清了扁金的面目,她松了一口气,扔掉了手里的树棍,女孩说,你不是在河滩上放鸭子的吗?你怎么跑到棺材里去了?吓死我啦!

扁金觉得女孩把他的问题抢去了,他有点生气,就瞪着眼睛说,那你呢,你不在船上待着跑村长家干什么?你想偷东西吧。

你才想偷东西呢,我想跟谁家换点灯油。女孩俯下身子拾起地上的那条鱼,她说,我才不偷呢,我要是在谁家找到灯油,就把这条鱼留在谁家,你知道这家的灯油放在哪儿吗?

我不知道灯油,外面在打仗,你还在找什么灯油?扁金说,找灯油干什么?

不告诉你,你要是帮我找到灯油就告诉你。

我才不帮你找灯油呢,你让我也当贼吗?

我不是贼,我是船上的小碗!女孩从灶上拿起一只缺了口的碗说,看见了吗,我就叫这个名字。

你叫一只碗?扁金嘻地笑起来。

不叫一只碗,我叫小碗,我娘这么叫我的。

你骗我,人怎么能叫个大碗小碗呢?你把我当傻子,你把我当傻子我可不饶你,扁金逼近了女孩,朝她晃了晃拳头说,别骗我,你到底叫什么名字?

骗你我就是小狗。女孩一猫腰从扁金的肘下逃出来,女孩急得快哭出来了,急死我了,女孩叫起来,我没心思跟你说话,我要找到灯油,找不到灯油我娘要死的。

我知道灯油放在哪儿。扁金仍然追在女孩身后说,我帮你找到灯油,不过你得告诉我找灯油干什么,你娘喝了灯油就不会死了?

不是喝,是点桅灯,点三盏桅灯。女孩冲着扁金大叫起来,告诉你了你也不懂,你活像个傻子,你不帮我找灯油,光知道问这问那的,你不是傻子是什么?

扁金愤怒地瞪着女孩,女孩的黑眼睛也毫不示弱地瞪着扁金,但女孩突然扭过脸呜呜地哭了。急死我了,女孩一边抽泣着说,你帮我找找吧,你帮我找到灯油我给你熬鱼汤喝,我再也不骂你傻子了。

我不爱喝鱼汤,鸭子才爱那腥味呢。扁金气咻咻地说,不准你骂我是傻子,骂别人傻子的人自己才是傻子。

但扁金见不得别人的眼泪,别人一流泪他的鼻子就会发酸,胸口就堵得发慌。所以扁金后来就在村长家里找灯油。他记得村长家夜里的灯点得很亮,村长家肯定存着灯油。扁金后来壮着胆子钻到村长夫妇睡的大床底下,果然找到了一桶灯油。扁金记得女孩伸出食指在桶盖上蘸了蘸放进嘴里,是火油,这油点灯可亮啦!女孩高兴地叫起来,她把村长娄祥家的灯油灌到自己的铁皮油桶里,灌了一半她有点犹豫起来,她说,你说一条大黑鱼换多少油才公平,我不该再灌了吧?

扁金摇了摇头说,村长是个好人,反正他也不在家,你爱灌多少就灌多少吧。

女孩后来提着油桶匆匆离开了村长娄祥的家,女孩跑出去没多远,扁金也跟了出去,扁金顶着一口破铁锅站在村巷里,朝四处警惕地张望了一番。女孩回过头,看见扁金头上的破铁锅就扑哧笑了。

你跟着我干什么？女孩站住了。她说，我要回去挂灯，要挂三盏灯呢！

谁跟着你啦？我去看我的鸭子，扁金说，你刚才听见鸭子叫了吗？那帮鸭子肯定饿坏啦，你们船上有小鱼烂虾吗，有螺蛳什么的也行。

有一篓泥鳅，可我得喂我家的鱼鹰呀，女孩歪着脑袋想了想，又说，你帮了我我也得帮你，我分一半泥鳅给你吧，你跟我来拿。

现在可不敢乱跑，扁金仍然朝四周张望着，他说，你不知道在打仗吗？子弹可是不长眼睛的，除非你跟我一样后脑勺也长着眼睛，才能躲过子弹，扁金突然又想起那几个士兵的谈话，你知道十三旅的探子吗？扁金问女孩道，探子是什么意思，我就是十三旅的探子吗？

女孩没有听见扁金说什么，女孩提着铁皮油桶飞奔如兔，不一会儿就消失在暮色里。扁金眺望着那个小小的背影远去，女孩的绿头巾最后消融在椒河的水光里。扁金闻到了女孩沿路挥洒的一股特殊的气味，是灯油、鱼腥和一种说不出的清香混合的气味，它在雪后清冽的空气中久久不散。扁金突然觉得和女孩待在一起比一个人好，一个人走在空空荡荡的雀庄，这种滋味让扁金感到莫名的心慌。

那是著名的雀庄战役打响前的一个黄昏，五里地以外的花村岗楼上有哨兵监视着战区范围内的动静。哨兵用望远镜发现了一个奇怪的人，那个人顶着一口铁锅在河滩地上东张西望，后来消失在一大群鸭子中间，当然哨兵也看见了更远的地方泊了一条打鱼船，显而易见，那个人那条船都是令人生疑的。

五

扁金抱着一只鸭子坐在鸭棚里生气。你看看这只可怜的鸭子吧，它的脖颈被人扭成一个麻花，垂在翅膀下面，看上去就像一个无头的怪物。扁金一眼就在鸭群里看见了它，它跌跌撞撞地朝扁金扑来，扁金能听出那只鸭子不是在叫，它是在号哭，受到惊吓的鸭子就是这样向主人号哭的。扁金急忙解开了鸭子的脖颈,但它却无法挺直了,它像一截枯断的树枝往下垂,鸭喙软软地贴着扁金的手掌。扁金的心都碎了,他觉得自己的脖颈也被几只手扭过来扭过去,扭成了一个麻花,他觉得自己的脖颈也无法挺直了。

　　扁金垂着脑袋坐在鸭棚里生气,他恨死了那群士兵,他们仗着有枪有刀就随便欺负人,欺负了人还欺负鸭子。我没有惹他们,我的鸭子也没有惹他们,他们这么欺负人不就像一群野狗吗?野狗才会这样乱咬乱吠呢,野狗才追着鸭子不放呢。扁金想他是没法找到那个该死的士兵了,去问鸭子吧,鸭子又不会说话,鸭子说了话他也没办法,他们有枪,枪里有子弹,子弹朝你脑门上飞过来你就死了,你就什么办法也没了。

　　扁金什么办法也没有,正因为什么办法也没有,扁金才这么生气。鸭子们不知道主人正在生气,它们大概饿了,它们围住主人嘎嘎地叫成一片,扁金真是烦透了,扁金突然冲着鸭子怒吼起来,你们再敢叫——你们再敢叫——怎么,还在叫呀?要打仗了你们知道吗?

　　鸭子不听扁金的话,扁金一赌气冲出了鸭群,他要让鸭子们后悔。扁金跑出去一段路,听见鸭子还在嘎嘎乱叫,扁金气得跺了脚,他说,你们也是野狗吗,野狗才这样乱叫呢,你们什么也不懂,我凭什么要陪着你们担惊受怕,你们叫吧,你们饿死我也不管了,我再也不管你们啦。

　　扁金想吓住他的鸭子,但他的怒吼声首先把自己吓住了,这么大的声音会不会引来那群士兵呢?扁金又害怕又愤怒,他就用手指捏住自己的双唇往椒河的河汊跑,鸭子不知道主人为什么往椒河的河汊跑,只有扁金自己知道,他记得打鱼船上的女孩的许诺,他要为不听话的鸭子弄回半篓泥鳅来。

　　椒河两岸沉浸在冬日暮色里,风把芦苇上的积雪吹下来,风把枯萎的芦花也吹下来了,所以你分不清满天飘飞的是积雪还是芦花,而河流尽头的落日若有若无,你看着它一点点地沉下去了,可你知道落日到底沉到哪儿去了呢?你知道养鸭人扁金现在不该沿着椒河奔跑,可谁会知道他为什么沿着椒河奔跑呢?

扁金看见了河汊里的打鱼船,看见了打鱼船也就看见了船上的三盏灯。三盏灯挂在船桅上,一盏比一盏高,一盏比一盏亮。扁金惊喜地叫了一声,三盏灯!扁金记得女孩说过要在船上挂起三盏灯,但三盏灯真的挂在船上时他却把它们当成了奇迹。

女孩的脸从船舱里探出来,三盏灯的灯光一齐映在她的脸上,照亮了她的笑容,也照亮了她脸上的所有油污。女孩对扁金说,我就知道你会来,我把半篓泥鳅给你留下了,你看见那篓子了吗?我替你挂在水里了。

扁金提起了水里的鱼篓,扁金的眼睛却盯着那三盏灯看,他说,三盏灯就是比一盏灯亮,没有太阳那么亮,可比月亮亮了。扁金转过脸仰望西天上的月亮,西天上涌动着暗红的云彩,月亮还没有钻出云彩。月亮还没出来呢,扁金说,还能看见呢,这么早点灯不费灯油吗?

娘让我点的,女孩说,你别来管我家的事,我家的事你们谁也不懂。

点就点了,为什么要点上三盏灯呢,你娘不吝惜灯油吗?

娘让我点三盏灯,三盏灯是有意思的,可我不告诉你,告诉你你也不懂。女孩抿嘴一笑,竖起一根手指咬在嘴里说,让你猜,让你猜也猜不出来。

鱼,点三盏灯肯定是引鱼的。扁金想了想说,我懂你们打鱼的门道,蛾子喜欢扑灯,鱼也一样,哪儿有灯就往哪儿游。

我就知道你猜不出来。再猜,看你是不是傻子。女孩哧地一笑,我娘也说你像个傻子。

你才是傻子!扁金的脸幡然变色,傻子才不吝惜灯油,傻子才一口气点三盏灯。扁金突然跳到船上,他把手伸到船桅上做了个摘灯的动作,回过头对女孩说,你再骂我一声傻子,我就把三盏灯摘下来,我就把灯油倒回村长家的油桶里去。

女孩慌了,女孩几乎是扑上来抱住了扁金的胳膊,你别生气,我再也不逗你玩了,女孩尖叫着,你别摘灯,摘下灯娘会死的!

扁金放下了手,扁金以一种得胜的姿态坐到船头上,他说,你又在逗我,三盏灯难道可以当灵丹妙药吃吗?阎王爷在他的小本本上勾掉你娘的名字,你娘就死了,死了就进棺材了,进了棺材就出不来了,三盏灯有什么用?就是九盏灯也没用!

你们谁也不懂我们家的事。女孩踮起脚尖重新挂好了顶端那盏灯,女孩说,没有三盏灯,爹就找不到我们的船了,爹这次要是再找不到我们的船,娘就会死,这是命,你不懂的。

你爹在哪儿?在河里?难道你爹是一条鱼吗?

不是鱼,你这个傻子!女孩一生气就忘了刚才的誓约,她的乌黑的眼睛怒视着扁金,爹在十三旅当兵,他有许多枪,你要再撒泼我就让爹一枪打死你!

十三旅什么?扁金这次没有发作,他听见女孩嘴里蹦出了十三旅这个字眼,十三旅?你说什么十三旅?是十三旅的探子吧?扁金说,你别吓唬我,我可知道十三旅的探子是怎么回事,你爹不是什么兵,跟我一样,他肯定也是专门爬在人家的房顶上的,他哪来什么枪,整天爬在房顶上,说不定什么时候就挨了子弹。

你才爬人家的房顶,你才会挨子弹呢!女孩的脸已经涨得通红,女孩拿了根竹竿朝扁金晃了晃,扁金以为她要打人,就闪了闪身子,但女孩却拿着竹竿在水面拍打起来,扁金不知道她在干什么,直到两只黑鱼鹰倏地钻出水面,直到女孩把食指含在嘴里吹出一声响亮的唿哨,扁金才意识到来自打鱼船的危险,他知道打鱼船上的女孩这次是真的气急了。

咬他,咬这个傻子一口,不,咬他两口,咬他三口。女孩的声音中已经没有了稚气和羞怯,她的黑眼睛里有一滴晶莹的泪珠。正是这滴泪珠使扁金怦然心动,扁金逃下打鱼船后忍不住回头去看那滴泪珠,你怎么啦,我没欺负你,是你骂我傻子,你还让那两只鬼鱼鹰咬我,扁金一边逃一边叫,我没哭你怎么哭了呢?

扁金不知道女孩为什么这么愤怒,怪不得她会叫个小碗呢,她的脸也像七月的天气一样怪,说变就变。扁金想他并没有说错什么话,十三旅的探子就是爬在房顶上的,十三旅的探子就是会挨子弹的,否则那群士兵怎么会在雀庄挨门逐户地搜他呢?扁金跑了一段路,忽然想起他忘了拿半篓泥鳅,他不能空手回去,现在不敢下河捞螺蛳,鸭子再饿上一天也许就下不了蛋啦。为了鸭子,扁金就硬着头皮返回去了,他想他不怕那两只鱼鹰,鱼才怕它们呢,它们会咬人,人就不会咬鱼鹰吗?

你得把半篓泥鳅还给我,答应的事不能反悔。扁金站在船下喊,你要是让鱼鹰咬我,那我也咬他们,看谁咬死谁!

船篷上的草帘子动了动,女孩的绿头巾闪了一下又缩回去了,女孩不理睬扁金,扁金就自己搜寻着鱼篓,扁金知道他找不到什么,他的目光忍不住地往上升,看船桅上的三盏灯,天快黑透了,扁金发现那三盏灯越来越亮了。

把半篓泥鳅还给我,你给了我就是我的泥鳅了,你不能把它藏起来。扁金抓住船舷,一下一下地摇晃着船,泥鳅换灯油,你不能反悔!

舱里传来了那个垂死的女人的声音,小碗,小碗。女孩仍然躲在舱里沉默着,扁金不知道她在想什么。你没听见你娘在叫你吗?叫你把泥鳅还给我,扁金敲着船舷,一边仰望着船桅上的三盏灯,他说,没有我你哪来的灯油?没有灯油你怎么点三盏灯?扁金已经想好了下面威胁性的措辞,但那只鱼篓突然从舱里飞出来,掉在扁金的脚下。扁金就拾起了鱼篓,我可没说要摘三盏灯,他抬头又看了看三盏灯,嘴里嘀咕,让它们挂着吧,浪费灯油是你们的事,不关我的事。

扁金记得突如其来的枪声是从河对岸的树林里传来的,他能感觉到密集的子弹穿越河面,挟起风声和烟雾。扁金下意识地去找他的破铁锅,破铁锅距离他至多有六七步远,但猛烈的枪声使扁金裹足不前,扁金抱着半篓泥鳅痛苦地蹲了下来。别蹲,快躺下来,你这个傻子,快躺下来呀!他听见女孩在船上大声叫喊着,扁金躺了下来,起初扁金是紧闭着眼睛的,他依稀听见过一种清脆的玻璃爆裂的声音,他猜有几颗子弹击中了船桅上的三盏灯。不知过了多久,扁金觉得枪声骤然停歇下来,他歪过脑袋试探了一下,河对岸的树林真的没有动静了,于是扁金睁开了眼睛,扁金一眼就看见了船头上的三盏灯,三盏灯仍然在夜色中熠熠闪亮,但他发现最顶端的那盏灯现在不是挂在船桅上,那盏灯现在被女孩提在手里了。

女孩站在船头上,一只手提着一盏灯,另一只手里则拿着一块白布。女孩对扁金喊道,起来吧,现在没事啦,他们知道我们是老百姓,他们不会再打枪啦。

扁金坐在河滩上窥望着对岸的树林,扁金喘着粗气说,我知道了,子弹这回不是冲着我来的,是冲着那三盏灯来的,打仗怕灯你懂吗?我让你别点那么多灯,你偏不听。

灯罩子让他们打破了。女孩提起那盏灯仔细看了看,叹了口气说,我要早点出来挥白布就好了,可刚才白布找不到,要是早点找到,灯罩子也不会让他们打破了。

你又骗人啦,一块白布有什么用?就是十块白布也挡不住一颗子弹。

我一挥白布他们就认出我来了,他们认出是我家的船就不再打枪了,女孩说,我才不骗你呢,十三旅在哪儿打仗我们的船就往哪儿去,他们都认识我了,他们知道我是老百姓,我在等我爹上船嘛。

扁金张大了嘴,他很想反驳女孩,一时却说不出话来。他相信是女孩平息了刚才这阵枪林弹雨,问题是扁金不能想象这件神奇的事情,一块白布,就是那块白布吗?扁金走过去想好好地看看那块白布,他对女孩说,让我看看你手里那块白布,那块白布,那块白布是什么白布?

就是一块白布呀。女孩抖开了手里的白布,她捏住白布的一角,将白布上下左右地挥舞着,我来教你怎么挥白布,女孩说,开始时我也害怕,后来就不怕了,你一挥白布他们就知道你没有枪,你是老百姓,他们就不会朝你开枪了。来呀,我来教你,女孩抢过扁金的一只手,把白布塞在他手里,女孩说,挥吧,挥起来你就不怕了。

扁金的手被一只温热而粗糙的小手抓着,你别教我了,挥白布谁不会呀,扁金说,可我还是不敢相信,一块白布就能躲过子弹了?

那是著名的雀庄战役打响前的一个夜晚。养鸭人扁金突然得知了白布在战争中的用途,他抱着半篓泥鳅离开打鱼船时,名叫小碗的女孩仍然手提一盏灯站在船上,他记得女孩灯光下的微笑,女孩说,我知道爹就在对岸的树林里,他看见三盏灯啦,他就要上船啦!

六

被雀庄人抛下的几只公鸡站在草垛上观察黎明的天色,公鸡终于此起彼伏地啼起来了。椒河两岸的许多树林、坟地和农舍有大片的人影活动起来,据我们所知雀庄战役的得名就是缘于雀庄的几只公鸡,雀庄的公鸡在椒河一带总是最早啼叫的,公鸡一叫雀庄战役就打响了。

扁金听见一种巨大而沉重的响声震荡着河滩,所有的鸭子都乱跑乱叫起来,扁金手拿一块白布从鸭棚冲出来,他知道这次是真的打仗了。椒河的水不再向下游流了,黎明的天空破碎了,扁金觉得天空被他们打出了许多洞,流着黑红交杂的脓血,真的打仗你看不见飞来飞去的子弹,也听不见士兵们冲锋陷阵的声音,只是看见一片一片的硝烟,像大雾一样升起来,看见一群一群的麻雀惊惶地掠过河滩,它们昏头昏脑地迷失了方向。这是真的在打仗了。扁金没想到打仗会打出这么大的黑雾,也没想到打仗的枪炮声会响过马桥镇除夕夜的爆竹声。

雀庄战役的战场沿着椒河呈丁字形铺开,河汊那里是双方火力最密集的地方,远远地可以看见干芦苇燃烧起来了,一条火龙借助风势蜿蜒地朝雀庄这里游走。扁金看见那条火龙走得飞快,被火苗吞噬的干芦苇噼噼啪啪的发出爆裂的声响。扁金无法估计交战军队与他的距离,但他看见一颗流火落在鸭棚顶上,顶上的茅草转眼之间也烧起来了。扁金不知道子弹会不会打到他身上,他只是急着要把受惊的鸭群集合起来,让它们离开无遮无掩的河滩,他要把鸭群赶到村子里去。

扁金赶着鸭群往村子里去,他头上的破铁锅突然当地一震,他知道那是一颗流弹打在破铁锅上了。扁金现在对枪弹没有以前怕了,他拼命地摇晃着手里的白布,我是老百姓,我没有枪!他朝每一棵树每一个草垛这么喊着,但他只遇见了几棵树几个草垛,村里似乎没有什么危险。扁金目睹了战火横飞的场面,却还没有看见一个士兵。扁金猜想那些士兵的身形大概是让火光和黑雾湮没了。

走到娄家祠堂那里,扁金终于看见了人,看见人扁金就吓呆了。祠堂仅有的半扇门被那群士兵卸掉了,门口停着两辆大轱辘的板车,两个士兵从板车上搬下了什么东西。扁金很快就看清了,那不是什么东西,是一个人,只是那个人不像一个人了,他的脸也不像一张脸了,那个人血肉模糊,他的裤子被烧毁了大半截,露出一条断腿,它像被砍了一大半的树杈挂在那儿晃晃悠悠的。

扁金吓呆了,原来他想把鸭子赶到祠堂里去的,现在祠堂也不能去啦。扁金进退两难,看见路边有个草垛就闪进去了,但是他闪躲的动作明显迟笨了点,而鸭子们不知闪躲,反而叫得更响,你就是长了三头六臂也没法把它们藏起来,于是扁金听见有人从祠堂里冲出来,有人高叫着,草垛后面有人!

扁金知道他藏不住,他想起女孩小碗在捕鱼船上挥动白布的情景,横下一条心走了出来,当然他没有忘记女孩教他挥动白布的动作,他向祠堂门口的士兵们挥动着白布,我是老百姓,我没有枪,扁金说,我不是十三旅的探子呀。

士兵拉开了枪栓,他们几乎同时喊道,口令,口令!

口令?口令在哪儿?扁金朝身后望了望,但头上的铁锅遮挡了他的视线,我没带口令,扁金说,就这些鸭子,我是养鸭子的老百姓呀。

把你头上的铁锅拿下来!士兵喊道。

扁金拿下了铁锅,他看见五六支黑漆漆的枪管对着他,有一个士兵冲上来把他的双手反剪了,在他身上从头到脚摸了一遍。你摸好了,扁金驯服地站在那里不动,他说,那你们就在祠堂待着吧,我把鸭子赶到别处去。

那个士兵最后用枪托在扁金肋下拍了一下,你是傻子呀?这种时候到处乱跑,你想找死?他看见扁金站在原地发愣,又朝扁金屁股上踢了一脚,傻子,你还不从这里滚开?

扁金知道他应该离开这里,一时却不知该把鸭子往哪里赶,他在记忆中搜寻着雀庄最安全最可靠的地方,想到的仍然是村长娄祥的家。于是在雀庄战役如火如荼之际,扁金赶着鸭群进了村长家的院子。

扁金没有让鸭子进屋,他知道村长的女人是特别爱干净的。扁金走进屋里就闻到了粮食和木材的清香,那口棺材的棺盖仍然打开着,几粒谷糠在棺盖上闪着小小的金黄色的光,扁金的一颗惊兔般的心现在安静了,不知为什么进了村长的家他就不觉得害怕,他走到屋子一角对准尿桶,不慌不忙地撒了一泡尿,然后就跳进了那口棺材。

你不能不相信那口棺材在战争中奇妙的作用。棺材里真的很暖和,你知道一个饥寒交迫的人假如觉得暖和了,那他的瞌睡很快也来啦。扁金起初还竖着耳朵倾听村外的枪声,隔着厚厚的棺板,那枪声听来像锅里的爆豆,而且越来越远了,越来越淡了。那时候椒河南岸绵延数里的开阔地上血光冲天,雀庄战役进入了激烈的白刃肉搏阶段,而瞌睡的扁金在棺材里错过了这幕百年难遇的战争场景。他依稀看见村长家的木窗被推开了,一个扎绿头巾的女孩把铁皮油桶放在窗台上。你又来了,扁金嘀咕道,三盏灯,你还要点三盏灯呀?扁金听见自己在说话,但同时也听见了自己香甜的鼾声。

扁金其实看不见打鱼船上的女孩,其实钻进木窗的是一只鸭子,是一只鸭子而已。

七

平原上的战争是一朵巨大的血色花,你不妨把腊月十五的雀庄一役想象成其中的花蕊,硝烟散尽马革裹尸以后战争双方吸吮了足够的血汁,那朵花就更加红了,见过它的人对于战争从此有了一种热烈而腥甜的回忆。

　　午后的椒河一片死寂,河面上漂浮的几具死尸像鱼一样顺流而下,像鱼一样的死尸意味着枪炮声暂时结束,这种常识连养鸭人扁金也明白。扁金刚刚走出村子就扔掉了头上的破铁锅,后来又扔掉了手里的白布。扁金之所以确信打仗已经结束,还因为麻雀又栖在树枝上叽叽喳喳了,天空中的黑雾已经消散,冬日的阳光又照到了屋顶的积雪上,更重要的是祠堂里的那群士兵不见了,祠堂门口的烂泥地上留下几道深深的车辙印,一直延伸到远处的官道上。扁金走过祠堂忍不住地把头探进去,墙上地上到处都是血污,他看见一个红白斑驳的东西浸在血污中,很像人的半条腿,扁金好奇地走近它,一下子就跳了起来,那真的是人的半条腿。扁金大叫起来,腿,一条腿。他的惊叫并非出于恐惧,而是一种错愕,扁金不知道祠堂在雀庄战役里曾经做了临时医院,他不知道一个人的腿为什么被锯断了扔在地上。

　　战争的垃圾与战争一样使扁金充满了疑惑。扁金先是沿着路上的几道车辙印走,沿途捡到了许多新奇的东西,一个子弹夹和几枚弹壳,一只黄帆布胶底的鞋子,半盒老刀牌香烟,还有两只散了架的木条箱。扁金试着把那只鞋穿在脚上,大小尺寸很合适,但他觉得脚底黏黏的,脱下鞋一看,原来鞋子里面汪了一摊血,血还没凝干呢。扁金就把鞋放在木条箱里,他想等血干了穿着就不粘脚了,长这么大他还没穿过胶底鞋呢。扁金拖着木条箱走了一段路就止步了,空旷的大路和野地使他感到某种危险,他想该去河滩看看,仗打完了,谁知道河滩那里现在是什么样子呢?

　　被烧过的芦苇秆子散发着焦煳的气味,除了芦苇,还有另一种奇怪的气味随风而来,扁金分辨不出那是腥味还是甜的,扁金朝着那股气味走,实际上也是朝着河汊那里走,渐渐地他的目光不再留意椒河上那些顺流而下的死尸,死尸开始零乱地出现在野地里,地上残存的积雪被他们染成了深红或者淡红色。扁金不怕死人,他在一具死尸边捡到了一支冲锋枪,钢质的枪管和上了亮漆的枪把显示了它奢华的气派,扁金举起枪比划着,不知怎么就扣动了扳机,一束子弹喷着火苗朝天空射去,扁金吓得扔下了枪,他望了望四周,四周仍然一片死寂,幸亏没有人听见。扁金长长地吁了一口气,他对自己说,就剩下我一个了,他们都死光啦!

扁金走到红薯地边才看见了雀庄战役最庞大的尸山。那是一次罕见的白刃战后留下的尸山,扁金惊呆了,他甚至从来没有看见过这么多聚在一起的活人。那么多死人像一捆一捆的柴火堆在红薯地里,红薯叶子和沙土都是暗红色的了。扁金透不过气,现在他明白那种又腥又甜的气味就是来自这片红薯地。那么多人,他们穿着黄色或灰色的棉衣棉裤,还有棉帽和棉鞋,他们有枪有刀,他们不知道是从哪儿冒出来的,刚冒出来就死了。有人用枪口对着扁金,有人手里还抓着刺刀,但扁金知道死人是不会开枪的,现在他不用害怕子弹会飞到脑门上来啦。

扁金站在那里思考了几分钟,后来他就开始捡尸堆里散落的棉帽,那种棉帽是有护耳的,冬天戴着它耳朵上就不会生冻疮了。扁金一口气捡了二十几顶棉帽,收拢在一只木条箱里。他的手上很快就沾满了血,黏黏的很难受,他跑到水边去洗手,沟里的水却也是血水,扁金只能草草涮了涮双手。他拖着一箱棉帽在尸山里穿梭,他想赶快回到村里去,但是死人脚上的那些胶底棉鞋攫住了他的目光,那些鞋也是好鞋呀,就是娄福的新棉鞋也没它暖脚没它结实。扁金舍不得走,他开始为死人脱鞋,一口气就脱下了六双鞋。脱到第七双鞋时扁金被那死者吓了一跳,他竟然在扁金的肚子上踹了一脚,扁金跳起来,他发现那个满脸血污的士兵还只是个少年,他的年纪也许还没自己大呢。扁金看见少年的眼睛愤怒地瞪着他,少年的脑袋却无力地歪到一边。扁金相信他已经死了,他大概是刚刚咽气的。你死了嘛,扁金对着少年嘟囔了一句,你要是没死我就不会扒你的鞋。

但是扁金不忍心再扒第七双鞋了,少年愤怒的眼睛使他心神不宁。扁金把木箱里的棉帽和鞋子码好了,拖着木箱在尸堆里穿梭,他想回村子去,他想这些帽子这些鞋子够他穿戴一辈子了,以后他再也不怕冬天的北风和冰雪了。扁金走出了红薯地,这时候他突然想起了那条打鱼船,那个名叫小碗的女孩,还有女孩垂死的母亲。她们的船原先就停在附近的河滩上,应该能看见那条船的。扁金极目四望,在一片枯焦的芦苇后面,他看见了三个小小的金黄色的光点。三盏灯,扁金认出那是船上的三盏灯,是冬日斜阳下的三盏灯。那三盏灯不如昨天夜里那么明亮,但三盏灯亮着船就在那里,三盏灯亮着女孩小碗就会在灯下守候着。

后来扁金就拖着木箱朝三盏灯跑去。

扁金是在半途上遇见那个伤兵的。伤兵在泥泞的河滩地上爬行,拖着一条长长的弯弯曲曲的血线,那是扁金在雀庄战役结束后看见的唯一一个活人。扁金起初有些惊慌,但他注意到那个人身上没有枪,他的两条腿肯定被打断了,否则他为什么要在地上爬呢?否则一个人怎么比蜗牛爬得还慢呢?

扁金屏住呼吸悄悄地跟在那个伤兵的后面,他的脚时不时地踩住了泥地上的血线,他猜不出那些血滴是从伤兵的胸前还是腿上淌出来的。扁金觉得那个伤兵发现了自己,伤兵的头往旁边侧转,他似乎想回头看一眼身后的人,但很明显他无力回过头来。现在扁金意识到那个人对自己丧失了任何威胁,他三步两步地就跑到了伤兵的身旁。

你要爬到哪儿去?扁金轻轻地朝伤兵肩上捅了一下,他说,你爬得比蜗牛还慢,要爬到哪儿去?

伤兵艰难地侧过了脸,他的喘息声显得急促而粗重。去那儿,伤兵说话的声音模糊不清,但扁金还是听清了。三盏灯,伤兵抬起一只手指着芦苇丛后面说,三盏灯。

你看见三盏灯了?扁金说,你要去那条打鱼船上?去干什么?你是个兵呀。

三盏灯。伤兵说。

我知道那儿有三盏灯,我又不是瞎子。扁金说,可你不该往那儿爬,那是小碗的家,又不是你的家。

我要回家。伤兵说。

你是小碗的爹吗?扁金蹲下身子捧住伤兵的脸,仔细地审视着,你不是小碗的爹,扁金说,你是个老头了,你这么丑,小碗那么水灵,你不像小碗的爹。

小碗……碗儿……小……碗儿。伤兵说。

伤兵其实已经虚弱得说不出话来了,他在泥地里爬着,爬得越来越慢,现在扁金看清了那条血线的渊源,它是从伤兵的腹部、肩部和腿部分别滴淌下来的。扁金看见了伤兵的眼睛,深深塌陷的布满血丝的眼睛,他觉得这个人很奇怪,人快死了,但眼睛里的光却闪闪发亮。

你要真是小碗的爹,我就把你背到船上去,扁金说,可你怎么证明你是小碗的爹呢?

三——盏——灯。伤兵说。

伤兵吐出这三个字后便不再说话了。扁金猜他是没有力气说话了。扁金想这个人是不是小碗的爹很快会水落石出的。他们离三盏灯已经很近了,他们离那条打鱼船只有几步之遥了。

扁金高声地喊着小碗的名字,他没有听见女孩的回应。女孩不在船头上,似乎也不在这里,扁金看见了那条被战火熏黑的打鱼船,油毡制成的船篷已经毁于一旦,只剩下几根木架歪斜地竖在那里,奇怪的是船头的桅杆,桅杆和桅杆上的三盏灯在一夜炮火中竟然完好如初,那三盏灯现在淡如荧光,但它们确确实实地亮着,它们让扁金想起灯油和有关女孩小碗的所有事情。

小碗,去捡棉帽呀,红薯地里有好多棉帽。

打鱼船上寂然无声,女孩不知道跑到哪儿去了。

小碗,去红薯地里捡东西吧,去晚了就让别人捡走啦。

扁金的喊声突然沉下去,他看见打鱼船的船舷上露出一只黑黑的小手,一块白布从那只小手的指缝间垂下来,白布的下端浸在水中。扁金认出那是女孩的手,女孩没有离开她家的船,女孩躲在残破的舱里。

小碗,别害怕,仗打完了,你出来吧。

扁金疾步跳到了船上,他先是看见了船头上的那只铁皮油桶,油桶打翻了,灯油淌了一地,你怎么把油桶打翻了?没有灯油你还点什么灯啊?扁金扶起了油桶,然后他看见了船舱、船篷毁于炮火,打鱼船便再也没有遮蔽了。扁金看见了那母女俩,母亲紧紧地搂抱着女孩,但女孩的一只手挣脱了母亲的怀抱,那只手顽强地伸出了船舷,挥动一块雪白的布,当然那只小手现在已经安静了,手里的白布也已经垂入了水中。扁金不再对女孩说话,一天来见了无数个死者,他已经能准确地区分活人和死者,他知道名叫小碗的女孩和她母亲已经死去。

两只黑鱼鹰却活着,一只站在船尾,一只蹲在船头,它们像两个哨兵守护着打鱼船。

她不是有白布吗?她不是挥白布了吗?扁金对鱼鹰说,挥了白布怎么还会死?

扁金知道他不该问鱼鹰,鱼鹰跟他的鸭子一样,主人对它再好也不会对你说话。扁金突然觉得眼角那里冰凉冰凉的,是一滴泪,他流泪了,流泪是心里难受的缘故。扁金心里有说不出的难受。扁金想昨天她还是个活蹦乱跳的小女孩呢,他不希望子弹打到她身上,现在他情愿用一百只鸭子换回她的性命。扁金抓起女孩的手,他用了很大的力气才把她手里的白布拽出来。扁金迁怒于那块白布,他把它狠狠地揉成一团,扔进了河里,没有用的,白布有什么用?扁金突然哽咽起来,他说,你还小,你不懂事,子弹从来是不长眼睛的。

那个伤兵爬过来了,伤兵的身子在剧烈地颤抖,而他的右臂艰难地向前抓攀着什么,扁金看出来他是想抓住船舷上的那只小手,那是女孩小碗的手,扁金不想让他抓那只小手,他用自己的大手盖住了那只小手,你别抓她,她已经死了,扁金哽咽说,她们都已经死了。

扁金忘不了那个伤兵的眼睛,他眼睛里的亮光倏地黯淡下去,他眼睛里原来也有一盏灯,但扁金觉得从自己嘴里吹出了大风,大风倏地吹熄了那盏灯,也吹断了伤兵那条颤抖的右臂,他看见那条手臂沉重地落下去,落在水里,溅起了几星水花,他看见伤兵的脸上掠过一道绝望的白光,那张布满血污的脸也沉重地落下去,埋在椒河的河水里。

扁金狂叫起来,直到此时他仍然不能确信伤兵与打鱼船的关系,但扁金意识到自己的手盖住的不是小碗的手,是那个人游丝般最后的呼吸。扁金有了一种杀人后的恐惧的感觉。扁金跳下了船,他把士兵从水里搬起来,你不是说你是小碗的爹吗?你不是说要回家吗?扁金摇晃着那具沉重的滑腻的身体,他说,你怎么死了?你是傻子呀?死了怎么能回家?扁金失声恸哭起来,他把死去的士兵拖到了船上,你说你是小碗的爹,就算你是小碗的爹好了,扁金说,你想回家就回家好了,可你为什么会死,好像是我害死了你们,我没有枪,我是老百姓,我是养鸭子的扁金呀。

扁金哭泣着把死去的士兵推进了舱里,他看见三个死者恰巧躺在了一起,三个死者的脸上有一种相仿的悲伤肃穆的表情,一个男人,一个女人,还有一个名叫小碗的女孩,他们看上去真的像一家人。扁金的心现在变得空空荡荡,他注意到船桅上的三盏灯相继熄灭了,暮色从椒河上缓缓地升起来,而那三盏灯却终于熄灭了。椒河两岸一片苍茫,假如你极目西眺,你能看见落日悬浮在河的尽头,天边还残留着一抹金色的云影,但扁金看见三盏灯熄灭了,扁金的心碎了,他的稚笨的灵魂和疲惫的身体已经沉在黑暗中。

扁金后来做了一件令人不可思议的事情。你想象不出他是怎么把一条打鱼船从岸边推向河心的,后来扁金打着寒战走进冰冷的河水里,他用尽了全身力气把船推向了河心。离开这儿吧,这儿不是一个好地方。扁金对着船头的鱼鹰说。船头的鱼鹰沉默不语,扁金又对着船尾的鱼鹰说,带着他们离开这儿,到不打仗的好地方去吧。

打鱼船在暮色中顺流而下,两只鱼鹰不知道它们的船会漂向何处,去哪个好地方呢?其实扁金也不知道。

那是雀庄战役结束后的第一个黄昏,打扫战场的士兵和车辆姗姗来迟,他们途经雀庄的时候看见一个形迹可疑的人,那个人拖着一只木条箱在河滩地上走,对所有的警告置若罔闻。士兵们看不清木条箱里装了什么东西,有人想过去盘问他,但好几个士兵都认出了扁金,他们说,别去管他,那人是雀庄的傻子。

八

战争的火球在雀庄留下了许多焦状物和黑色擦痕。连续几天出了太阳,满地的积雪化成了泥泞,满地的泥泞被阳光烤干了,土地便露出了土地的颜色,晒场是黄里泛红的,村巷是灰中透黄的,河滩是黑色,但是村外那片广袤的红薯地里的黑土却变成了红色。

曾经被枪炮声吓昏了的家禽牲畜现在醒过神来,它们饿坏了,成群结队地跑到晒场上来寻觅食物。晒场上除了散落的子弹壳,没有任何柔软可食的东西,饥饿的猪羊鸡鸭们开始追逐扁金,向他发出各种乞食的叫声。它们似乎也没有错,偌大的村庄里只有扁金一个人,它们不向他要吃的又向谁要呢?

可是扁金顾不上别人家的畜生,他自己的一大群鸭子还半饥半饱的,从河里捞来的螺蛳小鱼只够喂他自己的鸭子,所以扁金一路走着一路驱赶着那些讨厌的畜生。扁金很忙碌,他要趁着好天气洗洗木条箱里的一堆东西,十几顶棉帽,好多只棉鞋,那些棉鞋棉帽都沾着血迹,不洗干净怎么能戴在头上,怎么能穿到脚上呢?但是要把它们全部洗干净真不容易,扁金蹲在河边拼命地洗,腰都蹲酸了。

扁金把洗好的东西整齐地晾在河滩地上,那些棉鞋,那些棉帽,它们在阳光下仍然散发出一股暖暖的甜腥味,那是钻进了棉花深处的人血的气味,扁金逐个地把那些棉鞋棉帽嗅了一遍,他想这股怪味还真不容易洗掉。但那又有什么呢?你要知道它们比娄福的棉鞋好上一百倍,比娄守义的狗皮帽好上一百倍。扁金爬上草垛守护着他的东西,冬天的椒河水就在他视线里流淌。扁金从来没有见过这么肮脏的漂满垃圾的河水,几天来大堆死去的牲畜、烧焦的木头和腐烂的衣物浩浩荡荡穿过椒河,战死的士兵们早就被一车车地拖走,但河面上仍然有死尸顺流而下。扁金看见了他不想看见的东西,他想看见的东西一时却想不出来。后来他看见一块白布条在水边漂浮着,扁金就想起来了,他想看见的就是这块白布条,不,是手摇白布的女孩小碗,以及女孩家的那条船和船上的三盏灯。

三盏灯已经熄灭,那条打鱼船不知漂到哪里去了,椒河水很长,流经三城七县二百多里地,谁知道那条船漂到哪儿去呢?有关女孩小碗的记忆总是伴随着震耳欲聋的枪炮声,想起女孩小碗扁金就感到难过,有一些看不见的子弹在他体内疯狂地爆响了,扁金的手便狂躁地在身上摸索着,他想把那些可恨的子弹拔出来,但扁金所做的一切都是徒劳的,他的全身甚至骨头都被那些子弹炸疼了。扁金痛苦地蜷缩起身子,他无法理解他体内的那些砰然作响的子弹,他安然地躲过了雀庄战役的枪林弹雨,可这么多的子弹是怎么钻进他身体的呢?

雀庄战役的幸存者扁金突然沉浸在一种意想不到的痛苦中。几天来扁金的脖子、胳膊和胸前新添了许多淤血和疤痂,那都是他自己弄伤的,扁金怎么弄都不能消除他体内的那些子弹。后来他发现了唯一能够减轻痛苦的方法,他闭上眼睛堵住耳朵去想,想女孩头上的绿围巾,想那条打鱼船上的三盏灯,想起这些他的身体就变得松软了,体内的那些子弹也渐渐地沉寂了。

你知道扁金的生活必将改变,现在他生活中不仅仅只有那些鸭子了,鸭子对扁金的影响终于无法与女孩小碗匹敌。有一天扁金发现他晾晒在河滩上的棉帽棉鞋落满了鸭屎,扁金就追赶着鸭子大发雷霆,你们就会拉屎,你们就会嘎嘎乱叫,扁金在河滩上挥舞着拳头吼道,你们怎么没让子弹打死?你们一百只鸭子也顶不上小碗一个人!

腊月二十八那天,村外的官道上开始出现了疏散归来的车马人群,人们急于归来是因为春节临近,虽然平原上的战争未见偃旗息鼓的迹象,有万人的军队从西南向东北方狂流般地挺进,战车马蹄腾起的黄尘狼烟在十里以外仍然清晰可辨,但是你想想吧,雀庄有多少人会愿意在异乡他壤燃放除夕的爆竹呢？所以村长娄祥带着七八户思家心切的村民先回来了。

离了很远扁金就看见了那几辆马车,他欢呼了一声,他扔下手里的一只棉鞋朝乡亲们跑去,但跑了几步就站住了。扁金看见村长的身影就想起自己做错的事,他想起自己曾经睡过村长母亲的大棺材,村长是个出名的孝子,为了这件事他肯定能饶下自己的耳朵,而他的鸭子也惹了祸,鸭子们把村长家洁净整齐的院子弄得满地污秽,村长的女人最不能容忍牲畜在她家拉屎,村长又怕他女人,为这件事村长也绝不会轻饶了他。扁金撒腿就往村里跑,他要赶在村长回家之前把他留下的痕迹抹掉。

扁金冲进村长娄祥家,他做的第一件事情全部围绕着那口棺材展开,他想在棺材里放回十几个红薯,但这么着急上哪儿去找红薯呢？扁金一时没有主意,就匆匆地到灶旁抓了几块木桦子扔进棺材里,木桦子与红薯看上去很不一样,扁金情急之中就拖过一捆干草盖在上面,他知道他无法让棺材里的东西恢复原状了,他没有办法,没有办法就只好拉上了棺盖。扁金要做的第二件事就是如何把村长家的灯油桶灌满,这似乎容易一些,他很快地解开裤带对着灯油桶撒了一泡尿,然后把桶放回到村长的大床底下。剩下的那些鸭屎其实是最好办的,扁金抓过一把破笤帚扫地,他用的力气太大了,那些干结的鸭屎甚至飞过院墙,落到了外面的村巷里。

扁金跑出村长家时稍稍松了一口气,他爬到一棵树上观望着远处的乡亲,那几辆马车刚到村口,扁金坐在树上,他想不如就在树上迎接乡亲们。直到此时他才发现自己是坐在娄守义家的老桑树上,他眼前的大瓦房就是娄守义家的大瓦房。扁金的心倏地往树下坠去,他的身子也一起坠到了树下,现在他意识到那大瓦房顶上的窟窿才是他惹下的大祸,他想爬到那房顶上去,但他知道自己连茅草屋顶都不会苫补,怎么会苫补大瓦房的房顶呢。扁金急得大汗淋漓,他想起娄守义有五个力大如牛的儿子,还有三个凶神恶煞的女儿,他们肯定饶不了他,他们每人踢他一脚就能要了他的命,扁金蹲在老桑树下茫然失措,一种巨大的恐惧压得他直不起腰来,后来扁金就捂着脸蹲在那里,他听见体内的那些子弹又乒乒乓乓地爆响了,他的全身上下甚至骨头都开始疼了。

村长娄祥发现扁金的时候欣喜若狂,娄祥跳下牛车,张开双臂扑过来,像鹰捕小鸡一样抓住了扁金。

娄祥说,你个傻子,你还活着嘛,都说子弹不长眼睛,谁说子弹不长眼睛,它就是不打傻子嘛。

扁金说,我不是傻子。

娄祥说,谁说你是傻子?傻子能从枪炮下活过来?谁说你傻子他自己就是傻子。

扁金说,子弹打到我了,就是拔不出来,我身上到处都疼,疼死我了。

娄祥伸过手在扁金身上捏了几下,哪儿挨子弹了?你这身皮比牛皮还结实呢,娄祥抓着扁金的耳朵说,你个傻子,又跟我胡说八道了?

别拧我耳朵。扁金满脸惊惶地瞟了眼村长的大手,我没去你家。扁金突然叫起来,我的鸭子也没去你家拉屎。

你去我家干什么?你的鸭子跑我家拉屎?怕我拧不下你的耳朵?

别拧我耳朵。扁金仍然叫喊着,他的脑袋始终躲避着娄祥的大手,他说,我没拿过你家的灯油,小碗也没拿,你家的灯油桶还在床底下放着呢。

娄祥突然不说话了,他的光头凑到扁金面前,他的犀利的目光刺得扁金双颊通红,好你个傻子,娄祥冷笑道,我就猜到你干了坏事,给我说实话,你到底干了什么坏事?

扁金垂下头,他用两只手紧紧地护住了两只耳朵,他说,我没睡过你家的棺材,棺材是给死人睡的,我没睡过。棺材里的红薯有油漆味,我也没吃过棺材里的红薯。

娄祥的嘴里吐出了脏话,他的大手终于掰开扁金的十指,他的两只大手同时揪住了扁金的两只耳朵,同时狠狠地拧了几下,然后娄祥就急如火星地奔回家了。

扁金捂着耳朵站了起来,他觉得耳朵快掉下来了,但他还是忍着疼痛朝村长的背影喊了一声,村长,我告诉你,娄守义家的房顶让子弹打了个窟窿!

许多村里人朝扁金围过来,他们七嘴八舌地向扁金打听雀庄战役的各种细节,扁金一句也听不进去,扁金粗鲁地推开人群往外走,你们像老鼠一样逃走了,你们的房子却没起火,我在这儿守着我的鸭子,可我的鸭棚让他们毁啦。扁金说,你们知道吗,我在祠堂里睡了好几天啦。有个孩子拉住扁金的衣角问,扁金,你怎么没让子弹打着呢?扁金甩掉了孩子的手,他突然哽咽了一下,想哭而又忍住了,扁金哽咽着说,你们知道什么?子弹都藏在我的肉里,我都快疼死了!

在雀庄人看来扁金说话从来都是语无伦次傻里傻气的,他对雀庄战役的描述虽然莫名其妙,但还是引起了一阵嬉笑声。他们疑惑不解的是扁金最后的呐喊,你们不是好人,扁金扯着嗓子在村口呐喊,你们一百个人也顶不上小碗一个人!

他们当时不知道那是扁金在雀庄留下的一次呐喊,也是最后一次呐喊。

九

养鸭人扁金在腊月二十八的夜里离开了雀庄,也许是腊月二十九的凌晨,这已经无关紧要,村长娄祥那天气冲冲地走遍雀庄附近的每一个角落,却没有看见扁金和他的鸭子的影子。王寡妇的儿子在椒河边捉螃蟹,他告诉娄祥扁金赶着鸭子顺河滩走了,他说扁金一边走一边还在哭呢。

村长娄祥以为扁金在天黑前会回家,但扁金再也没回家。说起来扁金在雀庄也没有什么家,他带走那群鸭子就把家也带走了。后来是娄福娄守义他们回家了。他们不会不回来,雀庄人谁也不愿意在外面过年嘛。扁金离村那天,娄祥在他家的柴堆上发现了一只棉帽和一双棉鞋,他是个闯过码头见过世面的人,一眼就认出那是军用品,而且他很快猜到它们是从死人身上扒下来的。娄祥咒骂着扔掉了棉帽和棉鞋,刚扔掉又捡了回来,他是个识货的人,这么暖和实用的棉帽,这么结实耐穿的胶底棉鞋,娄祥实在舍不得扔掉它们,他知道那是扁金赎罪的一份礼物。

收到棉帽和棉鞋的还有娄守义一家。娄守义起初喜出望外,但后来弄清了那些棉鞋棉帽和房顶上大窟窿的联系,娄守义的脸便气白了,几只烂鞋烂帽来换我家的房顶?娄守义咬牙切齿地骂道,这个傻子,这个傻子怎么会没挨子弹?他就是被子弹打成个蜂窝,也解不了我心头的恨!

不管是村长娄祥还是娄守义,他们都舍不得扔掉扁金的礼物。大年初一的早晨,娄守义去娄祥家拜年,看见娄祥头上戴着和自己一样的棉帽,脚上穿着和自己一样的棉鞋,他们两个人盯着对方愣了一会儿,突然一齐会意地笑起来。

娄守义说,这帽子很好,有两个护耳,冬天不冻耳朵。

村长娄祥说,棉鞋也很好,又结实又暖和,我还没穿过这么好的棉鞋呢。

过年那几天村长娄祥常常想起扁金,他不知道扁金为什么像个老鼠一样逃离雀庄。过年了,别人都回家了,他却像个老鼠一样地逃啦。娄祥想起扁金以前也做过不少让人痛恨的事,有一次他差点把人家的猪拖进椒河呢,以前他从来不害怕,从来没跑过,这次为什么怕成这样?娄祥后来很自然地联想到雀庄战役的枪林弹雨,他猜扁金大概是让子弹和炮火吓破了胆。

直到这年秋天,雀庄的乡亲们没有谁再见过养鸭人扁金。秋天的时候娄福跟着一条稻米船去椒河下游贩米,船过桃县地界的时候,娄福突然看见了养鸭人扁金,扁金赶着一群鸭子在椒河岸边走。娄福说他认出了扁金,扁金却不认识他了。娄福问他去哪儿,扁金说他不去哪儿,他要找一条打鱼船。娄福问他要找什么样的打鱼船,扁金说是一条有三盏灯的打鱼船。娄福说从来没见过有三盏灯的打鱼船,他问扁金找那条船干什么,扁金就不说话了,扁金像个哑巴一样赶着鸭子走,后来扁金就埋下头,像个哑巴一样赶着鸭子在椒河边走。

什么打鱼船?什么三盏灯?娄福回村后说起这件事就咯咯地笑,他对乡亲们说,我早就说过扁金是傻子,你们偏不信,现在你们该相信了吧?

现在我们该相信了,扁金和他的鸭群仍然在椒河边走,他们大概会一直走到椒河下游,走到椒河水与其他河流交汇的丘陵地区。这其实是一条异常险恶的行走路线,我们知道平原上的战争是一只巨大的火球,它可以朝四面八方滚动,秋天的时候,战争的火球恰恰正在向丘陵地区滚来。

长篇小说

米

第一章

　　傍晚时分,从北方驶来的运煤火车摇摇晃晃地停靠在老货站。五龙在伴睡中感到了火车的颤动和反坐力。哐当一声巨响,身下的煤块也随之发出坍陷的声音。五龙从煤堆上爬起来,货站月台上的白炽灯刺得他睁不开眼睛,有许多人在铁道周围跑来跑去的,蒸汽和暮色融合在一起,货站的景色显得影影绰绰,有的静止,有的却在飘动。

　　现在该跳下去了。五龙抓过了他的被包卷,拍了拍上面的煤粉和灰尘,小心地把它扔到了路基上,然后他弯下腰从车上跳了下去。五龙觉得他的身体像一捆干草般的轻盈无力,他的双脚就这样茫然地落在异乡异地,他甚至还不知道这是什么地方。风从旷野上吹来,夹杂着油烟味的晚风已经变得很冷,五龙打着寒噤拾起他的被包卷,他最后看了看身边的铁路:它在暮色中无穷无尽地向前延伸,在很远的地方信号灯变幻着红光与蓝光,五龙听见老货站的天棚和轨道一齐咯噔咯噔地响起来,又有一辆火车驶来了,它的方向是由南至北。五龙站着想了想火车和铁道的事,虽然他已经在运煤货车上颠簸了两天两夜,但对于这些事物他仍然感到陌生和冷漠。

　　五龙穿过月台上杂乱的货包和人群,朝外面房子密集的街区走。多日积聚的饥饿感现在到达了极顶,他觉得腹中空得要流出血来,他已经三天没吃饭了。五龙一边走着一边将手伸到被包卷里掏着,手指触到一些颗粒状的坚硬的东西,他把它们一颗颗掏出来塞进嘴里嚼咽着,发出很脆的声音。

那是一把米。是五龙的家乡枫杨树出产的糙米。五龙嚼着最后的一把生米,慢慢地进入城市的北端。

才下过雨,麻石路面的罅缝里积聚着碎银般的雨水。稀疏的路灯突然一齐亮了,昏黄的灯光剪出某些房屋和树木的轮廓。城市的北端是贫穷而肮脏的地方,空气中莫名地混有粪便和腐肉的臭味,除了从纺织厂传来的沉闷的机器声,街上人迹稀少,一片死寂。五龙走到一个岔路口站住了,他看见路灯下侧卧着一个男人。那个男人四十多岁的样子,头枕着麻袋包睡着了。五龙朝他走过去,他想也许这是个歇脚的好地方,他快疲乏得走不动了。五龙倚着墙坐下来,那个男人仍然睡着,他的脸在路灯下发出一种淡蓝色的光。

喂,快醒醒吧。五龙对男人说,这么睡会着凉的。

睡着的男人一动不动,五龙想他大概太累了,所有离乡远行的人都像一条狗走到哪里睡到哪里,他们的表情也都像一条狗,倦怠、嗜睡或者凶相毕露。五龙转过脸去看墙上花花绿绿的广告画,肥皂、卷烟、仁丹和大力丸的广告上都画有一个嘴唇血红搔首弄姿的女人。挤在女人中间的还有各种告示和专治花柳病的私人门诊地址。五龙不由得笑了笑,这就是乱七八糟千奇百怪的城市,所以人们像苍蝇一样汇集到这里,下蛆筑巢,没有谁赞美城市但他们最终都向这里迁徙而来。天空已经很黑了,五龙从低垂的夜色中辨认出那种传奇化的烟雾,即使在夜里烟雾也在不断蒸腾,这印证了五龙从前对城市的想象,从前有人从城市回到枫杨树乡村,他们告诉五龙,城市就是一只巨大的烟囱。

五龙离开街角的时候看了看路灯下的男人,男人以不变的姿势侧卧在那里,他的蓬乱的头发上结了一层白色的霜粒。五龙走过去推了推他的肩膀,别睡了,该上路啦。那个男人的身体像石头一样冰冷僵硬,一动不动,五龙将手伸到他的鼻孔下面,已经没有鼻息了。死人——五龙惊叫了一声,拔脚就跑,五龙没想到那是个死人。后来五龙一直在陌生的街道上奔跑,死者发蓝的脸跟随着像一只马蜂在他后面飞翔,五龙惊魂未定,甚至不敢回头张望一下。许多黑漆漆的店铺、工厂和瓦砾堆闪了过去,麻石路面的尽头是一片开阔地和浩浩荡荡的江水。五龙看见了林立的船桅和桅灯,黑压压的船只泊在江岸码头上,有人坐在货包上抽烟,大声地说话,一股辛辣的酒气在码头上弥漫着。这时候五龙停止了奔跑,他站在那里喘着粗气,一边冷静地打量着夜晚的码头和那些夜不归宿的人。直到现在,五龙仍然惊魂未定,他需要喘一口气再决定行走的方向。

他们看见一个背被包卷的人像一只惊慌的兔子朝码头奔来,他的脸色惨白,脖子和鼻梁上沾着煤灰的印迹。这些人围坐在一起,就着花生米和卤猪头肉喝酒,所有人都已酒意醺脸,他们站起来,看着五龙像一只惊慌的兔子朝码头奔来。

你跑什么?阿保上前堵住了五龙,他一把揪住五龙的衣领说,你是小偷吗?

死人。五龙张大嘴喘着粗气,一个死人!

是死人在追你?阿保笑起来,他对同伴们说,你们听见了吗?这家伙连死人的东西也要偷。

我没偷。我不是小偷。五龙这时才发现码头上的这群男人。地上货包上堆放着酒瓶和油腻腻的猪头肉。他下意识地朝那里挪过去。月光和江中的船灯照耀着那些男人紫红的脸,他们无声地观望着五龙。五龙的喉咙里咕噜响了一声,他的手微颤着伸向货包上的食物,我饿坏了。五龙用目光试探地询问那些男人。他们的脸上浮出若有若无的笑意。我三天没吃东西了,我真的饿坏了。五龙呢喃着抓起一块卤猪肉,紧接着他就发出了凄楚的尖叫,他们突然而准确地踩住了五龙的手和手里的肉。

叫我一声爹。阿保的脚在五龙的手上碾了一下,他说,叫我一声爹,这些东西就给你吃了。

大哥你行行好吧。五龙抬头望着阿保的脸和他光秃秃的头顶,我真的饿坏了,你们行行好吧。

叫我一声爹就给你吃。阿保说,你是听不懂还是不会叫爹？叫吧,叫了就给你吃。

五龙木然地瞪着阿保,过了一会儿他终于说,爹。

阿保狂笑起来,他的脚仍然踩住五龙的手不放,他指着旁边那些壮汉说,还有他们,每人都得叫一声爹,要不然他们不答应。

五龙扫视着那群人的脸,他们已经喝得东摇西晃,有一个靠在货包上不停地说着下流话。他们的眼睛里闪烁着模糊的红光。这种红光令人恐惧。五龙哀伤地低下头,看着阿保的脚,阿保穿着一双黑布鞋,鞋尖处顶出两颗苍白的脚趾,它们像石头一样牢牢地踩住了他的手背。

爹。五龙的声音在深夜的码头上显得空旷无力。他看见那群人咧着嘴笑,充满某种茫然的快乐。五龙低下头,看见自己的影子半蹲半伏在地上,很像一条狗。谁是我的爹？五龙对这个称谓非常陌生。他是一名孤儿,在枫杨树乡村他有无数的叔伯兄弟和远房亲戚,但是没有爹娘,乡亲们告诉他他们死于二十年前的大饥荒中。亲戚们前来抬尸的时候,五龙独自睡在干草堆上舔着一只银项圈。乡亲们说,五龙,你那会儿就像一条狗。没爹的孩子都像狗。然后阿保的脚终于从五龙的手上松开了。五龙抓起卤猪肉急着朝嘴里塞。味觉已经丧失,他没有品出肉的味道,只是感觉到真正的食物正在进入他的身体,这使他的精神稍微地振作起来。阿保端着一碗酒走过来,他用手掌拍拍五龙的颚部,你给我喝了这碗酒,懂吗？你一口气喝光它。

不。我不想喝。五龙的脸被阿保的手卡得变了形,他费劲地嚼咽着说,我不会喝酒,我只要吃肉。

光吃肉不喝酒？你是男人吗？阿保将酒碗塞进五龙的双唇之间,给我喝,不喝就把肉从你嘴里掏出来。

五龙的头部本能地向后仰去,他听见阿保骂了一声,旁边的几条壮汉冲过来把他擒住了。有人用手钳住五龙的双颚,他的嘴自然地张大着,像一个无底的黑洞。他们朝这个黑洞接连灌了五碗烧酒。五龙蹬踢着,咳嗽着,他觉得那五碗白酒已经在体内烧起来了,他快被烧死了。五龙朦朦胧胧听见他们狂笑的声音。他不知道这是为什么,醉酒的感觉突如其来,头脑一片空白,五龙疲惫的身体再次像干草一样飘浮起来,夜空中的星星、江中的桅灯和那些人醺红的眼睛在很远的地方闪闪烁烁。

他们把五龙扔在地上,看着五龙翻了个身,以一种痛苦的姿势侧卧着。月光照着五龙蜡黄的脸和嘴角上残留的肉末,他的嘴唇仍然翕动着,吐出一些含糊的声音。

他在说什么?有人问。

他说饿。阿保踢了踢五龙的腿说,这家伙大概饿疯了。

这时候江上传来一艘夜船的汽笛声,他们闻声集队向水边而去,把五龙扔在地上。那些粗壮矫健的身影从五龙的身上跨过去,消失在高高低低的货包后面。五龙烂醉如泥,他不知道他们到底是什么人。直到后来,他屡次遭遇码头会的兄弟,这些人杀人越货,无所不干,五龙想到他初入此地就闯进码头会的虎穴,心里总是不寒而栗。

黎明时分五龙梦见了枫杨树乡村,茫茫的大水淹没了五百里稻田和村庄,水流从各方涌来,摧毁每一所灰泥房舍和树木。金黄的结穗的稻子铺满了水面,随波逐流,还有死猪死狗混杂在木料枯枝中散发着隐隐的腥臭。许多人从水中跋涉而过,他听见男人和女人的哭声像雨点密布在空中,或者就像雹子一样坚硬地打在他的头顶上。五龙还看见了自己,在逃亡的人流中他显得有点特别,他的表情非常淡漠甚至有点轻松,五龙看见自己手里拖着一条树棍,沿途击打酸枣树上残存的几颗干瘪发黄的酸枣。

江边码头已经开始忙碌了。五龙被四面嘈杂的声音惊醒,他看见另外一些陌生人,他们背驮大货包,从他身边匆匆经过,有许多船停靠在码头上。有许多人站在船上,站在码头的货堆上,叫喊着什么。五龙慢慢地坐起来,想了想昨天夜里发生的事,他的头脑中仍然一片空白,只是嘴里还喷出酒肉混杂后的气味。夜来的事很像一场梦。

五龙在码头上转悠了一会儿,没有谁注意他,夜里遇见的那些人在白天无影无踪了。他看见几辆大板车停在一艘铁船的旁边,船舱里装满了雪白的新米。有几个汉子正从船上卸米。五龙站着无声地看着他们,新米特有的清香使他惘然若失。

这是哪里的米?五龙问装车的汉子,多好的米啊!

不知道,管它是哪里的米呢?汉子没有朝五龙多看一眼,把他最后一箩筐米倒进板车,拍了拍手说,今年到处闹灾荒,这些米来得不容易。

是不容易。五龙从车上抓了一把米摸着,他说,我家乡的五百亩稻子全让水淹了,就像这样的米,全淹光了。

到处都一样,不是水灾就是旱灾。

眼看着就要开镰收割了,突然来了大水,一下就全完了,一年的血汗就这样扔在水里了,连一升米也没收下。五龙说着,嘴角上露出一丝自嘲的微笑。

四辆大板车装满了米,排成一队朝码头外面走。五龙紧跟在板车的后面,他恍惚之中就跟着装米的板车走了。他们穿过肮脏拥挤的街道,在人群、水果摊、黄包车和店铺的缝隙间钻来钻去。一路上五龙又一次难挡腹中的饥饿,他习惯性地把手里的米塞进嘴里嚼咽起来,五龙觉得嚼咽生米和吃饭喝粥其实是一样的,它们的目的都是抵抗饥饿。

在瓦匠街的街口,五龙看见密集的破烂的房屋堆里耸立着一座古旧的砖塔。砖塔高出地面大约五丈的样子,微微发蓝,有鸟群在塔上飞来飞去,风铃清脆的响声传入五龙的耳中。他仰头朝砖塔张望着,那是什么?五龙问。没人回答他,这时装米的大板车已经停留在瓦匠街,他们已经来到了大鸿记米店的门口,拉车的汉子们吆喝着排队买米的人:闪开,闪开,米来啦!卸米啦!

织云坐在柜台上嗑葵花籽,织云斜眼瞟着米店的门外,织云穿着一件翠绿色的旗袍,高跟皮鞋拖在脚上,踢跶踢跶敲打柜台,那种声音听来有点烦躁。在不远的米仓前,绮云帮着店员在过秤卖米,绮云的一条长辫子在肩后轻盈地甩来甩去。织云和绮云是瓦匠街著名的米店姐妹。

搬运工肩扛米袋依次进了门,他们穿过忙乱的店堂和夹弄来到后院。冯老板已经守在那里,嘴里点着数,一只手顺势在每一只米袋上捏一捏。运来的都是刚轧的新米,米袋撞击后扬起的粉尘弥漫在后院。后院环列着古老的青砖黑瓦房屋,东西侧屋是贮放粮食的仓房,朝南的三间是冯老板和两个女儿的居室。门洞很大,门檐上挂着一块黑底烫金的牌匾,有四个字,一般人只认识其中一个米字。搬运工知道米店之家在瓦匠街占据一角,世代相袭,也已经有二百多年的历史了,但是没人去留意匾上另外三个字。

院子里的晾衣绳上挂着一些红红绿绿的衣裳,是洗了不久的,滴滴答答淌着水,人就在那下面出出进进。不言而喻,那是米店姐妹俩的东西。散发着淡淡肥皂味的衣裳,被阳光均匀地照着,让人联想到女孩的身体。织云和绮云,一个十九岁,一个十七岁,都是和衣裳一样红绿妩媚的年纪。

织云看见五龙坐在板车上,双手划拉着车上残留的米粒,他把它们堆拢起来,又轻轻弄散,这个动作机械地重复了多次。五车大米很快卸光了。搬运工们从冯老板那里领了工钱,推上车散去。五龙仍然站在米店门外,脚下横着一堆破破烂烂的行李。他朝里面张望着,神色有点奇怪,那张脸憔悴而不失英俊,枯裂的嘴唇好像受了惊似的张开着。织云跳下柜台,她走到门口将手里的瓜子壳扔掉,身子往门上一靠,饶有兴味地打量起五龙来。

你怎么不走?你没领到工钱?

五龙朝后退了一步,茫然地看着织云,他说,不。

你不是搬米的?织云朝地上那堆破行李扫了一眼,那么你是逃荒要饭的?我说得没错,我看人一看一个准。

不。五龙摇摇头,他的视线越过女孩的肩头落在米店内部——卖米的伙计和买米的人做着简单的交易,他说,这家是米店吗?

是米店。你在看什么?织云捂着嘴扑哧一笑,诡谲地说,你是看我还是看我妹妹?

不。我看米。米店果然有这么多的米。

米有什么可看的?织云有点扫兴地说,她发现这个男人的脸色在阳光下泛着一种石头般的色泽,你的脸怎么像死人一样难看?你要是有病可别站这儿,我最怕染上天花霍乱什么的,那我这辈子就完了。

我没病。我只是饿坏了。五龙漠然地看着她说,给我一碗冷饭好吗?我三天没吃饭了。

我给你端去,反正也要倒给猫吃的。织云懒懒地从门框上欠起身子,她说,世界上数我心眼最好,你知道吗?

织云到后面厨房端了碗冷饭出来,看见五龙已经走进店堂正和两个伙计撕扯着,绮云拉着他的衣角往门外拖,嘴里叫喊着,他有虱子,他身上肯定有虱子!五龙的脸因窘迫有点发红,精瘦的身体被三个人推得东摇西晃地朝外面挪,他突然扭过脸,用愤怒得变了调的声音骂了一句粗话,织云没听清楚,她看见绮云抓过一把扫帚砸过去,你还骂人?你这要饭花子敢骂人?

织云看见他颓然坐在门外台阶上,后背在急促地颤动。可怜的男人。织云自言自语地说,她犹豫了一番,还是走过去把饭碗递给他。织云笑着说,怎么闹起来了?你快吃,吃了就走,你不知道米店最忌讳要饭的进门?五龙抬起头看看那碗饭,沉默了一会,猛地扬手把饭碗打翻了。他说,我操你们一家,让你们看看,我是不是要饭花子?织云看着一碗饭白花花地打翻在地上,怔在门口,半天醒过神来,咯咯笑起来说,唷,看不出来你还有骨气,像个男人。不吃就不吃吧,关我什么事?店堂里的人都扭头朝这边望,绮云拿了个什么东西敲柜台:织云,你给我过来,别在那儿人来疯了。织云就往店堂里走,边走边说,什么呀?我不过是看他饿得可怜,谁想他跟我赌气,这年头都是狗咬吕洞宾,好人也难做。

排队买米的人表情呆滞,一言不发地看着米店内的小插曲。他们把量米袋子甩在肩上或夹在腋下,等待过秤,他们更关心米的价格和成色。这一年到处听到灾荒的消息,人们怀着焦虑和忧郁的心情把粮食大袋背回家。在兵荒马乱的年月里,南方的居民把米店当成天堂。而在瓦匠街上,大鸿记米店呈现出一种特殊的红火景象。

买米的人多。织云帮着在柜台上收了一会儿钱。织云对这类事缺乏耐心和兴趣,她不时地扭过脸朝街上看,瓦匠街街景总是黯淡乏味,那个男人没有走远,他在织云的视线里游移不定,成为唯一可看的风景。他在瓦匠街一带转来转去,像一只被追杀的家禽,既可怜又令人嫌厌。织云怀着某种混乱的情意注视着他:一张疲惫而年轻的脸,一双冷冷的发亮的眼睛,它们给织云留下很深的印象。

下午一辆带花布篷的黄包车停在米店门口。织云款款地出来上了车,她的脸上扑过粉霜,眉毛修得细如黑线,嘴唇涂得猩红,所经之处留下浓烈的脂粉香气。

去哪里?车夫问,大小姐今天去哪里玩呀?

老地方。织云拍拍腿说,快骑呀,要是误了时间我不付车钱。

瓦匠街两侧的店铺里有人探出脑袋看,他们猜测织云又是去赴六爷的宴会,这在她是常事。风传织云做六爷的姘头已经几年,店员们常常看见织云出门,却看不见织云回来。织云回来很晚,也许根本就不回来。

到了吕公馆才知道宴会是招待两个北京商人的。去的人很多,多半是织云不认识的。织云看见六爷和几个男女从花园里进来,坐到靠里的主桌上。织云就朝那边挤,让一让,让我过去,织云不时地推开那些在厅里挤来挤去的客人,没走几步上来了一个男仆,他拦着织云轻声说,老爷吩咐,今天不要女客陪坐。织云愣了一下,等到明白过来她白了男仆一眼,说,谁稀罕陪他?我还不愿意坐他边上呢。

这天织云喝了好多红酒,喝醉了伏在饭桌上,吵着要回家。旁边的几个女客摸不透她的来历,咬着耳朵窃窃私语。有人说,我认识她,是米店里的女孩。织云用筷子敲着醋碟说,你们少嚼舌头,米店怎么啦?没有米店你们吃什么?吃屎?吃西北风?满桌人都为织云无遮无拦的话语吃惊,面面相觑的。织云又站起来,仇恨地环顾了一圈说,这顿饭吃得真没劲,早知道这样我才不来呢。

织云走到大门口,看见阿保和码头兄弟会的一帮人在那里敲纸牌,织云扯了扯阿保的衣领说,阿保,你送我回家。阿保说,怎么,今天不留下过夜了?织云捶了他一拳,骂,我撕烂你的狗嘴,谁跟谁过夜呀?快叫车送老娘回家,我今天不开心,就想回家,回家睡觉去。

瓦匠街上已经是漆黑阒寂的一片了,织云跳下黄包车,对阿保说,回去告诉六爷,我再不理他了。阿保笑着说,那怎么行?你不怕六爷我还怕呢,我可不传这话。织云鼻孔里哼了一声,谁让他晾了我一晚上?我还没受过这种气。

米店门口有人露宿,那人蜷在被子里,只露出一团乱蓬蓬的头发。织云朝被子上踢了踢,露宿者翻了个身,织云看见他的眼睛睁开来,朝夜空望望又睡着了。她认出来又是那人。他又来了。织云想他怎么又跑到米店门口来了。

那是谁?阿保在车上问,要不要把他赶走?

不要。织云从五龙身上跨过去,她说,就让他睡这儿吧,没家的人多可怜,我就见不了男人的可怜样。

天蒙蒙亮的时候冯老板就起床了,冯老板咳嗽着走出屋子,到墙根那儿倒夜壶。然后他穿过院子和夹弄、店堂,把大门的铺板一块块卸下来,擦在外面。最后他把那杆已经发黑的幌子打出去。多年来冯老板已经形成了习惯,偶尔地他抬眼看看幌子上的那个黑漆写的米字,觉得它越来越黯淡了,周围的绢布上也出现了一些隐约的小孔。这是常年风吹雨打的缘故,冯老板尽量不去联想衰败的征兆,他想或许应该换一面新的幌子了。

冯老板连续三天都发现五龙露宿在米店门口。

五龙坐在被窝里,木然地凝望晨雾中的瓦匠街,听见米店的动静他会猛地回头。他看见朱红色的铺板被一块块地卸掉了,冯老板的蓝布长褂在幽暗的店堂里闪着清冷的光。那股大米的清香从他身后奔涌而出,五龙涣散的精神为之一振,在异乡异地唯有大米的清香让他感到亲近和温暖。

你怎么天天睡我家门口?冯老板盘问道。

五龙摇摇头,用一种梦幻的目光看着他。

那儿有个布篷,夜里能躲露水。冯老板指着对面杂货店说,我说你为什么不去那儿睡呢?

我喜欢在这里。这里能闻到米香,五龙爬起来飞快地卷起铺盖,他说,我只是睡这儿,我从来没偷过你们的一粒米。

我没说你偷了。冯老板皱了皱眉头,你从哪里来?

枫杨树,远着呢,离这八百里路,城里人不知道的。

我知道枫杨树,那是个大米仓。年轻时我去运过米。你为什么不在那儿种田了?怎么一窝蜂都跑城里来呢?

发大水了,稻子全淹光了。不出来怎么办?不出来就要饿死了。

出来就有好日子吗?这年头生死由天,谁都做不了自己的主。城里的日子跟乡下也一样地难过。

冯老板叹着气转身过去,他开始清扫店堂,把地上的米粒都扫起来倒进一只箩筐里。冯老板想起家国之事,心里总是很沉重。这时候他听见门外的人说,老板,你要伙计吗?冯老板耳朵有点背,他直起身子,看见五龙的脑袋探了进来,乱蓬蓬的头发上沾满了枯黄的草灰。

你说什么?你要做我的伙计?冯老板惊诧地问。

五龙的手紧张地抠着门框,眼睛看着地上,他的沙哑的带有浓重口音的语调听来很古怪,老板,留我在米店吧,我有力气,我什么都能干,我还上过私塾,认识好多字。

我有两个伙计了。冯老板打量着五龙,他说,店里不缺人手,再说我没有余钱雇人了,做米店生意的都是赚的温饱,摆不了什么大场面。

我不要工钱,只要有口饭吃,不行吗?

说的也是。逃荒的想的就是这口饭。冯老板撂下手里的箩走近五龙,眯起眼睛想着什么,神情有些微妙的变化,他拍拍五龙的肩背说,身体是挺壮实,可是我没地方给你睡觉,你睡哪儿呢?

哪儿都行。五龙的脸上闪过惊喜的红光,他指着地上说,我睡地上,我在哪儿都一样,就是站着睡也行呀。

说的也是。冯老板颔首而笑,他淡淡地说,那你就进来吧。俗话说救人一命胜造七级浮屠。

五龙的一条腿松软下来,它弯曲着想跪下,另外一条腿却死死地直撑在米店的台阶上。他低下头惶惑地看着自己的双膝,它们是怎么啦?五龙的颚部因为突如其来的冲动而紧张着,从颚部以下,直到心脏都有疼痛的感觉。

你怎么啦?冯老板见五龙僵立着,怎么不进来,是不是变卦了?你求我的事,可不是我开口的。

不。五龙大梦初醒地跨进米店,他说,我进来了,我进来了。

绮云边走边梳着长辫子从里面出来,她狐疑地扫了五龙一眼,对冯老板喊,爹,大清早的你怎么让他进来了?不嫌晦气?这个臭要饭的,你看我不把他撵出去才怪。

我留他做伙计了。冯老板说,说定了只供吃饭不付工钱的。

什么伙计?绮云圆睁杏目尖声说,爹,你老糊涂了,我家不缺伙计,雇来个要饭的干什么?把他当猪喂吗?

别大惊小怪的。冯老板狠狠地瞪了女儿一眼,店里的事你不懂,我有我的打算,再说他也可怜。

你们都假充善人,天下可怜的人多了,你都把他们弄回家吧。绮云跺着脚说,气死我了,雇个要饭花子做伙计,让别人笑话。让我怎么告诉别人?

我不是要饭的。五龙在一旁涨红了脸申辩,你怎么非要糟践人呢?我对你说过我不是要饭的,我是离家出门找生计的人,我们枫杨树的男人全都出来了。

管你是谁,绮云怒气冲冲地对他说,谁跟你说话?我讨厌你,你别挨近我,别挨近我!

从五龙跨进大鸿记米店的这一刻起,世界对于他再次变得陌生新奇,在长久的沉默中他听见了四肢血液重新流动的声音,他真的听见枯滞的血突然汩汩流动起来,这个有雾的早晨,将留给五龙永久的回忆。

整个上午买米的人络绎不绝。冯老板扔给五龙两块烧饼,让他吃完去仓房扛米。五龙觉得米袋上肩后脚板有点发飘。这是饥饿的缘故,他想只要再吃上两顿饱饭,力气会像草芽一样滋滋地长出来。五龙的嘴角上沾着些芝麻屑,带着一种快乐的神情在店堂出出进进,除了绮云的鄙视的眼光偶尔掠过,并没有人注意五龙。到了十点多钟,柜台上清闲下来,他得以缓一口气。五龙坐在一张破旧的红木靠椅上,不安地调整着姿势。他注视着米店内外,匆匆来去的人和悄然无声的米囤。阳光经过护城河水的折射,在街面上投下白色的波浪形状,瓦匠街充满了嘈杂的市声,有时远远地从城门传来刺耳的枪响。一个妇女在杂货店门口无休无止地哭泣,她的钱包被小偷偷走了。五龙有一种恍然若梦的感觉,现在我是否真正远离了贫困的屡遭天灾的枫杨树乡村呢?现在我真的到达城市了吗?

织云在午饭前起床了。五龙看着她睡眼惺忪地坐到饭桌上,从伙计老王手上接过饭碗。她吃饭时仍然在打呵欠。织云还没卸掉夜妆,脸上又红又白,眼圈是青黑色的。她穿一件粉色的绸子睡袍,因架腿坐着露出一条箭形的雪白滚圆的大腿。五龙不敢多看,闷头拼命吃饭。他和两个伙计坐在另一张小桌上,主仆有别,五龙对此有清醒的认识。

五龙在盛第四碗饭的时候看见绮云盯着他的碗,绮云说,他又盛啦。爹,你看我找的好伙计,他比猪还能吃!五龙抓饭铲的手停留在空中,他回头说,还让吃吗?不让就不吃了。他听见所有人都嘻嘻地笑开了,这使他很窘迫。

你饱了没有?冯老板说,饱了就别吃了,米店的米也要花钱买的。

那我不吃了。五龙涨红了脸说,我已经吃了三碗了。

织云咯咯地笑得弯下腰,她捂着肚子对五龙说,吃,别理这些吝啬鬼,能吃几碗吃几碗,哪有不让人吃饱的道理?

你知道他能吃多少?绮云说,他简直像一条牛,你给他一锅照样能吃光。

　　五龙的脸由红转青,他低声咕哝了一句,我饱了,饱了,就把碗朝桌上一扣,走到院子里去。他的愤怒很快被三碗饭带来的幸福冲淡了,他懒懒地剔着牙,朝院子四周打量着。午后阳光突然消失了,天空阴沉,是一种很冷的铅灰色,空气中蕴含着雨前的潮意,他看见晾衣竿上仍然挂着米店姐妹的内衣和丝袜,而旁边米仓的门敞开,飘散新米特有的香味。五龙简单地回顾了流浪的过程,他觉得冥冥中向往的也许就是这个地方。雪白的堆积如山的粮食,美貌丰腴骚劲十足的女人,靠近铁路和轮船,靠近城市和工业,也靠近人群和金银财宝,它体现了每一个枫杨树男人的梦想,它已经接近五龙在脑子里虚拟的天堂。

第二章

　　瓦匠街上最引人注目的女孩就是米店的织云。

　　织云天真无邪的少女时光恍如一夜细雨,无声地消逝。织云像一朵妩媚的野花被六爷玩于股掌之间已经多年,这也是瓦匠街众所周知的事实。

　　传说织云十五岁就结识了六爷,那时候米店老板娘还活着。冯老板天天去泡大烟馆,把米店门面撂给老板娘朱氏。朱氏则天天坐在柜台上骂丈夫,骂完了叫织云去把他拉回家,织云就去了。织云记得有天下雨,她打着油纸伞走过雨中泥泞的街道,从瓦匠街到竹笠巷一路寻过去,心中充满对父亲的怨恨。那家烟馆套在一家澡堂内部,进烟馆需要从池子那里过。织云看见一些赤条条的男人在蒸汽中走来走去,她不敢过去,就尖着嗓子喊,爹,你出来。许多男人从门后闪出来看。织云扭过脸说,谁叫你们？我叫我爹。澡堂的工人说,烟馆在里面呢,听不见的。你就进去叫你爹吧,小姑娘没关系的。织云咬咬牙,用双手捂着眼睛急急地奔过了男澡堂,又拐了几条黑漆漆的夹弄,她才看见烟馆的两盏黄灯笼,这时委屈的泪就扑簌簌地掉下来了。

　　大烟馆里烟雾缭绕,奇香扑鼻,看不清人的脸。织云抓着雨伞沿着那些床铺挨个寻过去,终于看见了父亲。冯老板正和一个中年男人聊天,冯老板脸上堆满了谄媚和崇敬的表情。那个人衣冠楚楚,绅士打扮,他坐在沙发上看报纸,嘴里叼着的是一支雪茄,手腕上拴着一条链子,长长地拖在地上,链子的另一端拴着一条高大的德国狼狗。织云委屈得厉害,也顾不上害怕,冲过去就把冯老板往床下拖,带着哭腔说,你在这儿舒服,大家找得你好苦。织云的脚恰好踩在拴狗的链子上,狼狗猛地吠起来。她惊恐地跳到一边,看见那个男人喝住了狗,回头用一种欣赏的目光直视她的脸。

　　织云,别在这里瞎嚷。冯老板放下烟枪,轻声对织云说,这是六爷,你跪下给六爷请个安。

　　干吗给他跪?织云瞟了六爷一眼,没好气地说,难道他是皇帝吗?

　　不准贫嘴。冯老板说,六爷比皇帝还有钱有势。

　　织云迷惑地看看六爷的脸。六爷并不恼,狭长锐利的眼睛里有一种意想不到的温柔。织云脸上泛起一朵红晕,身子柔软地拧过去,绞着辫梢说,我给六爷跪下请安,六爷给我什么好处呢?

　　六爷抖了抖手腕,狗链子朗朗地响着。他发出一声短促而喑哑的笑,端详着织云的侧影,好乖巧的女孩子,你要什么六爷给什么。说吧,你要什么?

　　织云毫无怯意。她对父亲眯眯眼睛,不假思索地说,我要一件水貂皮的大衣,六爷舍得买吗?说着就要跪,这时六爷伸过来一只手,拉住她的胳膊。她觉得那手很有劲。

　　免了。六爷在她胳膊上卡了一下,他说,不就是水貂皮大衣吗?我送你了。

　　织云忘不了六爷的手。那只手很大很潮湿,沿着她的肩部自然下滑,最后在腰际停了几秒钟。它就像一排牙齿轻轻地咬了织云一口,留下疼痛和回味。

第二天阿保抱着一只百货公司的大纸盒来到米店。冯老板知道阿保是六爷手下的人,他招呼伙计量米,说,阿保你怎么拿纸盒来装米?阿保走到冯老板面前,把纸盒朝他怀里一塞,说,你装什么傻?这是六爷给你家小姐的礼物,他认织云做干女儿啦。冯老板当时脸就有点变色,捧纸盒的手簌簌发抖。阿保嬉笑着说,怎么不敢接?又不是死人脑袋,是一件貂皮大衣,就是死人脑袋你也得收下,这是六爷的礼物呀。冯老板强作笑脸,本来是逢场作戏的,谁想六爷当真了,这可怎么办呢?阿保倚着柜台,表情很暧昧地说,怎么办?你也是买卖人,就当是做一笔小生意吧,没什么大不了的事。

冯老板把织云从里间叫出来,指着织云的鼻子骂,都是你惹的事,这下让我怎么办?这干爹是我们家认得的吗?织云把纸盒抢过来,打开一看惊喜地尖叫一声,马上拎起貂皮大衣往身上套。冯老板一把扯住织云,别穿,不准穿。织云瞪大眼睛说,人家是送给我的,我为什么不穿?冯老板换了平缓的语气说,织云,你太不懂事,那干女儿不是好当的,爹一时也对你说不清楚,反正这衣服你不能收。织云抓紧了貂皮大衣不肯放,跺着脚说,我不管,我就要穿,我想要件大衣都快想疯了。

冯老板叫了朱氏来劝,织云一句也听不进去,抓着衣服跑进房间,把门插上,谁敲门也不开。过了一会儿织云出来,身上已经穿着六爷送的貂皮大衣。她站在门口,以一种挑战的姿态面对着父母,冯老板直直地盯着织云看,最后咬着牙说,随你去吧,小妖精,你哭的日子在后面呢。

也是深秋清冷的天气,织云穿上那件貂皮大衣在瓦匠街一带招摇而过。事情果然像冯老板所预料的那样逐渐发展,有一天六爷又差人送来了帖子,请织云去赴他的生日宴会。米店夫妻站在门口,看着黄包车把织云接走,心情极其沮丧,冯老板对朱氏说,织云还小呀,她才十五岁,那畜生到底安的什么心?朱氏只是扶着门嘤嘤地啜泣。冯老板叹了口气,又说,这小妖精也是天生的祸水,随她去了,就当没养这个女儿吧。

更加令人迷惑的是织云,她后来天天盼着六爷喊她去。她喜欢六爷代表的另一个世界。纸醉金迷的气氛使她深深陶醉。织云的容貌和体形在这个秋天发生了奇异的变化,街上其他女孩一时不敢认她。织云突然变得丰腴饱满起来,穿着银灰色貂皮大衣娉婷玉立,俨然一个大户小姐。有一天织云跟着六爷去打麻将,六爷让她摸牌,嘴里不停地叫着,好牌,好牌,一边就把她拖到了膝盖上去,织云也不推拒,她恍恍惚惚地坐在六爷的腿上,觉得自己就像一只小猫,一只不满现状的小猫,从狭窄沉闷的米店里跳出来,一跳就跳到六爷的膝上,这是瓦匠街别的女孩想都不敢想的事,而织云把它视为荣誉和骄傲。

你知道六爷吗?有一天她对杂货店的女孩说,你要再朝我吐唾沫,我就让六爷放了你,你知道什么叫放吗?就是杀了你,看你还敢不敢吐唾沫?

米店夫妻已经无力管教织云。有一天冯老板把大门锁死,决计不让织云回家。半夜时分就听见织云在外面大喊大叫,你们开不开门?我只是在外面玩玩,又没去妓院当婊子,为什么不让我回家?米店夫妻在床上唉声叹气,对女儿置之不理,后来就听见织云爬到了柴堆上窸窸窣窣地抽着干柴,织云喊着爹娘的姓名说,你们再不开门,我就放火烧了这破米店,顺便把这条破街也一起烧啦!

织云作为一个女孩在瓦匠街可以说是臭名昭著,街上的妇女在茶余饭后常常把她作为闲聊的材料,孩子们耳濡目染,也学会冲着织云的背影骂,小破鞋,小贱货。人们猜测米店夫妻对女儿放任自流的原因,一半出于对织云的绝望和无奈,另一半则是迫于地头蛇六爷的威慑力。瓦匠街的店铺互相了如指掌,织云与六爷的暧昧关系使米店蒙上了某种神秘的色彩,有人甚至传言大鸿记是一爿黑店。

米店的老板娘朱氏是在这年冬天过世的。之前她终日呆坐于店堂,用一块花手帕捂着嘴,不停地咳嗽,到了冬至节喝过米酒后,朱氏想咳嗽却发不出任何声音了。冯老板找了副铺板把她抬到教会医院去,有人看见朱氏的脸苍白如纸,眼睛里噙满泪水。朱氏一去不返,医生说她死于肺痨。街上的人联系米店的家事，坚持说老板娘是被织云气死的。这种观点在瓦匠街流行一时，甚至绮云也这样说，朱氏死时绮云十三岁了，绮云从小就鄙视姐姐，每次和织云发生口角，就指着织云骂，你当你是个什么东西？你就知道跟臭男人鬼混，臭不要脸的贱货。织云扑上去打妹妹的耳光，绮云捂着脸蛋呜呜地哭，嘴里仍然骂，贱货，你气死了娘，我长大饶不了你。

五龙后来从别人嘴里听说了那些事情，米店打烊后寂寞难耐，他溜到斜对面的铁匠铺跟铁匠们聊天。铁匠们津津有味地谈论米店，说到织云他们的眼睛燃起某种猥亵的火焰。五龙的反应很平淡，他摊开手掌在火上烤着，若有所思，五龙说，这有什么？女人就这么回事。铁匠们调侃他说，嗨，你倒护起她来了？她让你摸过奶子吗？五龙绷着脸，对着火翻动手掌，他说，关我什么事？反正她又不会嫁给我。摸奶子算什么？她让我摸我也不摸。

秋天已经随着街上刺槐的落叶悄悄逝去。冷风从房屋的缝隙和街口那里吹来，风声仿佛是谁的压抑的哭泣。五龙光着脚走来走去，感觉深深的凉意。又是冬天了。冬天是最可怕的季节，没有厚被，没有棉鞋，而肠胃在寒冷中会加剧饥饿的感觉。这是长久的生活留下的印象。五龙想象着他的枫杨树老家，大水现在应该退掉了。大水过后是大片空旷荒芜的原野以及东斜西歪的房屋，狗在树林里狂吠，地里到处是烂掉的稻茬和棉花的枯枝败叶，不知道有多少枫杨树人重返了家园。无论怎样，枫杨树乡村的冬景总将是凄凉肃杀的，无论怎样，五龙不想回乡，一点不想。

他站在铁匠铺和米店之间的街面上，朝长长的瓦匠街环顾了一番，他的瘦削的身影被夕暮的阳光投射在石板路上，久久地凝固不动，就像一棵树的影子，街上有孩子在滚铁箍，远远的街口有一个唱摊簧的戏班在摆场，他听见板胡和笛子一齐尖厉地响起来，一个女孩稚嫩的有气无力的唱腔随风飘来。飘过来的还有制药厂古怪的气味和西面工厂区大烟囱的油烟。街道另一侧有人在大锅里炒栗子，五龙回过头看见他们正把支在路边的铁锅抬走，让一辆黄包车通过瓦匠街。掌铲的伙计怪叫了一声,你们看谁来了?

车上坐着米店的大小姐织云。织云斜倚在靠背上,脸色苍白,神情也不像往日鲜活,有个穿黑衣戴鸭舌帽的男人挨着她,五龙认出了阿保,对那夜在码头上的回忆使他头皮发冷。他闪身躲到电线杆后面,不安地看着那辆黄包车慢慢驶过来,停在米店面前。

阿保把织云扶下车。织云明显是哭过了,眼圈红肿着。阿保的一只手摁在织云丰满的臀部上,两个人一起进了门。五龙站在电线杆后面,他内心有一个隐秘的冲动,打死阿保,打死这个畜生。如果是在枫杨树的水稻田里,五龙的仇恨足以让他实施这个愿望,用石头砸,用镰刀砍,或者就用两只手卡紧他的脖子,但这是在异乡异地的瓦匠街,五龙深知陌生的城市和寄人篱下的处境使自己变得谨慎而懦弱了。他只是在想。想。他不敢干。

绮云站在米店门口高声喊五龙的名字。五龙匆忙跑过去,看见绮云一脸厌恶烦躁的样子。她说,你去伺候一下织云,说是病了,又哭又闹的,我懒得管她。五龙说,不是有个男人陪她吗?绮云说,你别胡说八道的,让你去你就去,别让阿保在她房间待久了,懂吗?

我去有什么用?五龙嘀咕着朝后院走,正好撞见阿保从织云房间出来。五龙想从他身旁绕过去,阿保狐疑地瞪着他,突然一把抓住五龙的手腕,拽着朝店堂里拖。绮云迎过来说,阿保你拽着他干什么?他是我家新雇的伙计。阿保说,什么,找这家伙做伙计了?绮云说,是我爹的主意,不过他干活还算老实。阿保哼哼了一声,撂开五龙的手,那你们可小心着点,这家伙不像老实人。绮云惊疑地问,你认识他?他是小偷吗?阿保狡黠地笑了笑,他直视着五龙的脸说,不会比小偷好,我看他的眼睛就像看到自己,他跟我一样凶。绮云说,这是什么意思?阿保竖起大拇指说,人不是都害怕我吗?所以我让你们也提防点他。

五龙低下头自顾往里走,嘴唇几乎咬出血来,他心里说,这是条莫名其妙缠住我的疯狗,我真的很想杀死他。他慌慌张张地推开织云的房门,回头一望,阿保摇晃着肩膀朝门外走,绮云对着他的背影喊,你要真的对我家好就去告诉六爷,放了织云,别把她当只破鞋要了。恶心。

织云躺在床上呜呜地哭着,双手抓着头发。她说,疼死我了,我要疼死了。五龙觉得她那种痛苦的模样很滑稽,他走到床前蹲下去给织云脱鞋,说,小姐哪里疼?织云愣愣地看着五龙,高声说,哪里都疼,疼死我了。织云犟着不让五龙脱她的鞋,滚开,你给我脱鞋干什么?难道你也配跟我上床吗?五龙好不容易硬扒下一只高跟鞋,他说,我可不敢,二小姐让我来伺候你,你病了就睡一会儿吧。没想织云飞起一脚,正好踢在五龙脸上。五龙捂着脸退后几步,满腔愤怒忍住不敢发作。织云说,他妈的,什么男人都想来碰我,我是好欺的吗?五龙苦笑着说,什么男人都想碰你,可是我从来没碰你。他去倒了一盆热水,把毛巾绞热了递给织云,大小姐,你看来受谁的气了,擦把脸消消气吧。这句话说到织云伤口上,织云拍着枕头又大哭起来,边哭边说,我怎么不气?我气死了,他凭什么打我,那狼心狗肺的老色鬼,我陪他玩了这么多年,他却动手打我,打我呀!

至此五龙才明白织云哭闹的原因。原来是六爷打了她。他不知道六爷为什么打她,无论在什么地方,男人打女人都是正常的事情,女人总有一些欠揍的地方,五龙想她有什么可伤心的呢,这是活该。他这样想着嘴角浮现出一丝冷笑,悄悄地往门外走。

你给我站住。织云在后面喊,一只枕头砸过来,软软地打在五龙的后背上,你他妈就是这么伺候我的吗?

五龙放下了门上的布帘,他回过头说,小姐该睡觉了,我在这里多不方便。

什么方便不方便的,我才不在乎呢。织云说,我身上疼得没办法,你倒想走了。

你让我怎么办呢?五龙愁眉苦脸地说,我还能干什么,要不去找个郎中给小姐敷点药吧?

不要郎中,我要你给我揉。织云突然诡秘地一笑,五龙,我要你来我给揉。来呀,我不怕你还怕什么呢。五龙看见织云的指尖上涂了蔻丹,鲜红鲜红的手指在胸脯上弹跳了几下,利索地解开旗袍的襟扣,然后就撕开了粉红色的胸衣。五龙张大嘴,惊愕地看见织云雪白高耸的奶子,半掩半露着,上面布满一些黑红的印痕,他的喉咙里含糊地咕噜了一声,扭过脸去掀布帘子,心怦怦乱跳着。

没出息的货。隔着布帘听见织云的一阵疯笑声和诅咒声。五龙红着脸对墙打了一拳,他说不上来自己是一种什么样的心情,他在想那些黑红的印痕是怎么回事。

五龙的青年时代很少经历这种独特的场面。在枫杨树乡村也有这样的女人,她们与过路的杂货商和手艺人在草垛里苟合,到早晨家里的男人手持镰刀或树棍沿路追逐那些女人,女人尖叫的声音听起来像春天房顶上的母猫。那是在遥远的乡村,一切都是粗野缺乏秩序的。而织云半掩半露的乳房向五龙展现了城市和瓦匠街的淫荡。这是另一种压迫和欺凌。五龙对此耿耿于怀。入夜他在地铺上辗转反侧,情欲像一根绳索勒紧他的整个身体,他的脸潮热而痛苦。黑暗掩盖了狂乱的内容。他感到羞愧。他闻见被子上和米店漆黑的店堂充斥着精液腥甜的气味。

很长时间里五龙的眼睛躲闪着大小姐织云,他不敢看她薄薄的涂着口红的嘴唇,更不敢看她丰满的扭动幅度很大的臀部。这种心理与其说出于腼腆本分,不如说是一种小心的掩饰。五龙害怕别人从他的目光中察觉出阴谋和妄想,他的心里深藏着阴暗的火,它在他的眼睛里秘密地燃烧。

这天早晨五龙在院子里打水。他听见织云的窗子咯咯响着被推开了,织云略显苍白的脸出现在窗前。她伸出食指对五龙勾着勾着,示意他去她房间。五龙不知道她想干什么,疑惑地进了门,看见织云已经坐到梳妆台前,懒懒地梳着头发,也不跟他说话,只听见木梳在她烫过的长发上嗞嗞地响着,她看着圆镜,突然叹了一口气。

等会儿你跟我上百货公司。织云放下梳子,拍了拍额上的发端,我要给你买双鞋子,还要买两双袜子。

怎么啦?小姐怎么想到给我买鞋子?五龙僵立着说。

刚才看你半天了,这么冷的天还穿双破胶鞋,看得人心里也冷。

五龙抬起自己的脚,那两只黑胶鞋鞋尖上各有一个洞,露出两颗黄白色的脚趾,是冯老板从床底下翻出来给他穿的。五龙看着自己的脚说,我也惯了,干活干多了就顾不上冷啦。

那么你是不是喜欢这么受冷?织云转过脸,乜斜着眼睛看五龙。你要是喜欢就别要新鞋了,好像我求着你似的。

小姐千万别这么说,五龙连忙拱着手说,我知道大小姐心善,我再贱再穷也是血肉身子,怎么会喜欢受冷呢?

你知道就好。织云朝脸上扑着粉霜,我不像绮云那么心冷,我还就爱可怜别人,心肠特别软,就是不知道自己将来会不会也受苦,别人会不会可怜我。

小姐天生富贵命,怎么会受苦呢?五龙凝视着镜子,镜子里织云的脸上有一种真切的忧伤,这让他感到很陌生。他低下头想了想,又说,受苦的是我们,老天造人很公平,造一个享福的人,就要造一个受苦的人,我和小姐就是其中的一对。

什么一对?织云咯咯地笑起来,她的表情总是瞬息万变,指着五龙的鼻子说,你说我和你是一对?我要笑死了。

不,我是说享福和受苦是一对。五龙微红着脸解释道。我哪儿有这命呢?

织云后来招呼五龙出门时被绮云听见了,绮云堵着门不让他们出去,她对织云说,你抽什么疯?他这样的男人你也要带上街,他还要干活呢。织云推搡着绮云说好狗不挡道,你拦什么?这样的男人你也要吃醋?我看他没鞋穿,我要带他去买鞋子。绮云冷笑一声说,又在充善心了,拿着柜上的钱去做好人,也不嫌恶心。织云的细眉愤怒地拧紧了,她骂了句粗话,放屁,我的钱都是六爷给我的,我愿意怎么花就怎么花,关你什么事?说着回头对五龙说,我们走,别去理她!她是个小醋坛子。

五龙窘迫地倚墙站着,听姐妹俩做着无聊的争执。他心里对双方都有点恨,一双鞋子,买就买了,不买拉倒,偏要让他受这种夹档气。他看见冯老板也出来了,冯老板微微皱着眉头说,别瞎吵了,街坊邻居听到还以为什么大事,绮云你让他们去,这鞋是我让织云带五龙买的。又对织云说,买双结实耐穿的,别买皮鞋,他是干力气活的人。五龙在一边听冯老板话里的意思,仇恨又转移到他身上。这老家伙最会见风使舵,他是否在暗示织云买一双草鞋呢?草鞋只要几分钱一双。五龙想米店里是没有人真心对他好的。他深知怜悯和温情就像雨后街道的水洼,浅薄而虚假,等风吹来太阳出来它们就消失了。不管是一双什么鞋子都收买不了我,其实他们谁也没把我当人看。五龙想仇恨仍然是仇恨,它像一块沉重的铁器,无论怎样锻打磨蚀,铁器永远是铁器,坠在他的心里。

从冬天开始,五龙就穿着织云给他挑的一双帆布面的棉鞋。冬天瓦匠街上刮着凛冽的北风,石板路上的污水在夜里结成了冰,尤其是清晨,湿冷的寒气刺入你的骨髓。五龙害怕这样的冬天,但他必须在天亮前钻出被窝,去街口的小吃店给米店一家买油条烧饼和豆浆。那些赶早买菜的家庭主妇看见五龙的脸长满了冻疮,一手拎着装早点的篮子一手拎着菜蔬,在街市上盲目地徘徊。他的目光是躲躲闪闪的,但是仔细捕捉可以发现一种怨艾和焦躁的神色。

冬天的黄昏,冯老板频繁出没于清泉大浴室,这也是瓦匠街许多小业主抵御冬寒的措施。冯老板有时带着五龙去,让他擦背敲腿的。五龙乐于此道,澡堂里的暖烘烘的气息和人们赤条条的身体使他感到松弛。他裸着全身,所有的男人都裸着全身,最隐秘的生殖器暴露在昏暗的光线中。唯有在澡堂的蒸汽和水声中,五龙抑郁的心情得以消缓。我与你们原本是一样的。五龙将油腻腻的毛巾卷在手上替冯老板擦背。我们原来是一样,为什么总是我替你擦背?为什么你却不肯给我擦背?一样地长了条鸡巴,一样地身上积满污垢,我却在不停地给这个老家伙擦背,擦背,擦背,为什么?五龙这样想着动作就会消极怠慢下来。

五龙在池子边碰到过码头兄弟会的那帮人,他看见他们呼啦啦跳入热水中时,小腹奇异地抽搐了一下。他想水汽可能会挡住那些暴虐寻衅的眼睛,但冯老板已经在招呼阿保了,冯老板说,阿保,让我的伙计给你擦擦背。然后他看见阿保踩着水走过来,阿保眯着眼睛注视着五龙,一只手在毛茸茸的肚脐上轻轻拍打,他说,给我擦背,擦不好我饶不了你,擦好了赏你一块大洋。五龙扭过脸不去看阿保白皙发福的身体,他说,我给你擦背,以后请你别盯住我不放,我跟大哥无怨无仇的。阿保从水中跳出来,躺到木板上说,那可不一定,我天生喜欢跟人过不去,什么无怨无仇?老子不管这一套,谁不顺眼就治谁,码头兄弟会就干这事。

五龙看着阿保俯卧在木板上的身体,那个身体白得令人憎厌,像女人般的肥厚多肉的臀部微微撅起,肛门处龇出几根弯曲的黑毛。五龙朝他身上泼了点水,然后用劲地搓洗他的肩胛、手臂和双肋处。五龙的手轻轻触摸他的松软缺乏弹性的皮肤,皮下是棉花絮形状的脂肪和暗蓝的血管。五龙有种灼热的欲望,他想他的手只要从这只臀部下伸过去,就能抓住两只睾丸,只要用劲一捏,这个狗杂种就完蛋了。五龙又想起枫杨树乡村宰牛的壮观场面,他真想把阿保当作一条疯牛宰了。那也很容易,只要一把尖刀,在最柔软的部位下手,他就可以把阿保的整张人皮刷地撕下来,五龙这样想着,手突然颤抖起来,眼睛里迸射出湿润而幸福的光芒。

风吹打着米店的布幌,噼啪作响,是一个寒冷的黄昏。五龙从铁匠铺里出来,一路拍打着墙壁,径直走到冯老板面前。冯老板正坐在柜台前数钱,他抬头看见五龙怕冷似的缩着肩,木然地站着,五龙的明亮的眼睛闪闪烁烁的。

对面打铁的老孙死了。五龙突然说,才咽的气。

听说了,得的是伤寒吧?冯老板说,你没事少往那边跑,要是染上病大家都倒霉。

他们现在缺一个打锤的,打锤的要有力气,他们想让我去。

怎么?冯老板关上钱箱,抬眼审视着五龙,语气中含有一丝揶揄,你也学会跳槽了?谁教你这一手的?

他们说每月给我五块大洋,吃住在店里。五龙冷静地回答,他的指关节插在棉衣怀里活动着,发出咯咯的脆响,我不是傻子,我想去。

冯老板有点诧异地瞪着五龙,然后他露出一丝讥讽的笑意。看来好心是没有好报的,病狗养好了都要咬人。冯老板叹了口气,重新打开钱盒数起铜板来,那么你说吧,你想要多少?

五块。我想我花在店里的力气值五块钱。

拿去吧。冯老板扔过来一块大洋,当,又扔过来一块,一共扔了五次。他的表情悻悻的,同时不乏捉弄的意味。拿去吧,冯老板说,你现在像个人了,知道讨工钱了。

五龙弯下腰,把地上的五块钱币慢慢地捡起来。他对着钱币吹了吹,好像上面落了灰尘。他的脸上泛起不均匀的红晕,红晕甚至爬上了他裸露的脖颈和肩胛处。冯老板听见他浊重的喘息声,他把钱塞进棉袄里面朝门外走,猛然回头说,我要重新买双鞋,我就要买皮鞋,皮鞋。

冯老板看着他的背影愣了半天,幡然醒悟那句话的含义。帆布面鞋子和皮鞋。一个被遗忘的细节。他竟然还在赌气。冯老板想想觉得不可思议。这么多天了,他竟然还在为一双鞋子赌气。冯老板突然意识到五龙作为男人的性格棱角,心胸狭窄,善于记仇。他一直把五龙当作可怜畏葸的流浪者,忽略了他种种背叛和反抗的迹象。冯老板站起身走到门口,他看见五龙在傍晚空寂的大街上疾走,仍然缩着肩,步态呈轻微的八字,硕大的被剃得发亮的头颅闪着微光,最后消失在街口拐角处不见了。

狗日的杂种。冯老板倚门骂道。不管怎样,他从心理上难以接受逐渐显现的事实。事实就是五块大洋,还有一双未知的皮鞋,它冷峻地摆到了冯老板的面前。

皮鞋?他要皮鞋?冯老板嘀咕着锁上红木钱箱,然后他抱着它朝后院走。绮云在厨房里乒乒乓乓地剁白菜。冯老板对着厨房说,你知道五龙干什么去了?他去买皮鞋啦。说完自己笑起来。绮云说,买皮鞋?不是才买了双鞋吗?这样的人给他竹竿就要上梁,你们走着瞧吧。冯老板突然恼怒起来,对着厨房里喊,那你让我怎么办?

我难道喜欢这狗杂种吗？我是要他的力气,力气,干活,你明白吗？

五龙回来时天已经黑了,冯老板看见他在厨房里盛冷饭吃。他蹲着,嘴角因为充塞了饭团而鼓起来,牙齿和舌间发出难听的吧唧吧唧的声音。冯老板发现他是空着手回来的,他隔着厨房的窗户问,你买的皮鞋呢？给我看看你的皮鞋。

钱不够。五龙淡淡地回答,他的神情已复归平静。

当然不够,要不要把下月工钱先支给你？

用不着。五龙低下头扒了一口饭,他说,其实我什么也不想买,我只是在街上走了一趟。我觉得憋闷得厉害。我在街上瞎走走心里就舒服多了。

在深夜里五龙谛听着世界的声音,风拍打着米店面向街道的窗户,除了呼啸的北风,还有敲更老人的梆子声。一切都归于死寂。面对着寒冷和枯寂,他不止一次想起那辆在原野上奔驰的运煤火车,米店和整条瓦匠街就像一节巨大的车厢,拖拽着他,摇撼着他。他总是在昏昏沉沉的状态中睡去。依然在路上,离乡背井的路又黑又长。摇晃着。人、房屋、牲畜和无边无际的稻子在大水中漂流。他还梦见过那个饿毙街头的男人,他的脑袋枕在麻袋上,头发上结了一层白色的霜粒。五龙看见自己在漆黑的街道上狂奔,听见自己恐怖的叫声回荡在夜空中,那么凄凉,那么绝望。

第三章

遇到太阳很好的天气,织云把藏在箱子里的衣物全部架到院子里晾晒,丝绸、呢绒和皮货挤满了小小的院子,散发着一股樟脑的气味。织云珍惜她的每一件漂亮时髦的衣服,它们也是她在青年时期唯一重要的财产。到了冬天,织云微微有点发胖,看上去更加白皙丰腴,即使在室内,织云的下颏和半边脸仍然埋在狐狸皮围脖里,让人联想到电影里那些娇气美丽的女演员。

织云的心情像天空一样明朗,她坐在一张摇椅上,带着满意自得的表情凝视自己的每一条丝围巾,每一套花缎旗袍。午后的阳光从两侧的屋檐上倾泻下来,柔软的丝绸像水一样地波动,静心捕捉甚至能听见一种细微的令人心醉的噼啪声。织云不停地晃动摇椅,随口哼起一支流传在城北码头一带的苏北小调。小调轻佻粗俗而充满性的挑逗,织云哼着突然就捂着嘴笑起来,真滑稽,真下流,她对自己说。她不知道是什么时候学会唱这种小调的。另外,她的不断变花样的骂人话往往脱口而出,这对于她也许是无师自通,也许是与码头兄弟会那帮无赖恶棍长久厮混的缘故。织云知道自己是个什么样的女孩,什么样的人和事物都会轻易地影响她,导致她简单的喜怒哀乐。

五龙,你过来。织云看见五龙朝院子探了探头就把他叫住了,你过来,给我看着这些东西。

为什么要看着?五龙无精打采地走过来,棉袄上落满了白色粉灰,他拍打着袖管和裤腿,在院子里还怕人偷吗?

不怕野贼怕家贼。织云神秘地说,我要出门,我不放心我的漂亮衣裳。

谁是家贼?我偷这些东西干什么用?

我不是说你,你多什么心呢?织云揉着五龙说,她朝店堂那里努努嘴唇,当心绮云,她就嫉妒我有这么多漂亮衣裳。她什么也没有。你当心她朝我旗袍上吐唾沫。

她会吗?五龙微笑着很感兴趣地问,她会吐唾沫?

去年我晾衣服时她就吐了。你不知道她有多阴毒,坏心眼一箩筐。

你是姐姐,你怎么不狠狠治她一顿呢?五龙抱着双臂漫不经心地说,二小姐在家是张狂了点,我也怕她。

我不跟她计较。她能持家,爹处处宠她,当个什么宝贝。织云从摇椅上腾地坐起来,她说,我才不愿守着这个破米店熬日子,我两天不出门就头晕气闷。

院子里没有人了。五龙无聊地绕着晾衣竿转了一圈,悬挂的旗袍有时就像一个女人的形状,逼近了可以闻到残留的脂粉的气息。阳光直射到他新剃的头顶,产生一种微妙的酥痒的感觉,他抓抓头发,头发像针一样直立着,有点微热,什么也没有,然后他伸手摸了摸面前的鹅黄色的无袖丝袍,一种柔软滑腻的触觉从手指传及他的身体。就像一摊水最后渗入血液,五龙莫名地打了个寒战,他怀着突如其来的幻想注视那件鹅黄色的旗袍,心绪纷乱不安。那是夏天穿的衣裳。那是夏天,美貌风骚的织云穿着它在米店出出进进,夏天他们在这里干了些什么?夏天他还在枫杨树乡村的稻田里打稗草,洪水还没有从山上冲下来,所有人都在稻田里无望地奔忙。有时候在正午时分踩水车,听着风车叶片吱呀呀的枯燥地转动,水从壕沟里慢慢升高,流进稻田。那时候他好像预感到了秋季的变化。在疲劳和困顿中他幻想过城市,许多工厂和店铺,许多女人在街上走。女人就是穿着这种鹅黄色的多情动人的衣服,她们的乳房结实坚挺,腰肢纤细绵软,放荡挑逗的眼睛点燃男人的邪念之火。五龙记得他在祠堂度过的无数夜晚,繁重的农活和对城市的幻想使他心力交瘁,陌生的城市女人在梦中频频出现。祠堂的地上和供桌腿上到处留下了白色污迹。五龙记得他的堂叔来到祠堂,敏锐地发现了他的亵渎,堂叔严厉地说,五龙,你弄脏了祖宗的灵地,迟早要遭报应。

我不怕报应。五龙抓住织云的旗袍狠狠地捏了一下,他的脸上出现了红潮。院子里仍然没有人,他走到墙角经常撒尿的地方,匆忙地解开裤带。他就像撒尿那样叉着腿站在墙角,看见有一只老鼠从脚边窜出去,消失在院子里。

从店堂里传来冯老板和伙计老王的说话声。好像仓库里的米快卖完了,而浙江运米的船却还没到码头,冯老板很焦急的样子,说要请六爷帮忙弄米,又担心他是否肯帮忙。绮云尖细的嗓音这时插进去说,让织云找他,这点小事怕他不帮忙?织云不能白陪他玩呀?

冯老板让五龙跟上阿保他们去码头借米。五龙心存疑窦地问,这几船米怎么借?谁肯借几船米呢?冯老板吞吞吐吐地打断他的话说,你别管那么多,跟着去就是了。

五龙再次来到深夜的码头,旧景旧情触起一种酸楚的回忆,他靠着一垛货包注视着码头兄弟会的几条恶棍,他想看看他们怎么借米。江边灯影稀疏,船桅和货堆被勾勒出复杂的线条和阴影。阿保的孩童气的圆脸显得轻松自若。就是这张脸,五龙总是从中看到罪恶的影子,使他畏惧更使他仇恨满腔。奇怪的是他还能看见一张人皮在他身后拖着。他们跳上了紧靠驳岸的一条油船,然后再朝停在里档的船上跳。两条运米的船急遽地摇晃起来,桅上的煤油灯突然消失了。五龙远远地看见阿保把桅灯扔进了江里,他意识到这不是什么借米,而是一次实实在在的抢劫。五龙四处张望,他想为什么没有人来阻止?其他船上的人呢?那些像游神一样穿黑制服的狗子呢?看来这一带真的没有王法,只要你有枪有人,想干什么就干什么。

阿保站在米船上朝五龙招手,示意他过去。五龙迟疑了好久,慢慢地从一条条船上跳过去。他不想参与抢米的过程。但阿保不放过他。狗日的阿保总是不肯放过他,他看见船老大被五花大绑地扔在舱里,嘴里塞着棉花,五龙熟悉这绝望悲愤的眼神,心想这又是一个倒霉鬼。守着一船米的人注定是要倒霉的,难道他不知道这是凶险黑暗的年月吗?他扭过脸去看大舱里的米,在夜色中大米闪烁着温和的白色光芒。他喜欢这种宁馨的粮食的光。

你会弄船吗?阿保说,乡下佬应该会弄船。

我不会。五龙下意识地回答。乡下佬不一定会弄船。

别骗我,阿保用手托起五龙的下巴,审视着他说,我看你的眼睛又在说谎,你快把船停到岸边上,要不没法卸这两船货,要不我就把你一脚踹到江里去。

我弄不好,五龙垂下眼睑,拨开阿保的手说,我试试看吧。

米船摇晃着艰难地靠了岸。有人从黑暗中推来几辆板车,他们开始飞速地卸米,五龙听见米倾倒在板车上发出沙沙的流畅的声音,一切都显得有条不紊,他们就这样沉着而粗暴地抢了两船大米。五龙相信了瓦匠街对码头兄弟会的种种传说,他们凭借恶行和暴力,干任何事情都是易如反掌。

扑通一声，五龙回头恰好看见被缚的船老大滚入江中的情景。船老大抬起头似乎想说什么，但是嘴里的布团堵住了声音。五龙看见他的脸上掠过一道绝望苍白的光，他的身体像一捆货物沉重地坠入江中，溅起许多水花。

他跳江了！五龙扔下工具，一只手盲目地拉拽着什么，船老大已经沉入水中，五龙的手上只留下几滴冰凉的水。

他本来就不想活了。阿保淡淡地说，这种屄包，死就死吧，算我成全他。为了一船米跳江？这种人就不配活着。

五龙摸摸自己的手，冰凉而潮湿，他的心里也是同样的感觉。江水在黯淡的月光灯影下向东奔流，五龙想一年又一年，罪恶像蚂蚁一样到处爬行，奔涌的江水不知吞没了多少懦弱绝望的冤魂，为了一船米，他又目睹一次死亡。

装满大米的板车在城北狭窄黑暗的街道上疾行。五龙推着车夹在中间，他看见前面的板车突然停在一家新开张的米店门前，从门洞里出来一个女人，和阿保小声地说着什么。阿保回过头挥了挥手喊道，卸下两车。卸两车啦。

怎么卸这儿了？五龙疑惑地问后面的人，这是大鸿记冯老板要的米呀。

你别管。那人说，这是黑食，也不能光喂了冯老板一个人，大家都想捞一点肥水。这米店肯出好价钱呢！

阿保站在路灯下面数钱，数完他咧嘴笑了笑，走到五龙的面前，他从一叠钱币中抽了一张递给五龙说，你出力了，该给钱。五龙盯着他的手说，就这一张？我可累坏了。阿保又抽了一张，他厉声警告五龙，回米店不准提这事，就说只借了这几车米。你要是敢多嘴一句，我让你也去江里喂鳗鱼。五龙沉静地把钱塞到怀里，他说，给钱就行，我什么也不会说，我为什么要说给他们听呢？

到瓦匠街已是半夜时分了。米店父女三人都坐在店堂里枯等。板车停下来，织云奔出来揽住阿保的脖子，很响地亲了一记，说，老娘犒劳你。阿保嬉笑着说，这就行了吗？快去给兄弟们做夜宵，大家都辛苦一夜了,要肉要酒。

五龙跟着那帮人挤进米店,米店一家谄媚的笑容使他觉得恶心,他得继续干活,扛起一箩又一箩的米。冯老板抓起一把米说,这米有点糙,不过有货总比没货好,什么粮食都会卖光的。五龙想他知道为了这些米害掉一条人命吗?他应该预料到这样的事,但是不会在乎,瓦匠街是一条见钱眼红利欲熏心的黑街,瓦匠街的人像毒蛇一样分泌着致命的毒液。没有人在乎一条人命。五龙将米箩放在肩头朝后院走,他想其实我自己也不在乎一条人命。

从冬天的这个夜晚开始,五龙发现织云与阿保通奸的秘密,他被种种隐秘而灼热的思想所折磨,常常夜不成寐。到了白天,他悄悄地观察织云的一颦一笑,眼睛里闪烁着狡诈而痛苦的光芒。织云对此毫无察觉,与阿保产生的私情给她的生活带来了新的愉悦,这个冬天织云容光焕发地往来于社交场合和米店家中,每逢六爷去逛城南的高级妓院时她与阿保在家里偷情。织云喜欢这种叛逆的方式。

起初听见院墙上的动静时,五龙以为是邻家的猫和米店的大花猫在打架。直到那天深夜五龙去院子解手,猛地看见阿保从院墙上跳下来,他才意识到米店又发生了一件偷鸡摸狗的事。阿保没有发现墙角的五龙,他径直走到织云的窗前去推窗子。窗子无声地开了,阿保猫着身子从窗户里进入了织云的闺房。

五龙惊悚地凝望着那扇窗子。灯亮了一下又遽然熄灭。除了木格窗的轮廓,什么也看不见了,他蹑脚走到窗前,站在那儿听了一会。房间里的说话声模糊而遥远,偶尔能听见压抑的嬉笑,院子里风很大,五龙很快就觉得寒冷难耐,他打着哆嗦抱紧自己的身体,想象窗户后面的事件。在黑暗和夜寒中偷听阿保和织云的私情,五龙的心情悲凉如水,这个狗杂种,他的日子过得多么恣意快活。五龙咬着牙关想,为什么没有人来收拾这条下流野蛮的恶狗?为什么我没有勇气破窗而入把他从床上拎下来,打断他的脊梁或者踢碎他的睾丸?仇恨、沮丧、嫉妒,它们交织在一起,像一条黑色虫子啮咬着五龙的心。他在黑暗中钻进店堂,躺在油腻的散发着体臭的棉被里幻想着种种奇妙胜景,他看见了另一幅庄严的画面,他和织云在充满脂粉香气的房间里交媾,地上铺着的是一张巨大的淡黄的人皮,他和织云在这张人皮上无休止地交媾。五龙咬着棉被想那是阿保的人皮,那就是从阿保身上剥下来的人皮,它应该用来做他和女人擦屁股的床单。

在铁匠铺里,五龙阴郁地看着发红的铁器在水盆里淬火,吱吱地冒着青烟,他突然对铁匠们说,昨天夜里米店里有贼。他进了织云的房间,你们知道他偷了什么吗?

原来是偷人的贼。铁匠们暧昧地笑了,他们并没有停下手里的工作,织云十四岁就开苞了,她怕什么?她喜欢让男人偷,五龙你他妈着什么急呢?

是阿保那畜生,他翻墙过来正好被我看见了。

看见了又怎么样?你小心阿保收拾你。铁匠们把五龙拉到大砧子上坐下,劝告说,这事别对人说了,只当没看见过,要不然会惹祸的。

惹祸的是他。五龙沉默了一会儿,嘴角上浮现出一丝淡淡的微笑,他说,他会收拾我,难道就不怕六爷收拾他?你们说六爷知道了会怎样?会怎样?

铁匠们朝斜对面的米店张望,绮云正拎着马桶从虚掩的门里出来,绮云的疏淡的眉毛习惯性地紧蹙着,把马桶盖揭开,靠在墙上,然后她返身进去把门砰地关上了。

冯老板和绮云知道这事吗?铁匠问。

他们不管,他们只操心钱,五龙说,只要有钱,让织云当婊子他们也干。

那就行了,她家里人都不管,你管这脏事干什么呢?

假如六爷知道了会怎样?五龙仍然用一种痴迷的目光询问铁匠,他猛地做了一个割颈的动作,语气坚定自信地说,他会宰了阿保那畜生。把阿保的人皮一刀一刀剥下来。

不一定。有个铁匠说,阿保跟六爷多年了,他是六爷最忠心的看门狗。

会宰掉他的。五龙慢慢地摇着头,他说,就因为是狗,想宰就宰了。六爷不会让他去睡织云的。男人都这样。

你准备去告诉六爷吗?铁匠们又问,你真的敢吗?

会有人宰掉他的。五龙没有正面回答,他站起来朝门外走,走到街上突然回过头对铁匠们说,你们不知道我有多么恨他。

五龙朝瓦匠街街口走去。在绸布店的门口有一个代写家信及红白喜帖的小摊子,五龙就站在摊前看着那个面色焦黄怀抱小手炉的老先生。老先生因为生意清淡,正倚着绸布店的橱窗闭目养神,他感觉到有人急促的喘气热烘烘地喷到脸上,一睁眼看见五龙焦灼地站在摊前东张西望的。

你要写封平安家信吗?

什么家信?我没有家。五龙咔嚓嚓地掰着自己的手指,他低着头说,你写出去的信都能收到吗?

当然,只要是活人,只要有地址。写信的老先生放下手炉,拿起纸墨问,你写给谁?

可是我不知道地址,我也不知道他的大名叫什么。五龙求援似的看着老先生,他说,是六爷,六爷,你应该知道他的,邮局的人肯定也知道他的。

你是说吕丕基?老先生惊诧地放下笔墨,你给他写信?写什么?你想参加他的码头兄弟会吗?

你就写阿保操了织云,他会明白的。

我听不明白,老先生盯着五龙的脸看,他迷惑地问,你是谁?写这样的信?我还从没有写过这种莫名其妙的信。

别管那么多,五龙阴沉着脸冷冷地说,照我说的写,我多给你一半钱。我有钱。

我倒是知道吕丕基的地址,有许多店主跟他要账,不敢去见他人,就让我写信。老先生嘀咕着铺开纸墨,过了一会儿,他抬起头对五龙说,我不想写那个脏字,就写私通吧,一样的意思。

随便,只要六爷明白就行,五龙俯视着信笺说。他从棉袄里掏出了一块钱放在桌上,突然想起这就是阿保在澡堂里给他的一块钱。就用这钱给他送终吧。五龙朝街口的四周环顾了一圈,冬天的路人行色匆匆,没有谁留意他,没有谁能猜透他纷繁的心绪。

五龙头一次花钱就是写这封信。钱要花在刀刃上,他想象了阿保的淡黄色的人皮从身上渐渐剥落的景象,一块钱太值得了,如果一块钱买阿保的一条命简直太值得了。

瓦匠街的店铺在三天后都听说了阿保的死讯。据说阿保被剥光衣服塞到一个麻袋里,扔进了江心。了结阿保性命的是码头兄弟会的人,他们平素与阿保相熟。离开码头后这群人闯到江边的小酒馆喝酒,有人哭着撒酒疯,站在桌子上大骂六爷无情无义,把他们兄弟会当苍蝇一样捏。这事很快地张扬开了,甚至有人知道阿保的死因跟米店的织云有关,阿保打翻了六爷的醋坛,结果把命丢了。

没有人知道五龙的信。五龙早晨在炸油条的大锅前听人说阿保昨天死了。他提着篮子的手立刻颤抖起来。收到了。五龙挤在人群中喃喃低语,六爷收到信了。他提着装满早点的篮子一路狂奔,铜壶里的豆浆晃荡着,滴在路上,到了米店门口他站住,突然怀疑起消息的可靠性,这么快,才三天的工夫,那封信真的起作用了吗?

冯老板坐在店堂里喝茶,看见五龙神色仓皇地回来,又朝门外跑,他在后面喊,你干什么去?大清早的像丢了魂。

我出去一趟。我去看死人。

谁死了?谁又死了?冯老板站起来追问道。

阿保!五龙奇怪而响亮的声音把冯老板吓了一跳。冯老板没来得及问个清楚,五龙已经消失在门外了。

从瓦匠街到江边码头隔了三个街区,五龙撒腿狂奔着,穿越早晨湿漉漉的街道和人流,到达码头时太阳正好从吊机笨重的石墩上跳起来,江岸上一派辉煌的日出景象,五龙骤然止步,他觉得心快从咽喉里跳出来了,整个世界向他放出刺眼的光芒,他面前的江边码头清新空寂,昔日阴暗可怖的印象在瞬间荡然无存。

五龙沿着江岸慢慢地走,他想地上应该有血迹,宰了人总归会留下痕迹。他低头寻找着,除了满地的煤渣、油渍和纸屑,什么也没有。五龙奇怪为什么看不见阿保的血,也许没用刀子,他们可能把他绑上石头扔进了江里。他想我漏过了一个最渴望的场面,没有看见阿保临死前是什么模样。他会跪下乞求吗?他会想到是谁在杀他吗?

你在找什么?一个捡破烂的老女人从货包后面探头问。

一个死人。你看见昨天夜里那个死人了吗?

江边每天都有死人。老女人说,你说谁呢?

阿保。码头兄弟会的阿保,我来给他收尸。

是这个吗?老女人从箩筐里拎起一件黑绸褂,又拎起一条黑裤子和一顶黑色圆帽,她对五龙说,你要是出钱,我就把这些卖给你。

五龙注视着老女人手里的衣物,他认出那就是阿保平时戴的帽子,那就是阿保敞着襟的黑绸褂子,还应该有一双皮鞋。它曾经在这里残忍地踩住我的手。我的手里抓着一块冰冷的卤猪肉。五龙突然抬起头看了看天空,天空呈现出一半红色和一半蓝色。那道强光依然直射他的眼睛。他觉得脸颊上有冰凉的一滴,是眼泪。他不知道什么时候流下了这滴奇怪的眼泪。

漫长的冬夜里五龙经常无端地惊醒,在空寂中侧耳倾听人体从院墙上跳落的声音,那种声音沉闷而带有阴谋的形式,它已经随着阿保的死讯而消失,可是五龙听见嘣的一声存在于冥冥之中,它总是在夜深人静时出现在米店的院子里。

织云的生活一如既往的放纵和快乐,她的红唇边永远挂着迷惘而谄媚的笑意,没有什么可以改变她生活的内容和情趣。冬天她学会了风靡一时的探戈舞,有时候独自在院子里练习,她的嘴里响着舞曲清脆的节奏,嘭。嚓。嚓。

五龙曾经偷听了织云和绮云的谈话,话题的中心是阿保之死,那会儿织云正站在水池边刷牙,五龙看着她唇边牙膏的泡沫和漫不经心的表情,突然对女人有了一种深切的恐惧。想想吧,她一手葬送了一个男人的性命,到头来却无动于衷,两种肉体的紧密关系随时会像花一样枯萎吗?

街上人都在说你,说你是条不要脸的母狗,绮云对她姐姐说,你害了阿保,你把他逗得鬼迷心窍才惹的祸。

关我什么事?织云朝地上吐了一口水,她说,他早把六爷得罪了,也不光是为我,他瞒着六爷捞了一大笔钱。

你没见他们对着米店指指戳戳的?你不要脸我还要呢,绮云怨恨交加地说,这下好了,你倒像个没事人,害得我都不敢出门。

别对我说这些鬼话,我不爱听,织云猛地把牙刷摔在地上,她提高嗓门说,谁都容不得我,你们巴不得我也被六爷扔江里去。我要是剁成一盘肉杂碎,你会吃得比谁都香。

我看你是疯了。绮云冷冷地回敬了一句,你迟早要害了自己,到时候看谁来管你。

谁也别想管我,我自己管自己。哪天我要是死了,你们就挨家挨户送喜糖去。织云说着突然扑哧笑了,她说,真有意思,都来教训我,我到底招谁惹谁了?

对于米店姐妹俩的关系,五龙同样难以把握,他知道织云和绮云是一母所生的亲姐妹,但她们更像两只充满敌意的猫,在任何时候都摆出对峙的姿势,亮出各自尖利的爪子,米店沉寂的空气往往被姐妹俩的斗嘴所打破。五龙想怎么没有人来打她们的臭嘴?冯老板不敢,冯老板对两个女儿的畏惧多于亲情,碰到这种场面他就面无表情地躲开,并且把气出到伙计们和五龙身上,他推搡着五龙说,你干活去,这儿没你的事,你要想听说书也该买张门票。

五龙忍住笑走到店堂里,米店这家人在他眼中的形象是脆弱而可笑的。他以前没有见过这样乌七八糟的家庭,也许这就是枫杨树乡村与瓦匠街生活的区别之一。五龙用簸箕装米,一次次地朝买主的量米袋里倒,他的心情变得晴和而轻松起来。在这个多事的冬天里,他初次发现了城市与瓦匠街生活的种种薄弱环节,就像一座冰冷坚固的高墙,它有许多漏洞,你可以把身体收缩成一只老鼠穿过去,五龙想我可以像一只老鼠穿过去,吃光墙那边的每一颗米粒。这样想着五龙像个孩子般地兴奋起来,他突然朝店堂里忙碌的人们吱吱叫了一声,然后自己也笑了。

你在学狗叫?冯老板仍然绷着脸,他说,我看你今天高兴得就像一条狗。这年头什么事能让你高兴得像一条狗?

不。我在学老鼠叫。五龙认真地回答。

你就像一只大老鼠。冯老板又说,我的米会被你偷光的。我已经看出来你在想什么坏点子。

五龙脸上的笑容蓦然凝固,他偷眼瞟了下冯老板的表情,冯老板端坐在柜台后打算盘,五龙觉得他说那句话是半真半假的。那么他会防备一只老鼠吗?他会感到某种危险而把我逐出米店吗?这还是一个谜。五龙对此并没有太多的忧虑,事实上他已经做过离开米店的准备。现在他不怕没有饭吃了,他深知自己的本钱是年轻和力气,这个城市的工业和店铺作坊日益发达,他可以在任何一个需要劳力的地方谋得一条生路。

瓦匠街的石板路上洒着冬日斑驳的阳光,不断有穿着臃肿的人从米店走过,在车水马龙的市声中可以分辨出一种细碎而清脆的叮咚声响,那是古塔上的风铃。在城市的各种杂乱的声音中,五龙最喜欢听的就是古塔上的风铃声。

第四章

冯老板首先发现了织云怀孕的冷酷事实。多年来他已养成了一个不宜启齿的习惯,每到月末的时候,他会跑到织云的房间里偷看马桶。二月里他始终没有见到被血弄污的草纸。以后的几天他不安地观察织云体态的微妙变化,有一次他看见织云在饭桌上干呕,脸色惨白惨白的,冯老板突然怒气冲天,他抢过织云手中的饭碗砸在地上,大声说,你还有脸吃,想吐就滚出去吐个干净吧。织云也不做申辩,跨过地上的碗片和饭粒冲到院子里去。厨房里吃饭的人都听见她哇哇类似打嗝的呕吐声。五龙也听见了,五龙缺乏这方面的知识,他不知道这样的细枝末节意味着一件大事即将来临。

冯老板把绮云从店堂拉到后面,愁眉苦脸地跟她商量对策。他说,你姐姐有身孕了,你知道吗?

我早就料到了,那贱货早晚会出丑。绮云对此并不感到惊讶,她用手指弯着辫梢说,别来问我,我管不了她的脏事,说来说去都是你宠着她,这下好了,米店又要让人指指戳戳的啦。

不知道是谁的种?要是六爷的还好办些,就怕是阿保那死鬼的,冯老板喟然长叹着,突然想起来问,绮云,你知道她怀的谁的种吗?

我怎么知道这脏事?绮云气得跺脚,她尖声说,你不问她倒来问我,我又没偷过汉子,我怎么会知道?

她不肯说。我昨天逼了她半夜还是不肯说,这个不知好歹的小贱货,这事张扬出去你让我怎么见人?

你早就没脸见人啦。绮云瞟了眼父亲冷冷地说,她将长辫往肩后一甩,径直跑回店堂里去。店堂里只有五龙和两个伙计在卖米。他们听见绮云在说,快过秤,马上要打烊关门了。五龙疑惑不解地问,怎么现在就打烊?还会有人来买米的。绮云已经去扛铺板了,她说,不要你管,我们一家要去吕公馆吃饭,今天的生意不做了,关门。

隔了很久,五龙看见米店一家从后面出来。冯老板换了一套崭新的玄色福禄棉袍,戴了礼帽,拿着手杖,后面跟着姐妹俩。绮云拉着织云的手往外走——准确地说是拖拽,五龙看见织云的身体始终懒懒地后倾着,织云好像刚哭过,眼睛肿得像个核桃,而脸上例外地没有敷粉,看上去病态的苍白。

五龙追出门外,看见那一家人以各自奇怪的步态走在瓦匠街上,冯老板走得沉重缓慢,因为佝偻着背新棉袍上起了许多褶皱,绮云始终拽住织云的手不放,脚步看上去很急躁,最奇怪的是织云,织云被绮云拽着跌跌撞撞地走,织云的嘴里不停地骂着脏话,你拽着我干什么?我操你爹,我操你十八代祖宗!

喂,他们怎么啦?铁匠铺里的人探出头对五龙喊。

我不知道,五龙困惑地摇摇头,他转身回到米店问另外两个伙计,他们怎么啦?出什么事啦?

谁知道呢？伙计老王表情暧昧地冲五龙一笑，他说，就是知道也不能告诉你，你还年轻，有些事情不能告诉你。

我不想知道。五龙想了想又说，不过我迟早会知道的，什么事也别想瞒过我的眼睛。

吕公馆的仿明建筑在城北破陋简易的居民中显得富贵豪华，据说六爷修这所园子花了五百两黄金。那次空前绝后的挥霍使人们对六爷的财力和背景不胜猜测，知悉内情的人透露，六爷做的大生意是鸦片和枪支，棉布商、盐商和码头兄弟会只是某种幌子，六爷传奇式的创业生涯充满了神秘色彩。到过吕公馆后花园的人说，在繁盛艳丽的芍药花圃下面藏着一个大地窖，里面堆满了成包的鸦片和排列整齐的枪支弹药。

米店父女三人站在吕公馆门前的石狮旁，等着仆人前来开门，绮云仍然拉住织云，她说，你在前面走，见了六爷你就向他讨主意，你要是不说我来说，我不怕他能把我吃了。织云烦躁地甩开绮云的手，说什么说什么呀？你们见了六爷就会明白，这是自讨没趣。

仆人把他们领到前厅，看见六爷和他的姨太太站在鱼缸边说话，六爷没有回头，他正在一点一点地把饼干撕碎，投进鱼缸喂金鱼，那个姨太太冷眼打量米店一家，猛然又不屑地扭过脸去，六爷，你的小姘头又来了，这回怎么还拖着两条尾巴？

织云也不理睬她，自顾朝沙发上一坐。绮云却敏捷地做出相应的回敬，她对织云大声地说，她是谁？是不是刚从粪池里捞出来，怎么一见面就满嘴喷粪呢？绮云说着看见六爷用肘狠狠地捅了姨太太一下，那个女人哎哟叫了一声，气咻咻地走到屏风后面去了，绮云想笑又不太敢笑。

六爷仍然站在鱼缸边喂鱼，目光始终盯着缸里的金鱼，直到一块饼干剥光，他才转过脸看着冯老板，又看绮云，脸上浮现一丝隐晦的笑意。他拍拍手上的饼干碎屑说，冯老板来找我了，不是谈大米生意吧？

我这小店生意哪里敢麻烦六爷？冯老板局促不安，他的眼睛躲闪着,最后落到绮云身上,让绮云说吧,女孩子的事我做爹的也不好张口。

说就说,绮云咬着嘴唇,她的脸上突然升起一抹绯红,织云怀孕了,六爷知道吗?

知道,六爷说,什么样的女人我都见过,怀孕我怎么会不知道呢?不知道还算什么六爷呢?

说的就是,我们就是向六爷讨主意来了,六爷看这事该怎么办好?

怀了就生,这很简单呀,母鸡都知道蹲下生蛋,织云她不懂吗?

可是织云没有嫁人,这丑事传出去你让她怎么做人呢?绮云说,六爷你也该替她想想,替我们家想想。

我就怕想,我这脑子什么也不想,六爷突然发出短促的一笑,他转过脸看了看横倚在沙发上的织云,你们听织云说吧,她肚子里的种是谁的,只要说清楚了,什么都好说,就怕她说不清楚呀,那我就帮不上忙了。

织云半闭着眼睛靠在沙发上已经很久,这时候她欠了欠身子,弯下腰又干呕起来,绮云又怨又恨地盯着她的腰背,猛地推了一把,绮云尖声叫起来,贱货,你说话!你这会儿倒像个没事人似的,当着六爷的面,你说孩子是谁的就是谁的,你倒是快说呀!

织云从来不说谎,六爷弯起手指弹了弹玻璃鱼缸,他对绮云眨眨眼睛,你姐姐知道我的脾气,她从来不敢对我说一句谎话,织云,你就快说吧。

织云仰起苍白的脸,她的额角沁出了一些细碎的汗珠,嘴边滴着从胃里返出的黏液。织云掏出手绢擦着嘴唇,她偷眼瞟了下六爷,很快又躲闪开,眼睛很茫然地盯着她脚上的皮鞋,然后她小声而又清晰地说,我不知道,我不知道是谁的。

绮云和冯老板在瞬间交流了绝望的眼神,他们再次听见六爷发出那种短促古怪的笑声。爹,那我们走吧,绮云站起来,她的眼睛里闪着泪光,她把冯老板从羊皮沙发上拉起来说,谁也怨不得,让这贱货自作自受吧,以后我要再管她的事,我自己也是贱货!

他们朝门外走的时候从背后飞过来一块什么东西,是一条红色的金鱼,正好掉在绮云的脚边,金鱼在地板上摇着硕大的尾巴,绮云惊诧地捡起来,回头看见六爷的手浸在玻璃鱼缸里,正在抓第二条金鱼。六爷说,我这辈子就喜欢金鱼和女人,它们都是一回事,把我惹恼了就从鱼缸里扔出去,六爷说着又抓住一条,扬手扔来,绮云低头看是又一条红金鱼,她听见六爷在后面说,我现在特别讨厌红金鱼,我要把它们扔光。

织云终于从温暖的羊皮沙发上跳了起来,她踉跄着冲到前院,抱住一棵海棠树的树干,织云一边大声地干呕着一边大声地啼哭,海棠树的枯枝在她的摇撼下疯狂地抖动。从两侧厢房里走出一些男女,站在廊檐下远远观望。男人,男人,狗日的男人。织云不绝于耳的哭骂声使廊檐下的人们发出了会意的笑容。

回家去,还没丢够丑吗?绮云在织云的身后叱责她。

织云紧紧地抱着树干哭。偶尔地抬头望望天空,即使在悲伤的时刻,她的瞳孔里仍然有一圈妩媚的宝石色的光晕。

听到六爷的话了吗?他只是把你当一条金鱼,玩够了就朝地上一扔。你以为你了不起,不过是一条可怜的金鱼,绮云说着朝厅堂的窗户张望了一眼,看见六爷正搂着他的姨太太上楼梯去,后面跟着一条英国种狼狗。绮云愣了一会儿,突然厉声对冯老板说,走呀,还赖在这里干什么?

这就回家?冯老板难以掩饰沮丧的表情,他说,话还没说完,就这样不明不白地回家了,不向他要点钱吗?

你还想要他钱?绮云拉着父亲朝铁门走,她说,什么也不用说了,这苦果就捏着鼻子咽进去吧,他是什么人,我们家是什么人,斗得过吗?

冯老板和绮云在仆人们诡谲的目光下走出吕公馆。冯老板出门后就朝石狮子的嘴里吐了一口痰,他的脸上显出某种苍老和痛苦。然后父女俩一前一后各怀心事地走过了那道黑色的覆有瓦檐的院墙,织云仍然没有跟上来,他们走了好远,发现织云翠绿色的身影沿着墙慢慢地走,拐过了一个街角,那个绿点突然又不见了。

直到天黑,米店的人都吃完了晚饭,织云还没回来,冯老板走到门口,朝瓦匠街东西两侧张望了一番,街上没有行人,店铺都已打烊,房屋的窗户纸上此起彼伏地跳起昏黄的烛光。风刮过肮脏滑腻的石板路面,卷起一些纸屑和鸡毛。对于冯老板来说,记忆中每年冬天都是多事而烦恼的,比如亡妻朱氏的病死,比如米店因为缺米而半掩店门,比如饿疯了的难民夜半敲门乞讨,比如现在,织云怀孕的丑闻即将在瓦匠街张扬出去,而她直到天黑还不归家。

你去找找她吧。冯老板走到绮云房里说,我怕她出什么事,她从小就糊涂,我怕她再干什么糊涂事。

我不去,你看她要是跳了河我会不会哭,一滴眼泪也掉不下来,我对她早就寒了心啦。绮云用后背对着她爹说。

你是要让我自己去吗?冯老板愠怒地瞪着绮云,他说,我前世作了孽,操不出个儿子,倒生了你们这一对没心没肺的贱货。什么忙也帮不上,还尽给我惹祸。

我不去。绮云用一根玉质牙签剔着牙,在昏黄的灯下她的牙齿洁白发亮。绮云说,叫五龙去,叫五龙去找。

绮云又把五龙从铁匠铺里叫出来。五龙的光裸的脑袋从门缝间探出来看了看绮云,然后他的身体也很不情愿地慢慢挤出门缝,绮云发现五龙仓促地掭着裤腰。

你们在里面干什么坏事?

不是坏事,闹着玩的,五龙有点局促地笑了一声,他说,他们在比大小,非要拉着我。

比什么大小?

比鸡巴。五龙顿了顿突然很响亮地说,他们硬把我的裤子扒下来了。

该死。绮云的脸飞快地红了起来,她扭过脸望着别处,你吃了饭没事干,整天跟着瞎混,这帮铁匠没有好东西。

不瞎混又干什么呢？这么冷的天，这么没劲的晚上。五龙在地上轮流跺着脚来取暖，他说，这么冷的天，二小姐又要差我去哪里？

织云还没回家，你去找她回来。绮云板着脸审视着五龙，她皱了下眉头，怎么，你不愿意去？

我怎么敢？去吕公馆找织云？六爷的大门我可不敢进。

哪儿都去找找，就是别去吕公馆，她以后不会再去那个阎王殿了。绮云推了五龙一下，不耐烦地说，别眨巴着眼睛想套什么底，你快去，快去把她找回家。

五龙狐疑地沿着瓦匠街走去，他缩着脖子，双手拱在袖管里，米店一家显然又发生了什么事，根据米店父女三人的日常生活，五龙迅速做出了接近真实的判断：也许是六爷最近甩了织云。这是他早就预料到的事，男人的禀性玩什么都容易上瘾，玩什么都容易腻味，玩女人也一样。五龙想这回织云是真的被甩掉了，虽然她有高耸的奶子和宽大的屁股，还是被六爷甩掉了。他想织云现在成了一只又鲜艳又残破的包袱，掉在半路上，不知哪一个男人会走过去捡起它。

风从城市的最北端迎面吹打五龙的脸，含有冰和水深深的寒意。歪斜的坑坑洼洼的街道，歪斜的电线杆上低垂着笨拙的卵形灯泡，行人忽多忽少地与五龙擦肩而过，男人和女人，在衣饰繁杂的冬夜他们的脸上仍然留有淫荡的痕迹。五龙已经习惯了这种城市气息，在路过一家妓院挂满红绿灯笼的门楼时，他朝里面探头张望了一下，有个睡眼惺忪的女人伸出手摁住他的头顶，她的声音沙哑得类似男人：来陪我吧，便宜。五龙看见女人两片血红的嘴唇咧开来，像两片纠结在一起的枯叶。五龙轻轻地怪叫了一声，他说我没钱，然后敏捷地从两盏灯笼下钻了过去，他飞快地奔跑了几步才停下来，心里有一种空虚的感觉。婊子货。他摸了摸自己的脸，手是冰凉冰凉的，脸颊上却异常地燥热。婊子货，我操你们。他一边骂着一边用手掌拍击自己的双颊。城市的北区聚集着多少轻浮下贱的女人，她们像枫杨树乡村的稻子一样遍地生长，她们在男人的耻骨下面遍地生长。五龙边走边想，可是她们与我却毫不相干。

五龙走过大丰戏院时正好是散戏时分,看戏的人们从四扇玻璃门内黑压压地涌出来,五龙一眼就看见了挤在人群里的织云,织云穿着炫目的翠绿色的棉旗袍,掏出手绢擦眼睛。她也许是看戏看哭了。随后五龙发现有一个陌生的男人挽着织云。五龙有点惊诧,就这半天的工夫,织云竟然又勾搭上了一个男人。她似乎在戏院里哭过,但是散戏过后她又开始左顾右盼,苍白的脸上浮现出妩媚的笑容。

织云——大小姐——。五龙双手做成筒状,突然放声大喊。他看见许多人用厌恶的眼光瞟他,但他不在乎,他弯下腰,运足气用更高的嗓音又喊了一遍。

织云挽着那个男人走近五龙身旁。你在这儿鬼喊鬼叫的干什么?织云说,才看了部好戏,看得人悲悲切切的,你却在这儿鬼喊鬼叫。

让你回家呢,为了找你我跑断了腿。

找什么?我又丢不了。织云看了看五龙,突然捂着嘴哧哧地笑着,又转向那个男人说,你走吧,我家里人找来了。小心我男人揍你,他的力气可大呢。

他是你男人?那个男人鄙夷地盯着五龙的鞋子、裤子往上看,最后他说,我不信,我们明天怎么再见面呢?

你给我走开吧,已经让你占便宜了。织云朝他的黑亮的皮鞋上踢了一脚,歪着头对五龙咯咯笑着说,五龙,他要是还不滚开,你就揍他,我一点也不喜欢这种男人。

五龙冷冷地面对着那个小男人,一声不吭,他看着男人向后退了几步,突然恐惧地跑起来消失在戏院后面的小巷里。那条小巷黑漆漆的,什么也看不见。织云拍着手叫道,你吓跑了他,五龙,你眼睛里的凶光吓跑了他。

我不知道。第一次有人怕我。五龙仍然冷冷地说,他用一种怨恨的目光注视着织云,回家吧,他们让我找你回家去,要叫车夫吗?

不。走回家,织云很果断地说,你陪我走回家。

他们隔开有一尺的距离,并排走在路上,从戏院出来的人群很快地消失在朦胧的夜色中,街道一下重归寂静。五龙听见自己的脚步声滞重地敲打着路面,路面上两个形状不同的人影时合时离,慢慢地水一般地洇动。他还听见自己的胸腔里面有一块石子,它沿血管心脏和肺的脉络上下滚动。所以他的呼吸不畅,他的情绪突然紊乱起来。

我以为你在哭,谁想你在看戏,谁想你还是快活,还跟男人在一起。

我?织云拍拍路边的电线杆,她咬着牙骂了一句,我操他叔叔,我要让那狗东西看看,没有他老娘照样可以寻欢作乐。我才不在乎呢,一点也不在乎。

空气湿润而阴冷,薄薄的羽毛似的雪花渐渐飘满夜空,一俟落地就无声地融化了。他们途经灯火阑珊的商业区时步履匆匆,快到瓦匠街了,织云的脚步忽然放慢下来,她瞥了眼五龙,横着走了一步,她的肩膀很微妙地撞了一下五龙。

我冷。织云说,你听见了吗?我说我冷。

我也觉得冷。五龙抬眼望了望微雪的天空,主要是下雪了,这地方不常下雪吧?

你搂着我,这样就暖和多了。

五龙吃惊地张大了嘴巴,他看见织云新烫的波浪式发卷上落了白白的一层雪珠,织云的眼睛显得温柔而多情。

怕什么?没人看见的,织云又说,就是看见了也没什么,是我自愿的,我愿意让你搂着你就搂着。怕什么?

五龙想了想,伸出一条胳膊僵硬地揽住织云的髋部,他的嘴唇动了动想说什么,结果什么也没说。

搂这儿。织云拉住五龙的手往上移到腰部,她说,搂紧一点,你的力气跑哪儿去了?

五龙觉得脸上滚烫滚烫。雪花落在眉棱上竟然有一种清凉的感觉。他的手臂像绳索环绕着织云的腰,透过绸布和棉花,他清晰地感觉了女性肉体的弹性和柔软,胸腔里的那颗小石子依然在活动,现在它一寸寸地向下滑动,直到小腹以下。他知道裤裆处在一点点地鼓起来,他不敢低下头看,哪里也不敢多看。他紧紧地搂着织云往瓦匠街走,再次联想到一只老鼠,一只老鼠拖着食物运往某个黑暗神秘的地方。

狗日的东西,他不甩我我还要甩他呢。织云倚在五龙的肩膀上,突然说道,我咽不了这口气。

是你让我这样做的。五龙终于说出想说的话,顿了顿他又说,你可别让我上当。

这世道也怪,就兴男人玩女人,女人就不能玩男人。织云扑哧笑了一声,说,老娘就要造这个反。

五龙意识到织云在想什么,她的目光像水一样变幻不定,嘴角的微笑也是梦幻的色彩,令人难以捉摸,五龙的手被轻轻弹了几下,然后那只手被织云自然地牵引着,慢慢往上升,最后按在织云坚挺结实的胸部。五龙觉得他的整个身体像风中之草,被这阵突如其来的风吹得东摇西晃,他已经无法支撑了。

这么好的奶子,他不要。织云喃喃地说,他不要就给你,我才不在乎呢。

五龙后来一直以古怪的姿势,挟着织云走。他想尽情地揉摸,但是手指的关节像被锁住了,无法自如地活动。他用力按住那只可爱的硕大的奶子,甚至摸到了织云的心跳。织云的心跳悠闲自如,这使五龙感到隐隐的敌意。他揽住了这个城市著名的贱货,任何一种偷情方式对于她都是寻常之事,她如此平静。五龙想,这个不要脸的贱货。

在米店门口他们对视良久。瓦匠街的黑暗和薄雪再次遮蔽了一个秘密。五龙抱住织云,在她的温热的脖颈上吸吮着,他终于坠入真实的仙境。急促的喘息声突然中断,五龙颤抖着低低叫了一声,他感觉到精液从身体边缘喷泻而出,很快地裤子变得冰冷而滑腻。

早晨起来院子里积了一层很薄的雪,人走过的地方雪就消失了,留下黑色的鞋印。这里的雪无法与枫杨树相比拟,与其说是雪不如说是冬天的霜。五龙看看天,雪后的天空蓝得发亮。附近工厂的黑烟像小蘑菇一样在空中长大,然后渐渐萎缩,淡化,最后消失不见了。

他从柴堆上捡起斧子开始劈柴。斧子已经锈蚀得很钝,木柴有点发潮,不时地从斧刃下跳出来。五龙摸了摸被震疼的虎口,摸到一缕淡红色的血,冬天以来他的手已经多次留下了创口,都是干活干的。五龙用嘴吮掉手上的血,然后抹上一些唾液。这个动作使他莫名地想起织云雪白的脖颈。他望了一眼织云的窗户,木格窗子紧闭着,昨夜它为什么不是虚掩的呢?五龙恍惚看见了死鬼阿保跳窗入室的情景。阿保的身子猫着跳进了织云的闺房,那一瞬间近在眼前。五龙想到这些心情变得阴郁起来,他狠狠地劈着杂木树棍,似乎想借此发泄凝结在心里的火气。

织云趿着一双棉鞋出来,踢踢跶跶走到五龙身后,五龙仍然蹲着劈柴,他看见织云的脚从空当处伸过来,脚尖翘起顶他的阴囊,疼死我了。五龙抓着裤裆跳起来,他低声说,别闹,小心他们看见。织云只是捂着嘴得意地笑,怕什么?昨天让你占了便宜,今天让你看看老娘的厉害。织云的衣裳还没有扣好,露出浑圆雪白的脖颈,五龙看见一块新鲜的紫红色淤痕,它像虫卵似的爬在她的脖子上。

你的脖子。五龙呆呆地凝视着那块淤痕,在淤痕的周围是女人纤细的淡蓝色的血管和一些浅黄色的茸毛。你的脖子是我咬的吗?

你的眼睛吓人,真能把人吃了。织云抬腕扣好纽扣,不置可否地说,我的胃好难受,我要去弄点生咸菜吃。

五龙看着织云跨过柴堆进了厨房,手里的斧子当地掉在地上。这个雪后的早晨给他以虚幻的感觉。他听见织云在厨房里掀开了腌菜缸的缸盖,然后是一阵清脆的咀嚼的声音。他又蹲下身子继续劈柴,脑子里仍然想着织云脖子上的淤痕,那真的是我咬的?他摇了摇头,用力挥动斧子,碎柴飞满了院子。

织云的嘴里咬着一棵湿漉漉的咸菜出现在厨房的窗前。她眨着眼睛示意五龙过去。五龙犹豫了一会儿,在确认了周围无人以后疾步溜进厨房。他用手撑着缸沿,低头看着盐卤水映现的自己的脸。

叫我干什么？他说，心又发狂地跳起来。

这咸菜又酸又甜，我一次能吃好几棵。织云很快地把最后一点咸菜吸进嘴里，她走到五龙身边，两只手轮流在他的裤子上擦拭着，让我擦擦手，反正你的裤子也不比抹布干净。

反正你们都把我当狗，五龙仰脸看着厨房被油烟熏黑的房梁说，你们都是人，我却是一条狗。

是大公狗。织云哧哧地笑起来，她瞟了五龙一眼，一只手停留在他的腿上，慢慢地往斜向移，她说，大公狗，我一眼就看出来你在想什么，男人都长着不要脸的狗鸡巴。

五龙低头看见织云的纤纤五指猫爪似的抓挠着他，他用力摁住咸菜缸的缸沿，僵硬地站着。厨房里充斥着盐卤和蔬菜的酸臭味，还有织云身上残留的脂粉气息。他的眼前浮现出死鬼阿保臃肿的脸，他突然地感到颓丧，身体往后一缩，离开织云那只大胆的手，然后他推开了织云。我不是狗，他说，我要去劈柴了。

绮云站在厨房门口梳头，看见五龙推门出来就朝地上啐了一口，她抓住发黄的头发猛地梳了几下，从梳子上挖出一缕头发。她说，恶心，你们真让我恶心。

我什么也没干，五龙从容不迫地从绮云身边绕过去，不信你问你姐姐，她最清楚。

我不用问，我什么都清楚。绮云用力踢开了厨房的木门，织云，你伤疤没好就忘了疼，世界上没有比你更贱的贱货了。

织云没有回答，她捋起袖子又从缸里捞了一棵咸菜，塞进嘴里嚼着，她问绮云，今年的菜是谁腌的？又酸又甜，我特别爱吃。

五龙重新蹲下去劈柴，看见冯老板从店堂里出来，冯老板问：你们又在闹什么？五龙摇摇头说，没闹，我一早起来就在劈柴，是她们在闹。

外面兵荒马乱的，家里也没有安宁。冯老板幽怨地说，这样的日子还不如死了的好。冯老板在雪地上走了一圈。又走了一圈。他抬头望了望雪后初霁的天空，两只手轮流击打着腰部，不死就得活下去。冯老板捶着腰往店堂走,他的话使五龙发出了会意的微笑,他说,不死就得天天起床,天天打开店门,这样的日子过得真滑稽。

第五章

到了腊月,五龙的睡眠变得短促而昏聩。每当瓦匠街上响起敲更老人的三更梆声,他就受惊似的从店堂的地铺上跳起来,披着棉袄光着脚无声地潜入后院。时过境迁,织云的窗户现在为他虚掩着,他怀着狂野的激情越窗进入织云的闺房,到了街上五更梆声响起时翻窗离开,这就像孩子的游戏使他心迷神醉,他的过剩的精气消耗殆尽。在寒风薄冰的院子里停留的瞬间,他习惯于朝那堵碎砖垒成的院墙张望,院墙上除了几株瓦楞草,并没有人迹。现在阿保再也不会从院墙上跳进来了。现在的夜半客人是我自己。五龙在黑暗中无声地微笑着,他想通奸就是一杯酒,它让人开怀畅饮,有的会酩酊大醉而惹来杀身之祸,有的却在小心翼翼地品味,决不喝醉,比如我自己,五龙想,我只会更加清醒,我只是觉得腹部以下空空荡荡而已。

仓房的门开着,借着熹微月光可以看见一垛山形的米,闪着模糊的细碎的白光。五龙慢慢走了进去,坐在麻袋包上注视着黑夜中的米垛。秋天上市的米到了冬天依然不失其温和的清香,五龙抓起一把米塞进嘴里嚼着,嘴里还尚存着织云脂粉的香味,那股香味与坚硬的米搅拌在一起,使五龙产生了一种古怪的感觉,他突然想起织云隐匿在黑夜和绸被下的肉体,那是一朵硕大饱满的花,允许掐摘但是不准观看。织云从来不开灯。当五龙说开开灯吧,让我看看,织云狠狠地拧了他一把,她说,不许开灯,你想得寸进尺?五龙自嘲地摇了摇头,举起两只手闻着,他的手上同样地留下了复杂的气味,他准确地分辨出那是米的清香和女人下体的腥味,在他肮脏的手掌上,两种气味得到了奇妙的统一。

米垛在黑暗中无比沉静,五龙想着纷乱的心事,手在米堆上茫然地划动,他听见了山形的米垛向下坍陷的沙沙声,他还听见角落里的捕鼠夹猛地弹起来,夹住了一只偷食的老鼠。老鼠吱吱的惨叫听起来很可怜,五龙垂下头,他感到困倦瞌睡。奇怪的是他不想离开仓房,倚靠着米就像倚靠着一只巨形摇篮,他觉得唯有米是世界上最具催眠作用的东西,它比女人的肉体更加可靠,更加接近真实。

后来五龙把米盖在身上,就像盖着一条梦幻的锦被,在米香中他沉沉睡去。仍然有许多梦纵横交错,其中一个梦境是多次重复的,他又看见了枫杨树乡村的漫漫大水,水稻和棉花,人和牲畜,房屋和树木,一寸一寸地被水流吞噬,到处是悲恸的哀鸣之声,他看见自己赤脚在水上行走,黯淡的风景一寸一寸地后移。他在随风疾走,远远的地方是白米组成的山丘,山丘上站满了红衣绿裤的女人。

清晨鸡啼的时候五龙从米堆里爬了起来,他拉拽着发黏的裤子,梦里的再次遗泄使他感到一丝忧虑。他不知道长此以往会不会损害他的力气,那是违背他生活宗旨的。五龙一边拍着身上的米灰走出仓房,冯老板正站在院子里,他拎着夜壶惊诧地看着五龙。

你在仓房里睡?你在搞什么鬼名堂?

没有。我刚才抓到了一只老鼠。五龙随手指了指仓房,不信你去看,一只老鼠被我打死了。

那些老鼠我不怕,我怕你这样的大老鼠。冯老板把夜壶的壶嘴朝下,倒出浑黄的尿,他说,你没有偷我的米吧?

我不是贼。五龙拍打着头发上的米灰说,再说我天天能吃饱,偷米干什么?

你可以接济你的乡下亲戚,你不是说他们都快饿死了吗?

我不会去管他们的事,我为什么要接济他们呢?自己活下来就不容易了。

你还可以把米卖给街上的米贩子,他们会给你钱,你不是一心想赚大钱吗?

我说过了我从来不偷。五龙冷冷地说,我只会卖力气干活,这你心里清楚。染坊的老板每月给伙计八块钱,你却只给我五块。五块钱,只能打发一条狗。我真该偷的。

冯老板从水缸里盛了一瓢水,他把水瓢对准夜壶的嘴灌进去,拎起夜壶晃悠着,他的干瘦的脸上挂着一丝不易察觉的笑意,抓起一把毛刷伸进壶嘴,用力刷着他的夜壶。

你不光会卖力气干活,这我早就看出来了,冯老板突然说,我老眼昏花,耳朵还很灵。夜里我能听到米店的每一丝动静。

那你怎么不起来呢?你应该起来看看有没有人偷米。

绮云有时也能听见。我对她说是她娘的鬼魂,她娘不放心两个女儿。绮云就相信了。你呢,五龙你相信鬼魂吗?

我不相信。五龙有点紧张地舔着干裂的嘴唇,他看着院墙外面的枯树枝说,鬼都是人装的,我从小就不怕鬼。

其实我也不相信。冯老板回头直视着五龙的脸,眼神闪闪烁烁的,现在鬼老是去缠织云,织云鬼魂附身了。

也许是织云去缠鬼呢?五龙抱着双臂在院子里踱了几步,他说,你女儿是什么样的人,你比我更清楚。

冯老板把夜壶放在墙角边,朝里面吹了一口气,然后他朝五龙这边慢慢走过来,冯老板布满血丝的眼睛忧愤而无奈。他朝半空中伸出青筋毕露的手,迟缓地抓住五龙的衣襟。五龙以为冯老板要动手,但他只是无力地抻了下那件破棉袄。他听见冯老板深深地叹了口气。

五龙,你想娶织云吗?冯老板几乎是呜咽着说,我可以把织云嫁给你。

五龙发愣地看着冯老板过早衰老的脸,他不相信自己的耳朵。事情的发展已经远远超出了他的预料。他没有防备。

我把织云嫁给你。但是我不会给你米店的一粒米。冯老板撩起衣角擦着眼睛,他说,那是冯家世代相传的财产,我不会把它交给你这个野种,我知道你是冲着它来的。

五龙抬头望了望米店的天空,天空是一片业已熟悉的灰蓝色,早晨的阳光被阻隔在云层的后面,被刺透的部分呈现出几缕暗红,就像风中干结的血痕。有人在西北方向牵引风筝,风筝的白点在高空毫无规则地游弋,就像迷途的鸟。

我随便。五龙觉得自己的喉音听来很陌生,说这句话用了太大的力量,他的喉咙似乎被某种利器深深地刺了一次。他以一种淡漠的表情面对着冯老板,你现在后悔还来得及,你可以说你是跟我开的玩笑,我不会生气。

我后悔的是当初没把她摁死在马桶里。冯老板剧烈地咳嗽起来,一边拍着胸一边朝房里走,在台阶上他回头对五龙说,穷小子,你命大,让你捡了这么多的便宜。

冯老板苍老微驼的背影消失在蓝花布帘后面,五龙突然打了一个寒噤,他觉得这个早晨有一种魔力,他的整个身心在梦幻的境界中急遽坠落,他的心脏,他的头发,他的永远坚挺的鸡巴,它们在这种坠落中发出芜杂刺耳的呼啸。那块蓝花布帘被风所拂动,每一朵花都在神秘地开放。这是真的。五龙深深地记住这个早晨的所有细节。米店和米店里的人,你们是否将改变我以后的生活?为什么偏偏是你们改变了我以后的生活?

连续两个夜晚,织云把面向院子的窗户虚掩着,但五龙却没有如约而来。到了第三天织云按捺不住,她把五龙从院子里推进厨房,插上门,扬手就扇了他一记耳光。织云破口大骂,你得了便宜还卖乖,竟然耍弄起老娘来了?

五龙捂着脸站在门后,他的膝盖抬起来,单脚抵着身后的咸菜缸。他的脸上浮现出一丝傲慢轻侮的微笑,这在五龙是罕见的。织云看看他,又看看自己的手,她对五龙的表现深感迷惑。

你马上就要嫁给我了,你这个贱货。五龙漫不经心地用手指弹着大缸,缸壁发出嗡嗡的回响,你说,上床急什么?你马上就是我的人了,我现在一点也不着急。

呸。织云啐了一口,自己又咯咯笑起来,你在说梦话,你想操女人都想疯了。

不信去问你爹,问你妹妹,是他们要把你嫁给我的。五龙说着把织云拉过来,他摁住织云的双肩,把她的脸往咸菜缸里压,他说,在盐卤里照照你的脸,你这只破鞋破得没有鞋帮了,你不嫁给我还能嫁给谁?

织云尖叫了一声后挣脱五龙铁箍似的手臂,她惊惧地凝望着五龙,怕冷似的缩起肩膀,过了一会儿她说,我相信,我相信他们会做这种事。她的黯淡的瞳仁很快复归明亮,突然对五龙粲然一笑,她伸出指尖轻轻划着他下巴上的胡子,那么你呢,你想娶我吗?

我要。五龙垂下眼睑看着织云蔻丹色的指尖,他淡淡地说,我都想要,就是一条母狗我也要。

你会后悔吗?织云说,你以后会后悔的。

以后的事现在不管。五龙皱紧浓眉拨开了织云的手指,他说,你应该去问你爹,什么时候成亲?我这是入赘,不抬花轿不放鞭炮,但是要准备一百坛黄酒,我懂得这一套,在我们老家,入赘的男人最让人瞧不起。他必须当着众人喝光一坛黄酒。

这是为什么?织云拍着手说,这多有意思,为什么呢?

证明他是一个货真价实的男人。

到我们成亲那天,你也要喝光一坛酒?织云露出稚气而愚蠢的笑容,她快活地说,这多有意思,我最爱看男人喝酒的疯样。

我不会喝的,我恨酒,它让男人变得糊涂可欺,五龙沉思了一会儿,声音忽然变得喑哑而低沉,我知道你们的算盘,其实我不是入赘,其实是米店娶我,娶一条身强力壮传宗接代的看家狗,娶一条乡下来的大公狗。

五龙朝阴暗杂乱的厨房环顾了一圈,脸上是一种讥讽和不屑的神情,他突然背过身去解裤带,对着咸菜缸哗哗地撒尿。织云瞠目结舌,等她反应过来去拖五龙的腰已经晚了。织云涨红着脸扇了五龙第二记巴掌,你疯了?这缸咸菜让人怎么吃?

你们家阴气森森,要用我的阳气冲一冲,五龙若无其事地提上裤子说,不骗你,这是街口的刘半仙算卦算出来的,你们家需要我的尿,我的精虫。

五龙,你他妈尽干阴损我家的事,我饶了你,他们不会放过你。

你太让人恶心了。

他们不知道,五龙走到门边去拔门栓,他说,你不会去告密的,我马上就是你男人了。

织云弯腰俯视着缸里的咸菜,黄黑色的盐卤模糊地映出她的脸容,眉眼间是一片茫然之色,她缩起鼻尖嗅了嗅,不管是否有异味,现在她心爱的食物已经浸泡在五龙的尿液中了,她无法理解五龙这种突兀的恶作剧,她觉得这天五龙简直是疯了。她猜想他是高兴得疯了。

在瓦匠街一带无数的喜庆场面中,米店里的成亲仪式显得寒酸而畏葸。他们挑选了腊月二十八这个黄道吉日。前来参加婚礼的多为冯家的亲戚,亲戚们事先风闻了这件喜事后面的内幕,他们克制着交头接耳讨论真相的欲望,以一种心照不宣的姿态涌入米店店堂和后面的新婚洞房,已婚的女人们冷眼观察新娘织云,发现织云的腰和臀部确实起了微妙的变化。

婚礼上出现的一些细节后来成为人们谈论米店的最有力的话柄,比如鞭炮没有响,只买了一挂鞭炮,点火以后发现是潮的;比如藏在被子里的红蛋,摸出来一捏就碎了,流了一地的蛋液,原来没有煮熟;再比如新郎五龙,他始终不肯喝酒,当男人们硬架着灌进一碗酒时,他用手捏紧了鼻子,当着众人的面全部吐到了地上。他说他决不喝酒。

米店里的喜庆气氛因此被一只无形的黑手遮盖着,显得窘迫不安。冯老板穿上那套玄色的福禄绸袍走出走进,他的眼神却是躲躲闪闪游移不定的,绮云则端坐窗下打着毛线,一边烦躁地指挥那些帮忙操办的亲戚邻居。再看新娘织云,她上了鲜艳的浓妆,穿了一件本地鲜见的玫瑰红色的长裙,镶着金银丝线的裙摆懒懒地在地上拖曳,织云的脸上没有羞涩和喜悦,而是一种疲惫的慵倦。她在给舅父倒酒的时候甚至打了一个呵欠。只有从五龙黝黑结实的脸上可以看出激动不安的痕迹,他坐着的时候不停地挪动身体的位置,站起来更显得手足无措。但是他不肯喝酒,他对所有劝酒的人说,我不喝,我决不喝酒,眼睛里掠过一道令人费解的冷光。

六爷的家丁是在闹洞房时赶到的,他直闯进来,拨开拥挤的人群走到五龙面前。你是新郎吗?五龙木然地点了点头,家丁递给五龙一只精致的描有龙凤图案的漆盒,他说,这是六爷的礼物,六爷关照等你们办完事再打开。然后家丁凑到五龙的耳边说了一句话,五龙的脸立刻白了,他捧着六爷的礼物原地转了几圈,最后踩着椅子把它放到立柜的顶上。

他送的什么?织云拉住五龙的胳膊问,是手镯还是戒指,要不然是项链。

我不知道他是什么意思。五龙神情阴郁,低下头咽了一口唾沫,我不知道他们为什么盯住我不放,我从来不招惹他们,为什么盯住我不放?

午夜时分米店人去屋空,五龙和织云在昏黄的灯下互相打量,发现各自的脸上都充满了麻木和厌倦之色。院子里还有人在洗碗碟,不时传来水声和碗碟撞击的声响。绮云骂骂咧咧地来到窗前敲窗,五龙,快出来干活,你以为做了新郎可以不干活吗?

五龙端坐不动,对窗外的催促置之不理,他咯嚓咯嚓掰着指关节,突然跳起来,站到椅子上去取那只漆盒,他把漆盒扔到床上,对织云低声吼道,看看吧看看六爷送你的是什么首饰?

漆盒的盖在床上自动打开,一条黑红的丑陋的肉棍滚落在花缎被上,喷出一股难闻的腥臭。织云惊叫了一声,从床上爬下来,远远地注视着那块东西,这是什么?她睁大眼睛问,是狗鞭吗?

是人鞭。五龙冷冷地瞟了织云一眼,你应该认识它,是阿保的,他们把它割下来了。

畜生,他是什么意思?织云的肩膀战栗起来,她一步步地后退,一直退到墙角,恶心死了,你快把它扔出去。

我知道他是什么意思。五龙走过去,用两根手指翻弄着那块东西,他说,我就是不知道为什么送给我,为什么所有的人都容不得我,盯住我不放?

扔出去,快扔出去,织云跺着脚尖叫。

是要扔出去。五龙小心地捡起那块东西,走到窗前去开窗,窗外站着绮云,横眉立目地瞪着他。五龙说你躲开点,右手朝窗外用力一挥。他看见那块东西掠过绮云的头顶,然后轻盈地飞越米店的青瓦屋顶,就像一只夜鸟。它会掉落在瓦匠街的石板路上,五龙拍了拍手掌,回头对织云说,街上有狗,狗会把阿保的鸡巴全部啃光的。

花烛之夜在忙乱和嘈杂中悄悄逝去,凌晨前米店终于沉寂无声了。窗外飘起了点点滴滴的冬雨,雨点打在屋檐和窗棂上,使院子笼罩在冰冷湿润的水汽之中。五龙披着一半被子坐在床上,灯依然亮着,灯光在织云熟睡的脸上投下一圈弧形的光晕。织云突然翻了个身,一只手在桌上摸着寻找灯捻。暗点。她含糊地咕噜一句后又沉沉睡去。五龙把织云卷紧的被子慢慢往下拉,织云白皙饱满的身体就一点一点地展现在五龙眼前,我要看看清楚,他说,手从深深的乳沟处下滑,一种非常滑腻的触觉,最后停留在女人的草地上。在灯光下他看清楚了。一切都符合以往的想象,这让他感到放心。他看见织云的小腹多情地向上鼓起一堆,就在上面粗粗地摩挲了一会儿,他没有想到其他问题。这也许是贪嘴的缘故。五龙想,这个贱货,她总是在不停地嚼咽食物。

五龙不想关灯,他从来不怕黑暗。但他觉得光亮可以帮助他保持清醒,在一种生活开始之前他必须想透它的过程它的未来。许多事情无法预料,但是你可以想。想是隐秘而避人耳目的。想什么都可以。他听见窗外的雨声渐渐微弱,冷寂的夜空中隐隐回旋着风铃清脆的声音。那是瓦匠街口古老的砖塔,只要有风,塔上的风铃就会向瓦匠街倾诉它的孤单和落寞。五龙听见风铃声总是抑制不住睡意,于是他捂住一只耳朵,希望用另一只耳朵寻找别的声音。他听见远远的地方铁轨在震动,火车的汽笛萦绕于夜空中。他看见一辆运煤货车从北方驶来,乌黑的煤堆上蜷伏着一个饥饿而哀伤的乡村青年。他再次感觉到大地的震动。米店的房屋在震动,这里也是一节火车,它在原野上缓缓行驶,他仍然在颠簸流浪的途中。他在震动中昏昏欲睡。

我不知道火车将把我带到什么地方去。

春节这天瓦匠街上奔走着喜气洋洋的孩子和花枝招展的妇女。春节的意义总是在一年一年的消解,变得乏味而冗长。五龙坐在米店的门口晒太阳,跟所有节日中的人一样,他也在剥花生吃,他无聊地把花生壳捻碎,一把扔在街上。对面铁匠铺里有人探出脑袋,朝他诡秘地笑。铁匠高声说,五龙,结婚的滋味好吗?

一回事,五龙把一颗花生仁扔进嘴里,他说,五龙还是五龙,结不结婚都是一回事。

不是一回事,你以后就知道啦,铁匠以一种饱经风霜的语调说,你怎么不跟着他们串亲戚去?

我不去。我连动都不想动。

是他们不想带你去吧?铁匠毫不掩饰地笑起来。

别来惹我,五龙沉下脸说,我心烦,我连话都不想说。

傍晚时分阳光淡下去,街上的人群渐渐归家。石板路上到处留下了瓜子皮果壳和花炮的残骸。这是盲目的欢乐的一天,对于五龙却显得索然寡味。他看见米店父女三人出现在街口,冯老板与肉店的老板打躬作揖,弯曲的身体远看像一只虾米,织云和绮云姐妹俩并排走着,织云在咬一根甘蔗。五龙站起来,他觉得他们组成了一片庞大的阴影正朝他这边游移,他下意识地跨进了店堂,其实我有点害怕。他想。这片阴影是陷阱也是圈套,他们让我钻进去了。他们将以各自的方式吞食我的力气。我的血,我的心脏。这种突如其来的想象使他感到焦虑。他走过空寂的店堂,对着院墙一角撒尿。他憋足了劲也没有挤出一滴。这是怎么啦?他朝后面望了一眼,并没有米店的人在院子里窥视他的行为,父女三人还在街上走呢。这是怎么啦?五龙深刻地想到另一个原因,米店浓厚的阴气正在恶毒地钻入他的身体,他身体的每一部分都成了米店一家的猎物。

冯老板一回家就叫住了五龙。五龙从后院慢慢走到柜台前,他看见冯老板红光满面,嘴里喷出一股酒气,他厌恶冯老板脸上的倨傲而工于心计的表情。

你明天坐船去芜湖,冯老板捧着他的紫砂茶壶,眼神闪烁着罕见的喜悦,芜湖米市要收市了,听说米价跌了一半,你去装两船米回来,春荒就不愁了。

去芜湖?五龙说着鼻孔里轻微地哼了一声,才结婚就派上大用场了,一天舒服日子也不让人过。

我看你真想端个女婿架子?冯老板的嘴角浮出讥讽的微笑,他说,你一文钱不花娶了我女儿,替我出点力气不是应该的吗?再说我是给你工钱的,你应该明白这个道理。

我比谁都明白。我没说我不去。五龙说,我怎么敢不去?你把女儿都送给我了。

多带点钱,冯老板打开钱箱数钱,他忽然担忧地看了五龙一眼,钱千万要放好,水上也有船匪,你不要放在舱里,最好藏在鞋帮里,那样就保险多了。

钱丢不了,什么东西到了我手上都保险。但是你就放心我吗?说不定我带上钱一去不回呢?那样你就人财两空了。你真的放心?

冯老板吃惊地瞪着五龙。他的表情既像受辱也像恐慌,过了好久他重新埋下头数钱,他说,我想你不至于那么恶,你以前多可怜。你跪在我面前求我收留你,你不应该忘记我对你的恩惠。现在我又把女儿嫁给你了。

我没跪过。我从来不给人下跪。五龙直视着冯老板,突然想到什么,朝空中挥挥手说,不过这也无所谓,你说跪了就是跪了吧。

你到底去不去?冯老板问。

去。我现在成了新女婿了,我不帮你谁帮你?五龙朝门边走去,对着街道擤了一把鼻涕,然后他在门框上擦着手说,不过我先把话说明了,假如遇到船匪,我会保命舍财的。我可不愿意用一条命去抵两船米。

五龙站在门边凝望暮色中的瓦匠街,脑子里清晰地浮现出那个陌生的船老大坠入江中的情景。兵荒马乱的饥馑岁月,多少人成为黄泉之下的冤魂,他们都是大傻瓜。五龙想他不是,对于他最重要的是活着,而且要越活越像个人。我不是傻瓜。他在心里说。

五龙一去芜湖就没了音讯。

半夜里绮云听见她的房门被狂暴地推响。外面是织云尖叫的声音,快开门,让我进来。绮云睡眼惺忪去开门,看见织云披着棉被冲进来,冲进来就往床上钻。吓死我了,他们都要来杀我。织云的脸在灯下泛出青白惊骇的光。

半夜三更你又发什么疯?绮云爬上床,推了推织云簌簌颤动的身子,她说,我不要和你睡一床,我讨厌你身上的骚气。

我老做噩梦。他们都来杀我。织云用被子蒙住脸,闷声闷气地说,他们拿着杀猪刀追我,吓死我啦。

你梦见谁了?绮云皱着眉头问。

男人们,六爷、阿保,还有五龙。五龙的手上提着一把杀猪刀。

活该。我看你早晚得死在他们手里。你会遭报应的。

也许怪我白天看了屠户宰猪。织云从被窝里探出头,求援似的望着绮云,下午我在家闷得发慌,我去屠户家看他宰猪了。就是那把杀猪刀,一尺多长的刀,上面还滴着血。我梦见五龙手里抓着它。

男人都很危险,你以为他们真的喜欢你?绮云把自己的枕头换到另一端。她不想与织云睡在一头。

我真后悔去看宰猪,可是日子这么无聊,不去看宰猪又去看什么?织云重重地叹了口气,她的手在自己的小腹上轻柔地抚摸着,她说,我的好日子怎么糊里糊涂就过去了?等孩子一生下来什么都完了。他妈的,我真不甘心。

还想怎么样呢?绮云吹熄油灯,在雕花木床的另一端躺下。睡吧。她说,你反正吃饱了什么也不管,我还得起早。我得为家里做牛做马。我天天头晕。你们从来不管我的死活。

别睡着了绮云,陪我说会儿话吧。织云突然抱着枕头爬到了绮云这一端,语气带着哀求,我的心里怎么这样乱?好像灾祸临头的样子,会不会是五龙去贩米出了什么事?

你倒牵挂起他来了？绮云背过身,在黑暗中冷笑了一声。我看你不是牵挂,是害怕。你怕怀孕的事哪一天就会露馅,你怀了个野男人的私生子。

我不知道,有时候我想告诉他实情,随便他怎样待我,那样我们就谁也不欠谁了,现在我老觉得亏心,绮云,你说他要知道这事会怎么样？

你去问他,他是你的男人。我根本不想掺和你们的脏事,绮云不耐烦地回答。她推开了织云的手,那只手神经质地卷着她的头发。绮云说,我劝你别告诉他,他这人其实心狠手辣,我从他的眼睛里能看出来。

可是纸包不住火。这样瞒下去瞒到什么时候呢？

天知道,绮云突然坐起来,透过房间的黑暗审视着织云,她压低声音说,我问你一句话,你要说真话。假如五龙这次有去无回,你会怎么样？你会哭吗？

什么意思？织云瞪大了眼睛,你说这话是什么意思？

你去问爹。绮云欲言又止,想了想又说,这事不能告诉你,你的嘴太快,爹关照过我,这事不能告诉你。

你不说我也猜得出来,织云怔怔地望着黯淡的窗户纸。她说,是不是爹买通了江上的船匪,让他们结果五龙的性命？你不说我也知道,这种事我听得多了。

这可是你自己说的,我没说过。绮云又钻进被窝,用脊背对着织云,你千万记住,这是为了你好,为了老冯家的名声,爹也是一片苦心。

可怜的人,织云忧虑重重地说,我觉得五龙太可怜了。

绮云不再应声,渐渐地响起了均匀舒缓的鼻息。织云下意识地伸出手去握住绮云冰凉的手指。这一夜使她恐惧,她觉得孤立无援,她觉得哀伤。绮云朝南的房间同样浸透了黑暗和寒气,布帘后面的马桶隐隐散发出一股酸臭。而玻璃瓶中的两枝腊梅早已凋零。织云在入睡前听见窗外的风吹断了檐下的冰凌,冰凌掉在院子里,声音异常清脆。

几天来织云有一种坐立不安的感觉,早晨织云倚在米店的门口,一边嗑着南瓜子一边朝街口那儿张望,事物正在发生奇妙的变化,她真的开始牵挂起新婚丈夫了。早晨织云的怀孕之身经常有下坠的感觉,这使她心情抑郁,有时她希望腹中的血胎来自于五龙,她不知道这种想法有什么意义,但她确实这样想了。

织云看见五龙出现在街口时惊喜地叫出了声,她捧着一把南瓜子朝他奔跑过去,南瓜子沙沙地从指缝间纷纷飘落。她抓住五龙的手臂摇着,一时不知道说什么话。五龙背着褡子闷着头走,他说你抓着我干什么?我要回去见你爹。织云泪眼蒙眬地跟在后面,织云仍然想不出该对五龙说什么话。她一路小跑跟在五龙的后面,抬起手背擦着湿润的眼睛。

五龙带着一种空寂的神情走进米店。冯老板和绮云都在店堂里。冯老板的脸有点发白,他的苍老的身体从柜台后面慢慢地挺起来,你回来了?回来了就好。五龙没有回答,他朝柜台后面的父女俩横扫了一眼,突然飞起脚踢翻了一只米箩。

两船米都运回来了吗?绮云愣了一会儿突然问。

在码头上。你们自己去拖回来吧。五龙的目光追逐着在地上滚动的米箩,他走上去又踢了一脚,米箩滚到院子里去了,这时候五龙猛然回过头盯着冯老板,眼睛里那道熟悉的白光再次掠过,他说,你付给船匪的钱太少了,他们只朝我的脚上开了一枪,他们说那点钱只够买一根脚趾,买不了一条人命。

我不知道你在说些什么,你要是累了就去屋里躺一会儿吧。冯老板镇定自若地说,他推了推身旁的绮云,绮云你去倒点热水,给他擦擦脸。

你们看看我的脚。五龙弯下腰脱掉一只棉鞋,脱掉一只粗布袜,然后他把左脚架到了柜台上,看看吧,一根脚趾打断了,那天流了好多血,你们应该好好地看看它,这样才对得起你们花的钱。

冯老板扭过脸不去看那只血肉模糊的脚,他扭过脸剧烈地咳嗽起来,绮云在一旁突然喊起来,把你的脚放下去。放下去,多恶心。

恶心的是你们,五龙仍然将受伤的左脚高高翘在柜台上,他回头看了看缩在角落里的织云,他说,你们把这个贱货塞给了我,又想方设法害我,我不知道你们一家玩的是什么鬼把戏。

你别看我。我什么也不知道。织云躲避着五龙犀利的目光。她缩在角落里啃着指甲,显得惶惑不安。

你们害不了我。五龙终于把脚收回来。重新穿鞋的时候他的嘴角上有一丝含义不明的微笑,他说,我五龙天生命大,别人都死光了我还死不了。

五龙微瘸着朝院子里走,他看见出门前洗的衣裳仍然挂在晾衣绳上,衣裳上结了一些薄薄的冰碴,他伸出手轻轻地捻着那些冰碴,手指上是冰冷刺骨的感觉,他脑子里固执地想着在芜湖附近江面上的遭遇,想着黑衣船匪跳上贩米船后说的话,想着铁弹穿透脚趾的疼痛欲裂的感受。我不知道他们为什么盯着我不放,我从来没有招惹他们,他们却要我死。五龙狠狠地拍了下坚硬的衣服,然后坚决地把它们从竹竿上扯下来。

织云看见五龙腋下夹着衣裳走出来,嘴里骂着最脏的脏话。织云拦住他说,你去哪儿?五龙用力抢开她的笨重的身体,继续朝门外走。织云追着他,去扯他棉袄的衣角,五龙,你要去哪儿?五龙在台阶上站住了,他迟缓地转过身来,淡淡地看着织云,他说,我去澡堂。你以为我要走?我为什么要走?我是你的男人,我是这米店的女婿,即使你们赶我也不走了。他将干结的衣裳在墙上抽打着,加重语气说,我不走。

起初五龙是侧卧着的,与织云保持着一拳之隔的距离。当织云吹灭油灯时看见五龙坐了起来,盘腿坐在棉被上,用指尖拔着下巴上的胡子茬,这样静默了很长时间,织云听见五龙说过一句话。真黑,满眼都是黑的。织云睁开眼睛看了看周围,房间确实是黑漆漆的。五龙端坐的影子酷似一块石碑。这不奇怪,织云想,这是难耐的冬夜,太阳很早就落山了,每个人都在想法对付这样的夜晚。

织云睡着后又被什么弄醒了。她想肯定是五龙。五龙模糊的密布阴影的脸现在离她很近,他在审视着她的睡容。织云爬下床,摸黑坐到马桶上去,她窸窸窣窣地撕着草纸,掀开布帘看五龙,五龙仍然像一块石碑竖在床上。

你老这样坐着,你老是在夜里偷看我,我不知道你脑子里想着什么鬼念头?织云睡意朦胧地说,你的眼睛让人害怕。

我要看看清楚你们这一家人。你们想让我死,我不知道你们为什么这样恨我。

不关我的事,别问我,织云嘴里哗哗地呵着气,迅疾地钻进被窝,蒙住整个头部和身体。她说,冻死我了,我只想睡觉,既然你平安回来,我就不用操心了。

可是我的脚被穿了一个洞。五龙突然厉声大喊,他一把掀开织云身上的被子,那只受伤的脚搁到了她的脸上,他说,看见上面的血迹吗?我要让你们舔干净,你若是不舔就让你爹舔,你爹若是不舔就让你妹妹舔,反正是你们一家害了我,我让你们尝我的血是什么味道。

你疯了?织云拼命从五龙手上抢她的丝棉被,她说,早知道这样,还不如让六爷崩了你,六爷枪法准,他不会打你的脚,我会让他照准你的脑袋打,你就不会来烦我了。

别拿六爷吓我,五龙的肩耸了耸,紧接着他狠狠地打了织云一记耳光,小婊子,你以为你是什么?你不过是一只破鞋,男人穿两天就会扔掉,你现在让六爷扔到我脚上了。现在随便我怎么治你,我是你男人。

织云捂着脸在黑暗中愣了半天,然后哇的一声尖叫着朝五龙扑去。她用枕头砸他的头,用头撞五龙的胸,她用最恶毒的语言骂着五龙,你以为你是个人了你竟敢打老娘的耳光了,你怕我夹不断你的小鸡巴?但是五龙腕力过人,五龙一次次地推开织云,织云最后半跪在地上,抓到五龙的另一只脚,她攥紧其中的一颗脚趾,用尽力气咬住,她听见了五龙的狂叫和骨折断裂的清脆的声音。

冯老板和绮云在外面敲门,冯老板隔门叫道,五龙你要敢对织云下毒手我明天就送你蹲大狱,你快给我住手。五龙从床上捞到织云的鞋子朝门上扔过去,他忍住疼痛捧起另一只脚察看伤情,一边对着门外说,你们来干什么?这是我们夫妻吵架,没你们的事。你们滚回去睡觉。冯老板仍然在外面捶着门,他说,五龙你别以为抓住什么把柄,你脚上挨的是船匪的枪子,你说是我害你有什么凭证?你拿不出任何凭证。五龙冷笑了一声,他把被织云咬伤的那只脚朝空中伸了伸。他说,这回有凭证了,你女儿咬断了我的第三根脚趾。我没法走路了,我还怎么为你们卖命干活?以后你们就养着我吧,我不怕你们撵我走。

织云冲过去拔开门栓,发疯般地捶打着冯老板的肩膀,她一边抽泣一边跺着脚,你们为什么要让我嫁给他,这个畜生,这个歹毒的乡下佬。

冯老板的身体无力地摇晃着,他一言不发,绮云举着蜡烛朝房间里照了照,噗地吹灭了火苗。她转身朝自己的房间走,边走边说,怨谁呢?是你愿意嫁他的,说来说去还是怨你自己。这是活该。

第六章

冬天对于织云是一个漫长而痛苦的梦,她曾听瓦匠街上的妇女谈到过流产,她们认为在第四个月的时候可以轻而易举地促成流产,那要靠男人的力气,织云有心地尝试过,夜里五龙粗暴的行为充满杀机,给她带来了疼痛和另一种煎熬。她希望那团讨厌的血块会掉在马桶里,但事实上是一无所获,她觉得孩子在腹中越长越大,甚至会活动了。有时候她细微地感觉到孩子的腿蹬踢的动作,孩子的手在盲目地抓挠着她的脂肪和血脉。

织云在冬天过后明显地胖了,她的脸上长满了褐色的蝴蝶斑,有时候她坐在柜台一角观望伙计卖米的过程,她的忧郁和倦于思想的表情让人联想到早逝的老板娘朱氏。没有人猜得透织云心里的事。

也许她的心里什么也没有。她穿着多年以前六爷送的水貂皮大衣，绷得很紧，妇女们评价织云的衣饰时充满恶意，她们说织云为了招摇，穿什么都行，什么都不穿也行。

织云喜欢闲逛的习惯依然不改。有一天她在花鸟市选购一枝石竹花时看见了六爷，六爷被几个家丁簇拥着走到卖鸟人的摊子前，六爷将手伸到鸟笼里去触摸一只绿鹦鹉的嘴。织云的心就莫名地提了起来。她站在那里用石竹花半掩着脸，想回避他又想被他看见，花鸟市人流匆匆，而织云站在那里一动不动。后来她看见六爷提着鸟笼朝这边走过来，几个家丁放慢了脚步跟在后面，有个熟识的家丁边走边对织云扮鬼脸。

几天不见肚子这么大了？六爷俯视着织云被旗袍绷紧的腰腹，六爷笑起来时就露出上下两只黄澄澄的金牙，女孩就是这样，说变丑就变丑了，眼睛一眨鲜花就变成狗屎。

你管我丑不丑呢。织云转过脸，用手上的一枝石竹花轻轻拍着自己的肩，我又不是你的姨太太，我也不是你的干女儿。

听说你嫁了一个逃荒的？六爷的目光沿着织云弧形的身体渐渐上移，最后停留在织云的脸上，他说，好好的一个女孩子，怎么嫁给了一个逃荒的？多可惜。

不要你管。我想嫁谁就嫁谁，我就是嫁给一条狗你也别管。我们谁也不欠谁的。

六爷朝身后吆喝了一声，那条高大的洋狗从垃圾堆旁窜过来，咬着六爷的皮鞋，六爷对织云说，你想嫁狗就嫁给我的狗，那也比逃荒的强。

织云朝地上响亮地啐了一口。畜生，我懒得跟你们斗嘴。织云扭过脸想走，六爷用鸟笼挡住了她的身体。那只绿皮鹦鹉在笼里跳着，钩状的喙部触到了她的胸，织云尖叫一声拍开了鸟笼，她说，别缠我，我们谁也不欠谁了。

六爷将鸟笼拎高了看着绿皮鹦鹉，又看看涨红了脸的织云，他说，你别发火，让鹦鹉来给你消消气吧，它会学人话，我说什么它也跟着说什么。然后六爷的手伸进鸟笼摸了摸鹦鹉的羽毛,他憋细了嗓门突然说,贱货,贱货,贱货。

贱货——贱货——贱货。织云清晰地听见了鹦鹉学舌,鹦鹉跟着六爷骂她贱货。六爷和家丁们快活地笑起来。织云下意识跳了一步。她摔掉手里的石竹花,愤怒和屈辱使她的眼睛熠熠发亮。织云突然朝六爷扑过去,她想用指甲抓他的脸,但旁边的家丁蜂拥而上架住了她的双臂,织云臃肿的身体半悬在空中,她咬着牙骂,我当初怎么没把你的老鸡巴割下来喂狗我怎么鬼迷心窍让你破了苞。织云仰着脸,眼泪止不住淌落下来。周围的路人都仰起脸看她。

家丁们在六爷的示意下松开了织云,织云的脚踩在那枝石竹花上,身体簌簌发抖。六爷把鸟笼交给一个家丁提着,不动声色地注视着织云。他用手指细细地将头发朝两侧分,然后他想到了什么,走过去用手摸了摸织云隆起的腹部,那只手停留了很长时间,织云没有反应,她捂着脸低声地哭泣着咒骂着,我恨,我恨透了男人,你们这些狼心狗肺的男人。

别骂了。六爷突然凑在织云的耳边说,语调是温柔可亲的,也许你怀着我的种子,孩子生下来如果像我,我就认养他,我还要用八抬大轿把你接来做我的五姨太。

直到六爷和家丁们离开花鸟市,织云才如梦初醒。在意外的悲伤和羞辱过去后。她回味着六爷最后对她的耳语。五姨太?谁稀罕?我不稀罕。织云掏出小手帕擦着眼睛。她穿行在花鸟市的鲜花和鸟禽之间,竭力回忆当初受孕的准确细节,但是她怎么也分不清腹中的婴儿是谁留下的。那时候她像一只小猫穿梭于两个男人之间,她无法分清。这一切只能听天由命了。织云想到她的唯一筹码就押在分娩的那一天了,就使她的心情非常惶惑无主。

米店里正在出售一种来自浙江的糙米,那垛糙米在店堂里堆成一座小山,颗粒很小,色泽有些发黑,即使是这样的米,人们也在排队争购。绮云忙着过秤,她把长辫盘成髻子顶在头上,髻子用一根镶宝石的银簪子插着,织云一眼就认出那是她的,换了以往的日子,织云会毫不客气地把银簪从绮云发髻上拔下来,但现在她无心这么逗事。她蹙紧双眉把买米的队伍分成两半,侧着身子从缝隙中穿过去,她说,成天挤着买米,卖米,烦死人了。她听见父亲在柜台那里对她喊,把你男人叫出来,这里没有人手,他却躲在仓房里睡大觉!

仓房的柴门虚掩着,织云从门缝里张望了一下,她看见五龙坐在米垛旁,手里抓着一把米想着什么问题,然后他开始将米粒朝地上一点点地撒,撒成两个字形,织云仔细地辨认那两个歪歪扭扭的字,五——龙。那是他的名字。织云推门走进去,五龙没有抬头,他的受了伤的双脚裸露着,可以看见两种形状的伤疤。

看不出来你还会写字。织云踮足碾着地上的米粒,说,你写个织云给我看看?我的名字你会写吗?

我只会写自己的名字。五龙收拢双腿蹲坐在麻袋上,双手抱紧了膝盖,他说,你又来骚情吗?你不知道我烦你?

我去花鸟市逛街了,你猜我碰见谁了?

随便你碰见谁,我根本不想知道。

我碰到了六爷,织云的手下意识地拉着仓房的柴门,柴门一开一合,发出吱吱的刺耳的声音,她说,你猜那老杂种怎么说,他非说我怀了他的种。

那很有可能。你是天底下最贱的贱货。五龙冷冷地说。

如果真是那样,你会怎么办?织云试探着走近五龙。手伸过去搓着他的肩胛,她怀着一种歉意注视着五龙,告诉我,你会怎么办?你会气疯的是吗?

不会,五龙忽然古怪而恶毒地笑了,他抓住一把米从空中抛起来,张大嘴去接那些米粒,米粒准确地落进他的嘴里。五龙喀嚓嚓地嚼咽着。腮帮鼓了起来,他说,其实我什么都知道,你们以为我是傻瓜,把我当一块石头搬来搬去,堵你们家的漏洞,堵人家的嘴,堵得住吗?其实你们才是不折不扣的傻瓜。

织云闪烁的眸子倏地黯淡下去,她觉得什么东西在内心深处訇然碎裂了。那是最后的一缕遮羞布被五龙无情地撕开了。织云突然感到羞耻难耐,她的喉咙里吐出一声含糊的呻吟,浑身瘫软地跌坐在米垛上。她的脸紧贴着米垛,一只手茫然地张开着,去抓五龙的衣角。五龙,别这样,对我好一点,你别把我当成坏女人。织云几乎是哀求着说,她觉得整个身心化成一页薄纸,在仓房里悲伤地飘浮。

五龙平静地看着米垛上的织云,他的脸部肌肉是僵硬的,眼睛里却流露出一丝狡黠的笑意,后来他插上了仓房的柴门,很利索地解开织云旗袍的襟扣。他说,让我来对你好,我会对你好的。织云知道他的意思,她没有力气反抗,只是抓住短裤说,别在这儿,别在这儿。五龙强劲的双手迅速扒光了织云的所有衣裳,他低声吼道,住嘴,闭上你的眼睛,你要是敢睁眼,我就这样把你扔到大街上去。

你又发疯了,你就不怕被人看见?织云说着顺从地闭上眼睛。这是她新的难以理喻的习惯,她开始顺从五龙。她感觉到五龙粗糙冰凉的手由上而下,像水一样流过,在某些敏感的地方,那只手竖起来狂乱地戳击着,织云厌恶这个动作,她觉得五龙的某些性习惯是病态而疯狂的。

后来五龙就开始把米拢起来撒在织云的身上。米从织云的乳沟处向下滑落,那些细小光洁的米粒传导出奇异的触觉,织云的身体轻轻颤动起来。她说,你在干什么?你到底想干什么呀?五龙没有回答,他盯着织云隆起的腹部,嘴里紊乱地喘着粗气,然后他咬着牙抓过一把米粒,用力塞进织云的子宫,他看见织云睁开眼睛惊恐地望着他,你疯了?你到底想干什么呀?五龙沉着地摁住织云摆动的双腿,他说,闭上眼睛,我让你闭上眼睛。

该死的畜生,织云捂住脸呜呜地哭诉着,你在干什么呀?你要把我的身体毁了。你难道不知道我怀着孩子?

你哭什么?五龙继续着他想干的事,他喘着气说,这是米,米比男人的鸡巴干净,你为什么不要米?你是个又蠢又贱的贱货,我要教你怎么做一个女人。

你老是这样我没法跟你过。织云悲怆地捏紧拳头捶打五龙的背部,她说,我嫁了你,你娶了我,我们认命吧,你为什么不肯好好地待我,你非要逼死我吗?

现在说这些已经晚了。五龙朝地上吐了一口痰,然后他站起来搓了搓手,走到门边去拉木栓,他一只脚跨出去,另一只脚还停留在仓库里,回头轻蔑地瞟了织云一眼,织云脸色煞白地从米堆上爬起来。他看见细碎晶莹的米粒正从她白皙的皮肤上弹落下来。没有人偷窥这种游戏,织云的啜泣在偌大的仓房显得空洞乏力,它不能打动五龙坚硬的石头般的心。

一些浴客亲眼目睹了冯老板突然中风的情景。冯老板从热水池里爬起来去拿毛巾,他把毛巾卷起来在肋骨搓了一下,对池子里的熟人说,看我瘦剩了一把老骨头,店里店外全靠我一个人。冯老板的话显然没说完,但他突然僵在那里不动了。浴客们看见他的眼珠突然鼓出来,嘴歪扭着流出一摊口水,他的干瘦枯槁的身体砰地撞在一块木板上。他们把冯老板往外搬的时候,冯老板已经小便失禁了,暗黄的尿液都浇在他们的身上。

绮云看见父亲被抬进米店立刻哭起来。她跺着脚说,天天泡澡堂,这下好了,泡成个瘫子,你让我怎么办?冯老板被放到红木靠椅上,用凄凉的眼神注视着绮云,他说话的口齿已经含糊不清,我辛苦一辈子了,我要靠你们伺候了。柜台上放着那把油漆斑驳的算盘,珠子上的数字是五十八,那正好是冯老板的年龄,冯老板的目光后来就直直地定在两颗珠子上,他绝望地想到这一切也许都是天意,他日渐衰弱的身体对此无法抗拒。

米店打烊三天后重新打开店门,人们到米店已经看不见冯老板熟悉的微驼着腰背的身影。一个上了年纪的瘫子总是独自坐在黑漆漆的房间里的。有时候从米店家的厨房里飘来草药的味道,那是在给冯老板煎药,提供药方的是瓦匠街上的老中医。老中医对绮云说过,这药只管活络经脉,不一定能治好你爹的病。其实他是操劳过度了。他烦心的事太多,恶火攻心容易使人中风瘫痪,你明白这个道理吗?绮云的脸色很难看,她说,道理我都明白,我就是不明白冯家怎么这样背时?我爹瘫下来倒也省心,让我怎么办?织云光吃不做事,全靠我,我这辈子看来是要守着这片破店去入土了。

冯老板睡的房间现在充满了屎尿的臭味,织云推诿身子不方便,从来不进去,每天都是绮云来端屎倒尿。绮云一边给她爹洗身子一边埋怨说,我过的是什么鬼日子?什么事都推给我,我就是有三头六臂也忙不过来。冯老板的枯瘦的身体被生硬地推过来摆过去,浑浊的眼泪就掉了下来。他说,绮云,你怨我我怨谁去?怨天吧,我觉得冯家的劫数到了,也许还会大难临头,你去把店门口的幌子摘下来,换面新的,也许能避避邪气?

绮云站在门口举着衣杈摘米店残破的幌子,她个子瘦小,怎么也够不着,绮云又回到店里搬凳子。她看见五龙倚着门在剔牙。压抑多日的怨恨突然就爆发了,她指着五龙的鼻子说,你的脸皮就这么厚?当真享福来了,看我够不着就像看戏,你长着金手银脚,怎么就不想动动手?五龙扔掉手里的火柴棍,大步走过去,他朝空中跳了一下,很利索地就把那面千疮百孔的布幌扯下来。然后他抱着它对绮云笑道,你看我不是动手了吗?这样你心里该舒坦些了。绮云仍旧阴着脸说,屎拉得不大哼哼得响,你得再把新的幌子打出去。说着把写有大鸿记店号的新布幌挂在木轴上,扔给五龙。五龙接住了很滑稽地朝布面上嗅了嗅,他说,这没用,换来换去一回事,这家米店是要破落的。这是街口占卦的刘半仙算出来的。绮云充满敌意地看着五龙,你等着吧,你就等着这一天吧。

五龙把新制的布幌挂好了。仰脸看着白布黑字在瓦匠街上空无力地飘摇,他敏感地意识到这面布幌标志着米店历史的深刻转折。他用手指含在嘴里打了个响亮的嗯哨。

绮云也在仰首而望,春天的阳光稀薄地映在绮云瘦削的脸上,她的表情丰富而晦涩,一半是世故沧桑,另一半是浓厚的忧伤。她的手指在门框上烦躁地滑动着。五龙擦着她的身子走进门里,他的肘部在绮云的胸前很重地碰了一下。绮云觉得他是故意的,她冲着五龙骂了一句,畜生,走路也想走出个便宜。

五龙继续朝后院走,他装作没有听见。

五龙难以把握他的情欲和种种黑夜的妄想,它们像带刺的葛藤紧紧地攀附在五龙年轻健壮的四肢上,任何时候都可能阻挠他的艰难跋涉。夜晚或者清晨,五龙仰卧在丝绸和锦缎之上,他的身体反射出古铜色的光芒。他想从前在枫杨树乡间的日子是多么灰暗。走来走去,摇身一变,现在我是什么?他想,我是一只光秃秃的鸡巴,作为一件饰物挂在米店的门上。没有人知道他的心事。没有人看见他的情欲如海潮起潮落,在神秘的月光下呈现出微妙的变化。米店之家因此潜伏着另一种致命的危险。

怀孕的织云很快使五龙感到厌倦。他的目标自然而然地转移到绮云身上。绮云曾经发现五龙面对一条卫生带吞咽口水的尴尬场景,绮云灵机一动猛地把门推开,五龙就夹在门旮旯里了。绮云用劲顶着门说,你看吧,看个够,你干脆把它吃了吧,下流的畜生。五龙从门后挤出半边涨红的脸庞,他说,我就看,看又不犯法,你能咬掉我的卵蛋。

绮云把这事告诉织云,织云没有生气,反而咯咯地大笑,她说,谁让你到处乱挂的?又不是什么彩旗,男人都是这德性,看到一点是一点,绮云对她的表现有点惊诧,她说,他这么不要脸,你就一点都不在乎?他可是你的男人。织云收敛了笑容不说话了。她咯嘣咯嘣地咬着指甲,过了好久说,在乎也没用,我欠他的太多了。绮云扶床站着,看见粉红色的指甲屑从织云的唇齿间一点点掉在被子上,她猛然扭过脸去,恶心,真恶心,你们都让我恶心透了。

很久以来绮云一直受着五龙坦然而笨拙的性挑逗,绮云怀着深深的厌恶置之不理,夜里她插上两道门栓睡觉。她总是睡不安稳,有一次她听见五龙在深夜鼓捣房门,他用菜刀伸进门缝,想割断榆木门栓。绮云在斑驳的黑暗中看见菜刀吓了一跳,她对五龙的疯狂感到恐慌和愤怒,她想找一件东西把菜刀打落,但她在房间里转了半天也没有找到。绮云不想呼叫,不想惊动病榻上的父亲以及左邻右舍,她只想对五龙施行一次秘不告人的打击。绮云最后拎起墙角的马桶,让你进来,让你进来,她走过去飞速地拔开门栓,外面是五龙赤裸的泛着微光的身体,他提着菜刀僵立在门口,畜生,我让你进来,绮云咬着牙端起马桶,朝五龙泼去一桶污水脏物,她的动作异常轻巧娴熟。她听见五龙狂叫了一声,手里的菜刀当啷落地。绮云关上门,身体就瘫在门上,她看见污水从门下淌进了房间,散发着一股臭味,绮云终于伏在门后失声痛哭起来,她说,这是怎么回事?受不完的罪,吃不尽的苦,活着还不如死了清静。

绮云瞒着父亲这些事。一方面是羞于启齿,另一方面是害怕加重他的病情——绮云一心希望父亲痊愈来撑持米店。第二天绮云走进父亲的房间,看见他的怀里躺着一把锈迹斑斑的大斧子。绮云急步跑过去抢下斧子,她说,爹,你拿斧子干什么?冯老板摇摇头,目光黯淡地注视着绮云说,给你的,我昨天夜里在地上爬了半夜,我是用嘴把斧子咬起来的,绮云又问,你给我斧子干什么?现在这节气也用不着劈柴。冯老板朝空中虚无地瞭望着,他的嗓音粗哑而含糊,劈那畜生的脑袋,他再缠你你就拿斧子劈他的脑袋。我不能动弹,你替爹干这件大事。

绮云的脸看上去憔悴不堪,她弯下腰把斧子扔到床底下去,然后慢慢地站起身替父亲掖着被子,面无表情地说,爹,我看你是气糊涂了。家里的事你就别管了,你也没法管,就给我安心躺着吧。我有办法对付他。

他是一颗灾星,不除掉他老冯家会有灭顶之灾的。冯老板痛苦地闭起了眼睛,他的眼角因虚火上升而溃烂发红,边缘结满了一层白翳,他突然叹了一口气,都怪我当初吝啬,船匪黑大要黄金四两,我只给了他二两。

别说这些了。绮云皱着眉头打断父亲的话,她说,我现在觉得你们所有人都让我恶心。

怪我当初打错了算盘,放他进了家门,我没想到他是这样一条恶狗,打也打不跑。冯老板继续倾吐着心中的积怨,他说,我没想到他是一颗灾星,他早晚会把我的米店毁了,你们等着瞧吧。

绮云顿时觉得怒不可遏,她把冯老板的尿壶重重地摔在台阶上,嘴里一迭声地喊,毁了才清静,这种日子天生是没法过了。我趁早嫁个男人,这家里的破烂摊子留给你们慢慢收拾去吧。

搬运工扛米进店后突然发出一阵骚动,他们把麻袋里的米往仓房倒,倒出了一个死孩子。孩子穿着一条肥大的破烂的裤子,光裸的肚皮高高地鼓起来,像一只皮球,搬运工惊诧万分地看着孩子半埋在米堆里的尸体,他的脸是酱紫色的,身体的形状显得很松弛,手却紧紧地捏着,捏着一把米。

五龙闻讯走进仓房,他的脸上并没有惊骇之色,他蹲下去,用一根手指把孩子的嘴撬开,孩子的嘴里塞满了发黄的米粒。五龙又摁了摁孩子的绷紧的失去弹性的肚子,低声说,让生米胀死的,他起码吃了半袋子米。

真倒霉,绮云在一旁手足无措,她不敢正视米堆里的孩子。这孩子怎么钻进麻袋里去了?

饿。五龙转过脸,用一种严峻的目光看了看绮云,他说,这孩子饿急了。你连这也不懂?

快把他弄出去吧。绮云走出仓房,朝店堂里张望了一番,她对五龙说,你还是把他装到麻袋里,别让人看见,否则就把买米的全吓跑了。

你从来没挨过饿,所以你他妈什么也不懂。五龙轻轻地把孩子重新装进了麻袋。然后他把麻袋扛在肩上朝外走。他听见绮云跟在后面说,你把他扔到护城河里去吧,千万别让人看见。五龙突然爆发了一种莫名的愤怒,他回过头厉声说,你慌什么?孩子不是你害死的,你慌什么?他是让米胀死的,懂了吗?

五龙背着麻袋走到护城河边,麻袋里的孩子很重,幼小的尸体散发着死亡冰凉的气息,五龙把麻袋放在草地上,他突然想再看一眼这个陌生的孩子。他拉断封线,将麻袋朝下卷了几道边,那张酱紫色的平静的小脸再次出现在眼前。一个被米呛死的孩子,或许他也是来自大水中的枫杨树乡村。五龙抱着脑袋俯视死孩子的小脸,似乎想永远记住他的模样。过了好久他缓缓地站起来,端起了那只沉重的麻袋。护城河肮脏的漂满垃圾油污的水吞没了一具新的尸首。春天河水湍急地奔流,在五里以外的地方汇入大江。五龙相信他扔下水的孩子将永远在水中漂流,直到最后葬身鱼腹。

五龙低垂着头踽踽独行,在经过瓦匠街街口时,他听见砖塔上的风铃在大风中叮咚作响,风铃声异常清脆。点心铺的伙计正在一口油锅里炸着麻雀,有人围着油锅等候。这个世界一如既往。五龙突然哽咽起来,他用袖管擦着眼睛走过杂货店,织云正在杂货店里买水磨年糕。她看见五龙便喊起来,五龙,给我提上年糕。五龙没有听见,他仍然低垂着脑袋歪着肩膀走。织云好不容易赶上了他,织云说,给我提上年糕。五龙大梦初醒般地抬头看着织云,他舔了舔枯裂的嘴唇,突然问,你知道每天世界上死多少人?织云愣了一下,她发现五龙的神情接近于梦游,而且他的眼眶里有一点模糊的泪光。织云说,怎么想起来问这个?我又不是阎王爷,我怎么会知道?

冯老板服了九帖草药,病情未见一丝好转,反而恶化了。他开始便秘,干瘦的身体奇怪地浮肿起来,他对病榻上的风烛残年丧失了信心。当绮云端着药碗给他喂药时,冯老板张大嘴,但药汁全部倒流在脖子上,他已经忘记了吞咽的动作,绮云用手巾擦去父亲脸上脖子上的黑色药汁,她意识到父亲的日子屈指可数了。

在回光返照的短短一天里,冯老板做了他想做的所有事情。他把米店的每一把铜钥匙交给了绮云,并把私藏金银的地方告诉了绮云。冯老板把织云叫到床前,他用一种绝望和忧虑的目光盯着织云沉重的身子,他说,我最不放心的就是你。你总是上男人的当,你会被他们葬送的。最后五龙走到了冯老板的病榻前,五龙觉得冯老板枯槁垂死的面容很熟悉,他好像第一眼见到冯老板时就发现了这种死亡气息。他把半掩着的蓝花布帐挂到钩子上,宁静地看着那个濒死的人。五龙,你靠近我,我跟你说句话。冯老板说。五龙弯下腰,他看见冯老板偏瘫多日的右手奇迹般地抬了起来,畜生、灾星。冯老板的肮脏而尖利的指甲直直地捅进五龙的眼窝。五龙疼得跳了起来,他觉得整个左眼已经碎裂,血泪汩汩地涌出来,淌过脸颊和嘴唇。

他没想到冯老板临死前会下这个毒手,他没想到那只偏瘫的手还会再次抬起来。五龙低吼着扑过去,他的双手痉挛地摇撼着那张红木大床,你再来,再来一下,我还有一只眼睛,我还有鸡巴,你把它们都掐碎吧。

冯老板就是在五龙的摇撼下合上眼睛的。五龙在狂怒中听见了死者喉咙间的痰块滑落的声音,他在瞬间平静下来,捂着眼睛往外走。织云和绮云姐妹正坐在院子里撕白布,五龙从地上捡了一条白布束在腰上,又捡了一条擦脸上的血,然后他说,老东西死了,他抓瞎了我的眼睛就满意了。他咽气了。

姐妹俩急急地奔向冯老板的房间,绮云手里还拽着一条长长的白布,五龙站在院子里听见熟悉的哭丧声在寂静中响起来,姐妹俩的哭声忽高忽低,惊动了店堂里的两个伙计。他们走进院子看见五龙捂着眼睛站在一堆白布里,五龙对他们说,老东西把我的眼珠抓瞎了,这回米店真的要养着我了。

两匹白布在几天前就准备好了。现在它们被剪成条状和块状,紊乱地堆在米店的院子里,布与米是不同的两种物质,在阳光下散发的气息也有所区别。这天下午五龙在米店里闻到了新鲜棉花的气息,那是久违的常常怀念的气息,在米店姐妹悲恸的哭声中,它使五龙感到亲切温馨。五龙蹲下来轻柔地抚弄那些白布,布的褶皱,布的纹理,在手指的触动下发生着细腻的变化。

第七章

秋风又凉的一天,从米店里传出了婴儿的第一声啼哭。接生婆举着沾满血污的双手跑到院子里,她对五龙大声喊道,五龙,恭喜你得了个胖儿子。

五龙正在玩纸牌,纸牌歪斜地排列成五行。摊在地上。风不时地把它们吹动,五龙就捡了些石子压着,但是牌依然不通。他把牌一张张地收起来,眯起眼睛看着接生婆的手。那只手上的血污让他联想到枫杨树乡村宰杀牛羊的情景。他想说什么结果什么也没有说。现在他靠一只眼睛辨别所有事物,另一只眼睛已经看不清东西了。

五龙推开房门的时候听见绮云在评论婴儿的相貌,她说,这孩子长得多奇怪,他谁也不像,不知道像谁。五龙看见织云蓬头垢面地躺着,从窗棂间透进的光线横在她苍白的脸上,很像一柄小巧的水果刀,绮云抱着婴儿坐在床边,她对五龙说,过来看看你儿子,他有点像你。

襁褓里的婴儿仍然咿呀地啼哭着,他的小脸和身体呈现出一种粉红的透明的颜色。五龙一边捻着纸牌一边俯身看了看婴儿,他说,谁也不像,像一条狗崽,刚刚落地的小狗都是这种模样,母狗下小狗我见得多啦。他转过脸又看了看床上的织云。织云取下了搭在前额上的毛巾,她说,疼死我了,早知道这么受罪,打死我也不让男人碰我的身子。五龙冷冷地注视着她,轻蔑地说,到时候你就忘了,到脱裤子的时候你就会忘了。

这天夜里五龙刚刚睡下,听见外面有人在咚咚地敲门。五龙趿着鞋子去开门,看见米店外面站了一群人,他举起油灯照了半天,发现是六爷和他的家丁来了。狼狗在六爷脚边转着圈,突然响亮地吠叫起来,五龙站到门后让他们走进米店,他看见对面铁匠铺和杂货店的门窗也打开了,街坊邻居都在朝米店这里张望。

我来抱我的儿子。六爷对五龙说,有人告诉我织云的孩子像我,我家里的女人怎么使劲也生不出儿子,你的女人倒替我传宗接代了。我要把儿子抱走,你不会拦我吧?

不会。五龙在黑暗中摇了摇头,他领着他们往里面走。嘴里嘀咕着说,为什么要拦你?这米店上下没有一样东西是我的。

这就好。我看你还算懂事。六爷说着在五龙的背上轻轻推了一把,他说,要是每个人都像你一样知趣,我会解散我的码头兄弟会,我会扔掉枪和匕首立地成佛,兄弟们都回码头扛大包去。

五龙琢磨着六爷的话,他不明白对他说这些有什么意义。五龙深知自己从来不去品尝蛇毒,难道我不知道你是一条伤人的毒蛇吗?

他站在房门口,把油灯的捻子捻大了推开房门。他看见织云坐在床上给孩子喂奶,织云直直地瞪着六爷和家丁们鱼贯而入,她的脸上掠过一道暧昧的红光。

你果然替我生了儿子。六爷走过去在织云的红颊上拧了一把,夺过了那个花布褓褓,他端详着怀里的婴儿说,果然像我,看来我真的要把儿子抱回家了。

不行。织云突然拍着床板尖叫起来,现在来抱儿子了?当初你怎么把我一脚踢开的?我疼了一天一夜,为什么要白白送你一个儿子?

别跟我犟。六爷把婴儿递给一个家丁,他的一只手远远地伸过去拉了拉织云的发绺,你知道你犟不过我。你就安静一点坐你的月子吧。

织云呜呜地哭起来,织云一边哭一边骂着脏话,然后她抬起泪眼对六爷喊,我呢?你让我怎么办?你说话就像放屁,你怎么不抬轿子来?你说过只要孩子是你的就接我走,现在怎么光要孩子不要我啦?

我六爷说话从来都算数,六爷挥挥手笑起来,他嘴里的金牙在灯光下闪着炫目的光泽,六爷说,我都收了五房姨太太了,还怕多收一房吗?不过花轿就免了,织云你回头照照镜子,你自己看看你这副模样,配不配坐我吕家的花轿。

随你怎么糟践我吧,织云擦着眼泪说,我反正是不要脸面了,我想来想去,下半辈子就要缠住你,是你毁了我,我就是要缠住你不放,现在我要你一句话,什么时候来接我走?

没有人来接你,要来你自己来。六爷嬉笑着朝门外走,他想起什么又回过脸说,你可要等坐完月子来,否则我会把你轰出去,我最恨女人坐月子的丑模样,多晦气。

五龙和绮云一前一后站在门外,看着六爷和家丁们涌出来,婴儿在家丁的怀里拼命地啼哭着,五龙注意到婴儿粉红的脸上挂满泪水,他奇怪这么小的婴儿已经长出了泪腺。绮云在他的身后低声骂着,畜生,没见过这样霸道的畜生,变着法换着花样欺负人。他们看着那群人杂沓地走出米店,绮云突然想到什么,追到门外朝他们喊,给孩子找个奶妈,千万找个奶妈。那群人没有应声,他们纷纷爬上了停在街角的人力车。被掳的婴儿的啼哭渐渐微弱,直至最后消失。绮云朝他们远去的背影狠狠地吐了一口唾沫,然后砰地关上了米店的大门。

五龙在黑暗的院子里站了一会儿,回到房间里,他看见织云坐在零乱的绸被中,红肿的双眼呆滞地望着他,你看着我干什么?不关我的事,五龙的裤子脱了一半,又改变了主意,他说,我不想在这儿睡,我讨厌你身上的骚腥味,我也讨厌小狗崽子留下的奶味。五龙吹灭了灯盏,把一只衣袖搭在肩上往外走,他说,我去仓房睡,只有那儿最干净了。

你给我站住。织云在黑暗中叫起来,狼心狗肺的东西,你就不能陪陪我?

让六爷陪你吧,你不是要去做六爷的姨太太吗?怎么不让他来陪你?五龙环视着沉没在黑暗中的房间,他的右眼在夜里看东西时总是隐隐地刺痛,他揉了揉那只眼睛说,我的眼睛又疼了,你们总是让我做这干那,你们从来不想想欠我的债。我操你们十八代祖宗,你们一家欠下了我多少债呀,这笔债永远还不清,永远还不清了。

米店姐妹在一个秋风萧瑟的下午进行至关重要的谈话。五龙从锁眼里偷窥了室内谈话的全部过程,他看见绮云像一头愤怒的母兽,不时地从椅子上跳起来,她尖声咒骂斥责织云,消瘦发黄的瓜子脸涨得通红,织云垂手站在她对面,织云的嘴唇无力而固执地嚅动着,她也在不停地说话,眼睛闪烁着一点泪光。五龙隔着门听不清楚,但他几乎猜到了谈话的所有内容。织云已经满月了,织云开始在偷偷收拾她的首饰和衣裳了。

我知道男人都一样,六爷和五龙都是咬人的狗,但是我跟着六爷总比跟着五龙强,六爷有钱有势,我不能两头不落好,现在我只能顾一头了,织云说。

你要去我不拦你,你把五龙也一起带走,这算怎么回事?把他甩给我,想让我嫁给他吗?绮云说。

嫁给他怕什么?他有力气,你也能调理他,我这一走米店就是你一个人的了,你也该要个身强力壮的男人帮着撑持店面,织云又说。

亏你说得出口,绮云就是这时候冲上去扇了织云一记耳光,绮云指着织云的鼻尖骂,贱货,你以为我跟你一样贱?你以为我稀罕这爿破店?告诉你,要不是念着爹娘的遗嘱,我马上一把火烧了这房子,我真是很伤心了。

织云和绮云在房间里扭打起来,她们互相拉拽头发,掐对方的脸。虚弱的织云很快瘫在地上,并且突然掩面啜泣起来,她的身体被绮云拖来拖去的,衣裙发出沙沙的磨损的声音,绮云想把织云拖出房间,但她的手臂突然被织云紧紧抱住了,织云泪流满面,她仰起脸说,别拖我,我的裙子磨坏了。她把绮云冰凉的手掌放在自己的胸前哽咽着,我不知道我们家是怎么回事,娘让我气死了,爹又不在了,剩下我们姐妹,可是我们哪像一对姐妹,倒像是仇人。我不知道是怎么回事。绮云愣了一会儿,然后她果断地抽出了手,绮云余怒未消,她朝织云的臀部踢了一脚,怎么回事?你应该知道,你是我们家的丧门星,你是一条不要脸的母狗。

五龙在门外无声地笑了笑,现在他听腻味了,他从地上捡起一根筷子,把绮云房门反扣起来。他小心地把筷子插在门襻扣上。让你们在里面慢慢吵吧,五龙恶作剧地对着房门说。他觉得姐妹俩的争殴滑稽可笑,没有任何实际意义,她们怎么不来问问我的想法?他想,你们都可以走,我却不想走了,绮云也可以去嫁个男人,只要把米店留下,只要把雪白的堆成小山的米垛给我留下。

五龙在仓房里听见了院里哗哗的水声,织云一改懒惰的习性,天蒙蒙亮就在院子里浆洗衣服。五龙听见了木杵捣衣的滞重的响声。他在米垛上睡觉,他没有想到织云浆洗的是他的衣裤和布袜,她从来没替五龙洗过衣裳,后来米店又静了下来,五龙一走出仓房就看见他的黑布衣裤被晾在铁丝上了,水珠还在滴落。院子里留下了肥皂的气味。

绮云站在墙角刷牙,她回过头吐出一口牙膏的泡沫,直视着五龙说,织云走了。她去吕公馆,不回来了。

我知道,五龙弯起一根手指弹了弹铁丝,上面的湿衣裳一齐抖动起来,他说,其实她用不着偷偷摸摸地走,她怕我拦她吗?这事情想想真滑稽。滑稽透了。

你也该走了。你女人跑了,你还赖在我家干什么?绮云的脸转过去,舀了一勺水到铜盆里,她往上撸了撸衣袖,双手在水里烦躁地搓洗,滚吧,五龙,你要是个男人就该滚蛋了,你知道我这话是什么意思。

你说的跟我想的不是一回事,五龙干裂的嘴唇慢慢咧开来,他的表情似笑非笑,我在想你们一家欠了我多少怨债。五龙分别抬起了他的左脚和右脚,你看看这两个疤,它们一到阴天就隐隐作疼。然后他张开五指撑大左眼结满秽物的眼眶,一步步逼近绮云,他说,你再看看我这只瞎眼,别躲,靠近一点看着它,那都是你们一家做下的好事,我要等着看你们怎么收场。

别靠近我,绮云被五龙逼到了墙角,她抓过漱口的瓷杯尖叫着,你小心我砸你的狗头。

砸吧,五龙仍然保持着那个奇怪的姿势,往绮云面前紧逼,他说,他们死的死,溜的溜,把你丢给我了,他们要让你来还我的债,难道你还不明白?

我讨厌你。绮云扯着嗓子叫道,你别碰我,我说话算话,你再不滚开我就砸你的狗头。

砸吧,我还有右眼,你最好照准这里砸,五龙的手从眼眶上放下来,顺势在绮云的乳峰上拧了一把,他说,你得替代织云,你快嫁给我了。

你在做梦,绮云柳眉斜竖。愤怒和羞辱使她失去了控制,她低低地叫了一声,用力将瓷杯在五龙的头顶敲了一次,两次,她看见鲜血从他乌黑杂乱的头发间喷涌出来。五龙抱着头顶摇晃了几步,然后站住靠在窗台上,他用一种将信将疑的目光盯着她,他的左眼浑浊灰暗,他的右眼却闪烁着那道咄咄逼人的白光。

又给我一块伤疤。五龙慢慢地摇着头,他的手掌在头顶上抹了一把,抹下了一摊深红色的血,他竖起那只手掌对着太阳光照着,看见血在掌纹上无声地运动,颜色变浅,渐渐趋向粉红。你们一家三口,每人都给我留下了伤口,五龙看着手掌上的血说,他突然伸出那只手掌在绮云的脸上抹了一把,绮云,你这回跑不掉了,看来你真的要嫁给我啦。

绮云躲闪不及,她的脸颊被涂上一片黏稠的凉丝丝的血痕。绮云觉得自己快发疯了,她脑子里首先想到了父亲生前说起的铁斧。她咒骂着奔进父亲留下的北房,跪在床底下摸索那把铁斧。斧子上积满了很厚的灰尘,绮云吹掉上面的灰尘,她抓着冰冷的铁斧在房间里继续咒骂着五龙,她没有勇气这样冲出去砍五龙的狗头。这使她陡添了伤心和绝望之情。北房尘封多日,房梁和家具上挂满了蛛网。绮云看见柜子上还堆着许多草药,她走过去用斧子轻轻地拨了拨,许多蟑螂和无名的昆虫从草药堆里爬出来,绮云手里的铁斧应声落地,她想起已故的父亲,突然忍不住号啕大哭起来。绮云一边哭着一边走到铜镜前,她看见自己枯黄干瘦的脸沉浸在悲苦之中,颊上的那抹血痕就像一缕不合时宜的胭脂,她掏出手绢拼命擦着脸上已经干结的血痕,擦下一些细小的红色的碎片,它们无声地飘落在空气中,飘落到地上。

爹,娘,你们把我坑苦了。绮云呜咽着向米店的幽灵诉说,你们撇下我一个人,让我怎么办?也许我只好嫁给他了,嫁给他,嫁给一条又贼又恶的公狗。

绮云哭累了就跪在地上,泪眼蒙眬地环顾着潮湿发霉的北房,她听见了心急遽枯萎的声音。窗户半掩半开,一卷旧竹帘分割了窗外明亮的光线,绮云浑身发冷。她觉得这个春天是一头蛰伏多年的巨兽,现在巨兽将把她瘦小的身体吞咽进去了。这个春天寒冷下去,这个春天黑暗无际。

米店姐妹易嫁成为瓦匠街一带最新的新闻,这件事情的复杂超出了人们想象的范围。女人们在河边石埠上谈论米店,脸上的表情是迷惘而神秘的,男人们则集结在茶馆和酒楼上,他们议论的中心是五龙。有一种说法使人爆发出开怀的大笑,它源自于铁匠铺的铁匠之口,铁匠说五龙的东西特别大特别粗,远远胜于一般的男人,铁匠再三强调这是千真万确的,他们曾经在一起用尺子量过。

午后的一阵风把晾在竹竿上的新被单卷出了米店的院墙。粉绿的被单神奇地在空中飞行了一段距离,最后落在染坊的染缸里,正在搅布的伙计看着那条被单的一半浸没在靛蓝色中,另一半搭在缸沿上,可以看见一摊椭圆形的发黄的渍印。伙计把被单拿给老板,老板又把被单送到了铁匠铺里,他知道那是米店的东西,但是染坊与米店多年来宿怨未消,他怀着一种恶作剧的心理让铁匠转交,并且隐隐地担忧这块女人的血渍会给染坊带来晦气。

五龙急匆匆地跑到铁匠铺来取被单,五龙的脸上布满了小小的月牙形的指甲印。铁匠们不肯交出被单,他们逼迫五龙说出一些不宜启齿的细节。五龙摇着头嘻嘻地笑,他的表情看上去愉快而又空旷。最后他突然说了一句,绮云有血。铁匠们在一阵哄笑后把被单交给五龙。五龙随意地把它揉成一团,抓在手中,他的眼睛在瞬间起了不易察觉的变化,目光如炬地扫视着铁匠们和外面的瓦匠街,他说,女人都是贱货,你们看着吧,我迟早把她操个底朝天,让她见我就怕。

五龙到米店怎么也找不到绮云。他问伙计老王,老王说在仓房里,在洗澡,五龙就去推仓房的柴门,门反扣上了,从木条的缝隙里可以看见那只漆成枣红色的大浴盆,可以看见绮云瘦小扁平的后背。几天来绮云总是躲在仓房里洗澡。五龙知道她想把什么东西从体内洗去。他觉得这种做法是荒唐而不切实际的。仓房里水声泼溅,周围雪白的米垛在绮云的身体边缘投上了一层荧光,五龙突然体验到一种性的刺激,生殖器迅速地勃起如铁,每当女人的肉体周围堆满米,或者米的周围有女人的肉体时,他总是抑制不住交媾的欲望。他拍打着仓房的柴门,快开门,快给我开门。

大白天的你别来缠我,绮云在仓房里说。我烦死了你。

五龙不说话,他拼命地摇着残破的柴门,门摇摇欲坠。

你是畜生,白天黑夜的要不够。你就不怕老王他们听见?绮云提高了声音,她看见柴门咯咯地摇晃着,快要倒下来了。你是畜生,我拿你没有办法。绮云从浴盆里站起来,草草地套上一件衣裳过去开门,她说,你真的是畜生,一点廉耻也没有,大白天的你到底想干什么?

绮云的衣裳被泅湿了,水珠从她褐黄的头发和细瘦的脚踝处滴在地上。五龙把门关上。他的一只手紧张地摁住裤裆,他的迷乱的眼神使绮云感到恐惧。过去,躺到米堆上。绮云去推五龙挡着门的身体,她厉声说,现在不行,你没看见我才洗干净?五龙说,我不管你,我就是现在想干,你是我的女人,你就是让我操死了也是活该,他突然拦腰抱起了绮云,抱着绮云往米垛上走。绮云发疯般地在他脸上抓挠着,绮云尖叫着喊,你要是敢干,我马上死给你看。死给你看。五龙咧嘴笑了一声,他说,你吓唬谁?我干我的女人不犯王法,你死了白死。干完了你去上吊吧,我不拦你,五龙说着把绮云扔在米垛的最高处,他看见绮云湿漉漉的身体沉重地坠落在米垛上,溅起无数米粒,他的脚下一半是沙沙坍陷的米垛,一半是女人蛇一样扭动的腰肢和脖颈,这种熟悉的画面使五龙心乱神迷,他的嘴里发出一种幼稚的亢奋的呼啸声。

在绮云的反抗和呻吟中,五龙再次实现了他心底深藏的宿愿。他抓起一把米粒灌进了绮云的子宫。然后他的激昂的身心慢慢松弛下来,他滚到一边的米垛上,懒懒地穿着裤子,他躺下来嚼咽着米粒,听见绮云压抑的呜咽和无穷无尽的咒骂——畜生、畜生、畜生。五龙看了看米垛下面的大木盆,对绮云说,你再去洗呀,水还热着。他感到从未有过的满足,摊开四肢仰卧在米堆上,外界的声音渐渐地从他耳中隔绝,五龙陷入一片安详和宁静中,他觉得身下的米以及整个米店都在有节律地晃动,梦幻的火车汽笛在遥远的地方拉响,他仍然在火车上,他仍然在火车上缓缓地运行。神奇的火车,你要把我带到哪里去?

绮云发现她的翡翠手镯不见了,她翻遍了首饰盒和每只抽屉,不见手镯的踪影,那是母亲朱氏留下的遗物,原来是一对;朱氏死前给两个女儿每人一只。当时绮云还是个瘦瘦小小的女孩,手腕细如柴棍,手镯戴上去就会脱落下来。她把翡翠手镯藏在柜子里,藏了好多年了,她不知道它是怎么不见了的。她推开窗看见五龙站在院子里发呆。

你是不是偷了我的手镯?绮云问五龙。

什么手镯?我要它干什么?套在鸡巴上耍吗?五龙阴沉下脸冲绮云喊,他说,你们老是狗眼看人低,你们老是往我头上栽屎。

你既然没偷发什么火?绮云怀疑地审视着五龙,过了一会儿她又说,这家里真是出了鬼啦,不是少柴就是缺米的。没有家贼才怪呢。

你再指桑骂槐的我就揍你,五龙眯起一只眼睛,仰面看着院子里的天空,他满怀恶意地说,老天做证,除了两个臭×,我什么也没偷,那还是你们送上来的。

绮云朝五龙啐了一口,怏怏地关上窗子。看来那只翡翠手镯是让织云带到吕公馆去了。绮云想到织云恨得直咬牙,我的手镯决不让她戴,绮云一边嘀咕着一边就打开衣柜找衣服,她决定去吕公馆要回她的翡翠手镯。

绮云走到吕公馆时两扇大铁门还开着,有人推着装满纸箱的板车进了园子,板车后面是一大帮押车的男人。绮云认得这群黑衣黑裤的男人,他们就是飞扬跋扈的码头兄弟会,他们每到月底就来米店收黑税。绮云想跟着那群人进去,但是园子里跑来一个仆人,急急地把大铁门关上了。绮云差点撞倒,气得直骂,什么偷鸡摸狗的鬼窟,见人就关门。

你找谁?仆人隔着铁门打量着绮云,六爷现在忙着进货,不会女客。六爷已经半个月没会女客了。

谁要找他?我找织云,六姨太,绮云说。

六姨太？仆人诡谲地反问了一句，他拉门的时候脸上露出一丝讥讽的微笑，六姨太，她在后面洗衣服呢。

绮云走过空旷的修葺整齐的园子，漫无目地朝四处望。厢房和回廊上到处有人在搬弄东西，绮云猜想这就是六爷从事的某种黑道。她弄不清也没有兴趣去弄清。绮云穿过忙碌的挤满男人的回廊朝后面走，猛然听见一记枪声在耳边炸响，吓了一跳。一个头戴瓜皮帽穿西装的小男孩从树上跳下来，他朝绮云晃了晃手里的一把枪，嚷着说，这是真枪，你要是惹我发火，我就一枪崩了你。绮云捂住胸望着小男孩，她猜想他是六爷的那个唯一嫡出的儿子。绮云摇摇头说，小少爷你差点把我吓死，我不认识你，我怎么会惹你发火呢？

后园的水井边果然是织云在洗衣裳，织云看着绮云从树影中慢慢走过来，手里的木杵砰地掉在井台上，几个月不见，织云的容颜枯槁憔悴，她的发髻多日没有盘过，头发就一绺绺地垂在脖子上。绮云看见了她的那只翡翠手镯，它戴在织云的手腕上，织云的手上沾满了肥皂的泡沫，但是一对翡翠手镯却炫目地戴在她的手腕上。

你果然来看我了，我猜你会来看我的。织云一说话眼圈就红了。她想去拉绮云的手，但很快发现绮云脸上的怒气，绮云的眼睛盯着她腕上的手镯，织云垂着眼睑抚弄着手镯，那么你不是来看我的？你是来讨还这只手镯的？

不是说来做六姨太吗，怎么自己在井边洗衣服？绮云坐到井台上，斜睨着木盆里花花绿绿的衣服说。

我偶尔洗一洗，都是换下来的丝绸，让老妈子洗我不太放心。

别死要面子了，绮云冷笑了一声，我早就说过你没有做太太的命，你自己贱，人家把你看得更贱，我早就劝你别指望六爷，他是个衣冠禽兽，他不会给你好日子过。

织云沉默地蹲下来捡起木杵，捶衣的姿势看上去仍然是僵硬无力的，过了一会儿她抬起头怯怯地望着绮云，她说，五龙对你好吗？

别提他，一提他我就满腹火气，你们把他招进家门，现在却要让我跟着他受罪，我这辈子就毁在你们手上啦。

有时候我还梦见他,梦见他往我的下身灌米粒,织云的嘴角浮出某种凄苦的微笑。她说,他的脑子里装满了稀奇古怪的念头。

别提他,让你别提他,绮云厌烦地叫起来,她朝寂静的后园环顾了一圈,后园空寂无人,芍药地里的花朵已经颓败,据说芍药地的下面就是吕公馆暗藏的武器和弹药库,那是这个城市暴力和杀戮的源泉。绮云想起那些倒毙于街头和护城河的死尸,突然感到惊悚,她跳下井台,蹲下来望着织云问,你天天在这里就不害怕?我觉着这园子早晚会出什么大事。六爷杀了那么多人,结下那么多怨,他就不怕会出什么大事?

男人的事女人家哪儿管得了?织云从井里吊上来半桶水倒进木盆里,她说,你怎么就不问问我的孩子?幸亏六爷还算疼他,让奶妈带着长得又白又胖,园子里上上下下都喜欢这孩子,你猜他们给他起了个什么名字?叫抱玉,多奇怪的名字。我现在只有指望抱玉长大了,抱玉长大了我就有好日子过了。

那也不一定。绮云木然地注视着织云浸泡在肥皂水中的手,她的心里涌出了对织云的一丝怜悯之情,织云,你好蠢呀,你就甘心在这里受苦干熬等抱玉长大了?绮云的手指轻轻地把织云脑后的髻子打乱,然后重新替她盘整齐了。绮云这样做的时候忽然悲从中来,她低低地哽咽起来,织云,我不知道我们姐妹怎么落到这步田地,自己想想都可怜,心疼,我还跟你要手镯干什么?要了手镯戴给谁看?反正是娘留下的东西,你喜欢你就戴着吧。

绮云走出吕公馆时万念俱灰,一种深深的悲怆之情牵引着她。她的手里托着一包南瓜子和小核桃,是用手绢包着的。那是临走时织云塞给她的。织云喜欢这些零食,她却一点也不喜欢。绮云在城北狭窄肮脏的小巷里穿行,手帕里的南瓜子和小核桃一点点地坠落,掉在沿途的石板路上。绮云没有去捡,她穿小巷子去江边,当浑黄的江水和清冷的装卸码头蓦然出现时,绮云的手里只剩下一块薄薄的白绢剪成的手帕。

江边的码头总是聚集着一群无事可干的男人,有时候他们搜寻着岸边踯躅的人,一俟发现跳江的就前去打捞,他们护送落水的人回家,以便向他们的家人索取一点酒钱。这天下午他们看见一个穿蓝士林布旗袍的瘦小女人直直地坠入江中,一块白绢在江风中像鸟一样飞起来。按照常例,他们飞快地灌下一口烧酒,紧随其后跳进了江中。

他们顺利地把落水的女人搬到岸上,然后有人把她驮到背上疾跑了一段路,水就从女人的嘴里倒流出来,一路溅过去,又有人追过来,侧着脸仔细辨别女人苍白的湿漉漉的面容,突然他叫起来,是绮云,我认识她,她是瓦匠街米店的二小姐。

第八章

一九三〇年南方再次爆发了大规模的灾荒,而在遥远的北方战事纷繁。炮火横飞。成群的灾民和服饰潦倒的伤兵从蒸汽火车上跳下来,蝗虫般地涌进这个江边的城市。有一天五龙在瓦匠街头看见两个卖拳的少年,从他们的口音和动作招式中透露出鲜明的枫杨树乡村的气息。五龙站在围观的人群里,一手牵着五岁女儿小碗,另一只手拽着八岁的儿子柴生。卖拳的少年不认识五龙,五龙也难以判断少年来自枫杨树的哪个家族,他只是怀着异样的深情默默观望着两个少年乡亲,他们的斗拳笨拙而充满野性,两个人的脸上都布满了青紫色的伤痕。五龙看着他们最后软瘫在地上,把一只破碗推到围观者的脚边,他掏出了身上所有的铜板,一个个地扔进破碗里,他想对少年说上几句话,最后却什么也没说。

爹,你给了他们很多钱,柴生抬起头不满地望着父亲,他说,可你从来不肯给我钱。

五龙没有说话,他的脸上过早地刻上了皱纹,眉宇之间是一种心事苍茫的神色,五龙拉拽着两个孩子往米店走,手上用的劲很大,小碗跟着跟跄地跑,一边带哭腔地喊,爹,你把我拉疼啦!

这天米店打烊半天,绮云坚持要给米生做十岁生日。他们走进后厅时,看见圆桌上摆满了荤素小菜,米生穿了件新缝的学生装半跪在椅子上,他正用手抓菜吃,这一天米生正好满十岁,他惊恐地回过头看着父亲,一条腿从椅子上挪下来,米生说,我不是偷吃,娘让我尝尝咸淡。

又对我撒谎。五龙走上去刮了米生一记头皮,他说,你像只老鼠,永远在偷吃,永远吃不够。

绮云端着两碟菜走进前厅,她接着五龙的话音说,你就别教训孩子了,米生就像你,你忘了你年轻时那副饿死鬼投胎的样子啦?你忘了我可没忘。绮云把两只菜碟重重地搁在圆桌上,她说,今天孩子做寿,是喜庆日子,你还是整天挂着个驴脸,好像我们欠了你债。我真不明白到底是谁欠谁的?

五龙揉了米生一把,径直走到南屋里。他坐在一只竹制摇椅里,身子散漫地前后摇晃,脑子里仍然不断闪过两少年街头斗拳的画面。漂泊了这么多年,经历了这么多事件,五龙突然产生了一种孤独的感觉,孤独的感觉一旦袭上心头,总是使他昏昏欲睡。他闭上眼睛就看见一片白茫茫的汪洋大水,他的竹制摇椅,他的米店的青瓦房屋,还有他的疲惫不堪的身体,它们在水中无声地漂浮,他又看见多年前的水稻、棉花和逃亡的人群,他们在大水中发出绝望的哀鸣。

前厅里响起碗碟落地的清脆的响声,然后是小碗呜呜的夸张的哭声。绮云大概打了小碗,绮云训骂孩子的语言经常是繁冗而横生枝节的。让你别疯你偏要疯,喜庆日子里打碎饭碗要倒霉的。干脆全碎光倒也好了,你偏偏打碎了一个碗底,绮云说着把碗扔到了院子里,又是清脆的令人烦躁的一响,绮云哀怨地说,你这疯样就像你姨妈,老天爷不长眼睛,为什么我的孩子都不像我,都像了这些没出息的东西,我日后还有什么指望?

给我闭嘴吧。五龙冲出门去,满脸厌烦地对绮云嚷,你这种碎嘴女人只有用鸡巴塞住你的嘴。你整天唠唠叨叨骂东骂西,你不怕烦老子还嫌烦呢。

你烦我不烦?我忙了一天,你什么事也不想干,倒嫌我烦了?绮云解开腰上的围裙,拎着角啪啪地抖着灰,她怒气冲冲地说,晚饭你别吃,你就躺那儿想你的鬼心思吧,你整天皱着眉头想心思,想也想饱了,还吃什么饭?

绮云突然噤声不语了,她看见织云提着一只布包出现在院子里,织云是来赴米生的寿宴的,绮云还请了孩子们的表兄抱玉,但是抱玉却没有跟着织云来。

抱玉怎么不来?绮云迎上去问。

他不肯来。那孩子脾性怪,最不愿意出门。织云的脸上涂了很厚的脂粉,绿丝绒旗袍散发着樟脑刺鼻的气味。她站在院子里环顾米店的四周,神情显得茫然而拘谨。

是他不听你的吧?绮云说,我倒无所谓,主要是孩子们吵着要见表兄,冯家没有其他人了,只有抱玉好歹算是个亲戚。

织云无言地走进屋里,坐下来打开布包,掏出一捆桃红色的毛线放在桌上,那捆毛线颜色已经发暗,同样散发着一股樟脑味,织云说,这一斤毛线送给米生,你抽空打一件毛衣,就算做姨的一点心意。

绮云朝桌上溜了一眼,很快认出那还是织云离家时从家里卷走的东西,那捆毛线最早是压在母亲朱氏的箱柜里的。绮云忍不住讥讽的语气,也难为你了,这捆毛线藏了这么多年,怎么就没被虫蛀光。

织云尴尬地笑了一声,她搂过孩子们,在他们脸上依次亲了亲,然后她问绮云,五龙呢?米生做寿辰,怎么当爹的不来张罗?

他死了!绮云大声地回答。

五龙在南屋里佯咳了一声,仍然不出来。直到掌灯时分,孩子们去厨房端了米生的寿面,五龙才懒散地坐到圆桌前。他始终没有朝织云看过一眼,织云也就不去搭理他,只顾找话跟绮云说,桌上是沉闷的吸溜吸溜的声音,米店一家在黯淡的灯下吃米生的寿面。米生挨了父亲打,小脸像成年人一样阴沉着,他十岁了,但他一点也不快活,柴生和小碗则经常把碗里的面汤溅到桌上,绮云只好不时地去抓抹布擦桌子。

前天我看见抱玉了,五龙突然说,他仍然闷着头吃,但显然是冲着织云的,我看见他在街上走,人模狗样的。我看他长得一点不像六爷,他像阿保,连走路的姿势也像阿保,我敢说抱玉是阿保的种。

织云放下碗筷,脸色很快就变了。她仇视地盯着五龙油亮的嘴唇,猛地把半碗面条朝他泼去。织云厉声骂道,我让你胡说,我让你满嘴喷粪。

孩子们哇哇大叫,惊惶地面对这场突然爆发的冲突,他们无法理解它的内容。五龙镇静地把脸上的面条剥下来,他说,你慌什么?我不会去对六爷说,我只是提醒你,假的成不了真,就像我一样,我是这米店的假人,我的真人还在枫杨树的大水里泡着,我也不是真的。

你满脑子怪念头,我不爱听。织云哑着嗓子说,我已经够苦命了,谁要再想坑我我就跟他拼命。

米生的十岁寿宴最后不欢而散,孩子们到街上玩,五龙照例捧着冯老板留下的紫砂茶壶去了对面的铁匠铺,多年来五龙一直与粗蛮的铁匠们保持着亲密的联系,这也是他与瓦匠街众人唯一的一点交往,绮云愤愤地冲着五龙的背影骂,你死在铁匠铺吧。你别回家。她收拾着桌上的残羹剩碗,动作利索而充满怨气,这日子是怎么熬过来的?绮云突然对织云感慨地说,一眨眼米生都满十岁了。

织云洗过脸,对着镜子重新在脸上敷粉,镜子里的女人依然唇红齿白,但眼角眉梢已经给人以明日黄花之感。织云化好妆用手指戳了戳镜子里的两片红唇,她说,我今年几岁了?我真的想不起来我到底几岁了。是不是已经过三十坎了?

你才十八,绮云拖长了声调揶揄织云,你还可以嫁三个男人。

没意思。做女人真的没意思。织云跟着绮云到厨房去洗碗,在厨房里,织云用一种迷惘的语调谈起吕公馆深夜闹鬼的事情,织云说得语无伦次,她没有撞见过那个鬼。只是听吕家的仆人和老妈子在下房偷偷议论,绮云对此特别感兴趣,在这个话题上追根刨底。织云最后白着脸吐露了一句至关重要的话,那个鬼很像阿保。

他们说那个鬼很像阿保。织云的眼睛里流露出一丝恐惧,她说,这怎么可能?阿保早就让六爷放江里喂鱼了。

不是说没见阿保的尸首吗?也许他还没死,他到吕公馆是要报仇的,你们都要倒霉。

不可能。织云想了想坚决地摇着头,你不知道阿保的东西都割下来了。他就是当时不死以后也活不成,我懂男人,男人缺了那东西就活不成了。

那么就是阿保的冤魂,反正都是一回事,绮云掩饰不住幸灾乐祸的表情,她咬着牙说,他六爷张狂了一辈子,也该倒点霉了。有鬼就闹吧,闹得他家破人亡才好,凭什么别人吃糠咽菜的,他天天山珍海味大鱼大肉?

你心也太阴毒,织云不满地瞟了妹妹一眼,怎么说那还是我的夫家,你这么咒他不是顺带着我和抱玉吗?吕家若是出了什么乱子,我们娘俩跟着倒霉,你们米店的生意也不会这么红火。

这么说他六爷成了我们家的靠山了?绮云冷笑了一声,把手里的一摞碗晃得叮咚直响,她说,什么狗屁靠山?他连你也不管,还管得了我家?码头兄弟会每月上门收黑税,一次也没落下。难道他六爷不知道米店是你的娘家?

织云一时无言以对。她在厨房里愣愣地站了一会儿,走到院子里看看天色很晚了,织云简短地回忆着在米店度过的少女时代,心里异常地酸楚而伤感。她没有向绮云道别,拎起布包朝外面走。她记得每次回米店的结局总是不愉快的。也许她们姐妹的宿怨太深太厚,已经无法消解了。

她在门口看见五龙从铁匠铺出来,下意识地扭过脸去,装作没有看见,她拎着空空荡荡的布包向前走了几步,听见后面响起五龙响亮的喊声:你千万当心。织云回过头望着五龙,他的叫声突兀而难以捉摸,织云说,莫名其妙,你让我当心什么?五龙的一条腿弓起来撑着铁匠铺的墙壁,他的微笑看上去很暧昧,当心鬼魂,当心阿保的鬼魂!

你才是个鬼魂。织云迟钝地回敬了一句。她想他是怎么知道吕家这条秘闻的,吕家隐秘而奢华的生活与瓦匠街的对比过于强烈,瓦匠街的人们永远在流传吕家高墙内的种种消息。想到这些织云感到了虚荣心的一点满足,感到了一点骄傲,她走路的步态因而变得更加柔软和妖娆了。

瓦匠街两侧的店铺随岁月流逝产生了新的格局和变化,即使有人在观望夜灯下的街景,看见织云娉婷而过,年轻的店员也不会认识织云,更不知道曾经流传的有关织云的闲话了。

米店兄妹三人经常在尘封多年的北屋里捉迷藏,那是他们外祖父外祖母生前居住的地方,高大粗笨的黑漆箱柜上方挂着外祖父外祖母的遗像,相片装在玳瑁框子里,已经发黄,相片上的两个人以遥远模糊的目光俯瞰着他们的后代。孩子们从未见过他们,死者的概念对于他们有时候是虚幻的,有时候却使他们非常惧怕。

米生钻到了外祖父的红木大床下,让柴生和小碗来找他,米生尽量地将身子往里缩,他的手撑到了潮湿发霉的墙砖上,喀嚓一声,一块旧砖掉落下来,米生的手伸到了一个洞孔里,他好奇地在洞孔里掏来掏去,掏出一只小木盒和一本薄薄的书册。

米生抱着这两件东西爬出来,他首先打开木盒,看见里面放着许多各种形状的金器,在幽暗的房间里熠熠发亮。米生把柴生和小碗叫过来,指着木盒对他们说,知道吗?这是金子,我们不捉迷藏了,我们把金子拿到杂货店换糖块,偷偷地去,别让爹娘知道。柴生说,这点东西能换几块糖呢?米生把木盒关好了掖在怀里,能换一大堆,我分你们一半,但你们千万不能告诉爹娘。这时候小碗在抖动那本纸片缝缀的书册,纸片已经发脆,噼啪作响,小碗说,这是什么?上面有好多字。米生朝书册打量了一眼,抢过来扔回到床底下,他说,这是一本书,书不值钱。

他们悄悄地溜到了瓦匠街口的杂货店,米生踮起脚尖把木盒放到柜台上,他对杂货店的老板娘说,里面是金子,我知道金子就是钱,你要换给我们许多糖块才行。杂货店的老板娘打开木盒吓了一跳,半天才缓过神来,她走出柜台把门关上,然后轻声细语地对孩子们说,你们要是保证不对大人说,我就给你们一大包糖块,你们敢发誓赌咒吗?米生不耐烦地说,我绝不会说,他们也不敢说。他们要是敢说我就揍扁了他们,你就换吧。老板娘对兄妹三人扫视了一圈,最后犹犹豫豫地从柜台上拽出一包糖块,塞到了米生的怀里。

连续几天米店兄妹三人从早到晚地嚼着糖块。米生上小学堂时书包里也装着糖块。有时高兴了就分送几颗给别的孩子。米生还用那些糖块换来了许多弹弓、玻璃弹子和香烟壳,米店夫妻整天忙于店堂的事务,无暇顾及孩子们的反常表现。直到有一天小碗又打碎了一只茶杯,绮云狠狠地骂着小碗,小碗哭哭啼啼地申辩说,娘老骂我,怎么不骂米生?米生偷了家里的金子换糖吃。

绮云如雷击顶,她的第一个反应就是去找杂货店的老板娘。正是早晨街上最热闹的时候,许多人听见了绮云在杂货店里疯狂的哭骂声,他们挤进杂货店看热闹,听绮云和杂货店老板娘你一句我一句的争吵,终于弄清了事情的原委。所有人都认为这事对于米店一家来说可笑而又残酷。后来他们看见杂货店老板娘朝柜台上摔来一只小木盒,绮云清点的时候用身体挡住众人的视线,最后她咬着牙齿对杂货店老板娘说,少了一副耳环,你想留就留着吧,就算老娘送你进棺材的陪葬。

这天米生放学一进门就发现家里气氛的异样,想跑已经来不及了,五龙抱住了他。一根麻绳刷刷几下就捆住了米生瘦小的身子。米生被吊到了后厅的房梁上,他在空中痛苦地旋转着,看见父亲的脸充满恐怖的杀气,手里攥着一根担米用的杠棒,柴生和小碗畏缩在父亲的身后,抬脸望着他,谁告的密?是谁说出去的?米生突然挣扎着狂叫起来,他看见妹妹小碗受惊似的跳起来,跑到母亲那边往她身上靠。米生听见柴生在下面小声说,我没说出去,不关我什么事。

绮云坐在靠椅上一动不动。即使在屋角黯淡的光线中,仍然可以看出她苍白的嘴唇不停地颤抖着,她推开小碗站了起来,突然躁怒地对五龙喊,打呀,打死他不要你偿命,这孩子我不想要了。

米生看见父亲的杠棒闪着寒光朝他抡过来,呼呼生风,起初米生还忍着疼痛,不断重复一句话,小碗我杀了你。后来就不省人事了。杠棒敲击身体的沉闷的声音像流沙,在他残存的听觉里渐渐散失。

米生经常挨打,但没有一次比得上这次。米生苏醒过来发现自己躺在床上,绮云坐在灯下纳鞋底,她的眼睛红肿得厉害,绮云过来抱着米生的脑袋,哽咽着说,你怎么这样不懂事?那盒金器是我们家的命根子。你怎么能拿去换糖块吃?米生的眼泪也流了出来,他从绮云的双臂中挣脱了,转过脸看着布帐上的几个孔眼,从孔眼里可以看到后面的一张小床,柴生和小碗就睡在那张小床上,米生说,是小碗告的密,她发誓不说出去的,她说话不算数,我要杀了她。

米生这年刚满十岁,米生的报复意识非常强烈,这一点酷似他的父亲五龙。妹妹小碗在很长一段时间里成为米生复仇的目标。

米生看见小碗在院子里跳绳,头上的小辫一摇一摆的。小碗已经忘了几天前的事,她对米生喊道,哥,你来跳吗?米生站在仓房门口,阴郁地望着妹妹肮脏的挂着鼻涕的小脸,米生摇了摇头说,我不跳,你也别跳了,我们爬到米堆上去玩,小碗一路甩着绳子跳过来,她发现米生的眼神极其类似暴戾的父亲。小碗怯怯地说,你不会打我吧?米生继续摇着头,他说,我不打你,我们到米堆上捉迷藏。

米生牵着小碗朝米垛上爬。米生把小碗用力地朝米垛下面摁。你藏在米堆里,别吭声,我让柴生来找你。米生喘着气说,这样谁也找不到你,爹娘也找不到你,小碗顺从地缩起身子往米堆深处钻,最后只露出小小的脸孔和一条冲天小辫。小碗说,快让小哥来找我吧,我透不过气来。米生说,这样露出脸不行,柴生会看见你的,米生说着就拽过半麻袋米,用力搬起来朝小碗的头上倒去,他看见雪白的米粒涌出麻袋,很快淹没了小碗的脑袋和辫子。起初新垒的米堆还在不停地松动坍陷,那是小碗在下面挣扎,后来米堆就凝固不动了,仓房里出奇的一片寂静。

他知道自己闯下了大祸,但他已经做好了充分的心理准备。他把仓房的柴门反扣上,拎起书包跑出了家门,经过店堂的时候,他看见父亲和两个伙计正在给一群穿军装的士兵量米,母亲则坐在柜台后面编织一件桃红色的毛衣,他知道那是替自己打的,他根本不想穿这种颜色的毛衣。

下午五龙和伙计老王去仓房搬米,铁铲挥舞了几下,米垛上露出了一根冲天的缠着红线的小辫,随着米垛沙沙陷落,小碗蜷缩的小巧的身体滚了下来,小碗的脸呈现出可怕的青紫色,五龙把小碗抱起来摸她的鼻孔,已经没有鼻息了,他看见小碗僵硬的手里还抓着一条绳子。

意外的灾难使绮云几乎要发疯,她竭力支撑的精神在一天之内成为碎砖残瓦。绮云抱着小碗冰冷的遗体坐在米店的门槛上,她在等待米生放学回家,街上的人对小碗之死一无所知,他们看见绮云抱着小碗坐在米店的门槛上,以为是小碗生病了,绮云抱着她在晒太阳。他们没有听见绮云的哭声。

但是米生却没有回家。米生不知道跑到哪里去了。第三天五龙把小碗装进了一口匆匆打就的薄皮棺材,在钉棺的时候五龙听见伙计老王说,米生在江边码头上,我看见他在拾烂橘子吃,喊他他就跑,他还朝我扔石块,绮云嘭嘭地拍打着薄皮棺材,边哭边喊,把他找回来,让他跟小碗睡一起,让他们一起去,把柴生也捎上,我一个也不想要了,我再也不想跟着你们受罪了。

五龙吐出嘴里的长钉,抓在手上,他冷冰冰地审视着绮云说,你喊什么?狠心的女人,干脆你也进去吧,我来给你们盖棺钉棺。

后来五龙在江边的一只空油桶里捉住了米生,米生当时正熟睡着,他的脸已经被油污弄得乌黑难辨,梦中的神情显得惊悸不安。五龙把儿子紧紧地抱住,端详着米生的整个脸部,五龙喃喃地说,你真的像我,可你怎么小小年纪就起杀心?你把你的亲妹妹活活闷死了。

打断米生的一条腿骨是绮云的主张,当五龙再次把米生吊到房梁上时,绮云哭着说,打吧,打断他一条腿,让他以后记住怎么做人,五龙掂着手里那根油光锃亮的杠棒,他对绮云说,这可是你让我打的,米生若是记仇该记你的仇了。绮云的身体颤了颤,她背过脸低低地呜咽着,打吧,我背过脸不看,你就动手吧,绮云用手指塞住自己的耳朵,但她还是听见了米生的一声惨叫和胫骨断裂的声音,喀嚓一声,它后来一直频繁地出现在绮云的噩梦中。

米生在床上躺了一个月,初次下地走动时一家人都紧张地注意他的腿,米生走路时失去了平衡,他成了一个名副其实的小拐子。

织云回了一趟米店,除了说几句常用的劝慰的话,织云也说不出什么,她和绮云枯坐在前厅的两张靠椅上,听店堂里偶尔响起的嘈杂声,姐妹俩相对无言,织云回想了一会儿小碗的粉红健康的脸和乌溜溜的眼珠,思绪很快地折回吕公馆的后园里,后园又在闹鬼了。有一个夜晚她听见卧房的窗外有动静,推开窗子就看见了那个黑衣黑裤的鬼魂。他正在朝后园的芍药花地里走。

我真的看见了,那个鬼魂就是阿保。织云睁大惊惶的眼睛说,阿保跟活着时一模一样,走路神气活现的,还摇晃着肩膀。

绮云并没听见什么,她呆滞地望着织云湿润的涂过口红的嘴唇,仍然陶醉在自己的悲痛中。

他们说那不是鬼魂,是活人,是阿保来找六爷报仇了。可我还是不相信,阿保的东西都让六爷割下来了,他怎么会不死呢?

别说了,我没心思听,绮云厌烦地打断了织云的话。

也许阿保让哪个神仙救活了?织云沉思着做出了一个推断,她抚摸着腕上的翡翠手镯说,他们都怕极了,六爷也有点害怕,每天睡觉都有六个家丁守在床边,可我一点也不怕,我和阿保毕竟有过情分,他会捉别人不会捉我的。

捉的就是你,绮云突然对织云恶声恶气地说,归根结底,你是我们家的祸根,若不是你,我也不会落到现在这步田地,活不成也死不了,想哭都没有眼泪。

对绮云长年累月的攻讦,织云其实也听惯了,但这次不比寻常。织云再也不能忍受,她红着眼睛拂袖而走,边走边说,从今往后我再也不进这个破门,我才不愿意做你的出气筒,从今往后我们井水不犯河水,我没你这个妹妹,你也别求我办什么事。织云气鼓鼓地走到店堂里,被五龙拦住了,五龙说,怎么急着要走?留下吃晚饭吧,他的手很自然地过来在织云的乳峰上捏了一把,织云扬手扇了五龙一记耳光,她骂道,畜生,这种日子你还有好心情吃老娘的豆腐,你还算个人吗？

织云又是伤心而归，这一走果然兑现了无意的誓言，织云没有再回过瓦匠街的米店。多年来她一直在吕公馆里过着秘不传人的生活，红颜青春犹如纸片在深宅大院里孤寂地飘零，瓦匠街的人们知道织云做了六爷的姨太太，却无从知道她在六爷膝下的卑微，她的虚幻的未来和屈辱的现实。只有绮云知道，吕家上上下下都歧视织云，甚至抱玉也从来不肯喊一声娘。

几天后城北一带的居民都听见了来自吕公馆的爆炸声，那是午夜时分，爆炸声持续了很长时间，有时沉闷，有时清脆，男人们披衣出门，站在街上朝北张望，北面的夜空微微泛红，可以看见一股庞大的烟雾冉冉地升腾，空气中隐约飘散着硫黄和焦铁的气味。他们一致判断出事的地点是吕公馆，是吕公馆出事了。

关于吕家爆炸的消息也在瓦匠街上不胫而走，目击者说有人引爆了后院私设的弹药库，吕家的半座园子在大火中化为灰烬，吕家被炸死了许多人，剩下的人都坐上一辆大卡车往火车站去了。五龙站在人群里大声问，还剩下了谁？目击者是街口的小皮匠，他了解五龙与吕家婉转的关系，他说，六爷连一根汗毛也没伤着，他站在卡车上还是吆五喝六的。还有抱玉，抱玉也活着，但是我没看见织云，也许织云被炸死了。五龙又问，你知道是谁干的吗？小皮匠迟疑了一会儿，用一种不确切的语气说，听说是阿保，可是阿保已经死了十年啦，怎么可能？不然就是阿保的鬼魂？这也不可能，一个鬼魂不会引爆弹药库。小皮匠皱着眉头想了一会，最后对众人说，我觉得这件事情很蹊跷。

五龙和绮云赶到吕公馆的废墟上时，所有的死者都被迁往野外的乱坟堆了，昔日象征着金钱和势力的深宅大院到处残垣断壁，草木被烧成了焦黑的炭条，绮云在废墟上茫然地走着，突然看见砖缝中夹着的一团绿光，她弯下腰不由叫了一声，翡翠手镯！绮云把手镯从砖缝里抠出来，脸色苍白如雪，手镯明显地被火焰烧烤过，留下了处处烟痕，绮云撩起衣襟擦拭着失而复得的翡翠手镯，泪水忍不住流到面颊上。绮云哽咽着说,我早料到织云不会有好结局,我没想到她死得这么惨,这么冤枉。五龙抬脚踢飞了一根圆形的铁管,他认得那是来复枪的枪膛,五龙追着那根铁管跑了几步,回过头对绮云说,我们都不会有什么好结局的。我们都会死,你哭什么?织云早死其实是她的福气。

绮云把翡翠手镯套到手腕上,忽然觉得这不吉利,又摘下来包到手帕里,这时候她听见五龙远远地问,你知道这事是谁干的?

听说是阿保,听说阿保还活着。

如果我说是我干的,你相信不相信?

绮云吃惊地看着五龙,五龙盘腿坐在后园唯一残存的石凳上,双手把玩着那根圆形铁管,他的表情看上去很古怪,有点像一个撒谎的孩童,更像一个真正的凶手,绮云面对着五龙沉默了很久,后来她说,我相信,因为你是世界上最狠毒的男人。

绮云在清扫父亲留下的北屋时,从床底下扫出了那本家谱,所有的册页都已被地气浸潮,家谱上布满了霉斑和水渍,绮云随意翻动册页,许多冯姓先人的名字像蚂蚁般掠过视线,最后是她的父亲的名字,显然家谱到父亲这一代没有续修,也许他在世时就觉得没有修家谱的必要了。绮云注视着那些空白的旧纸,心情悲凉如水,她把它放到窗台上晾晒,心里浮生了续修家谱的念头。

第二天街东的小学教员如约来到米店,他带来了宣纸和笔墨。绮云送上一碗莲心红枣汤后,呆呆地看着小学教员在陈泥砚台上磨墨。小学教员浏览了一遍冯家的五十三代家谱,他敏锐地提出一个问题,五十四代怎么续,五十四代没有男丁。绮云想了想,就写下五龙的名字,就让那畜生上冯家的家谱吧。你在我爹的名字下写上冯五龙。他好歹是个男人,我的名字不能写就写他的吧。小学教员在写字的时候听见绮云深深地叹了口气,她自怨自艾地说,我不是男人,我只能让那畜生上冯家的家谱了。

冯家的第五十五代自然是米生和柴生,小学教员在写完冯米生三个字后,怀着一种别样的心情加一行蝇头小楷,腿有残疾,系父亲棍殴所致,他知道五龙不会认得这些字,他不怕五龙。他正想对一旁的绮云解释什么,听见院子里响起一阵急促的脚步声,是五龙从外面回来了。

绮云走出前厅看见五龙拖着两只米箩往仓库里钻,绮云跟过去问,店堂里不缺米,你又担米干什么?五龙闷着头用竹箕往米箩里倒米,他说,码头兄弟会换了个帮主,他说只要我缴上一担米,就收我入伙,绮云厉声说,我不准你糟蹋我的米,你就是上山当土匪我也不管,可我不准你糟蹋我的米。五龙不再理睬绮云,他装满了米挑着箩就往外面走,绮云冲上去抱住米箩不放。她嘴里不停地骂着,败家的畜生,你吃我的不够,还要往外拿,我不准你把米挑出米店。五龙卸下了肩上的米担,抓着扁担焦灼而仇恨地盯着绮云,我说过你别拦我,我想干的事一定要干,你拦也拦不住。五龙说着挥起扁担朝绮云抓着米箩的手砍去。在绮云的哭泣和呻吟声中,五龙挑着一担米走出了米店,他的脚步沉着平稳充满弹性。

小学教员在窗前看见了院子里发生的一切,五龙担米离店后他重新坐到桌前,打开业已修讫的冯家家谱,在第五十四代冯五龙的名字下面写了一个问号,然后他再执小楷,在右侧的空白处添了一行字:码头兄弟会之一员。

第九章

当五龙渐入壮年并成为地头一霸时,瓦匠街的米店对于他也失去了家的意义。五龙带着码头兄弟会的几个心腹,终日出没于城南一带的酒楼妓寮和各个帮会的会馆中,一个枫杨树男人的梦想在异乡异地实现了。在酒楼上五龙仍然不喝酒,他只喝一种最苦最涩的生茶。五龙喜欢宿娼,他随身携带一个小布袋,布袋里装满了米,在适宜的时候他从布袋里抓出一把米,强硬地灌进妓女们的下身。后来城南一带的妓女都听说了五龙的这种恶癖,她们私下议论五龙的贫寒出身和令人发指的种种劣迹。她们觉得这种灌米的癖好不可思议,使女性的身体难以忍受。

有时候五龙在妓院的弦乐笙箫中回忆他靠一担米发家的历史,言谈之中流露出深深的怅惘之情。他着重描述了他的复仇。复仇的方法是多种多样的。五龙呷着发黑的茶说,不一定要用刀枪,不一定要杀人。有时候装神弄鬼也能达到复仇的目的。你们听说过吗?从前的六爷就是让一个鬼撵出此地的。五龙的独眼炯炯有神地看着周围的妓女,突然用枪把撑起一个小妓女尖削的下颏,你知道那个鬼是谁吗?是我,是我五龙。

一个飘着微雨的早晨,五龙带着两个心腹从码头兄弟会的会馆出来,他们经过了一个牙科诊所。五龙突然站住了,专注地凝视着橱窗里的一个白搪瓷盘子,盘子里放着一排整齐的金牙和一把镀铬的镊子。五龙突发异想,他对手下说,我要换牙,说着就撩开诊所的门帘走进去了。

龙爷牙疼吗?牙医认识五龙,赔着笑脸迎上来问。

牙不疼。我要换牙。五龙坐在皮制转椅上转了一圈,两圈,指着橱窗里的那排金牙说,把我的牙敲掉,换上那一排金的。

牙医凑上来检查五龙的牙齿,他觉得很奇怪,龙爷的牙齿很好,他说,龙爷为什么要敲掉这一口好牙齿呢?

我想要那排金牙,你就快点给我换吧。五龙厌烦地在转椅上旋转着,难道你怕我不付钱?不是?不是就动手吧。

全部换掉?牙医绕着转椅揣摩五龙的表情和用意。

全部。全部换上金的,五龙的口气很果断。

马上换是不可能的,敲掉旧牙,起码要等半个月才能换上新的。牙医说。

半个月太长了,五天吧。五龙想了想,显得不太耐烦,他拍了拍手说,来吧,现在就动手。

那会很疼,麻药可能不起作用。牙医为难地准备着器械,他将一只小铁锤抓在手上,对五龙说,喏,要用这个敲,两排牙齿一只一只地敲,我怕龙爷会吃不消。

你他妈也太小瞧了我五龙。五龙舒展开身子仰卧在转椅上,他闭起眼睛,脸上似笑非笑,我这辈子什么样的苦没受过?我不会哼唧一声的,我若是哼了一声你就可以收双份的钱,不骗你,我五龙从来说话算话。

拔牙的过程单调而漫长,两个兄弟会的人在门外耐心等候。诊所里持续不断地响着的笃的笃声和金属器械的撞击。牙医手持铁凿和锤子耐心地敲击五龙的每一颗牙齿。他们真的没有听见五龙的一丝呻吟。

五龙满嘴血沫,他的整个身心在极度的痛楚中轻盈地漂浮。他漂浮在一片大水之上,恍惚又看见水中的枫杨树家园,那些可怜的垂萎的水稻和棉花,那些可怜的丰收无望的乡亲,他们在大水的边缘奔走呼号,他看见自己背着破烂的包袱卷仓皇而来,肮脏的赤脚拖拽着黑暗的逃亡路。我总是看见陌生的死者,那个毙命于铁道道口的男人,那个从米袋里发现的被米呛死的孩子。我看不见我的熟悉的家人和孩子。我不知道这是为什么?一滴浑浊的眼泪猝不及防地滚出眼眶,五龙想去擦但他的双手被捆住了。疼了吧?我说肯定会疼的,牙医停下来不安地望着那滴眼泪。五龙摇了摇头,重新闭上眼睛,他咽了一口血沫,艰难地吐出一个费解的词组,可——怜。

几天后五龙站在诊所的镜子前端详他的两排金牙,他的面色很快由蜡黄转变成健康的黑红色。他用手轻柔地抚摸着嘴里的金牙,对牙医说,我很满意。我从前在枫杨树老家种田的时候就梦想过这两排金牙。

街上仍然飘着细雨,两个随从打开了油布伞,撑在五龙的头顶上,刚刚换了牙,遵照医嘱不宜张嘴说话,但五龙想说话,他问打伞的人,你们知道我为什么要换上一嘴金牙?我从不喜欢摆阔炫耀,你们说我为什么要花这笔钱换上一嘴金牙呢?打伞的人面面相觑,他们总是猜错五龙的想法,所以不敢轻言。五龙说,其实也很简单,我以前穷,没人把我当人看。如今我要用这嘴金牙跟他们说话,我要所有人都把我当个人来看。

牙医举着一个纸包从后面赶了上来,他把纸包塞给五龙,这是真牙,给你带回去,真牙是父母精血,一定要还给主人的。

五龙打开纸包,看见一堆雪白的沾满血丝的牙齿。这是我的真牙吗?五龙捡起一颗举高了凝视了很久,猛地扔了出去,什么真牙?我扔掉的东西都是假的。这些牙齿曾经吃糠咽菜,曾经在冬天冻得打战,我现在一颗也不想留,全部给我滚蛋吧,五龙像个孩子似的吼叫了一声,抓起纸包朝街边的垃圾箱扔去,去,给我滚蛋吧。

街上很潮湿,雨天的人迹总是稀少的。偶尔路过的人没有注意雨地里放着白光的异物,那是五龙的牙齿,它们零乱落在水洼中,落在阴沟和垃圾箱旁。

霏霏细雨时断时续地下了很久了,在蒙蒙的雨雾里阳光并没有消失,阳光固执地穿越雨丝的网络,温热地洒在瓦匠街的石板路上,弯曲绵长的石板路被洗涤后呈现出一种冷静的青黛色,南方的梅雨季节又将来临了。

雨季总是使米生的心情烦躁不安,那些在墙下见雨疯长的青苔似乎也从他畸形的左腿蔓延上来,覆盖了他的阴郁的心。米生拖着他的左腿,从瓦匠街上走进米店店堂,又从店堂走进后院,他看见他们在后厅搓麻将,母亲惯常的怨天尤人在麻将桌上一如既往。现在她正埋怨手气太坏。我想摸张好牌都这么难?我干什么都一样苦,天生命不济。母亲絮絮叨叨地说。我以后再也不玩这鬼麻将了。

他看见妻子雪巧也坐在桌前。雪巧并不会打麻将,她是陪绮云玩的。雪巧是个乖巧伶俐的女人。这是米生在婚后两年间慢慢确认的。米生从心底里厌恶雪巧的这种禀性,许多事情实际上包含着误会,两年前雪巧在米店门口叫卖白兰花时,米生认为她是个怯生生的可怜的卖花女,雪巧粉红的圆脸和乌黑的忧伤的双眸使他怦然心动,雪巧很像他的早夭的妹妹小碗,米生因此对她无法释怀,他从雪巧的竹篮里抓起一大把白兰花,扔在米店的柜台上,他掏钱给雪巧的时候顺便握了握她的手,他说,你很像小碗,她五岁就死了,是让哥哥活活闷死的。雪巧当时不解其意,但她准确地从米生的目光里感受了爱怜的内容,并且隐隐地有个预感,也许日后会嫁到这个家道日丰的米店来。

米生,给我一点零钱,我全输光了,雪巧在里面喊。

输光了就下来,别打了,打得人心烦。米生站在屋檐下,抬头望着雨雾和光交织着的天空,他的心里不快活。

你怎么又阴着个脸?雪巧匆匆地跑出来,望着米生的脸,输了一点钱你就不高兴了?我还不是陪娘玩,让她高兴高兴。

谁稀罕你这份孝心?你见她高兴了?她永远也不会高兴,谁都欠着她的债,永远也还不清。米生冷冷地瞪了雪巧一眼,你怎么不想法让我高兴高兴?这种讨厌的雨天,你怎么不肯陪我到床上睡一觉?

雪巧无可奈何地笑了笑,她在米生的耳朵上拧了一把,然后扭身回到前厅。一桌人都等着她,显得很不耐烦,柴生的新媳妇乃芳笃笃地敲打着一张牌,喂,零钱要到了吗?雪巧说,米生手上没有零钱,要不我先到柜上找点零钱吧?雪巧用询问的眼光探测着绮云的反应。绮云绷着脸说,柜上的钱谁也别去动,这是米店的规矩,我早告诉过你们了,你又不是不知道。雪巧怏怏地坐下来。她说,那就只好先欠着了。一桌人又开始哗啦啦地洗牌。另外一个女人是竹器店的老板娘。绮云突然对雪巧说,你那男人天生抠门,别指望从他手指缝里挖出一个铜板,我的两个儿子一个也没有出息,米生死脑筋不舍得用钱,柴生天天在外面瞎混,胡吃海花,米店要倚仗他们没几天就会关门。

母亲说的话米生都听见了。米生低低骂了一声,抬起手朝窗台上一扫,一只破瓦罐应声落地。前厅里立刻静了下来,只听见四个女人轮流打牌的响声。米生垂着头朝自己的房间里走,米生总是拖着一条断腿在米店里到处走动。他回味着母亲怨气冲天的声音。他记得自己就是在这种声音里长大成人的,不仅是因为他十岁那年犯下的罪孽。不仅是因为小碗。米生相信一切都是出于灰暗的心灵。这个家就是一个怨气冲天的家庭。

前厅里的气氛突然变得僵滞凝固,四个女人机械地抓牌打牌,互相渐渐充满了敌意。乃芳终于把牌阵一推,老欠账有什么意思?没零钱就别打了,雪巧的脸微微有点红,她窘迫地看了看每个人的脸说,我又不会赖这几个钱,都是自家人,何必这样认真。乃芳已经站了起来,鼻孔里轻蔑地哼了一声,她说,话不是这么讲的,你没听人说亲兄弟明算账吗?我这人就喜欢爽气,我最恨不明不白黏黏糊糊的事情。雪巧的脸渐渐又发白,她掏出一个绣花的小钱包,从里面抽出一张纸币朝乃芳扔过去,不就是几块钱吗?犯不着拐弯抹角的骂人,雪巧朝绮云那边扫了一眼,边走边说,我是陪你们玩的,输了钱还讨个没趣,活见鬼。

米生坐在床边吹口琴,他看见雪巧气咻咻地走进来,把房门砰地撞上。雪巧紧咬着嘴唇,像要哭出来了。

谁惹了你就对谁出气,你别撞门,米生说。

没见过这么刁蛮的女人,雪巧坐到米生身边,高声地对着窗子说话,她是有意让院子里的人听见的。仗着娘家的棺材店,从死人身上赚几个钱,就可以欺侮人吗?

闹翻了?米生把口琴往手掌上敲着,敲出琴孔里的唾液,米生说,闹翻了就好,这下大家都高兴了。

米生胡乱吹着口琴,吹着刺耳难听的声音,他几乎是恶作剧地拼命吹着,他就是要让每个人都无法忍受,包括他自己。别吹了,我的耳朵都让你震疼了。雪巧想夺下米生嘴里的口琴,米生躲闪开了。他开始对着窗外的院子吹,他看见母亲愤怒地跑过来,你疯啦?你知道我怕吵,你想害死我吗?米生终于放下了口琴,对窗外说,其实我也不喜欢听这声音,可是这家里让人气闷,有声音比什么也没有好。

平均每隔一个礼拜,五龙回到米店,在店堂里观望一会儿。在仓房的米垛上小憩片刻,然后和家人一起吃晚饭。五龙的食欲现在已经随同体力渐渐衰退了。对于粮食,他仍然保持着一贯的爱惜。在饭毕剔牙时他习惯性地观察着家人的碗。乃芳刚过门时在饭桌上先是被五龙狠狠地盯着,她偷偷问旁边的柴生,你爹怎么老是盯着我的碗?柴生还没来得及回答,那面五龙就发起火来,他阴沉着脸对乃芳说,把你的碗舔干净了,不许剩下一粒米。

乃芳啼笑皆非,她的娘家是城南有名的寿材店孔家,家境殷实,过惯了娇宠任性的生活。初嫁米店,乃芳对米店的一切都嗤之以鼻。她鄙视米店的每一个家庭成员,其中也包括丈夫柴生,柴生在婚后依然不改狂赌滥玩的习性,终日挟着蟋蟀罐奔走于小街暗巷,寻找斗蟋蟀的对手。柴生相信自己拥有本地最凶猛的蟋蟀王。在柴生和乃芳的婚床下面,堆满了黄泥的和紫砂的蟋蟀罐。大小形状各不相同,每到入夜,罐里的蟋蟀就杂乱地鸣唱起来,乃芳起初还觉得好玩,没过几天就厌烦了,她半夜起来把所有的蟋蟀罐的盖子打开,所有的蟋蟀都逃了出来,在屋子的四周蹦着跳着,乃芳更加生气,干脆捡起一只拖鞋去拍。等到柴生被一阵噼噼啪啪的拍击声惊醒,地上已经到处是蟋蟀的残臂断腿,柴生迷迷糊糊跳下床,也不说话,照准乃芳劈头盖脸的一顿毒打。边打边叫,打死你也不够还本。

乃芳过门没几天就挨了柴生的拳头,她很要面子。青肿着脸又不愿回娘家,乃芳指着脸上的淤血向绮云告状。你儿子是人还是畜生?为几只蟋蟀把我打成这样,绮云对新媳妇的出言不逊非常反感,绮云根本没有朝她的伤处瞄一眼,她说,你嘴放干净一点,柴生就是这个德行,我也管不了,你是他女人,应该你自己管他。乃芳碰了一鼻子灰,骂骂咧咧地走开了,她说,你们护着他,你们就看着他把我打死吧,我倒不信,我倒要看看他能不能把我打死在冯家?

乃芳过门后天天跟柴生闹,有时候半夜里就在床上厮打起来。绮云在床上听着,厌恶地咒骂着,南屋的米生夫妇则充耳不闻,他们无心起来劝架。直到有一天五龙回米店,乃芳把他拦在院子里,照例指着自己青肿的脸让公爹评理,五龙不耐烦地扫视着乃芳丑陋的长脸,他说,我天天在外面忙,供你们吃好的穿好的,你们却老是拿屁大的小事来烦我。五龙粗暴地推开了乃芳,我懒得管你们这些鸡巴事。

夜里米店再次响起乃芳尖厉的哭闹声,乃芳在哭闹中历数米店的种种家丑。柴生只穿了一条短裤,举着顶门栓满屋子追打,乃芳最后钻到了床底下,在床底下继续骂,你姨是个婊子货,你爹是个杀人如麻的独眼龙,你哥闷死妹妹又落成个拐子,你们一家没有一个好东西。乃芳尽情地骂着猛地听见房门被撞开了。五龙站在门口,五龙对柴生说,你女人在哪里?把她拖出来!

乃芳被柴生从床底下拽了出来,她看见五龙站在房门口,脸色黑得可怕,五龙的手里拎着一件蓝光闪闪的铁器,铁器的一半用红绸包缠着。乃芳大吃一惊,她认得那是一把真正的驳壳枪。

你还想闹吗?五龙举起驳壳枪对准乃芳的头部瞄准,他说,你说对了,我是个杀人如麻的独眼龙,但是我打枪特别准,你要是再闹我就把你的小×打下来喂猫。五龙慢慢地平移着手上的枪,瞄准了一盏黯淡的灯泡,随着一声脆响,灯泡的碎片朝四处炸开,房间陷入一片黑暗之中。

我最痛恨大哭大闹的女人,比起男人,你们的一点冤屈又算得了什么?五龙雪白的绸衫绸裤在黑暗中闪闪烁烁,他朝僵立在一旁的柴生踢了一脚,抱你女人上床去,狠狠地操她,她慢慢就服你了。女人都是一样的贱货。

乃芳几乎被吓呆了,披头散发地瘫坐在地上,一声不吭。柴生过来把她抱到床上,柴生说,这回你害怕了,你骂我可以,你怎么骂起我爹来了?谁不知道我爹心狠手辣,别说是你,就是我惹怒了他也会吃他一枪。乃芳像一条离水的鱼在黑暗中喘息着,她背对着柴生,低声而沙哑地啜泣。你们都是畜生。乃芳咬着自己的手指说。她听见柴生很快打起了呼噜,而在外面的瓦匠街上,打更老人的梆声由远而近。乃芳觉得爹娘把她嫁到米店是不可饶恕的错误,她的生活从此将是黑暗无边的一场惊梦。

从下游逆流而上的货船运来了棉布、食盐和工业油料,在货船的暗舱和舷板的夹缝里,往往私藏着包装严密的鸦片和枪支弹药。那是码头兄弟会的船,船抵达江边码头的时候五龙督阵卸货。船上下来的人带来了下游城市的种种消息。有一次他们告诉五龙:吕丕基吕六爷在上海的跑马场被暗杀了,六爷的后背上被人捅了七刀,倒在血泊里。这件案子惊动了整个上海滩。报纸都在显要位置刊登了吕丕基惨死跑马场的照片。他们把一卷报纸递给五龙说,龙爷,这回你的后患解决了。五龙平静地朝报纸上模糊发白的照片扫了一眼,扬手扔进了江中。他说,我讨厌报纸,我讨厌这种油墨味。

五龙伫立江边,遥想多年前初入城市,他涉足的第一片城市风景就是深夜的江边码头,那天围集在码头上侮辱他的一群人,如今已经离散四方。但他清晰地记得阿保和那群人的脸,记得他在那群人的酒嗝声中所受的裆下之辱。他想起他曾经为了半包卤猪肉叫了他们爹,心里就有一种疯狂的痛苦。五龙在连接货船和石埠的跳板上走来走去,双臂向两侧平伸保持身体的平衡。如此重复了多次,五龙的心情略微松弛了一些。他跳到码头上站住。眯起他的独眼凝视着一个靠在货包上瞌睡的青年。他用两块银元夹断了青年颏下的一根胡须,那个年轻的搬运工猛地惊醒了。叫我爹,我把银元送给你。五龙的声音充满了温柔和慈爱,叫吧,叫一声爹你几天不用干活了。年轻的搬运工惊诧地望着五龙,迟疑了一会儿,他终于怯怯叫了一声,爹。五龙把银元当地扔到他的脚下,他脸上的表情看上去古怪费解。你真的叫了。五龙呢喃着逼近年轻的搬运工,猛地踩住了他拾取银元的那只手。没骨气的东西,五龙操起一根杠棒狠狠敲他的头顶,一边敲一边大声说,我最恨你们这些贱种,为了一块肉,为了两块钱,就可以随便叫人爹吗?

码头上的人们静静地看着这突然爆发的一幕。多年来他们已经习惯了五龙种种野蛮而乖戾的举动。他们清醒地意识到五龙的异秉也是他一步步向上爬的心理依据。正是这些悖于常人的事物最令常人恐惧。五龙扔掉了手里的杠棒,他看见年轻的搬运工捂着头顶,血从他的指缝间汩汩地流了出来,五龙仔细地鉴别着他的眼神,他说,现在我从你的眼睛里看到了仇恨。这就对了。我从前比你还贱,我靠什么才有今天?靠的就是仇恨。这是我们做人的最好的资本。你可以真的忘记爹娘,但你不要忘记仇恨。

当巡捕的哨声在化工厂那侧急促地吹响,五龙的人和货迅速地从码头上疏散开去。巡捕们赶来面对的总是一座死寂的夜色中的空城,只是在夜半宁馨的空气中隐隐留下了犯罪的气息。巡捕们也已经习惯了这种形式的奔忙,他们深知在城北麇集着无数罪恶的细菌,无数在黑暗中滋长的黑势力借用江边码头杀人越货无所不干。譬如这天夜里他们看见了地上的一摊新血,一个陌生的青年坐在货包上,一边用废纸擦着脸上的血痕,一边呆呆地望着前来巡夜的巡捕。巡捕们上前询问事由,他什么也没说,唯一吐出的是两个含糊的字音。我恨。

我恨。他用拳头捶着地,他说,这是什么世道?

第十章

邮递员在米店的门口高声喊着绮云的名字,他交给绮云一封信。绮云这辈子中几乎没有收到过什么信件,长期的与文字隔绝的生活使她无法通读这封信,她让米生给她念,米生将信草草地看了一遍说,是抱玉,抱玉要来看你。绮云愣了一会儿,深深地叹了口气,她扳起指头算了算说,可怜,他娘死了都十二年了,亏他还记得我这个姨。绮云转而又问米生,你还记得你表兄吗?无论是长相还是学识,他比你们哥俩都要强百倍。他是个有出息的孩子。米生用嘲讽的目光扫了母亲一眼,把雪白的信笺揉破了塞还她手里。米生说,我怎么不记得他?小时候他把我当马骑,还用树枝抽我的屁股。

三天后一个面目清秀西装革履的年轻绅士来到了瓦匠街。他的出现引起了街头老人和妇女的注意,他们看着他以一种从容而潇洒的步态走进了米店的店堂。杂货店的老板娘熟知米店的历年沧桑,她盯住年轻绅士的背影回忆了片刻,脱口而出,是织云的儿子,织云的儿子回来啦!

米生和柴生去火车站接抱玉扑了空,等他们回家看见院子里正在杀鸡宰鸭,雪巧正在认真地褪一只花公鸡的鸡毛,她兴高采烈地对米生说,表兄已经到了,你们怎么这样笨,接个人也接不到。米生皱了皱眉头,他说,人呢?雪巧说,在屋里和娘说话呢,你快去。米生厌恶地瞪了雪巧一眼,我快去?我为什么要这么下贱,他就不能来见我?米生一边说一边拖着跛腿往房间里去。

柴生走进前厅看见母亲和表兄抱玉并排坐在红木靠椅上,在简短的寒暄中表兄弟之间相互观察,柴生有一种自惭形秽的感觉,抱玉冷峻而魅力四射的眼睛和倜傥风流的气度使他深深地折服。柴生坐下后就向抱玉打听上海赌市的行情,柴生说,表哥你喜欢斗蟋蟀吗?你要是喜欢我可以帮你弄到最好的蟋蟀大王。抱玉微微笑了笑,他操着一口流利动听的国语说,以前也玩过蟋蟀,现在不玩这些了,现在我到处走走,做点房地产生意,有时候也做点北煤南运的生意。

他们弟兄俩就是这么没出息。绮云哀伤地对抱玉抱怨柴生成天不干正经事,米生什么事也不干,就知道发牢骚。我创下的这份家业迟早要败在他们手上。

主要是姨父撑顶家门,表弟们想干也干不成什么,抱玉的眼睛闪着睿智的思想的光芒,他掏出一盒雪茄,勾指弹出一支雪茄叼在嘴上。抱玉说,其实我也一样,家父在世时我什么也没干,现在不同了,好多事情一定要由我来干,前辈结下的恩怨也要由我来了结,有时候我脑子里乱得理不出头绪。

绮云温情地注视着抱玉。抱玉的脸隐没在淡蓝的烟雾后面,但他脸部的棱角线条闪着沉稳而冷静的光芒。从抱玉的身上已经很少找到米店后代的标志,绮云想起多年前吕公馆的那场可怕的劫难,想起织云葬身火海的情景,不由潸然泪下。绮云抹着泪说,抱玉,你爹暴死是罪有应得,你娘死得才惨,她那条命就是害在吕家手里,最后尸骨也没收全。你说她做过什么伤天害理的事?她错就错在丢不开男人。把身子白送了男人,最后连命也搭上了。

说起我娘,我连她的样子也记不得了。抱玉耸了耸肩膀,他说,你知道我是奶妈带大的,他们不让我接触我娘,我现在真的连她的模样也记不得了。

所有的人都容易忘本,这也不奇怪。绮云站起来,到里屋取出了一只小红布包。她把布包打开了交给抱玉,绮云说,这只翡翠手镯是当年从火堆里拾到的,你娘就留下了这么一件东西,你拿着给你女人戴吧。

抱玉抓起手镯对着光亮照了照,很快地放回到红布上,递给绮云,他说,这是最差的翡翠了,其实只是一种绿颜色的石块,再说又不成对,一点也不值钱。

不管值不值钱,它是你娘留下的遗物。绮云不快地瞥了抱玉一眼。悲伤袭上绮云的心头,她轻轻抚摸着手镯上没有褪尽的那条烟痕,泪水再次滴落。多可怜,织云你有多可怜,绮云喃喃自语着,又联想到自己不如意的一生,不由得哽咽起来。

你这样说我就只好收下了。抱玉笑了笑,把翡翠手镯连同红布一起塞进了口袋。我最怕别人对我哭,请你别哭了。

我不光是哭你娘,我在哭我自己。绮云边哭边诉,我们姐妹俩的命为什么都这样苦?冯家到底做过什么孽呀?

抱玉和柴生一起退出了前厅。柴生说,你别见怪,她就是这种喜怒无常的脾气,不知道什么时候就会哭。抱玉说,我知道,你们家的事情我都知道。他们走到院子里,看见厨房里雪巧和乃芳正在忙碌,而南屋里传出了米生吹口琴的声音。抱玉问柴生,是米生在吹口琴?柴生点了点头,他说,这家伙怪,什么事也不干,就会拿把破口琴瞎吹。抱玉的嘴角始终挂着洞察一切的微笑,他对着地上的一堆鸡毛踢了一脚,说,我知道,我知道他在米堆上闷死了小碗表妹。

晚饭的酒菜端上了大圆桌。绮云先点香焚烛祭祀了祖宗的亡灵。米店一家在蒲团上轮流跪拜,最后轮到了抱玉。抱玉,过来拜拜你娘和你外公。绮云虔诚地沿着前厅的墙际洒了一坛黄酒,她对抱玉说,去吧,让他们保佑你消灾避邪。抱玉显得有点为难,他说,我一直是在吕家祠堂列拜祖宗的。照理说我在这里算外人,不过既然姨让我拜我就拜一回吧。抱玉说着在地上铺开一块白手帕,单膝着地,朝条桌上供放的牌位作了个揖。米店一家都站在一边看。雪巧也许觉得有趣,扑哧一声笑了出来。绮云严厉地白了雪巧一眼,不知好歹,这有什么好笑的?

五龙就是这时候回来的。五龙走进来前厅立刻变得鸦雀无声，只听见红烛在铜烛台上燃烧的纤细的声音。他注视着抱玉，突然很响亮地擤了一把鼻涕，摔在地上，五龙说，你来了，我猜你总有一天会来我这里。他走到条桌前把烛台吹灭，然后抬手把桌上的供品连同一排牌位一齐撸到地上。又来这一套，我看见就心烦。五龙对绮云说，你要谁帮你？活人帮不了你，死人又有什么用？五龙说着先坐到了饭桌前，朝一家人扫视了一圈，吃饭吧，不管是谁都要吃饭，这才是真的。

饭桌上五龙啃了一只猪肘。两碗米饭是在很短的时间内扒光的。五龙吃完向抱玉亮着光洁的碗底说，看看我是怎么对待粮食的，你就知道我的家业是怎么挣下的。抱玉朝那只碗瞥了一眼，笑着说，姨父不用解释，你怎么挣下的家业我听说过，不管怎么挣，能挣来就是本事。我佩服有本事的人。五龙会意地点了点头，他放下碗，用衣袖擦着嘴角上的油腻，你知道吗，以前我年轻受苦时老这样想，等什么时候有钱了要好好吃一顿，一顿吃一头猪、半条牛，再加十碗白米饭，可到现在有一份家业了，我的胃口却不行了，一顿只能吃两碗饭，一只猪肘，知道吗？这也是我的一件伤心事。抱玉放下筷子，捧着肚子大笑起来。过了好久才收敛了失态的举止。他看见米店一家人都没有露出一丝笑意，尤其是五龙，他的一只眼睛黯淡无神，另一只眼睛却闪烁着阴郁愠怒的白光，抱玉于是王顾左右而言他，他的双腿在桌下散漫地摇晃着，触到了一条柔软温热的腿，凭直觉他判断那是雪巧的，抱玉用膝盖朝她轻轻撞击了一次、两次，那条腿没有退缩，反而与他靠得更近。他从眼睛的余光中窥见了雪巧脸上的一抹绯红，雪巧的目光躲躲闪闪，但其中包含着花朵般含苞欲放的内容。

你越长越像阿保了。五龙在院子里拦住了抱玉，他的目光蛮横地掠过抱玉的全身，甚至在抱玉的白裤的裤裆褶皱处停留了片刻，五龙剔着牙缝说，知道吗？你并不像六爷，你长得跟阿保一模一样。

谁是阿保？我没听说过这个人。

一个死鬼。五龙从象牙签上拈下来一丝发黄的肉末，眯起眼睛看着那丝肉末,六爷割了他的鸡巴送给我,听说过这滑稽事吗?六爷有时候确实滑稽,而阿保更滑稽,他最后把身子喂了江里的鱼,把鸡巴喂了街上的狗。

这么说他早死了?抱玉淡淡地说。我对死人不感兴趣,这一点跟姨父一样,我只对活人感兴趣。

雪巧早晨起来就觉得天气燠热难耐,这是黄梅雨季常见的气候,从房屋的每一块木质板壁和箱柜里的每一块衣料上,都能闻到那股霉烂的气味。雪巧早晨起来就把许多抽屉打开,试穿着每一件夏天的衣裳,最后她穿上了一件无袖的红底白花的旗袍,坐在床沿上摆弄脑后的发髻,雪巧在发髻上插上一朵白兰花,对着小圆镜照了一会儿,又决定把头发披散下来。雪巧坐在床沿上滋滋地梳着弯曲的长发,她看见米生的一只脚从薄毯下钻了出来,米生掀掉了薄毯,他的那条弯曲的萎缩的左腿就这样一点点地暴露在雪巧的视线里。

别梳了,你不知道木梳的声音让我牙酸?米生翻了个身,那条左腿随之偏移了一点角度,就像一段滚动的树棍,米生说,你每天总要发出各种声音,把我吵醒。

你每天都在嫌弃我,就是我不小心放了屁,你也要朝我发火。雪巧哀怨地说,她走到窗前继续梳着头发,她想把头发梳直了用缎带箍住,就像师范学堂的那些女学生一样。她想改变发式已经想了很久了。

我知道你打扮了给谁看,米生从床上坐起来,当他明白了雪巧梳头的用意后,突然变得狂怒起来,贱货,你给我把头发盘上去,我不准你梳这种头发,盘上去,原来是什么样今天还是什么样,你听见了吗?

雪巧的手和手上的梳子停留在她的发端,她的浑圆的透出金黄色的肩膀剧烈地颤动起来。你什么也不许我做,雪巧呆呆地看着手上的梳子,她说,连梳头你也要管住我,我就像你手里的木偶,连梳头也要听你的。

你想不听吗?米生从床上爬过去,抓住雪巧的手臂,他夺下梳子扔出窗外,然后就替雪巧做头发,他胡乱地在雪巧脑后盘了一个发髻,就这样,米生松开了雪巧,你这贱货就应该梳这种头,不准你重新梳,你就这样去勾引那个杂种吧。

雪巧后来就顶着一个难看的发髻在厨房门口择芹菜。雪巧的心情和雨季的天空一样充满了阴霾,她在心里狠狠地咒骂米生,拐子,不得好死的拐子。突然发现抱玉无声地站在她面前,你的梳子怎么扔到窗外去了?抱玉把梳子递给雪巧,雪巧伸手去接,抱玉却又缩回去了,他用梳子在头上梳了几下说,我喜欢这把梳子。雪巧低下头摆弄着地上的芹菜,轻声地说,你喜欢就留着吧。抱玉笑了笑,随手把梳子塞进了西服的口袋,他的手在口袋摸索了一会儿最后摸出那只翡翠手镯,抱玉把手镯轻轻放到芹菜堆上,我从来不白拿女人的东西,我把这只翡翠手镯送给你,但是你千万别告诉别人,等我走了以后你再戴。雪巧的脸上已经是一片绯红,她朝四周看了看,抓起一把芹菜叶盖住了那只手镯,雪巧说,我明白,我怎么会告诉他们呢?

他们说话的时候太阳在瓦匠街上空猛烈地跳动了一下,浓浓的雨意顷刻间消失了,空气益加灼热而滑腻。米店的店堂里传来了第一批买主和伙计争执的吵闹声,一个女人在尖声抱怨,这么黑的米,鬼知道是哪个朝代的陈米,给老鼠都不吃,你们大鸿记米店越开越黑啦。绮云闻声从里屋出来,她看见抱玉和雪巧在厨房门口,一个站着,一个坐着,绮云警惕地打量了他们一眼,说,抱玉,你不是要去办货吗?快去快回,天气不好,别看出了太阳,这倒霉的雨说下就会下的。

抱玉随口应着,看着绮云瘦小微驼的背影消失在门帘后面,他朝雪巧挤了挤眼睛,你跟我一起上街吗?我们去吃西餐,吃完西餐去看电影,看完电影我们去公园玩,随便聊天,我最喜欢跟漂亮的女人聊天了。

我要择芹菜,雪巧说。

你害怕?抱玉微笑地看着雪巧的手将芹菜叶子一点点地摘光,他说,你怕米生?他只有一条腿好用,你怕他干什么?

雪巧茫然地点点头,继而又摇头。她拎起菜篮子闪进厨房,把门轻轻地关上了。抱玉猝不及防地被关在门外,但他听雪巧在门那侧对他说话。雪巧在门里说,早晨米生睡懒觉,早晨仓房里没有人进去。

雪巧提着拖鞋闪进了幽暗的米仓,她看见抱玉坐在高高的米垛上,以一种平静的圣灵般的姿态等候她的到来。

我要死了,我透不过气来,我觉得我快昏过去了。雪巧爬到米垛上,摩挲着抱玉光洁而坚硬的脸廓和脖颈,她的呼吸正如她自己感觉的那样紊乱而急促,有一种垂死的气息。她的头无力地垂落在抱玉的大腿上,几绺黑发散乱地从发髻上垂落,在抱玉的眼前颤动着,你快点,你千万快点。说不定会被他们撞见。我害怕极了。

不急。这事不能着急,抱玉轻轻地用手拍着雪巧的臀部,他的身上有某种药膏的凉丝丝的气味,抱玉说,想想很有趣,我是来这里办一件大事的,没想到被许多小事缠住了手脚,我在米堆上跟女人幽会,想想真的很有趣。

快点吧,别说话了,他们会听见的,你不知道这家人的耳朵有多灵,你不知道他们的眼睛有多毒。雪巧紧紧地搂住抱玉的腰,她哽咽着说,求你快点吧,我害怕极了。我的心快要跳出来了。

不急。我干这事从来不急。抱玉突然笑了一声,他说,我的枪没有了,我把枪放在皮箱里,不知道让谁拿走了,是你拿走的吗?

我没拿,雪巧抬起头迷惑地注视着抱玉,她发现抱玉的脸上并没有任何情欲的痕迹。雪巧突然对这次鲁莽的偷情后悔起来,雪巧往另一堆米垛慢慢移过去,她怨恨交加地说,你骗了我,你到底想干什么?

什么都想干,你别走。抱玉褪下了他的裤子,他低头看了看自己的生殖器,露出一种倨傲的微笑,来吧,我干什么都很在行。

米仓的柴门吱呀一声推开了。米垛上的两个人都愣在那里。进来的是柴生,柴生夹着一包东西闯入米仓,直奔墙角的一口装破烂的大缸,柴生是来偷藏什么东西的。他把那包东西塞进大缸,一抬头就看见了米垛上的两个人。他以为是贼,刚想叫喊雪巧已经从米垛上滚了下来。雪巧伏在地上抱住柴生的脚,哀声说,柴生,别喊,看在叔嫂情分上,你救我一命吧。柴生看清了米垛上的男人就是表兄抱玉,柴生咧嘴笑道,我们家尽出偷鸡摸狗的事,没一个好人。邻居都夸嫂子贤惠,可嫂子却在米垛上偷汉子。雪巧已经泣不成声,她死死地抱着柴生的脚不放,柴生,答应我别告诉他们,嫂子一辈子给你做牛做马,我给你做鞋子做衣服,只要你不告诉别人。柴生弯腰扒开了雪巧的手,柴生说,谁稀罕鞋子衣服?我只稀罕钱。不说就不说,但是等我手头缺钱花的时候你可要大方。柴生说着就朝外面走,顺手把门又关上了。

抱玉一边系裤子一边往米垛下走,抱玉的样子看上去毫不在乎,他揪了揪雪巧的发绺说,别哭了,看来我们俩没有缘分,你快回到米生那里去吧,只当我跟你开了个玩笑。我喜欢跟女人开玩笑。

雪巧含泪怒视着抱玉,她朝那张平静而温和的脸上吐了一口唾沫,然后提着鞋子飞快地冲出了米仓。

抱玉临走的那天绮云叫米生和柴生兄弟去火车站送行。米生不肯去,他对抱玉始终怀着很深的敌意。米生说,要是送他去坟场我就去,送他回上海我不去。绮云无可奈何,决定自己去给抱玉送行,而绮云足不出户已经多年了。

黄包车出了瓦匠街,在城北狭窄拥挤的街道上穿行。绮云发现抱玉坐在车上神色不定,时常朝后面张望,绮云问,你怎么啦?丢什么东西了?抱玉的脸在正午的阳光下显得有点苍白,他的手指在皮箱上嘭嘭地弹着,有人跟踪我,有人想在路上暗算我,绮云也回头看了一眼,除了初夏格外鲜活的人群和车流,绮云什么也没有发现。她说,你别胡思乱想,你是五龙的外甥,地面上谁敢暗算你?抱玉无声地笑了,要是姨父自己想暗算我呢?绮云愣了一下,绮云又回头朝远处几个穿黑衫的人看了看,他不敢,我坐在你边上他怎么敢?他要是敢动你一根汗毛我就拼了这条老命。黄包车经过一条岔路口,车夫小心地将车子从两侧的瓜果摊中拉过去,抱玉突然对车夫喊,拐弯,拐到江边轮船码头去,绮云诧异地看了看抱玉,去江边干什么?你不回上海了?抱玉说,当然回上海,我想坐船回上海了。

轮船码头异常地嘈杂肮脏,绮云皱着眉头,站在唯一没有鸡笼鸭屎的地方擦汗,抱玉在售票的窗前买船票时绮云看见那几个穿黑衫的人在门外一闪而过,她记得那是码头兄弟会的几个痞子。畜生。绮云咬着牙骂了一句。绮云这时候相信抱玉说的是真的。她想起米店一家纷繁而辛酸的往事,眼圈不由就红了。当抱玉攥着船票走过来时,绮云抱住了他的脑袋,别怕,绮云说,那畜生今天要是动手,姨就陪着你死,我反正也活腻了。抱玉用船票刮着略略上翘的下颏,戒备地朝四处环顾了一圈,他说,我可不想死,现在就死太冤了,我还有大事没干呢。

城北的天空响起一阵沉闷的雷声,很快地雨就落下来了,阳光依然灿烂,但轮船码头的油布篷和空地上已经是雨声噼啪了。简陋而拥挤的候船室充斥着家禽、人体和劣质烟卷排放的臭气,绮云和抱玉掩鼻而过,冒着雨朝一艘油漆斑驳的旧客轮走去,他们站在船坞上说了会话,绮云说,我就不上船了,头疼得厉害,又淋了雨,说不定回去就要病倒在床上了。我的身体一年不如一年了。绮云突然觉得有什么东西隔绝了头顶的阳光和雨雾,她看见两个穿黑衫的人不知何时在她和抱玉头上撑开了油布伞。绮云吃了一惊,你们来干什么?谁要你们跟来的?穿黑衫的人回头朝停在船坞上的那辆黑色汽车看了看,龙爷也来了,龙爷说要给吕公子送行。

五龙提着一把枪钻出了汽车,他摇摇晃晃走过来,一边就把那柄枪扔给抱玉,接着,物归原主吧。你今天算是捡回了一条命。

我知道是你偷了我的枪,抱玉从口袋里掏出白手绢,细细地擦拭着枪柄上的烤蓝,然后把枪重新放进了皮箱。

本来想用你的枪把你自己放倒在路上,现在就算了吧。五龙从一只小布袋里掏出一把米,塞进嘴里咯嘣咯嘣嚼着,他说,我倒不喜欢把事情做绝,可是你怎么这样蠢,跑到我的地盘上来取我的人头呢?再说我还是你的姨父,兔子不吃窝边草,你怎么可以算计我的人头呢?

我没有,我对你说过了,这次来是走亲戚,顺便办一点货。抱玉说。

别骗我,五龙吐出一口生米的残渣,他的微笑充满了宽恕和调侃的意味,你怎么从娘肚子里钻出来我都一清二楚,我走过的桥比你走过的路还要长,你骗不了我。我虽然只剩一只眼睛,但谁想干什么,我瞄上一眼就知道了,谁也骗不了我。

抱玉的白皙而清秀的脸微微昂起,梅雨季节特有的雨雾和阳光均匀地涂抹在他的身上,那件白色的西服几天来已经出现了黑污和皱褶,抱玉的脸一半面对着阳光,呈现出金黄的色泽,另一半则浸没在暗影之中,他掸了掸衣袖上的黑灰,抬头望着细雨中的天空。这天气真奇怪,抱玉若有所思地说,说完拎起皮箱走上了轮船的跳板,在行色匆匆的赶路人中,他的步履是唯一轻松而富有弹性的,他的背影仍然传导着神秘的信息。

你看那杂种的肩膀,也是向左歪斜着的,他连走路的姿势也像阿保。五龙指着抱玉的背影对绮云说,你看他就这样溜走了,我就这样把一条祸根留下了。

绮云没有说话,她转过身背对着轮船,不停地用手帕擦着眼角,绮云的悲哀是绵长而博大的,她听见汽笛拉响了三次,旧轮船笨拙地嘎吱嘎吱地驶离了码头,绮云的心情一下就变得空洞肃穆起来,走了好,绮云从手袋里拿出一盒清凉油,在额角两侧搽了一点,她说,我不要谁来看望我,不管他是真心还是假意,我都不需要。

我有个预感,日后我若是有个三长两短,肯定就是那杂种暗算的。五龙对身边的弟兄们说,我从他的眼睛看出来了,他真的恨我,就像我从前恨阿保恨六爷一样。三十年河东三十年河西,想想这个世界很奇怪,很滑稽,也很可怕。

雪巧提心吊胆的日子持续了一个时期,后来渐渐地就放心了。看来米生对妻子的不贞并未察觉,每逢雨声滴答的黄梅雨季,米生的性欲就特别旺盛,而雪巧满怀着深重的怜悯和歉意,频繁地挑逗着米生。在雨季里米生夫妻的脸色一样的枯黄憔悴,显示出种种纵欲的痕迹。乃芳有一次在院子里看雪巧漂洗一堆内衣,她说你们房里是怎么啦,一到夜里就有母猫叫,叫得我浑身起鸡皮疙瘩。雪巧看看乃芳似笑非笑的神情,心里清楚她的意思,雪巧反唇相讥,你们房里也不安静,母猫叫几声有什么?总比打架骂仗大哭小闹的好听些。乃芳讪讪地绕过雪巧和洗衣盆朝厨房走,乃芳的腰臀裹在一条花布短裤里,看上去有点变形,她的身孕已经很明显了。乃芳走进厨房寻找着吃食,想想不甘心败给雪巧,隔着窗子又说了一句话,柴生天天打我,我还不是怀上冯家的种了?我又不是光打鸣不下蛋的母鸡,他打死我我也不丢脸。

雪巧的手在搓衣板上停顿下来,她愤怒地看着厨房发黑的窗户,想说什么终究又没说。其实雪巧无心于妯娌间这种莫名其妙就爆发的舌战,整个雨季她的思想都沉溺在抱玉身上。她害怕柴生把米仓里的事透露给乃芳,但是这种担忧看来也是多余的,乃芳肯定不知道,也许是柴生信守了诺言,也许是柴生终日混迹于他的赌博圈中,忘记了她和抱玉的事。雪巧的手浸泡在肥皂的泡沫中,她看着自己被泡得发红的手指像鱼群在棉布的缝隙里游动,突然就想起抱玉最后在米堆上褪裤子的动作,这个动作现在仍然使雪巧心酸。

那只翡翠手镯被雪巧藏在一只竹篮里。竹篮上面压着几件旧衣裳,一直锁在柜子里。那是雪巧从前卖花时用的花篮,编织精巧而造型也很别致,她一直舍不得扔掉。把翡翠手镯放进这只篮子,寄托了她缥缈的一缕情丝,它是脆弱而纤细的,不管是谁都可以轻易地折断。雪巧每次面对这件抱玉随手奉送的信物,身体深处便有一种被啄击的痛楚,那是一排尖利的罪恶的牙齿,残酷咀嚼着她的贞洁、她的名誉以及隐秘难言的种种梦想。

雪巧把房门关上,第一次试了那只翡翠手镯,她不知道手镯的来历,她只是害怕被米生看见,米生的醋意强烈而带有破坏性,使雪巧非常恐惧。她倚靠在房门上,将戴着手镯的那只手缓缓地往上举,手镯闪现的晶莹的绿光也缓缓地在空中游移,雪巧虚幻的视线里出现了一个硕大的男性生殖器,它也闪烁着翠绿的幽光,轻轻地神奇地上升,飘浮在空中。雪巧闭上眼睛幻景就消失了。她听见窗外又响起了淅沥的雨声,又下雨了。在潮湿的空气里雪巧突然闻到了一种久违的植物气味,那是腐烂的白兰花所散发的酸型花香。雪巧从前沿街叫卖白兰花,卖剩下的就摊放在窗台上,她记得在一夜细雨过后,那些洁白芬芳的花朵往往会散发这种腐烂的花香。

第十一章

七月的一天,从江北飞来的日本飞机轰炸了城北地区,有一颗炸弹就落在瓦匠街的古塔下面,在沉闷的巨响过后,瓦匠街的人们看着那座古塔像一个老人般地仆倒在瓦砾堆里,变成一些芜杂的断木残砖。胆大的孩子在轰炸结束后冲向断塔,寻找那些年代久远的铜质风铃。他们最后把所有的风铃都抱回了自己的家。

居住在古塔下的腿脚不便的老人多死于这次意外的轰炸。瓦匠街上充斥着恐惧和慌乱的气氛,有的店铺关门打烊,店主拖儿带女地逃往乡下避难。米生在米店的门口站着,看见人们苍蝇似的发出嗡嗡的嘈杂声,在狭窄的街道上紧张地涌动着。米生看了看自己那条残腿,突然深切地意识到战乱对于他的特殊危险,他走进米店,店堂里没有人。他们都去看那些被炸者的尸体了,绮云坐在前厅喝一种由枸杞和山参调制的汤药,据说那是治她的头疼病的。绮云问,是谁让炸死了?听说杂货店老板娘也死了?米生点了点头说,死了不少人。绮云放下药碗,她说,杂货店老板娘是活该,我早说过她这种女人会遭天打雷劈。米生说,我猜你也这样想,你恨不得全世界的人都死光,就留下你一个人。

轰炸过后的天气格外炎热,米店到处潜伏着火焰般的热流,米生光裸的背脊上沁出了细碎的汗珠,他在前厅里焦躁地来回走动,我们是不是也到乡下躲一躲?米生说,听说日本人的飞机明天还会来。绮云沉默了一会儿,后来她说,生死由天,老天让你死谁也躲不过去。我是不会跑乡下去受罪的,要躲就躲到棺材里去。这样死多省事,你们也不要给我送终了。米生朝母亲冷冷地瞟了一眼,他用湿毛巾擦着额上的汗,你说的全是废话,你知道我腿不好,跑不快,炸弹扔下来先死的就是我。绮云愠怒地把药碗推开,她看着米生的残腿说,我一见你就寒心,什么也别对我说。你这个孽障只有让你爹来收拾,我头疼,我没精神跟你说话。米生将毛巾卷在手背上,然后在空中啪地抽打那块湿毛巾,米生说,让爹再打断我一条腿?这主意不错。米生说着就用毛巾抽打条桌上的一只青瓷花瓶,花瓶应声掉落在地,碎成几片,有一块碎瓷片就落在绮云的脚下。

雪巧回来的时候米生已经渐渐恢复了镇静,米生躺在阴凉的夹弄里吹口琴,街北炸死了好多人,那样子真可怕,雪巧显得很惊慌,不停地摇晃着米生的肩膀,你还有心思吹口琴?要是日本人的飞机再来轰炸,我们怎么办?米生拨开雪巧湿漉漉的手说,怎么办?躺着等死,大家都一齐去死,谁也不吃亏。

几天后城北的战事平淡下来。人们没有再从天空中发现日本飞机恐怖的黑影,瓦匠街的店铺小心翼翼地拉开铺板,店员们有时站在台阶上观察天空,天空也恢复了宁静,夏天灼热的太阳悬浮在一片淡蓝色之中,蒸腾经年未有的滚烫的热气。而在古老的瓦匠街上到处散发着垃圾的臭味,蝇虫繁忙地飞行,路人仓皇地走过烙铁般的石板路面,这是一个异常炎热的夏季,那些阅历深厚的老店员对气候和时局议论纷纷,他们普遍认为最热的夏季往往也是多事的危险的夏季。

空袭的时候五龙正在城南的翠云坊里消夏。听见飞机的引擎声,他从房内裸身跑到楼廊上,对着飞掠而过的两架飞机开了几枪。他知道这样的射击是徒劳无获的,楼廊里站满了衣冠不整的妓女和嫖客,有人看着五龙发出窃窃的笑声。五龙的浑浊的目光从空中收回,怒视着他们,他用枪管在雕花栏杆上狠狠地敲了几下,你们还笑?你们这些人,我要有飞机,一定把你们全部炸死,看你们是不是还笑得出来?五龙对准挂在檐上的一只灯笼开了一枪,圆形的灯笼被穿出一块烧焦的洞孔,然后五龙在众目睽睽之下走过楼廊,一边用枪把摩擦着腹股沟。他说,我最恨你们这些张大嘴傻笑的人,花钱玩到个烂×就值得这么高兴？不花钱看到我的鸡巴就值得这么高兴？呸，这世界上根本没有一件让人高兴的事。

五龙掀开玻璃珠子门帘，看见妓女婉儿倚窗而立，一边朝外观望，一边将米粒随意地抠出来，放到窗台上面。到底出什么事了？死人了吗？婉儿问。五龙穿着衣裤说，快了。天灾人祸，死是最容易的事。他朝婉儿浑圆白皙的侧影注视了一会儿，脑子里突然浮出一个新奇的念头，他走过去从窗台上抓起那把发黏的米，威严地送到婉儿的唇边，你把这些米吃了。婉儿愣了一下，下意识地闭紧了嘴，她说，你太古怪了，我从来没接过你这样的客人。婉儿想逃但被五龙揪住了，五龙用枪柄撬开她的嘴，将那把米一粒一粒地灌了进去。他的冷若冰霜的脸上出现了一点温柔的笑意，吃吧，五龙看着米粒无声地坠入婉儿血红的口腔和喉管，他说，这才是让人高兴的事情。

翠云坊临河，在午后最闷热的时光里五龙习惯于在护城河里沐浴。从房屋的空隙处可以看见街道上人心惶惶的行人，很远的地方有一座被炸的工厂仍然在燃烧，空气中飘来一股呛人的焦硝味。而翠云坊的雕花横窗内有笙箫再次响起，歌妓的南方小调听来就像一台旧机器的单调的鸣唱。五龙在浓绿的浮有油污的河面上恣意畅游，他想了会儿战争的内容以及战争对他本人的利害，终于觉得这个问题非常模糊，不如不去想它。远远的河面上漂来一只被挖空了瓜瓤的西瓜，他游过去把瓜皮顶在了头上。这个动作让他想起了在枫杨树乡村度过的少年时光，关于往事的回忆在任何时候都可能伸出它的枝蔓，缠绕五龙空旷的思绪。我还是在水上，这么多年了，我怎么还是浮在大水之上？五龙面对着四周一片潋滟的水光，忽然感到某种莫名的恐惧，他扔掉了头上的那顶已经腐烂的西瓜皮，快速地游到岸上。五龙坐在河边的石阶上，望着夏季暴涨的河水回想着他的枫杨树故乡，回想着这些无处不在的水是怎样将自己推到翠云坊下的私家河埠的。也就是这时，五龙感到了下身的第一阵刺痛，他伸手抓挠着，刺痛又转变成更加难以忍受的奇痒。在他黑红色的粗糙的生殖器表层，出现了一些奇异的梅花形状的斑点。

一个码头会的兄弟沿着河岸奔来,他带来了瓦匠街被炸的消息。五龙似乎没有听见。五龙迷惘地站在河边台阶上,一只手撑着肥大的短裤,你过来,看看我的鸡巴上面长了什么东西?五龙细细地察看着,他的金牙咬着咯咯地作响,这是脏病,这些操不死的臭婊子,她们竟敢把脏病传染给我?她们竟敢这样来暗算我?

这天夜里一群穿黑衫的人袭击了城南一带的数家妓院。他们带走了曾经与五龙有染的所有妓女,临走向鸭母支付了三天的陪客费用。起初谁也没有注意,妓院的老板们以为是做了一笔大买卖。直到三天后翠云坊的一个老妈子去河埠上洗便桶,她的刷子入水后触到了一团绵软的物体,她用刷子推了推,那团东西就浮了起来,是一具肿胀发白的溺水者的尸体,老妈子在惊恐之余认出那就是翠云坊被带走的姑娘婉儿。

八名妓女溺毙护城河的事件在这年夏天轰动一时,成为人们夜间乘凉聊天的最具恐怖和神秘色彩的话题。作为一起特殊的事件总有某种特殊的疑点,譬如从那些死者身上发现的米粒。妇女们觉得这些米粒不可思议,即使八名妓女已经死去,她们仍然不能宽恕城南一带罪恶的皮肉生意。而男人们的谈话中心是谁干的或者为什么要这么干。已经有很多人猜测是五龙和他的臭名昭著的码头兄弟会,谙熟本地黑道掌故的人悄悄传播着五龙传奇的经历和怪癖,他们着重强调了五龙非同寻常的报复心理和手段,也谈及了他靠一担米发迹于黑道的往事,五龙的名字在炎炎夏日犹如一块寒冰使人警醒。有人绕路到瓦匠街的米店去买米,为的是亲眼一睹神奇人物五龙的真面目,但五龙很少在米店露面,他们见到的是米店其他的表情抑郁行动懒散的家庭成员,譬如躺在藤椅上喝汤药的老板娘绮云,譬如整天骂骂咧咧的瘸子大少爷米生,譬如挺着大肚子愁眉不展的二少奶奶乃芳。

瓦匠街曾经传言说五龙将要去坐班房,黑色的警车确实在瓦匠街上停留过,一群警察闯进了大鸿记米店,附近店铺里的人都挤在米店门口朝里观望,后来他们看见警察依次走出米店,每人肩上都扛着一袋米。五龙跟在他们后面拱手相送。米店的伙计们相帮着把米袋搬上车,警车一溜烟地开走了。五龙抓挠着裤裆对两个铁匠喊,等会儿过来摸两圈牌,今天我破了财,赌运肯定特别好。

后来本地的报纸对八名妓女的死因做了另外一种解释,报纸说日本人的飞机空袭本市炸死无数良民百姓,其中包括在护城河里游泳的八名娼妓。

隐秘的暗病使五龙不得不蜗居在家静心调养,这个夏天五龙在院子里的树荫处铺开一卷凉席,终日卧地而眠。隔墙的榆树上蝉声不断,而米店一家都渐渐习惯于踮着足尖走路,以免惊动五龙夏日漫长的睡眠。

其实五龙半梦半醒,在迷迷糊糊的假寐状态中他经常听见一些虚幻的声音,他听见织云会在院子的另一侧哼唱一支挑逗的民间小调,他听见死鬼阿保沉重的身体从院墙上噔地坠落,阿保的黑皮鞋好像就踩在凉席的边缘。他还听见过冯老板临终前的衰弱的咳嗽,听见他的眼球被冯老板抠破的爆裂声。这些声音使五龙无法平静,也加剧了患处的奇痒和痛楚。五龙觉得这些细腻而难以言传的痛苦远远超过了以往受过的枪伤、咬伤和抓伤。五龙对应邀而来的江湖郎中大发雷霆,他怀疑那些五花八门的医术和药剂,甚至怀疑他的病是越治越严重了。最后他撵走了所有自吹自擂包治百病的江湖郎中,开始自己替自己治疗。他回忆起枫杨树乡村治疗毒疮的土方,用车前草籽和大力丸捣碎了敷在镇江膏药上,在火上烘烤片刻,趁热贴在患处。五龙做这些时避开了家人,他站在房间中央,通过一块大玻璃镜打量着自己的形象。这个形象无疑是古怪而可笑的,四肢颀长而粗壮,腹部肌肉仍然坚挺有力,而生殖器被红色的膏药包得严严实实。这个形象貌似普通但又有别于常人,他是残缺不全的,他丢失了一只明亮的眼睛,还有一根无辜的脚趾。也许他还将在暗病的折磨下丢失整个生命?在一阵黯然神伤之后,五龙冷静地找出了他的不可饶恕的错误。他的心灵始终仇视着城市以及城市生活,但他的肉体却在向它们靠拢、接近,千百种诱惑难以抵挡,他并非被女人贻害,他知道自己是被一种生活一种梦想害了。

绮云摇着蒲扇走进屋子,皱紧眉头对五龙瞟了一眼,她说,你这样没用,什么药也治不了你的脏病。我早说过了,你的命又臭又硬,别人害不了你,害你的肯定是你自己。五龙的嘴里哼唧了一声,他用一种悲凉的声音说,你说对了,你是个女巫。那么你现在就开始等着收尸了?绮云面无表情,走到窗前卷起遮阳的竹帘,绮云说,我不给你收尸,我也不要别人给我收尸,等我老了就进尼姑庵去,我不指望儿子,更不指望你。我已经在尼姑庵的菜园里买好坟地了。五龙发出了会意的笑声,看来你不糊涂,我也不糊涂。你听着,我如果要死就死到我的枫杨树老家去,你知道为什么?我怕你们把我碎尸万段,你们会的,活着你们怕我,死了谁也不怕我了。

绮云没再说什么,绮云挥着蒲扇赶走一只苍蝇,无声地离开了屋子。风的游丝从南窗里挤进来,挤进来的还有榆树上的蝉声和黄昏依然灼热的气流。五龙走到窗前,听见院子里响着泼水声。米生举着一盆水从头顶上往下浇。雪巧正在洗头,她的乌黑的长发像水草一样漂浮在铜盆里。在北厢房里柴生和乃芳正在摆弄新买的留声机,一个男人的假嗓呜咽似的时断时续,这就是我的后代和家人。这就是我二十岁以后的家。五龙突然对一切都陌生起来,他怀疑这幕家庭生活情景是否真实。也许整个米店都是虚假的幻象,只有生殖器上的刺痒和细菌才是真切可信的。这么多年了。他已经不是昔日那个可怜的米店小伙计,但他仍然在遭受新的痛苦。五龙伤心地闭起了眼睛,黑夜的感觉重新降临,在炎热的空气和虚无的心绪里,他寻找着古塔上的风铃声,他知道那座古老的砖塔已经毁于战争的炮火,但他想念的风铃声还清脆地回荡在这个夏日黄昏,除此之外,他还听见了远远的火车的汽笛以及车轮和铁轨撞击的声音。

对于五龙,他所在的地方永远是火车的一节车厢。它总是在颠簸、震动。五龙感到一阵突如其来的晕眩,他摇摇晃晃地走了几步,双手撑着沉重的脑袋,这种行走的方法是多年前偷偷爬上那辆运煤火车的翻版。为了驱除晕眩,五龙扬起手掌朝自己脸颊打去,他听见一种异常的声音,他嘴里的两排金牙脱离了牙床,松散地倚在舌头下面。五龙把手指伸进嘴压紧金牙,手指从金箔上滑过的触觉是异常柔和温馨的。他突然想到这两排金牙或许会是此生最大的安慰。多少年的漂泊和沉浮如梦似烟。他的枫杨树人的血液依然黏稠,他的汗腺在夏季依然排放着硕大的汗珠,他的双脚离开鞋子后依然臭气扑鼻,但他现在拥有了两排真正的闪闪发亮的金牙。也许这是唯一重要的变化。也许这真的是此生最大的安慰了。

雪巧犹如一只惊弓之鸟,每当回忆起米仓里那场没有实现的幽会,她总有一种芒刺在背的感觉,抱玉的匆匆来去很像一夜惊梦,或者就像一口美丽的陷阱,雪巧陷入其中,她所看到的天空是淡黄色的令人不安的,危险的阴影密布米店的每一处空间,尤其是来自柴生的致命的威胁。在炎炎夏日雪巧频繁地洗濯沐浴,借助清凉的井水来保持冷静,思考她的处境和应该采取的策略。她觉得问题的关键还是在于柴生,有时候她希望柴生永远泡在赌场烟馆里,最好像赌场里经常发生的那样,被其他赌徒在胸前捅上几刀,这样她的危险的处境就会有所改观。

而柴生果然没有放过雪巧,有一天雪巧在厨房里洗菜的时候,柴生悄悄地闪进来,柴生对雪巧嘻嘻地笑着,雪巧敏感地意识到最害怕的事情来临了,柴生向她索取一百块钱,说是欠的赌债,一定要马上到手。

你这是逼我寻死,雪巧涨红了脸,她按捺住心头的愤怒,温婉地哀求柴生,缓几天给你吧,你知道我们的钱都捏在米生手上,无缘无故地他绝对不会给我这么多钱。

那你可以编个理由,你可以说你爹死了,要带钱回家奔丧,柴生说。

可是我爹没死,雪巧刚要发怒,旋即又降低了音调,她很害怕北厢房里的乃芳会听见他们的谈话,柴生,你我叔嫂一场,我还给你做过鞋子,你不兴这么逼我,我手上真的没钱,除了每月的零花钱和菜钱,我从来就没有攒下过钱,不信我给你看我的钱包。

看来你是不肯给了。没关系,我不逼你。柴生推开了雪巧抓着钱包的手,怏怏地往外走,他说,一点不错,女人都是头发长见识短,现在不是我逼你,而是你在逼我了。

雪巧放下手里的钱包和一只茄子,冲过去拉住了柴生的手。雪巧的脸因为惊惶和强作媚态显得很丑陋,她紧紧地抓着那只手,并且慢慢地将它上举,最后停留在她丰满的乳房上,我没现钱,雪巧期盼地观察着柴生的反应,给你这个行吗?

柴生的手木然地按在雪巧的乳房上,一动不动,过了一会儿他放下那只手,摇摇头说,我不要这个,这个又不能当钱用,我只要钱,你要是没钱就给首饰吧,首饰卖到当铺去也能变钱。

你们冯家的人一个比一个狠毒,一个比一个贪心。雪巧绝望地叹了口气,在柴生的提示下她想到了那只翡翠手镯,雪巧说,我给你一只翡翠手镯,不止值一百块,但你要答应我,以后再也别来敲诈我了,你要再来我就只好死给你看了。

米店叔嫂在厨房里最后完成了一笔交易,他们一前一后走出厨房时正好被乃芳看见了。乃芳伏在厢房的窗台上大声责问,你们躲在厨房里搞什么鬼?雪巧不动声色地说,厨房里有一只老鼠,我让柴生把它打死了。乃芳狐疑地打量他们一番,冷笑了一声,是一只骚情的母老鼠吧?你应该叫你男人打,怎么叫小叔子了?雪巧不宜申辩,装作没听见,急急地走过院子,乃芳尖刻的声音像马蜂一样追着雪巧不依不饶,乃芳站在院子里很响地吐着唾沫,不要脸的骚货,勾引到小叔子头上了。

雪巧躲在房间里隔窗听着乃芳撒泼,身体瑟瑟地发抖。乃芳的骂声米生也听见了。米生的脸色气得铁青,他把雪巧从椅子上拉起来,怒视着她说,你到底干什么了?你真的操不够,连柴生也要?雪巧终于呜呜地哭起来,雪巧跺着脚说,她在栽赃,我什么也没干,你要是也来逼我,我只有死给你看了。米生愤愤地把窗子砰地关上,隔绝了院子里乃芳的声音。米生抓住妻子的头发看着她泪流满面的样子,他说,你要是真干了这种事,我马上就去给你找一根上吊绳,家里的房梁够高了,绳子也是很多的。

　　院子里终于重新安静下来,乃芳看见五龙从里面出来,就噤声不语了。五龙没说什么,他叉着腰站在院子中央抬头望天,一股奇怪的气味从他的白绸裤后面隐隐飘来,乃芳捂着鼻子钻进了北厢房,乃芳现在已经出够气了。她拖着沉重的身子走到大床的后面,用刀子在床架上划了一道横线。床架上已经有五道横线了,这意味着乃芳大闹米店的记录达到了五次之多。乃芳记住了母亲传授的独特经验,那个寿材店的老板娘对女儿说,你要想在冯家不受欺负就要会闹,人都是欺软怕硬,谁惹你就跟谁闹,你闹上十次他们就不敢再欺负你了。

　　第二天昌记当铺的老板来米店找到了五龙。五龙正摸不着头脑,当铺老板掏出了一只翡翠手镯放到桌上说,这是你家二少爷典当的东西,我怕这是家传宝贝不敢收纳,但我还是付了一百块钱给二少爷,现在龙爷是不是把手镯赎回来,也可以了却我的一桩心事,五龙抓起手镯看了看,又扔到桌上,他皱着眉头不耐烦地说,我从来不过问这种鸡毛蒜皮的事,你去对绮云说吧。五龙觉得这只手镯眼熟,但他记不得在哪个女人手上见到的,五龙一向讨厌女人的这种累赘的没有实用价值的饰物。而绮云的反应证实了当铺老板职业性的疑虑。绮云拿过手镯后很快就付了赎金,赎金是一百零五块钱。当铺老板在数钱的时候听见绮云在轻轻抽泣,绮云说,可怜的织云,你如果阴魂不散就回来吧,回来看看冯家的这些孽种。当铺老板与米店一家相交多年,他从前也认识织云并听说过她惨死于吕公馆的故事。在米店的门口,他站住想回忆一下织云的脸,遗憾的是一点也想不起来了。织云已经死去多年了,她的美貌和千娇百媚随岁月流逝烟消云散,对于活着的男人丧失了任何一种意义。

　　柴生起初矢口否认他去典当手镯的事,后来被绮云逼问得没办法,只好说了实话,但柴生没有提及他在米仓意外捉奸的内容,或许是雪巧当时在场,或许是柴生想留下日后再次讹诈的机会。柴生当着所有人的面指了指雪巧,是嫂子送给我的,说完就夹着蟋蟀罐出门去了。

　　柴生披露的真相其实只是一半,但这一半已经使米店的其他成员目瞪口呆,乃芳首先发难,她挑衅地望着一旁的米生,你听见没有?嫂嫂给小叔送手镯,米生,你做了活乌龟还天天捧宝一样捧着她,你还算个男人?米生的喉咙里杂乱地响了一声,闷头就往外走,米生在柴堆上找到一把斧子,又抽下了捆柴的麻绳回到后厅。绮云上前阻拦被米生推了一个趔趄。绮云失声大叫起来,杀人,你又要杀人了。米生把绳子摔在雪巧的脚下,哑着嗓子说,是我动手还是你自己动手,你自己挑吧。反正我手上已经有小碗的一条命了,我不怕偿命,不管怎样我总是赚的。雪巧低头俯视着那条绳子,她咬着嘴唇在危险的瞬间设想了对策。雪巧用脚尖挑起绳子把它踢回米生那边,用一种异常镇定的声音大声说,为什么都咬住我不放?我没给过柴生手镯,那是他从我这儿偷的。是偷的,我怎么会给柴生手镯。米生愣了一下,他摸了摸斧子的刃,你们两个人总有一个在撒谎,米生说,也许两个人都在撒谎,那样我就把你们一齐砍了,那样我就赚回两条人命了,值得。

　　在前厅的混乱的争执中,绮云保持了清醒,她抓住了关键追问雪巧是怎么得到那只翡翠手镯的,雪巧一口咬定是捡来的,是在米仓里捡来的,绮云严厉地盯着雪巧的脸,她说,雪巧,你不要聪明反被聪明误,抱玉虽然远在上海,但事情总会水落石出的。你要小心,小心得罪了菩萨遭五雷击顶之灾。绮云绷着脸拉走了米生和乃芳,关起了前厅的玻璃格门。她端起一碗药汤喝了几口后对雪巧说,我原先以为你还算孝顺懂事,现在看来也是假的,也许走进米店的就不会有好人,这是我们冯家的劫数。雪巧没说什么,一场殚尽心智的恶战使她显得疲惫而娇弱。其实我知道手镯是抱玉给你的,其实你和抱玉的下流勾当我早就发觉了。绮云又说,我们冯家的家丑实在太多,我都没有脸再说了。雪巧痛苦地闭起了眼睛,她想起米仓里伤心的一幕,想起抱玉褪裤子时高傲和调侃的神态动作,依然心碎欲裂。雪巧的申辩声听起来更像一种病痛的呻吟,冤枉,其实你们都冤枉了我。

绮云就是这时候把半碗汤药泼向雪巧的,她看见褐色的药汁溅到雪巧苍白的脸上,就像血一样蜿蜒流淌。它使绮云恶劣的情绪稍稍平静下来。绮云最后思索着说,我们家的男人都是杀人坯,我们家的女人都是不要脸的贱货,这是劫数,靠我一个人撑着又有什么用呢?

雪巧犹如一只惊弓之鸟,米店一家在察觉了雪巧的不轨之后以各自的形式对她施加压力。雪巧不在乎乃芳的每天例行的指桑骂槐,也不在乎米生的诉诸拳头和房事两方面的虐待,她最害怕的还是柴生,她害怕柴生最终会说出米仓里的事。

我小看了你,想不到你会倒打一耙。柴生咬牙切齿地对雪巧说,我要惩罚你,罚你一百块钱。

柴生,别恨我,我不是故意的,雪巧满面愁容,她的辩解显得苍白无力,你是男人,背点黑锅不要紧,我背上这口黑锅就惨了,就没脸做人了。

多自私的女人,柴生冷笑了一声,他说,我们的交易还要做下去,你必须给我一百块钱,否则我就站在瓦匠街上把你的丑事告诉每一个人。

雪巧绝望而哀怨地看着柴生,她的手里握着一朵淡黄色的白兰花。明天吧,等到明天吧。雪巧把白兰花的花瓣剥下来,一瓣瓣地扔在地上,我会想办法还清你们的债。

接下来的是一个不眠之夜,这个夜晚无比燠热,偌大的米店没有一丝风,从仓房的米堆上飞出成群的蚊虫,袭击着露宿在院子里的米店一家,他们分别睡在地上、竹床和藤椅上,除了五龙已经响起了鼾声,剩下的每一个人都在怨恨天气和蚊子,绮云点起了苦艾草来熏蚊子,奇怪的是那些烟味没有任何作用,蚊群仍然嗡嗡地盘旋在米店的上空。活见鬼,绮云望着夏季暗红色的天空,自言自语地说,还没到大伏天就这么热了,今年奇怪,我觉得天灾人祸就要临头了。

绮云想了会儿心事,看看天色已经浓黑一片了,风迟迟不来。这么热的天会把年老体衰的人热死,我娘就是在这种天气过世的,尸体停放半天就发臭了。绮云摇动蒲扇,环顾着家人们,她忽然发现雪巧不在院子里。绮云问米生,你女人呢?她怎么能在房间里待得住?

我不知道,米生含糊地答道,他快睡着了。

她不会寻短见吧?你去看看她。绮云用蒲扇柄戳了下米生,但米生没有动弹,米生仍然含糊地说,随她去。

大热天的,我不希望家里停死人。绮云嘀咕着站起来,她走到南屋的窗前,掀起帘子朝里望了望。雪巧正坐在床上发呆,昏黄的灯光越过飞旋的蚊群,涂抹在雪巧光滑而纤细的肌肤上,雪巧静止的姿态看上去就像一片发黄的纸人。绮云看见床上还有一只小巧玲珑的藤编花篮,雪巧的一只手斜插在花篮里。绮云记得雪巧嫁来的时候就是带着这只花篮,篮上堆着一些红色的鲜花,鲜花的下面是半篮雪白的米。那份简单寒酸的嫁妆似乎预示了雪巧日后坎坷的生活,但绮云无法猜透雪巧现在的心思。这个反常的燠热的夏夜,米店一家怨天尤人心绪不宁,唯有雪巧独自枯坐于室内,她的神情平静如水。

凌晨的时候从西北化工厂的方向吹来了些许南风,风中夹杂着一股异味,院子里的人终于在这阵风中睡熟了。雪巧穿着她最喜欢的桃红色旗袍从里屋出来,悄悄地绕过院子里的人和睡具。她走进厨房开始淘米,然后打开了炉门。雪巧,你在干什么?绮云被厨房里细碎的声响惊醒了,雪巧在厨房里轻声回答,我在煮粥,你昨天不是让我煮粥吗?雪巧的声音听来显得沙哑而又遥远。绮云说了声煮稀点就又躺下了,在困倦的睡意中她似乎看见雪巧走出了家门,雪巧拎着那只花篮,她的桃红色的模糊的背影在店堂里闪了闪就不见了。

吃早饭的时候雪巧还没有回家,并没有谁留意这一点。她去买菜了。我们不管她。先吃吧。绮云说着就开始盛粥。粥熬得果然又稀又黏,这使绮云不得不承认雪巧干家务是一把好手,首先端起碗的是五龙,五龙喝了一口粥后立刻又吐出来了。什么味?五龙放下碗筷,他皱着眉头说,这粥的味儿不对,谁煮的粥?

可能米没淘干净吧?绮云也尝了一口粥,她说,也可能米箩里掺进了老鼠药,这味是有点怪。

你们先别喝这粥。去把猫抱来试试。五龙站起来寻找着家里的黄猫,但黄猫不知跑到哪里去了。除了五龙,一家人都没有了主张。米生突然端起那锅粥泼在院墙下,米生的嘴唇有点哆嗦,是砒霜,他说,她昨天吓唬我说要吃砒霜,没想到她把它放粥锅里了。米店一家一时都望着那些粥汤发愣。乃芳叫起来,多狠的女人,她竟然下得了这个毒手。只有五龙一言不发,他走过去把地上的粥捧回了锅里,他说,等她回来,我要让她把这些粥全部喝光。

但是雪巧一去不返。有人对沿途寻找的米店兄弟说,看见雪巧拎着一只花篮往火车站走了。

你猜她去哪里了?柴生问米生。

随她去哪里,我均无所谓,最多再花钱买一个女人进门。米生从地上捡起一块残砖,敲打着路边的梧桐树的树干,他说,早知道这样,我就一刀砍了这贱货。

我知道,她去上海找抱玉了。柴生眺望着远远的车站的青灰色建筑,他的表情狡黠而又空洞。

第十二章

炎热的天气加剧了五龙的病情,下身局部的溃烂逐渐蔓延到他的腿部和肚脐以上,有时候苍蝇围绕着五龙嘤嘤飞落,它们甚至大胆地钻进了他的宽松的绸质短裤。五龙疯狂地抓挠着那些被损伤的皮肤,在愤懑和绝望中他听见死神若有若无的脚步声在米店周围踟蹰徘徊。

五龙仍然坚持自己对自己的治疗,在舍弃了镇江膏药和车前草末后,他先用了手工酱园酿制的陈年老醋,每天在大木盆里注入两坛醋,然后把整个身体浸泡其中。五龙相信这种新的土方子缓解了他的痛苦,但他在历数了弥漫全身的梅花形肉疱后,无法减轻内心的焦虑和恐惧。暗红色的醋在木盆里波动,浮起了五龙受尽创伤的身躯和充满忧患的心灵。五龙发现自己的重量在疾病中慢慢丧失,他像一根枯树枝浮在暗红色的醋液中,看见多年前逃离枫杨树乡村的那个青年,他在茫茫大水中跋涉而过,他穿越了垂死的被水泡烂的水稻和棉花。在拥挤的嘈杂的逃亡路上奔走。那个青年有着敏捷而健壮的四肢,有着一双充满渴望的闪烁着白色光芒的眼睛——我是多么喜欢他,多么留恋他。五龙轻轻地将醋液泼洒在脸上、身上,那股刺激性的酸味使他爆发出一阵剧烈的咳嗽声,他竭力抑制住由咳嗽带来的死亡的联想,固执地回忆那条洪水包围中的逃亡之路。这条路上到处是死尸和杀人者,到处是贫困和掳掠,饥寒交迫的人们寻找着遥远的大米垛,我找到了一座雪白的经久不衰的大米垛,但是我不知道这条路有多长,我不知道这条路将把我带到哪里栖息并且埋葬。

米店的店堂里仍然堆满了米和箩筐,仍然是买米的居民和卖米的伙计。世事苍茫,瓦匠街云集的店铺和手工业作坊随其沉浮,而古老的米店总是呈现出稳定的红火景象。当长江沿岸的农民在稻田里喜获丰收,人们不再担心粮荒而囤积居奇时,可怕的战火却蔓延到长江南岸,城市的街道和江边码头出现了那些矮小的留着胡髭的日本士兵,于是人们再次涌进米店购米,谁都清楚,米或者粮食是生存的支柱。绮云坐在柜台后面,怀着一种模棱两可的心情——喜悦或者忧虑地观望着店堂里的人群。她听见后面的房子里突然传来了一声悠长粗哑的吼叫,店堂里的人都吓了一跳,只有绮云对此充耳不闻,她习惯了五龙的这种发泄痛苦的方法。

他又在叫了,要不要去看看他?伙计老王走过来悄悄地问绮云。

别管他,他这种病不叫难受,叫了还是难受。绮云在柜台上清点着一堆竹片米筹,她含蓄地微笑了一下说,他的下场早就被我料到了。作恶多端的人不会寿终正寝。

五龙卧病在家的这段日子,城北地界上的帮会势力之间发生了错综复杂的纠葛,青帮倾巢投靠了驻扎下来的日本人,而隶属红帮的码头兄弟会在时局的变化下手足无措,他们曾经到米店来求救于病中的五龙。五龙躺在装满红醋的大木盆里,冷峻地望着那些仓皇的兄弟,他说,我现在养病要紧,那些事你们做主吧,只要能活下去怎么都行,投靠谁都行。

八月以后时局变得更加混乱,有一天从化工厂日本人设置的岗楼上飞来一颗子弹,洞穿了米店厚实的杉木铺板,铺板上留下了一个圆形洞孔。绮云大惊失色,她坚持要让五龙去看那个弹孔,绮云埋怨说,都是你惹来的祸,你现在躲在澡盆里不出来,倒要让我们替死,真要打死了人怎么办?五龙坐在醋盆里揉搓着已经溃烂的小腹,看上去漫不经心,他说,那是流弹,没什么可怕的,可怕的是长了眼睛的子弹,它对准我就不会飞到你身上去,这些事你不懂。女人会在粥里下毒,但许多杀人的办法女人是不懂的。绮云把手里的那颗子弹头扔在五龙浸泡的醋液中,这个动作激起了五龙的暴怒,他伸手从澡盆后面抓起了一支驳壳枪,你他妈真以为我要死了?你以为现在可以骑到我头上来了?他舀起一捧红醋朝绮云身上泼去,再来惹我就一枪崩掉你的老×。

现在五龙到哪里都带着这把崭新的驳壳枪。即使在院子里乘凉睡觉的时候,他也把驳壳枪放在枕边,并且用一根红线把枪柄和手指连结起来,这是为了提防米生兄弟对枪的觊觎之心。混乱多变的时局和英雄老去的心态促使五龙做出戒备。他对种种不测做出了精密的预想,有一天夜里他开枪打死了家养的老黄猫。猫衔着一块咸鱼逾墙而过,刚刚落地就被五龙一枪打死了。枪声惊醒了米店一家,绮云从竹榻上跳起来说,你疯啦?好好的你打枪干什么?五龙睡眼蒙眬,他指了指被打死的猫说,我以为是阿保,我以为阿保来了。绮云说,你真是撞见鬼了,你干脆把我们都打死算了。五龙收起枪,合上了眼睛,他在凉席上困难地翻了个身。我以为是抱玉,我好像看见抱玉从院墙上跳下来了。五龙抱着驳壳枪喃喃自语,他们都是我的仇人,他们迟早会来的。

老黄猫是绮云的宠物。第二天绮云用一只篮子装着死猫去了护城河边。她将死猫葬进了墨绿的泛着腥味的护城河中,看着河面上漂浮的垃圾夹带着死猫远去,绮云拎着空篮站在岸边,暗自垂泪,扪心自问,如果是米店的谁遭遇如此不测,绮云不一定会这样伤心,年复一年的苦闷和哀愁,她发现自己已经无从把握喜怒哀乐的情绪了。

码头会的兄弟一去杳无音讯,五龙牵挂着一笔贩运烟土赚来的钱款,他以为他们会如约送来,但等了好久也未等到。五龙有点沉不住气了,他让柴生去会馆取这笔钱,五龙对柴生说,记住,一文钱也不能少,不准他们私吞,也不准你在路上搞鬼。

柴生回家时鼻青脸肿满脸血污,径直冲进了北屋。柴生哭丧着脸对父亲嚷嚷,他们不给钱,他们把我打了一顿。五龙从醋盆中爬起来,他说,你慢慢说,是谁不给钱?是谁把你打一顿?柴生跺跺脚,盲目地指了指窗外,就是常来找你的那帮人,他们说你去了也一样讨打。五龙呆呆地站在醋盆里,一只手遮挡着羞处。沉默了一会儿他重新坐到盆里。他朝柴生挥挥手,你走吧,我明白了,你去把脸上的血洗掉,这不算什么,讨债的人有时候是会挨打的。挨打不算什么。

五龙突然感到身边的红色醋液变得滚烫灼人,现在他的每一丝肌肤都在炎热中往下剥落,像阴潮的墙角上的泥灰,或者就像那些被烈日烧焦的柳树叶,一点一点地卷起来。五龙狂叫一声,从浸泡了半个夏季的醋液中逃离,他站在地上,看见那盆醋液在摇晃后急遽地波动,他的脸映现其中,微微发黑,随醋液的波动而扭曲变形。

院子里响起了一阵乒乒乓乓的脆响,那是柴生在砸堆在墙边的空醋瓮。柴生没有平息他的屈辱和愤怒,他把空醋瓮高高地举过头顶,一口气砸碎了五只才停住。

墙倒众人推,这不算什么,五龙带着米醋留下的满身红渍印走到院子里,他的赤脚无知觉地踩着满地的陶片。绮云从店堂赶来时五龙独自站在院子里,五龙用手掌搭着前额仰望黄昏的天空,嘴里念念有词。

我多久没出门了?我闷得发慌。外头的人已经把我五龙的模样忘了。五龙望着天空说。

你什么模样?绮云把碎裂的陶片扫进了簸箕,在墙上笃笃地敲着扫帚,你满身烂疮,出门就不怕别人笑话?

我们家哪处地势最高?五龙又问,我不想出门,但我想看看外面现在变成什么样了。

还是一样,人人都来买米,街上吵吵闹闹的,日本兵在桥上打死了一个怀孕的女人。一枪害死两条命。绮云絮絮叨叨地说,世道永远是乱的。该死的不死,不该死的却死了。

我在问你。我们家哪处最高?哪处能看清外面的变化?

那你就架把梯子上房顶吧。仓房的房顶最高,绮云恶声恶气地说着就去倒垃圾了。绮云觉得五龙的脾气越来越古怪了,做了这么多年的夫妻,她仍然琢磨不透这个来自枫杨树乡村的男人,这颗男人的深不可测的心。绮云端着垃圾再次设想了一个现实的问题,一旦致命的花柳病把五龙拉到地狱,我会不会守棺哭夫?绮云摇了摇头,她想她不会哭,她想那时该做的是找出冯家的家谱,然后把五龙的名字从家谱中勾掉。现在她已经想通了,情愿让冯家的第五十四代空着,也不让五龙的名字玷污这个清白了几个世纪的米店世家。她最终必须斩断五龙和冯家千丝万缕的联系,以此告慰父亲和列祖列宗不安的亡灵。

这个黄昏五龙爬上了米店的屋顶。城市北部的所有风景再次清晰地呈现在他的眼前,夏日的黄昏天空横亘着广袤的橘红色,看不见的空气之火在云层后面燃烧并渐渐化为灰烬,天空下最高的是工厂区林立的烟囱和化工厂那座古怪的塔状建筑,那里一如既往地飘散出黑烟,其次是城北密集的房屋和屋顶,青瓦的、黑铁皮的或者灰色的水泥屋顶,浮在最底层的是狭长的迂回交叉的街巷,街巷上缓缓移动的人迹——从高处俯视他们就像一群会走路的玩偶。极目远眺,五龙在东西两侧分别看见了铁路的路轨和蒸腾着白霭的滔滔江水。有火车轰隆隆地通过弧形的铁路桥,有货船拉响汽笛缓缓地停泊于江边码头。这就是城市。五龙想,这就是狗娘养的下流的罪恶的城市,它是一个巨大的圈套,诱惑你自投罗网。为了一把米,为了一文钱,为了一次欢情,人们从铁道和江边码头涌向这里,那些可怜的人努力寻找人间天堂,他们不知道天堂是不存在的。

世界依然如故,而五龙坐在发热的屋顶上舔着新创的伤口。码头兄弟会对他无情的背弃本在意料之中,但他没想到这么快这么残酷。这帮狗娘养的杂种。五龙竭力回忆他们各自的性格和相貌,奇怪的是什么也想不起来,只记得作为某种标记的黑衫黑裤,它们深深地烙在五龙的意识深处。这帮狗娘养的杂种,他们以为我快死了,他们就这样把我抛掉了。一种辽阔的悲怆使五龙的眼睛有点潮湿,他抬起手揉着眼睛,先摸到废弃的左眼,左眼的角膜上有一些白色的分泌物,再摸右眼,右眼眼眶里确实噙着一颗陌生的泪珠。五龙开始从下至上审视自己的全身,他看见那只被咬断过脚趾的左脚踩在一块青瓦上,暗紫色的伤疤清晰可辨,然后他看右脚,右脚被船匪的枪弹穿过,整个脚部是畸形的,五龙的目光滞重地上移,遍布腿部和前胸的毒疮像蟑螂一样在皮肤上爬行,五龙的身体剧烈地颤抖起来,在我的身上到处都有他们留下的伤痕,他们就这样把我慢慢地分割肢解了。我也许已经成为一块盘子里的卤肉。五龙突然控制不住歇斯底里的愤怒情绪,他想面对整个世界骂人,他站起来,用双手卷成筒状,弓着腰,运足力气朝着下面的世界大喊了一句粗话。

我操你妈——五龙的声音传得很远,瓦匠街上乘凉的人都听见了这阵不断重复的凄凉的骂娘声,他们循声望去,发现米店的屋顶上站着一个人,他们认出那个人就是隐匿多时的五龙。

乃芳在街上听到了关于雪巧的消息,那群人聚集在绸布店里,听年轻的伙计叙述他在上海巧遇雪巧的经过。乃芳挤进了人堆,怀着紧张而喜悦的心情得知了这个消息。

我扛着一匹布从妓院走过,有三个妓女来拽我的衣裳,其中一个干脆拉着我的短裤不松手,你猜她是谁?是雪巧。伙计用木尺轻击着玻璃柜台,他笑着说,是雪巧呀,她认出是我脸一点不红。把我拉到一边说话,你们猜她问我什么?她问我米店里有没有死人,我说没有,她不相信,她说难道一个也没死吗?

绸布店里的人群在惊讶过后爆发出一片笑声,随即是各种猜测和议论,有人拉住乃芳打听,你们是妯娌,你应该知道的,乃芳挺着肚子矜持地离开绸布店,她给滞留在店里的好奇的人群丢下一句话,这种女人，提她怕弄脏了我的嘴。又有对米店内幕一知半解的人追出去喊，雪巧真的在粥里下砒霜吗？乃芳没有予以回答，她手捧一包紫红色的杨梅，一路吃着回到了米店。乃芳决定把听到的消息首先告诉米生。

米生坐在南屋的窗台上吹口琴，米生的一条残腿纹丝不动，另一条腿烦躁地敲着墙壁，他看见乃芳扭着粗壮的腰肢走过来，把装着杨梅的纸包送到他面前。米生没有动，他讨厌乃芳，也讨厌杨梅的酸味。

知道雪巧在干什么？乃芳噗地吐出一颗杨梅核，她朝米生瞟了一眼，一字一顿地说，她在上海做妓女。

米生放下了口琴，漠然地望着乃芳沾上果汁的嘴唇。

她在街上拉客，恰巧拉到了布店的伙计，乃芳嘻嘻地笑起来。她把系在手背上的汗巾解开，擦了擦嘴角，米生漠然的反应使她有点失望。她鄙夷地看了看米生的那条残腿，转过身朝厢房里走，这时米生在后面厉声喊道，你给我站住。

你还想知道什么？你要想听更详细的就去绸布店找那个伙计，只要你不嫌恶心。乃芳回过头说。

我讨厌你的臭嘴，我更讨厌你的母猪肚子，米生高声叫嚷着把手里的口琴朝乃芳隆起的腹部掷去，他听见了女人恐惧的呐喊和口琴撞击皮肉的声音，这使他沉重的心情松弛了一些。米生跳下窗台，从地上捡起口琴吹了一个短促的高音，米生说，她是婊子，你也是婊子，女人都是些不要脸的臭婊子。

乃芳下意识地护住她的腹部，一步步地往后退，退到厢房的门口，她终于撩起衣裳察看了一下被击的部位。你想害我？你自己操不出种就想来害我？乃芳指着米生大声咒骂，她说，我要告诉柴生，我一定要让柴生来收拾你。

米店兄弟的这场殴斗仿佛蓄谋已久。兄弟俩红了眼，各自操起了斧子、门闩和腌菜缸里的石头，院子里所有的杂物都被撞到，乒乓乱响。乃芳站在厢房的台阶上一味地尖叫，打他的好腿，打断他的好腿。五龙隔窗观望着兄弟俩的狂暴的扭打,他说,放下东西出去打,别在家里打。后来绮云和店堂里的人都涌到后院,两个伙计上去拉架,怎么也拉不开,绮云急白了脸,疾跑到对面的铁匠铺去叫人。兄弟俩终于被五六条壮汉分开了,两个人都已经头破血流,米生半跪在地上偷偷抓起了斧子,最后他坚持将斧子掷向柴生的背影。斧子掠过柴生的耳朵,砸碎了厢房的窗玻璃。

你们到底为什么要打?绮云抢过那把斧子抱在手中,她神情凄恻,天天闹得鸡犬不宁,冯家的脸面被丢尽了。

你问她。柴生用毛巾擦去脸上的血污,朝妻子努努嘴唇说,她说拐子打了她的肚子。是她让我打的,不打不行。

原来是你在里面搅,我就料到了。绮云声色俱厉地审视着乃芳,我不知道冯家哪儿亏待你了?你存心要搅得家破人亡,你存心要把我气死吗?

怎么都把屎栽到我头上来了?真滑稽。我倒成了冯家的罪人了。乃芳不屑地冷笑着,她退回到厢房里砰地关上门,然后从门缝里探出半张脸,冯家遇到大喜事了。我不说,我不要沾冯家的光,什么喜事你去问米生吧。

米生坐在地上发呆,米生的手里掂着一颗牙齿,那也许是柴生的,也许是他自己的。他的嘴唇因淌血而显得鲜红欲滴。绮云走过去想扶他站起来,被米生狠狠地抡开了,绮云痛苦地闭起了眼睛,那张充满皱褶的脸无比苍白。她用食指轻轻捻着太阳穴对米生说,你从小就惹祸,你忘了你的那条腿是怎么被打断的,闷死小碗还不够?你还想亲手杀死柴生吗?

想。怎么不想?我恨不得连你也一起杀了。米生从地上慢慢地爬起来,他低头看了看手心里的那颗血牙,然后用力把它扔到了仓房的房顶上,那颗牙齿在瓦片上清脆地滚动了一会儿,最后消失得无影无踪。

不久就发生了码头兄弟会与青帮的长枪帮火并的大事。整座城市为之震动,瓦匠街的男人在茶馆里议论纷纷,据说发生火并的起因是两边争夺江边码头的地盘。居住在沿江路一带的人夜间都听见了码头上火爆的枪声,枪声在黎明时分渐渐平息,胆大者跑到码头观察了现场。他们看见码头的货堆和空地上横陈着许多穿黑衫的尸体,有一颗血肉模糊的脑袋被拴在卷扬机长长的吊臂上,他们发现死者多为穿黑衫的码头兄弟会的人,细心的观察者清点了人数,一共有三十多具尸体。很明显,是长枪帮血洗了码头兄弟会。

城北的老人都知道码头兄弟会把持江边地盘已有多年历史,而兄弟会和长枪帮之间历来各占一方,井水不犯河水,这也是多年流传下来的帮规。老人们觉得这场火并来得蹊跷,其中必然有人所不知的阴谋。后来果然从茶馆里传出了关于地契的事,长枪帮幸存者透露说,有人向长枪帮出卖了江边码头三街十一巷的地契。但码头兄弟会却不肯认账,火并就这样发生了。长枪帮始终没有透露卖地契者的名字,但茶馆里的茶客们几乎都猜到了,不会是暴死在上海滩的吕丕基吕六爷,不会是那个被割了脑袋的新头目小山东,不会是别人,那个人就是患了花柳病的五龙。

出事的那天早晨柴生也去江边码头看了热闹,柴生认识死尸中的好几个人,他向旁边的人介绍了那些死者的姓名和绰号。柴生回到家,看见五龙独自坐在院子里品茶,那种茶汁照例是浑浊发黑的,与以往不同的是茶汁里漂着一根粗壮的野参。

爹,你捡了一条命,柴生气喘吁吁地说,你那帮兄弟都死在码头上了,血流了一地,是长枪帮干的。

五龙没有表现出丝毫惊诧之色,他呷了一口茶汁,将手伸进裤裆里抓挠着,然后他朝柴生亮出一排沾上脓血的手指,五龙说,看见了吗?我也在流血,我已经流了整整一个夏天了。

你想去看看他们吗?柴生回味着江边码头的血腥之气,打了一个冷嗝,柴生说,够惨的,昨天还在街面上摆威风,今天就见了阎王爷。

我用不着去看。我掐算了他们的寿命,谁也逃不过这个夏天。五龙举起一排手指迎着阳光,细细地端详沿指缝流淌的脓血,他对柴生说,你闻闻我手上是什么味?我手上的气味就是死尸的气味。

柴生避开他的视线,柴生厌恶父亲的每一块发烂的皮肉。

我这辈子学会了许多复仇和杀人的方法。五龙叹了一口气,他从藤椅上站起来,在院子里蹒跚着踱步,大腿内侧急剧滋长的红疮使他的行走变得困难。五龙抬头望着早晨的天空,他说,又是一个毒日头,多么热的天气呀,如果没有那些死人,天气是不会凉快下来的。夏天是死人的季节。

柴生走进厢房,看见乃芳正端坐在马桶上。乃芳坐在马桶上缝一件婴儿穿的小衣服,滚圆的大肚子笨拙地垒在大腿上。你大清早的死哪儿去了?乃芳拉住布帘斥问柴生。

我看死人去了。柴生捏着鼻子说,哪儿的气味都不好闻,江边是血腥气,家里到处是臭味。

又是谁死了?好像每天都有人死去,乃芳咬断了针线,抖开那件红颜色的小衣服欣赏着,衣服上绣有福禄寿禧的粗糙的图样,乃芳说,我喜欢看死人,你怎么不叫我一起去?你不知道我在家里闷得发慌?

你去了会吓坏的。死了三十几个人,江边码头上积了厚厚的一层血浆。柴生夸张地比划了一下血的厚度,你知道死的都是谁?是码头兄弟会那帮人,我爹命硬,我爹这回捡了一条命。

布帘后面窸窸窣窣地响了一会,乃芳拎着马桶走出来,向柴生抱怨说,我身子这么重了,天天还要刷马桶,你们家就不把我当回事,你们家抠屁眼还要吮手指头,花钱雇个老妈子就能把家底败了吗?

我家没钱。你没听我娘天天哭穷吗?她是守财奴,一辈子守着个破钱箱不松手。

你爹有钱,乃芳忽然想起什么,她凑到柴生的耳边悄悄地告诉他说,你爹才卖了一张地契,卖给长枪帮的,赚了一大笔钱。

谁告诉你的?柴生狐疑地问。

我姐夫。他在长枪帮里做事,是他告诉我的。他说你爹够贪的,但他不肯说多少钱。我猜起码是百两黄金的价。

爹的钱你就更别去想了。柴生苦笑着说，从小到大，他没给我一个铜板。他当然有钱，我不知道他抓着那么多钱想干什么，我从来不知道他脑子里的想法。

再怎么说他也得死在我们前面，最后所有的东西都是我们的。乃芳拎起马桶离开了厢房，对生死财产方面的常识使乃芳鼓起一种信心和希望。她走过院子时看见五龙坐在矮桌前喝粥，他梗着脖子艰难地吞咽着米粒，发出类似水泡翻腾的声音，昔日严厉冷峻的脸现在显出了伤感之色。乃芳在经过五龙身边时试探性地摇晃了马桶，粪水溅了一点在粥锅旁边，五龙没有做出任何反应，五龙的这顿早餐充满了隐秘的悲剧气氛，而乃芳由此得出了一个简单的结论，老家伙不行了，老家伙的全身上下都快烂光了。

柴生和乃芳夫妇习惯于直接的利己主义的思维。他们根本没有想到这个早晨横尸于江边码头的死者和五龙出卖地契的关联。即使他们和茶馆里的茶客一样想到了，死尸和地契对于他们也毫无实际意义，他们关心的是五龙的病体——准确地说是五龙的死期。

一个暴雨初歇的午后，五龙乘着凉爽的天气出了门。瓦匠街的人看见五龙坐在人力车上，一顶大草帽遮盖了他的整个脸部，他身上肥大的黑衫黑裤迎风拂摆，令人想到它所标志的码头兄弟会的意外覆亡。现在只有五龙这套黑衫黑裤了，人们凝望着它在街道上渐渐远去，成为一个小小的黑点，那些熟识五龙的人无法向另外一些人描述他们复杂的感觉。

五龙了却了一桩心事，他一直想来看看江边码头的变化，看看长枪帮的人是怎么统治这块宝地的，看看一场暴雨是否会冲掉三十几个兄弟的血迹。现在他什么都看见了。雨后的江水更加浑黄湍急，船舶比往日更加稀少。码头上散发着粮食和木材的清香，所有的货物都杂乱地堆积在一个新搭的岗楼周围，油布雨篷上仍然积有雨水。五龙坐在人力车上，他的视线从草帽下面急切地扫向码头四周，没有长枪帮的人，没有系红布腰带的人，他看见岗楼上站着一个戴黄帽子的士兵，士兵从岗楼的窗口探出头来，朝下面的几个搬运工哇哇叫喊着什么,五龙看见士兵的肩上扛着枪,枪上了刺刀,有一条红布腰带挑在刺刀尖上随风飘动。那是长枪帮系在腰上的红带,不知出于什么缘故做了日本士兵刺刀上的装饰。

是日本人,他们接管码头已经五天了,车夫说。

可怜。五龙朝码头最后看了一眼,他的语气中含有一种自嘲的意味,斗来斗去的,结果谁也没捞到这块地盘,谁也没想到这块地盘最后让日本人占了。

所有的好地盘已经让日本人占完了,天知道他们在这里要待多久,车夫说。

走吧,现在没有什么可看的了。五龙的微笑看上去是悲凉的,他拉下了草帽遮住疲倦的眼睛,他说,大家都怕日本人,我也怕。现在你把我拉回瓦匠街吧。

五龙了却了一桩心事。途经沿江路时他看见了一队装满大米的板车在前面缓缓地行进,米的特有的清香在雨后湿润的空气中自然而动人,仿佛一个温柔的灵魂在五龙身边飘荡。五龙坐在车上向空中茫然地伸出双手,他想起许多年前他就是跟上装米的板车走到瓦匠街的,他跟上它一直走到了现在。

跟着板车走,跟上那些米回家吧。

车夫听见车上的人发出了梦呓般的命令。

第十三章

一个肩背钱褡的外乡人闯进了米店,他自称是五龙的堂弟,来自百里之外的枫杨树乡村。外乡人与五龙在房间里长时间的密谈引起了绮云的怀疑。绮云站在窗外偷听,听不清谈话的内容,但她从戳破的窗纸上看见五龙交给外乡人一个纸包,绮云怀疑纸包里包着钱。

这个夏天外乡人频繁地出没于米店,有一天在他离开米店后绮云猛地推开房门,她看见五龙爬在衣柜顶上,他揭开了房顶上的一块漏砖,正往那个洞里塞一只木盒子。

别塞了,小心让老鼠拖跑了,绮云说。

你总是在偷看,就连我撒尿你也要来偷看。五龙填好了漏砖,掸掉身上的灰尘,小心地从衣柜爬到床上,又从床上慢慢地挪到地上,他说,你他妈就像一个贼。

你才是贼。你跟那个乡下佬在搞什么鬼名堂?

告诉你也没关系。五龙喘了口气,抬眼望了望屋顶上的那块漏砖,漏砖看上去严丝合缝,它保护那只装满钱币的木盒已有多年的历史了。在被绮云发现后他也许应该另辟一个安全之处藏匿这只木盒。五龙愠怒的神情中包含着另外一种内容,那就是与堂弟一夕长谈带来的狂热和激情,他对绮云说,我要买土地,我准备买三千亩地。

买地?绮云惊异地观察着五龙的表情,她发现五龙说这话是认真的,他在发出土地这个音节的时候甚至有点结巴,绮云说,你真的疯了?你要买下哪块地?

买我老家的地,买下枫杨树的一千亩水稻地,一千亩棉花田,还有祠堂、晒场和所有房屋。五龙的眼睛中再次闪过一道灼热的白光,他从地上捡起一把板刷在皮肤上轻轻刷洗,一些发焦的皮屑从猪鬃缝里纷纷坠落。他说,那也是我离开老家时许的愿,我对一个小男孩说过这句话,我还对爹娘的坟堆说过这句话,现在我要还愿了,我堂弟已经交给我枫杨树的许多地契,就在那只木盒里放着。

你真的疯了。我原以为你是给自己买坟地,绮云痛苦地摇着头说,我不懂你从哪儿弄来这么多的钱。

一分分攒下来的。我吃喝玩乐过好多年,但我从来不用我的血汗钱。五龙举起板刷指了指屋顶,表情变得宁静而安详,那只木盒里至今藏着我生平赚到的第一笔钱,是你爹给我的五块大洋,我在米店里卖一个月的力气,才拿五块大洋。

你这个人。绮云欲言又止,她凝视着五龙的脸,突然觉得这个人对于她是多么陌生,这种感觉在他们二十多年的夫妻生活中多次出现,但从未像这一次这么强烈而又动人,绮云背过身子啜泣起来,出于某种消极悲观的信仰,或者仅仅出于女人惯有的恻隐之心,绮云洞悉了五龙脆弱的值得怜悯的一面。她觉得人活着其实都是孤立无援的,他们都会在屋顶、墙洞或者地板下面藏匿一只秘密的钱盒,他们的一部分在太阳下行走,另一部分却躲在黑暗的看不见的地方,譬如那只搁置于屋顶洞穴里的木盒,绮云似乎看见五龙的灵魂在木盒里一边狂暴地跳荡,一边低声地哭泣。

这天适逢农历七月七日,绮云照例在午餐前点香焚烛,祭祀了祖宗亡灵和想象中的每一个鬼神。祭祀的所有仪式都是她独自完成的,他们对此不感兴趣。绮云在熄灭烛火后看见供桌上升起一片淡蓝色的烟霭,烟霭久久不散,在祖宗的画像前袅袅扩展,最后笼罩了前厅的所有家具和饭桌前的每一个家庭成员。绮云虔诚的眼睛停留在父亲的遗像上,她看见了一片若有若无的光。绮云认为她看见的就是传说中指点迷津的佛光。

我看见了佛光。绮云对五龙说,看见佛光是一个吉兆,我们家也许从此太平了。

你在做梦,这个家里只要有活人,永远不会太平。五龙漫不经心地说,他踩灭了地上的一只没有燃尽的锡箔纸钱,朝灰堆里吐了一口痰。

夜里瓦匠街上突然骚乱起来,乘凉的人群纷纷从竹榻和藤椅上爬起来,他们看见染坊的三媳妇在街上追着米店的大儿子米生,那女人嘴里一迭声咒骂着,而米生一瘸一拐地跑着,米生的手里抓着一把小剪刀。

米生逃进了家门,染坊里的女人就站在米店的门口骂,人们从她嘴里了解到事情的原委,不由得啼笑皆非,原来米生乘她熟睡之际,用剪刀剪开了她的短裤。

他女人跑出去做了婊子,他大概想女人想疯了,有人在一边窃笑着说。

他想女人想疯了,染坊里的女人气愤地朝米店的门板踹了一脚,她说,他怎么不去剪他娘的短裤?这家人一个比一个下流,一个比一个可恶,没有一个好东西。

染坊与米店两家世代不睦,染坊的人就此丑闻对米店展开了凌厉而漫长的攻击。绮云被气出了病,病在床上三天没起来,每逢伤心时刻她的头疼病就会发作,绮云只好在额际大量涂抹清凉油和薄荷叶子,眼泪不停地流淌,一半出于药物的刺激,另一半则出于哀怨的心情。

绮云把米生叫到床边,绝望地看着儿子麻木的脸和手中那只旧口琴,你怎么做出了这种丑事?传出去哪个女孩子肯嫁给你?绮云想起了上梁不正下梁歪这句著名的民谚,她叹着气说,你跟你爹一样,做下的事禽兽不如。

我要女人,没有女人我睡不着觉。米生低声而坚定地说,用旧口琴轻轻地敲击着他的牙齿。米生对他的行为没有丝毫羞耻。

可是一时半载让我去哪儿给你觅媳妇呢?绮云愁肠寸断,鬼节祭祖出现的佛光看来是虚假骗人的,或许那只是她的愿望,她的每一个愿望最后总是会被现实击碎的。最后绮云想到了离家出逃的雪巧,绮云说,说来说去都怨那个不要脸的贱货,千刀万剐也不解恨,我花了二百个大洋买她进门,她没替冯家续下香火不说,她竟然敢在粥里下毒,她竟然就这样跑掉了。

雪巧是个笨蛋。米生用一根火柴挖着口琴音孔里的污垢,他笑了笑说,换了我下毒,你们就闻不到砒霜的味道,你们现在都去见阎王爷了。

闭嘴,我迟早会被你们活活气死。绮云怒声叫道,双手嘭嘭地拍打竹篾编制的凉席。在病中她忘记了天气的炎热,从指尖向上渗透的这股凉意像一条蛇,凶残地爬过她瘦小的弱不禁风的身体。绮云朝着米生离去的背影说,谁不想下毒?这事我已经想了二十多年了,我不过是横不下这条心而已。

随着分娩期的临近,乃芳每天都要向柴生诉说她的腰疼和乏力。乃芳终日躺在床上听留声机,不再下地操持家务。有一天她告诉柴生,她用针测试了胎儿的性别,针尖是直插在泥地里的,根据她母亲传授的经验,胎儿肯定是个男孩。最后她带着几分自豪说,你们家传宗接代的大事不还是要靠我？柴生不置可否地笑笑,他对此不感兴趣。

柴生的蟋蟀罐在几番覆灭后重新又堆满了米仓一角,柴生将蟋蟀罐的盖子轻轻打开,丢进一颗碧绿的新鲜的毛豆米,他看见那只凶猛的红头蟋蟀很快就把毛豆米啃了一个缺口,不由深深地折服于这只蟋蟀王惊人的食量和勃勃生气。这时候五龙蹒跚地走进米仓,他在背后悄悄地观看柴生给蟋蟀喂食的过程,五龙说,你应该给它们喂米吃。

它们不吃米。柴生回答说,我养的蟋蟀不吃米,它们最喜欢吃毛豆米。

没有不吃米的人,也没有不吃米的畜生,就是神仙也是要吃米的。五龙充满自信地说,他从米垛上抓过一把米放进陶罐里,蟋蟀果然不吃米,五龙看了一会儿感到有点失望,他把盖子盖上说,这畜生现在不饿,到它饿疯了再喂米,你看它吃不吃？

柴生对父亲处处体现的独断和专制敢怒不敢言,他把装有蟋蟀王的那只陶罐捧在手上,匆匆地朝外面走,但是五龙叫住了他,五龙是来和儿子谈一件正事的。

你女人快生了？五龙说。

快了。她说是个男丁。柴生说。

男女都是一回事,生出来就多了一张吃饭的嘴,五龙的脸上看不出喜悦,他的手臂在空中挥了挥,让她回娘家生去,明天就回娘家去。

为什么？为什么不能在家里生？

你不懂,家里有男人生病,女人不能在家临盆。否则血光会要了我的性命。五龙淡淡地说,他看柴生满脸困惑不解的样子,又补充了一句,这是枫杨树老家的风俗,原来我不信这一套,可现在不同了,现在我的身体需要万事小心才行,我不想把这条命白白地交出去。

真滑稽。柴生沉默了一会儿,壮着胆子调侃了父亲。他笑了笑说,爹当了一辈子好汉,现在连女人生孩子也害怕了。柴生捧着蟋蟀罐子朝院子里走,他突然想到什么,又回过头问父亲,如果乃芳不愿意呢？你也知道她的脾气很犟。如果她非要在家里生呢？

那我就找人把她抬出去。五龙说，这是很容易的事。

让柴生感到意外的是乃芳这次顺从了家里人的意志。乃芳说，回娘家也好，在这里坐月子你娘是不会伺候我的，我娘说女人坐月子最要紧，坐不好日后落下什么病自己倒霉。乃芳趁势向公婆索取了一笔钱，乃芳说，我不能白吃白花娘家的钱，我怀的是冯家的根苗，跟你们要多少也不算过分。绮云仍然是病歪歪的状态，捂着额上的薄荷叶子听乃芳的表白。她厌恶乃芳的这种要挟，但还是从钱箱里数了些钱给她。乃芳没有接，她鄙夷地乜斜着绮云捏钱的那只手，这几个铜板就把我打发回家啦？你们不嫌丢人，我还怕娘家人笑话呢。绮云想了想，走到北屋去搜寻了一会儿，最后拿来织云留下的那只翡翠手镯，绮云下意识地摸了摸手镯上被火燎烤过的烟痕，她说，现钱我是拿不出了，给你这只手镯吧，你要是把它典卖了，起码值一百块钱。这是祖传的避邪物，上面的金是纯金，翠也是好翠。乃芳终于接过了绮云手上的钱和手镯，她很熟练地把手镯套到腕子上，抬起手臂欣赏了一眼，然后她轻描淡写地说，那我就戴上它避避邪吧。

柴生送乃芳回娘家的路上看见她的手腕上戴着那只翡翠手镯，他没有在意，他对女人的首饰缺乏任何鉴别能力。乃芳的娘家是城南有名的李记寿材店，店堂里竖着各种规格和质地的白木棺材，柴生每次去岳父家就像去一座大坟场游逛。在临近寿材店的街道一侧，柴生夫妇看见了一座由棉花加工厂改建的日本兵营，大约有一个中队的日本士兵在铁丝网后面列队训练，呐喊声传得很远很远。

你看那些日本兵多滑稽，那么短的腿，那么长的胡子，乃芳从车座上侧过身注视着兵营，她的瘦长的脸因为归家的喜悦而泛出健康的红晕。乃芳拉着柴生的手说，你看呀，你听他们叽里咕噜叫得多滑稽。

滑稽什么？一刀捅死你就不滑稽了，柴生说。

说实在的，我觉得他们很可爱，我讨厌仗势欺人的黑狗，也讨厌那些乡下佬出身的黄狗，可我不讨厌那些日本兵，乃芳说着哧地一笑,她看看柴生,他没有搭腔。

　　柴生觉得乃芳的话很荒唐,但他并不想做任何反驳。女人天生长了副纤弱而多变的脑瓜,她们脑子里闪现这样那样的怪念头是不足为奇的。

　　八月十三日下午,两个年轻的日本士兵摇摇晃晃地走出城南的兵营,他们喝醉了酒,借着酒劲强行冲过了门口的岗哨。他们是出来做一种特殊的游戏的,比赛杀人,在狂热的酒醉的情绪中他们商定了这个计划,他们想比较一下,谁杀的人更多一些。

　　首先遇难的是兵营门口卖西瓜的小贩和买西瓜的路人。卖西瓜的小贩看见两个日本士兵端着刺刀走过来,他捧着半只切开的红瓤西瓜迎了上去,两位太君渴了?小贩赔着笑脸把西瓜递过去,他说,又甜又沙的薄皮西瓜,尝一尝吧,不好不要钱,小贩看见两个日本士兵对视一笑,他们的嘴里喷着一股强烈的酒气,小贩听见他们发出一阵疯狂的笑声,他预感到了某种危险,扔下半只西瓜往摊子前跑,但是他没有躲过那柄闪闪发亮的刺刀,一个日本士兵抢先一步,刺刀锐利地洞穿了小贩光裸的背部,在周围的尖叫和嘈杂声中,那个日本士兵从小贩身上抽出血淋淋的刺刀,他竖起一根手指向同伴摇晃着,高声叫喊属于他的第一个数字,一、一、一!

　　他们的杀人比赛就是从城南的羊肠街开始的,他们手持刺刀在羊肠街上一路狂奔,逢人就刺,听见整条街道发出了凄凉无助的惨叫和哭声。在寿材店的门口,两个日本士兵同时发现了那个惊惶失措而又行动迟缓的孕妇,对数字的敏感和对比赛胜利的渴望使他们同时跃上寿材店的台阶。这一刀可以刺死两个人,他们几乎同时向孕妇的高耸的腹部刺去致命的一刀。

　　发生在城南一带的惨闻傍晚传到了瓦匠街,五龙从米生的手上接过当地出版的晚报,报纸上登载了几幅死尸的照片,他看见其中的一个女人躺在血泊里,她的肚子被剖开了,一个发白的饱满的婴儿若即若离地攀附在女人的身上。五龙注意到照片的背景,那是几口棺木组成的笔直的线条和均匀的阴影。他让绮云来看这幅照片,你看看这个女人像谁？绮云在厨房里忙着炖红枣莲心汤，她拒绝浏览那份充满血腥气的报纸，你喜欢你自己看吧，我不要看死人，我看见死人就恶心。五龙盯着照片上女人模糊的脸部，他高声说，你还是来看看吧，你看这个女人是不是乃芳？

绮云面对报纸脸立刻变得苍白失色，她注意到了女人手腕上的那只镯子。老天爷，她真的是乃芳。绮云指着那只翡翠手镯留在报纸上的白色轮廓说。她的身体因恐惧而簌簌颤抖，老天爷，她还怀着冯家的根苗，他们怎么下得了这个毒手？

第二天柴生从城南拖来两口黑漆柏木棺材，一大一小两口黑漆柏木棺材。两口棺木分别装着乃芳的遗体和过早夭折的男婴。这是寿材店老板娘的意思，她一定要让柴生把乃芳母子的遗体拖回冯家，并且要冯家停灵三日。老板娘认为这是冯家蓄意制造的阴谋，冯家把女儿送来其实是让她朝火坑里跳，柴生没有申辩，他哭丧着脸，押着两辆运送棺木的板车经过骚动不安的街市，街市上人心惶惶，有人在店铺里为两名日本士兵杀人比赛的准确数目争执不下。柴生缅怀着他与乃芳短促而不幸的夫妻生活，心情格外沉重，他想起乃芳是用怎样一种喜悦的声调透露胎儿的性别，又想起那天一句恶毒的玩笑竟然一谶成真——一刀捅死你你就不觉得滑稽了。柴生悲伤地摇着头，现在他深深地意识到人的嘴和唾沫是有灵性的，也是有毒的，有时一句恶毒的玩笑也会应验，成为真正的现实。

为乃芳母子守灵的三天天气奇热，尽管米店一家在棺木四周放满了冰块，尽管绮云在前厅洒掉了七八瓶花露水，死尸散发的臭味还是笼罩了整个米店，前来吊唁的人寥寥无几，城南的一场杀人比赛导致了这个夏天浓郁的死亡气息，似乎人们都在忙于奔丧，米店的丧事因而显得平淡无奇了。

柴生在鼻孔里塞了两个小棉花团，用以阻隔尸臭的侵袭。按照乃芳娘家的要求，他坐在两具棺木之间披孝守灵，三天来他的神情始终是恍惚而困倦的。他注意到乃芳手上依然戴着那只翡翠手镯，随着死尸的日益浮肿，翡翠手镯将死者的手腕勒得很紧，深深地嵌进了青紫的皮肉之中。柴生恍惚听见一种疼痛的呻吟声,他怀疑那是死者发出的声音。柴生站起来揭开了盖在死者脸上的白布,他看见一张青紫色的惊愕的脸,嘴依然张开着,在牙床与舌头之间藏着一颗微微发黑的果核,那也许是一颗杏核,也许是一颗杨梅的核子,柴生无法做出准确的判断,但是可以肯定它是乃芳嗜食的一生中最后的食物。

是你害死了乃芳,出殡的这天柴生突然找到了悲剧的根源,他对父亲说,如果不是你把她赶回娘家生产,乃芳母子就不会死。

你怨我?五龙坐在摇椅上与儿子从容地对视着,他的双手富有节奏地拍打着摇椅的扶手。这简直是笑话。五龙闭起眼睛说,我手上是有许多条人命,但是没有乃芳这条命,兔子还不吃窝边草呢,我上过两年私塾,我早就懂得这个道理了。

如果乃芳留在家里,她不会死,现在我已经抱上儿子了。柴生喃喃地说着,他的眼皮却因为瞌睡而耷拉下来。柴生打着呵欠在柜台上躺了下来,最后他又含糊地说了一句话,爹,是你害死了我的女人和儿子。

你怎么不去找那两个日本兵算账?五龙从身下抽出了他的心爱的驳壳枪,把枪放在手掌上掂着,他说,我给你枪,你去把他们的人头提回来,你敢吗?喂,你敢吗?

柴生没有回答,他在柜台上倒头便睡,很快响起了鼾声。柴生已经把乃芳母子的棺椁安葬在郊外的冯家墓地,现在他终于可以睡一个好觉了。

城市是一块巨大的被装饰过的墓地。在静夜里五龙多次想到过这个问题。城市天生是为死者而营造诞生的,那么多的人在嘈杂而拥挤的街道上出现,就像一滴水珠出现然后就被太阳晒干了,他们就像一滴水珠那样悄悄消失了。那么多的人,分别死于凶杀、疾病、暴躁和悲伤的情绪以及日本士兵的刺刀和枪弹。城市对于他们是一口无边无际的巨大的棺椁,它打开了棺盖,冒着工业的黑色烟雾,散发着女人脂粉的香气和下体隐秘的气息,堆满了金银财宝和锦衣玉食,它长出一只无形然而充满腕力的手,将那些沿街徘徊的人拉进它冰凉的深不可测的怀抱。

在静夜里五龙依稀看见了这只黑手,他带着心爱的驳壳枪不断地搬移那条被汗水浸红的篾席,从北屋到院子,又从院子到米仓,他想逃避这只黑手的骚扰,五龙最后选择了米仓,他干脆卷起那领篾席,裸身躺在米垛上睡觉。米总是给人以宁馨而清凉的感觉,米这样安慰了他的一生。夜已经很深。敲更老人的梆声在瓦匠街上如期响起,然后是远处火车经过铁道的催人入眠的震颤声,还有夜航船驶离江边码头的微弱的汽笛声,世界在时间的消逝中一如既往,而我变得日渐衰弱苍老,正在与死亡的黑手做拉锯式的角力。五龙的眼前接踵浮现了他目睹的所有形式的死亡场景,所有姿态不一却又殊途同归的死者的形象,他意识到了自己唯一的也是真正的恐惧——死。

死。五龙从米垛上爬起来,想到这个问题他的睡意就消失了。他抓着米从头顶往下灌,宁馨而清凉的米发出悦耳的流动的声音,慢慢覆盖了他的身体,他的每一处伤疤,每一块溃烂流脓的皮肤。米使他紧张的心情松弛了一些。然后他回忆了枫杨树乡村生活的某些令人愉快的细节,譬如婚嫁和闹洞房的场景,譬如一群孩子在谷场上观看劁猪时爆发的莫名其妙的笑声,譬如他十八岁和堂嫂在草堆里第一次通奸的细节。五龙感慨地想到如果没有那场毁灭性的洪水,枫杨树乡村相比城市是一块安全的净土。这种差别尤其表现在死亡的频率方面,他记得在枫杨树乡村的吉祥安宁的时期,平均每年才死一个老人,而在这个混乱的人欲横流的城市,几乎每天都有人堕入地狱的一道又一道大门,直至九泉深处。

五龙设想了有一天他衣锦还乡的热闹场景,枫杨树的三千亩土地现在已经属于他的名下,枫杨树的农民现在耕种的是他的土地。堂弟将带领那些乡亲在路口等候他的到来。他们将在树上点响九十串鞭炮,他们将在新修的祠堂外摆上九十桌酒席,他们将在九十桌酒席上摆好九十坛家酿米酒。五龙想他是不会喝酒的,这条戒律已经坚持了一辈子,为的是让头脑永远保持清醒。那么在乡亲们狂吃滥饮的时候我干什么呢?五龙想他也许会在那片久违的黑土地上走一走,看着河岸左侧的水稻田,然后再看看河岸右侧的罂粟地。堂弟告诉他春季以来枫杨树农民种植的就是这两种作物,这是五龙的安排,充分体现了五龙作为一个新兴地主经济实惠的农业思想。

米仓的气窗里流进一丝凉爽的风,五龙迎着这阵风从米垛上爬过去,风中夹杂着制药厂的气味和路边洋槐花的花香,五龙将头部探出气窗,俯视着夜色中的瓦匠街,节气已过立秋,街上不再有乘凉露宿的人,青石路面在夜灯下泛着雪青色的幽光。秋天正在一步步地逼近,五龙想到时间就这样无情地消逝,而他的病情却丝毫不见好转,不由得悲从中来,他对着窗外空旷的街道长吼了一声——我操你娘。

我操你娘。五龙这声怒吼耗去了唯一一点精气,现在他很容易就处于精疲力竭的状态。他伏在长方形的布满木刺的气窗上,再次看到那只死亡的黑手,它温柔地抚摸了他的头发。五龙的身体在这种虚幻的触觉中,缩起来,他突然哽咽着说,你别碰我,别碰我。你到底要干什么?

瓦匠街在午夜以后已经一片空寂,但是杂货店的毛毡凉棚下站着一个人,他不时地朝米店这里张望,后来五龙看见了那个奇怪的黑影,低弱的视力加上夜色浓重使他无法辨认,他同样不知道那个人到底要干什么。

第十四章

绮云从城南请了一个神汉来家中捉鬼,米店接踵而至的灾祸使她坚信家里藏着一个恶毒的鬼魂,她必须借助神汉之手将鬼魂逐出家门。

一个阴雨绵绵的早晨,身披旧道袍的神汉应邀来到米店。神汉挥舞宝剑在米店四处跳大神的时候绮云和五龙在场观望。绮云的心情是诚惶诚恐的,而五龙端坐在摇椅上呷茶,看上去他对捉鬼之举漠不关心。但当神汉在地上铺开一张黄纸准备挥刀斩鬼的时候,五龙突然响亮地笑了起来。绮云制止了五龙,她恼怒地说,你笑什么?你会把鬼吓跑的。五龙说,我在笑你们,这么荒唐的事你们弄得像真的一样,我在江湖上混了这么多年,难道我会不清楚捉鬼的把戏吗?

神汉手里的宝剑已经斩向地上的黄纸,神汉满面红光心醉神迷地将剑刃压着黄纸,看着纸上的鬼血!他对绮云喊,但他很快就惊呆了,绮云则紧张而茫然地盯着黄纸——黄纸上没有血,只有一条笔直的刀痕。

这张纸上没有涂过药粉,它不会出血,五龙在一边再次朗声大笑,他的脸上洋溢着捉弄人后获得的快感。我把你的纸换过了。五龙说,我懂你们装神弄鬼的门道,我年轻时候也想做个神汉,不费力气就可以大把地赚钱。

你为什么要换掉我的纸?神汉讪讪地收起了他的宝剑,他说,你们心不诚,鬼是捉不到的,鬼会把你们一家人全部闹死。

难道你不知道我五龙的名字?你骗那些糊涂人可以,怎么骗到我的门上来了?五龙说着闭起了双眼,他的狂放的笑容在瞬间消失了,代之以疲惫哀伤的神情,他说,我刚才笑得太厉害了,现在我笑几声都会觉得累,我要躺一会儿了,其实只有我知道鬼在哪里,你们怎么捉得到鬼呢?

绮云把神汉送出米店,照例付了钱,神汉说,看来我已经捉到了鬼,你们家藏了个活鬼,我不能用宝剑砍。他的表情狡黠而神秘,绮云望着神汉女人般红润的嘴唇,心中揣摸着他的用意,鬼在哪里?神汉用宝剑指向院子,轻声地说,就在摇椅上躺着。

绮云站在米店的台阶上,目送那个英俊的神汉远去,从某种意义上说,她相信神汉说的是真话。

夏天过去米店兄弟的生活发生了戏剧性的变化,兄弟俩都变成了光棍,瓦匠街的人们在谈论这些事时一致认为这是罪恶的报应。从作恶多端的暴发者五龙开始,米店一家正在受到各种形式的惩罚。

米生的口琴声已经为米店周围的邻居所习惯,那种焦虑刺耳的杂音折磨了他们一个夏季,他们希望在秋凉季节里可以免遭口琴之祸,但他们的希望很快被证实是一场空想。有一天人们看见米生在街上一边吹口琴一边追逐竹器铺家的小女孩,米生一瘸一拐地奔跑着,他的口琴声也尖厉杂乱地奔跑着,小女孩吓得呜呜大哭,人们从米生的眼睛里看见一种阴郁的莫名的怒火。

开始有舆论认为米生是一个花痴,而街东的小学教员不同意这种观点,他曾经为米店冯家续过家谱,因而对米店一家有着更深刻的了解。小学教员认为米生是一个潜在的精神病患者,他的精神在米店这种家庭气氛中必然走向崩溃。你在十岁时会闷死你的亲妹妹吗?小学教员对街头那些信口开河的人发出睿智的诘难,他说,米生从小到大就背了一口大黑锅,人靠一口气活着,米生的气从来没有通畅过,他不疯才见鬼呢,如果再有什么灾祸降临,米生就要真的发疯了。

米生也许真的需要女人加以抚慰。绮云焦灼地四处打听,为米生物色一个合适的媳妇。有人建议去江边码头的人贩子那里买一个,说江边的木船里装着整船头上插有草标的姑娘。绮云听了觉得脸上很难堪,不快地说,我们冯家的门第也不至于这么低贱,去人贩子那儿买媳妇?我就是被米生逼死了也不干这事,所幸的是柴生没有为女人折磨母亲。柴生在丧妻失子之后很快地恢复了婚前的纨绔生活,适逢初秋各种赌市的旺季,他在以赌博业闻名的三叉街上流连忘返,不思归家,绮云也因此卸掉了来自柴生的压力。

有一天柴生回家向绮云索钱买彩票,同时带回一个惊人的消息。柴生说他在三叉街上看见了表兄抱玉,他看见抱玉带着一群日本宪兵冲进一家赌馆,押走了一个陌生的外地人。

这不可能,绮云不相信柴生的话,她说,抱玉在上海做地产生意做得很发达,他怎么会跑这里给日本人做事呢?

我为什么要骗你?柴生说,他现在比原先更神气活现了,脚上蹬着日本兵的皮靴,腰里别着日本兵的手枪,他好像做了日本人的翻译官。

那你怎么不叫他回家？绮云半信半疑地看着柴生，柴生的手掌正摊开着，向她索取买彩票的钱，绮云推开了那只手说，我没钱，有胆量就向你爹要去。绮云脑子里仍然想着抱玉那张酷似织云的苍白而漂亮的脸，她对抱玉突然滋生了一种怨气，这个忘恩负义的杂种，我对他那么好，可他来这儿却想不到看望我，他连一块饼干也没孝敬过我。

我喊他了，可他假装不认识我。他仗着日本人做靠山，耀武扬威的，他不认我这个表弟，他也不会认你这个姨妈的。柴生哂笑着再次将手掌伸到母亲面前，他说，你惦着他干什么？又不靠他给你养老送终，到你老瘫在床上还要靠儿子，所以现在积点德给我钱吧。

我谁也不靠。到老了我会去紫竹庵等死。绮云怒视着柴生，从墙边抓起扫帚挥打着柴生那只固执的手，我没钱，要钱跟你爹要去，他才有钱。

他的钱就更难要了，他的钱只有等他死了再要了。柴生苦笑着缩回了手，他终于死了心。然后他走进厢房，边走边说，你不给钱也难不住我，我到街上去卖家具吧。绮云手持扫帚柄站在院子里，她以为柴生在威胁她，但柴生真的肩扛红木太师椅从厢房里出来了。天杀的败家子。绮云尖叫着冲上去拉扯那张祖传红木椅，而柴生保持这个悲壮的姿势纹丝不动，他的力气很大，这一点遗传了五龙青年时代的生理特点。柴生从椅子的重压下偏转脸部，从容不迫地说，先卖红木椅，再搬红木大床，反正我老婆孩子都死光了，家具一时也用不上。绮云情急之中想到了五龙，她想只有靠五龙来制服柴生了，于是绮云朝北屋的窗口尖声叫喊着五龙的名字。

五龙满身醋渍湿漉漉地出现在北屋的窗口，他眯起眼睛望着院子里的母子俩，一只手似乎正在抓挠着下身的某个部位，他的一侧肩膀被手牵引，松弛的肌肉像泥块一样簌簌地抖动着。

卖吧，卖吧。五龙的态度出乎母子双方的意料，他说，这家里的东西除了米垛之外，我都不喜欢，你们想卖就卖吧。卖吧，卖光了我也无所谓。

绮云惊愕地松开了手,然后就蹲下去瘫坐在地上哭起来,在悲怆的哭泣中她先咒骂了五龙,然后是米生和柴生,家门的事实印证了有其父必有其子的谚语。绮云哭诉着她的不幸,最后泣不成声。老天为什么这样待我?绮云跪在地上,用前额叩击着地上的一块石板,她说,老天既然不给我一天好日子过,为什么还不让我去死?为什么不让我去挨日本人的子弹?

想死多么容易,想活下去才难。五龙在窗后平静地注视绮云,一边仍然抓挠着患处,他说,你哭什么?你身上到处细皮嫩肉,没有一块伤痕,我才正在受罪,我的身上到处新伤旧伤,到处是脓血和蛆虫,我的鸡巴又疼又痒,现在它好像快掉下来了。

柴生趁乱把红木椅子扛出了米店,后来他顺利地将椅子卖给了旧木器店,可惜精明的老板不愿出高价收购,柴生得到的钱远远不够购买那张秋季开奖的连环彩票,他走出旧木器店心里很懊丧,他想他只能降求其次买一张小型的跑马彩票了。

第二天抱玉和一群日本宪兵由东向西经过了瓦匠街,米生在街上看见了抱玉,他跑回家喊母亲出来看,绮云匆匆赶出来时抱玉恰好走过米店,她喊了一声,抱玉回过头含笑注视着她,但他的脚步并没有停下来,绮云好像听见他叫了一声姨妈,又好像什么也没听见,抱玉的步伐和那群日本宪兵保持一致,走得很快,他的仿效日本军人的装束使绮云感到不安。皮靴上的马刺声一路响过瓦匠街,在杂货店的门口抱玉回过身朝绮云挥了挥手,我会来看你们的,抱玉高傲而自得的声音远远地飘过来。

这么急着赶路,他们要干什么去?绮云问一旁的米生。

去杀人,米生说,他们还能干什么?

也许该问问他雪巧的下落,绮云望着他们的土黄色的背影消失在街口,抱玉也不是个好东西,我要问问清楚,是不是他把雪巧卖给妓院的,我要打这个小畜生的耳光。

米生冷笑了一声,没说什么,他从地上捡起一个烂苹果核朝街口那儿掷过去,但苹果核飞行了一半距离后就掉落在地了。我操你娘,米生突然跺着脚骂,我操你奶奶。

绮云返身进屋时发现五龙悄悄地站在她身后,五龙的表情显得很古怪,而在五龙的身后则站着两个伙计,他们都听说了抱玉回来的消息,几乎每个人都预感到抱玉将给米店一家的生活带来某种新的危机。

阿保的儿子又回来了,五龙轻声地嘟囔着,他用一种近似悲哀的眼神询问绮云,是他回来了吗?真的是他吗?

是抱玉,是我姐姐的儿子。绮云敏感地纠正道。

是阿保的儿子,五龙扶着墙朝店堂里走,他的身体朝右侧微微倾斜着。五龙对绮云说,他们父子俩都是这样走路的,肩膀往右歪,你知道吗,从前的刀客和杀手都是这样走路的,我知道他们不好惹。

可你还是惹了他们,你现在后悔了吗?

不。做下的事是后悔不了的。五龙倚着墙壁喘了一口气,脸上的笑意看上去有点僵硬,然后他说,我昨夜梦见了阿保的儿子。我的梦总是应验的,你们看现在他真的来了。我欠了他一笔债,现在还债的时机到了,他要来向我讨债了。

这天夜里瓦匠街的狗朝着米店的方向疯狂地吠叫,睡梦中的人们被惊醒了,他们从临街的窗户中看见一排黑影从米店里涌出来,飒飒有声地列队通过夜色中的街道,走在前面的是一队日本宪兵,后面尾随的则是翻译官抱玉,抱玉拖拽着一个人,就像拖拽一只沉重的米袋。窗后的居民惊诧万分,他们认出被拖拽的是五龙,病入膏肓的五龙真的像一只沉重的米袋,两只脚甚至没有来得及穿上鞋袜,它们因无法站立而在石板路上滋滋地摩擦着,有人听见了五龙轻轻的痛苦的呻吟声,另外还有人看见了五龙的眼睛,五龙的完好的右眼仰望着夜空,昔日那道强硬的白光已经最后消逝,在昏黄的街灯映照下,五龙就像一只沉重的米袋被拖出了瓦匠街。

米店里的事件再次成为城北地区的最新新闻,据瓦匠街茶馆的茶客们说,五龙是因为私藏军火被日本宪兵逮捕的,日本宪兵从米店的米垛下面挖到了八杆步枪和两支小手枪。没有人提到抱玉在其中起到的作用,米店的沧桑家事复杂多变盘根错节,远远超出了他们的想象和理解范围,也许米店这次劫难的真正原因只有米店一家自己知道了。

第二天早晨米店的门比往日晚开了一个钟头,但终于还是开了,那些买米的人小心翼翼地向伙计探听虚实,两个伙计都支支吾吾的,绮云呆呆地坐在柜台边,她的眼皮红肿得很厉害,不知是由于哭泣还是由于睡眠不足,绮云听见了店堂里喊喊喳喳的议论,目光怨恨地扫视着每一个人。你们是来买米还是来嚼舌头的?她突然愠怒地站起来,把柜台上的算盘朝人群里掷来,她的嗓音在一夜之间变得声嘶力竭,嚼舌头,嚼舌头,等到你们自己倒霉了,看你们还嚼不嚼舌头?

五龙不记得他被抱玉拖了多长的路,他想挣脱抱玉的手和那根捆绑着他双腕的绳子,但缺乏足够的体力,他已经无法反抗这场意外的凌辱。他觉得自己更像一条危在旦夕的老牛,在枫杨树乡村,那些得了重病的无力耕田的老牛就是这样被捆绑着拖拽着送往屠户家中的。

最后五龙被带到了位于百货公司楼下的日本宪兵司令部,抱玉和一个日本宪兵分别抬着他的头和脚,合力将他扔进了地下室。五龙觉得他的身体就像一捆干草轻盈无力地落在地上,与当年从运煤货车上跳下来的感觉是相似的。地下室的天顶上悬挂着一盏雪亮的汽灯,他看见周围潮湿斑驳的墙壁布满了黑红色的血迹,有的是条状的,有的却像盛开的花朵,他的手摸到了一只黑布鞋,布鞋里随即响起吱吱的叫声,他吃惊地看见一只老鼠从里面跳出来,迅疾地穿过铁栅栏消失不见了。五龙猜测鞋子里也许藏着几粒米,他将手伸进鞋口摸了摸,摸到的是一摊黏稠的液体,原来黑布鞋里是一汪新鲜的血。

审讯是从午夜开始的,五龙听不懂日本军官的问话,他只是专注地凝视着抱玉的两片红润的薄削的嘴唇。抱玉脸上的那丝稚气在夏季过后荡然无存,在汽灯强烈的光照下显得英气逼人,现在看看他并不像阿保。五龙默默地想他也不像六爷,也不像织云,现在看看他更像年轻时候的我了。

有人告你在家里私藏枪支,这是杀人之罪,你知罪吗?抱玉说。

谁告的?五龙闭起眼睛说,我想知道是谁告的。

不能告诉你。是一个你想不到的人,抱玉狡黠地笑了笑,他走过来揪住了五龙的头发,近距离地端详着那张蜡黄的长满暗疮的脸,你藏了枪想杀谁?杀我?杀日本皇军?

不,我想把枪带回枫杨树老家去,我想回老家洗手不干了,但我需要这些枪提防我的仇人。

你的仇人太多了,你手上有几十条人命,就是我不来,别人也会来收拾你的。难道你不明白杀人者终被人杀的道理吗?

不。主要是我得了这倒霉的花柳病,我没想到这辈子会害在一个臭婊子的手上。五龙神色凄恻,痛苦地摇着头。然后他问抱玉,你是我的仇人吗?你是在为你父母报仇吗?

我只为我自己。我也不知道为什么这样恨你。从小第一次看见你就开始恨你了,一直恨到现在,我也解释不清楚为什么,恨天生是莫名其妙的。

你真的像我,跟我年轻时候一模一样。五龙艰难地抬起胳膊,轻轻地抚摸抱玉戴着白手套的那只手,那只手仍然揪着五龙的头发,抱玉,别揪我的头发行吗?我虚弱得厉害,我的身体再也经不起折腾了。

这我早知道了,就因为你经不起折腾我才更想折腾你。抱玉愉快地笑起来,颊上便有一个浅浅的酒窝,他放下了手,把白手套往上拉了拉,你知道这里的刑罚品种是最多的,有水灌五脏,烟熏六腑,有老虎凳,也有荡秋千,据说你从来不怕疼,我可以用铁签烧红了把你的五根手指串起来,就像街上小贩卖的羊肉串一样。

对于五龙的刑罚从午夜一直持续到次日凌晨,五龙被不断地挪动位置,接受风格迥异的各种刑罚,他身上的暗疮明疽全部开裂,脓血像滴泉一样滴落在地下室,与他人的旧血融合在一起,执刑的抱玉始终没有听见他期待的呻吟,也许这印证了江湖上有关五龙从不怕疼的传说,也许仅仅因为五龙已经丧失了呻吟的气力,五龙低垂着头双目紧闭,看上去就像熟睡着一样宁静安详。凌晨时分执刑的抱玉已经气喘吁吁,他感到有点疲累。抱玉将五龙的手脚从老虎凳上解开,顺便摸了摸他的鼻息,五龙的鼻息仍然均匀地喷射在抱玉的手指上,抱玉没有想到的是五龙真的抗打,在经受了半夜达到极限的折磨后,五龙仍然活着,五龙也许真的是一个打不死整不垮的人。

抱玉拎了一桶水泼到五龙的脸上,他看见五龙重新睁开了眼睛,用一种奇特的慈爱的目光望着他。

你完事了吗?现在可以送我回家了,五龙说。

等天亮了就送你回家。抱玉的白手套在五龙的脸上逡巡着,寻找一块完整的皮肤,最后他发现了眼睛,五龙的一只眼睛黯淡无光,结满了白色的阴翳,另一只眼睛却精确无误地映着抱玉被缩小的脸,抱玉用手指戳了戳那只盲眼,你这只眼睛是谁弄瞎的?

你外公,他也是我的一个仇人。

他大概没来得及把事情干完,抱玉说着从地上捡起了一根铁签,让我替外公把事情干完吧。抱玉捏紧那根纤细而锋利的铁签,对准五龙右眼刺了一次,两次,三次。这时候他终于听见了他期待的声音,不是呻吟,是一声凄厉而悠长的呐喊。

早晨两个掏粪工在百货公司后面的厕所里发现了五龙,他们认识五龙,但无法把粪坑里那个血肉模糊的男人和称霸城北多年的五龙联系起来,因为巨变是在短暂的一个夏季里发生的,当他们把五龙放在运粪车上送回瓦匠街的米店时,两个人不约而同地向绮云询问其中的缘由,绮云捂着鼻子呆滞地望着竹榻上的五龙,久久说不出话来,后来她说,我不知道,我也不知道到底是怎么啦。

绮云找了干净的衣裳想给五龙换上,她不能忍受他全身散发出来的浓烈的臭气,但五龙突然从昏迷中醒来,拉住了绮云的手,别忙换衣裳,五龙说话时右眼的淤血重新剥落下来,像红色的油漆慢慢地淌过脸颊,他说,告诉我,米垛下面的枪是不是你去告发的?

我没告,绮云用力把手抽了出来,她说,你要是不想换衣裳,我就先去找医生,你不知道你的模样多吓人。

可惜我的两只眼睛都让你们弄瞎了,否则我看你们一眼就能知道是谁告的密,五龙的声音喑哑而微弱,眉宇之间却依然透露出洞察一切的锐气,然后他苦笑着说,其实你用不着装假了,现在我一脚踩在棺材里,你用不着再怕我了。

我从来没怕过你,你有这一天也怨不了别人。全是你自作自受,怨不了别人。绮云神情漠然,她看见一群苍蝇从院墙外飞过来,围绕着五龙的身体嗡嗡地盘旋,有几只苍蝇同时栖留在五龙的腿上,啄食上面的一块烂疮,绮云观察了一会儿,觉得很恶心,她用蒲扇把苍蝇赶走,但是很快有更多的苍蝇聚集在五龙的腿上。绮云不想再做任何无获之劳,她僵立在一边看着那群苍蝇啄食五龙的大腿。五龙的大腿裸露在沾满血污的白绸短裤外面,从撕破的裤管里可以看见一只松垂下来的睾丸,以及长满红疮的阴囊和腹股沟,它们使绮云想起年轻时候冷淡的却又频频发生的房事。绮云觉得很恶心,她不知道他们是怎样绞在一起过到现在的,她不知道这是怎么回事。

趁五龙再次昏迷之际,绮云把米生和柴生从床上拉了起来,绮云说,该死的抱玉把你爹打得不成人样了,你们快把他抬到浴盆里,我要给他好好洗一洗,否则阎王爷都不会收留他。

兄弟俩把父亲抬到大浴盆里,盆里还盛着他上次浸泡过的米醋,米生扒掉了父亲的短衫,而柴生干脆用剪子剪开了那条血污斑斑的短裤,扔在一边,米生蹲下去朝父亲的身上泼洒米醋,他说,老东西大概熬不了几天啦。柴生嫌厌地看着父亲的烂泥似的肌肤,突然觉得好笑,柴生说,怎么这样臭。简直比屎还要臭。

绮云从炉上拎了一壶热水过来,慢慢地朝五龙的全身冲洒。水很烫。绮云摸了一下铁壶说,可他也不会怕烫了,他这满身臭味需要用热水才能冲掉。五龙在热水的冲洒下猛地苏醒过来,下意识地抱住了头,绮云看见他惊悸的表情,充满了某种孤立无援的痛苦。

谁在用鞭子抽我?

不是鞭子,是热水,我在给你洗澡。

我看不见,你用的是开水吗?冲到身上比挨鞭子还要疼。五龙长长地吁了一口气,他说,别给我洗澡,我还不会死,我知道我这个人不太容易死。

那你想干什么?说吧,你想干什么我都答应。

回家。五龙竭力睁大眼睛,似乎想看清周围家人的脸,但最终什么也没有看见,五龙说,不能再拖了,现在我必须回我的枫杨树老家了。

你糊涂了,这么远的路程,你要是死在半路上呢?

别管这些,你从来没管过我的死活,现在更用不着管了。五龙沉吟了一会儿又吩咐绮云,你去找一下铁路上的老孙,让他给我包一节车皮,我是从铁路上过来的,我还是从铁路上回去。

又是糊涂话。你想叶落归根也在情理之中,可一两个人坐火车为什么要包车皮呢?那要花多少钱?

要一节车皮,我要带一车最好的白米回去。五龙最后用一种坚定的不可改变的语气说,他隐隐听见了儿子们发出的笑声,他知道他们在讥笑他的这个愿望,这个愿望有悖于常理,但却是他归乡计划不可分割的重要部分,他需要一车皮雪白的、清香的大米,他需要这份实在的能够抗拒天灾人祸的寄托。

米店兄弟为谁送父亲回乡的问题争吵了整整一个下午。谁都不想揽这个苦差。绮云对柴生的表现很恼怒,她说,你哥的腿不方便,你就好意思让他去吗?柴生梗着脖子回答,腿不好?他追女人跑得比我还快,他分家产比我少分什么了?眼看兄弟俩又要扭打起来,绮云急中生智,想出了掷铜板的办法。正面是米生去,反面是柴生去。绮云说着把一枚铜板狠狠地掷在地上,铜板蹦了几下,恰巧滚到柴生的脚边,恰巧是反面朝天。

总归是我倒霉,柴生骂了一句,回头望着昏睡在竹榻上的父亲,他说,我就自认倒霉吧,不过在上路之前我要找出他的钱,我不放心。你们知道他的钱藏在哪里吗?

他的钱都在枫杨树买了地了,他没有多少钱了。

地也是钱,买了地就有地契,他的地契藏在哪里呢?

在一只木盒里,绮云犹豫了好久,终于咬咬牙说,我看见他把盒子藏在北屋的屋顶下了。

整个下午柴生一直在北屋寻找那只木盒,他站在梯子上,用铁锤捅开了屋顶的每一块漏砖,除了几只肥大的老鼠和厚厚的灰尘,柴生什么也没有找到。盒子呢?那只盒子呢?柴生怀疑母亲欺骗了他。他最后愤怒地跳下梯子,朝一直在下面张望的母亲吼道,是不是已经让你拿掉了?

没有。你们应该知道他的脾气,他从来不相信我,我怎么拿得到他的东西?绮云对此也感到茫然,她明明看见五龙往漏砖孔里塞那只木盒的,别找了,你就是把房子拆光了也找不到。后来绮云微笑着对儿子说,他肯定挪过地方了,我知道他藏东西的本事特别大,你实在想找盒子只有去问他了。

柴生的情绪由愤怒渐渐转化为沮丧,他把梯子从北屋拖到院子里,他其实了解父亲的脾气,不到咽气是不会交出那只盒子的,说不定到了咽气之时还是不会交出盒子,柴生想到这一点心情又从沮丧变得焦灼,他双手拎起竹梯,将竹梯垂直地撞击着地面,以此发泄胸中的怨气。他看见五龙的眼睛慢慢睁开了,五龙听着竹梯与石板相撞的嘭嘭的声音,痛苦和迷惘的表情交融在他脸上,显得非常和谐。

是什么东西在响?五龙说,我一点也看不见了,我看不见是什么东西在响。

梯子。柴生怀着一种恶作剧的心理将梯子移向五龙身边,他继续在地上撞击着竹梯的两条腿,柴生说,我在修理这把梯子,你要嫌吵就把耳朵塞起来。

我以为是铁轨的震动声,我以为我已经在火车上了。

夜里下起了入秋以来的第一场雨,淅淅沥沥的雨声在瓦匠街上响成一片,米店屋檐上的铁皮管朝院子里倾斜,雨水哗哗地冲溅在那张旧竹榻上。那是五龙最喜欢的卧具之一,现在它被夜雨细细地淋遍,每一条竹片都放射着潮湿而晶莹的水光。

绮云替五龙和柴生收拾好行囊,推开窗户观察着雨势。雨下得舒缓而悠扬,没有停歇的迹象。估计这场夜雨会持续到早晨,绮云朝窗外伸出手掌,接住了几滴沁凉的雨珠。她突然记起母亲朱氏在世时说过的话,每逢一个孽子出世,天就会下雨;每逢一个孽子死去,天就会重新放晴。

尾 声

南方铁路在雨雾蒙蒙的天空下向前无穷地伸展,两侧的路基上长满了萧萧飘舞的灌木丛。当那列黑色的闷罐子车笨拙地驶上渡轮时,江边的景色倏然明亮了一层,像箭矢般的阳光穿透朦胧的积雨云,直射到江水之上,而渡轮上以及渡轮上每一节车厢也染上了一种淡淡的金黄色。

车过徐州天就该放晴了,驾驶渡轮的人远远地向火车司机喊道。

谁知道呢?火车司机钻出肮脏的驾驶室,抬头望了望天空,他说,就是下雨也没关系,这年头人的命都是朝夕难保,谁还怕淋点雨呢?人不怕雨,车上的货就更不怕了。

闷罐子车厢里的人无法看见天空,起初从车顶板的缝隙中不时渗下滴滴答答的雨水,后来慢慢地停止了,后来火车渡过了江面,轰隆隆地向北方驶去。柴生试图打开那扇窄小的风窗,但是风窗是被固定着的,三颗铆钉钉死在滑槽上,风窗半开半闭,至多伸出一条手臂,这样,除了几树秋天的枯枝在窗口疾速掠过,车厢里的人甚至无法看清外面荒凉的野景。

车厢里装满了新打的白米。父子俩都置身于米堆之上,五龙一直静静的仰卧着,从风窗里漏出的一块天光恰巧照在他的身上。柴生看见父亲萎缩的身体随火车的摇晃而摇晃着,他的脸像一张白纸在黑沉沉的车厢里浮动,他的四肢像一些枯树枝摆放在米堆上。

火车是在向北开吗?我怎么觉得是在往南呢?五龙突然在昏睡中发出怀疑的诘问。

是在朝北开。柴生的手里把玩着一些米粒,他鄙夷地向父亲扫了一眼,你死到临头了还是不相信别人。

朝北,五龙点了点头,重新闭上了眼睛,他说,朝北走,回枫杨树老家去。我就要衣锦还乡了。我小时候看见过许多从城里衣锦还乡的人,他们只带回一牛车的大米。可我现在带回的是整整一节火车车皮,一个人一辈子也吃不完。

柴生没有说话,柴生觉得这段漫长的旅途是极其无聊的,他懊悔没有带几只蟋蟀上火车,他还有好几只蟋蟀没有在秋风秋雨中死去,只要有一根草茎逗引它们,仍然有可能见到精彩的斗蟋蟀场面。

可是除了这些米我还剩下什么?五龙的手缓缓攀过米堆,抓住了柴生的衣角,他说,你摸摸我的身子,告诉我我还剩下什么,我的脚趾头是不全的,我的两只眼睛都瞎了,我觉得有什么东西在切割我的每一块皮肉,告诉我现在还剩下什么?

剩下一口气,柴生粗暴地甩开父亲的手,他根本不想触摸父亲身体的任何一个部位。

剩下一口气,五龙轻轻地重复了一遍,他脸上露出一丝自嘲的和无可奈何的微笑。五龙的手举起来在空中茫然地抓握着什么,然后搁在胸前,无力地向下滑移,在充满脓痂的生殖器周围滞留了一会儿,然后那只手又向上升起,经过干瘪的失却弹性的胸腹,最后停放在他的牙齿上,那是两排坚硬光滑的纯金制作的假牙。五龙的手指温柔地抚摸着它们,嘴里发出一声长叹,他说,还有这副金牙,我小时候看见他们嘴里镶着一颗两颗金牙,可我现在镶了整整两排,柴生,你看见这两排金牙了吗?金子是永远不会腐烂的,我什么都没剩下,剩下的就是这两排金牙。

柴生看见父亲枯卷的双唇之间放射出一小片明亮耀眼的光芒,他知道这一小片光芒代表的价值。他凑近了父亲的头部,细听他急促的冰凉的鼻息。柴生已经闻到了一息稠酽的含有腥臭的死亡气味,柴生想到母亲说起的那只木盒至今没有下落,不由得忧心如焚,盒子呢,快告诉我盒子藏在哪儿了?柴生突然暴怒地摇晃着父亲的身体,他必须赶在他咽气之前找到那只盒子,五龙在这阵猛烈的摇晃下身体奇异地卷了起来,就像一片随风飘逝的树叶,米——他的头向米堆上仰去,清晰地吐出最后一个字。

藏在米堆里?柴生焦急地喊叫着,但是五龙已经不再说话。柴生在米堆里到处扒挖寻找木盒时,听见了身后传来的微弱而浑浊的气绝声,他继续将米向两侧扒开,最后在米堆的最深处找到了一只沉甸甸的木盒子。柴生把木盒抱到风窗边急切地打开,让他吃惊的是盒子里没有地契,也没有钱币,他看见了满满一盒子米,它在风窗的亮光下泛出一种神秘的淡蓝色。

柴生疯狂地呐喊着扑到父亲的尸体上。你到死还在骗人!柴生高声怒骂,一边拼命地抓起米粒朝亡父脸上扔去。米粒很快落满了死者的脸部,很快又从那些僵硬的五官上散失下来。柴生看见了父亲嘴里闪着一点金光,一点金光挣脱了枯唇与白米的遮拦。在黑暗狭小的空间里闪闪烁烁。金牙。柴生从金牙迸发的光芒中感受到另一种强大的刺激和诱惑。

后来柴生果断地掰开了亡父冰凉的唇齿,他把手指伸进去用力掏着,先掏出了上面的那排金牙,然后下面的那排就轻易多了。柴生倒空了木盒里的米,把两排金牙装了进去,他听见两排金牙轻轻地碰撞着,声音清脆悦耳。

五龙没有听见金牙离开他身体的声音,五龙最后听见的是车轮滚过铁轨的哐当哐当的响声。他知道自己又躺在火车上了。他知道自己仍然沿着铁路跋涉在逃亡途中。原野上的雨声已经消失,也许是阳光阻隔了这第一场秋雨。五龙在辽阔而静谧的心境中想象他出世时的情景,可惜什么也没有想出来。他只记得他从小就是孤儿。他只记得他是在一场洪水中逃离枫杨树家乡的。五龙最后看见了那片浩瀚的苍茫大水,他看见他漂浮在水波之上,渐渐远去,就像一株稻穗,或者就像一朵棉花。

创作要目

1983 年　处女作短篇小说《第八个铜像》发表于《青春》第七期。
1987 年　短篇小说《桑园留念》发表于《北京文学》第二期。
1987 年　中篇小说《一九三四年的逃亡》发表于《收获》第五期。
1988 年　中篇小说《罂粟之家》发表于《收获》第六期。
1989 年　中篇小说《妻妾成群》发表于《收获》第六期。
1990 年　中篇小说《妇女生活》发表于《花城》第五期。
1991 年　长篇小说《米》由江苏文艺出版社出版。
1992 年　长篇小说《我的帝王生涯》由花城出版社出版。
1993 年　长篇小说《武则天》由江苏文艺出版社出版。
1995 年　长篇小说《城北地带》由作家出版社出版。
1998 年　长篇小说《碎瓦》（《菩萨蛮》）由江苏文艺出版社出版。
2002 年　长篇小说《蛇为什么会飞》由云南人民出版社出版。
2004 年　长篇小说《城北地带》《武则天》《碎瓦》，中篇小说集《妻妾成群》《红粉》《罂粟之家》《驯子记》《刺青时代》，短篇小说集《骑兵》《向日葵》《神女峰》由上海文艺出版社出版。
2005 年　长篇小说《米》《我的帝王生涯》由上海文艺出版社出版。
2006 年　长篇小说《碧奴》由重庆出版社出版。
2008 年　长篇小说《香椿树街故事》由上海人民出版社出版。
2009 年　散文集《河流的秘密》由作家出版社出版。
2010 年　长篇小说《河岸》由人民文学出版社出版。
2010 年　中篇小说《香草营》发表于《小说月报》第八期。
2013 年　长篇小说《黄雀记》由作家出版社出版。

图书在版编目(CIP)数据

苏童精选集/苏童著. －北京：北京燕山出版社,2015.8(2018.10重印)
ISBN 978-7-5402-3879-7

Ⅰ.①苏… Ⅱ.①苏… Ⅲ.①小说集-中国-当代 Ⅳ.①I247

中国版本图书馆CIP数据核字(2015)第163594号

苏童精选集

苏童 著
编 选 者／汪　政
责任编辑／张红梅　王　滢
装帧设计／小　贾

北京燕山出版社出版发行
北京市丰台区东铁营苇子坑路138号嘉城商务中心C座　邮编100079
全国新华书店经销
北京市松源印刷有限公司印刷

开本 850×1168　1/32　印张 13.5　字数 355,000
2015年11月第1版　2018年10月第2次印刷

定价：36.00元

版权所有　盗版必究